青少年成长必读丛书

U0675130

莎士比亚悲剧集

William Shakespeare Tragedy

〔英〕威廉·莎士比亚／著

朱生豪／译

成长 必读
名译足本

阅读经典 获益一生

世界上享誉最高，世界戏剧史上难以企及高峰的代表作品。

立足素质教育，致力于提高青少年的科学文化素养和培养人文情怀，使青少年智商、情商手拉手、齐发展。

选择决定成长 阅读成就人生

山东人民出版社

全国百佳图书出版单位 国家一级出版社

图书在版编目（ＣＩＰ）数据

莎士比亚悲剧集 /（英）莎士比亚著；朱生豪译 . -- 济南：
山东人民出版社，2014.5（2024.1 重印）

（青少年成长必读丛书）

ISBN 978-7-209-08165-8

Ⅰ . ①莎… Ⅱ . ①莎… ②朱… Ⅲ . ①悲剧—剧本—
作品集—英国—中世纪 Ⅳ . ① I561.33

中国版本图书馆 CIP 数据核字（2014）第 034275 号

责任编辑： 王　路　刘锦平

莎士比亚悲剧集

〔英〕莎士比亚　著　朱生豪　译

山东出版传媒股份有限公司
山东人民出版社出版发行

社　址：济南市经九路胜利大街 39 号　邮　编：250001

网　址：http://www.sd-book.com.cn

发行部：(0531) 82098027　82098028

新华书店经销

大厂回族自治县益利印刷有限公司

规　格　16 开（170mm × 240mm）

印　张　26

字　数　431 千

版　次　2014 年 5 月第 1 版

印　次　2024 年 1 月第 2 次

ISBN　978-7-209-08165-8

定　价　78.80 元

如有质量问题，请与印刷厂调换。(010) 89581565

读书——无可替代的人生体验

读书是在别人思想的帮助下，建立起自己的思想。这是俄图书学家鲁巴金非常著名的一句话。

关于阅读，作为这个信息流通近乎爆炸的时代的一分子，大家必然都能了解阅读对我们生存的重要性，尤其对于成长中的青少年，阅读更是头等大事。青少年时期是极其重要的一个人生阶段，正处在世界观、人生观、价值观形成的关键时期，其身心健康、道德修养、文化素养、综合素质都有赖于知识的滋养和浸润，而阅读是青少年增长知识、开拓眼界和陶冶情操的有效途径。理想的书籍是智慧的钥匙，它能带给青少年对这个复杂的世界的一个全新的思维方式，教会他们以多个独特的视角去对待这个多元化的世界。人的影响短暂而微弱，书的影响则广泛而深远。阅读从本质上不只是知识的简单积累，更重要的是它增益了读者的心灵，丰富了读者的语言韵律，充实了读者的精神世界，不断地提高青少年读者对于语文方面的综合驾驭能力，包括欣赏不同的作品和锻炼自己的写作水平。

书的质量良莠不齐，正如人有益友也有损友。一本好书不啻为一位优秀的人生导师，对青少年的健康成长起着积极的引导作用；反之，一本充满糟粕的不良书籍无异于一剂毒害心灵的毒药，对青少年的成长将造成负面影响。只有选择那些经时间沉淀的、公认的好书才能对读者的思想和心灵产生深刻而有益的影响，因此，作为人类共同精神财富的、古今中外的名著就成为了青少年读者的首选。

因此，我们编写了这套《青少年成长必读》丛书，致力于为广大青少年读者提供一块洁净的阅读圣域。这套丛书既符合素养教育需求下语文学习的各项要求，又兼顾了不同年龄、不同爱好的学生的阅读需求，扩展了他们的课外阅读范围。本套丛书分为中、外两大部分，我们从浩如烟海的图书中甄选出那些对青少年成长特别有价值的名篇佳作，在还原原汁原味的阅读本身的基础上兼顾了实用性和全面性这两大特色。本套丛书与同类图书相比有以下显著特征：

1.高水准的翻译。这套丛书所收录的外国名著系列中，所有的名著都是忠实于原文的翻译，翻译者本身都是我国国内非常具有权威性的专家、学者和老师，译文极其贴合原著的精神和行文风格，忠实于原著内容。

2.有针对性的作品收录。我们在广泛调查、大量翻阅工具书的基础上确定书目，从古今中外四个方向上，全面地收集了各个国家最具代表性的文学作品，呈现了不同时期的不同文化风貌，新老中外文学作品融贯联合，形成了一个更新、更全的阅读体系。

3.最严谨细致的注释。本系列中，尤其以中国名著系列最为显著，其中很多晦涩难懂或者引经据典的地方，都添加了精准的注释，使全书呈现出学术性和艺术性完美结合的特征，更好地帮助学生理解原文主旨。

在本套丛书中，我们并没有多加一些华丽的导读和问题思考等板块，衷心希望呈现给青少年读者的不仅仅是轻松的课外阅读，更是最本色的"安静"名著，保持住原著最经典、最永恒的地方，真的能让他们静下心来，思考这些名著所承载的更深层次的涵义，从而提高青少年读者的文学修养和艺术品位。希望我们对于书籍最本质的呈现，能带给读者们纯正的阅读感受，为青少年建立自己丰富而坚实的文学和精神世界，作出尺缕的贡献。

丛书编委会
2014 年 4 月

William
Shakespeare Tragedy

莎士比亚
悲剧集

罗密欧与朱丽叶

剧中人物

埃斯卡勒斯	维洛那亲王
巴里斯	少年贵族，亲王的亲戚
蒙太玖 凯普莱脱	互相敌视的两家家长
罗密欧	蒙太玖之子
迈邱西奥　亲王的亲戚 卞伏里奥　蒙太玖之侄	罗密欧的朋友
泰保尔脱	凯普莱脱之侄
劳伦斯神父	法兰西斯派教士
约翰神父	与劳伦斯同门的教士
鲍尔萨泽	罗密欧的仆人
桑泼生 葛雷古利	凯普莱脱的仆人
彼得	朱丽叶乳媪的侍仆
亚伯拉罕	蒙太玖的仆人
卖药人	
乐工三人	
迈邱西奥的侍童	
巴里斯的侍童	

蒙太玖夫人
凯普莱脱夫人
朱丽叶　　　　　　　凯普莱脱之女
朱丽叶的乳媪
维洛那市民，两家男女亲属，跳舞者，卫士，巡丁及侍从等
副末　　　　　　　　说明剧情者

地　点

维洛那；第五幕第一场在曼多亚

开场诗

副末上念：
故事发生在维洛那名城，
有两家门第相当的巨族，
累世的宿怨激起了新争，
鲜血把市民的白手污渎。
是命运注定这两家仇敌，
生下了一对不幸的恋人，
他们的悲惨凄凉的陨灭，
和解了他们交恶的尊亲。
这一段生生死死的恋爱，
还有那两家父母的嫌隙，
把一对多情的儿女杀害，
演成了今天这一本戏剧。
交代过这几句挈领提纲，
请诸位耐着心细听端详。（下）

第一幕

第一场　维洛那广场

桑泼生及葛雷古利各持盾剑上。

桑泼生　葛雷古利，咱们可真的不能让人家当作苦力一样欺侮。

葛雷古利　对了，咱们不是可以随便给人欺侮的。

桑泼生　我说，咱们要是发起脾气来，就会拔刀子动武。

葛雷古利　对了，你可不要把脖子缩进领口里去。

桑泼生　我一动性子，我的剑是不认人的。

葛雷古利　可是你不大容易动性子。

桑泼生　我见了蒙太玖家的狗子就生气。

葛雷古利　有胆量的，生了气就应当站住不动；逃跑的不是好汉。

桑泼生　我见了他们家里的狗子，就会站住不动；蒙太玖家的人，不论男女，碰到了我就像碰到墙壁一样。

葛雷古利　这正说明你是个不中用的家伙；只有不中用的家伙，才会躲到墙底。

桑泼生　不错；所以没用的女人，就老是被人逼得不能动：我见了蒙太玖家里人来，是男人我就把他们从墙边推出去，是女人我就把她们望着墙壁摔过去。

葛雷古利　吵架是咱们两家主仆男人们的事，与她们女人有什么相干？

桑泼生　那我不管，我要做一个杀人不眨眼的魔王；一面跟男人们打架，一面对娘儿们也不留情面，我要割掉她们的头。

葛雷古利　割掉娘儿们的头吗？

桑泼生　对了，娘儿们的头，或是她们的奶头，你爱怎么说就怎么说。

葛雷古利　那就要看他们怎么说了。

桑泼生　我一下手，她们就会尝到我的厉害了，我可是出名的一身横肉。

葛雷古利　幸而你不是一身鱼肉；否则你便是一条可怜虫了。拔出你的家伙来；
　　　　　有两个蒙太玖家的人来啦。

　　　　　亚伯拉罕及鲍尔萨泽上。

桑泼生　我的刀子已经出鞘；你去跟他们吵起来，我就在你背后帮你的忙。

葛雷古利　怎么？你想转过背逃走吗？

桑泼生　你放心吧，我不是那样的人。

葛雷古利　哼，我倒有点不放心！

桑泼生　还是让他们先动手，打起官司来也是咱们的理直。

葛雷古利　我走过去向他们横个白眼，瞧他们怎样。

桑泼生　好，瞧他们有没有胆量。我要向他们咬我的大拇指，瞧他们能不能忍
　　　　　受这样的侮辱。

亚伯拉罕　你向我们咬你的大拇指吗？

桑泼生　我是咬我的大拇指。

亚伯拉罕　你是向我们咬你的大拇指吗？

桑泼生　（向葛雷古利旁白）要是我说是，那么打起官司来是谁的理直？

葛雷古利　（向桑泼生旁白）是他们的理直。

桑泼生　不，我不是向你们咬我的大拇指，可是我是咬我的大拇指。

葛雷古利　你是要向我们挑衅吗？

亚伯拉罕　挑衅！不，哪儿的话。

桑泼生　你要是想跟我们吵架，那么我可以奉陪；你也是你家主子的奴才，我
　　　　　也是我家主子的奴才，难道我家的主子就比不上你家的主子？

亚伯拉罕　比不上。

桑泼生　好。

葛雷古利　（向桑泼生旁白）说"比得上"；我家老爷的一位亲戚来了。

桑泼生　比得上。

亚伯拉罕　你胡说。

桑泼生　是汉子就拔出刀子来。葛雷古利，别忘了你的杀手锏。（双方互斗）
　　　　　卞伏里奥上。

卞伏里奥　分开，蠢材！收起你们的剑；你们不知道你在干些什么事。（击

下众仆的剑）

泰保尔脱上。

泰保尔脱　怎么！你跟这些不中用的奴才吵架吗？过来，卞伏里奥，让我结果你的性命。

卞伏里奥　我不过维持和平；收起你的剑，或者帮我分开这些人。

泰保尔脱　什么！你拔出了剑，还说什么和平？我痛恨这两个字，就跟我痛恨地狱，痛恨所有的蒙太玖家的人和你一样。照剑，懦夫！（二人相斗）

两家各有若干人上，加入争斗；一群市民持枪棍继上。

众市民　打！打！打！把他们打下来！打倒凯普莱脱！打倒蒙太玖！

凯普莱脱穿长袍及凯普莱脱夫人同上。

凯普莱脱　什么事吵得这个样子？喂！把我的长剑拿来。

凯普莱脱夫人　拐杖呢？拐杖呢？你要剑做什么用？

凯普莱脱　快拿剑来！蒙太玖那老东西来啦；他还晃着他的剑，明明在跟我寻事。

蒙太玖及蒙太玖夫人上。

蒙太玖　凯普莱脱，你这奸贼！——别拉住我；让我走。

蒙太玖夫人　你要去跟人家吵架，我连一步也不让你走。

亲王率侍从上。

亲　王　目无法纪的臣民，扰乱治安的罪人，你们的刀剑都被你们邻人的血玷污了；——他们不听我的话吗？喂，听着！你们这些人，你们这些畜生，你们为了扑灭你们怨毒的怒焰，不惜让殷红的流泉从你们的血管里喷涌出来；你们要是畏惧刑法，赶快给我把你们的凶器从你们血腥的手里丢下来，静听你们震怒的君王的判决。凯普莱脱，蒙太玖，你们已经三次为了一句口头上的空言，引起了市民的械斗，扰乱了我们街道上的安宁，害得维洛那的年老公民，也不能不脱下他们尊严的装束，在他们习于安乐的苍老衰弱的手里揿起古旧的长枪来，分解你们溃烂的纷争。要是你们以后再在市街上闹事，就要把你们的生命作为扰乱治安的代价。现在别人都给我退下去；凯普莱脱，你跟我来；蒙太玖，你今天下午到自由村的审判庭里来，听候我对于今天这一案的宣判。大家散开去，倘有逗留不去的，格杀勿论！（除蒙太玖夫妇及卞伏里奥外皆下）

蒙太玖　是谁把一场宿怨重新挑起纷争？侄儿，对我说，他们动手的时候，你也在场吗？

卞伏里奥　我还没有到这儿来，您的仇家的仆人跟你们家里的仆人已经打成一团了。我拔出剑来分开他们；就在这时候，那个性如烈火的泰保尔脱提着剑来了，他向我出言不逊，把剑在他自己头上挥舞得嗖嗖作响，就像风在那儿讥笑他的装腔作势一样。当我们正在剑来剑去的时候，人越来越多，有的帮这一面，有的帮那一面，乱哄哄地互相争斗，直等亲王来了，方才把两边的人喝开。

蒙太玖夫人　啊，罗密欧呢？你今天见过他吗？我很高兴他没有参加这场争斗。

卞伏里奥　伯母，在尊严的太阳开始从东方的黄金窗里探出头来的一小时以前，我因为心中烦闷，到郊外去散步，在城西一丛枫树的下面，我看见罗密欧兄弟一早在那儿走来走去。我正要向他走过去，他已经看见了我，就躲到树林深处去了。我因为自己也是心灰意懒，觉得连自己这一身也是多余的，只想找一处没有人踪的地方，所以凭着自己的心境推测别人的心境，也就不去多事追寻他，彼此互相避开了。

蒙太玖　好多天的早上曾经有人在那边看见过他，用眼泪洒为清晨的露水，用长叹嘘成天空的云雾；可是一等到鼓舞众生的太阳在东方的天边开始揭起黎明女神床上灰黑色的帐幕的时候，我那怀着一颗沉重的心的儿子，就逃避了光明，溜回到家里；一个人关起了门躲在房间里，闭紧了窗子，把大好的阳光锁在外面，为他自己造成了一个人工的黑夜。他这一种怪脾气恐怕不是好兆，除非良言劝告可以替他解除心头的烦恼。

卞伏里奥　伯父，您知道他的烦恼的根源吗？

蒙太玖　我不知道，也没有法子从他自己嘴里探听出来。

卞伏里奥　您有没有设法探问过他？

蒙太玖　我自己以及许多其他的朋友都曾经探问过他，可是他把心事一起闷在自己肚里，总是绝口严守着秘密，不让人家试探出来，正像一朵初生的蓓蕾，还没有迎风舒展它的嫩瓣，向太阳献吐它的娇艳，就给妒忌的蛀虫咬啮了一样。只要能够知道他的悲哀究竟是从什么地方来的，我们一定会尽心竭力替他找寻治疗的方案。

卞伏里奥　瞧，他来了；请您站在一旁，等我去问问他究竟有些什么心事，看

莎士比亚悲剧集

他理不理我。

蒙太玖 　但愿你留在这儿，能够听到他的真情的吐露。来，夫人，我们去吧。

（蒙太玖夫妇同下）

罗密欧上。

卞伏里奥 　早安，兄弟。

罗密欧 　天还是这样早吗？

卞伏里奥 　刚才敲过九点钟。

罗密欧 　唉！在悲哀里度过的时间似乎是格外长的。急急忙忙地走过去的那个人，不就是我的父亲吗？

卞伏里奥 　正是，什么悲哀使罗密欧的时间过得这样长？

罗密欧 　因为我缺少了可以使时间变为短促的东西。

卞伏里奥 　你跌进了恋爱的网里了吗？

罗密欧 　我徘徊在恋爱的门外，因为我不能得到我的意中人的欢心。

卞伏里奥 　唉！想不到爱神的外表这样温柔，实际上却是如此残暴！

罗密欧 　唉！想不到爱神蒙着眼睛，却会一直闯进了人们的心灵！我们在什么地方吃饭？哎哟！又是谁在这儿打过架了？可是不必告诉我，我早就知道了。这些都是怨恨造成的后果，可是爱情的力量比它还要大过许多。啊，吵吵闹闹的相爱，亲亲热热的怨恨！啊，无中生有的一切！啊，沉重的轻浮，严肃的狂妄，整齐的混乱，铅铸的羽毛，光明的烟雾，寒冷的火焰，憔悴的健康，永远觉醒的睡眠，否定的存在！我感觉到的爱情正是这样一种东西，可是我并不喜爱这一种爱情，你不会笑我吗？

卞伏里奥 　不，兄弟，我倒是有点儿想哭。

罗密欧 　好人，为什么呢？

卞伏里奥 　因为瞧着你善良的心受到这样的痛苦。

罗密欧 　唉！这就是爱情的错误，我自己已经有太多的忧愁重压在我的心头，你对我表示的同情，徒然使我在太多的忧愁之上，再加上一重忧愁。爱情是叹息吹起的一阵烟；恋人的眼中有它净化了的火星，恋人的眼泪是它激起的波涛。它又是最智慧的疯狂，哽喉的苦味，沁舌的蜜糖。再见，兄弟。（欲去）

卞伏里奥 　且慢，让我跟你一块儿去；要是你就这样丢下了我，未免太不给我面子啦。

罗密欧　嘿！我已经遗失了我自己；我不在这儿；这不是罗密欧，他是在别的地方。

卞伏里奥　老实告诉我，你所爱的是谁？

罗密欧　什么！你要我在痛苦呻吟中说出她的名字来吗？

卞伏里奥　痛苦呻吟！不，你只要告诉我她是谁就得了。

罗密欧　叫一个病人郑重其事地立起遗嘱来！啊，对于一个病重的人，还有什么比这更刺痛他的心？老实对你说，兄弟，我是爱上了一个女人。

卞伏里奥　我说你一定有了恋爱，果然猜得不错。

罗密欧　好一个每发必中的射手！我所爱的是一位美貌的姑娘。

卞伏里奥　好兄弟，目标越好，射得越准。

罗密欧　你这一箭就射岔了。丘比特的金箭不能射中她的心；她有黛安娜女神的圣洁，不让爱情稚弱的弓矢损害她的坚不可破的贞操。她不愿听任深怜密爱的词句把她包围，也不愿让灼灼逼人的眼光向她进攻，更不愿接受可以使圣人动心的黄金的诱惑；啊！美貌便是她巨大的财富，只可惜她一死以后，她的美貌也要化为黄土！

卞伏里奥　那么她已经立誓终身守贞不嫁了吗？

罗密欧　她已经立下了这样的誓言，为了珍惜她自己，造成了莫大的浪费；因为她让美貌在无情的岁月中日渐枯萎，不知道替后世传留下她的绝世容华。她是个太美丽、太聪明的人儿，不应该剥夺她自身的幸福，使我抱恨终天。她已经立誓割舍爱情，我现在活着也就等于死去一般。

卞伏里奥　听我的劝告，别再想起她了。

罗密欧　啊！那么你教我怎样忘记吧。

卞伏里奥　你可以放纵你的眼睛，让它们多看几个世间的美人。

罗密欧　那不过格外使我觉得她的美艳无双罢了。那些吻着美人娇额的幸运的面罩，因为它是黑色的缘故，常常使我们想起被它们遮掩的面庞不知多么娇丽。突然盲目的人，永远不会忘记存留在他消失了的视觉中的宝贵的影像。给我看一个姿容绝代的美人，她的美貌除了使我记起世上有一个比她更美以外，还有什么别的用处？再见，你不能教我怎样忘记。

卞伏里奥　我一定要证明我的意见不错，否则死不瞑目。（同下）

第二场　同前　街道

凯普莱脱，巴里斯及仆人上。

凯普莱脱　可是蒙太玖也负着跟我同样的责任；我想象我们这样有了年纪的人，维持和平还不是难事。

巴里斯　你们两家都是很有名望的大族，结下了这样不解的冤仇，真是一件不幸的事。可是，老伯，您对于我的求婚有什么见教？

凯普莱脱　我的意思早就对您表示过了。我的女儿今年还没有满十四岁，完全是一个不懂事的孩子；再过两个夏天，才可以谈到亲事。

巴里斯　比她年纪更小的人，都已经做了幸福的母亲了。

凯普莱脱　早结果的树木一定早凋。我在这世上什么希望都已经没有了，只有她是我的唯一的安慰。可是向她求爱吧，善良的巴里斯，得到她的欢心；只要她愿意，我的同意是没有问题的。今天晚上，我要按照旧例，举行一次宴会，邀请许多亲友参加；您也是我所要邀请的一个，请您接受我的最诚意的欢迎。在我的寒舍里，今晚您可以见到灿烂的群星翩然下降，照亮了黑暗的天空；在蓓蕾一样娇艳的女郎丛里，您可以充分享受青春的愉快，正像盛装的四月追随着残冬的足迹降临人世，在年轻人的心里充满着活跃的欢欣一样。您可以听一个够，看一个饱，从许多美貌的女郎中间，连我的女儿也在其内，拣一个最好的做您的意中人。来，跟我去。（以一纸交仆）你到维洛那全城去走一转，一个一个去找这单子上有名字的人，请他们到我的家里来。

（凯普莱脱、巴里斯同下）

仆　找这单子上有名字的人！人家说，鞋匠的针线，裁缝的钉锤，渔夫的笔，画师的网，各人有各人的职司；可是我们的老爷却叫我找这单子上有名字的人，我怎么知道写字的人在这上面写着些什么？我一定要找个识字的人，来得正好。

卞伏里奥及罗密欧上。

卞伏里奥　不，兄弟，新的火焰可以把旧的火焰扑灭，大的苦痛可以使小的苦痛减轻；头晕目眩的时候，只要转身向后；一桩绝望的忧伤，也可以用另一桩烦恼把它驱除。给你的眼睛找一个新的迷惑，你的原来的痼疾就可以霍然脱体。

罗密欧 你的药草只好医治——

卞伏里奥 医治什么？

罗密欧 医治你的跌伤的胫骨。

卞伏里奥 怎么，罗密欧，你疯了吗？

罗密欧 我没有疯，可是比疯人更不自由，关在牢狱里不进饮食，挨受着鞭挞和酷刑，——晚安，好朋友！

仆 晚安！请问先生，您念过书吗？

罗密欧 是的，这是我的不幸中的资产。

仆 也许您会不看着书念；可是请问您会不会看着字一个一个地念？

罗密欧 我认得的字，我就会念。

仆 您说得很老实；上帝保佑您！（欲去）

罗密欧 等一等，朋友，我会念。"玛丁诺先生暨夫人及诸位令爱；安赛尔美伯爵及诸位令妹；寡居之维特鲁维奥夫人；帕拉森西奥先生及诸位令侄女；迈邱西奥及其令弟伐伦泰因；凯普莱脱叔父暨婶母及诸位贤妹；罗瑟琳贤侄女；丽维霞；伐伦西奥先生及其令表弟泰保尔脱；琉西奥及活泼之海伦娜。"好一群名士贤媛！请他们到什么地方去？

仆 到我们家里吃饭去。

罗密欧 谁的家里？

仆 我的主人的家里。

罗密欧 那还用问吗？

仆 那么好，您不用问我，我就告诉您吧。我的主人就是那个有财有势的凯普莱脱；要是您不是蒙太玖家里的人，请您也来跟我们喝一杯酒，上帝保佑您！（下）

卞伏里奥 在这一个凯普莱脱家里按照旧例举行的宴会中间，你所热恋的美人罗瑟琳也要跟着维洛那城里所有的绝色名媛一同去赴宴。你也到那儿去吧，用不带成见的眼光，把她的容貌跟别人比较比较，你就可以知道你的天鹅不过是一只乌鸦罢了。

罗密欧 要是我的虔诚的眼睛会相信这种谬误的幻象，那么让眼泪变成火焰，把这样一双罪状昭著的异教邪徒烧成灰烬吧！比我的爱人还美！烛照万物的太阳，自有天地以来也不曾看见过一个可以和她媲美的人。

卞伏里奥　嘿！你看见她的时候，因为没有别人在旁边，你的两只眼睛里只有她一个人，所以你以为她是美丽的；可是在你那水晶的天秤里，要是把你的恋人跟另外一个我可以在这宴会里指点给你看的美貌的姑娘同时较量起来，那么她现在虽然仪态万方，那时候就要自惭形秽了。

罗密欧　我倒要去这一次；不是去看你所说的美人，只要看看我自己的爱人怎样大放光彩，我就心满意足了。（同下）

第三场　同前　凯普莱脱家中一室

凯普莱脱夫人及乳媪上。

凯普莱脱夫人　奶妈，我的女儿呢？叫她出来见我。

乳　媪　凭着我十二岁时候的童贞发誓，我早就叫过她了。喂，小绵羊！喂，小鸟儿！上帝保佑！这孩子到什么地方去啦？喂，朱丽叶！

朱丽叶上。

朱丽叶　什么事？谁叫我？

乳　媪　你的母亲。

朱丽叶　母亲，我来了。您有什么吩咐？

凯普莱脱夫人　是这么一件事。奶妈，你出去一会儿。我们要谈些秘密的话。——奶妈，你回来吧；我想起来了，你也应当听听我们的谈话。你知道我的女儿年纪也不算怎么小啦。

乳　媪　对啊，我把她的生辰记得清清楚楚的。

凯普莱脱夫人　她现在还不满十四岁。

乳　媪　我可以用我的十四颗牙齿打赌，——唉，说来伤心，我的牙齿掉得只剩四颗啦！——她还没有满十四岁呢。现在离开收获节还有多久？

凯普莱脱夫人　两个星期多一点。

乳　媪　不多不少，不先不后，到收获节的晚上她才满十四岁。苏珊跟她同年——上帝安息一切基督徒的灵魂！唉！苏珊是跟上帝在一起啦，我命里不该有这样一个孩子。可是我说过的，到收获节的晚上，她就要满十四岁啦；正是，一点不错，我记得清清楚楚的。自从地震那一年到现在，已经十一年啦；那时候她已经断了奶，我永远不会忘记，不先不后，刚巧在那一天；因为我在那时候用艾叶涂在奶头上，坐在鸽棚下面晒着太阳；老爷跟您那时候都在曼多亚。瞧，我的记性可不算坏。可是我说的，她一尝到我的奶头上的艾叶的味道，觉得变苦啦，哎哟，这可爱的小傻瓜！她就发起脾气来，把奶头甩开啦。那时候，鸽棚都在摇动呢。这个说来话长，算来也有十一年啦；后来她就慢慢地会一个人站得直挺挺的，还会摇呀摆的到处乱跑，就是在她跌破额角的那一天，我那去世的丈夫——上帝安息他的灵魂！他是个喜欢说说笑笑的人，——把这孩子抱了起来，"啊！"他说，"你扑在地上了吗？等你年纪一大，你就要仰在床上了；是不是呀，朱丽？"谁知道这个可爱的坏东西忽然停住了哭声，说："嗯。"哎哟，真把人都笑死了！要是我活到一千岁，我也再不会忘记这句话。"是不是呀，朱丽？"他说；这可爱的小傻瓜就停住了哭声，说："嗯。"

凯普莱脱夫人　得了得了，请你别说下去了吧。

乳　媪　是，太太。可是我一想到她会停住了哭说"嗯"，就禁不住笑起来。不说假话，她额角上肿起了像小雄鸡的睾丸那么大的一个包哩；她痛得放声大哭；"啊！"我的丈夫说，"你扑在地上了吗？等你年纪一大，你就要仰在床上了；是不是呀，朱丽？"她就停住了哭声，说："嗯。"

朱丽叶　我说，奶妈，你也可以停嘴了。

乳　媪　好，我不说啦。我不说啦；上帝保佑你！你是在我手里抚养长大的一个最可爱的小宝贝；要是我能够活到有一天瞧着你嫁了出去，也算了结我的一桩心愿啦。

凯普莱脱夫人　是呀，我现在就是要谈起她的亲事。朱丽叶，我的孩子，告诉我，要是现在把你嫁了出去，你觉得怎么样？

朱丽叶　这是我做梦也没有想到过的一件荣誉。

乳　媪　一件荣誉！倘不是你只有我这一个奶妈，我一定要说你的聪明是从奶头上得来的。

凯普莱脱夫人　好，现在你把婚姻问题考虑考虑吧。在这儿维洛那城里，比你再年轻点儿的千金小姐们，都已经做了母亲啦。就拿我来说吧，我在你现在这样的年纪，也已经生下了你。废话用不着多说，少年英俊的巴里斯已经来向你求过婚啦。

乳　媪　真是一位好官人，小姐！像这样的一个男人，小姐，真是天下少有。
　　　哎哟！他才是一位十全十美的好郎君。

凯普莱脱夫人　维洛那的夏天找不到这样一朵好花。

乳　媪　是啊，他是一朵花，真是一朵好花。

凯普莱脱夫人　你怎么说？你能不能喜欢这个绅士？这晚上在我们家里的宴会
　　　中间，你就可以看见他。从年轻的巴里斯的脸上，你可以读到用秀美
　　　的笔写成的迷人的字句；一根根齐整的线条，交织成整个的一幅谐和
　　　的图画；要是你想探索这一卷美好的书中的奥秘，在他的眼角上可以
　　　找到微妙的诠释。这本珍贵的恋爱的经典，只缺少一帧可以使它相得
　　　益彰的封面；正像游鱼需要活水，美妙的内容也少不了美妙的外表陪
　　　衬。记载着金科玉律的宝籍，锁合在金漆的封面里，它的辉煌富丽为
　　　众目所共见；要是你做了他的封面，那么他所有的一切都属于你所有
　　　了。简简单单地回答我，你能够接受巴里斯的爱吗？

朱丽叶　要是我看见了他以后，能够发生好感，那么我是准备着喜欢他的。
　　　可是我的眼光是飞箭，倘然没有得到您的允许，是不敢大胆发射出
　　　去的呢。

　　　一仆人上。

仆　　太太，客人都来了，餐席已经摆好了，请您跟小姐快些出去，大家在
　　　厨房里埋怨着奶妈，什么都乱成一团糟。我要侍候客人去；请您马上
　　　就来。

凯普莱脱夫人　我们就来了。朱丽叶，那伯爵在等着呢。

乳　媪　去，孩子，快去找天天欢乐，夜夜良宵。（同下）

第四场　同前　街道

　　　罗密欧，迈邱西奥，卞伏里奥及五六人或戴假面或持火炬上。

罗密欧　怎么！我们就用这一番话作为我们的晋身之阶，还是就这么昂然直入，
　　　不说一句道歉的话？

卞伏里奥　这种虚文俗套，现在早就不流行了。我们用不着蒙着眼睛的丘比特，

背着一张花漆的木弓，像个稻草人似的去吓那些娘儿们；也用不着跟着提示的人一句一句念那从书上默诵出来的登场白；凭他们把我们认作什么人，我们只要跳完一回舞，走了就完啦。

罗密欧 给我一个火炬，我不高兴跳舞。我的阴沉的心需要着光明。

迈邱西奥 不，好罗密欧，我们一定要你陪着我们跳舞。

罗密欧 我实在不能跳。你们都有轻快的舞鞋；我只有一个铅一样重的灵魂，把我的身体紧紧地钉在地上，使我的脚步不能移动。

迈邱西奥 你是一个恋人，你就借着丘比特的翅膀，高高地飞起来吧。

罗密欧 他的羽镞已经穿透我的胸膛，我不能借着他的羽翼高翔；他束缚住了我的整个的灵魂，爱的重担压得我向下坠沉。

迈邱西奥 爱是一件温柔的东西，要是你拖着它一起沉下去，那未免太难为它了。

罗密欧 爱是温柔的吗？它是太粗暴，太专横，太野蛮了；它像荆棘一样刺人。

迈邱西奥 要是爱情虐待了你，你也可以虐待爱情；它刺痛了你，你也可以刺痛它；这样你就可以战胜了爱情。给我一个面具，让我把我的尊容藏起来；（戴假面）哎哟，好难看的鬼脸！再给我拿一个面具来把它罩住吧。也罢，就让人家笑我丑，也有这一张鬼脸替我遮羞。

卞伏里奥 来，敲门进去；大家一进门，就跳起舞来。

罗密欧 拿一个火炬给我。让那些无忧无虑的公子哥儿们去卖弄他们的舞步吧；莫怪我说句老气横秋的话，我对于这种玩意儿实在敬谢不敏，还是做个壁上旁观的人吧。

迈邱西奥 胡说！要是你已经没头没脑深陷在恋爱的泥沼里——恕我说这样的话，——那么我们一定要拉你出来。来来来，别浪费光阴啦！

罗密欧 天色已晚，哪来的光？

迈邱西奥 我的意思是说，我们别浪费光阴，好比白昼点灯一样。我没有恶意，我们用心听比用耳朵听要清楚得多。

罗密欧 我们去参加他们的舞会，实在没有什么恶意，只怕不是一件很明智的事。

迈邱西奥 为什么？请问。

罗密欧 昨天晚上我做了一个梦。

迈邱西奥 我也做了一个梦。

罗密欧　好，你做了什么梦？

迈邱西奥　我梦见做梦的人老是说谎。

罗密欧　一个人在睡梦里往往可以见到真实的事情。

迈邱西奥　啊！那么一定春梦婆来望过你了。

卞伏里奥　春梦婆！她是谁？

迈邱西奥　她是精灵们的稳婆；她的身体只有郡吏手指上一颗玛瑙那么大；几
　　　　匹蚂蚁大小的细马替她拖着车子，越过酣睡的人们的鼻梁，她的车辐
　　　　是用蜘蛛的长脚做成的；车篷是蚱蜢的翅膀，挽索是如水的月光；马
　　　　鞭是蟋蟀的骨头；缰绳是天际的游丝。替她驾车的是一只小小的灰色
　　　　的蚊虫，它的大小还不及从一个贪懒丫头的指尖上挑出来的懒虫的一
　　　　半。她的车子是野蚕用一个榛子的空壳替她造成，它们从古以来，就
　　　　是精灵们的车匠。她每夜驱着这样的车子，穿过情人们的脑中，他们
　　　　就会在梦里谈情说爱；经过官员们的膝上，他们就会在梦里打躬作揖；
　　　　经过律师们的手指，他们就会在梦里伸手讨讼费；经过娘儿们的嘴唇，
　　　　她们就会在梦里跟人家接吻，可是因为春梦婆讨厌她们嘴里吐出来的
　　　　糖果的气息，往往罚她们满嘴长着水泡。有时会驰过廷臣的鼻子，他
　　　　就会梦着个好差事；有时她从捐献给教会的猪身上拔下它的尾巴来，
　　　　撩拨着一个牧师的鼻孔，他就会梦见他自己又领到了一份俸禄；有时
　　　　她绕过一个兵士的颈项，他就会梦见杀敌人的头，进攻，埋伏，锐利
　　　　的剑锋，淋漓的痛饮，忽然被耳边的鼓声惊醒，咒骂了几句，又翻了
　　　　个身睡去了。就是这一个春梦婆在夜里把马鬣打成了辫子，把懒女人
　　　　的龌龊的乱发烘成一处处胶粘的硬块，倘然把它们疏通了，就要遭逢
　　　　祸事；就是这个婆子在人家女孩子们仰面睡觉的时候，压在她们的身
　　　　上，教会她们怎样养儿子；就是她——

罗密欧　得啦，得啦，迈邱西奥，别说啦！你全然在那儿痴人说梦。

迈邱西奥　对了，梦本来是痴人脑中的胡思乱想；它的本质像空气一样稀薄；
　　　　它的变化莫测，就像一阵风，刚才还在向着冰雪的北方求爱，忽然发
　　　　起恼来，一转身又到雨露的南方来了。

卞伏里奥　你讲起的这一阵风，不知把我们自己吹到哪儿去了。人家晚饭都用
　　　　过了，我们进去怕要太晚啦。

罗密欧　我怕也许是太早了；我仿佛觉得有一种不可知的命运，将要从我们今

天晚上的狂欢开始它的恐怖的统治，我这可憎恨的生命，将要遭遇残酷的夭折而告一结束。可是让支配我的前途的上帝指导我的行动吧！前进，勇敢的朋友们！

卞伏里奥　来，把鼓擂起来。（同下）

第五场　同前　凯普莱脱家中厅堂

　　　　乐工各持乐器等候；众仆上。

甲　仆　卞得潘呢？他怎么不来帮忙把这些盘子拿下去？他不愿意搬碟子！他不愿意揩砧板！

乙　仆　一切事情都交给一两个人管，叫他们连洗手的工夫都没有，这真糟糕！

甲　仆　把折凳拿进去，把食器架搬开，留心打碎盘子。好兄弟，留一块杏仁酥给我；谢谢你去叫那管门的让苏珊跟耐儿进来。安东尼！卞得潘！

乙　仆　哦，兄弟，我在这儿。

甲　仆　里头在找着你，叫着你，问着你，到处寻着你。

丙　仆　我们可不能一身分两处呀。

乙　仆　来，孩子们，大家出力！（众仆退后）

　　　　凯普莱脱，朱丽叶，泰保尔脱及其家族等自一方上；众宾客及假面跳舞者等自另一方上，相遇。

凯普莱脱　诸位朋友，欢迎欢迎！足趾上不生茧子的小姐太太们要跟你们跳一回舞呢。啊哈！我的小姐们，你们中间现在有什么人不愿意跳舞？我可以发誓，谁要是推三阻四的，一定脚上长着老大的茧子；果然给我猜中了吗？诸位朋友，欢迎欢迎！我从前也曾经戴过假面，在一个标致姑娘的耳朵旁边讲些使得她心花怒放的话儿；这种时代现在是过去了，过去了，过去了。诸位朋友，欢迎欢迎！来，乐工们，奏起音乐来吧。站开些！站开些！让出地方来。姑娘们，跳起来吧。（奏乐；众开始跳舞）浑蛋；把灯点亮一点，把桌子一起搬掉，把火炉熄了，这屋子里太热啦。啊，好小子！这才玩得有兴。啊！请坐，好兄弟，我们两人现在是跳不起来的了；您还记得我们最后一次戴着假面跳舞是在什么时候？

凯普莱脱族人　这话说来也有三十年啦。

凯普莱脱　什么，兄弟！没有这么久，没有这么久；那是在卢森西奥结婚的那
　　　　　年，大概离现在有二十五年模样，我们曾经跳过一次。

凯普莱脱族人　不止了，不止了；大哥，他的儿子也有三十岁啦。

凯普莱脱　我难道不知道吗？他的儿子两年以前还没有成年哩。

罗密欧　搀着那位武士的手的那位小姐是谁？

仆　　　我不知道，先生。

罗密欧　啊！火炬远不及她的明亮；

　　　　她皎然悬在暮天的颊上，

　　　　像黑奴耳边璀璨的珠环；

　　　　她是天上明珠降落人间！

　　　　瞧她随着女伴进退周旋，

　　　　像鸦群中一头白鸽翩跹。

　　　　我要等舞阑后追随左右，

　　　　握一握她那纤纤的素手。

　　　　我从前的恋爱是假非真，

　　　　今晚才遇见绝世的佳人！

泰保尔脱　听这个人的声音，好像是一个蒙太玖家里的人。孩子，拿我的剑来。
　　　　　哼！这不知死活的奴才，竟敢套着一个鬼脸，到这儿来嘲笑我们的盛
　　　　　会吗？为了保持凯普莱脱家族的光荣，我把他杀死了也不算罪过。

凯普莱脱　哎哟，怎么，侄儿！你怎么动起怒来啦？

泰保尔脱　伯父，这是我们的仇家蒙太玖家里的人，这贼子今天晚上到这儿来，
　　　　　一定不怀好意，存心来捣乱我们的盛会。

凯普莱脱　他是罗密欧那小子吗？

泰保尔脱　正是他，正是罗密欧那小杂种。

凯普莱脱　别生气，好侄儿，让他去吧。瞧他的举动倒也规规矩矩；说句老实
　　　　　话，在维洛那城里，他也算得一个品行很好的青年。我无论如何不愿
　　　　　意在我自己的家里跟他闹事。你还是耐着性子，别理他吧。我的意思
　　　　　就是这样，你要是听我的话，赶快收下了怒容，和和气气的，不要打
　　　　　断了大家的兴致。

泰保尔脱　这样一个贼子也来做我们的宾客，我怎么不生气？我不能容他在这

儿放肆。

凯普莱脱　不容也得容；哼，目无尊长的孩子！我偏要容他。嘿！谁是这里的主人？是你还是我？嘿！你容不得他！什么话！你要当着这些客人的面前吵闹吗？你不服气！你要充好汉！

泰保尔脱　伯父，咱们不能忍受这样的耻辱。

凯普莱脱　得啦，得啦，你真是一点规矩都不懂。——是真的吗？您也许不喜欢这个调调儿。——我知道你一定要跟我闹别扭！——说得很好，我的好人儿！——你是个放肆的孩子；去，别闹！不然的话，——把灯再点亮些！把灯再点亮些！——不害臊的！我要叫你闭嘴。——啊！痛痛快快地玩一下，我的好人儿们！

泰保尔脱　我这满腔怒火偏给他浇下一盆冷水，好教我气得浑身哆嗦。我且退下去；可是今天由他闯进了咱们的屋子，看他不会有一天得意反成了后悔。（下）

罗密欧　（向朱丽叶）要是我这俗手上的尘污，
　　　　褒渎了你的神圣的庙宇，
　　　　这两片嘴唇，含羞的信徒，
　　　　愿意用一吻乞求你宥恕。

朱丽叶　信徒，莫把你的手儿侮辱，
　　　　这样才是最虔诚的礼敬；
　　　　神明的手本许信徒接触，
　　　　掌心的密合远胜如亲吻。

罗密欧　生下了嘴唇有什么用处？

朱丽叶　信徒的嘴唇要祷告神明。

罗密欧　那么我要祈求你的允许，
　　　　让手的工作交给了嘴唇。

朱丽叶　你的祷告已蒙神明允准。

罗密欧　神明，请容我把殊恩受领。（吻朱丽叶）
　　　　这一吻涤清了我的罪孽。

朱丽叶　你的罪却沾上我的唇间。

罗密欧　啊！请原谅我无心的过失，
　　　　这一次我要把罪恶收还。（吻朱丽叶）

019

朱丽叶　你连亲吻都有一套。

乳　媪　小姐，你妈要跟你说话。

罗密欧　谁是她的母亲？

乳　媪　小官人，她的母亲就是这儿府上的太太，她是个好太太，又聪明，又贤德；我替她抚养她的女儿，就是刚才跟您说话的那个；告诉您吧，谁要是娶了她去，才发财咧。

罗密欧　她是凯普莱脱家里的人吗？哎哟！我的生死现在操在我的仇人的手里了！

卞伏里奥　去吧，跳舞快要完啦。

罗密欧　是的，我只怕盛筵易散，良会难逢。

凯普莱脱　不，列位，请慢点儿去；我们还要请你们稍微用一点茶点。真的吗？那么谢谢你们；各位朋友，谢谢，谢谢，再会！再会！再拿几个火把来！来，我们去睡吧。啊，好小子！天真是不早了；我要去休息一会儿。（除朱丽叶及乳媪外俱下）

朱丽叶　过来，奶妈。那边的那位绅士是谁？

乳　媪　泰佩里奥那老头儿的儿子。

朱丽叶　现在跑出去的那个人是谁？

乳　媪　呃，我想他就是那个年轻的彼特鲁乔。

朱丽叶　那个跟在人家后面不跳舞的人是谁？

乳　媪　我不认识。

朱丽叶　去问他叫什么名字。——要是他已经结过婚，那么坟墓便是我的婚床。

乳　媪　他的名字叫罗密欧，是蒙太玖家里的人，咱们仇家的独子。

朱丽叶　恨灰中燃起了爱火融融，

　　　　要是不该相识，何必相逢！

　　　　昨天的仇敌，今日的情人，

　　　　这场恋爱怕要种下祸根。

乳　媪　你在说什么？你在说什么？

朱丽叶　那是刚才一个陪我跳舞的人教给我的几句诗。（内呼"朱丽叶！"）

乳　媪　就来，就来！来，咱们去吧；客人们都已经散了。（同下）

开场诗

副末上念：
旧日的温情已尽付东流，
新生的爱恋正如日初上；
为了朱丽叶的绝世温柔，
忘却了曾为谁魂思梦想。
罗密欧爱着她媚人容貌，
把一片痴心呈献给仇雠；
朱丽叶恋着他风流才调，
甘愿被香饵钓上了金钩。
只恨解不开的世仇宿怨，
这段山海深情向谁申诉？
幽闺中锁住了桃花人面，
要相见除非是梦魂来去。
可是热情总会战胜辛艰，
苦味中间才有无限甘甜。（下）

第二幕

第一场　维洛那　凯普莱脱花园墙外的小巷

罗密欧上。

罗密欧　我的心还逗留在这里，我能够就这样掉头前去吗？回去吧，无情的土地，让我回到这世界的中心。（攀登墙上，跳入墙内）

卞伏里奥及迈邱西奥上。

卞伏里奥　罗密欧！罗密欧兄弟！

迈邱西奥　他是个乖巧的家伙；我说他一定溜回家去睡了。

卞伏里奥　他往这条路上跑，一定跳进这花园的墙里去了。好迈邱西奥，你叫叫他吧。

迈邱西奥　不，我还要念咒喊他出来呢。罗密欧！痴人！疯子！恋人！情郎！快快化作一声叹息出来吧！我不要你多说什么，只要你念一行诗，叹一口气，把咱们那位维纳丝奶奶恭维两句，替她的瞎眼儿子丘比特少爷取个绰号就行啦。这小爱神真是一个神弓手，竟让国王爱上了女叫花子！他没有听见，他没有做声，他没有动静；这猴崽子难道死了吗？待我咒他的鬼魂出来。凭着罗瑟琳的光明的眼睛，凭着她的高额角，她的红嘴唇，她的玲珑的脚，挺直的小腿，弹性的大腿和大腿附近的那一部分，凭着这一切的名义，赶快给我现出真形来吧！

卞伏里奥　他要是听见了，一定会生气的。

迈邱西奥　这还不会叫他生气，除非是气得他在他情人的圈儿里唤起一个小怪物，由它在那儿昂然直立，直等她降伏了它，并使它低下头来；我的咒语很正当，无非是凭着他情人的名字咒他出来罢了。

卞伏里奥　来，他已经躲到了树丛里，跟那多露水的黑夜做伴去了；爱情本来是盲目的，让他在黑暗里摸索去吧。

迈邱西奥　爱情如果是盲目的，就射不中靶。此刻他该坐在枇杷树下了，希望他的心上人就是他口中的枇杷。——啊，罗密欧，但愿，但愿她真的成了你到口的枇杷！罗密欧，晚安！我要上床睡觉去；这儿草地上太冷啦，我可受不了。来，咱们走吧。

卞伏里奥　好，走吧；他要避着我们，找他也是白费辛勤。（同下）

第二场　同前　凯普莱脱家的花园

罗密欧上。

罗密欧　没有受过伤的人才会讥笑别人身上的创痕。（朱丽叶自上方窗户中出现）轻声！那边窗子里亮起来的是什么光？那就是东方，朱丽叶就是太阳！起来吧；美丽的太阳！赶走那妒忌的月亮，她因为她的女弟子比她美得多，已经气得面色惨白了。既然她这样妒忌着你，你不要忠于她吧，脱下她给我的这一身惨绿色的贞女的道服，它是只配给愚人穿的。那是我的意中人；啊！那是我的爱；唉，但愿她知道我在爱着她！她欲言又止，可是她的眼睛已经道出了她的心事。待我去回答她吧；不，我不要太鲁莽，她不是对我说话。天上两颗最灿烂的星，因为有事他去，请求她的眼睛替代它们在空中闪耀。要是她的眼睛变成了天上的星，天上的星变成了她的眼睛，那便怎样呢？她脸上的光辉会掩盖了星星的明亮，正像灯光在朝阳下黯然失色一样；在天上的她的眼睛，会在太空中大放光明，使鸟儿误认为黑夜已经过去而展开它们的歌声。瞧！她用纤手托住了脸，那姿态是多么美妙！啊，但愿我是那一只手上的手套，好让我亲一亲她脸上的香泽！

朱丽叶　唉！

罗密欧　她说话了。啊！再说下去吧，光明的天使，因为我在这夜色之中仰视着你，就像一个尘世的凡人，张大了出神的眼睛，瞻望着一个生着翅膀的天使，驾着白云缓缓地驰过了天空一样。

朱丽叶　罗密欧啊，罗密欧！为什么你偏偏是罗密欧呢？否认你的父亲，抛弃你的姓名吧；也许你不愿意这样做，那么只要你宣誓做我的爱人，我也不愿再姓凯普莱脱了。

罗密欧 （旁白）我还是继续听下去呢，还是现在就对她说话？

朱丽叶 只有你的名字才是我的仇敌，你即使不姓蒙太玖，仍然是这样的一个你。姓不姓蒙太玖又有什么关系呢？它又不是手，又不是脚，又不是手臂，又不是脸，又不是身体上任何其他的部分。啊！换一换姓名吧！姓名本来是没有意义的；我们叫作玫瑰的这一种花，要是换了个名字，它的香味还是同样的芬芳；罗密欧要是换了别的名字，他的可爱的完美也决不会有丝毫改变。罗密欧，抛弃了你的名字吧；我愿意把我整个的心灵，赔偿你这一个身外的空名。

罗密欧 那么我就听你的话，你只要叫我做爱，我就有了一个新的名字；从今以后，永远不再叫罗密欧了。

朱丽叶 你是什么人，在黑夜里躲躲闪闪地偷听人家的话？

罗密欧 我没法告诉你我叫什么名字。敬爱的神明，我痛恨我自己的名字，因为它是你的仇敌；要是把它写在纸上，我一定把这几个字撕成粉碎。

朱丽叶 我的耳朵里还没有灌进从你嘴里吐出来的一百个字，可是我认识你的声音；你不是罗密欧——蒙太玖家里的人吗？

罗密欧 不是，美人，要是你不喜欢这两个名字。

朱丽叶 告诉我，你怎么会到这儿来，为什么到这儿来？花园的墙这么高，不是容易爬得上的；要是我家里的人瞧见你在这儿，他们一定不让你活命。

罗密欧 我借着爱的轻翼飞过围墙，因为砖石的墙垣是不能把爱情阻隔的；爱情的力量所能够做到的事，它都会冒险尝试，所以我不怕你家里人的干涉。

朱丽叶 要是他们瞧见了你，一定会把你杀死的。

罗密欧 唉！你的眼睛比他们二十柄刀剑还厉害；只要你用温柔的眼光看着我，他们就不能伤害我的身体。

朱丽叶 我怎么也不愿让他们瞧见你在这儿。

罗密欧 朦胧的夜色可以替我遮过他们的眼睛。只要你爱我，就让他们瞧见我吧；与其因为得不到你的爱情而在这世上挨命，还不如在仇人的刀剑下丧生。

朱丽叶　谁叫你找到这儿来的？

罗密欧　爱情怂恿我探听出这一个地方；他替我出主意，我借给他眼睛。我不会操舟驾舵，可是倘使你在辽远辽远的海滨，我也会冒着风波把你寻访。

朱丽叶　幸亏黑夜替我罩上了一重面幕，否则为了我刚才被你听去的话，你一定可以看见我脸上羞愧的红晕。我真想遵守礼法，否认已经说过的言语，可是这些虚文俗礼，现在只好一切置之不顾了！你爱我吗？我知道你一定会说"是的"；我也一定会相信你的话；可是也许你起的誓只是一个谎，人家说，对于恋人们的寒盟背信，上帝是一笑置之的。温柔的罗密欧啊！你要是真的爱我，就请你诚意告诉我；你要是嫌我太容易降心相从，我也会堆起怒容，装出倔强的神气，拒绝你的好意，好让你向我婉转求情，否则我是无论如何不会拒绝你的。俊秀的蒙太玖啊，我真的太痴心了，所以也许你会觉得我的举动有点轻浮；可是相信我，朋友，总有一天你会知道我的忠心远胜过那些善于矜持作态的人。我必须承认，倘不是你乘我不备的时候偷听去了我的真情的表白，我一定会更加矜持一点的；所以原谅我吧，是黑夜泄漏了我的心底的秘密，不要把我的允诺看作无耻的轻狂。

罗密欧　姑娘，凭着这一轮皎洁的月亮，它的银光涂染着这些果树的梢端，我发誓——

朱丽叶　啊！不要指着月亮起誓，它是变化无常的，每个月都有盈亏圆缺；你要是指着它起誓，也许你的情也会像它一样无常。

罗密欧　那么我指着什么起誓呢？

朱丽叶　不用起誓吧；或者要是你愿意的话，就凭着你的优美的自身起誓，那是我所崇拜的偶像，我一定会相信你的。

罗密欧　要是我的出自深心的爱情——

朱丽叶　好，别起誓啦。我虽然喜欢你，却不喜欢今天晚上的密约；它太仓猝，太轻率，太出人意料了，正像一闪电光，等不及人家开一声口，已经消隐了下去。好人，再会吧！这一朵爱的蓓蕾，靠着夏天的暖风的吹拂，也许会在我们下次相见的时候，开出鲜艳的花来。晚安，晚安！但愿恬静的安息同样降临到你我两人的心头！

罗密欧　啊！你就这样离我而去，不给我一点满足吗？

朱丽叶　你今夜还要什么满足呢？

罗密欧　你还没有把你的爱情的忠实的盟誓跟我交换。

朱丽叶　在你没有要求以前，我已经把我的爱给了你了；可是我很愿意再把它
　　　　重新收回来。

罗密欧　你要把它收回去吗？为什么呢，爱人？

朱丽叶　为了表示我的慷慨，我要把它重新给你。可是这样等于希望得到自己
　　　　已经有的东西：我的慷慨像海一样浩渺，我的爱情也像海一样深沉；
　　　　我给你的越多，我自己也越是富有，因为这两者都是没有穷尽的。（乳
　　　　媪在内呼唤）我听见里面有人在叫，亲爱的，再会吧！——就来了，
　　　　好奶妈！——亲爱的蒙太玖，愿你不要负心。再等一会儿，我就会来
　　　　的。（自上方下）

罗密欧　幸福的，幸福的夜啊！我怕我只是在晚上做一个梦，这样美满的事不
　　　　会是真实的。

　　　　　朱丽叶自上方重上。

朱丽叶　亲爱的罗密欧，再说三句话，我们真的要再会了。要是你的爱情的确
　　　　是光明正大，你的目的是在于婚姻，那么明天我会叫一个人到你的地
　　　　方来，请你叫他带一个信给我，告诉我你愿意在什么地方、什么时候
　　　　举行婚礼；我就会把我的整个命运交托给你，把你当作我的主人，跟
　　　　随你到天涯海角。

乳　媪　（在内）小姐！

朱丽叶　就来。——可是你要是没有诚意，那么我请求你——

乳　媪　（在内）小姐！

朱丽叶　等一等，我来了。——停止你的求爱，让我一个人独自伤心吧。明天
　　　　我就叫人来看你。

罗密欧　凭着我的灵魂——

朱丽叶　一千次的晚安！（自上方下）

罗密欧　晚上没有你的光，我只有一千次的心伤！恋爱的人去赴他情人的约会，
　　　　像一个放学归来的儿童；可是当他和情人分别的时候，却像上学去一
　　　　般满脸懊丧。（退后）

　　　　　朱丽叶自上方重上。

朱丽叶　嘘！罗密欧！嘘！唉！我希望我会发出呼鹰的声音，招这只鹰儿回来，

我不能高声说话，否则我要捣毁厄科[1]的洞穴，让她的无形的喉咙因为反复叫喊着我的罗密欧的名字而变得嘶哑。

罗密欧 那是我的灵魂在叫喊着我的名字。恋人的声音在晚间多么清婉，听上去就像最柔和的音乐！

朱丽叶 罗密欧！

罗密欧 我的爱！

朱丽叶 明天我应该在什么时候叫人来看你？

罗密欧 就在九点钟吧。

朱丽叶 我一定不失信；挨到那个时候，该有二十年那么长久！我记不起为什么要叫你回来了。

罗密欧 让我站在这儿，等你记起了告诉我。

朱丽叶 你这样站在我的面前，我一心想着多么爱跟在你一块儿，一定永远记不起来了。

罗密欧 那么我就永远等在这儿，让你永远记不起来，忘记除了这里以外还有什么家。

朱丽叶 天快要亮了；我希望你快去；可是我就好比一个淘气的女孩子，像放松一个囚犯似的让她心爱的鸟儿暂时跳出她的掌心，又用一根丝线把它拉了回来，爱的私心使她不愿意给它自由。

罗密欧 我但愿我是你的鸟儿。

朱丽叶 好人，我也但愿这样；可是我怕你会死在我的过分的爱抚里。晚安！晚安！离别是这样甜蜜的凄清，我真要向你道晚安直到天明！（下）

罗密欧 但愿睡眠合上你的眼睛！
但愿平和安息我的心灵！
我如今要去向神父求教！
把今宵的艳遇诉他知晓。（下）

---

[1] 厄科（Echo）是希腊神话中的仙女，因恋爱美少年那西索斯（Narcissus）不遂而形消体灭，化为山谷中的回声。

莎士比亚悲剧集

第三场　同前　劳伦斯神父的寺院

劳伦斯神父携篮上。

劳伦斯　黎明笑向着含愠的残宵，
金鳞浮上了东方的天梢；
看赤轮驱走了片片乌云，
像一群醉汉向四处狼奔。
趁太阳还没有睁开火眼，
晒干深夜里的涔涔露点，
我待要采摘下满篚盈筐，
毒草灵葩充实我的青囊。
大地是生化万类的慈母，
她又是掩藏群生的坟墓，
试看她无所不载的胸怀，
哺乳着多少的姹女婴孩！
天生下的万物没有弃掷，
什么都有它各自的特色，
石块的冥顽，草木的无知，
都含着玄妙的造化生机。
莫看那蠢蠢的恶木莠蔓，
对世间都有它特殊贡献；
即使最纯良的美谷嘉禾，
用得失当也会害性戕躯。
美德的误用会变成罪过，
罪恶有时反会造成善果。
这一朵有毒的弱蕊纤苞，
也会把淹煎的痼疾医疗；
它的香味可以祛除百病，
吃下腹中却会昏迷不醒。

草木和人心并没有不同，

各自有善意和恶念争雄；

恶的势力倘然占了上风，

死便会蛀蚀进它的心中。

罗密欧上。

罗密欧 早安，神父。

劳伦斯 上帝祝福你！是谁的温柔的声音这么早就在叫我？孩子，你一早起身，一定有什么心事，老年人因为多忧多虑，往往容易失眠，可是身心壮健的青年，一上了床就应该酣然入睡；所以你的早起，倘不是因为有什么烦恼，一定是昨夜没有睡过觉。

罗密欧 你的第二个猜测是对的；我昨夜享受到比睡眠更甜蜜的安息。

劳伦斯 上帝饶恕我们的罪恶！你是跟罗瑟琳在一起吗？

罗密欧 跟罗瑟琳在一起，我的神父？不，我已经忘记那一个名字，那是个使人不快的名字。

劳伦斯 那才是我的好孩子，可是你究竟在什么地方呢？

罗密欧 我愿意在你没有问我第二遍以前告诉你。昨天晚上我跟我的仇敌在一起宴会，突然有一个人伤害了我，同时她也被我伤害了；只有你的帮助和你的圣药，才会医治我们两人的重伤。神父，我并不怨恨我的敌人，因为瞧，我来向你请求的事，不单为了我自己，也同样为了她。

劳伦斯 好孩子，说明白一点，把你的意思老老实实告诉我，别打着哑谜了。

罗密欧 那么老实告诉你吧，我心底的一往深情，已经完全倾注在凯普莱脱的美丽的女儿身上了。她也同样爱着我，一切都完全定当了，只要你肯替我们主持神圣的婚礼。我们在什么时候遇见，在什么地方求爱，怎样彼此交换着盟誓，这一切我都可以慢慢告诉你；可是无论如何，请你一定答应就在今天替我们成婚。

劳伦斯 圣法兰西斯啊！多么快的变化！难道你所深爱着的罗瑟琳，就这样一下子被你抛弃了吗？这样看来，年轻人的爱情，都是见异思迁，不是发于真心的。耶稣，马利亚！你为了罗瑟琳的缘故，曾经用多少的眼泪洗过你消瘦的面庞！为了替无味的爱情添加一点辛酸的味道，曾经浪费掉多少的咸水！太阳还没有扫清你吐向苍穹的怨气，我这龙钟的耳朵里还留着你往日的呻吟；瞧！就在你自己的颊上，还留着一丝不曾揩去的旧时的泪痕。要是你不曾变了一个人，这些悲哀都是你真实的情感，那么你是罗瑟琳的，这些悲哀也是为罗瑟琳而发的；难道你现在已经变心了吗？男人既然这样没有恒心，那就莫怪女人家朝三暮四了。

罗密欧 你常常因为我爱罗瑟琳而责备我。

劳伦斯 我的学生，我不是说你不该恋爱，我只叫你不要因为恋爱而发痴。

罗密欧 你又叫我把爱情埋葬在坟墓里。

劳伦斯 我没有叫你把旧的爱情埋葬了，再去另找新欢。

罗密欧 请你不要责备我；我现在所爱的她，跟我心心相印，不像前回那一样。

劳伦斯 啊，罗瑟琳知道你对她的爱情完全抄着人云亦云的老调，你还没有读过恋爱入门的一课哩。可是来吧，朝三暮四的青年，跟我来；为一个理由，我愿意帮助你一臂之力：因为你们的结合也许会使你们两家释嫌修好，那就是天大的幸事了。

罗密欧 啊！我们就去吧，我巴不得越快越好。

劳伦斯 凡事三思而行；跑得太快是会滑倒的。（同下）

第四场 同前 街道

卞伏里奥及迈邱西奥上。

迈邱西奥 见鬼的，这罗密欧究竟到哪儿去了？他昨天晚上没有回家吗？

卞伏里奥 没有，我问过他的仆人了。

迈邱西奥 哎哟！那个白面孔狠心肠的女人，那个罗瑟琳，一定把他虐待得要发疯了。

卞伏里奥 泰保尔脱，凯普莱脱那老头子的亲戚，有一封信送到他父亲那里。

迈邱西奥 一定是一封挑战书。

卞伏里奥 罗密欧一定会给他一个答复。

迈邱西奥 只要会写几个字，谁都会写一封复信。

卞伏里奥 不，我说他一定会接受他的挑战。

迈邱西奥 唉！可怜的罗密欧！他已经死了，一个白女人的黑眼睛戳破了他的心；一支恋歌穿过了他的耳朵；瞎眼的丘比特的箭把他当胸射中；他现在还能够抵得住泰保尔脱吗？

卞伏里奥　泰保尔脱是个什么人？

迈邱西奥　我可以告诉你，他不是个平常的阿猫阿狗。啊！他是个顶懂得礼节的人。他跟人打起架来，就像照看乐谱唱歌一样，一板一眼都不放松，一秒钟的停顿，然后一、二、三，刺进了人家的胸膛；他全然是个穿礼服的屠夫，一个决斗专家、名门贵胄、击剑能手。啊！那了不得的侧击！那反击！那直中要害的一剑！

卞伏里奥　那什么？

迈邱西奥　见他的鬼！那些怪模怪样、扭扭捏捏的装腔作势，说起话来怪声怪气的家伙，他们只会说："耶稣哪，好一柄锋利的刀子！"——好一个高大的汉子，好一个风流的婊子！嘿，老爹，咱们中间有这么一群不知从哪儿飞来的苍蝇，这一群满嘴法国话的时髦人，他们因为趋新好异，坐在一张旧凳子上也会不舒服，这不是一件可以痛哭流涕的事吗？

　　　　罗密欧上。

卞伏里奥　罗密欧来了，罗密欧来了。

迈邱西奥　瞧他孤零零的神气，倒像一条风干的咸鱼。啊呀，你这块肉是怎样变成了鱼的！现在他又要念起彼特拉克的诗句来了：萝拉比起他的情人来不过是个灶下的丫头，虽然她有一个会做诗的爱人[1]；黛陀是个蓬头垢面的村妇；克莉奥佩屈拉是个吉卜赛姑娘；海伦、希罗都是下流的娼妓；雪丝佩也许有一双美丽的灰色眼睛，可是也不配相提并论。早安，罗密欧先生！

罗密欧　两位大哥早安！

迈邱西奥　你昨天晚上逃走得好。

罗密欧　对不起，迈邱西奥，我因为有一件很重要的事情，所以只好失礼了。

迈邱西奥　就是说，那种情况下你不得不屈一屈膝了。

罗密欧　你是说赔个礼。

迈邱西奥　你回答得正对。

罗密欧　正是彬彬有礼的说法。

---

[1] 彼特拉克（1304—1374 年），意大利诗人，他的作品有很多是歌颂他终身的爱人萝拉的。

迈邱西奥 何止如此，我是讲礼讲出花了。

罗密欧 像是鞋子上的花儿。

迈邱西奥 不错。

罗密欧 那么我的鞋子已经全是花儿了。

迈邱西奥 讲得妙；跟着我把这个笑话开到底吧，直开得你的鞋子都穿了，只剩下了鞋底，而那笑话也就变得光秃秃的了。

罗密欧 啊，好一个光秃秃的笑话，真够傻瓜蛋的了。

迈邱西奥 好卞伏里奥；快来帮忙，我的脑袋不行了。

罗密欧 要比就快马加鞭；不然我就宣告胜利了。

迈邱西奥 不，如果比聪明像赛马，我得承认我输了；我的马儿哪有你的野？说到野，我再长几个脑袋也比不上你。可是你野的时候，我几时跟你在一起过？

罗密欧 哪一次撒野缺了你这呆头鹅？

迈邱西奥 你这话真绝，我恨不得咬你一口。

罗密欧 啊，好鹅儿，别咬我。

迈邱西奥 你的笑话又甜又辣；简直是好调料。

罗密欧 美鹅加调料，岂不正好？

迈邱西奥 啊，妙语横生，越吹越多！

罗密欧 吹得好，呆头鹅就变成一只肥胖鹅了。

迈邱西奥 嘿，我们这样打趣岂不比谈情说爱好得多吗？现在的你多么和气，这才是真正的罗密欧；为了爱，痛哭流涕，就像一个天生的傻子，东奔西跑，到处找洞塞他那根棍儿。

卞伏里奥 行了，打住吧。

迈邱西奥 你不让我的话讲完，在关键处打住？

卞伏里奥 不打住你，你就越来越粗。

迈邱西奥 啊，你错了；我的话已经讲到了底，不瞎耽误时间啦。

罗密欧 看哪，好戏开场啦！

乳媪及彼得上。

迈邱西奥 一条帆船，一条帆船！

卞伏里奥 两条，两条！一公一母。

乳　媪 彼得！

彼　得　有！

乳　媪　彼得，我的扇子。

迈邱西奥　好彼得，替她把脸遮了；因为她的扇子比她的脸好看一点。

乳　媪　早安，列位先生。

迈邱西奥　晚安，好太太。

乳　媪　是道晚安的时候了吗？

迈邱西奥　没错；那日晷上的指针正顶着中午呢。

乳　媪　说什么？！你是什么人？！

罗密欧　好太太，上帝造了他，他却不知好歹。

乳　媪　你说他不知好歹哪？说得好，列位先生，你们有谁能够告诉我年轻的
　　　　罗密欧在什么地方？

罗密欧　我可以告诉你，可是等你找到他的时候，年轻的罗密欧已经比你寻访
　　　　他的时候老了点儿了。我因为取不到一个好一点的名字，所以就叫作
　　　　罗密欧；在取这一个名字的人们中间，我是最年轻的一个。

乳　媪　您真会说话，先生。要是您就是他，我就跟您讲句心腹话儿。

卞伏里奥　她要拉他吃晚饭去。

迈邱西奥　一个老虔婆，哼！罗密欧，你到不到你父亲那儿去？我们要在那边
　　　　吃饭。

罗密欧　我就来。

迈邱西奥　再见，老太太；（唱）再见，我的好姑娘！（迈邱西奥、卞伏里奥下）

乳　媪　好，再见！先生，这个满嘴胡说八道的放肆的家伙是什么人？

罗密欧　奶妈，这位先生最喜欢听他自己讲话；他在一分钟里所说的话，比他
　　　　在一个月里听人家讲的话还多。

乳　媪　要是他对我说了一句不客气的话，尽管他力气再大一点，我也要给他
　　　　一顿教训；这种家伙二十个我都对付得了，要是对付不了，我会叫那
　　　　些对付得了他们的人来。混账东西！他把老娘看作什么人啦？我不是
　　　　那些烂污婊子，由得他随便取笑的。（向彼得）你也不是个好东西，
　　　　看着人家把我欺侮，站在旁边一动也不动！

彼　得　我没有看见什么人欺侮你；要是我看见了，一定会立刻拔出刀子来的。
　　　　碰到吵架的事，只要理直气壮，打起官司来不怕人家，我是从来不肯
　　　　落在人家后头的。

乳　媪　哎哟！真把我气得浑身发抖。混账的东西！对不起，先生，让我跟您说句话儿。我刚才说过的，我家小姐叫我来找您；她叫我说些什么话我可不能告诉您；可是我要先明白对您说一句，要是正像人家说的，您想骗她做一场春梦，那可真是人家说的一件顶坏的行为；因为这位姑娘年纪还小，所以您要是欺骗了她，实在是一桩对无论哪一位好人家的姑娘都是对不起的事情，而且也是一桩顶不应该的举动。

罗密欧　奶妈，请你替我向你家小姐致意。我可以对你发誓——

乳　媪　很好，我就这样告诉她。主啊！主啊！她听见了一定会非常喜欢的。

罗密欧　奶妈，你去告诉她什么话呢？你没有听我说呀。

乳　媪　我就对她说您发过誓了，那可以证明您是一位正人君子。

罗密欧　你请她今天下午想个法子出来到劳伦斯神父的寺院里忏悔，就在那个地方举行婚礼。这几个钱是给你的酬劳。

乳　媪　不，真的，先生，我一个钱也不要。

罗密欧　别客气了，你还是拿着吧。

乳　媪　今天下午吗，先生？好，她一定会去的。

罗密欧　好奶妈，请你在这寺墙后面等一等，就在这一点钟之内，我要叫我的仆人去拿一捆扎得像船上的软梯一样的绳子来给你带去；在秘密的夜里，我要凭着它攀登我的幸福的尖端。再会！愿你对我们忠心，我一定不会有负你的辛劳，再会！替我向你的小姐致意。

乳　媪　天上的上帝保佑您！先生，我对您说。

罗密欧　你有什么话说，我的好奶妈？

乳　媪　您那仆人可靠得住吗？您没听见古话说，两个人知道是秘密，三个人知道就不是秘密吗？

罗密欧　你放心吗，我的仆人是最可靠不过的。

乳　媪　好先生，我那小姐是个最可爱的姑娘——主啊！主啊！——那时候她还是个咿咿呀呀怪会说话的小东西——啊！本地有一位叫作巴里斯的贵人，他巴不得把我家小姐抢到手里；可是她，好人儿，瞧他比瞧一只蛤蟆还讨厌。我有时候对她说巴里斯人品不错，你才不知道哩，她一听见这样的话，就会气得面如土色。请问婚礼用的罗丝玛丽花和罗密欧是不是同样一个字开头的呀？

罗密欧　是呀，奶妈；怎么样？都是"罗"字开头的哪。

乳 媪	啊，你真会开玩笑！那是狗的名字啊；罗就是那个——不对；我知道一定是另一个字开头的——她还把你同罗丝玛丽花连在一起，我念不上来，反正你听了一定喜欢的。
罗密欧	替我向小姐致意。
乳 媪	一定一定。（罗密欧下）彼得！
彼 得	有！
乳 媪	给我带路，快些走。（同下）

第五场 同前 凯普莱脱家的花园

朱丽叶上。

朱丽叶	我在九点钟差奶妈去；她答应在半小时以内回来。也许她碰不见他；那是不会的。啊！她的脚走起路来不大方便。恋爱的使者应当是思想，因为它比驱散山坡上的阴影的太阳光还要快过十倍；所以维纳斯的云车是用白鸽驾驶的，所以凌风而飞的丘比特生着翅膀。现在太阳已经升上中天，从九点钟到十二点钟是三个长长的钟点，可是她还没有回来。要是她是个有感情、有温暖的青春的血液的人，她的行动一定会像球儿一样敏捷，我用一句话就可以把她抛到我的心爱的情人那里，他也可以用一句话把她抛回到我这里；可是年纪老的人，大多像死人一般，手脚滞钝，呼唤不灵，慢吞吞地没有一点精神。
	乳媪及彼得上。
朱丽叶	啊，上帝！她来了。啊，好心肝奶妈！什么消息？你碰到他了吗？叫那个人出去。
乳 媪	彼得，到门口去等着。（彼得下）
朱丽叶	亲爱的好奶妈——哎哟！你怎么满脸的懊恼？即使是坏消息，你也应该装着笑容说；如果是好消息，你就不该用这副难看的面孔奏出美妙的音乐来。
乳 媪	我累死了，让我歇一会儿吧。哎呀，我的骨头好痛！我赶了多少的路！
朱丽叶	我但愿把我的骨头给你，你的消息给我。求求你，快说呀，好奶妈，说呀。

乳　媪　耶稣哪！你忙什么？你不能等一下子吗？你没见我气都喘不过来吗？

朱丽叶　你既然气都喘不过来，那么你怎么会告诉我说你气都喘不过来？你费了这么久的时间推三阻四的，要是干脆告诉了我，还不是几句话就完了。我只要你回答我，你的消息是好的还是坏的？只要先回答我一个字，详细的话慢慢再说好了。快让我知道了吧，是好消息还是坏消息？

乳　媪　好，你是个傻孩子，选中了这么一个人；你不知道怎样选一个男人。罗密欧！不，他不行，虽然他的脸长得比人家漂亮一点；可是他的腿才长得有样子；讲到他的手、他的脚、他的身体，虽然这种话不大好出口，可是的确谁也比不上他。他不顶懂得礼貌，可是温柔得就像一只羔羊。好，看你的运气吧，姑娘；好好敬奉上帝。怎么，你在家里吃过饭了吗？

朱丽叶　没有，没有。你这些话我都早就知道了。他对于结婚的事情怎么说？

乳　媪　主啊！我的头痛死了！我害了多厉害的头痛！痛得好像要裂成二十块似的。还有我那一边的背痛；哎哟，我的背！我的背！你的心肠真好，叫我到外边东奔西走去寻死。

朱丽叶　害你这样不舒服，我真是说不出的抱歉。亲爱的，亲爱的，亲爱的奶妈，告诉我，我的爱人说些什么话？

乳　媪　你的爱人说——他说得很像个老老实实的绅士，很有礼貌，很和气，很漂亮，而且也很规矩——你的妈呢？

朱丽叶　我的妈！她就在里面；她还会在什么地方？你回答得多么古怪："你的爱人说，他说得很像个老老实实的绅士，你的妈呢？"

乳　媪　哎哟，圣母娘娘！你这样性急吗？哼！反了反了，这就是你瞧着我筋骨酸痛替我涂上的药膏吗？以后还是你自己去送信吧。

朱丽叶　别缠下去啦！快些，罗密欧怎么说？

乳　媪　你已经得到准许今天去忏悔吗？

朱丽叶　我已经得到了。

乳　媪　那么你快到劳伦斯神父的寺院里去，有一个丈夫在那边等着你去做他的妻子哩。现在你的脸红起来啦。你到教堂里去吧，我还要到别处去搬一张梯子来，等到天黑的时候，你的爱人就可以凭着它爬进鸟窠里。为了使你快乐我累坏了自己。可是到了今晚上你要负起那个重担来啦。

去吧，我还没有吃过饭呢。

朱丽叶　我要找寻我的幸运去！好奶妈，再会。（各下）

第六场　同前　劳伦斯神父的寺院

劳伦斯神父及罗密欧上。

劳伦斯　愿上天祝福这神圣的结合，不要让日后的懊恨把我们谴责！

罗密欧　阿门，阿门！可是无论将来会发生什么悲哀的后果，都抵不过我在看见她这短短一分钟内的欢乐。不管侵蚀爱情的死亡怎样伸展它的魔手，只要你用神圣的言语，把我们的灵魂结为一体，让我能够称她一声我的人，我也就不再有什么遗恨了。

劳伦斯　这种狂暴的快乐将会产生狂暴的结局，正像火和火药的亲吻，就在最得意的一刹那烟消云散。最甜的蜜糖可以使味觉麻木；不太热烈的爱情才会维持久远；太快和太慢，结果都不会圆满。

朱丽叶上。

劳伦斯　这位小姐来了。啊！这样轻盈的脚步，是永远不会踩破神龛前的砖石的；一个恋爱中的人，可以踏在随风飘荡的蛛网上而不会跌下，幻妄的幸福使他灵魂飘然轻举。

朱丽叶　晚安，神父。

罗密欧　啊，朱丽叶！要是你感觉到像我一样多的快乐，要是你的灵唇慧舌，能够宣述你衷心的快乐，那么让空气中满布着从你嘴里吐出来的芳香，用无比的妙药，把这一次会晤中我们两人给予彼此的无限欢欣倾吐出来吧！

朱丽叶　充实的思想不在于言语的富丽；只有乞儿才能够计数他的家私。真诚的爱情充溢在我的心里，我无法估计自己享有的财富。

劳伦斯　来，跟我来，我们要把这件事情早点办好；因为在神圣的教会没有把你们两人结合以前，你们两人是不能在一起的。

　　（同下）

莎士比亚悲剧集

第三幕

第一场　维洛那广场

迈邱西奥，卞伏里奥，侍童及若干仆人上。

卞伏里奥　好迈邱西奥，咱们还是回去吧，天这么热，凯普莱脱家里的人满街都是，要是碰到了他们，又免不了一场吵架；因为在这种热的天气，一个人的脾气最容易暴躁起来。

迈邱西奥　你就像这么一种家伙，跑进了酒店的门，把剑在桌子上一放，说："上帝保佑我不要用到你！"等到两杯喝罢，却无缘无故拿起剑来跟酒保吵架。

卞伏里奥　我难道是这样一种人吗？

迈邱西奥　得啦得啦，你的坏脾气比得上意大利无论哪一个人；动不动就要生气，一生气就要乱动。

卞伏里奥　再以后怎样呢？

迈邱西奥　哼！要是有两个像你这样的人碰在一起，结果总会一个也没有，因为大家都要把对方杀死了方肯甘休。你！嘿，你会因为人家比你多一根或是少一根胡须，就跟人家吵架，瞧见人家咬栗子，你也会跟他闹翻，你的理由只是因为你有一双栗色的眼睛。除了生着这样一双眼睛的人以外，谁还会像这样吹毛求疵地去跟人家寻事？你的脑袋里装满了惹是招非的念头，正像鸡蛋里装满了蛋黄蛋白，虽然为了惹是招非缘故，你的脑袋曾经给人打得像个坏蛋一样。你曾经为了有人在街上咳了一声嗽而跟他吵架，因为他咳醒了你那条在太阳底下睡觉的狗。不是有一次你因为看见一个裁缝在复活节以前穿起他的新背心来，所以跟他大闹吗？不是还有一次因为他用旧带子系他的新鞋子，所以又跟他大闹吗？现在你却要教我不要跟人家吵架！

卞伏里奥　要是我像你一样爱吵架，不消一时半刻，我的性命早就会卖给人家了。——哎哟！凯普莱脱家里的人来了。

迈邱西奥　哼，我不在乎。

　　　　泰保尔脱及余人等上。

泰保尔脱　你们跟着我不要走开，等我去向他们说话。两位晚安！我要跟你们中间无论哪一位说句话儿。

迈邱西奥　您只要跟我们两人中间的一个人讲一句话吗？再来点儿别的吧。要是您愿意在一句话以外，再跟我们较量一两手，那我们倒愿意奉陪。

泰保尔脱　只要您给我一个理由，您就会知道我也不是个怕事的人。

迈邱西奥　您不会自己想出一个什么理由来吗？

泰保尔脱　迈邱西奥，你陪着罗密欧到处乱闯——

迈邱西奥　到处拉唱！怎么！你把我们当作一群沿街卖唱的人吗？你要是把我们当作沿街卖唱的人，那么我们倒要请你听一点儿不大好听的声音；这就是我的提琴上的拉弓，拉一拉就要叫你跳起舞来。他妈的！到处拉唱！

卞伏里奥　这儿来往的人太多，讲话不大方便，最好还是找个清静一点的地方去谈谈；要不然大家别闹意气，有什么过不去的事平心静气理论理论；否则各走各的路，也就完了，别让这么许多的眼睛瞧着我们。

迈邱西奥　人们生着眼睛总要瞧，让他们瞧去好了；我可不能趁着别人的高兴离开这块地方。

　　　　罗密欧上。

泰保尔脱　好，我的人来了；我不跟你吵。

迈邱西奥　他又不吃你的饭，不穿你的衣，怎么是你的人？可是虽然不是你的跟班，要是你逃走起来，他倒一定会紧紧跟住你的。

泰保尔脱　罗密欧，我对你的仇恨使我只能用一个名字称呼你——你是一个恶贼！

罗密欧　泰保尔脱，我跟你无冤无恨，你这样无端挑衅，我本来是不能容忍的，可是因为我有必须爱你的理由，所以也不愿跟你计较了。我不是恶贼；再见，我看你还不知道我是个什么人。

泰保尔脱 小子，你冒犯了我，现在可不能用这种花言巧语掩饰过去；赶快回过身子，拔出剑来吧。

罗密欧 我可以郑重声明，我从来没有冒犯过你，而且你想不到我是怎样爱你，除非你知道了我所以爱你的理由。所以，好凯普莱脱——我尊重这一个姓氏，就像尊重我自己的姓氏一样——咱们还是讲和了吧。

迈邱西奥 哼，好丢脸的屈服！只有武力才可以洗去这种耻辱。（拔剑）泰保尔脱，你这捉耗子的猫儿，你愿意跟我决斗吗？

泰保尔脱 你要我跟你干吗？

迈邱西奥 好猫精，听说你有九条性命，我只要取你一条命，留下那另外八条，等以后再跟你算账。快快拔出你的剑来，否则莫怪无情，我的剑就要临到你的耳朵边了。

泰保尔脱 （拔剑）好，我愿意奉陪。

罗密欧 好迈邱西奥，收起你的剑。

迈邱西奥 来，来，来，我倒要领教领教你的剑法。（二人互斗）

罗密欧 卞伏里奥，拔出剑来，把他们的武器打下来。两位老兄，这算什么？快别闹啦！泰保尔脱，迈邱西奥，亲王已经明令禁止在维洛那的街道上斗殴。住手，泰保尔脱！好迈邱西奥！（泰保尔脱及其党徒下）

迈邱西奥 我受伤了。你们这两家倒霉的人家！我已经完啦。他不带一点伤就去了吗？

卞伏里奥 啊，你受伤了吗？

迈邱西奥 嗯，嗯，擦破了一点儿；可是伤得很厉害。我的侍童呢？狗才，快去找个外科医生来。（侍童下）

罗密欧 放心吧，老兄；这伤口不算十分厉害的。

迈邱西奥 是的，它没有一口井那么深，也没有一扇门那么阔，可是这一点伤也就够要命了；要是你明天找我，就到坟墓里来看我吧。我这一生是完了。你们这两家倒霉的人家！他妈的！狗、耗子、猫儿，都会咬得死人！这个说大话的家伙，这个混账东西，打起架来也要按照数学的公式！谁叫你把身子插进来？都是你把我拉住了，我才受了伤。

罗密欧 我完全是出于好意。

迈邱西奥 卞伏里奥，快把我扶进什么屋子里去，不然我就要晕过去了。你们这两家倒霉的人家！我已经死在你们手里了。——你们这两家人家！

（迈邱西奥、卞伏里奥同下）

罗密欧 他是亲王的近亲，也是我的好友；如今他为了我的缘故受到了致命的重伤。泰保尔脱杀死了我的朋友，又毁谤了我的名誉，虽然他在一小时以前还是我的亲人，亲爱的朱丽叶啊！你的美丽使我变成懦弱，磨钝了我的勇气的锋刃！

卞伏里奥重上。

卞伏里奥 啊，罗密欧，罗密欧！勇敢的迈邱西奥死了；他已经撒手离开尘世，他的英魂已经升上天庭了！

罗密欧 今天这一场意外的变故，怕要引起日后的灾祸。

泰保尔脱重上。

卞伏里奥 暴怒的泰保尔脱又来了。

罗密欧 迈邱西奥死了，他却耀武扬威活在人世！现在我只好抛弃了一切顾忌，不怕伤了亲戚的情分，让眼睛里喷出火的愤怒支配着我的行动了！泰保尔脱，你刚才骂我恶贼，我要你把这两个字收回去；迈邱西奥的阴魂就在我们头上，他在等着你去跟他做伴；我们两个人中间必须有一个去陪陪他，要不然就是两人一起死。

泰保尔脱 你这该死的小子，你生前跟他做朋友，死后也去陪他吧！

罗密欧 这柄剑可以替我们决定谁死谁生。（二人互斗；泰保尔脱倒下）

卞伏里奥 罗密欧，快走！市民们都已经被这场争吵惊动了，泰保尔脱又死在这儿。别站着发怔；要是你给他们捉住了，亲王就要判你死刑。快去吧！快去吧！

罗密欧 唉！我是受命运玩弄的人。

卞伏里奥 你为什么还不走？（罗密欧下）

市民等上。

市民甲 杀死迈邱西奥的那个人逃到哪儿去了？那凶手泰保尔脱逃到什么地方去了？

卞伏里奥 躺在那边的就是泰保尔脱。

市民甲 先生，起来吧，请你跟我去。我用亲王的名义命令你服从。

亲王率侍从；蒙太玖夫妇，凯普莱脱夫妇及余人等上。

亲　王 这一场争吵的肇祸的罪魁在什么地方？

卞伏里奥 啊，尊贵的亲王！我可以把这场流血的争吵的不幸的经过向您从头

　　　　告禀。躺在那边的那个人，就是把您的亲戚，勇敢的迈邱西奥杀死的
　　　　人，他现在已经被年轻的罗密欧杀死了。

凯普莱脱夫人　　泰保尔脱，我的侄儿！啊！我的哥哥的孩子！亲王啊！侄儿
　　　　啊！丈夫啊！哎哟！我的亲爱的侄儿给人杀死了！殿下，您是正直无
　　　　私的，我们家里流的血，应当用蒙太玖家里流的血来报偿。哎哟，侄
　　　　儿啊！侄儿啊！

亲　王　卞伏里奥，是谁开始这场血斗的？

卞伏里奥　死在这儿的泰保尔脱，他是被罗密欧杀死的。罗密欧很诚恳地劝告
　　　　他，叫他想一想这种争吵多么没意思，并且也提起您的森严的禁令。
　　　　他用温和的语调，谦恭的态度，陪着笑脸向他反复劝解，可是泰保尔
　　　　脱充耳不闻，一味逞着他的骄横，拔出剑来就向勇敢的迈邱西奥胸前
　　　　刺了过去；迈邱西奥也动了怒气，就和他两下交锋起来，自恃着本领
　　　　高强，满不在乎地一手挡开了敌人致命的剑锋，一手向泰保尔脱还刺
　　　　过去，泰保尔脱眼明手快，也把它挡开了。那个时候罗密欧就高声喊
　　　　叫："住手，朋友；两下分开！"说时迟，来时快，他的敏捷的腕臂
　　　　已经打下了他们的利剑，他就插身在他们两人中间；谁料泰保尔脱怀
　　　　着毒心，冷不防打罗密欧的手臂下面刺了一剑过去，竟中了迈邱西奥
　　　　的要害，于是他就逃走了。等了一会儿他又回来找罗密欧，罗密欧这
　　　　时候正是满腔怒火，就像闪电似的跟他打起来，我还来不及拔剑阻止
　　　　他们，勇猛的泰保尔脱已经中剑而死，罗密欧见他倒在地上，也就转
　　　　身逃走了。我所说的句句都是真话，倘有虚言，愿受死刑。

凯普莱脱夫人　　他是蒙太玖家的亲戚，他说的话都是徇着私情，完全是假的。
　　　　他们一共有二十来个人参加这场恶斗，二十个人合力谋害一个人的生
　　　　命。殿下，我要请您主持公道，罗密欧杀死了泰保尔脱，罗密欧必须
　　　　抵命。

亲　王　罗密欧杀了他，他杀了迈邱西奥；迈邱西奥的生命应当由谁抵偿？

蒙太玖　殿下，罗密欧不应该偿他的命；他是迈邱西奥的朋友，他的过失不过
　　　　是执行了泰保尔脱依法应处的死刑。

亲　王　为了这一个过失，我现在宣布把他立刻放逐出境，你们双方的憎恨已
　　　　经牵涉到我的身上，在你们残暴的斗殴中，已经流下了我的亲人的血；
　　　　可是我要给你们一个重重的惩罚，儆戒儆戒你们的将来。我不要听任

何的请求辩护，哭泣和祈祷都不能使我枉法徇情，所以不用想什么挽回的办法，赶快把罗密欧遣送出境吧；不然的话，他在什么时候被我们发现，就在什么时候把他处死。把这尸体抬出去，不许违抗我的命令；对杀人的凶手不能讲慈悲，否则就是鼓励杀人了。（同下）

第二场　同前　凯普莱脱家的花园

朱丽叶上。

朱丽叶　快快跑过去吧，踏着火云的骏马，把太阳拖回到它的安息的所在；但愿驾车的腓通[1]鞭策你们飞驰到西方，让阴沉的暮夜赶快降临。展开你密密的帷幕吧，成全恋爱的黑夜！遮住夜行人的眼睛，让罗密欧悄悄地投入我的怀里，不被人家看见也不被人家谈论！恋人们可以在他们自身美貌的光辉里互相缱绻；即使恋爱是盲目的，那也正好和黑夜相称。来吧，温文的夜，你朴素的黑衣妇人，教会我怎样在一场全胜的赌博中失败，把各人纯洁的童贞互为赌注。用你黑色的罩巾遮住我脸上羞怯的红潮，等我深藏内心的爱情慢慢地胆大起来，不再因为在行动上流露真情而惭愧。来吧，黑夜！来吧，罗密欧！来吧，你黑夜中的白昼！因为你将要睡在黑夜的翼上，比乌鸦背上的新雪还要皎白。来吧，柔和的黑夜！来吧，可爱的黑颜的夜，把我的罗密欧给我！等他死了以后，你再把他带去，分散成无数的星星，把天空装饰得如此美丽，使全世界都恋爱着黑夜，不再崇拜炫目的太阳。啊！我已经买下了一所恋爱的华厦，可是它还不曾属我所有；虽然我已经把自己出卖，可是还没有被买主领去。这日子长得真叫人厌烦，正像一个做好了新衣服的小孩，在节日的前夜焦躁地等着天明一样。啊！我的奶妈来了。

乳媪携绳上。

朱丽叶　她带着消息来了。谁的舌头上只要说出了罗密欧的名字，他就在吐露着天上的仙音。奶妈，什么消息？你带着些什么来了？那就是罗密欧

---

[1] 腓通（Phaëthon）是希腊神话中日神希里奥斯（Helios，或称亥披利恩 Hypeetion）的儿子，曾为其父驾驭日车，不能控制其马而闯离常道。

叫你去拿的绳子吗？

乳　媪　是的，是的，这绳子。（将绳掷下）

朱丽叶　哎哟！什么事？你为什么扭着你的手？

乳　媪　唉！唉！唉！他死了，他死了，他死了！我们完了，小姐，我们完了，唉！他去了，他给人杀死了，他死了！

朱丽叶　天道竟会这样狠毒吗？

乳　媪　不是天道狠毒，罗密欧才下得了这样狠毒的手。啊！罗密欧！罗密欧！谁想得到会有这样的事情？罗密欧！

朱丽叶　你是个什么鬼，这样煎熬着我？这简直就是地狱里的酷刑。罗密欧把他自己杀死了吗？你只要回答我一个"是"字，这一个"是"字就比毒龙眼里射放的死光更会置人于死命。要是他死了，你就说"是"；要是他没有死，你就说"不"；这两个简单的字就可以决定我的终身祸福。

乳　媪　我看见他的伤口，我亲眼看见他的伤口，慈悲的上帝！就在他的宽阔的胸上，一个可怜的尸体，一个可怜的流血的尸体，像灰一样苍白，满身都是血，满身都是一块块的血；我一瞧见就晕过去了。

朱丽叶　啊，我的心要碎了！——可怜的破产者，你已经丧失了一切，还是赶快碎裂了吧！失去了光明的眼睛，你从此不能再见天日了！你这俗恶的泥土之躯，赶快停止呼吸，复归于泥土，去和罗密欧同眠在一个圹穴里吧！

乳　媪　啊！泰保尔脱，泰保尔脱！我的顶好的朋友！啊，温文的泰保尔脱，正直的绅士！想不到我活到今天，却会看见你死去！

朱丽叶　这是一阵什么风暴，一会儿又倒转方向！罗密欧给人杀了，泰保尔脱又死了吗？一个是我的最亲爱的哥哥，一个是我的更亲爱的夫君？那么，可怕的号角，宣布世界末日的来临吧！要是这样两个都可以死去，谁还应该活在这世上？

乳　媪　泰保尔脱死了，罗密欧放逐了；罗密欧杀了泰保尔脱，他现在被放逐了。

朱丽叶　上帝啊！泰保尔脱是死在罗密欧的手里吗？

乳　媪　是的，是的；唉！是的。

朱丽叶　啊，花一样的面庞里藏着蛇一样的心！哪一条恶龙曾经栖息在这样清雅的洞府里？美丽的暴君！天使般的魔鬼！披着白鸽羽毛的乌鸦！豺狼一样残忍的羔羊！圣洁的外表包覆着丑恶的实质！你的内心刚巧和你的形状相反，一个万恶的圣人，一个庄严的奸徒！造物主啊！你为什么要从地狱里提出这一个恶魔的灵魂，把它安放在这样可爱的一座肉体的天堂里？哪一本邪恶的书籍曾经装订得这样美观？啊！谁想得到这样一座富丽的宫殿里，会容纳着欺人的虚伪！

乳　媪　男人都靠不住，没有良心，没有真心的；谁都是三心二意，反复无常，奸恶多端，尽是些骗子。啊！我的人呢？快给我倒点儿酒来；这些悲伤烦恼，已经使我老起来了。愿耻辱降临到罗密欧的头上！

朱丽叶　你说出这样的愿望，你的舌头上应该长起水疱来！耻辱从来不曾和他在一起，它不敢侵上他的眉宇，因为那是君临天下的荣誉的宝座。啊！我刚才把他这样辱骂，我真是个畜生！

乳　媪　杀死了你的族兄的人，你还说他好话吗？

朱丽叶　他是我的丈夫，我应当说他坏话吗？啊！我的可怜的丈夫！你的三小时的妻子都这样凌辱你的名字，谁还会对它说一句温情的慰藉呢？可是你这恶人，你为什么杀死我的哥哥？他要是不杀死我的哥哥，我的凶恶的哥哥就会杀死我的丈夫！回去吧，愚蠢的眼泪，流回到你的源头；你那滴滴的细流，本来是悲哀的倾注，可是你却错把它呈献给喜悦。我的丈夫活着，他没有被泰保尔脱杀死；泰保尔脱死了，他想要杀死我的丈夫！这明明是喜讯，我为什么要哭泣呢？还有两个字比泰保尔脱的死更使我痛心，像一柄利刃刺进了我的胸中；我但愿忘了它们，可是唉！它们紧紧地牢附在我的记忆里，就像萦回在罪人脑中的不可宥恕的罪恶。"泰保尔脱死了，罗密欧放逐了！"放逐了！这"放逐"两个字，就等于杀死了一万个泰保尔脱。单单泰保尔脱的死，已经可以令人伤心了；即使祸不单行，必须在"泰保尔脱死了"这一句话以后，再接上一句不幸的消息，为什么不说你的父亲，或是你的母亲，或是父母两人都死了，那也可以引起一点人情之常的哀悼？可是在泰保尔脱的噩耗以后，再接连一记更大的打击，"罗密欧放逐了！"这句话简直等于说，父亲、母亲、泰保尔脱、罗密欧、朱丽叶，一起被杀，一起死了。"罗密欧放逐了！"这一句话里面包含着无穷无际、无极无限的死亡，没有字句能够形容出这里面蕴蓄着悲伤。——奶妈，我的父亲、我的母亲呢？

莎士比亚悲剧集

乳　媪　他们正在抚着泰保尔脱的尸体痛哭。你要去看他们吗？让我带着你去。

朱丽叶　让他们用眼泪洗涤他的伤口，我的眼泪是要留着为罗密欧的放逐而哀哭的。拾起那些绳子来。可怜的绳子，你是失望了，我们俩都失望了，因为罗密欧已经被放逐；他要借着你做接引相思的桥梁，可是我却要做一个独守空闺的怨女而死去。来，绳儿；来，奶妈。我要去睡上我的新床，把我的童贞奉献给死亡！

乳　媪　那么你快到房里去吧，我去找罗密欧来安慰你，我知道他在什么地方。听着，你的罗密欧今天晚上一定会来看你；他现在躲在劳伦斯神父的庵院里，我就去找他。

朱丽叶　啊！你快去找他；把这指环拿去给我的忠心的骑士，叫他来做一次最后的诀别。（各下）

第三场　同前　劳伦斯神父的寺院

　　　劳伦斯神父上。

劳伦斯　罗密欧，跑出来；出来吧，你这受惊的人，你已经和坎坷的命运结下了不解之缘。

　　　罗密欧上。

罗密欧　神父，什么消息？亲王的判决怎样？还有什么我所不知道的不幸的事情将要来找我？

劳伦斯　我的好孩子，你已经遭逢到太多的不幸了。我来报告你亲王的判决。

罗密欧　除了死罪以外，还会有什么判决？

劳伦斯　他的判决是很温和的：他并不判你死罪，只宣布把你放逐。

罗密欧　嘿！放逐！慈悲一点，还是说"死"吧！不要说"放逐"，因为放逐比死还要可怕。

劳伦斯　你必须立刻离开维洛那境内。不要懊恼，这是一个广大的世界。

罗密欧　在维洛那城以外没有别的世界，只有地狱的苦难；所以从维洛那放逐，就是从这世界上放逐，也就是死。明明是死，你却说是放逐，这就等于用一柄利斧砍下我的头，反因为自己犯了杀人罪而洋洋得意。

劳伦斯　哎哟，罪过罪过！你自己可以这样不知恩德！你所犯的过失，按照法律本来应该处死，幸亏亲王仁慈，特别对你开恩，才把可怕的死罪改成了放逐；这明明是莫大的恩典，你却不知道。

罗密欧 这是酷刑，不是恩典。朱丽叶所在的地方就是天堂；这儿的每一只猫，每一只狗，每一只小小的老鼠，都生活在天堂里，都可以瞻仰她的容颜，可是罗密欧却看不见她。污秽的苍蝇都可以接触亲爱的朱丽叶的皎洁的玉手，从她的嘴唇上偷取天堂中的幸福，那两片嘴唇是这样的纯洁贞淑，永远含着娇羞，好像觉得它们自身的相吻也是一种罪恶一样；苍蝇可以这样做，我却必须远走高飞，它们是自由人，我却是一个放逐的流徒。你还说放逐不是死吗？难道你没有配好的毒药，锋锐的刀子，无论什么致命的利器，而必须用"放逐"两个字把我杀害吗？放逐！啊，神父！只有沉沦在地狱里的鬼魂才会用这两个字，伴着凄厉的呼号；你是一个教士，一个替人忏罪的神父，又是我的朋友，怎么忍心用"放逐"这两个字来寸磔我呢？

劳伦斯 你这痴心的疯子，听我说一句话。

罗密欧 啊！你又要对我说起放逐了。

劳伦斯 我要教给你怎样抵御这两个字的方法，用哲学的甘乳安慰你的逆运，让你忘却被放逐的痛苦。

罗密欧 又是"放逐"！我不要听什么哲学！除非哲学能够制造一个朱丽叶，迁徙一个城市，撤销一个亲王的判决，否则它就没有什么用处。别再多说了吧。

劳伦斯 啊！那么我看疯人是不生耳朵的。

罗密欧 聪明人不生眼睛，疯人何必生耳朵呢？

劳伦斯 让我跟你讨论讨论你现在的处境。

罗密欧 你不能谈论你所没有感觉到的事情；要是你也像我一样年轻，朱丽叶是你的爱人，才结婚一小时，就把泰保尔脱杀了；要是你也像我一样热恋，像我一样被放逐，那时你才可以讲话，那时你才会像我现在一样扯着你的头发，倒在地上，替自己量一个葬身的墓穴。（内叩门声）

劳伦斯 快起来，有人在敲门；好罗密欧，躲起来吧。

罗密欧 我不要躲，除非我心底里发出来的痛苦呻吟的气息，会像一重云雾一样把我掩过了追寻者的眼睛。（叩门声）

劳伦斯 听！门打得多么响！——是谁在外面？——罗密欧，快起来，你要给他们捉住了。——等一等！——站起来；（叩门声）跑到我的书斋里去。——就来了！——上帝啊！瞧你多么不听话！——来了，来了！（叩门声）谁把门敲得这么响？你是什么地方来的？你有什么事？

乳　媪　（在内）让我进来，你就可以知道我的来意；我是从朱丽叶小姐那里来的。

劳伦斯　那好极了，欢迎欢迎！

　　　　乳媪上。

乳　媪　啊，神父！啊，告诉我，神父，我的小姐的姑爷呢？罗密欧呢？

劳伦斯　在那边地上哭得死去活来的就是他。

乳　媪　啊！他正像我的小姐一样，正像她一样！

劳伦斯　唉！真是同病相怜，一般的伤心！她也是这样躺在地上，一边唠叨一边哭，一边哭一边唠叨。起来，起来，您是个男子汉，就该起来；为了朱丽叶的缘故，为了她的缘故，站起来吧。为什么您要伤心到这个样子呢？

罗密欧　奶妈！

乳　媪　唉，姑爷！唉，姑爷！一个人到头来总是要死的。

罗密欧　你刚才不是说起朱丽叶吗？她现在怎么样？我现在已经用她近亲的血玷污了我们的新欢，她不会把我当作一个杀人的凶犯吗？她在什么地方？她怎么样？我这位秘密的新妇对于我们这一段中断的情缘说些什么话？

乳　媪　啊，她没有说什么话，姑爷，只是哭呀哭的哭个不停；一会儿倒在床上，一会儿又跳了起来；一会儿叫一声泰保尔脱，一会儿哭一声罗密欧，然后又倒了下去。

罗密欧　好像我那一个名字是从枪口里瞄准了射出来似的，一弹出去就把她杀死。正像我这一双该死的手杀死了她的亲人一样。啊！告诉我，神父，告诉我，我的名字是在我身上哪一处万恶的地方？告诉我，好让我捣毁这可恨的巢穴。（拔剑）

劳伦斯　放下你的鲁莽的手！你是一个男子吗？你的形状是一个男子，你却流着妇人的眼泪；你的狂暴的举动，简直是一头野兽的无可理喻的咆哮。你这须眉的贱妇，你这人头的畜类！我真想不到你的性情竟会这样毫无涵养。你已经杀死了泰保尔脱，你还要杀死自己吗？你没想到你对自己采取了这种万劫不赦的暴行就是杀死与你相依为命的你的妻子吗？为什么你要怨恨天地，怨恨你自己的生不逢辰？天地好容易生下你这一个人来，你却要亲手把你自己摧毁！呸！呸！你有的是一副堂堂的七尺之躯，有的是热情和智慧，你却不知道把它们好好利用，这岂不是辜负了你的七尺之躯，辜负了你的热情和智慧？你的堂堂的仪表不过是一尊蜡塑的形象，没有一点男子汉的血气；你的山盟海誓都是些空虚的谎语，杀害你所发誓珍爱的情人；你的智慧不知道指示你的行动，驾驭你的感情，它已经变成了愚妄的谬见，正像装在一个笨拙的兵士的枪膛里的火药，本来是自卫的武器，因为不懂得怎样点燃的方法，反而毁损了自己的肢体。怎么！起来吧，孩子！你刚才几乎要为了你的朱丽叶而自杀，可是她现在好好活着，这是你的第一件幸事。泰保尔脱要把你杀死，可是你却杀死了泰保尔脱，这是你的第二件幸事。法律上本来规定杀人抵命，可是它对你特别留情，减成了放逐的处分，这是你的第三件幸事。这许多幸事照顾着你，幸福穿着盛装向你献媚，你却像一个倔强乖僻的女孩，向你的命运和爱情撅起嘴唇。留心，留心，像这样不知足的人是不得好死的。去，快去会见你的情人，按照预定的计划，到她的寝室里去，安慰安慰她。可是在逻骑没有出发以前，你必须及早离开，否则你就不能到曼多亚去。你可以暂时在曼多亚住下，等我们觑着机会，把你们的婚姻宣布出来，和解了你们两家的亲族，向亲王请求特赦，那时我们就可以用超过你现在离别的悲痛二百万倍的欢乐招呼你回来。奶妈，你先去，替我向你家小姐致意；叫她设法催促她家里的人早早安睡，他们在遭到这样重大的悲伤以后，这是很容易办到的。你对她说，罗密欧就要来了。

乳媪　主啊！像这样好的教训，我就是在这儿听上一整夜都愿意；啊！真是有学问人说的话！姑爷，我就去对小姐说您就要来了。

罗密欧　很好，请你再叫我的爱人预备好一顿责骂。

乳媪　姑爷，这一个戒指小姐叫我拿来送给您，请您赶快就去，天色已经很晚了。（下）

罗密欧　现在我又重新得到了多大的安慰！

劳伦斯　去吧，晚安！你的命运在此一举：你必须在巡逻者没有开始查缉以前脱身，否则就得在黎明时候化装逃走。你就在曼多亚安下身来，我可以找到你的仆人，倘使这儿有什么关于你的好消息，我会叫他随时通知你。把你的手给我。时候不早了，再会吧。

罗密欧　倘不是一个超乎一切喜悦的喜悦在招呼着我，像这样匆匆的离别，一定会使我黯然神伤，再会！（各下）

第四场　同前　凯普莱脱家中一室

凯普莱脱，凯普莱脱夫人及巴里斯上。

凯普莱脱　伯爵，舍间因为遭逢变故，我们还没有时间去开导小女；您知道她跟她那个族兄泰保尔脱是友爱很笃的，我也非常喜欢他；唉！人生不免一死，也不必再去说他了。现在时间已经很晚，她今夜不会再下来了；不瞒您说，倘不是您大驾光临，我也早在一小时以前上了床啦。

巴里斯　我在你们正在伤心的时候来此求婚，实在是太冒昧了。晚安，伯母，请您替我向令爱致意。

凯普莱脱夫人　好，我明天一早就去探听她的意思；今夜她已经怀着满腔的悲哀关上门睡了。

凯普莱脱　巴里斯伯爵，我可以大胆替我的孩子做主，我想她一定会绝对服从我的意志；是的，我对于这一点可以断定，夫人，你在临睡以前先去看看她，把这位巴里斯伯爵向她求爱的意思告诉她知道；你再对她说，听好我的话，叫她在星期三——且慢！今天星期几？

巴里斯　星期一，老伯。

凯普莱脱　星期一！哈哈！好，星期三是太快了点儿，那么就是星期四吧。对她说，在这个星期四，她就要嫁给这位尊贵的伯爵。您预备得起来吗？您不嫌太匆促吗？咱们也不必十分铺张，略为请几位亲友就够了；因为泰保尔脱才死不久，他是我们自己家里的人，要是我们大开欢宴，人家也许会说我们对去世的人太没有情分。所以我们只要请五六个亲友，把仪式举行一下就算了。您说星期四怎样？

巴里斯　老伯，我但愿星期四便是明天。

凯普莱脱　好，你去吧；那么就是星期四。夫人，你在临睡前先去看看朱丽叶，叫她预备预备，好做起新娘来啊。再见，伯爵。喂！掌灯！时候已经很晚了，等一会儿我们就要说时间很早了。

晚安！（各下）

第五场　同前　朱丽叶的卧室

罗密欧及朱丽叶上。

朱丽叶　你现在就要走了吗？天亮还有一会儿呢。那刺进你惊恐的耳膜中的，不是云雀，是夜莺的声音；它每天晚上在那边石榴树上歌唱。相信我，爱人，那是夜莺的歌声。

罗密欧　那是报晓的云雀，不是夜莺。瞧，爱人，不作美的晨曦已经在东天的云朵上镶起了金线，夜晚的星光已经烧尽，愉快的白昼蹑足踏上了迷雾的山巅。我必须到别处去找寻生路，或者留在这儿束手等死。

朱丽叶　那光明不是晨曦，我知道，那是从太阳中吐射出来的流星，要在今夜替你拿着火炬，照亮你到曼多亚去。所以你不必急着要去，再耽搁一会儿吧。

罗密欧　让我被他们捉住，让我被他们处死；只要是你的意思，我就毫无怨恨。我愿意说那边灰白色的云彩不是黎明睁开的睡眼，那不过是从月亮的眉宇间反映出来的微光；那响彻云霄的歌声，也不是出于云雀的喉中。我巴不得留在这里，永远不要离开。来吧，死，我欢迎你！因为这是朱丽叶的意思。怎么，我的灵魂？让我们谈谈；天还没有亮哩。

朱丽叶　天已经亮了，天已经亮了；快走吧，快走吧！那唱得这样的刺耳，嘶着粗涩的噪声和讨厌的锐音的，正是天际的云雀。有人说云雀会发出千变万化的甜蜜的歌声，这句话一点不对，因为它只使我们彼此分离；有人说云雀曾经和丑恶的蟾蜍交换眼睛，啊！我但愿它们也交换了声音，因为那声音使你离开了我的怀抱，用催醒的晨歌催促你登程。啊！现在你快走吧；天越来越亮了。

罗密欧　天越来越亮，我们悲哀的心却越来越黑暗。

乳媪上。

乳　媪　小姐！

朱丽叶　奶妈？

乳　媪　你的母亲就要到你房里来了。天已经亮啦，小心点儿。

　　　　（下）

朱丽叶　那么窗啊，让白昼进来，让生命出去。

罗密欧　再会，再会！给我一个吻，我就下去。（由窗口下降）

朱丽叶　你就这样走了吗？我的夫君，我的爱人，我的朋友！我必须在每一小
　　　　时内的每一天听到你的消息，因为一分钟就等于许多天。啊！照这样
　　　　计算起来，等我再看见我的罗密欧的时候，我不知道已经老到怎样了。

罗密欧　再会！我决不放弃任何的机会，爱人，向你传达我的衷忱。

朱丽叶　啊！你想我们会不会再有见面的日子？

罗密欧　一定会有的；我们现在这一切悲哀痛苦，到将来便是握手谈心的资料。

朱丽叶　上帝啊！我有一颗预感不祥的灵魂；你现在站在下面，我仿佛望见你
　　　　像一具坟墓底下的尸骸。也许是我的眼光昏花，否则就是你的面容太
　　　　惨白了。

罗密欧　相信我，爱人，在我的眼中你也是这样；忧伤吸干了我们的血液。再
　　　　会！再会！（下）

朱丽叶　命运啊命运！谁都说你反复无常；要是你真的反复无常，那么你怎样
　　　　对待一个忠贞不贰的人呢？愿你不要改变你的轻浮的天性，因为这样
　　　　也许你会早早打发他回来。

凯普莱脱夫人　（在内）喂，女儿！你起来了吗？

朱丽叶　谁在叫我？是我的母亲吗？——难道她这么晚还没有睡觉？还是这么
　　　　早就起来了？什么特殊的原因使她到这儿来？

　　　　凯普莱脱夫人上。

凯普莱脱夫人　啊！怎么，朱丽叶？！

朱丽叶　母亲，我不大舒服。

凯普莱脱夫人　老是为了你族兄的死而掉泪吗？什么！你想用眼泪把他从坟墓
　　　　里冲出来吗？就是冲得出来，你也没法子叫他复活；所以还是算了吧。
　　　　适当的悲哀可以表示感情的深切，过度的伤心却可以证明智慧的欠缺。

朱丽叶　可是让我为了这样一个痛心的损失而流泪吧。

凯普莱脱夫人　损失固然痛心，可是一个失去的亲人，不是可以用眼泪哭得回
　　　　来的。

朱丽叶　因为这损失是如此痛心，我不能不为失去的亲人而痛哭。

凯普莱脱夫人 好，孩子，人已经死了，你也不用多哭他了，顶可恨的是那杀死他的恶人仍旧活在世上。

朱丽叶 什么恶人，母亲？

凯普莱脱夫人 就是罗密欧那个恶人。

朱丽叶 （旁白）恶人跟他相去真有十万八千里呢。——上帝饶恕他！我愿意全心饶恕他；可是没有一个人像他那样使我心里充满了悲伤。

凯普莱脱夫人 那是因为这个万恶的凶手还活在世上。

朱丽叶 是的，母亲，我恨不得把他抓住在我的手里。但愿我能够独自报复这一段杀兄之仇！

凯普莱脱夫人 我们一定要报仇的，你放心吧；别再哭了。这个亡命的流徒现在到曼多亚去了，我要差一个人到那边去，用一种稀有的毒药把他毒死，让他早点儿跟泰保尔脱见面；那时候我想你一定可以满足了。

朱丽叶 真的，我心里永远不会感到满足，除非我看见罗密欧在我的面前——死去；我这颗可怜的心是这样为了一个亲人而痛楚！母亲，要是您能够找到一个愿意带毒药去的人，让我亲手把它调好，好叫那罗密欧服下以后，就会安然睡去。唉！我心里多么难过，只听到他的名字，却不能赶到他的面前，让他知道我是多么爱着我的——泰保尔脱哥哥。

凯普莱脱夫人 你去想办法，我一定可以找到这样一个人。可是，孩子，现在我要告诉你好消息。

朱丽叶 在这样不愉快的时候，好消息来得真是再适当没有了。请问母亲，是什么好消息呢？

凯普莱脱夫人 哈哈，孩子，你有一个体贴的好爸爸哩；他为了替你排解愁闷已经为你选定了一个大喜的日子，不但你想不到，就是我也没有想到。

朱丽叶 母亲，快告诉我，是什么日子？

凯普莱脱夫人 哈哈，我的孩子，星期四的早晨，那位风流年少的贵人，巴里斯伯爵，就要在圣彼得教堂里娶你做他的幸福的新娘了。

朱丽叶 凭着圣彼得教堂和圣彼得的名字起誓，我决不让他娶我做他的幸福的新娘。世间哪有这样匆促的事情，人家还没有来向我求过婚，我倒先做了他的妻子了！母亲，请您对我的父亲说，我现在还不愿意出嫁；就是要出嫁，我可以发誓，我也宁愿嫁给我所痛恨的罗密欧，不愿嫁给巴里斯，真是些好消息！

凯普莱脱夫人　你爸爸来啦；你自己对他说去，看他会不会听你的话。

　　　　凯普莱脱及乳媪上。

凯普莱脱　太阳西下的时候，天空中落下了蒙蒙的细露；可是我的侄儿死，却有倾盆的大雨送着他下葬。怎么！装起喷水管来了吗，孩子？咦，还在哭吗？雨到现在还没有停吗？你这小小的身体里面，也有船，也有海，也有风；因为你的眼睛就是海，永远有泪潮在那儿涨退；你的身体是一艘船，在这泪海上面航行；你的叹气是海上的狂风；你的身体经不起风浪的吹打，会在这汹涌的怒海中覆没的。怎么，妻子！你没有把我们的主张告诉她吗？

凯普莱脱夫人　我告诉她了；可是她说谢谢你，她不要嫁人。我希望这傻丫头还是死了干净！

凯普莱脱　且慢！讲明白点儿，讲明白点儿，妻子。怎么！她不要嫁人吗？她不谢谢我们吗？她不称心吗？像她这样一个贱丫头，我们替她找到了这么一位高贵的绅士做她的新郎，她还不想想这是多大的福气吗？

朱丽叶　我没有喜欢，只有感激；你们不能勉强我喜欢一个我对他没有好感的人，可是我感激你们爱我的一片好心。

凯普莱脱　怎么！怎么！胡说八道！这是什么话？什么"喜欢""不喜欢"，"感激""不感激"！好丫头，我也不要你感谢，我也不要你喜欢，只要你预备好星期四到圣彼得教堂里去跟巴里斯结婚；你要不愿意，我就把你装在木笼里拖了去。不要脸的死丫头，贱东西！

凯普莱脱夫人　哎哟！哎哟！你疯了吗？

朱丽叶　好爸爸，我跪下来求求您，请您耐心听我说一句话。

凯普莱脱　该死的小贱妇！不孝的畜生！我告诉你，星期四给我到教堂里去，不然以后再也不要见我的面。不许说话，不要回答我；我的手指痒着呢。——夫人，我们常常怨叹自己福薄，只生下这一个孩子；可是现在我才知道就是这一个已经太多了，总是家门不幸，出了这一个冤孽！不要脸的贱货！

乳　媪　上帝祝福她！老爷，您不该这样骂她。

凯普莱脱　为什么不该！我的聪明的老太太？谁要你多嘴，我的好大娘？你去跟你那些婆婆妈妈们谈天去吧，去！

乳　媪　我又没有说过一句冒犯您的话。

凯普莱脱　闭嘴，你这叽里咕噜的蠢婆娘！我们不要听你的教训。

凯普莱脱夫人　你的脾气太躁了。

凯普莱脱　哼！我气都气疯啦。每天每夜，时时刻刻，不论忙着空着，独自一个人或是跟别人在一起，我心里总是在盘算着怎样替她配一个好好的人家；现在好容易找到一位出身高贵的绅士，又有家私，又年轻，又受过高尚的教养，正是人家说的十二分的人才，好到没得说的了；偏偏这个不懂事的傻丫头，放着送上门来的好福气不要，说什么"我不要结婚"、"我不懂恋爱"、"我年纪太小"、"请你原谅我"；好，你要是不愿意嫁人，我可以放你自由，尽你的意思到什么地方去，我这屋子里可容不得你了。你给我想想明白，我是一向说到哪里做到哪里的。星期四就在眼前，自己仔细考虑考虑。你倘然是我的女儿，就得听我的话嫁给我的朋友；你倘然不是我的女儿，那么你就去上吊也好，做叫花子也好，挨饿也好，死在街道上也好，我都不管，因为凭着我的灵魂起誓，我是再也不会认你这个女儿的，你也别想我会分一点什么给你。我不会骗你，你想一想吧；我誓也发过了，一定要把它做到的。（下）

朱丽叶　天知道我心里是多么难过，难道它竟会不给我一点慈悲吗？啊，我的亲爱的母亲！不要丢弃我！把这门亲事延期一个月或是一个星期也好；或者要是您不答应我，那么请您把我的新床安放在泰保尔脱长眠的幽暗的坟茔里吧！

凯普莱脱夫人　不要对我讲话，我没有什么话对你说，随你的便吧，我是不管你啦。（下）

朱丽叶　上帝啊！啊，奶妈！这件事情怎么避过去呢？我的丈夫还在世间，我的誓言已经上达天庭；倘使我的誓言可以收回，那么除非我的丈夫已经脱离人世，从天上把它送还给我。安慰安慰我，替我想想办法吧。唉！唉！想不到天也会作弄像我这样一个柔弱的人！你怎么说？难道你没有一句可以使我快乐的话吗？奶妈，给我一点安慰吧！

乳媪　好，那么你听我说。罗密欧是已经放逐了；我可以打赌无论什么东西，他再也不敢回来责问你，除非他偷偷地溜了回来。事情既然这样，那么我想你最好还是跟那伯爵结婚吧。啊！他真是个可爱的绅士！罗密欧比起他来只好算是一块抹布；小姐，一只鹰也没有像巴里斯那样一双又是碧绿好看，又是锐利的眼睛。说句该死的话，我想你这第二个丈夫，比第一个丈夫好得多啦；纵然不是好得多，可是你的第一个丈夫虽然还在世上，对你已经没有什么用处，也就跟死了差不多啦。

朱丽叶　你这些话是从心里说出来的吗？

乳　媪　那不但是我心里的话，也是我灵魂里的话；倘有虚假，让我的灵魂下地狱。

朱丽叶　阿门！

乳　媪　什么！

朱丽叶　好，你已经给了我很大的安慰。你进去吧，告诉我的母亲说我出去了，因为得罪了我的父亲，要到劳伦斯的寺院里去忏悔我的罪过。

乳　媪　很好，我就这样告诉她；这才是聪明的办法哩。（下）

朱丽叶　老而不死的魔鬼！顶丑恶的妖精！她希望我背弃我的盟誓；她几千次向我夸奖我的丈夫，说他比谁都好，现在却又用同一条舌头说他的坏话！去，我的顾问；从此以后，我再也不把你当作心腹看待了。我要到神父那儿去向他求救；要是一切办法都已穷尽，我唯有一死了之。

（下）

第四幕

第一场　维洛那，劳伦斯神父的寺院

劳伦斯神父及巴里斯上。

劳伦斯　在星期四吗，伯爵？时间未免太仓促了。

巴里斯　这是我的岳父凯普莱脱的意思；他既然这样性急，我也不愿把时间延迟下去。

劳伦斯　您说您还没有知道那小姐的心思；我不赞成这种片面决定的事情。

巴里斯　她为了泰保尔脱的死流着过度的眼泪，所以我没有多跟她谈恋爱，因为在一间哭哭啼啼的屋子里，维纳斯是露不出笑容来的。神父，她的父亲因为瞧她这样一味伤心，恐怕会发生什么意外，所以才决定替我们提早完婚，免得她一天到晚哭得像个泪人儿一般；一个人在房间里最容易触景伤情，要是有了伴侣，也许可以替她排除悲哀。现在您可以知道我这次匆促结婚的理由了。

劳伦斯　（旁白）我希望我不知道它为什么必须延迟的理由了。——瞧，伯爵，这位小姐到我寺里来了。

朱丽叶上。

巴里斯　您来得正好，我的爱妻。

朱丽叶　伯爵，等我做了您妻子以后，也许您可以这样叫我。

巴里斯　爱人，这也许到星期四就会成为事实了。

朱丽叶　事实是无可避免的。

劳伦斯　那是当然的道理。

巴里斯　您是来向这位神父忏悔的吗？

朱丽叶 回答您这一个问题，我必须向您忏悔了。

巴里斯 不要在他的面前否认您爱我。

朱丽叶 我愿意在您面前承认我爱他。

巴里斯 我相信您也一定愿意在我的面前承认您爱我。

朱丽叶 要是我必须承认，那么在您的背后承认，比在您的面前承认好得多啦。

巴里斯 可怜的人儿！眼泪已经毁损了你的美貌。

朱丽叶 眼泪并没有得到多大的胜利；因为我这副容貌在没有被眼泪毁损以前，已经够丑了。

巴里斯 你不该说这样的话诽谤你的美貌。

朱丽叶 这不是诽谤，伯爵，这是实在的话，我当着我自己的脸说的。

巴里斯 你的脸是我的，你不该侮辱它。

朱丽叶 也许是的，因为它不是我自己的，神父，您现在有空吗？还是让我在晚祷的时候再来？

劳伦斯 我还是现在有空，多愁的女儿。伯爵，我们现在必须请您离开我们。

巴里斯 我不敢打扰你们的祈祷，朱丽叶，星期四一早我就来叫醒你；现在我们再会吧，请你保留下这一个神圣的吻。（下）

朱丽叶 啊！把门关了！关了门，再来陪着我哭吧。没有希望，没有补救，没有挽回了！

劳伦斯 啊，朱丽叶！我早已知道你的悲哀，实在想不出一个万全的计策。我听说你在星期四必须跟这伯爵结婚，而且毫无拖延的可能了。

朱丽叶 神父，不要对我说你已经听见这件事情，除非你能够告诉我怎样避免它；要是你的智慧不能帮助我，那么只要你赞同我的决心，我就可以立刻用这把刀解决一切。上帝把我的心和罗密欧的心结合在一起，我们两人的手是你替我们结合的；要是我这一只已经由你证明和罗密欧缔盟的手，再去和别人缔结新盟，或是我的忠贞的心起了叛变，投进别人的怀里，那么这把刀可以割下这背盟的手，诛戮这叛变的心。所以，神父，凭着你的丰富的见识阅历，请你赶快给我一些指教；否则瞧吧，这把血腥气的刀，就可以在我跟我的困难之间做一个公证人，替我解决你的经验和才能所不能替我觅得一个光荣解决的难题，不要老是不说话；要是你不能指教我一个补救的办法，那么我除了一死以外，没有别的希冀。

劳伦斯 住手，女儿；我已经望见了一线希望，可是那必须用一种非常的手段，方才能够抵御这一种非常的变故。要是你因为不愿跟巴里斯伯爵结婚，能够毅然立下视死如归的决心，那么你也一定愿意采取一种和死差不多的办法，来避免这种耻辱；倘然你敢冒险一试，我就可以把办法告诉你。

朱丽叶 啊！只要不嫁给巴里斯，你可以叫我从那边塔顶的雉堞上跳下来；你可以叫我在盗贼出没、毒蛇潜迹的路上匍匐行走；把我和咆哮的怒熊锁禁在一起；或者在夜间把我关在堆积尸骨的地窟里，用许多陈死的白骨、霉臭的腿胴和失去下颚的焦黄的骷髅掩盖着我的身体；或者叫我跑进一座新坟里去，把我隐匿在死人的殓衾里；无论什么使我听了战栗的事，只要可以让我活着对我的爱人做一个纯洁无瑕的妻子，我都愿意毫不恐惧、毫不迟疑地做去。

劳伦斯 好，那么放下你的刀，快快乐乐地回家去，答应嫁给巴里斯，明天就是星期三了；明天晚上你必须一人独睡，别让你的奶妈睡在你的房间里；这一个药瓶你拿去，等你上床以后，就把这里面炼的液汁一口喝下，那时就会有一阵昏昏沉沉的寒气通过你的全身的血管，接着脉搏就会停止下来；没有一丝温暖和呼吸可以证明你还活着；你的嘴唇和颊上的红色都会变成灰白；你的眼睑闭下，就像死神的手关闭了生命的白昼；你身上的每一部分失去了灵活的控制，都像死一样僵硬寒冷；在这种与死无异的状态中，你必须经过四十二小时，然后你就仿佛从一场酣睡中醒了过来。当那新郎在早晨来催你起身的时候，他们会发现你已经死了；然后，照着我们国里的规矩，他们就要替你穿起了盛装，用柩车载着你到凯普莱脱族中祖先的坟茔里。同时因为要预备你醒来，我可以写信给罗密欧，告诉他我们的计划，叫他立刻到这儿来，我跟他两个就守在你的身边，等你一醒过来，当夜就叫罗密欧带着你到曼多亚去。只要你不临时变卦，不中途气馁，这一个办法一定可以使你避免这一场眼前的耻辱。

朱丽叶 给我！给我！啊，不要对我说起"害怕"两个字！

劳伦斯 拿着，你去吧，愿你立志坚强，前途顺利！我就叫一个弟兄飞快到曼多亚，带我的信去送给你的丈夫。

朱丽叶 爱情啊，给我力量吧！只有力量可以搭救我，再会，亲爱的神父！（各下）

莎士比亚悲剧集

第二场　同前　凯普莱脱家中厅堂

凯普莱脱、凯普莱脱夫人、乳媪及众仆上。

凯普莱脱　这单子上有名字的，都是要去邀请的客人。（甲仆下）来人，给我去雇二十个有本领的厨子来。（乙仆下）咱们这一次实在有点儿措手不及。什么！我的女儿到劳伦斯神父那里去了吗？

乳　媪　正是。

凯普莱脱　好，也许他可以劝告劝告她；真是个乖僻不听话的浪蹄子！

乳　媪　瞧她已经忏悔完毕，高高兴兴地回来啦。

朱丽叶上。

凯普莱脱　啊，我的倔强的丫头！你荡到什么地方去啦？

朱丽叶　我因为自知忤逆不孝，违抗了您的命令，所以特地前去忏悔我的罪过。现在我听从劳伦斯神父的指教，跪在这儿请您宽恕。爸爸，请您宽恕我吧！从此以后，我永远听您的话了。

凯普莱脱　去请伯爵来，对他说：我要把婚礼改在明天早上举行。

朱丽叶　我在劳伦斯庵里遇见这位少年伯爵；我已经在不超过礼法的范围以内，向他表示过我的爱情了。

凯普莱脱　啊，那很好，我很高兴，站起来吧；这样才对。让我见见这伯爵；喂，快去请他过来。多谢上帝，把这位可尊敬的神父赐给我们！我们全城的人都感戴他的好处。

朱丽叶　奶妈，请你陪我到我的房间里去，帮我检点检点衣饰，看有哪几件可以在明天穿戴。

凯普莱脱夫人　不，还是到星期四再说吧，急什么呢？

凯普莱脱　去，奶妈，陪她去。我们一定明天上教堂。（朱丽叶及乳媪下）

凯普莱脱夫人　我们现在预备起来怕来不及；天已经快黑了。

凯普莱脱　胡说！我现在就动手起来，你瞧着吧，太太，到明天一定什么都安排得好好的。你快去帮朱丽叶打扮打扮；我今天晚上不睡了，让我一个人在这儿做一次管家妇。喂！喂！这些人一个都不在，好，让我自己跑到巴里斯那里去，叫他准备明天做新郎。这个倔强的孩子现在回

心转意，真叫我高兴得了不得。（各下）

第三场　同前朱丽叶的卧室

朱丽叶及乳媪上。

朱丽叶　嗯，那些衣服都很好。可是，好奶妈，今天晚上请你不用陪我，因为
　　　　我还要念许多祷告，求上天宥恕我过去的罪恶，默佑我将来的幸福。
　　　　凯普莱脱夫人上。

凯普莱脱夫人　啊！你正在忙着吗？要不要我帮你？

朱丽叶　不，母亲，我们已经选择好了明天需用的一切，所以现在请您让我一
　　　　个人在这儿吧；让奶妈今天晚上陪着您不睡，因为我相信这次事情办
　　　　得太匆促了，您一定忙得不可开交。

凯普莱脱夫人　晚安！早点睡觉，你应该好好休息休息。（凯普莱脱夫人及乳
　　　　媪下）

朱丽叶　再会！上帝知道我们将在什么时候相见。我觉得仿佛有一阵寒战刺激
　　　　着我的血液，简直要把生命的热流冻结起来似的；待我叫她们回来安
　　　　慰安慰我。奶妈！——要她到这儿来干吗？这凄惨的场面必须让我一
　　　　个人扮演。来，药瓶，要是这药水不发生效力呢？那么我明天早上就
　　　　必须结婚吗？不，不，这把刀会阻止我；你躺在那儿吧。（将匕首置
　　　　枕边）也许这瓶里是毒药，那神父因为已经替我和罗密欧证婚，现在
　　　　我再跟别人结婚，恐怕损害他的名誉，所以有意骗我服下去毒死我；
　　　　我怕也许会有这样的事；可是他一向是众所公认的道高德重的人，我
　　　　想大概不至于；我不能抱着这样卑劣的思想。要是我在坟墓里醒了过
　　　　来，罗密欧还没有到来把我救出去呢？这倒是很可怕的一点！那时我
　　　　不是要在终年透不进一丝新鲜空气的地窟里活活闷死，等不到我的罗
　　　　密欧到来吗？即使不闷死，那死亡和长夜的恐怖，那古墓中阴森的气
　　　　象，几百年来，我祖先的尸骨都堆积在那里，入土未久的泰保尔脱蒙
　　　　着他的殓衾，正在那里腐烂，人家说，一到晚上，鬼魂便会归返他们
　　　　的墓穴；唉！唉！要是我太早醒来，这些恶臭的气味，这些使人听了
　　　　会发疯的凄厉的叫声；啊！要是我醒来，周围都是这种吓人的东西，

我不会心神迷乱，疯狂地抚弄着我的祖宗的骨骼，把肢体溃烂的泰保尔脱拖出了他的殓衾吗？在这样疯狂的状态中，我不会拾起一根老祖宗的骨头来，当作一根棍子，打破我的发昏的头颅吗？啊。瞧！那不是泰保尔脱的鬼魂，正在那里追赶罗密欧，报复他的一剑之仇吗？等一等，泰保尔脱，等一等！罗密欧，我来了！我为你干了这一杯！（倒在幕内的床上）

第四场　同前　凯普来脱家中厅堂

凯普莱脱夫人及乳媪上。

凯普莱脱夫人　奶妈，把这串钥匙拿去，再拿一点香料来。

乳　媪　点心房里在喊着要枣子和花生呢。

凯普莱脱上。

凯普莱脱　来，赶紧点儿，赶紧点儿！鸡已经叫了第二次，晚钟已经打过，到三点钟了。好安吉丽加 [1]，当心看看肉饼有没有烤焦。多花几个钱没有关系。

乳　媪　走开，走开，女人家的事用不着您多管；快去睡吧，今天吵了一个晚上，明天又要害病了。

凯普莱脱　不，哪儿的话！嘿，我为了没要紧的事，也曾经整夜不睡，几曾害过病来？

凯普莱脱夫人　对啦，你从前也是惯偷女人的夜猫儿，可是现在我却不放你出去胡闹啦。（凯普莱脱夫人及乳媪下）

凯普莱脱　真是个醋娘子！真是个醋娘子！

三四仆人持炙叉，木柴及篮上。

凯普莱脱　喂，这是什么东西？

甲　仆　老爷，这些都是拿去给厨子的，我也不知道是什么东西。

凯普莱脱　赶紧点儿，赶紧点儿。（甲仆下）喂，木头要拣干燥点儿的，你去问彼得，他可以告诉你什么地方有。

---

[1] 凯普莱脱夫人的名字。

乙　仆　老爷，我自己也长着眼睛会拣木头，用不着麻烦彼得。（下）

凯普莱脱　嘿，倒说得有理，这个淘气的小杂种！哎哟！天已经亮了；伯爵就要带着乐工来了，他说过的。（内乐声）我听见他已经走近了。奶妈！妻子！喂，喂！喂，奶妈呢？

　　　　　乳媪重上。

凯普莱脱　快去叫朱丽叶起来，把她打扮打扮；我要去跟巴里斯谈天去了。快去，快去，赶紧点儿；新郎已经来了；赶紧点儿！（各下）

第五场　同前　朱丽叶的卧室

　　　　　乳媪上。

乳　媪　小姐！喂，小姐！朱丽叶！她准是睡熟了。喂，小羊！喂，小姐！哼，你这懒丫头！喂，亲亲！小姐！心肝！喂，新娘！怎么！一声也不响？现在尽你睡去，尽你睡一个星期，到今天晚上，巴里斯伯爵可不让你安安静静休息一会儿了。上帝饶恕我，阿门，她睡得多熟！我必须叫她醒来。小姐！小姐！小姐！好，让那伯爵自己到你床上来吧，那时你可要吓得跳起来了，是不是？怎么！衣服都穿好了，又重新睡下去吗？我必须把你叫醒，小姐！小姐！小姐！哎哟！哎哟！救命！救命！我的小姐死了，哎哟！我还活着做什么！喂，拿一点酒来！老爷！太太！

　　　　　凯普莱脱夫人上。

凯普莱脱夫人　吵什么？

乳　媪　哎哟，好伤心啊！

凯普莱脱夫人　什么事？

乳　媪　瞧，瞧！哎哟，好伤心啊！

凯普莱脱夫人　哎哟！哎哟！我的孩子，我的唯一的生命！醒来！睁开你眼睛来！你死了，叫我怎么活得下去？救命！救命！大家来啊！

　　　　　凯普莱脱上。

凯普莱脱　还不送朱丽叶出来，她的新郎已经来啦。

乳　媪　她死了，死了，她死了！哎哟，伤心啊！

凯普莱脱夫人　唉！她死了，她死了，她死了！

凯普莱脱　嘿，让我瞧瞧，哎哟！她身上冰冷的；她的血液已经停止不流，她的手脚都硬了；她的嘴唇里已经没有了生命的气息；死像一阵未秋先降的寒霜，摧残了这一朵最鲜嫩的娇花。

乳　媪　哎哟，好伤心啊！

凯普莱脱夫人　哎哟，好苦啊！

凯普莱脱　死神夺去了我的孩子，他使我悲伤得说不出话来。

　　　　　　劳伦斯神父，巴里斯及乐工等上。

劳伦斯　来，新娘有没有预备好上教堂去？

凯普莱脱　她已经预备动身，可是这一去再不回来了。啊，贤婿！死神已经在你新婚的前夜降临到你妻子的身上。她躺在那里，像一朵被摧残了的鲜花。死神是我的新婿，是我的后嗣，他已经娶走了我的女儿。我也快要死了，把我的一切都传给他；我的生命财产，一切都是死神的！

巴里斯　难道我眼巴巴望到天明，却让我看见这一个凄惨的情景吗？

凯普莱脱夫人　倒霉的，不幸的，可恨的日子！永无休止的时间的运行中的一个顶悲惨的时辰！我就生了这一个孩子，这一个可怜的疼爱的孩子，她是我唯一的欢喜和安慰，现在却被残酷的死神从我眼前夺了去啦！

乳　媪　好苦啊！好苦的，好苦的，好苦的日子啊！我这一生一世里顶伤心的日子，顶凄凉的日子！哎哟，这个日子！这个可恨的日子！从来不曾见过这样倒霉的日子！好苦的，好苦的日子啊！

巴里斯　最可恨的死，你欺骗了我，杀害了她，拆散了我们的良缘，一切都被残酷的、残酷的你破坏了！啊，爱人！啊，我的生命！没有生命，只有被死亡吞噬了的爱情！

凯普莱脱　悲痛的命运，为什么你要来打破，打破我们的盛礼？儿啊！儿啊！我的灵魂，你死了！你已经不是我的孩子了！死了！唉！我的孩子死了，我的快乐也随着我的孩子埋葬了！

劳伦斯　静下来！不害羞吗？你们这样乱哭乱叫是无济于事的。上天和你们共有着这一个好女儿；现在她已经完全属于上天所有，这是她的幸福，因为你们不能使她的肉体避免死亡，上天却能使她的灵魂得到永生。你们竭力替她找寻一个美满的前途，因为你们的幸福是寄托在她的身上；现在她高高地升上云中去了，你们却为她哭泣吗？啊！你们瞧着她享受最大的幸福，却这样发疯一样号啕叫喊，这可以算是真爱你们的女儿吗？活着，嫁了人，一直到老，这样的婚姻有什么乐趣呢？在年青时候结了婚而死去，才是最幸福不过的。揩干你们的眼泪，把你们的香花散布在这美丽的尸体上，按照着习惯，把她穿着盛装抬到教堂里去。愚痴的天性虽然使我们伤心痛哭，可是在理智眼中，这些天性的眼泪却是可笑的。

凯普莱脱　我们本来为了喜庆预备好的一切，现在都要变成悲哀的殡礼；我们的乐器要变成忧郁的丧钟，我们的婚筵要变成凄凉的丧席，我们的赞美诗要变成沉痛的挽歌，新娘手里的鲜花要放在坟墓中殉葬，一切都要相反而行。

劳伦斯　凯普莱脱先生，您进去吧；夫人，您陪他进去；巴里斯伯爵，您也去吧；大家准备送这具美丽的尸体下葬，上天的愤怒已经降临在你们身上，不要再违拂他的意旨，招致更大的灾祸。（凯普莱脱夫妇、巴里斯、劳伦斯同下）

乐工甲　真的，咱们也可以收起笛子走啦。

乳　媪　啊！好兄弟们，收起来吧，收起来吧，这真是一场伤心的横祸！
　　　　（下）

乐工甲　唉，这事也许有什么办法能补救。
　　　　彼得上。

彼　得　乐工！啊！乐工，"心里的安乐"，"心里的安乐"！啊！替我奏一曲"心里的安乐"，否则我要活不下去了。

乐工甲　为什么要奏"心里的安乐"呢？

彼　得　啊！乐工，因为我的心在那里唱着"我心里充满了忧伤"。啊！替我奏一支快活的歌儿，安慰安慰我吧。

乐工乙　不奏不奏，现在不是奏乐的时候。

彼　得　那么你们不奏吗？

众乐工　不奏。

彼　得　那么我就给你们——

乐工甲　你给我们什么？

彼　得　我可不给你们钱，哼！我要给你们一顿骂；我骂你们是一群卖唱的叫花子。

乐工甲　那么我就骂你是下贱的奴才。

彼　得　那么我就把奴才的刀搁在你们的头颅上。

乐工乙　且慢，君子动口，小人动手。

彼　得　好，那么让我用舌剑唇枪杀得你们抱头鼠窜。有本领的，回答我这一
　　　　个问题：

　　　　　"悲哀伤痛着心灵，

　　　　忧郁萦绕在胸怀，

　　　　唯有音乐的银声——"

　　　　为什么说"银声"？为什么说"音乐的银声"？西门·凯特林，你怎
　　　　么说？

乐工甲　因为银子的声音很好听。

彼　得　说得好！修·利培克，你怎么说？

乐工乙　因为乐工奏乐的目的，是想人家赏他一些银子。

彼　得　说得好！杰姆士·桑特普斯脱，你怎么说？

乐工丙　不瞒你说，我可不知道应当怎么说。

彼　得　啊！对不起，你是只会唱歌的；我替你说了吧：因为乐工尽管奏乐奏
　　　　到老死，也换不到一些金子。

　　　　　"唯有音乐的银声，

　　　　可以把烦闷推开。"（下）

乐工甲　真是个讨厌的家伙！

乐工乙　该死的奴才！来，咱们且慢回去，等吊客来的时候吹奏两声，吃他们
　　　　一顿饭再走。（同下）

第五幕

第一场　曼多亚　街道

罗密欧上。

罗密欧　要是梦寐中的美景果然可以成为事实，那么我的梦预兆着将有好消息到来；我觉得心君宁恬，整日有一种一向所没有的精神，用快乐的思想把我从地面上飘扬起来。我梦见我的爱人来看见我死了，——奇怪的梦，一个死人也会思想！——她吻着我，把生命吐进了我的嘴唇里，于是我复活了，并且成为一个君王。唉！仅仅是爱的影子，已经给人这样丰富的欢乐，要是占有了爱的本身，那该有多么甜蜜！

鲍尔萨泽上。

罗密欧　从维洛那来的消息！啊，鲍尔萨泽！不是神父叫你带信给我吗？我的爱人怎样？我父亲好吗？我再问你一遍，我的朱丽叶安好吗？因为只要她安好，一定什么都是好好的。

鲍尔萨泽　那么她是安好的，什么都是好好的；她的身体长眠在凯普莱脱家的坟茔里，她的不死的灵魂和天使们在一起。我看见她下葬在她亲族的墓穴里，所以立刻飞马前来告诉您。啊，少爷！恕我带了这恶消息来，因为这是您吩咐我做的事。

罗密欧　有这样的事！命运，我诅咒你！——你知道我的住处；给我买些纸笔，雇下两匹快马，我今天晚上就要动身。

鲍尔萨泽　少爷，请您宽心一下，您的脸色惨白而仓皇，恐怕是不吉之兆。

罗密欧　胡说，你看错了。快去，把我叫你做的事赶快办好。神父没有叫你带信给我吗？

鲍尔萨泽　没有，我的好少爷。

罗密欧　算了，你去吧，把马匹雇好了；我就来找你。（鲍尔萨泽下）好，朱丽叶，今晚我要睡在你的身旁。让我想个办法。啊，罪恶的念头！你会多么快钻进一个绝望者的心里！我想起了一个卖药的人，他的铺子就开设在附近，我曾经看见他穿着一身破烂的衣服，皱着眉头在那儿拣药草；他的形状十分消瘦，贫苦把他熬煎得只剩下一把骨头；他的寒碜的铺子里挂着一只乌龟，一头剥制的鳄鱼，还有几张形状丑陋的鱼皮；他的架子上稀疏地散放着几只空匣子、绿色的瓦罐、一些胞囊和发霉的种子、几段包扎的麻绳，还有几朵陈年的干玫瑰花，作为聊胜于无的点缀。看到这一种寒酸的样子，我就对自己说，在曼多亚城里，谁出卖了毒药是会立刻处死的，可是倘有谁现在需要毒药，这儿有一个可怜的奴才会卖给他。啊！不料我这一个思想，竟会预兆着我自己的需要，这个穷汉的毒药却要卖给我。我记得这里就是他的铺子；今天是假日，所以这叫花子没有开门。喂，卖药的！

卖药人上。

卖药人　谁在高声叫喊？

罗密欧　过来，朋友。我瞧你很穷，这儿是四十块钱，请你给我一点能够迅速致命的毒药，厌倦于生命的人一服下去便会散入全身的血管，立刻停止呼吸而死去，就像火药从炮膛里放射出去一样快。

卖药人　这种致命的毒药我是有的，可是曼多亚的法律严禁发卖，出卖的人是要处死刑的。

罗密欧　难道你这样穷苦，还怕死吗？饥寒的痕迹刻在你的面颊上，贫乏和迫害在你的眼睛里射出了饿火，轻蔑和卑贱重压在你的背上；这世间不是你的朋友，这世间的法律也保护不到你，没有人为你定下一条法律使你富有，那么你何必苦耐着贫穷呢？违犯了法律，把这些钱收下吧。

卖药人　我的贫穷答应了你，可是那是违反我的良心的。

罗密欧　我的钱是给你的贫穷，不是给你的良心的。

卖药人　把这一服药放在无论什么饮料里喝下去，即使你有二十个人的气力，也会立刻送命。

罗密欧　这儿是你的钱，那才是害人灵魂的更坏的毒药，在这万恶的世界上，它比你那些不准贩卖的微贱的药品更会杀人；你没有把毒药卖给我，是我把毒药卖给你。再见；买些吃的东西，把你自己喂得胖一点——来，你不是毒药，你是替我解除痛苦的仙丹，我要带着你到朱丽叶的坟上去，少不得要借助你一下哩。

（各下）

第二场　维洛那　劳伦斯神父的寺院

约翰神父上。

约　翰　喂！师兄在哪里？

　　　　劳伦斯神父上。

劳伦斯　这是约翰师弟的声音。欢迎你从曼多亚回来！罗密欧怎么说？要是他的意思在信里写明，那么把他的信给我吧。

约　翰　我临走的时候，因为要找一个同门的师弟做我的同伴，他正在这城里访问病人，不料给本地巡逻的人看见了，疑心我们走进了一家染着瘟疫的人家，把门封锁住了，不让我们出来，所以耽误了我的曼多亚之行。

劳伦斯　那么谁把我的信送去给罗密欧呢？

约　翰　我没有法子把它送出去，现在我又把它带回来了，因为他们害怕瘟疫传染，也没人愿意把它送还给你。

劳伦斯　糟了！这封信不是等闲，性质十分重要，把它耽误下来，也许会引起极大的灾祸。约翰师弟，你快去给我找一柄铁锄，立刻带到这儿来。

约　翰　好师兄，我去给你拿来。（下）

劳伦斯　现在我必须独自到墓地里去；在这三小时之内，朱丽叶就会醒来，她因为罗密欧不曾知道这些事情，一定会责怪我。我现在要再写一封信到曼多亚去，让她留在我的寺院里，直等罗密欧到来。可怜的没有死的尸体，幽闭在一座死人的坟墓里！　（下）

第三场　同前　凯普莱脱家坟茔所在的墓地

巴里斯及侍童携鲜花火炬上。

巴里斯 孩子，把你的火把给我，走开，站在远远的地方，还是灭了吧，我不愿给人看见。你到那边的紫杉树底下直躺下来，把你耳朵贴在中空的地面，听听有没有跟跄的脚步走到坟地上来发掘坟墓，要是听见了什么声息，便吹一个呼哨通知我。把那些花给我。照我的话做去，走吧。

侍　童 （旁白）我简直不敢独自一个人站在这墓地上，可是我要硬着头皮试一下。（退后）

巴里斯 这些鲜花替你铺盖新床；

惨啊，一朵娇红永委沙尘！

我要用沉痛的热泪淋浪，

和着香水浇溉你的芳坟；

夜夜到你墓前散花哀泣，

这一段相思啊永无消歇！（侍童吹口哨）

这孩子在警告我有人来了。哪一个该死的家伙在晚上到这儿来打扰我在爱人墓前的凭吊？什么！还拿着火把来吗？——让我躲在一旁看看他的动静。（退后）

罗密欧及鲍尔萨泽持火炬锹锄等上。

罗密欧 把那锄头跟铁锹给我。且慢，拿着这封信，等天一亮，你就把它送给我的父亲。把火把给我。听好我的吩咐，无论你听见什么瞧见什么，都只好远远地站着不许动，免得妨碍我的事情；要是动一动，我就要你的命，我之所以要跑下这个坟墓里去，一部分的原因是要探望探望我的爱人，可是主要的理由却是要从她的手指上取下一个宝贵的指环，因为我有一个很重要的用途。所以你赶快给我走开吧，要是你不相信我的话，胆敢回来窥伺我的行动，那么，我可以对天发誓，我要把你的骨骼一节一节扯下来，让这饥饿的墓地上散满了你的肢体。我现在的心境非常狂野，比饿虎或是咆哮的怒海都要凶猛无情，你可不要惹我性起。

鲍尔萨泽 少爷，我走就是了，决不来打扰您。

罗密欧 这才像个朋友。这些钱你拿去，愿你一生幸福。再会，好朋友。

鲍尔萨泽 （旁白）虽然这么说，我还是要躲在附近的地方看着他；他的脸色使我害怕，我不知道他究竟打算做什么事来。（退后）

罗密欧 你无情的泥土，吞噬了世上最可爱的人儿，我要擘开你的馋吻，（将墓门掘开）索性让你再吃一个饱！

巴里斯　这就是那个已经放逐出去的骄横的蒙太玖，他杀死了我爱人的族兄，据说她就是因为伤心他的惨死而夭亡的。现在这家伙又要来盗尸掘墓了，等我去抓住他。（上前）万恶的蒙太玖！停止你的罪恶的工作，难道你杀了他们还不够，还要在死人身上发泄你的仇恨吗？该死的凶徒，赶快束手就捕，跟我见官去！

罗密欧　我果然该死，所以才到这儿来。年轻人，不要激怒一个不顾死活的人，快快离开我走吧；想想这些死了的人，你也该胆寒了。年轻人，请你不要激动我的怒气，使我再犯一次罪；啊，走吧！我可以对天发誓，我爱你远过于爱我自己，因为我来此的目的，就是要跟自己作对。别留在这儿，走吧；好好留着你的活命，以后也可以对人家说，一个疯子发了慈悲，叫你逃走的。

巴里斯　我不听你这种鬼话；你是一个罪犯，我要逮捕你。

罗密欧　你一定要激怒我吗？那么好，来，朋友！（二人格斗）

侍　童　哎哟，主啊！他们打起来了，我去叫巡逻的人来！（下）

巴里斯　（倒下）啊，我死了！——你倘有几分仁慈，打开墓门来，把我放在朱丽叶的身旁吧！（死）

罗密欧　好，我愿意成全你的志愿。让我瞧瞧他的脸；啊，迈邱西奥的亲戚，尊贵的巴里斯伯爵！当我们一路上骑马而来的时候，我的仆人曾经对我说过几句话，那时我因为心绪烦乱，没有听得进去，他说些什么？好像他告诉我说巴里斯本来预备娶朱丽叶为妻；他不是这样说吗？还是我做过这样的梦？或是还是我神经错乱，听见他说起朱丽叶的名字，所以发生了这一种幻想？啊！把你的手给我，你我都是登录在厄运的黑册上的人，我要把你葬在一个胜利的坟墓里；一个坟墓吗？啊，不！被杀害的少年，这是一个灯塔，因为朱丽叶睡在这里，她的美貌使一个墓窟变成一座充满着光明欢宴的华堂。死了的人，躺在那儿吧，一个死了的人把你安葬了。（将巴里斯放下墓中）人们临死的时候，往往反会觉得心中愉快，旁观的人便说这是死前的一阵回光返照；啊！这也就是我的回光返照吗？啊，我的爱人！我的妻子！死虽然已经吸去了你呼吸中的芳蜜，却还没有力量摧残你的美貌；你还没有被他征服，你的嘴唇上，面庞上，依然显着红润的美艳，不曾让灰白的死亡进占。泰保尔脱，你也裹着你的血淋淋的殓衾躺在那儿吗？啊！你的青春葬送在你仇人的手里，现在我来替你报仇来了，我要亲手杀死那杀害你的人。原谅我吧，兄弟！啊！亲爱的朱丽叶，你为什么仍然这样美丽？难道那虚无的死亡，那枯瘦可憎的妖魔，也是个多情种子，所以把你藏匿在这幽暗的洞府里做他的情妇吗？为了防止这样的事情，我要永远陪伴着你，再不离开这漫漫长夜的幽宫；我要留在这儿，跟你的侍婢，那些蛆虫们在一起；啊！我要在这儿永久安息下来，从我这厌倦人世的凡躯上挣脱厄运的束缚。眼睛，瞧你的最后一眼吧！手臂，作你最后一次的拥抱吧！嘴唇，啊！你呼吸的门户，用一个合法的吻，跟网罗一切的死亡订立一个永久的契约吧！来，苦味的向导，绝望的领港人，现在赶快把你的厌倦于风涛的船舶向那巉岩上冲撞过去吧！为了我的爱人，我干了这一杯！（饮药）啊！卖药的人果然没有骗我，药性很快地发作了。在这一吻中我死去。（死）

劳伦斯神父持灯笼、锄、锹自墓地另一端上。

劳伦斯 圣法兰西斯保佑我！我这双老脚今天晚上怎么老是在坟堆里绊来跌去的！那边是谁？

鲍尔萨泽 是一个朋友，也是一个跟您熟识的人。

劳伦斯 祝福你！告诉我，我的好朋友，那边是什么火把，向蛆虫和没有眼睛的骷髅浪费着它的光明？照我辨认起来，那火把亮着的地方，似乎是凯普莱脱家里的坟茔。

鲍尔萨泽 正是，神父；我的主人，您的好朋友，就在那儿。

劳伦斯 他是谁？

鲍尔萨泽 罗密欧。

劳伦斯 他来多久了？

鲍尔萨泽 足足半点钟。

劳伦斯 陪我到墓穴里去。

鲍尔萨泽 我不敢，神父。我的主人不知道我还没有走；他曾经对我严辞恐吓，说要是我留在这儿窥伺他的动静，就要把我杀死。

劳伦斯 那么你留在这儿，让我一个人去吧，恐惧降临到我的身上；啊！我怕会有什么不幸的祸事发生。

鲍尔萨泽 当我在这株紫杉树底下睡了过去的时候，我梦见我的主人跟另外一个人打架，那个人被我的主人杀了。

劳伦斯　（趋前）罗密欧！哎哟！哎哟！这坟墓的石门上染着些什么血迹？在这安静的地方，怎么横放着这两柄无主的血污的刀剑？（进墓）罗密欧！啊，他的脸色这么惨白！还有谁？什么！巴里斯也躺在这儿？浑身浸在血泊里？啊！多么残酷的时辰，造成了这场凄惨的意外！那小姐醒了。（朱丽叶醒）

朱丽叶　啊，善心的神父！我的夫君呢？我记得很清楚我应当在什么地方，现在我正在这地方。我的罗密欧呢？（内喧声）

劳伦斯　我听见有什么声音。小姐，赶快离开这个密布着毒氛腐臭的死亡的巢穴吧；一种我们所不能反抗的力量已经阻挠了我们的计划。来，出去吧。你的丈夫已经在你的怀中死去；巴里斯也死了。来，我可以替你找一处地方出家做尼姑。不要耽误时间盘问我，巡夜的人就要来了。来，朱丽叶，去吧。（内喧声又起）我不敢再等下去了。

朱丽叶　去，你去吧！我不愿意走。（劳伦斯下）这是什么？一只杯子，紧紧地握在我的忠心的爱人的手里？我知道，一定是毒药结果了他的生命。唉，冤家！你一起喝干了，不留下一滴给我吗？我要吻着你的嘴唇，也许这上面还留着一些毒液，可以让我当作兴奋剂服下而死去。（吻罗密欧）你的嘴唇还是温暖的！

巡丁甲　（在内）孩子，带路；在哪一个方向？

朱丽叶　啊，人声吗？那么我必须快一点了结。啊，好刀子！（攫住罗密欧的匕首）这就是你的鞘子；（以匕首自刺）你插了进去，让我死了吧。
　　　　（仆在罗密欧身上死去）
　　　　巡丁及巴里斯侍童上。

侍　童　就是这儿，那火把亮着的地方。

巡丁甲　地上都是血，你们几个人去把墓地四周搜查一下，看见什么人就抓起来。（若干巡丁下）好惨！伯爵被人杀了躺在这儿，朱丽叶胸口流着血，身上还是热热的好像死得不久，虽然她已经葬在这里两天了。去，报告亲王，通知凯普莱脱家里，再去把蒙太玖家里的人叫醒了，剩下的人到各处搜搜。（若干巡丁续下）我们看见这些惨事发生在这个地方，可是在没有得到人证以前，却无法明了这些惨事的真相。
　　　　若干巡丁率鲍尔萨泽上。

巡丁乙　这是罗密欧的仆人；我们看见他躲在墓地里。

巡丁甲　把他好生看押起来，等亲王来审问。

　　　　若干巡丁率劳伦斯神父上。

巡丁丙　我们看见这个教士从墓地旁边跑出来，神色慌张，一边叹气一边流泪，他手里还拿着锄头铁锹，都给我们拿下来了。

巡丁甲　他有很重大的嫌疑；把这教士也看押起来。

　　　　亲王及侍从上。

亲　王　什么祸事在这样早的时候发生，打断了我的清晨的安睡？

　　　　凯普莱脱，凯普莱脱夫人及余人等上。

凯普莱脱　外边这样乱叫乱喊，是怎么一回事？

凯普莱脱夫人　街上的人们有的喊着罗密欧，有的喊着朱丽叶，有的喊着巴里斯；大家沸沸扬扬地向我们家里的坟上奔去。

亲　王　这么许多人为什么发出这样惊人的叫喊？

巡丁甲　王爷，巴里斯伯爵被人杀死了躺在这儿；罗密欧也死了；已经死了两天的朱丽叶，身上还热着，又被人重新杀死了。

亲　王　用心搜寻，把这场万恶的杀人的命案的真相调查出来。

巡丁甲　这儿有一个教士，还有一个被杀的罗密欧的仆人，他们都拿着掘墓的器具。

凯普莱脱　天啊！——啊，妻子！瞧我们的女儿流着这么多的血！这把刀弄错了地位了！瞧，它的空鞘子还在蒙太玖家小子的背上，它却插进了我的女儿的胸前！

凯普莱脱夫人　哎哟！这些死的惨象就像惊心动魄的钟声，警告我这风烛残年，快要不久于人世了。

　　　　蒙太玖及余人等上。

亲　王　来，蒙太玖，你起来虽然很早，可是你的儿子倒下得更早。

蒙太玖　唉！殿下，我的妻子因为悲伤小儿的远逐，已经在昨天晚上去世了；还有什么祸事要来跟我这老头子作对呢？

亲　王　瞧吧，你就可以看见。

蒙太玖　啊，你这不孝的东西！你怎么可以抢在你父亲的面前，自己先钻到坟墓里去呢？

亲　王　暂时停止你们的悲恸，让我把这些可疑的事实审问明白，知道了详细的原委以后，再来领导你们放声一哭吧；也许我的悲哀还胜过你们呢！——把嫌疑犯带上来。

劳伦斯　时间和地点都可以做不利于我的证人；在这场悲惨的血案中，我虽然是一个能力最薄弱的人，但却是嫌疑最重的人。我现在站在殿下的面前，一方面要供认我自己的罪过，一方面也要为我自己辩解。

亲　王　那么快把你所知道的一切说出来。

劳伦斯　我要把经过的情形尽量简单地叙述出来，因为我的短促的残生还不及一段冗繁的故事那么长。死了的罗密欧是死了的朱丽叶的丈夫，她是罗密欧的忠心的妻子，他们的婚礼是由我主持的。就在他们秘密结婚的那天，泰保尔脱死于非命，这位才做新郎的人也从这城里被放逐出去；朱丽叶是为了他，不是为了泰保尔脱，才那样伤心憔悴。你们因为要替她解除烦恼，把她许婚给巴里斯伯爵，还要强迫她嫁给他，她就跑来见我，神色慌张地要我替她想个办法避免这第二次的结婚，否则她要在我的寺院里自杀。所以我就根据我的医药方面的学识，给她一服安眠的药水，它果然发生了我所预期的效力，她一服下去就像死了一样昏沉过去。同时我写信给罗密欧，叫他就在这一个悲惨的晚上到这儿来，帮助把她搬出她的寄寓的坟墓，因为药性一到时候便会过去。可是替我带信的约翰神父却因遭到意外，不能脱身，昨天晚上又把我的信依然带了回来。那时候我只好按照着预先算定她醒来的时间，一个人前去把她从她的家族的墓茔里带出来，预备把她藏匿在我的寺院里，等有方便再去叫罗密欧来，不料我在她醒来以前几分钟到这儿来的时候，尊贵的巴里斯和忠诚的罗密欧已经双双惨死了。她一醒过来，我就请她出去，劝她安心忍受这一种出自天意的变故；可是那时我听见了纷纷的人声。吓得逃出了墓穴，她在万分绝望之中不肯跟我去，看样子她是自杀了。这是我所知道的一切，至于他们两人的结婚，那么她的乳母也是耳闻的。要是这一场不幸的惨祸，是由我的疏忽所造成，那么我这条老命愿受最严厉的法律的制裁，请您让它提早几点钟牺牲了吧。

亲　王　我一向知道你是一个道行高尚的人，罗密欧的仆人呢？他有什么话说？

鲍尔萨泽　我把朱丽叶的死讯通知了我的主人，因此他从曼多亚急急地赶到这里，到了这座坟堂的前面。这封信他叫我一早送去给我家老爷；当他走进墓穴里的时候。他还恐吓我，说要是我不赶快走开，让他一个人在那儿，他就要杀死我。

亲　王　把那封信给我，我要看看。叫巡丁来的那个伯爵的侍童呢？喂，你的主人到这地方来做什么？

侍　童　他带了花来散在他夫人的坟上，他叫我站得远远的，我就听他的话；不一会儿工夫，来了一个拿着火把的人把坟墓打开了。后来我的主人就拔剑跟他打了起来，我就奔去叫巡丁。

亲　王　这封信证实了这个神父的话，讲起他们恋爱的经过和她的去世的消息；他还写着说他从一个穷苦的卖药人手里买到一种毒药，要把它带到墓穴里来准备和朱丽叶长眠在一起。这两家仇人在哪里？——凯普莱脱！蒙太玖！瞧你们的仇恨已经受到了多大的惩罚，上天借手于爱情，夺去了你们心爱的人；我为了忽视你们的争执，也已经丧失了一双亲戚，大家都受到惩罚了。

凯普莱脱　啊，蒙太玖大哥！把你的手给我，这就是你给我女儿的一份聘礼，我不能再作更大的要求了。

蒙太玖　但是我可以给你更多的；我要用纯金替她铸一座像，只要维洛那一天不改变它的名称，任何塑像都不会比忠贞的朱丽叶那一座更为卓越。

凯普莱脱　罗密欧也要有一座同样富丽的金像卧在他情人的身旁，这两个在我们的仇恨下惨遭牺牲的可怜的人儿！

亲　王　清晨带来了凄凉的和解，
　　　　太阳也惨得在云中躲闪。
　　　　大家先回去发几声感慨，
　　　　该恕的该罚的再听宣判。
　　　　古往今来多少离合悲欢，
　　　　谁曾见这样的哀怨辛酸！　（同下）

哈姆雷特

剧中人物

克劳迪斯	丹麦国王
哈姆雷特	前王之子，今王之侄
福丁勃拉斯	挪威王子
霍拉旭	哈姆雷特之友
普隆涅斯	御前大臣
勒替斯	普隆涅斯之子
伏底曼特	
考尼力斯	
罗森克兰滋	朝臣
基腾史登	
奥斯力克	
一侍臣	
玛昔勒斯	军官
勃那陀	
弗兰西斯科	兵士
雷瑙陀	普隆涅斯之仆
一队长	
英国使臣	
众伶人	

二小丑 掘坟墓者

葛特露 丹麦王后，哈姆雷特之母

莪菲莉霞 普隆涅斯之女

贵族、贵妇、军官、兵士、教士、水手、使者及侍从

哈姆雷特父亲的鬼魂

地 点

厄耳锡诺

第一幕

第一场　厄耳锡诺　城堡前的露台

弗兰西斯科立台上守望。勃那陀自对面上。

勃那陀　那边是谁？

弗兰西斯科　不，你先回答我；站住，告诉我你是什么人。

勃那陀　国王万岁！

弗兰西斯科　勃那陀吗？

勃那陀　正是。

弗兰西斯科　你来得很准时。

勃那陀　现在已经打过十二点钟；你去睡吧，弗兰西斯科。

弗兰西斯科　谢谢你来替我；天冷得厉害，我心里也老大不舒服。

勃那陀　你守在这儿，一切都很安静吗？

弗兰西斯科　一只小老鼠也不见走动。

勃那陀　好，晚安！要是你碰见霍拉旭和玛昔勒斯，我的守夜的伙伴们，就叫他们赶紧来。

弗兰西斯科　我想我听见了他们的声音。喂，站住！你是谁？

霍拉旭及玛昔勒斯上。

霍拉旭　都是自己人。

玛昔勒斯　丹麦王的臣民。

弗兰西斯科　祝你们晚安！

玛昔勒斯　啊！再会，正直的军人！谁替了你？

弗兰西斯科　勃那陀替我值班。祝你们晚安！（下）

玛昔勒斯　喂！勃那陀！

勃那陀　喂，——啊！霍拉旭也来了吗？

霍拉旭　这儿有一个他。

勃那陀　欢迎，霍拉旭！欢迎，好玛昔勒斯！

玛昔勒斯　什么！这东西今晚又出现过了吗？

勃那陀　我还没有瞧见什么。

玛昔勒斯　霍拉旭说那不过是我们的幻象。我告诉他我们已经两次看见这一个可怕的怪象，他总是不肯相信，所以我请他今晚也来陪我们守一夜，要是这鬼再出来，就可以证明我们并没有看错，还可以叫他和它说几句。

霍拉旭　嘿，嘿，它不会出现的。

勃那陀　先请坐下；虽然你一定不肯相信我们的故事，我们还是要把我们这两夜来所看见的情形再向你絮叨一遍。

霍拉旭　好，我们坐下来，听听勃那陀怎么说。

勃那陀　昨天晚上，当那照耀在旗杆西端天空的明星正在向它现在吐射光辉的地方运行时，玛昔勒斯跟我两个人，那时候钟刚敲了一点——

玛昔勒斯　住声！不要说下去；瞧，它又来了！

　　　　　鬼上。

勃那陀　正像已故的国王的模样。

玛昔勒斯　你是有学问的人，去和它说话，霍拉旭。

勃那陀　它的样子不像已故的国王吗？看，霍拉旭。

霍拉旭　像得很，它使我心里充满了恐怖和惊奇。

勃那陀　它希望我们对它说话。

玛昔勒斯　你去问它，霍拉旭。

霍拉旭　你是什么鬼怪，胆敢僭窃丹麦先王神武的雄姿，在这样深夜的时分出现？凭着上天的名义，我命令你说话！

玛昔勒斯　它生气了。

勃那陀　瞧，它悄悄地走了！

霍拉旭　不要走！说呀，说呀！我命令你，快说。（鬼下）

玛昔勒斯　它走了，不愿回答我们。

勃那陀　怎么，霍拉旭！你在发抖，你的脸色这样惨白，这不是幻象吧？你有什么高见？

霍拉旭　在上帝的面前，倘不是我自己的眼睛向我证明，我再也不会相信这样的怪事。

玛昔勒斯　它不像我们的国王吗？

霍拉旭　正像你就是你自己一样。它身上的那副战铠，正是他讨伐野心的挪威王的时候所穿的；它脸上的那副怒容，活像他有一次和敌人谈判决裂以后，把那些乘雪车的波兰人打倒在冰上的时候的神气，怪事怪事！

玛昔勒斯　前面两次他也是这样不先不后地在这个静寂的时辰，用军人的步态走过我们的眼前。

霍拉旭　我不知道究竟应该怎样想法；可是大概推测起来，这恐怕预兆着我们国内将要有一番非常的变故。

玛昔勒斯　好吧，坐下来。谁要是知道的，请告诉我，为什么我们要有这样森严的戒备，使全国的军民每夜不得安息；为什么每天都在制造铜炮，还要向国外购买战具；为什么赶造这许多船只，连星期日也不停止工作；这样夜以继日地辛苦忙碌，究竟为了什么？谁能告诉我？

霍拉旭　我可以告诉你，至少一般人都是这样传说。刚才他的形象还向我们出现的那位已故的王上，你们知道，曾经接受骄矜好胜的挪威的福丁勃拉斯的挑战；在那一次决斗中间，我们的勇武的哈姆雷特，——他的英名是举世称颂的，——把福丁勃拉斯杀死了；按照双方根据法律的武士精神所订立的协定，福丁勃拉斯要是战败了，除了他自己的生命以外，必须把他所有的一切土地拨归胜利的一方；同时我们的王上也是提出相当的土地作为赌注，要是福丁勃拉斯得胜了，就归他所有，正像在同一协定上所规定的，他失败了，哈姆雷特可以把他的土地没收一样。现在要说起那位福丁勃拉斯的儿子，他生得一副烈火似的性格，已经在挪威的四境招集了一群无赖之徒，供给他们衣食，驱策他们去干冒险的勾当；他的唯一目的，我们的当局看得很清楚，无非是用武力和强迫性的条件，夺回他父亲所丧失的土地。照我所知道的，这就是我们种种准备的主要动机，我们这样戒备的唯一原因，也是全国所以这样慌忙骚乱的缘故。

勃那陀　我想正是为了这个缘故。我们那位王上在过去和目前的战乱中间，都是一个主要的角色，所以无怪他的武装的形象要向我们出现示警了。

霍拉旭　那是扰乱我们心灵之眼的一点微尘。从前在富强繁盛的罗马，当那雄才大略的裘力斯·恺撒驾崩以前不久的时候，披着殓衾的死人都从坟墓里走出来，在街道上啾啾鬼语，拖着火尾、喷着血露的星辰在白昼陨落，支配潮汐的月亮被吞蚀得像一个没有起色的病人；这一类预报重大变故的征兆；在我们国内也已经屡次出现了，可是不要响！瞧！瞧！它又来了！

　　　　　鬼重上。

霍拉旭　我要挡住它的去路，即使它会害我。不要走，鬼魂！要是你会开口，对我说话吧；要是我有可以为你效劳之处，使你的灵魂得到安息，那么对我说话吧；要是你预知祖国的命运，靠着你的指示，也许可以及时避免未来灾祸，那么对我说话吧！或者你在生前曾经把你搜刮得来的财宝埋藏在地下，我听见人家说，鬼魂往往在他们藏金的地方徘徊不散，（鸡啼）要是有这样的事，你也对我说吧，不要走，说呀！拦住它，玛昔勒斯。

玛昔勒斯　要不要用我的戟刺它？

霍拉旭　好的，要是它不肯站定。

勃那陀　它在这儿！

霍拉旭　它在这儿！（鬼下）

玛昔勒斯　它走了！我们不该用暴力对待这样一个尊严的亡魂；因为它是像空气一样不可侵害的。我们无益的打击不过是恶意的徒劳。

勃那陀　它正要说话的时候，鸡就啼了。

霍拉旭　于是它就像一个罪犯听到了可怕的召唤似的惊跳起来。我听人家说，报晓的雄鸡用它高锐的啼声，唤醒了白昼之神，一听到它的警告，那些在海里、火里、地下、空中到处浪游的有罪的灵魂，就一个个钻回自己的巢穴里去，这句话现在已经证实了。

玛昔勒斯　鬼在鸡鸣的时候隐去。有人说我们的救主将要诞生之前，这报晓的鸟儿彻夜长鸣；那时候，他们说，没有一个鬼魂可以出外行走，夜间的空气非常清净，没有一颗星用毒光射人，没有一个神仙用法术迷人，妖巫的符咒也失去了力量，一切都是圣洁而美好的。

霍拉旭　我也听人家这样说过，倒有几分相信。可是瞧，清晨披着赤褐色的外衣，已经踏着那边东方高山上的露水走过来了。我们也可以下班了。

照我的意思，我们应该把我们今夜看见的事情告诉年轻的哈姆雷特；因为凭着我的生命起誓，这一个鬼魂虽然对我们不发一言，但见了哈姆雷特一定有话要说。你们以为按着我们的忠心和责任说起来，是不是应当让他知道这件事情？

玛昔勒斯　很好，我们决定去告诉他；我知道今天在什么地方最容易找到他。

（同下）

第二场　城堡中的大厅

国王，王后，哈姆雷特，普隆涅斯，勒替斯，伏底曼特，考尼力斯，群臣，侍从等上。

国　王　虽然我们亲爱的王兄哈姆雷特新丧未久，我们的心里应当充满了悲痛，我们全国都应当表示一致的哀悼，可是我们凛于后死者责任的重大，不能不违情逆性，一方面固然要用适度的悲哀纪念他，一方面也要为自身的利害着想；所以，在一种悲喜交集的情绪之下，让幸福和忧郁分据了我的两眼，殡葬的挽歌和结婚的笙乐同时并奏，用盛大的喜乐抵消沉重的不幸，我已经和我旧日的长嫂，当今的王后，这一个多事之国的共同的统治者，结为夫妇；这一次婚姻事先曾经征求各位的意见，多承你们诚意的赞助，这是我必须向大家致谢的。现在我要告诉你们知道，年轻的福丁勃拉斯看轻了我们的实力，也许他以为自从我们亲爱的王兄驾崩以后，我们的国家已经瓦解，所以挟着他的从中取利的梦想，不断向我们书面要求把他的父亲依法割让给我们英勇的王兄的土地归还。这是他一方面的话。现在要讲到我们的态度和今天召集各位来此的目的。我们的对策是这样的：我这儿已经写好了一封信给挪威国王，年轻的福丁勃拉斯的叔父，他因为卧病在床，不曾与闻他侄子的企图，在信里我请他注意他的侄子擅自在国内征募壮丁，训练士卒，积极进行各种准备的事实，要求他从速制止他的进一步的行动；现在我就派遣你，考尼力斯，还有你，伏底曼特，替我把这封信送给挪威老王，除了训令上所规定的条件以外，你们不得僭用你们的权力，和挪威成立逾越范围的妥协。你们赶紧就去吧，再会！

考尼力斯、伏底曼特　我们不敢不尽力执行陛下的旨意。

国　王　我相信你们的忠心；再会！（伏底曼特、考尼力斯同下）现在，勒替斯，你有什么话说？你对我说你有一个请求；是什么请求，勒替斯？只要是合理的事情，你向丹麦王说了，他总不会不答应你。你有什么要求，勒替斯，不是你未开口我就自动许给了你？丹麦王室和你父亲的关系，正像头脑之于心灵一样密切；丹麦国王乐意为你父亲效劳，正像嘴里所说的话，可以由双手去执行一样。你要些什么，勒替斯？

勒替斯　陛下，我要请求您允许我回到法国去；这一次我回国参加陛下加冕的盛典，略尽臣子的微忱，实在是莫大的荣幸；可是现在我的任务已尽，我的心愿又向法国飞驰，但求陛下开恩允准。

国　王　你父亲已经答应你了吗？普隆涅斯怎么说？

普隆涅斯　陛下，我却不过他几次三番的恳求，已经勉强答应他了；请陛下放他去吧。

国　王　好好利用你的时间，勒替斯，尽情发挥你的才能吧！可是，来，我的侄儿哈姆雷特，我的孩子，——

哈姆雷特　（旁白）超乎寻常的亲族，漠不相干的路人。

国　王　为什么愁云依旧笼罩在你的身上？

哈姆雷特　不，陛下，我已经在太阳里晒得太久了。

王　后　好哈姆雷特，脱下你的黑衣，对你的父王应该和颜悦色一点；不要老是垂下了眼皮，在泥土之中找寻你的高贵的父亲。你知道这是一件很普通的事情，活着的人谁都要死去，从生存的空间踏进了永久的宁静。

哈姆雷特　嗯，母亲，这是一件很普通的事情。

王　后　既然是很普通的，那么你为什么瞧上去好像老是这样郁郁于心呢？

哈姆雷特　好像，母亲！不，是这样就是这样，我不知道什么"好像"不"好像"。好妈妈，我的墨黑的外套，礼俗上规定的丧服，勉强吐出来的叹气，像滚滚江流一样的眼泪，悲苦沮丧的脸色，以及一切仪式，外表和忧伤的流露，都不能表示出我的真实的情绪。这些才真是给人瞧的，因为谁也可以做作成这种样子。它们不过是悲哀的装饰和衣服；可是我的郁结的心事却无法表现出来的。

国　王　哈姆雷特，你这样孝思不匮，原是你天性中纯笃过人之处；可是你要知道，你的父亲也曾失去过一个父亲，那失去的父亲自己也失去过父亲；那后死的儿子为了尽他的孝道，必须有一个时期服丧守制，然而固执不变的哀伤，却是一种逆天背理的愚行，不是堂堂男子所应有的举动；它表现出一个不肯安于天命的意志，一个经不起艰难痛苦的心，一个缺少忍耐的头脑和一个简单愚昧的理性。既然我们知道那是无可避免的事，无论谁都要遭遇到同样的经验，那么我们为什么要这样固执地把它介介于怀呢？嘿！那是对上天的罪戾，对死者的罪戾，也是违反人情的罪戾；在理智上它是完全荒谬的，因为从第一个死了的父亲起，直到今天死去的最后一个父亲为止，理智永远在呼喊："这是无可避免的。"我请你抛弃了这种无益的悲伤，把我当作你的父亲；因为我要让全世界知道，你是王位直接的继承者，我要给你尊荣和恩宠，不亚于一个最慈爱的父亲之于他的儿子。至于你要回到威登堡去继续求学的意思，那是完全违反我们的愿望的；请你听从我的劝告，不要离开这里，在朝廷上领袖群臣，做我们最亲近的国亲和王子，使我们因为每天能够看见你而感到欢欣。

王　后　不要让你母亲的祈求全归无用，哈姆雷特；请你不要离开我们，不要到威登堡去。

哈姆雷特　我将要勉力服从您的意志，母亲。

国　王　啊，那才是一句有孝心的答复；你将在丹麦享有和我同等的尊荣。御妻，来。哈姆雷特这一种自动的顺从使我非常高兴。为了表示庆祝，今天丹麦王每一次举杯祝饮的时候，都要放一响高入云霄的祝炮，让上天应和着地上的雷鸣，发出欢乐的回声。来。（除哈姆雷特外均下）

哈姆雷特　啊，但愿这一个坚实的肉体会融解，消散，化成一堆露水！或者那永生的真神未曾制定禁止自杀的律法！上帝啊！人世间的一切在我看来是多么可厌，陈腐，乏味而无聊！哼！哼！那是一个荒芜不治的花园，长满了恶毒的莠草。想不到居然会有这种事情！刚死了两个月！不，两个月还不满！这样好的一个国王，比起当前这一个来，简直是天神和丑怪；这样爱我的母亲，甚至于不愿让天风吹痛了她的脸。天呀！我必须记着吗？嘿，她会偎在他的身旁，好像吃了美味的食物，格外促进了食欲一般；可是，只有一个月的时间，我不能再想下去了！脆弱啊，你的名字就是女人！短短的一个月以前，她哭得像个泪人儿似的，送我那可怜的父亲下葬；她在送葬的时候所穿的那双鞋子现在还没有破旧，她就，她就，——上帝啊！一头没有理性的畜生也要悲伤得长久一些，——她就嫁给我的叔父，我的父亲的弟弟，可是他一点不像我的父亲，正像我一点不像赫邱里斯一样。只有一个月的时间，她那流着虚伪之泪的眼睛还没有消去红肿，她就嫁了人了。啊，罪恶的匆促，这样迫不及待地钻进了乱伦的衾被！那不是好事，也不会有好结果；可是碎了吧，我的心，因为我必须噤住我的嘴！

霍拉旭，玛昔勒斯，勃那陀同上。

霍拉旭　祝福，殿下。

哈姆雷特　我很高兴看见你身体健康，霍拉旭。

霍拉旭　我也是这样，殿下；我永远是您的卑微的仆人。

哈姆雷特　不，你是我的好朋友；我愿意和你朋友相称。你怎么不在威登堡，霍拉旭？玛昔勒斯！

玛昔勒斯　殿下，——

哈姆雷特　我很高兴看见你。（向勃那陀）午安，朋友。——可是你究竟为什么离开威登堡？

霍拉旭　无非是偷闲躲懒罢了，殿下。

哈姆雷特　我不愿听见你的仇敌说这样的话，你也不能用这样的话刺痛我的耳朵，使它相信你对自己所做的诽谤；我知道你不是一个偷闲躲懒的人。可是你到厄耳锡诺有什么事？趁你未去之前，我们要陪你痛饮几杯哩。

霍拉旭　殿下，我是来参加您的父王的葬礼的。

哈姆雷特　请你不要取笑，我的同学；我想你是来参加我的母后的婚礼的。

霍拉旭　真的，殿下，这两件事情相去得太近了。

哈姆雷特　这是一举两便的办法，霍拉旭！葬礼中剩下来的残羹冷炙，正好宴请婚筵上的宾客。霍拉旭，我宁愿在天上遇见我最痛恨的仇人，也不愿看到那样的一天！我的父亲，我仿佛看见我的父亲。

霍拉旭　啊，在什么地方，殿下？

哈姆雷特　在我的心灵的眼睛里，霍拉旭。

霍拉旭　我曾经见过他一次；他是一位很好的君王。

哈姆雷特　他是一个堂堂男子；整个说起来，我再也见不到像他那样的人了。

霍拉旭　殿下，我想我昨天晚上看见他了。

哈姆雷特　看见谁？

霍拉旭　殿下，我看见您的父王。

哈姆雷特　我的父王！

霍拉旭　不要吃惊，请您静静地听我把这件奇事告诉您，这两位可以替我做见证。

哈姆雷特　看在上帝的份上，讲给我听。

霍拉旭　这两位朋友，玛昔勒斯和勃那陀，在万籁俱寂的午夜守望的时候，曾经连续两夜看见一个自顶至踵全身甲胄，像您父亲一样的人形，在他们的面前出现，用庄严而缓慢的步伐走过他们的身边。在他们惊奇骇愕的眼前，他三次步行过去，他手里所握的鞭杖可以碰到他们的身上；他们吓得几乎浑身都瘫痪了，只是呆立着不动，一句话也没有对他说。怀着惴惧的心情，他们把这件事悄悄地告诉了我，我就在第三夜陪着他们一起守望；正像他们所说的一样，那鬼魂又出现了，出现的时间和他的形状，证实了他们的每一个字都是正确的。我认识您的父亲，那鬼魂是那样酷肖他的生前，我这两手也不及他们彼此的相似。

哈姆雷特　可是这是在什么地方？

玛昔勒斯　殿下，就在我们守望的露台上。

哈姆雷特　你有没有和他说话？

霍拉旭　殿下，我说了，可是他没有回答我；不过有一次我觉得他好像抬起头来，像要开口说话似的，可是就在那个时候，晨鸡高声啼了起来，他一听见鸡声，就很快地隐去不见了。

哈姆雷特　这很奇怪。

霍拉旭　凭着我的生命起誓，殿下，这是真的，我们认为按着我们的责任，应该让您知道这件事。

哈姆雷特　不错，不错，朋友们；可是这件事情很使我迷惑。你们今晚仍旧要去守望吗？

玛昔勒斯、勃那陀　是，殿下。

哈姆雷特　你们说他穿着甲胄吗？

玛昔勒斯、勃那陀　是，殿下。

哈姆雷特　从头到脚？

玛昔勒斯、勃那陀　从头到脚，殿下。

哈姆雷特　那么你们没有看见他的脸吗？

霍拉旭　啊，看见的，殿下；他的脸甲是掀起的。

哈姆雷特　怎么，他瞧上去像在发怒吗？

霍拉旭　他的脸色悲哀多于愤怒。

哈姆雷特　他的脸上是惨白的还是红红的？

霍拉旭　非常惨白。

哈姆雷特　他把眼睛注视着你吗？

霍拉旭　他直盯着我瞧。

哈姆雷特　我希望我也在场。

霍拉旭　那一定会使您骇愕万分。

哈姆雷特　多半会的，多半会的。他停留得长久吗？

霍拉旭　大概有一个人用不快不慢的速度从一数到一百的那段时间。

玛昔勒斯、勃那陀　还要长久一些，还要长久一些。

霍拉旭　我看见他的时候，不过这么久。

哈姆雷特　他的胡须是斑白的吗？

霍拉旭　是的，正像我在他生前看见的那样，乌黑的胡须里略有几根变成白色。

哈姆雷特　我今晚也要守夜去；也许他还会出来。

霍拉旭　我可以担保他一定会出来。

哈姆雷特　要是他借着我的父王的形貌出现，即使地狱张开嘴来，叫我不要做声，我也一定要对他说话。要是你们到现在还没有把你们所看见的告诉别人，那么我要请求你们大家继续保持沉默；无论今夜发生什么事情，都请放在心里，不要在口舌之间泄漏出去。我一定会报答你们的忠诚。好，再会；今晚十一点钟到十二点钟之间，我要到露台上来看你们。

众　人　我们愿意为殿下尽忠。

哈姆雷特　让我们彼此保持着不渝的交情；再会！（霍拉旭、玛昔勒斯、勃那陀同下）我父亲的灵魂披着甲胄！事情有些不妙；我想这里面一定有奸人的恶计。但愿黑夜早点到来！静静地等着吧，我的灵魂；罪恶的行为总有一天要发现，虽然地上所有的泥土把它们遮掩。（下）

第三场　普隆涅斯家中一室

勒替斯及莪菲莉霞上。

勒替斯　我需要的物件已经装在船上，再会了；妹妹，在好风给人方便、路上没有阻碍的时候，不要贪睡，让我听见你的消息。

莪菲莉霞　你还不相信我吗？

勒替斯　对于哈姆雷特和他的调情献媚，你必须把它认作一时的感情冲动，一朵初春的紫罗兰，早熟而易凋，馥郁而不能持久，一分钟的芬芳和喜悦，如此而已。

莪菲莉霞　不过如此吗？

勒替斯　不过如此，因为像新月一样逐渐饱满的人生，不仅是肌肉和体格的成长，而且随着身体的发展，精神和心灵也同时扩大。也许他现在爱你，他的真诚的意志是纯洁而不带欺诈的；可是你必须留心，他有这样高的地位，他的意志并不属于他自己，因为他自己也要被他的血统所支配；他不能像一般庶民一样为自己选择，因为他的决定足以影响到整个国家的安危，他是全身的首脑，他的选择必须得到各部分肢体的同意；所以要是他说，他爱你，你可以相信他在他的地位之上，也许会把他的说话见之行事，可是那必须以丹麦的公意给他赞许为限。你再想一想，要是你用过于轻信的耳朵倾听他的歌曲，让他攫走了你的心，在他的狂妄的渎求之下，打开了你的宝贵的童贞，那时候你的名誉将要蒙受多大的损失。留心，莪菲莉霞，留心，我的亲爱的妹妹，不要放纵你的爱情，不要让欲望的利箭把你射中。一个自爱的女郎不应该向月亮显露她的美貌；圣贤也不能逃避谗口的中伤；春天的草木往往还没有吐放它们的蓓蕾，就被蛀虫蠹蚀；朝露一样晶莹的青春，常常会受到罡风的吹打。所以留心吧，戒惧是最安全的方策；即使没有旁人的诱惑，少年的血气也要向他自己叛变。

莪菲莉霞　我将要记住你这个很好的教训，让它看守着我的心。可是，我的好哥哥，你不要像有些坏牧师一样，指点我上天去的险峻的荆棘之途，自己却在花街柳巷流连忘返，忘记了自己的箴言。

勒替斯　啊！不要为我担心。我耽搁得太久了；可是父亲来了。

　　　　普隆涅斯上。

勒替斯　两度的祝福是双倍的恩荣；第二次的告别是格外可喜的。

普隆涅斯　还在这儿，勒替斯！上船去，上船去，真好意思！风息在帆顶上，人家都在等着你哩。好，我为你祝福！还有几句教训，希望你铭刻在记忆之中：不要想到什么就说什么，凡事必须三思而行。对人要和气，可是不要过分狎昵。相知有素的朋友，应该用钢圈箍在你的灵魂上，可是不要对每一个泛泛的新知滥施你的交情。留心避免和人家争吵；可是万一争端已起，就应该让对方知道你不是可以轻侮的。倾听每一个人的意见，可是只对极少数人发表你的意见；接受每一个人的批评，可是保留你自己的判断。尽你的财力购置贵重的衣服，可是不要炫新立异，必须富丽而不浮艳，因为服装往往可以表现人格；法国的名流要人，在这一点上是特别注重的，不要向人告贷，也不要借钱给人；因为债款放了出去，往往不但丢了本钱，而且还失去了朋友；向人告贷的结果，容易养成因循懒惰的习惯。尤其要紧的，你必须对你自己忠实，正像有了白昼才有黑夜一样，对自己忠实，才不会对别人欺诈。再会，让我的祝福使你记住这一番话！

勒替斯　父亲，我告别了。

普隆涅斯　时候不早了；去吧，你的仆人都在等着。

勒替斯　再会，莪菲莉霞，记住我对你说的话。

莪菲莉霞　你的话已经锁在我的记忆里，那钥匙你替我保管着吧。

勒替斯　再会！（下）

普隆涅斯　莪菲莉霞，他对你说些什么话？

莪菲莉霞　回父亲的话，我们刚才谈起哈姆雷特殿下的事情。

普隆涅斯　嗯，这是应该考虑一下的，听说他近来常常跟你在一起，你也从来不拒绝他的求见；要是果然有这种事，——人家这样告诉我，也无非是叫我注意的意思，——那么我必须对你说，你还没有懂得你做了我的女儿，按照你的身份，应该怎样留心你自己的行动。究竟在你们两人之间有些什么关系？老实告诉我。

莪菲莉霞　父亲，他最近曾经屡次向我表示他的爱情。

普隆涅斯　爱情！呸！你讲的话完全像是一个不曾经历过这种危险的不懂事的女孩子。你相信他的那种你所说的表示吗？

莪菲莉霞　父亲，我不知道我应该怎样想才好。

普隆涅斯　好，让我来教你，你应该这样想，你是一个小孩子，竟把这些假意的表示当作了真心的奉献。你应该把你自己的价值抬高一些。

莪菲莉霞　父亲，他向我求爱的态度是很光明正大的。

普隆涅斯　嗯，他的态度很好，很好。

莪菲莉霞　而且，父亲，他差不多用尽一切指天誓日的神圣的盟约，证实他的言语。

普隆涅斯　嗯，这些都是捕捉愚蠢的山鹬的圈套。我知道在热情燃烧的时候，一个人无论什么盟誓都会说出口来；这些火焰，女儿，是光多于热的，一下子就会光消焰灭，因为它们本来是虚幻的；你不能把它们当作真火看待。从现在起，你还是少露一些你的女儿家的脸；你应该抬高身价，不要让人家以为你是可以随意呼召的。对于哈姆雷特殿下，你应该这样想，他是个年轻的王子，他比你在行动上有更大的自由。总而言之，莪菲莉霞，不要相信他的盟誓，因为它们都是诱人堕落的淫媒，用庄严神圣的辞令，掩饰淫邪险恶的居心。我的言尽于此，简单一句话，从现在起，我不许你跟哈姆雷特殿下谈一句话。你留点儿神吧；进去。

莪菲莉霞　我一定听从您的话，父亲。（同下）

第四场　露台

哈姆雷特，霍拉旭及玛昔勒斯上。

哈姆雷特　风吹得人怪痛的，这天气真冷。

霍拉旭　是很凛冽的寒风。

哈姆雷特　现在什么时候了？

霍拉旭　我想还不到十二点。

玛昔勒斯　不，已经打过了。

霍拉旭　真的？我没有听见，那么鬼魂出现的时候快要到了。（内喇叭奏花腔及鸣炮声）这是什么意思，殿下？

哈姆雷特　王上今晚大宴群臣，作通宵的醉舞；每次他喝下了一杯葡萄美酒，铜鼓和喇叭便吹打起来，欢祝万寿。

霍拉旭　这是向来的风俗吗？

哈姆雷特　嗯，是的。可是我虽然从小就熟习这种风俗，我却以为把它破坏了倒比遵守它还体面些，这一种酗酒纵乐的风俗，使我们在东西各国受到许多非议；他们称我们为酒徒醉汉，将下流的污名加在我们头上，使我们各项伟大的成就都因此而大为减色。在个人方面也常常是这样，有些人因为身体上长了丑陋的黑痣，——这本来是天生的缺陷，不是他们自己的过失，——或者生就一种令人侧目的怪癖，虽然他们此外还有许多纯洁优美的品性，可是为了这一个缺点，往往会受到世人的歧视。一点丑恶就毁坏了高贵的品质，使人声名狼藉。

鬼上。

霍拉旭　瞧，殿下，它来了！

哈姆雷特　天使保佑我们！不管你是一个善良的灵魂或是万恶的妖魔，不管你带来了天上的和风或是地狱中的罡风，不管你的来意好坏，因为你的形状是这样的和蔼可爱，我要对你说话；我要叫你哈姆雷特，君王，父亲！尊严的丹麦先王，啊，回答我！不要让我在无知的蒙昧里抱恨终天；告诉我为什么你的长眠的骸骨不安窀穸，为什么安葬着你遗体的坟墓张开它的沉重的大理石的两颚，把你重新吐放出来。你这已死的尸体这样全身甲胄，出现在月光之下，使黑夜变得这样阴森，使我们这些为造化所玩弄的愚人充满了不可思议的恐怖，究竟是什么意思呢？说，这是为了什么？你要我们怎样？（鬼向哈姆雷特招手）

霍拉旭　它招手叫您跟着它去，好像它有什么话要对您一个人说似的。

玛昔勒斯　瞧，它用很有礼貌的举动，招呼您到一个僻远的所在去；可是别跟它去。

霍拉旭　千万不要跟它去。

哈姆雷特　它不肯说话；我还是跟它去。

霍拉旭　不要去，殿下。

哈姆雷特　嗨，怕什么呢？我把我的生命看得不值一枚针；至于我的灵魂，那是跟它自己同样永生不灭的，它能够加害它吗？它又在招手叫我前去了；我要跟它去。

霍拉旭　殿下，要是它把您诱到潮水里去，或者把您领到下临大海的峻峭的悬崖之巅，在那边它现出了狰狞的面貌，吓得您丧失理智，变成疯狂，那可怎么好呢？您想，无论什么人一到了那样的地方，望着下面千仞的峭壁，听见海水奔腾的怒吼，即使没有别的原因，也会吓得心惊胆战的。

哈姆雷特　它还在向我招手。去吧，我跟着你。

玛昔勒斯　您不能去，殿下！

哈姆雷特　放开你们的手！

霍拉旭　听我们的劝告，不要去。

哈姆雷特　我的命运在高声呼喊，使我全身每一根微细的血管都变得像怒狮的
　　　　　筋骨一样坚硬。（鬼招手）它仍旧在招我去。放开我，朋友们；（挣
　　　　　脱二人之手）凭着上天起誓，谁要是拉住我，我要叫他变成一个鬼！
　　　　　走开！去吧，我跟着你。（鬼及哈姆雷特同下）

霍拉旭　幻想占据了他的头脑，使他不顾一切。

玛昔勒斯　让我们跟上去；我们不应该服从他的话。

霍拉旭　那么去吧。这种事情会引出些什么结果来呢？

玛昔勒斯　丹麦国里恐怕有些不可告人的坏事。

霍拉旭　上帝的意旨支配一切。

玛昔勒斯　不，我们还是跟上去。（同下）

第五场　露台的另一部分

　　　　　鬼及哈姆雷特上。

哈姆雷特　你要领我到什么地方去？说，我不愿再前进了。

鬼　　　听我说。

哈姆雷特　我在听着。

鬼　　　我的时间快到了，我必须再回到硫磺的烈火里去受煎熬的痛苦。

哈姆雷特　唉，可怜的亡魂！

鬼　　　不要可怜我，你只要留心听着我要告诉你的话。

哈姆雷特　说吧，我在这儿听着。

鬼　　　你听了以后，必须替我报仇。

哈姆雷特　什么？

鬼　　　我是你父亲的灵魂，因为生前孽障未尽，被判在晚间游行地上，白昼
　　　　　忍受火焰的烧灼，必须经过相当的时期，等生前的过失被火焰净化以
　　　　　后，方才可以脱罪。可是我不能违犯禁令，泄漏我的狱中的秘密。我

可以告诉你一个故事，最轻微的几句话都可以使你魂飞魄散，使你年轻的血液凝冻成冰，使你的双眼像脱了轨道的星球一样向前突出，你的纠结的鬈发根根分开，像愤怒的豪猪身上的刺毛一样森然耸立；可是这一种永恒的神秘，是不能向血肉的凡耳宣示的，听着，听着，啊，听着！要是你曾经爱过你的亲爱的父亲，——

哈姆雷特　上帝啊！

鬼　你必须替他报复那逆伦惨恶的杀身的仇恨。

哈姆雷特　杀身的仇恨！

鬼　杀人是重大的罪恶；可是这一件谋杀的惨案，更是骇人听闻而逆天害理的罪行。

哈姆雷特　赶快告诉我，让我驾着像思想和爱情一样迅速的翅膀，飞去把仇人杀死。

鬼　我的话果然激动了你；要是你听见了这种事情而漠然无动于衷，那你除非比疏散在忘河之滨的蔓草还要冥顽不灵。现在，哈姆雷特，听我说；一般人都以为我在花园里睡觉的时候，一条蛇来把我螫死，这一个虚构的死状，把丹麦全国的人都骗过了；可是你要知道，好孩子，那毒害你父亲的蛇，头上戴着王冠呢。

哈姆雷特　啊，果然给我猜着了！我的叔父！

鬼　嗯，那个乱伦的奸淫的畜生，他有的是过人的诡诈，天赋的奸恶，凭着他的阴险的手段，诱惑了我的外表上似乎非常贞淑的王后，满足他的无耻的兽欲。啊，哈姆雷特，那是一个多么相去悬殊的差异！我的爱情是那样纯洁真诚，始终信守着我在结婚的时候对她所做的盟誓；她却会对一个天赋的才德远不如我的恶人降心相从！可是正像一个贞洁的女儿，虽然淫欲罩上神圣的外表，也不能把她煽动一样，一个淫妇虽然和光明的天使为偶，也会有一天厌倦于天上的唱随之乐，而宁愿搂抱人间的朽骨。可是且慢！我仿佛嗅到了清晨的空气，让我把话说得简短一些，当我按照每天午后的惯例，在花园里睡觉的时候，你的叔父乘我不备，悄悄溜了进来，拿着一个盛着毒草汁的小瓶，把一种使人麻痹的药水注入我的耳腔之内，那药性发作起来，会像水银一样很快地流过了全身的大小血管，像酸液滴进牛乳般地把淡薄而健全的血液凝结起来；它一进入我的身体里，我全身光滑的皮肤上便立刻长出无数疱疹，像害着癞病似的满布着可憎的鳞片。这样，我在睡梦之中，被一个兄弟同时夺去了我的生命、我的王冠和我的王后，甚至于不给我一个忏罪的机会，使我在没有领到圣餐也没有受过临终涂膏礼以前，就一无准备地负着我的全部罪恶去对簿阴曹。可怕啊，可怕！要是你有天性之情，不要默尔而息，不要让丹麦的御寝变成了藏奸养逆的卧榻；可是无论你怎样进行复仇，你的行事必须光明磊落，更不可对你的母亲有什么不利的图谋，她自会受到上天的裁判，和她自己内心中的荆棘的刺戳。现在我必须去了！萤火的微光已经开始暗淡下去，清晨快要到来了；再会，再会！哈姆雷特，记着我。（下）

哈姆雷特　天上的神明啊！地啊！再有什么呢！我还要向地狱呼喊吗？啊，呸！忍着吧，忍着吧，我的心！我的全身的筋骨，不要一下子就变成衰老，支持着我的身体呀！记着你！是的，你可怜的亡魂，当记忆不曾从我这混乱的头脑里消失的时候，我会记着你的。记着你的！是的，我要从我的忘记的碑版上，拭去一切琐碎愚蠢的记录，一切书本上的格言，一切陈言套话，一切过去的印象，我的少年的阅历所留下的痕迹，只让你的命令留在我的脑筋的书卷里，不掺杂一些下贱的废料；是的，上天为我作证！啊，最恶毒的妇人！啊，奸贼，奸贼，脸上堆着笑的万恶的奸贼！我的写字板呢？我必须把它记下来：一个人尽管满面都是笑，骨子里却是杀人的奸贼；至少我相信在丹麦是这样的。（写字）好，叔父，我把你写下来了。现在我要记下我的话，那是："再会，再会！记着我。"我已经发过誓了。

霍拉旭　（在内）殿下！殿下！

玛昔勒斯　（在内）哈姆雷特殿下！

霍拉旭　（在内）上天保佑他！

玛昔勒斯　（在内）但愿如此！

霍拉旭　（在内）喂，呵，呵，殿下！

哈姆雷特　喂，呵，呵，孩儿！来，鸟儿，来。

　　　　霍拉旭及玛昔勒斯上。

玛昔勒斯　怎样，殿下？！

霍拉旭　有什么事，殿下？！

哈姆雷特　啊！奇怪！

霍拉旭　好殿下，告诉我们。

哈姆雷特　不，你们会泄漏出去的。

霍拉旭　不，殿下，凭着上天起誓，我一定不泄漏。

玛昔勒斯　我也一定不泄漏，殿下。

哈姆雷特　那么你们说，哪一个人会想得到有这种事？可是你们能够保守秘密吗？

霍拉旭、玛昔勒斯　是，上天为我们作证，殿下。

哈姆雷特　全丹麦从来不曾有哪一个奸贼不是一个十足的坏人。

霍拉旭　殿下，这样一句话是用不着什么鬼魂从坟墓里出来告诉我们的。

哈姆雷特　啊，对了，你说得有理；所以，我们还是不必多说废话，大家握握手分开了吧。你们可以去照你们自己的意思干你们自己的事，——因为各人都有各人的意思和各人的事，——至于我自己，那么我对你们说，我是要去祈祷的。

霍拉旭　殿下，您这些话好像有些疯疯癫癫似的。

哈姆雷特　我的话冒犯了你，真是非常抱歉；是的，我从心底里抱歉。

霍拉旭　哪儿的话，殿下。

哈姆雷特　不，凭着圣伯特力克[1]的名义，霍拉旭，我真是大大地冒犯了你。讲到这一个幽灵，那么让我告诉你们，它是一个真实的亡魂；你们要是想知道它对我说了些什么话，我只好请你们暂时不必动问。现在，好朋友们，你们都是我的朋友，都是学者和军人，请你们允许我一个卑微的要求。

霍拉旭　是什么要求，殿下？我们一定允许您。

哈姆雷特　永远不要把你们今晚所见的事情告诉别人。

霍拉旭、玛昔勒斯　殿下，我们一定不告诉别人。

哈姆雷特　不，你们必须宣誓。

霍拉旭　凭着良心起誓，殿下，我决不告诉别人。

玛昔勒斯　凭着良心起誓，殿下，我也决不告诉别人。

哈姆雷特　把手按在我的剑上宣誓。

玛昔勒斯　殿下，我们已经宣誓过了。

---

[1] 圣伯特力克（St.Patrick），爱尔兰的保护神。

哈姆雷特　那不算，把手按在我的剑上。

鬼　　　（在下）宣誓！

哈姆雷特　啊哈！孩儿！你也这样说吗？你在那儿吗，好家伙？来；你们没听见这个地下的人怎么说吗？宣誓吧。

霍拉旭　请您教我们怎样宣誓，殿下。

哈姆雷特　永不向人提起你们所看见的这一切。把手按在我的剑上宣誓。

鬼　　　（在下）宣誓！

哈姆雷特　又跟着我们了吗？那么我们换一个地方。过来，朋友们。把你们的手按在我的剑上，宣誓永不向人提起你们所听见的这件事。

鬼　　　（在下）宣誓！

哈姆雷特　说得好，老鼹鼠！你能够在地底钻得这么快吗？好一个开路的先锋！好朋友们，我们再来换一个地方。

霍拉旭　哎哟，真是不可思议的怪事！

哈姆雷特　那么你还是用见怪不怪的态度对待它吧。霍拉旭，天地之间有许多事情，是你们的哲学里所没有梦想到的呢。可是，来，上帝的慈悲保佑你们，你们必须再作一次宣誓。我今后也许有时候要故意装出一副疯疯癫癫的样子，你们要是在那时候看见了我的古怪的举动，切不可像这样交叉着手臂，或者这样摇头摆脑的，或者嘴里说一些吞吞吐吐的言词，例如"呃，呃，我们知道"，或是"只要我们高兴，我们就可以"，或是"要是我们愿意说出来的话"，或是"有人要是怎么怎么"，诸如此类的含糊其辞的话语，表示你们知道我有些什么秘密；你们必须答应我避免这一类言词，上帝的恩惠和慈悲保佑着你们，宣誓吧。

鬼　　　（在下）宣誓！（二人宣誓）

哈姆雷特　安息吧，安息吧，受难的灵魂！好，朋友们，我以满怀的热情，信赖着你们两位；要是在哈姆雷特的微弱的能力以内，能够有可以向你们表示他的友情之处，上帝在上，我一定不会有负你们。让我们一同进去；请你们记着无论在什么时候都要守口如瓶。这是一个颠倒混乱的时代，唉，倒霉的我却要负起重整乾坤的责任！来，我们一块儿去吧。（同下）

第二幕

第一场　普隆涅斯家中一室

普隆涅斯及雷瑙陀上。

普隆涅斯　把这些钱和这封信交给他，雷瑙陀。

雷瑙陀　是，老爷。

普隆涅斯　好雷瑙陀，你在没有去看他以前，最好先探听探听他的行为。

雷瑙陀　老爷，我本来就有这个意思。

普隆涅斯　很好，很好，好得很。你先给我调查调查有些什么丹麦人在巴黎，他们是干什么的，叫什么名字，有没有钱，住在什么地方，跟哪些人做伴，用度大不大；用这种转弯抹角的方法，要是你打听到他们也认识我的儿子，你就可以更进一步，表示你对他也有相当的认识；你可以这样说："我知道他的父亲和他的朋友，对他也略为有点认识。"你听见没有，雷瑙陀？

雷瑙陀　是，我在留心听着，老爷。

普隆涅斯　"对他也略为有点认识，可是，"你可以说，"不怎么熟悉；不过假如果然是他的话，那么他是个很放浪的人，有些怎样怎样的坏习惯。"说到这里，你就可以随便捏造一些关于他的坏话；当然啰，你不能把他说得太不成样子，那是会损害他的名誉的，这一点你必须注意；可是你不妨举出一些纨绔子弟们所犯的最普通的浪荡的行为。

雷瑙陀　譬如赌钱，老爷。

普隆涅斯　对了，或是喝酒，斗剑，赌咒，吵嘴，嫖妓之类，你都可以说。

雷瑙陀　老爷，那是会损害他的名誉的。

普隆涅斯　不，不，你可以在言语之间说得轻淡一些。你不能说他公然纵欲，那可不是我的意思；可是你要把他的过失讲得那么巧妙，让人家听着好像那不过是行为上的小小的不检，一个血气方刚的少年的一时胡闹，算不了什么。

雷瑞陀　可是老爷——

普隆涅斯　为什么叫你做这种事？

雷瑞陀　是的，老爷，请您告诉我。

普隆涅斯　呃，我的用意是这样的，我相信这里自有巧妙之处；你这样轻描淡写地说了我儿子的一些坏话，就像你提起一件略有污损的东西似的，听着，要是跟你谈话的那个人，也就是你向他探询的那个人，果然看见过你所说起的那个少年犯了你刚才所列举的那些罪恶，他一定会用这样的话对你表示同意："好先生——"也许他称你"朋友"，"仁兄"，按照着各人的身份和各国的习惯。

雷瑞陀　很好，老爷。

普隆涅斯　然后他就——他就——我刚才要说一句什么话？哎哟，我正要说一句什么话；我说到什么地方啦？

雷瑞陀　您刚才说到"用这样的话表示同意"。

普隆涅斯　说到"用这样的话表示同意"，嗯，对了；他会用这样的话对你表示同意："我认识这位绅士，昨天我还看见他，或许是前天，或许是什么什么时候，跟什么什么人在一起，正像您所说的，他在什么地方赌钱，在什么地方喝得酩酊大醉，在什么地方因为打网球而跟人家打起架来。"也许他还会说："我看见他走进什么什么一家生意人家去。"那就是说窑子或是诸如此类的所在。你瞧，你用说谎的钓饵，就可以把事实的真相诱上你的钓钩；我们有智慧有见识的人，往往用这种旁敲侧击的方法，间接达到我们的目的；你也可以照着我上面所说的那一番话，探听出我的儿子的行为。你懂得我的意思没有？

雷瑞陀　老爷，我懂得。

普隆涅斯　上帝和你同在；再会！

雷瑞陀　那么我去了，老爷。

普隆涅斯　你自己也得留心观察他的举止。

雷瑞陀　是，老爷。

普隆涅斯　叫他用心学习音乐。

雷瑙陀　是，老爷。

普隆涅斯　你去吧！（雷瑙陀下）

奥菲莉霞上。

普隆涅斯　啊，奥菲莉霞，什么事？

奥菲莉霞　哎哟，父亲，吓死我了！

普隆涅斯　凭着上帝的名义，怕什么？

奥菲莉霞　父亲，我正在房间里缝纫的时候，哈姆雷特殿下跑了进来，走到我的面前；他的上身的衣服完全没有扣上纽子，头上也不戴帽子，他的袜子上沾着污泥，没有袜带，一直垂到脚踝上；他的脸色像他的衬衫一样白，他的膝盖互相碰撞，他的神气是那样凄惨，好像他刚从地狱里逃出来，要向人讲述它的恐怖一样。

普隆涅斯　他因为不能得到你的爱而发疯了吗？

奥菲莉霞　父亲，我不知道，可是我想也许是的。

普隆涅斯　他怎么说？

奥菲莉霞　他握住我的手腕紧紧不放，拉直了手臂向后退立，用他的另一只手这样遮在他的额角上，一眼不眨地瞧着我的脸，好像要把它临摹下来似的。这样经过了好久的时间，然后他轻轻地摇动一下我的手臂，他的头上上下下地点了三次，于是他发出一声非常惨痛而深长的叹息，好像他的整个的胸部都要爆裂，他的生命就在这一声叹息中间完毕似的。然后他放松了我，转过他的身体，他的头还是向后回顾，好像他不用眼睛的帮助也能够找到他的路，因为直到他走出了门外，他的两眼还是注视在我的身上。

普隆涅斯　跟我来；我要见王上去。这正是恋爱不遂的疯狂；一个人受到这种剧烈的刺激，什么不顾一切的事情都会干得出来，一切能迷住我们本性的狂热，莫过如此。我真后悔。怎么，你最近对他说过什么使他难堪的话没有？

奥菲莉霞　没有，父亲，可是我已经遵从您的命令，拒绝他的来信，并且不允许他来见我。

普隆涅斯　这就是使他疯狂的原因。我很后悔看错了人。我以为他不过把你玩弄玩弄，恐怕贻误你的终身；可是我不该这样多疑！正像年轻人干起事来，往往不知道瞻前顾后一样，我们这种上了年纪的人，总是免不了鳏鳏过虑。来，我们见王上去。这种事情是不能蒙蔽起来的，要是隐讳不报，也许会闹出乱子来。来。（同下）

第二场　城堡中一室

国王、王后、罗森克兰滋、基腾史登及侍从等上。

国　王　欢迎，亲爱的罗森克兰滋和基腾史登！这次匆匆召请你们两位前来，一方面是因为我非常思念你们，一方面也是因为我有需要你们帮忙的地方。你们大概已经听到哈姆雷特的变化；我把它称为变化，因为无论在外表上或是精神上，他已经和从前大不相同。除了他父亲的死以外，究竟还有些什么原因，把他激成了这种疯疯癫癫的样子，我实在无从猜测。你们从小便跟他在一起长大，素来知道他的脾气，所以我特地请你们到我们宫廷里来盘桓几天，陪伴陪伴他，替他解解愁闷，同时乘机窥探他究竟有些什么秘密的心事，为我们所不知道的，也许一旦公开之后，我们就可以替他下对症的药饵。

王　后　他常常讲起你们两位，我相信世上没有哪两个人比你们更为他所亲信了。你们要是不嫌怠慢，答应在我们这儿小作勾留，帮助我们实现我们的希望，那么你们的盛情雅意，一定会受到丹麦王室隆重的礼谢的。

罗森克兰滋　我们是两位陛下的臣子，两位陛下有什么旨意，尽管命令我们；像这样言重的话，倒使我们置身无地了。

基腾史登　我们愿意投身在两位陛下的足下，两位陛下无论有什么命令，我们都愿意尽力奉行。

国　王　谢谢你们，罗森克兰滋和善良的基腾史登。

王　后　谢谢你们，基腾史登和善良的罗森克兰滋。现在我就要请你们立刻去看看我的大大变了样子的儿子。来人，领这两位绅士到哈姆雷特的地方去。

基腾史登　但愿上天加佑，使我们能够得到他的欢心，帮助他恢复常态！

王　后　阿门！（罗森克兰滋、基腾史登及若干侍从下）
　　　　普隆涅斯上。

普隆涅斯 启禀陛下，我们派往挪威去的两位钦使已经喜气洋洋地回来了。

国　王 你总是带着好消息来报告我们。

普隆涅斯 真的吗，陛下？不瞒陛下说，我把我对于我的上帝和我的宽仁厚德的王上的责任，看得跟我的灵魂一样重呢。要是我的脑筋还没有出毛病，想到了岔路上去，那么我想我已经发现了哈姆雷特发疯的原因。

国　王 啊！你说吧，我急着要听呢。

普隆涅斯 请陛下先接见了钦使；我的消息留着做盛筵以后的佳果美点吧。

国　王 那么有劳你去迎接他们进来。（普隆涅斯下）我的亲爱的王后，他对我说他已经发现了你的儿子心神不定的原因。

王　后 我想主要的原因还是他父亲的死和我们过于迅速的结婚。

国　王 好，我们可以把他试探试探。

　　　　普隆涅斯率伏底曼特及考尼力斯重上。

国　王 欢迎，我的好朋友们！伏底曼特，我们的挪威王兄怎么说？

伏底曼特 他叫我们向陛下转达他的友好的问候。他听到了我们的要求，就立刻传谕他的侄儿停止征兵；本来他以为这种举动是准备对付波兰人的，可是一经调查，才知道它的对象原来是陛下；他知道此事以后，痛心自己因为年老多病，受人欺罔，震怒之下，传令把福丁勃拉斯逮捕；福丁勃拉斯并未反抗，受到了挪威王一番申斥，最后就在他的叔父面前立誓决不兴兵侵犯陛下。老王看见他诚心悔过，非常欢喜，当下就给他三千克郎的年俸，并且委任他统率他所征募的那些兵士，去向波兰人征伐；同时他叫我把这封信呈上陛下，（以书信呈上）请求陛下允许他的军队借道通过陛下的领土，他已经在信里提出若干条件，作为保证。

国　王 这样很好，等我们有空的时候，还要仔细考虑一下，然后答复。你们远道跋涉，不辱使命，很是劳苦了，先去休息休息，今天晚上我们还要在一起欢宴。欢迎你们回来！（伏底曼特、考尼力斯同下）

普隆涅斯 这件事情总算圆满结束了。王上，娘娘，要是我向你们长篇大论地解释君上的尊严，臣下的名分，白昼何以为白昼，黑夜何以为黑夜，时间何以为时间，那不过徒然浪费了昼夜的时间；所以，既然简洁是智慧的灵魂，冗长是肤浅的藻饰，我还是把话说得简单一些吧。你们的那位殿下是疯了；我说他疯了，因为假如要说明什么才是真疯，那么除了说他疯了以外，还有什么话好说呢？可是那也不用说了。

王　后　多谈些实际，少弄些玄虚。

普隆涅斯　娘娘，我发誓我一点不弄玄虚。他疯了，这是真的；唯其是真的，所以才可叹，它的可叹也是真的，——蠢话少说，因为我不愿弄玄虚。好，让我们同意他已经疯了；现在我们就应该求出这一个结果的原因，或者不如说，这一种病态的原因，因为这个病态的结果不是无因而致的。这就是我们现在要做的一步工作。我们来想想吧。我有一个女儿，——当她还不过是我的女儿的时候，她是属于我的，——难得她一片孝心，把这封信给了我，现在请猜一猜这里面说些什么话。"给那天仙化人的，我的灵魂的偶像，最美丽的莪菲莉霞，——"这是一个粗俗的句子；可是你们听下去吧；"让这几行诗句留下在她的皎洁的胸中，——"

王　后　这是哈姆雷特写给她的吗？

普隆涅斯　好娘娘，等一等，听我念下去：

"你可以疑心星星是火把；

你可以疑心太阳会移转；

你可以疑心真理是谎话；

可是我的爱永没有改变。

亲爱的莪菲莉霞啊！我的诗写得太坏。我不会用诗句来抒写我的愁怀；可是相信我，最好的人儿啊！我最爱的是你。再会！最亲爱的小姐，只要我一息尚存，我就永远是你的，哈姆雷特。"这一封信是我的女儿出于孝顺之心拿来给我看的；此外，她又把他一次次求爱的情形，在什么时候，用什么方法，在什么所在，全都讲给我听了。

国　王　可是她对于他的爱情抱着怎样的态度呢？

普隆涅斯　陛下以为我是怎样的一个人？

国　王　一个忠心正直的人。

普隆涅斯　但愿我能够证明自己是这样一个人。可是假如我看见这场热烈的恋爱正在进行，——不瞒陛下说，我在我的女儿没有告诉我以前，早就看出来了，——假如我知道有了这么一回事，却在暗中玉成他们的好事，或者故意视若无睹，假作痴聋，一切不闻不问，那时候陛下的心里觉得怎样？我的好娘娘，您这位王后陛下的心里又觉得怎样？不，我一点儿也不敢懈怠我的责任，立刻就对我那位小姐说："哈姆雷特殿下是一位王子，不是你可以仰望的；这种事情不能让它继续下去。"于是我把她教训一番，叫她深居简出，不要和他见面，不要接纳他的来使，也不要收受他的礼物；她听了这番话，就照着我的意思实行起来。说来话短，他遭到拒绝以后，心里就郁郁不快，于是饭也吃不下了，觉也睡不着了，他的身体一天憔悴一天，他的精神一天恍惚一天，这样一步步发展下去，就变成了他这一种为我们大家所悲痛的疯狂。

国　王　你想是这个原因吗？

王　后　这是很可能的。

普隆涅斯　我倒很想知道知道，哪一次我曾经肯定地说过了"这件事情是这样的"，而结果却并不这样？

国　王　照我所知道的，那倒没有。

普隆涅斯　要是我说错了话，把这个东西从这个上面拿下来吧。（指自己的头及肩）只要有线索可寻，我总会找出事实的真相，即使那真相一直藏在地球的中心。

国　王　我们怎么可以进一步试验试验？

普隆涅斯　您知道，有时候他会接连几个钟头在这儿走廊里踱来踱去。

王　后　他真的常常这样踱来踱去。

普隆涅斯　乘他踱来踱去的时候，我就让我的女儿去见他，你我可以躲在帐幕后面注视他们相会的情形；要是他不爱她，他的理智不是因为恋爱而丧失，那么不要叫我襄理国家的政务，让我去做个耕田的农夫吧。

国　王　我们要试一试。

王　后　可是瞧，这可怜的孩子忧忧愁愁地念着一本书来了。

普隆涅斯　请两位陛下避一避，让我走上去招呼他。（国王、王后及侍从等下）哈姆雷特读书上。

普隆涅斯　啊，恕我冒昧，您好，哈姆雷特殿下？

哈姆雷特　呃，上帝怜悯世人！

普隆涅斯　您认识我吗，殿下？

哈姆雷特　认识认识，你是一个卖鱼的贩子。

普隆涅斯　我不是，殿下。

哈姆雷特　那么我但愿你是一个老实人。

普隆涅斯 老实，殿下！

哈姆雷特 嗯，先生；在这世上，一万个人中间只不过有一个老实人。

普隆涅斯 这句话说得很对，殿下。

哈姆雷特 要是太阳能在一条死狗尸体上孵育蛆虫，因为它是一块可亲吻的臭肉，——你有一个女儿吗？

普隆涅斯 我有，殿下。

哈姆雷特 不要让她在太阳光底下行走；怀孕是一种幸福，可是你的女儿要是怀了孕，那可糟了。朋友，留心哪。

普隆涅斯 （旁白）你们瞧，他念念不忘地提我的女儿；可是最初他不认识我，他说我是一个卖鱼的贩子。他的疯病已经很深了，很深了。说句老实话，我在年轻的时候，为了恋爱也曾大发其疯，那样子也跟他差不多哩。让我再去对他说话。——您在读些什么，殿下？

哈姆雷特 都是些空话，空话，空话。

普隆涅斯 有些什么内容，殿下？

哈姆雷特 一派诽谤，先生；这个专爱把人讥笑的坏蛋在这儿说着，老年人长着灰白的胡须，他们的脸上满是皱纹，他们的眼睛里沾满了眼屎，他们的头脑是空空洞洞的，他们的两腿是摇摇摆摆的；这些话，先生，虽然我十分相信，可是照这样写在书上，总有些有伤厚道；因为就是拿您先生自己来说，要是您能够像一只蟹一样向后倒退，那么您也应该跟我一样年轻了。

普隆涅斯 （旁白）这些虽然是疯话，却有深意在内。——您要走进里边去吗，殿下？

哈姆雷特 走进我的坟墓里去？

普隆涅斯 （旁白）他的回答有时候是多么深刻！疯狂的人往往能够说出理智清明的人所说不出来的话。我要离开他，立刻就去想法让他跟我的女儿见面。——殿下，我要向您告别了。

哈姆雷特 先生，那是再好没有的事；但愿我也能够向我的生命告别，但愿我也能够向我的生命告别，但愿我也能够向我的生命告别。

普隆涅斯 再会，殿下。（欲去）

哈姆雷特 这讨厌的老傻瓜！

　　　　罗森克兰滋及基腾史登重上。

普隆涅斯 你们要找哈姆雷特殿下，那儿就是。

罗森克兰滋 上帝保佑您，大人！（普隆涅斯下）

基腾史登 我的尊贵的殿下！

罗森克兰滋 我最亲爱的殿下！

哈姆雷特 我的好朋友们！你好，基腾史登？啊，罗森克兰滋！好孩子们，你们两人都好？

罗森克兰滋 不过像一般庸庸碌碌之辈，在这世上虚度时光而已。

基腾史登 无荣无辱便是我们的幸福；我们不是命运女神帽上的纽扣。

哈姆雷特 也不是她鞋子的底吗？

罗森克兰滋 也不是，殿下。

哈姆雷特 那么你们是在她的腰上，或是在她的怀抱之中吗？

基腾史登 说老实话，我们是在她的私处。

哈姆雷特 在命运身上的秘密的那部分吗？啊，对了；她本来是一个娼妓。你们听到什么消息没有？

罗森克兰滋 没有，殿下，我们只知道这世界变得老实起来了。

哈姆雷特 那么世界末日快到了；可是你们的消息是假的。让我再问你们一些私人的问题；我的好朋友们，你们在命运手里犯了什么案子，她把你们送到这儿牢狱里来了？

基腾史登 牢狱，殿下！

哈姆雷特 丹麦是一所牢狱。

罗森克兰滋 那么世界也是一所牢狱。

哈姆雷特 一所很大的牢狱，里面有许多监房囚室；丹麦是一间最坏的囚室。

罗森克兰滋 我们倒不这样想，殿下。

哈姆雷特 啊，那么对于你们它并不是牢狱，因为世上的事情本来没有善恶，都是各人的思想把它们分别出来的；对于我它是一所牢狱。

罗森克兰滋 啊，那是因为您的梦想太多，丹麦是个狭小的地方，不够给您发展，所以您把它看成一所牢狱啦。

哈姆雷特 上帝啊！倘不是因为我有了噩梦，那么即使把我关在一个果壳里，我也会把自己当作一个拥有无限空间的君王的。

基腾史登 那种噩梦便是您的野心；因为野心家本身的存在，也不过是一个梦的影子。

哈姆雷特　一个梦的本身便是一个影子。

罗森克兰滋　不错，因为野心是那么空虚轻浮的东西，所以我认为它不过是影子的影子。

哈姆雷特　那么我们的乞丐是实体，我们的帝王和大言不惭的英雄，却是乞丐的影子了。我们进宫去好不好？因为我实在不能陪着你们谈玄说理。

罗森克兰滋、基腾史登　我们愿意侍候殿下。

哈姆雷特　没有的事，我不愿把你们当作我的仆人一样看待；老实对你们说吧，在我旁边侍候我的人太多啦。可是，凭着我们多年的交情，老实告诉我，你们到厄耳锡诺来有什么贵干？

罗森克兰滋　我们是来拜访您来的，殿下；没有别的原因。

哈姆雷特　像我这样一个叫花子，我的感谢也是不值钱的，可是我谢谢你们；我想，亲爱的朋友们，你们专诚而来，只换到我的一声不值半文钱的感谢，未免太不值得了。不是有人叫你们来的吗？果然是你们自己的意思吗？真的是自动的访问吗？来，不要骗我。来，来，快说。

基腾史登　叫我们说些什么话呢，殿下？

哈姆雷特　无论什么话都行，只要不是废话。你们是奉命而来的；瞧你们掩饰不了你们良心上的惭愧，已经从你们的脸色上招认出来了。我知道是我们这位好国王和好王后叫你们来的。

罗森克兰滋　为了什么目的呢，殿下？

哈姆雷特　那可要请你们指教我了。可是凭着我们朋友间的道义，凭着我们少年时候亲密的情谊，凭着我们始终不渝的友好的精神，凭着其他一切更有力量的理由，让我要求你们开诚布公，告诉我究竟你们是不是奉命而来的？

罗森克兰滋　（向基腾史登旁白）你怎么说？

哈姆雷特　（旁白）好，那么我看透你们的行动了。——要是你们爱我，别再抵赖了吧。

基腾史登　殿下，我们是奉命而来的。

哈姆雷特　让我代你们说明来意，免得你们泄漏了自己的秘密，有负国王王后的付托。我近来不知为了什么缘故，一点兴致都提不起来，什么游乐的事都懒得过问；在这一种抑郁的心境之下，仿佛负载万物的大地，这一座美好的框架，只是一个不毛的荒岬，这个覆盖众生的苍穹，这一顶壮丽的帐幕，这个点缀着金黄色的火球的庄严的屋子，只是一大堆污浊的瘴气的集合。人类是一件多么了不得的杰作！多么高贵的理性！多么伟大的力量！多么优美的仪表！多么文雅的举动！在行为上多么像一个天使！在智慧上多么像一个天神！宇宙的精华！万物的灵长！可是在我看来，这一个泥土塑成的生命算得了什么？人类不能使我发生兴趣；不，女人也不能使我发生兴趣，虽然从你的微笑之中，我可以看到你的意思。

罗森克兰滋　殿下，我心里并没有这样的思想。

哈姆雷特　那么当我说"人类不能使我发生兴趣"的时候，你为什么笑起来？

罗森克兰滋　我想，殿下，要是人类不能使您发生兴趣，那么那班戏子们恐怕要来自讨一场没趣了；我们在路上追上他们，他们是要到这儿来向您献技的。

哈姆雷特　扮演国王的那个人将要得到我的欢迎，我要在他的御座之前致献我的敬礼；冒险的武士可以挥舞他的剑盾；情人的叹息不会没有酬报；躁急易怒的角色可以平安下场；小丑将要使那班善笑的观众捧腹；我们的女主角必须坦白诉说她的心事，否则那无韵诗的句子将要脱去板眼。他们是一班什么戏子？

罗森克兰滋　就是您向来所欢喜的那一个班子，在城里专演悲剧的。

哈姆雷特　他们怎么走起江湖来了呢？固定在一个地方演戏，在名誉和进益上都要好得多哩。

罗森克兰滋　我想他们不能在一个地方立足，是为了时势的变化。

哈姆雷特　他们的名誉还是跟我在城里那时候一样吗？他们的观众还是那么多吗？

罗森克兰滋　不，他们现在已经大非昔比了。

哈姆雷特　怎么会这样的？他们的演技退步了吗？

罗森克兰滋　不，他们还是跟从前一样努力；可是，殿下，他们的地位已经被一群羽毛未丰的黄口小儿占夺了去。这些娃娃们的嘶叫博得了台下疯狂的喝彩，他们是目前流行的宠儿，他们的声势压倒了所谓普通的戏班，以至于许多腰佩长剑的悲剧伶人，都因为惧怕批评家鹅毛管的威力，而不敢到那边去。

哈姆雷特　什么！是一些童伶吗？谁维持他们的生活？他们的薪工是怎么计算

的？他们一到不能唱歌的年龄，就不再继续他们的本行了吗？要是他们赚不了多少钱，长大起来多半还是要做普通戏子的，那时候他们不是要抱怨他们的批评家们从前不该把他们捧得那么高，结果反而妨碍了他们的前途吗？

罗森克兰滋　真的，两方面闹过不少的纠纷，全国的人都站在旁边恬不为意地呐喊助威，怂恿他们互相争斗。曾经有一个时期，一个脚本非到编剧家和演员争吵得动起武来，是没有人愿意出钱购买的。

哈姆雷特　有这等事？

基腾史登　啊！多少人的头都打破了。

哈姆雷特　那也没有什么稀奇；我的叔父是丹麦的国王，当我父亲在世的时候，对他扮鬼脸的那些人，现在都愿意拿出二十，四十，五十，一百块金洋来买他的一幅小照。哼，这里面有些不是常理可解的地方，要是哲学能够把它推究出来的话。（内喇叭奏花腔）

基腾史登　这班戏子们来了。

哈姆雷特　两位先生，欢迎你们到厄耳锡诺来。把你们的手给我；按照通行的礼节，我应该向你们表示欢迎。让我不要对你们失礼，因为这些戏子们来了以后，我不能不敷衍他们一番，也许你们见了会发生误会，以为我招待你们还不及招待他们殷勤。我欢迎你们；可是我的叔父父亲和婶母母亲可弄错啦。

基腾史登　弄错了什么，我的好殿下？

哈姆雷特　天上刮着西北风，我才发疯；风从南方吹来的时候，我不会把一只鹰当作一只鹭鸶。

　　　　　普隆涅斯重上。

普隆涅斯　祝福你们，两位先生！

哈姆雷特　听着，基腾史登；你也听着；两人站在我的两边，听我说：你们看见的那个大孩子，还在襁褓之中，没有学会走路哩。

罗森克兰滋　也许他是第二次裹在襁褓里，因为人家说，一个老年人是第二次做婴孩。

哈姆雷特　我可以预言他是来报告我戏子们来到的消息的；听好。——你说得不错；在星期一早上；正是正是。

普隆涅斯　殿下，我有消息要来向您报告。

哈姆雷特　大人，我也有消息要向您报告。当罗歇斯[1]在罗马演戏的时候——

普隆涅斯　那班戏子们已经到这儿来了，殿下。

哈姆雷特　哧，哧！

普隆涅斯　凭着我的名誉起誓——

哈姆雷特　那时每一个伶人都骑着驴子而来——

普隆涅斯　他们是全世界最好的伶人，无论悲剧，喜剧，历史剧，田园剧，田园喜剧，田园史剧，历史悲剧，历史田园悲喜剧，不分场的古典剧，或是近代的自由诗剧，他们无不拿手；瑟尼加的悲剧不嫌其太沉重，帕劳脱斯的喜剧不嫌其太轻浮[2]。无论在规律的或是在演出方面，他们都是唯一的演员。

哈姆雷特　以色列的士师耶弗他[3]啊，你有一件怎样的宝贝！

普隆涅斯　他有什么宝贝，殿下？

哈姆雷特　嗨，"他有一个独生娇女，爱她胜过掌上明珠。"

普隆涅斯　（旁白）还在提我的女儿。

哈姆雷特　我念得对不对，耶弗他老头儿？

普隆涅斯　要是您叫我耶弗他，殿下，那么我有一个爱如掌珠的娇女。

哈姆雷特　不，下面不是这样的。

普隆涅斯　那么应当是怎样的呢，殿下？

哈姆雷特　你去查那原歌的第一节吧。瞧，有人来打断我的谈话了。

　　　　　优伶四五人上。

哈姆雷特　欢迎，各位朋友，欢迎欢迎！我很高兴看见你们都是这样健康。啊，我的老朋友！你的脸上比我上次看见你的时候，多长了几根胡子，格外显得威武啦；你是要到丹麦来向我挑战吗？啊，我的年轻的姑娘！凭着圣母起誓，您穿上了一双高底木靴，比我上次看见您的时候更苗条得多啦；求求上帝，但愿您的喉咙不要沙哑得像一面破碎的铜锣才好！各位朋友，欢迎欢迎！我们要像法国的猎鹰一样，看见什么就飞扑上去；让我们立刻就来念一段剧词。来，试一试你们的本领，来一

---

[1] 罗歇斯（Roscius），古罗马著名伶人。

[2] 瑟尼加（Seneca），帕劳脱斯（Plautus），均为古罗马剧作家，前者善写悲剧，后者善写喜剧。

[3] 耶弗他（Jephthah）得上帝之助，击败敌人，乃以其女献祭。事见《圣经·旧约·士师记》。

段激昂慷慨的剧词。

甲　伶　殿下要听的是哪一段？

哈姆雷特　我曾经听见你向我背诵过一段台词，可是它从来没有上演过；即使
上演，也不会有一次以上，因为我记得这本戏并不受大众的欢迎。它
是不合一般人口味的鱼子酱；可是照我的意思看来，还有其他在这方
面比我更有权威的人也抱着同样的见解，它是一本绝妙的戏剧，场面
支配得很是适当，文字质朴而富于技巧。我记得有人这样批评它，说
是没有耐人寻味的名言的隽句，可是一点不见矫揉造作的痕迹；他把
它称为一种老老实实的写法，兼有刚健与柔和之美，壮丽而不流于纤
巧。其中有一段话是我最喜爱的，那就是伊尼阿斯对黛陀讲述的故事，
尤其是讲到普赖姆被杀的那一节 [1]。要是你们还没有把它忘记，请从
这一行念起；让我看，让我看：——

野蛮的披勒斯 [2] 像猛虎一样——

不，不是这样；它是从披勒斯开始的：——

野蛮的披勒斯蹲伏在木马之中，

黝黑的手臂和他的决心一样，

像黑夜一般阴森而恐怖；

在这黑暗狰狞的肌肤之上，

现在更染上令人惊怖的纹章，

从头到脚，他全身一片殷红，

溅满了父母子女们无辜的血；

那些燃烧着熊熊烈火的街道，

发出残忍而惨恶的凶光，

照亮敌人去肆行他们的杀戮，

也焙干了到处横流的血泊；

冒着火焰的熏炙，像恶魔一般，

全身胶黏着凝结的血块，

圆睁着两颗血红的眼睛，

---

[1]　以下所引剧词，叙述特洛埃亡国惨状，大约系莎士比亚模拟古典剧风之作。普赖姆
（Priam），为特洛埃之王。

[2]　披勒斯（Pyrrhus），希腊英雄亚契尔斯（Achilles）的儿子，以骁勇残忍著称。

他来往寻找普赖姆老王的踪迹。

你接下去吧。

普隆涅斯 上帝在上，殿下，您念得好极了，真是抑扬顿挫，曲尽其妙。

甲　伶 那老王正在气喘吁吁，

在希腊人的重围中苦战，

一点不听他手臂的指挥，

他的古老的剑锵然落地；

披勒斯瞧他孤弱可欺，

疯狂似的向他猛力攻击，

凶恶的剑锋上下四方挥舞，

把那心胆俱丧的老翁击倒。

这一下打击有如天崩地裂，

惊动了没有感觉的伊利恩[1]，

冒着火焰的屋顶霎时坍下，

那轰然的巨响像一个霹雳，

震聋了披勒斯的耳朵；瞧！

他的剑还没有砍下普赖姆的

白发的头颅，却已在空中停住；

像一个涂朱抹彩的暴君，

对自己的行为漠不关心，

他兀立不动。

在一场暴风雨未来以前，

天上往往有片刻的宁寂，

一块块乌云静悬在空中，

狂风悄悄地收起它的声息，

死样的沉默笼罩整个大地；

可是就在这片刻之内，

可怕的雷鸣震裂了天空。

经过暂时的休止，杀人的暴念

---

[1] 伊利恩（Ilium），特洛埃之别名。

重新激起了披勒斯的精神；

赛克洛普[1]为战神铸造甲胄，

那巨力的锤击，还不及披勒斯的

流血的剑向普赖姆身上劈下那样凶狠无情，

去，去，你娼妇一样的命运！

天上的诸神啊！剥去她的权力，

不要让她僭窃神明的宝座；

拆毁她的车轮，把它滚下神山，

直到地狱的深渊。

普隆涅斯　这一段太长啦。

哈姆雷特　它应当跟你的胡子一起到理发匠那儿去剃一剃。念下去吧。他只爱听俚俗的歌曲和淫秽的故事，否则他就要瞌睡的。念下去；下面要讲到赫邱琶[2]了。

甲　伶　可是啊！谁看见那蒙脸的王后——

哈姆雷特　"那蒙脸的王后"？

普隆涅斯　那很好；"蒙脸的王后"是很好的句子。

甲　伶　满面流泪，在火焰中赤脚奔走，

一块布覆在失去宝冕的头上，

也没有一件蔽体的衣服，

只有在惊惶中抓到的一幅毡巾，

裹住她瘦削而多产的腰身；

谁见了这样伤心惨目的景象，

不要向残酷的命运申申毒詈？

她看见披勒斯以杀人为戏，

正在把她丈夫的肢体脔割，

忍不住大放哀声，那凄凉的号叫——

除非人间的哀乐不能感动天庭——

即使光明的日月也会陪她流泪，

诸神的心中都要充满悲愤。

---

[1]　赛克洛普（the Cyclops），传说中一族独眼巨人。

[2]　赫邱琶（Hecuba），特洛埃王普赖姆之后。

普隆涅斯 瞧，他的脸色都变了，他的眼睛已经含着眼泪！不要念下去了吧。

哈姆雷特 很好，其余的部分等会儿再念给我听吧。大人，请您去找一处好好的地方安顿这一班伶人。听着，他们是不可怠慢的，因为他们是这一个时代的缩影；宁可在死后得到一首恶劣的墓铭，不要在生前受他们一场刻毒的讥讽。

普隆涅斯 殿下，我按着他们应得的名分对待他们就是了。

哈姆雷特 哎哟，朋友，还要客气得多哩！要是照每一个应得的名分对待他，那么谁逃得了一顿鞭子？照你自己的名誉地位对待他们；他们越是不配受这样的待遇，越可以显出你的谦虚有礼。领他们进去。

普隆涅斯 来，各位朋友。

哈姆雷特 跟他去，朋友们；明天我们要听你们唱一本戏。（普隆涅斯偕众伶下，甲伶独留着）听着，老朋友，你会演《贡扎古之死》吗？

甲　伶 会演的，殿下。

哈姆雷特 那么我们明天晚上就把它上演。也许我为了必要的理由，要另外写下约摸十几行句子的一段剧词插进去，你能够把它预先背熟吗？

甲　伶 可以，殿下。

哈姆雷特 很好。跟着那位老爷去；留心不要取笑他。（甲伶下。向罗森克兰滋、基腾史登）我的两位好朋友，我们今天晚上再见；欢迎你们到厄耳锡诺来！

基腾史登 再会，殿下！（罗森克兰滋、基腾史登同下）

哈姆雷特 好，上帝和你们同在！现在我只剩下一个人了。啊，我是一个多么不中用的蠢材！这一个伶人不过在一本虚构的故事，一场激昂的幻梦之中，却能够使他的灵魂融化在他的意象里，在它的影响之下，他的整个的脸色变成惨白，他的眼中洋溢着热泪，他的神情流露着仓皇，他的声音是这么呜咽凄凉，他的全部动作都表现得和他的意象一致，这不是极其不可思议的吗？而且一点也不为了什么！为了赫邱芭！赫邱芭对他有什么相干，他对赫邱芭又有什么相干，他却要为她流泪？要是他也有了像我所有的那样使人痛心的理由，他将要怎样呢？他一定会让眼泪淹没了舞台，用可怖的字句震裂了听众的耳朵，使有罪的人发狂，使无罪的人骇愕，使愚昧无知的人惊惶失措，使所有的耳目迷乱了它们的功能。可是我，一个糊涂颠顶的家伙，垂头丧气，一天到晚像在做梦似的，忘记了杀父的大仇；虽然一个国王给人家用万恶的手段掠夺了他的权位，杀害了他的最宝贵的生命，我却始终哼不出一句话来。我是一个懦夫吗？谁骂我恶人？谁敲破我的脑壳？谁拔去我的胡子，把它吹在我的脸上？谁扭我的鼻子？谁当面指斥我胡说？谁对我做这种事？吓！我应该忍受这样的侮辱，因为我是一个没有心肝，逆来顺受的怯汉，否则我早已用这奴才的尸肉，喂肥了四境之内的乌鸢了。嗜血的，荒淫的恶贼！狠心的，奸诈的，淫邪的，悖逆的恶贼！啊！复仇！——嗨，我真是个蠢材！我的亲爱的父亲被人谋杀了，鬼神都在鞭策我复仇，我这做儿子的却像一个下流女人似的，只会用空言发发牢骚，学起泼妇骂街的样子来，在我已经是了不得的了！呸！呸！活动起来吧，我的脑筋！我听人家说，犯罪的人在看戏的时候，因为台上表演的巧妙，有时会激动天良，当场供认他们的罪恶；因为暗杀的事情无论干得怎样秘密，总会借着神奇的喉舌泄露出来。我要叫这班伶人在我的叔父面前表演一本跟我的父亲的惨死情节相仿的戏剧，我就在一旁窥察他的神色；我要探视到他的灵魂的深处，要是他稍露惊骇不安之态，我就知道我应该怎么办。我所看见的幽灵也许是魔鬼的化身，借着一个美好的形状出现，魔鬼是有这一种本领的；对于柔弱忧郁的灵魂，他最容易发挥他的力量；也许他看准了我的柔弱和忧郁，才来向我作祟，要把我引诱到沉沦的路上。我要先得到一些比这更切实的证据；凭着这一本戏，我可以发掘国王内心的隐秘。

（下）

莎士比亚悲剧集

第三幕

第一场　城堡中的一室

国王，王后，普隆涅斯，莪菲莉霞，罗森克兰滋及基腾史登上。

国　王　你们不能用迂回婉转的方法，探出他为什么这样神魂颠倒，让紊乱而危险的疯狂困扰他的安静的生活吗？

罗森克兰滋　他承认他自己有些神经迷惘，可是绝口不肯说为了什么缘故。

基腾史登　他也不肯虚心接受我们的探问；当我们想要从他嘴里知道他自己的一些真相的时候，他总是用假作痴呆的神气回避不答。

王　后　他对待你们还客气吗？

罗森克兰滋　很有礼貌。

基腾史登　可是不大自然。

罗森克兰滋　他很吝惜自己的话，可是我们问他话的时候，他的言辞却很慷慨。

王　后　你们有没有劝诱他找些什么消遣？

罗森克兰滋　娘娘，我们来的时候，刚巧有一班戏子也要到这儿来，给我们追上了；我们把这消息告诉了他，他听了好像很高兴。现在他们已经到了宫里，我想他今晚就要看他们表演了。

普隆涅斯　一点不错；他还叫我来请两位陛下同去看看他们演得怎样哩。

国　王　那好极了；我非常高兴听见他在这方面感兴趣。请你们两位还要更进一步鼓起他的兴味，把他的心思移转到这种娱乐上面。

罗森克兰滋　是，陛下。（罗森克兰滋、基腾史登同下）

国　王　亲爱的葛特露，你也暂时离开我们；因为我们已经暗中差人去唤哈姆雷特到这儿来，让他和莪菲莉霞见见面，就像他们偶然相遇一般。她的父亲跟我两人将要权充一下密探，躲在可以看见他们，却不能被他们看见的地方，注意他们会面的情形，从他的行为上判断他的疯病究竟是不是因为恋爱上的苦闷。

王　后　我愿意服从您的意旨。莪菲莉霞，但愿你的美貌果然是哈姆雷特疯狂的原因；更愿你的美德能够帮助他恢复原状，使你们两人都能安享尊荣。

莪菲莉霞　娘娘，但愿如此。（王后下）

普隆涅斯　莪菲莉霞，你在这儿走走。陛下，我们就去躲起来吧。（向莪菲莉霞）你拿这本书去读，他看见你这样用功，就不会疑心你为什么一个人在这儿了。人们往往用至诚的外表和虔敬的行动，掩饰一颗魔鬼般的内心，这样的例子是太多了。

国　王　（旁白）啊，这句话是太真实了！它在我的良心上抽了多么重的一鞭！涂脂抹粉的娼妇的脸，还不及掩藏在虚伪的言辞后面的我的行为更丑恶。难堪的重负啊！

普隆涅斯　我听见他来了；我们退下去吧，陛下。（国王及普隆涅斯下）

　　　　　哈姆雷特上。

哈姆雷特　生存还是毁灭，这是一个值得考虑的问题；默然忍受命运的暴虐的毒箭，或是挺身反抗人世的无涯的苦难，在奋斗中结束了一切，这两种行为，哪一种是更勇敢的？死了；睡着了；什么都完了；要是在这一种睡眠之中，我们心头的创痛，以及其他无数血肉之躯所不能避免的打击，都可以从此消失，那是我们求之不得的结局。死了；睡着了；睡着了也许还会做梦；嗯，阻碍就在这儿：因为当我们摆脱了这一具朽腐的皮囊以后，在那死的睡眠里，究竟将要做些什么梦，那不能不使我们踌躇顾虑。人们甘心久困于患难之中，也就显了这个缘故；谁愿意忍受人世的鞭挞和讥嘲，压迫者的冷眼，被轻蔑的爱情的惨痛，法律的迁延，官吏的横暴，和微贱者费尽辛勤所换来的鄙视，要是他只要用一柄小小的刀子，就可以清算他自己的一生？谁愿意负着这样的重担，在烦劳的生命的迫压下呻吟流汗，倘不是因为惧怕不可知的死后，那从来不曾有一个旅人回来过的神秘之国，是它迷惑了我们的意志，使我们宁愿忍受目前的折磨，不敢向我们所不知道的痛苦飞去？这样理智使我们全变成了懦夫，决心的赤热的光彩，被审慎的思维盖

莎士比亚悲剧集

上了一层灰色，伟大的事业在这一种考虑之下，也会逆流而退，失去了行动的意义。且慢！美丽的莪菲莉霞！——女神，在你的祈祷之中，不要忘记替我忏悔我的罪孽。

莪菲莉霞 我的好殿下，您这许多天来贵体安好吗？

哈姆雷特 谢谢你，很好，很好，很好。

莪菲莉霞 殿下，我有几件您送给我的纪念品，我早就想把它们还给您；请您现在收回去吧。

哈姆雷特 不，我不要，我从来没有给你什么东西。

莪菲莉霞 殿下，我记得很清楚您把它们送给我，那时候您还向我说了许多甜蜜的言语，使这些东西格外显得贵重；现在它们的芳香已经消散，请您拿了回去吧，因为送礼的人要是变了心，礼物虽贵，也会失去了价值。拿去吧，殿下。

哈姆雷特 哈哈！你贞洁吗？

莪菲莉霞 殿下！

哈姆雷特 你美丽吗？

莪菲莉霞 殿下是什么意思？

哈姆雷特 要是你既贞洁又美丽，那么顶好不要让你的贞洁跟你的美丽来往。

莪菲莉霞 殿下，美丽跟贞洁相交，那不是再好没有吗？

哈姆雷特 嗯，真的；因为美丽可以使贞洁变成淫荡，贞洁却未必能使美丽受它自己的感化；这句话从前像是怪诞之谈，可是现在时间已经把它证实了。我曾经爱过你。

莪菲莉霞 真的，殿下，您曾经使我相信您爱我。

哈姆雷特 你当初就不应该相信我，因为美德不能熏陶我们罪恶的本性；我没有爱过你。

莪菲莉霞 那么我真是受了骗了。

哈姆雷特 进尼姑庵去吧；为什么你要生一群罪人出来呢？我自己还不算是一个顶坏的人；可是我可以指出我的许多过失，一个人有了那些过失，他的母亲还是不要生下他来的好。我很骄傲，任性，不安分，还有那么多的罪恶，连我的思想里也容纳不下，我的想象也不能给它们形象，甚至于我没有充分的时间可以把它们实行出来，像我这样的家伙，匍匐于天地之间，有什么用处呢？我们都是些十足的坏人；一个也不要相信我们。进尼姑庵去吧。你的父亲呢?

莪菲莉霞　在家里,殿下。

哈姆雷特　把他关起来,让他只好在家里发发傻劲。再会!

莪菲莉霞　哎哟,天啊! 救救他!

哈姆雷特　要是你一定要嫁人,我就把这一个诅咒送给你做嫁奁;尽管你像冰一样坚贞,像雪一样纯洁,你还是逃不过谗人的诽谤。进尼姑庵去吧,去;再会! 或者要是你必须嫁人的话,就嫁给一个傻瓜吧;因为聪明人都明白你们会叫他们变成怎样的怪物。进尼姑庵去吧,去;越快越好。再会!

莪菲莉霞　天上的神明啊,让他清醒过来吧!

哈姆雷特　我也知道你们会怎样涂脂抹粉;上帝给了你们一张脸,你们又替自己另外造了一张。你们烟行媚视,淫声浪气,替上帝造下了生物乱取名字,卖弄你们不懂事的风骚。算了吧,我再也不敢领教了;它已经使我发了狂。我说,我们以后再不要结什么婚了;已经结过婚的,除了一个人以外,都可以让他们活下去;没有结婚的不准再结婚,进尼姑庵去吧,去。(下)

莪菲莉霞　啊,一颗多么高贵的心是这样陨落了! 朝臣的眼睛,学者的辩舌,军人的利剑,国家所瞩望的一朵娇花;时流的明镜,人伦的雅范,举世注目的中心,这样无可挽回地陨落了! 我是一切妇女中间最伤心而不幸的,我曾经从他音乐一般的盟誓中吮吸芬芳的甘蜜,现在却眼看着他的高贵无上的理智,像一串美妙的银铃失去了谐和的音调,无比的青春美貌,在疯狂中凋谢! 啊! 我好苦,谁料过去的繁华,变作今朝的泥土!

　　　　　国王及普隆涅斯重上。

国　　王　恋爱! 他的精神错乱不像是为了恋爱;他说的话虽然有些颠倒,也不像是疯狂。他有些什么心事盘踞在他的灵魂里,我怕它也许会产生危险的结果。为了防止万一,我已经当机立断,决定一个办法:他必须立刻到英国去,向他们追索延宕未纳的贡物;也许他到海外各国游历一趟以后,时时变换的环境,可以替他排解去这一桩使他神思恍惚的心事。你看怎么样?

普隆涅斯　那很好;可是我相信他的烦闷的根本原因,还是为了恋爱上的失意。

啊，莪菲莉霞！你不用告诉我们哈姆雷特殿下说些什么话；我们全都
听见了。陛下，照您的意思办吧；可是您要是认为可以的话，不妨在
戏剧终场以后，让他的母后独自一人跟他在一起，恳求他向她吐露他
的心事，她必须很坦白地跟他谈谈，我就找一个所在听他们说些什么。
要是她也探听不出他的秘密来，您就叫他到英国去，或者凭着您的高
见，把他关禁在一个适当的地方。

国　王　就这样吧；大人物的疯狂是不能听其自然的。（同下）

第二场　城堡中的厅堂

哈姆雷特及若干伶人上。

哈姆雷特　请你念这段剧词的时候，要照我刚才读给你听的那样子，一个字一
　　　　　个字打舌头上很轻快地吐出来；要是你也像多数的伶人们一样，只会
　　　　　拉开了喉咙嘶叫，那么我宁愿叫那宣布告示的公差念我这几行词句，
　　　　　也不要老是把你的手在空中这么摇挥；一切动作都要温文，因为就是
　　　　　在洪水暴风一样的感情激发之中，你也必须取得一种节制，免得流于
　　　　　过火。啊！我顶不愿意听见一个披着满头假发的家伙在台上乱嚷乱叫，
　　　　　把一段感情片片撕碎，让那些只爱热闹的低级观众听了出神，他们中
　　　　　间的大部分是除了欣赏一些莫名其妙的手势以外，什么都不懂。我可
　　　　　以把这种家伙抓起来抽一顿鞭子，因为他把妥玛刚脱形容过分，希律
　　　　　王的凶暴也要对他甘拜下风[1]。请你留心避免才好。

甲　伶　我留心着就是了，殿下。

哈姆雷特　可是太平淡了也不对，你应该接受你自己的常识的指导，把动作和
　　　　　言语互相配合起来；特别要注意到这一点，你不能越过人情的常道；
　　　　　因为不近情理的过分描写，是和演剧的原因相反的，自有戏剧以来，
　　　　　它的目的始终是反映人生，显示善恶的本来面目，给它的时代看一看
　　　　　它自己演变发展的模型。要是表演得过分了或者太懈怠了，虽然可以
　　　　　博外行的观众一笑，明眼之士却要因此而皱眉；你必须看重这样一个

---

[1] 妥玛刚脱（Termagant），传说中残恶凶暴之回教女神。希律（Herod），耶稣时代统治
伽利利之暴君。二者为往时教训剧（morality）及神迹剧（mystery）中常见之角色。

卓识者的批评甚于满场观众盲目的毁誉。啊！我曾经看见有几个伶人演戏，而且也听见有人把他们极口捧场，说一句并不过分的话，他们既不会说基督徒的语言，又不会学着人的样子走路，瞧他们在台上大摇大摆，使劲叫喊的样子，我心里就想一定是什么造化的雇工把他们造了下来，造得这样拙劣，以至于全然失去了人类的面目。

甲　伶　　我希望我们在这方面已经相当纠正过来了。

哈姆雷特　啊！你们必须彻底纠正这一种弊病，还有你们那些扮演小丑的，除了剧本上专为他们写下的台词以外，不要让他们临时编造一些话加上去。往往有许多小丑爱用自己的笑声，引起台下一些无知的观众的哄笑，虽然那时候全场的注意力应当集中于其他重要的问题上；这种行为是不可恕的，它表示出那丑角的可鄙的野心。去，准备起来吧。（伶人等同下）

　　　　　普隆涅斯，罗森克兰滋及基腾史登上。

哈姆雷特　啊，大人，王上愿意来听这一本戏吗？

普隆涅斯　他跟娘娘都就要来了。

哈姆雷特　叫那些戏子们赶紧点儿。（普隆涅斯下）你们两人也去帮着催催他们。

罗森克兰滋、基腾史登　是，殿下。（罗森克兰滋、基腾史登下）

哈姆雷特　喂，霍拉旭！

　　　　　霍拉旭上。

霍拉旭　有，殿下。

哈姆雷特　霍拉旭，你是我所交接的人们中间最正直的一个。

霍拉旭　啊，殿下！——

哈姆雷特　不，不要以为我在恭维你；你除了你的善良的精神以外，身无长物，我恭维了你又有什么好处呢？为什么要向穷人恭维？不，让蜜糖一样的嘴唇吮舐愚妄的荣华，为有利可图的所在屈下他们生财有道的膝盖来吧。听着，自从我能够辨别是非，察择贤愚以后，你就是我灵魂里选中的一个人，因为你虽然经历一切的颠沛，却不曾受到一点伤害，命运的虐待和恩宠，对于你都是一样；能够把感情和理智调整得那么适当，命运不能把他玩弄于指掌之间，那样的人是有福的。给我一个不为感情所奴役的人，我愿意把他珍藏在我的心坎，我的灵魂的深处，正像我对你一样。这些话现在也不必多说了。今晚我们要在国王面前演一出戏，其中有一场的情节跟我告诉过你的我的父亲的死状颇相仿佛；当那幕戏正在串演的时候，我要请你集中你的全副精神，注视我的叔父，要是他在听到了那一段剧词以后，他的隐藏的罪恶还是不露出一丝痕迹来，那么我们所看见的那个鬼魂一定是个恶魔，我的幻想也就像铁匠的砧石那样漆黑一团了。留心看他；我也要把我的眼睛看定他的脸上；过后我们再把各人观察的结果综合起来，给他下一个判断。

霍拉旭　很好，殿下；在演这出戏的时候，要是他在容色举止之间，有什么地方逃过了我们的注意，请您唯我是问。

哈姆雷特　他们来看戏了；我必须装作无所事事的神气。你去拣一个地方坐下。
　　　　奏丹麦进行曲，喇叭奏花腔。国王，王后，普隆涅斯，莪菲莉霞，罗森克兰滋，基腾史登及余人等上。

国　王　你好吧，哈姆雷特贤侄？

哈姆雷特　很好，好极了；我吃的是变色的蜥蜴的肉，喝的是充满着甜言蜜语的空气，你们的肥鸡还没有这样的味道哩。

国　王　你这种话真是答非所问，哈姆雷特；我不是那个意思。

哈姆雷特　不，我现在也没有那个意思。（向普隆涅斯）大人，您说您在大学里念书的时候，曾经演过一回戏吗？

普隆涅斯　是的，殿下，他们都称赞我是一个很好的演员哩。

哈姆雷特　您扮演什么角色呢？

普隆涅斯　我扮的是裘力斯·恺撒；勃鲁脱斯在朱庇特神殿里把我杀死。

哈姆雷特　他在神殿里杀死了那么好的一头小牛，真太残忍了。那班戏子已经预备好了吗？

罗森克兰滋　是，殿下，他们在等候您的旨意。

王　后　过来，我的好哈姆雷特，坐在我的旁边。

哈姆雷特　不，好妈妈，这儿有一个更迷人的东西哩。

普隆涅斯　（向国王）啊哈！您看见吗？

哈姆雷特　小姐，我可以睡在您的怀里吗？

莪菲莉霞　不，殿下。

哈姆雷特　我的意思是说，我可以把我的头枕在您的膝上吗？

莪菲莉霞　嗯，殿下。

哈姆雷特　您以为我在转着下流的念头吗？

莪菲莉霞　我没有想到，殿下。

哈姆雷特　睡在姑娘大腿的中间，想起来倒是很有趣的。

莪菲莉霞　什么，殿下？

哈姆雷特　没有什么。

莪菲莉霞　您在开玩笑哩，殿下。

哈姆雷特　谁，我吗？

莪菲莉霞　嗯，殿下。

哈姆雷特　上帝啊！我不过是给您消遣消遣的。一个人为什么不说说笑笑呢？您瞧，我的母亲多么高兴，我的父亲还不过死了两个钟头。

莪菲莉霞　不，已经四个月了，殿下。

哈姆雷特　这么久了吗？哎哟，那么让魔鬼去穿孝服吧，我可要去做一身貂皮的新衣啦。天啊！死了两个月，还没有把他忘记吗？那么也许一个大人物死了以后，他的记忆还可以保持半年之久；可是凭着圣母起誓，他必须造下几座教堂，否则他就要跟那被遗弃的木马一样，没有人再会想念他了。

高音笛奏乐。哑剧登场。

一国王及一王后，状极亲热，互相拥抱。王后跪地，向国王做宣誓状，国王扶王后起，俯首王后颈上。国王就花坪上睡下；王后见国王睡熟离去。另一人上，自国王头上去冠，吻冠，注毒药于王耳，下。王后重上，见国王死，作哀恸状。下毒者率其他二三人重上，佯作陪王后悲哭状。从者舁国王尸下。下毒者以礼物赠王后，向其乞爱；王后先作憎恶不愿状，卒允其请，同下。

莪菲莉霞　这是什么意思，殿下？

哈姆雷特　呃，这是阴谋诡计的意思。

莪菲莉霞　大概这一场哑剧就是全剧的本事了。

致开场词者上。

哈姆雷特　这家伙可以告诉我们一切；演戏的都不能保守秘密，他们什么话都会说出来。

莎士比亚悲剧集

开场词

这悲剧要是演不好，
要请各位原谅指教，
小的在这厢有礼了。（致开场词者下）

哈姆雷特　这算开场词呢，还是指环上的诗铭？

莪菲莉霞　它很短，殿下。

哈姆雷特　正像女人的爱情一样。

二伶人扮国王，王后上。

伶　王　日轮已经盘绕三十春秋，
那茫茫海水和滚滚地球，
月亮吐耀着借来的晶光，
三百六十回向大地环航，
自从爱把我们缔结良姻，
许门替我们证下了鸳盟。

伶　后　愿日月继续他们的周游，
让我们再厮守三十春秋！
可是唉，你近来这样多病，
郁郁寡欢，失去旧时高兴，
好教我满心里为你忧惧。
可是，我的主，你不必疑虑；
女人的忧像她的爱一样，
不是太少，就是超过分量；
你知道我爱你是多么深，
所以才会有如此的忧心。
越是相爱，越是挂肚牵胸；
不这样哪显得你我情浓？

伶　王　爱人，我不久必须离开你，
我的全身将要失去生机；

留下你在这繁华的世界，
安享尊荣，受人们的敬爱；
也许再嫁一位如意郎君——

伶　后　啊！我断不是那样薄情人；
我倘忘旧迎新，难邀天恕，
再嫁的除非是杀夫淫妇。

哈姆雷特　（旁白）苦恼，苦恼！

伶　后　妇人失节大半贪慕荣华，
多情女子决不另抱琵琶；
我要是与他人共枕同衾，
怎么对得起地下的先灵！

伶　王　我相信你的话发自心田，
可是我们往往自食前言。
志愿不过是记忆的奴隶，
总是有始无终，虎头蛇尾，
像未熟的果子密布树梢，
一朝红烂就会离去枝条。
我们对自己所负的债务，
最好把它丢在脑后不顾；
一时的热情中发下誓愿，
心冷了，那意志也随云散。
过分的喜乐，剧烈的哀伤，
反会毁害了感情的本常。
人世间的哀乐变幻无端，
痛哭转瞬早变成了狂欢。
世界也会有毁灭的一天，
何怪爱情要随境遇变迁，
有谁能解答这一个哑谜，
是境由爱造？是爱逐境移？
失财势的伟人举目无亲；
走时运的穷酸仇敌逢迎。

这炎凉的世态古今一辙；

富有的门庭挤满了宾客；

要是你在穷途向人求助，

即使知交也要情同陌路。

把我们的谈话拉回本题，

意志命运往往背道而驰，

决心到最后会全部推倒，

事实的结果总难符预料。

你以为你自己不会再嫁，

只怕我一死你就要变卦。

伶　后　地不要养我，天不要亮我！

昼不得游乐，夜不得安卧！

毁灭了我的希望和信心；

铁锁囚门把我监禁终身！

每一种恼人的飞来横逆，

把我一重重的心愿摧折！

我倘死了丈夫再做新人，

让我生前死后永陷沉沦！

哈姆雷特　要是她现在背了誓！

伶　王　难为你发这样重的誓愿。

爱人，你且去；我神思昏倦，

想要小睡片刻。（睡）

伶　后　愿你安睡；

上天保佑我俩永无灾悔！（下）

哈姆雷特　母亲，您觉得这出戏怎样？

王　后　我想那女人发的誓太重了。

哈姆雷特　啊，可是她会守约的。

国　王　这出戏是怎么一个情节？里面没有什么要不得的地方吗？

哈姆雷特　不，不，他们不过开玩笑毒死了一个人；没有什么要不得的。

国　王　戏名叫什么？

哈姆雷特　《捕鼠机》。呃，怎么？这是一个象征的名字。戏中的故事影射着维也纳的一件谋杀案。贡扎古是那公爵的名字；他的妻子叫作白普蒂丝妲。您看下去就知道是怎么一回事。这是一部很恶劣的作品，可是那有什么关系？它不会对您陛下跟我们这些灵魂清白的人有什么相干；让那有毛病的马儿去惊跳退缩吧，我们的肩背都是好好的。

一伶人扮琉西安纳斯上。

哈姆雷特 这个人叫作琉西安纳斯，是那国王的侄子。

莪菲莉霞 您很会解释剧情，殿下。

哈姆雷特 要是我看见傀儡戏扮演您跟您爱人的故事，我也会替你们解释的。动手吧，凶手！混账东西，别扮鬼脸了，动手吧！来；哇哇的乌鸦发出复仇的啼声。

琉西安纳斯 黑心快手，遇到妙药良机；

趁着没有看见事不宜迟。

你夜半采来的毒草炼成，

赫凯提的咒语念上三巡，

赶快发挥你的凶恶的魔力，

让他的生命速归于幻灭。（以毒药注入睡者耳中）

哈姆雷特 他为了觊觎权位，在花园里把他毒死。他的名字叫贡扎古；那故事原文还存在，是用很好的意大利文写成的。底下就要做到那凶手怎样得到贡扎古的妻子的爱了。

莪菲莉霞 王上站起来了！

哈姆雷特 什么！给一场假火吓怕了吗？

王　后 陛下怎么样啦？

普隆涅斯 不要演下去了！

国　王 给我点起火把来！去！

众　人 火把！火把！火把！（除哈姆雷特、霍拉旭外均下）

哈姆雷特 嗨，让那中箭的母鹿掉泪，

没有伤的公鹿自去游玩；

有的人失眠，有的人酣睡，

世界就是这样循环轮转。

老兄，要是我的命运跟我作起对来，凭着我这样的本领，再插上满头的羽毛，开缝的靴子上缀上两朵绢花，你想我能不能在戏班子里插足？

霍拉旭　也许他们可以让您领半额包银。

哈姆雷特　我可要领全额的。

　　　　　　因为你知道，亲爱的台芒[1]，

　　　　　　这一个荒凉破碎的国土，

　　　　　　原本是乔武统治的雄邦，

　　　　　　而今王位上却坐着——孔雀。

霍拉旭　您该把它押了韵才是。

哈姆雷特　啊，好霍拉旭！那鬼魂真的没有骗我。你看见吗？

霍拉旭　看见的，殿下。

哈姆雷特　在那演戏的一提到毒药的时候？

霍拉旭　我看得他很清楚。

哈姆雷特　啊哈！来，奏乐！来，那吹笛子的呢？

　　　　　　要是国王不爱这出喜剧，

　　　　　　那么他多半是不能赏识。

　　　　　　来，奏乐！

　　　　　　罗森克兰滋及基腾史登重上。

基腾史登　殿下，允许我跟您说句话。

哈姆雷特　好，你对我讲全部历史都可以。

基腾史登　殿下，王上——

哈姆雷特　嗯，王上怎么样？

基腾史登　他回去以后，非常不舒服。

哈姆雷特　喝醉了吗？

基腾史登　不，殿下，他在发脾气。

哈姆雷特　你应该把这件事告诉他的医生，才算你的聪明；因为叫我去替他诊
　　　　　　视，恐怕反而更会激动他的脾气的。

基腾史登　好殿下，请您说话检点些，别这样拉扯开去。

哈姆雷特　好，我是听话的，你说吧。

基腾史登　您的母后心里很难过，所以叫我来。

哈姆雷特　欢迎得很。

---

[1] 台芒（Damon）与派西亚（Pythias）是传说中的两个好友；此处哈姆雷特称霍拉旭为台芒，以喻两人间的友谊。

基腾史登　不，殿下，这一种礼貌是用不着的。要是您愿意给我一个好好的回答，我就把您母亲的意旨向您传达；不然的话，请您原谅我，让我就这么回去，我的事情就算完了。

哈姆雷特　我不能。

基腾史登　您不能什么，殿下？

哈姆雷特　我不能给你一个好好的回答，因为我的脑子已经坏了；可是我所能够给你的回答，你——我应该说我的母亲——可以要多少有多少。所以别说废话，言归正传吧；你说我的母亲——

罗森克兰滋　她这样说：您的行为使她非常惊愕。

哈姆雷特　啊，好儿子，居然会叫一个母亲吃惊！可是在这母亲的惊愕的后面，还有些什么话说？说吧。

罗森克兰滋　她请您在就寝以前，到她房间里去跟她谈谈。

哈姆雷特　即使她十次是我的母亲，我也一定服从她。你还有什么别的事情？

罗森克兰滋　殿下，我曾经蒙您错爱。

哈姆雷特　凭着我这双扒手起誓，我现在还是欢喜你的。

罗森克兰滋　好殿下，您心里这样不痛快，究竟为了什么原因？要是您不肯把您的心事告诉您的朋友，那恐怕会害您自己失去了自由。

哈姆雷特　我不满足我现在的地位。

罗森克兰滋　怎么！王上自己已经亲口把您立为王位的继承者了，您还不能满足吗？

哈姆雷特　嗯，可是"草儿青青——"这句老话也有点儿发了霉啦。

　　　　　　乐工等持笛上。

哈姆雷特　啊！笛子来了；拿一支给我。跟你们退后一步说话；为什么你们这样千方百计地窥探我的隐私，好像一定要把我逼进你们的圈套？

基腾史登　啊！殿下，要是我有太冒昧放肆的地方，那都是因为我对于您的敬爱太深了的缘故。

哈姆雷特　我不大懂得你的话。你愿意吹吹这笛子吗？

基腾史登　殿下，我不会吹。

哈姆雷特　请你吹一吹。

基腾史登　我真的不会吹。

哈姆雷特　请你不要客气。

基腾史登　我真的一点不会，殿下。

哈姆雷特 那是跟说谎一样容易的；你只要用你的手指按着这些笛孔，把你的嘴放在上面一吹，它就会发出最好听的音乐来。瞧，这些是音栓。

基腾史登 可是我不会从它里面吹出谐和的曲调来；我没有懂得它的技巧。

哈姆雷特 哼，你把我看成了什么东西！你会玩弄我；你自以为摸得到我的心窍；你想要探出我的内心的秘密；你会从我的最低音试到我的最高音；可是在这支小小的乐器之内，藏着绝妙的音乐，你却不会使它发出声音来。哼，你以为玩弄我比玩弄一支笛子容易吗？无论你把我叫作什么乐器，我是不让你把我玩弄的。

普隆涅斯重上。

哈姆雷特 上帝祝福你，先生！

普隆涅斯 殿下，娘娘请您立刻就去见她说话。

哈姆雷特 你看见那片像骆驼一样的云吗？

普隆涅斯 哎哟，它真的像一头骆驼。

哈姆雷特 我想它还是像一头鼬鼠。

普隆涅斯 它拱起了背，正像是一头鼬鼠。

哈姆雷特 还是像一条鲸鱼吧？

普隆涅斯 很像一条鲸鱼。

哈姆雷特 那么等一会儿我就去见我的母亲。（旁白）我给他们愚弄得再也忍不住了。（高声）我等一会儿就来。

普隆涅斯 我就去这么说。（下）

哈姆雷特 等一会儿是很容易说的。离开我，朋友们。（除哈姆雷特外均下）
现在是一夜之中最阴森的时候，鬼魂都在此刻从坟墓里出来，地狱也要向人世吐放疠气；现在我可以痛饮热腾腾的鲜血，干那白昼所不敢正视的残忍的行为。且慢！我还要到我的母亲那儿去一趟。心啊！不要失去你的天性之情，永远不要让尼罗[1]的灵魂潜入我这坚定的胸怀；让我做一个凶徒，可是不要做一个逆子。我要用利剑一样的说话刺痛她的心，可是决不伤害她身体上一根毛发；我的舌头和灵魂要在这一次学学伪善者的样子，无论在言语上给她多么严厉的谴责，在行动上却要做得丝毫不让人家指摘。（下）

---

[1] 尼罗（Nero），古罗马暴君，曾谋杀其母。

第三场　城堡中的一室

国王，罗森克兰滋及基腾史登上。

国　王　我不喜欢他；纵容他这样疯闹下去，对于我是一个很大的威胁，所以你们快去准备起来吧；我马上就可以发出任命，派遣你们两人护送他到英国去。就我的地位而论，他的疯狂每小时都可以危害我的安全，我不能让他留在我的近旁。

基腾史登　我们就去准备起来；许多人的安危都寄托在陛下身上，这一种顾虑是最圣明不过的。

罗森克兰滋　每一个庶民都知道怎样远祸全身，一个身负天下重寄的人，尤其应该时刻不懈地防备危害的袭击。君主的薨逝不仅是个人的死亡，它像一个旋涡一样，凡是在它近旁的东西，都要被它卷去同归于尽；又像一个矗立在最高山峰上的巨轮，它的轮辐上连附着无数的小物件，当巨轮轰然崩裂的时候，那些小物件也跟着它一齐粉碎，国王的一声叹气，总是伴随着全国的呻吟。

国　王　请你们准备立刻出发；因为我们必须及早制止这一种公然的威胁。

罗森克兰滋、基腾史登　我们就去赶紧预备。（罗森克兰滋、基腾史登同下）

普隆涅斯上。

普隆涅斯　陛下，他到他母亲房间里去了。我现在就去躲在帐幕后面，听他们怎么说。我可以断定她一定会把他好好教训一顿的。您说得很不错，母亲对于儿子总有几分偏心，所以最好有一个第三者躲在旁边偷听他们的谈话。再会，陛下；在您未睡以前，我还要来看您一次，把我所探听到的事情告诉您。

国　王　谢谢你，贤卿。（普隆涅斯下）啊！我的罪恶的戾气已经上达于天；我的灵魂上负着一个元始以来最初的诅咒，杀害兄弟的暴行！我不能祈祷，虽然我的愿望像决心一样强烈；我的更坚强的罪恶击败了我的坚强的意愿。像一个人同时要做两件事情，我因为不知道应该先从什么地方下手而徘徊歧途，结果反弄得一事无成。要是这一只可诅咒的手上染满了一层比它本身还厚的兄弟的血，难道天上所有的甘霖，都

131

不能把它洗涤得像雪一样洁白吗？慈悲的使命，不就是宽宥罪恶吗？祈祷的目的，不是一方面预防我们的堕落，一方面救拔我们于已堕落之后吗？那么我要仰望上天；我的过失已经犯下了。可是唉！哪一种祈祷才是我所适用的呢？"求上帝赦免我的杀人重罪"吗？那不能，因为我现在还占有着那些引起我的犯罪动机的目的物，我的王冠，我的野心和我的王后。非分攫取的利益还在手里，就可以幸邀宽恕吗？在这贪污的人世，罪恶的镀金的手也许可以把公道推开不顾，暴徒的赃物往往就是枉法的贿赂；可是天上却不是这样的，在那边一切都无可遁避，任何行动都要显现它的真相，我们必须当面为我们自己的罪恶作证。那么怎么办呢？还有什么法子好想呢？试一试忏悔的力量吧。什么事情是忏悔所不能做到的？可是对于一个不能忏悔的人，它又有什么用呢？啊，不幸的处境！啊，像死亡一样黑暗的心胸！啊，越是挣扎，越是不能脱身的胶住了的灵魂！救救我，天使们！试一试吧：屈下来，顽强的膝盖，钢丝一样的心弦，变得像新生之婴的筋肉一样柔嫩吧！但愿一切转祸为福！（退后跪祷）

哈姆雷特上。

哈姆雷特　他现在正在祈祷，我正好动手；我决定现在就干，让他上天堂去，我也算报了仇了。不，那还要考虑一下：一个恶人杀死我的父亲；我，他的独生子，却把这个恶人送上天堂。啊，这简直是以恩报怨了。他用卑鄙的手段，在我父亲满心俗念、罪孽正重的时候乘其不备地把他杀死；虽然谁也不知道在上帝面前，他的生前的善恶如何相抵，可是照我们一般的推想，他的孽债多半是很重的。现在他正在洗涤他的灵魂，要是我在这时候结果了他的性命，那么天国的路是为他开放着，这样还算是复仇吗？不，收起来，我的剑，等候一个更惨酷的机会吧；当他在酒醉以后，在愤怒之中，或是在荒淫纵欲的时候，在赌博、咒骂或是其他邪恶的行为的中间，我就要叫他颠踬在我的脚下，让他幽深黑暗不见天日的灵魂永堕地狱。我的母亲在等我。这一服续命的药剂不过延长了你临死的痛苦。（下）

国王起立上前。

国　王　我的言语高高飞起，我的思想滞留地下；没有思想的言语永远不会上升天界。（下）

第四场　王后寝宫

王后及普隆涅斯上。

普隆涅斯　他就要来了。请您把他着实教训一顿，对他说他这种狂妄的态度，实在叫人忍无可忍，倘没有您娘娘替他居中回护，王上早已对他大发雷霆了。我就悄悄地躲在这儿。请您对他讲得着力一点。

哈姆雷特　（在内）母亲，母亲，母亲！

王　后　都在我身上，你放心吧。下去吧，我听见他来了。（普隆涅斯匿帐后）
　　　　　哈姆雷特上。

哈姆雷特　母亲，您叫我有什么事？

王　后　哈姆雷特，你已经大大得罪了你的父亲啦。

哈姆雷特　母亲，您已经大大得罪了我的父亲啦。

王　后　来，来，不要用这种胡说八道的话回答我。

哈姆雷特　去，去，不要用这种胡说八道的话问我。

王　后　啊，怎么，哈姆雷特！

哈姆雷特　现在又有什么事？

王　后　你忘记我了吗？

哈姆雷特　不，凭着十字架起誓，我没有忘记你；你是王后，你的丈夫的兄弟的妻子，你又是我的母亲，——但愿你不是！

王　后　哎哟，那么我要去叫那些会说话的人来跟你谈谈了。

哈姆雷特　来，来，坐下来，不要动；我要把一面镜子放在你的面前，让你看一看你自己的灵魂。

王　后　你要干什么呀？你不是要杀我吗？救命！救命呀！

普隆涅斯　（在后）喂！救命！救命！救命！

哈姆雷特　（拔剑）怎么！是哪一个鼠贼？要钱不要命吗？我来结果你。（以剑刺穿帐幕）

普隆涅斯　（在后）啊！我死了！

王　后　哎哟！你干了什么事啦？

哈姆雷特　我也不知道；那不是国王吗？

王　后　啊，多么鲁莽残酷的行为！

哈姆雷特　残酷的行为！好妈妈，简直就跟杀了一个国王，再去嫁给他的兄弟一样坏。

王　后　杀了一个国王！

哈姆雷特　嗯，母亲，我正是这样说。（揭帐见普隆涅斯）你这倒运的、粗心的、爱管闲事的傻瓜，再会！我还以为是一个在你上面的人哩。也是你命不该活；现在你可知道爱管闲事的危险了。——别尽扭着你的手。静一静，坐下来，让我扭你的心；你的心倘不是铁石打成的，万恶的习惯倘不曾把它硬化得透不进一点感情，那么我的话一定可以把它刺痛。

王　后　我干了些什么错事，你竟敢这样肆无忌惮地向我摇唇弄舌？

哈姆雷特　你的行为可以使贞节蒙污，使美德得到了伪善的名称；从纯洁的恋情额上取下娇艳的蔷薇，替它盖上一个烙印；使婚姻的盟约变成赌徒的誓言一样虚伪；啊！这样一种行为，简直使盟约成为一个没有灵魂的躯壳，神圣的宗教变成一串谵妄的狂言；苍天的脸上也为它带上羞涩，大地因为痛心这样的行为，也罩上满面的愁容，好像世界末日就要到来一般。

王　后　唉！究竟是什么极恶重罪，你把它说得这样惊人呢？

哈姆雷特　瞧这一幅图画，再瞧这一幅；这是两个兄弟的肖像。你看这一个的相貌多么高雅优美：亥披利恩的鬈发，乔武的前额，像马斯一样威风凛凛的眼睛，像降落在高吻穹苍的山巅的迈邱利一样矫健的姿态；这一个完善卓越的仪表，真像每一个天神都曾在那上面打下印记，向世间证明这是一个男子的典型。这是你从前的丈夫。现在你再看这一个：这是你现在的丈夫，像一株霉烂的禾穗，损害了他的健硕的兄弟。你有眼睛吗？你甘心离开这一座大好的高山，靠着这荒野生活吗？吓！你有眼睛吗？你不能说那是爱情，因为在你的年纪，热情已经冷淡下来，它必须等候理智的判断；什么理智愿意从这么高的地方，降落到这么低的所在呢？知觉你当然是有的；否则你就不会有行动；可是你那知觉也一定已经麻木了；因为就是疯人也不会犯那样的错误，无论怎样丧心病狂，总不会连这样悬殊的差异都分辨不出来的。那么是什么魔鬼蒙住了你的眼睛，把你这样欺骗呢？你的视觉、听觉、触觉、嗅觉全都失去了交相为用的功能了吗？因为单单一个感官有了毛病，决不会使人愚蠢到这步田地的。羞啊！你不觉得惭愧吗？要是地狱中的孽火可以在一个中年妇人的骨髓里煽起了蠢动，那么在青春的烈焰中，让贞操像蜡一样融化了吧。在情欲的驱动下失身，有什么可耻呢？霜雪都会自动燃烧，理智都会做情欲的奴隶呢。

王　后　啊，哈姆雷特！不要说下去了！你使我的眼睛看进了我自己的灵魂的深处，看见我灵魂里那些洗拭不去的黑色的污点。

哈姆雷特　嘿，生活在汗臭垢腻的眠床上，让淫邪熏没了心窍，在污秽的猪圈里调情弄爱——

王　后　啊，不要再对我说下去了！这些话像刀子一样戳进我的耳朵里；不要说下去了，亲爱的哈姆雷特！

哈姆雷特　一个杀人犯，一个恶徒，一个不及你前夫二百分之一的庸奴，一个戴王冠的丑角，一个盗国窃位的扒手！

王　后　别说了！

哈姆雷特　一个下流无赖的国王——

　　　　　鬼上。

哈姆雷特　上天的神明啊，救救我，用你们的翅膀覆盖我的头顶！——陛下英灵不昧，有什么见教？

王　后　哎哟，他疯了！

哈姆雷特　您不是来责备您的儿子不该浪费他的时间和感情，把您煌煌的命令搁在一旁，耽误了我所应该做的大事吗？啊，说吧！

鬼　　　不要忘记。我现在是来磨砺你的快要蹉跎下去的决心。可是瞧！你的母亲满身都是惊愕。啊，快去安慰安慰她的正在交战中的灵魂吧！最柔弱的人最容易受幻想的激动。去对她说话，哈姆雷特。

哈姆雷特　您怎么啦，母亲？

王　后　唉！你怎么啦？为什么你把眼睛睁视着虚无，向空中喃喃说话？你的眼睛里射出狂乱的神情；像熟睡的兵士突然听到警号一般，你的整齐的头发一根根都像有了生命似的耸立起来。啊，好儿子！在你的疯狂的热焰上，浇洒一些清凉的镇静吧！你瞧什么？

哈姆雷特　他，他！你瞧，他的脸色多么惨淡！看见了他这一种形状，要是再知道他所负的沉冤，即使石块也会感动的。——不要瞧着我，因为那不过徒然勾起我的哀感，也许反会妨碍我的冷酷的决心；也许我会因此而失去勇气，让挥泪代替了流血。

王　后　你这番话是对谁说的？

哈姆雷特　您没有看见什么吗？

王　后　什么也没有；要是有什么东西在那边，我不会看不见的。

哈姆雷特　您也没有听见什么吗？

王　后　不，除了我们两人的说话以外，我什么也没有听见。

哈姆雷特　啊，您瞧！瞧，它悄悄地去了！我的父亲，穿着他生前所穿的衣服！
　　　　　瞧！他就在这一刻，从门口走出去了！（鬼下）

王　后　这是你脑中虚构的意象；一个人在心神恍惚的状态中，最容易发生这
　　　　　种幻妄的错觉。

哈姆雷特　心神恍惚！我的脉搏跟您的一样，正按着正常的节奏跳动哩。我所
　　　　　说的并不是疯话；要是您不信，我可以把我刚才说过的话一字不漏地
　　　　　复述一遍，一个疯人是不会记忆得那样清楚的。母亲，为了上帝的慈
　　　　　悲，不要自己安慰自己，以为我这一番话，只是出于疯狂，不是真的
　　　　　对您的过失而发；那样的思想不过是骗人的油膏，只能使您溃烂的良
　　　　　心上结起一层薄膜，那内部的毒疮却在底下愈长愈大。向上天承认您
　　　　　的罪恶，忏悔过去，警戒未来；不要把肥料浇在莠草上，使它们格外
　　　　　蔓延起来。原谅我这一番正义的劝告；因为在这种万恶的时世，正义
　　　　　必须向罪恶乞怨，它必须俯首屈膝，要求人家接纳他的善意的箴规。

王　后　啊！哈姆雷特！你把我的心劈为两半了！

哈姆雷特　啊！把那坏的一半丢掉，保留那另外的一半，让您的灵魂清净一些。
　　　　　晚安！可是不要上我叔父的床；即使您已经失节，也得勉力学做一个
　　　　　贞节妇人的样子。习惯虽然是一个可以使人失去羞耻的魔鬼，但是它
　　　　　也可以做一个天使，对于勉力为善的人，它会用潜移默化的手段，使
　　　　　他徙恶从善。您要是今天晚上自加抑制，下一次就会觉得这一种自制
　　　　　的功夫并不怎样为难，慢慢地就可以习以为常了；因为习惯简直有一
　　　　　种改变气质的神奇的力量，它可以使魔鬼主宰人类的灵魂，也可以把
　　　　　它从人们心里驱逐出去。让我再向您道一次晚安；当您希望得到上天
　　　　　祝福的时候，我将求您祝福我。至于这一位老人家，（指普隆涅斯）
　　　　　我很后悔自己一时鲁莽把他杀死；可是这是上天的意思，要借着他的
　　　　　死惩罚我，同时借着我的手惩罚他，使我一方面自己受到天谴，一方

面又成为代天行刑的使者。我现在先去把他的尸体安顿好了，再来承担这个杀人的过咎。晚安！为了顾全母子的恩慈，我不得不忍情暴戾；不幸已经开始，更大的灾祸还在接踵而至。再有一句话，母亲。

王　后　我应当怎么做？

哈姆雷特　我不能禁止您不再让那骄淫的僭王引诱您和他同床，让他拧您的脸，叫您做他的小耗子；我也不能禁止您因为他给了您一两个恶臭的吻，或是用他万恶的手指抚摩您的颈项，就把您所知道的事情一起说了出来，告诉他我实在是装疯，不是真疯。您应该让他知道；因为哪一个聪明懂事的王后，愿意隐藏着这样重大的消息，不去告诉一只蛤蟆，一只蝙蝠，一只老雄猫知道呢？不，虽然理性警告您保守秘密，您尽管学那寓言中的猴子，因为受了好奇心的驱使，到屋顶上去开了笼门，把鸟儿放走，自己钻进笼里去，结果连笼子一起掉下来跌死吧。

王　后　你放心吧，要是言语是从呼吸里吐出来的，我决不会让我的呼吸泄漏了你对我所说的话。

哈姆雷特　我必须到英国去；您知道吗？

王　后　唉！我忘了；这事情已经这样决定了。

哈姆雷特　公文已经封好了，打算交给我那两个同学带去，这两个家伙我要像对待两条咬人的毒蛇一样随时提防；他们将要做我的先驱，引导我钻进什么圈套里去。我倒要瞧瞧他们的能耐。开炮的要是给炮轰了，也是一件好玩的事；他们会埋地雷，我要比他们埋得更深，把他们轰到月亮里去。啊！用诡计对付诡计，不是顶有趣的吗？这家伙一死，多半会提早了我的行期；让我把这尸体拖到隔壁去。母亲，晚安！这一位大臣生前是个愚蠢饶舌的家伙，现在却变成非常谨严庄重的人了。来，老先生，让我把您拖下您的坟墓里去。晚安，母亲！（各下。哈姆雷特曳普隆涅斯尸入内）

第四幕

第一场　城堡中的一室

国王、王后、罗森克兰滋及基腾史登上。

国　王　这些长吁短叹之中，都含着深长的意义，我们必须设法探索出来。你的儿子呢？

王　后　（向罗森克兰滋、基腾史登）请你们暂时退开。（罗森克兰滋、基腾史登下）啊，陛下！今晚我看见了多么惊人的事情！

国　王　什么，葛特露？哈姆雷特怎么啦？

王　后　疯狂得像彼此争强斗胜的天风和海浪一样。在他野性发作的时候，他听见帐幕后面有什么东西爬动的声音，就拔出剑来，嚷着："有耗子！有耗子！"于是在一阵疯狂的恐惧之中，把那躲在幕后的好老人家杀死了。

国　王　啊，罪过罪过！要是我在那儿，我也会照样死在他手里的；放任他这样胡作非为，对于你，对于我，对于每一个人，都是极大的威胁。唉！这一件流血的暴行应当由谁负责呢？我们是不能辞其咎的，因为我们早该防患未然，把这个发疯的孩子关禁起来，不让他到处乱走；可是我们太爱他了，以至于不愿想一个适当的方法，正像一个害着恶疮的人，因为不让它出毒的缘故，弄到毒气攻心，无法救治一样。他到哪儿去了？

王　后　拖着那个被他杀死的尸体出去了。像一堆下贱的铅铁，掩不了真金的光彩一样，他知道他自己做错了事，他的纯良的本性就从他的疯狂里透露出来，他哭了。

国　王　啊，葛特露！来！太阳一到了山上，我们必须赶紧让他登船出发。对于这一件罪恶的行为，我们必须用最严正的态度，最巧妙的措词，决定一个执法原情的措置。喂！基腾史登！

　　　　罗森克兰滋及基腾史登重上。

国　王　两位朋友，我们还要借重你们一下。哈姆雷特在疯狂之中，已经把普隆涅斯杀死；他现在把那尸体从他母亲的房间里拖出去了。你们去找他来，对他说话要和气一点；再把那尸体搬到教堂里去。请你们快去把这件事情办好。（罗森克兰滋及基腾史登下）来，葛特露，我们要去召集我们那些最有见识的朋友，把我们的决定和这一件意外的变故告诉他们，免得外边无稽的谰言牵涉到我们身上，它的毒箭从低声的密语中间散放出去，是像弹丸从炮口射出去一样每发必中的。啊，来吧！我的灵魂里充满着混乱和惊愕。（同下）

第二场　城堡中的另一室

　　　　哈姆雷特上。

哈姆雷特　藏好了。

罗森克兰滋、基腾史登　（在内）哈姆雷特！哈姆雷特殿下！

哈姆雷特　什么声音？谁在叫哈姆雷特？啊，他们来了。

　　　　罗森克兰滋及基腾史登上。

罗森克兰滋　殿下，您把那尸体怎么样啦？

哈姆雷特　它本来就是泥土，我仍旧让它回到泥土里去。

罗森克兰滋　告诉我们它在什么地方，让我们把它搬到教堂里去。

哈姆雷特　不要相信。

罗森克兰滋　不要相信什么？

哈姆雷特　不要相信我会放弃我自己的意见来听你的话。而且，一块海绵也敢问起我来！一个堂堂王子应该用什么话去回答它呢？

罗森克兰滋　您把我当作一块海绵吗，殿下？

哈姆雷特　嗯，先生，一块吸收君王的恩宠，利禄和官爵的海绵。可是这样的官员要到最后才会显出他们对于君王的最大的用处来；像猴子吃硬壳

莎士比亚悲剧集

果一般，他们的君王先把他们含在嘴里舔弄了好久，然后再一口咽了下去。当他需要被你们所吸收去的东西的时候，他只要把你们一挤，于是，海绵，你又是一块干巴巴的东西了。

罗森克兰滋 我不懂您的话，殿下。

哈姆雷特 那很好，一句下流的话睡在一个傻瓜的耳朵里。

罗森克兰滋 殿下，您必须告诉我们那尸体在什么地方，然后跟我们见王上去。

哈姆雷特 他的身体和国王同在，可是那国王并不和他的身体同在。国王是一件东西——

基腾史登 一件东西，殿下！

哈姆雷特 一件虚无的东西。带我去见他，狐狸躲起来，大家追上去。

（同下）

第三场　城堡中　另一室

国王上，侍从后随。

国　王 我已经叫他们找他去了，并且叫他们把那尸体寻出来。让这家伙任意胡闹，是一件多么危险的事情！可是我们又不能把严刑峻法加在他的身上，他是为糊涂的群众所喜爱的，他们喜欢一个人，只凭着眼睛，不凭理智；我要是处罚了他，他们只看见我的刑罚的苛酷，却想不到他犯的是什么重罪。为了顾全各方面的关系，叫他迅速离国，不失为一种适宜的策略；应付非常的变故，必须用非常的手段。

罗森克兰滋上。

国　王 啊！事情怎样啦？

罗森克兰滋 陛下，他不肯告诉我们那尸体在什么地方。

国　王 可是他呢？

罗森克兰滋 在外面，陛下；我们把他看起来了，等候您的旨意。

国　王 带他来见我。

罗森克兰滋 喂，基腾史登！带殿下进来。

哈姆雷特及基腾史登上。

国　王 啊，哈姆雷特，普隆涅斯呢？

哈姆雷特 吃饭去了。

国　王 吃饭去了！在什么地方？

哈姆雷特 不是在他吃饭的地方，是在人家吃他的地方；有一群精明的蛆虫正在他身上大吃特吃哩。蛆虫是全世界最大的饕餮家；我们喂肥了各种牲畜给自己受用，再喂肥了自己去给蛆虫受用。胖胖的国王跟瘦瘦的乞丐是一个桌子上的两道不同的菜；不过是这么一回事。

国　王 唉！唉！

哈姆雷特 一个人可以拿一条吃过一个国王的蛆虫去钓鱼，再吃那吃过那条蛆虫的鱼。

国　王 你这句话是什么意思？

哈姆雷特 没有什么意思，我不过指点你一个国王可以在一个乞丐的脏腑里经过一番什么变化。

国　王 普隆涅斯呢？

哈姆雷特 在天上；你差人到那边去找他吧。要是你的使者在天上找不到他，那么你可以自己到另外一个所在去找他。可是你们在这一个月里要是找不到他的话，你们只要跑上走廊的阶石，也就可以闻到他的气味了。

国　王 （向若干侍从）到走廊里去找一找。

哈姆雷特 他在等着你们哩。（侍从争下）

国　王 哈姆雷特，你干出这种事来，使我非常痛心。为了你自身的安全起见，你必须火速离开国境；所以快去自己预备预备。船已经整装待发，风势也很顺利，同行的人都在等着你，一切都已经准备好向英国出发。

哈姆雷特 到英国去！

国　王 是的，哈姆雷特。

哈姆雷特 好。

国　王 要是你明白我的用意，你应该知道这是为了你的好处。

哈姆雷特 我看见一个明白你的用意的天使。可是来，到英国去！再会，亲爱的母亲！

国　王 你的可爱的父亲，哈姆雷特。

哈姆雷特 我的母亲。父亲和母亲是夫妇两个，夫妇是一体之亲；所以再会吧，我的母亲！来，到英国去！（下）

国　王 跟在他后面，劝诱他赶快上船，不要耽误；我要叫他今晚离开国境。

去！这件事情一解决，什么都没有问题了。请你们赶快一点。（罗森克兰滋、基腾史登下）英格兰啊，丹麦的宝剑在你的身上还留着鲜明的创痕，你向我们纳款输诚的敬礼至今未减，要是你畏惧我的威力，重视我的友谊，你就不能忽视我的旨意；我已经在公函里要求你把哈姆雷特立即处死，照着我的意思做吧，英格兰，因为他像是我深入膏肓的痼疾，一定要借你的手把我医好。我必须知道他已经不在人世，我脸上才会有笑容浮起。（下）

第四场　丹麦原野

福丁勃拉斯，一队长及兵士等列队行进上。

福丁勃拉斯　队长，你去替我问候丹麦国王，告诉他说福丁勃拉斯因为得到他的允许，已经按照约定，率领一支军队通过他的国境。你知道我们在什么地方集合。要是丹麦王有什么话要跟我当面说，我也可以入朝进谒；你就这样对他说吧。

队　长　是，主将。

福丁勃拉斯　慢步前进。（福丁勃拉斯及兵士等下）

哈姆雷特，罗森克兰滋，基腾史登等同上。

哈姆雷特　官长，这些是什么人的军队？

队　长　他们都是挪威的军队，先生。

哈姆雷特　请问他们是开到什么地方去的？

队　长　到波兰的某一部分去。

哈姆雷特　谁是领兵的主将？

队　长　挪威老王的侄儿福丁勃拉斯。

哈姆雷特　他们是要向波兰本土进攻呢，还是去袭击边疆？

队　长　不瞒您说，我们是要去夺一小块徒有虚名毫无实利的土地。叫我出五块钱去把它买了下来，我也不要；无论挪威人波兰人，要是把它标卖起来，谁也不会付出比这大一点的价钱来的。

哈姆雷特　啊，那么波兰人一定不会防卫它的了。

队　长　不，他们早已布防好了。

哈姆雷特　为了这一块荒瘠的土地，牺牲了二千人的生命，二万块的金圆，谁也不对它表示一点疑问。这完全是因为国家富足升平了，晏安的积毒蕴蓄于内，虽然已经到了溃烂的程度，外表上却还一点看不出将死的征象来。谢谢您，官长。

队　长　上帝和您同在，先生。（下）

罗森克兰滋　我们去吧，殿下。

哈姆雷特　我就来，你们先走一步。（除哈姆雷特外均下）我所见到听到的一切，都好像在对我谴责，鞭策我赶快进行我的蹉跎未就的复仇大愿！一个人要是在他生命的盛年，只知道吃吃睡睡，他还算是个什么东西？简直不过是一头畜生！上帝造下我们来，使我们能够这样高谈阔论，瞻前顾后，当然要我们利用他所赋予我们的这一种能力和灵明的理智，不让它们白白废掉。现在我明明有理由，有决心，有力量，有方法，可以动手干我所要干的事，可是我还是在说一些空话："我要怎么怎么干。"而始终不曾在行动上表现出来；我不知道这是因为鹿豕一般的健忘呢，还是因为三分怯懦一分智慧的过于审慎的顾虑。像大地一样显明的榜样都在鼓励我；瞧这一支勇猛的大军，领队的是一个娇养的少年王子，勃勃的雄心振起了他的精神，使他蔑视不可知的结果，为了区区弹丸大小的一块不毛之地，拼着血肉之躯，去向命运，死亡和危险挑战。真正的伟大不是轻举妄动，而是在荣誉遭遇危险的时候，即使为了一根稻秆之微，也要慷慨力争。可是我的父亲给人惨杀，我的母亲给人污辱，我的理智和感情都被这种不共戴天的大仇所激动，我却因循隐忍，一切听其自然，看着这二万个人为了博取一个空虚的名声，视死如归地走下他们的坟墓里去，目的只是争夺一方还不够作为他们埋骨之所的土地；相形之下，我将何地自容呢？啊！从这一刻起，让我摒除一切的疑虑妄念，把流血的思想充满在我的脑际！（下）

第五场　厄耳锡诺　城堡中一室

王后，霍拉旭及一侍臣上。

王　后　我不愿意跟她说话。

侍　臣　　她一定要见您，她的神气疯疯癫癫，瞧着怪可怜的。

王　后　　她要什么？

侍　臣　　她不断提起她的父亲；她说她听见这世上到处是诡计，一边呻吟，一
　　　　　边捶她的心，对一些琐琐屑屑的事情痛骂，讲的都是些很玄妙的话，
　　　　　好像有意思又好像没有意思。她的话虽然不知所云，可是却能使听见
　　　　　的人心中发生反应，而企图从它里面找出意义来；他妄加猜测，把她
　　　　　的话断章取义，用自己的思想附会上去；当她讲那些话的时候，有时
　　　　　眨眼，有时点头，做着种种的手势，的确使人相信在她的言语之间，
　　　　　含蓄着什么意思，虽然不能确定，却可以做一些很不好听的解释。

霍拉旭　　最好有什么人跟她谈谈，因为也许她会在愚妄的脑筋里散布一些危险
　　　　　的猜测。

王　后　　让她进来。（侍臣下）
　　　　　我负疚的灵魂惴惴惊惶，
　　　　　琐琐细事也像预兆灾殃；
　　　　　罪恶是这样充满了疑猜，
　　　　　越小心越容易流露鬼胎。
　　　　　侍臣率莪菲莉霞重上。

莪菲莉霞　丹麦的美丽的王后陛下呢？

王　后　　啊。莪菲莉霞！

莪菲莉霞　（唱）
　　　　　张三李四满街走，
　　　　　　谁是你情郎？
　　　　　毡帽在头杖在手，
　　　　　　草鞋穿一只。

王　后　　唉！好姑娘，这支歌是什么意思呢？

莪菲莉霞　您说？请您听好了。（唱）
　　　　　姑娘，姑娘，他死了，
　　　　　　一去不复来；
　　　　　头上盖着青青草，
　　　　　　脚下石生苔。
　　　　　嗬呵！

王　后　唉，可是，莪菲莉霞——

莪菲莉霞　请您听好了。（唱）

　　　　殓衾遮体白如雪——

　　　　国王上。

王　后　唉！陛下，您瞧。

莪菲莉霞　鲜花红似雨；

　　　　花上盈盈有泪滴，

　　　　　　伴郎坟墓去。

国　王　你好，美丽的姑娘？

莪菲莉霞　好，上帝保佑您！他们说猫头鹰是一个面包师的女儿变成的。主啊！

　　　　我们谁也不知道自己将来会变成什么。愿上帝和您同席！

国　王　她父亲的死激成了她这种幻想。

莪菲莉霞　对不起，我们以后再别提这件事了。要是有人问您这是什么意思，

　　　　您就这样对他说：（唱）

　　　　情人佳节就在明天，

　　　　　　我要一早起身，

　　　　梳洗整齐到你窗前，

　　　　　　来做你的恋人。

　　　　他下了床披了衣裳，

　　　　　　他开开了房门；

　　　　她进去时是个女郎。

　　　　　　出来变了妇人。

国　王　美丽的莪菲莉霞！

莪菲莉霞　真的，不用发誓，我会把它唱完：（唱）

　　　　凭着神圣慈悲名字，

　　　　　　这种事太丢脸！

　　　　少年男子不知羞耻，

　　　　　　一味无赖纠缠。

　　　　她说你曾答应婚嫁，

　　　　　　然后再同枕席；

　　　　谁料如今被你欺诈，

懊悔万千无及！

国　王　她这个样子已经多久了？

莪菲莉霞　我希望一切转祸为福！我们必须忍耐；可是我一想到他们把他放下寒冷的泥土里去，我就禁不住掉泪。我的哥哥必须知道这件事。谢谢你们很好的劝告。来，我的马车！晚安，太太们；晚安，可爱的小姐们；晚安，晚安！（下）

国　王　紧紧跟住她；留心不要让她闹出乱子来。（霍拉旭下）啊！深心的忧伤把她害成这样子；这完全是为了她父亲的死，啊，葛特露！不幸的事情总是接踵而来：第一是她父亲的被杀；然后是你儿子的远别，他闯了这样大祸，不得不亡命异国，也是自取其咎。人民对于善良的普隆涅斯的暴死，已经群疑蜂起，议论纷纷；我们这样匆匆忙忙地把他秘密安葬，更加引起了外间的疑窦；可怜的莪菲莉霞也因此而悲伤得失去了她正常的理智，我们人类也没有理智，不过是画上的图形，无知的禽兽。最后，跟这些事情同样使我不安的，她的哥哥已经从法国秘密回来，行动诡异，居心莫测，他的耳中所听到的，都是那些拨弄是非的人所散播的关于他父亲死状的恶意的谣言，少不得牵涉到我们身上。啊，我的亲爱的葛特露！这种消息像一尊杀人的巨炮，到处都在危害我的生命。（内喧呼声）

王　后　哎哟！这是什么声音？

一侍臣上。

国　王　我的瑞士卫队呢？叫他们把守宫门。什么事？

侍　臣　赶快避一避吧，陛下；比大洋中的怒潮冲决堤岸还要汹汹其势，年轻的勒替斯带领着一队叛军，打败了您的卫士，冲进宫里来了。这一群暴徒把他称为主上；就像世界还不过刚才开始一般，他们推翻了一切的传统和习惯，高喊着："我们推举勒替斯做国王！"他们掷帽举手，吆喝的声音响彻云霄："让勒替斯做国王，让勒替斯做国王！"

王　后　他们这样兴高采烈，却不知道已经误入歧途！啊，你们干了错事了，你们这些不忠的丹麦狗！（内喧呼声）

国　王　宫门都已打破了。

勒替斯戎装上；一群丹麦人随上。

勒替斯　这国王在哪儿？弟兄们，大家站在外面。

众　人　不，让我们进来。

勒替斯　对不起，请你们让我一个人在这儿。

众　人　好，好。（众人退立门外）

勒替斯　谢谢你们，把门看守好了。啊，你这万恶的奸王！还我的父亲来！

王　后　安静一点，好勒替斯。

勒替斯　我身上要是有一点血安静下来，我就是个野生的杂种，我的父亲是个王八，我的母亲的贞洁的额角上，也要雕上娼妓的恶名。

国　王　勒替斯，你这样大张声势，兴兵犯上，究竟为了什么原因？——放了他，葛特露；不要担心他会伤害我的身体，一个君王是有神灵呵护的，他的威焰可以吓退叛徒。——告诉我，勒替斯，你有什么气恼不平的事？——放了他，葛特露。——你说吧。

勒替斯　我的父亲呢？

国　王　死了。

王　后　但是并不是他杀死的。

国　王　尽他问下去。

勒替斯　他怎么会死的？我可不能受人家的愚弄。忠心，到地狱里去吧！让最黑暗的魔鬼把一切誓言抓了去！什么良心，什么礼貌，都给我滚下无底的深渊里去！我要向永劫挑战。我的立场已经坚决，死也好，活也好，我什么都不管，只要痛痛快快地为我的父亲复仇。

国　王　谁可以阻止你？

勒替斯　除了我自己的意志以外，全世界也不能阻止我；不费吹灰之力，就可以达到我的目的。

国　王　好勒替斯，要是你想知道你的亲爱的父亲究竟是怎样死去的话，你还是先认识清楚谁是友人谁是敌人呢，还是不分皂白地把他们一概作为你的复仇的对象？

勒替斯　冤有头，债有主，我只要找我父亲的敌人算账。

国　王　那么你要知道谁是他的敌人吗？

勒替斯　对于他的好朋友，我愿意张开我的手臂拥抱他们，像舍身的企鹅一样，把我的血供他们畅饮 [1]。

---

[1] 昔人误信食鹅以其血哺雏，故云。

国　王　啊，现在你才说得像一个孝顺的儿子和真正的绅士。我不但对于令尊的死不曾有份，而且为此也感觉到非常的悲痛；这一个事实将会透过你的心，正像白昼的阳光照射你的眼睛一样。

众　人　（在内）放她进去！

勒替斯　怎么！那是什么声音？

　　　　莪菲莉霞重上。

勒替斯　啊，赤热的烈焰，炙枯了我的脑浆吧！七倍辛酸的眼泪，灼伤了我的视觉吗！天日在上，我一定要叫那害你疯狂的仇人重重地抵偿他的罪恶。啊，五月的玫瑰！亲爱的女郎，好妹妹，莪菲莉霞！天啊！一个少女的理智，也会像一个老人的生命一样受不起打击吗？人性因为爱情而格外敏感，这敏感又常常会把自己最珍贵的部分奉献给所爱。

莪菲莉霞　（唱）

　　他们把他抬上柩架；

　　　　哎呀，哎呀，哎哎呀；

　　在他坟上泪如雨下——

　　　　再会，我的鸽子！

勒替斯　要是你没有发疯，你会激励我复仇，你的言语也不会比你现在这样子更使我感动了。

莪菲莉霞　啊，这纺轮转动的声音多好听！是那坏良心的管家把主人的女儿拐了去了。

勒替斯　这一种无意识的话，比正言危论还要有力得多。

莪菲莉霞　我是表示记忆的迷迭香；爱人，请你记着吧：这是表示思想的三色堇。

勒替斯　她在疯狂中把思想和记忆混杂在一起了。

莪菲莉霞　这是给您的茴香和漏斗花；这是给您的芸香；这儿还留着一些给我自己；啊！您可以把您的芸香插戴得别致一点。这儿是一枝雏菊；我想要给你几朵紫罗兰，可是我父亲一死，它们全都谢了；他们说他死得很好——（唱）

　　可爱的罗宾是我的宝贝。

勒替斯　忧愁，痛苦，悲哀和地狱中的磨难，在她身上都变成了可怜可爱。

莪菲莉霞　（唱）

　　他会不会再回来？

他会不会再回来？

　不，不，他死了；

　你的命难保，

他再也不会回来。

他的胡须像白银，

满头黄发乱纷纷，

人死不能活，

　且把悲声歌；

　上帝饶赦他灵魂！

求上帝饶赦一切基督徒的灵魂！上帝和你们同在！（下）

勒替斯　上帝啊，你看见这种惨事吗？

国　王　勒替斯，我必须跟你详细谈谈关于你所遭逢的不幸；你不能拒绝我这一个权利。你不妨先去选择几个你的最有见识的朋友，请他们在你我两人之间做公证人：要是他们评断的结果，认为是我主动或同谋杀害的，我愿意放弃我的国土，我的王冠，我的生命以及我所有的一切，作为对你的补偿；可是他们假如认为我是无罪的，那么你必须答应助我一臂之力，让我们两人开诚合作，定出一个惩凶的方策来。

勒替斯　就这样吧；他死得这样不明不白，他的下葬又是这样偷偷摸摸的，他的尸体上没有一些战士的荣饰，也不曾替他举行一些哀祭的仪式，从天上到地下都在发出愤懑不平的呼声，我不能不问一个明白。

国　王　你可以明白一切；谁是真有罪的，让斧钺加在他的头上吧。请你跟我来。（同下）

第六场　城堡中　另一室

霍拉旭及一仆人上。

霍拉旭　要来见我说话的是些什么人？

仆　人　是几个水手，主人；他们说他们有信要交给您。

霍拉旭　叫他们进来。（仆人下）倘不是哈姆雷特殿下差来的人，我不知道在这世上的哪一部分会有人来看我。

水手等上。

水手甲 上帝祝福您，先生！

霍拉旭 愿他也祝福你。

水手乙 他要是高兴，先生，他会祝福我们的。这儿有一封信给您，先生，——它是从那位到英国去的钦使寄来的。——要是您的名字果然是霍拉旭的话。

霍拉旭 （读信）"霍拉旭，你把这封信看过以后，请把来人领去见一见国王；他们还有信要交给他。我们在海上的第二天，就有一艘很凶猛的海盗船向我们追击。我们因为船行太慢，只好勉力迎敌；在彼此相持的时候，我跳上了盗船，他们就立刻抛下我们的船，扬帆而去，剩下我一个人做他们的俘虏。他们对待我很是有礼，可是他们知道他们所做的事；我还要重谢他们哩。把我给国王的信交给他以后，请你就像逃命一般火速来见我。我有一些可以使你听了咋舌不已的话要在你的耳边说；可是事实的本身比这些话还要严重得多。来人可以把你带到我现在所在的地方。罗森克兰滋和基腾史登到英国去了；关于他们我还有许多话要告诉你，再会。你的哈姆雷特。"来，让我立刻就带你们去把你们的信送出，然后请你们领我到那把这些信交给你们的那个人的地方去。（同下）

第七场　城堡中　另一室

国王及勒替斯上。

国　王 你已经用你同情的耳朵，听见我告诉你那杀死令尊的人，也在图谋我的生命；现在你必须明白我的无罪，并且把我当作你的一个心腹的友人了。

勒替斯 听您所说，果然像是真的；可是告诉我，为了您自己的安全起见，为什么您对于这样罪大恶极的暴行，不采取严厉的手段呢？

国　王 啊！那是因为有两个理由，也许在你看来是不成其为理由的，可是对于我却有很大的关系。王后，他的母亲，差不多一天不看见他就不能生活；至于我自己，那么不管这是我的好处或是我的致命的弱点，我的生命和灵魂是这样跟她联结在一起，正像星球不能跳出轨道一样，我也不能没有她而生活。而且我之所以不能把这件案子公开，还有一个重要的顾虑：一般民众对他都有很大的好感，他们盲目的崇拜像一道使树木变成石块的魔泉一样，把他所有的错处都变成了优点；我的箭太轻太没有力了，遇到这样的狂风，一定不能射中目标，反而给吹了转来。

勒替斯　那么难道我的一个高贵的父亲就这样白白死去，一个好好的妹妹就这样白白疯了不成？她的完美卓越的姿容才德，是可以傲视一世，睥睨古今的。可是我的报仇的机会总有一天会到来。

国　王　不要让这件事扰乱了你的睡眠；你不要以为我是这样一个麻木不仁的人，会让人家揪着我的胡须，还以为不过开开玩笑。不久你就可以听到消息。我爱你父亲，我也爱我自己；那我希望可以使你想到——
　　　　一使者上。

国　王　啊！什么消息？

使　者　启禀陛下，是哈姆雷特寄来的信；这一封是给陛下的，这一封是给王后的。

国　王　哈姆雷特寄来的！谁把它们送到这儿来？

使　者　他们说是几个水手，陛下，我没有看见他们；这两封信是克劳第奥交给我的，他们把信送在他手里。

国　王　勒替斯，你可以听一听这封信。出去！（使者下。读信）
　　　　"陛下，我已经光着身子回到您的国土上来了。明天我就要请您允许我拜谒御容。让我先向您告我的不召而返之罪，然后再禀告您我这次突然而意外回国的原因。哈姆雷特敬上。"这是什么意思？同去的人也都一起回来了吗？还是什么人在捣鬼，并没有这么一回事？

勒替斯　您认识这笔迹吗？

国　王　这确是哈姆雷特的亲笔。"光着身子"！这儿还附着一笔，说是"一个人回来"。你看他是什么用意？

勒替斯　我可不懂；陛下。可是他来得正好；我一想到我能够有这样一天当面申斥他的罪状，我的郁闷的心也热起来了。

国　王　要是果然这样的话，勒替斯，你愿意听我的吩咐吗？

勒替斯　愿意，陛下，只要您不勉强我跟他和解。

国　王　我是要使你自己心里得到平安。要是他现在中途而返，不预备再作这样的航行，那么我已经想好了一个计策，怂恿他去做一件事情，一定可以叫他自投罗网；而且他死了以后，谁也不能讲一句闲话，即使他的母亲也不能觉察我们的诡计，只好认为是一件意外的灾祸。

勒替斯　陛下，我愿意服从您的指挥；最好请您设法让他死在我的手里。

国　王　我正是这样计划。自从你到国外游学以后，人家常常说起你有一种擅长的本领，这种话哈姆雷特也是早就听到过的；虽然在我的意见之中，这不过是你所有的才艺中间最不足道的一种，可是你的一切才艺的总和，都不及这一种本领更能挑起他的妒忌。

勒替斯　是什么本领呢，陛下？

国　王　它虽然不过是装饰在少年人帽上的一条缎带，但也是少不了的；因为年轻人应该装束得华丽潇洒一些，表示他的健康活泼，正像老年人应该装束得朴素大方一些，表示他的矜严庄重一样。两个月以前，这儿来了一个诺曼底的绅士；我自己曾经和法国人在马上比过武艺，他们都是很精于骑术的；可是这位好汉简直有不可思议的魔力，他骑在马上，好像和他的坐骑化成了一体似的，随意驰骤，无不出神入化。他的技术是那样远超过我的预料，无论我杜撰了一些怎样夸大的词句，都不够形容它的奇妙。

勒替斯　是个诺曼底人吗？

国　王　是诺曼底人。

勒替斯　那么一定是拉摩特了。

国　王　正是他。

勒替斯　我认识他；他的确是全国知名的勇士。

国　王　他承认你的武艺很了不得，对于你的剑术尤其极口称赞，说是倘有人能够和你对敌，那一定大有可观；他发誓说他们国里的剑士要是跟你交起手来，一定会眼花缭乱，全然失去招架之功。他对你的这一番夸奖，使哈姆雷特妒恼交集，一心希望你快些回来，跟他比赛一下。从这一点上——

勒替斯　从这一点上怎么，陛下？

国　王　勒替斯，你真爱你的父亲吗？还是不过是做作出来的悲哀，只有表面，没有真心？

勒替斯 您为什么这样问我？

国　王 我不是以为你不爱你父亲；可是我知道爱不过起于一时感情的冲动，经验告诉我，经过了相当时间，它是会逐渐冷淡下去的。爱像一盏油灯，灯芯烧枯以后，它的火焰也会由微暗而至于消灭。一切事情都不能永远保持良好，因为过度的善反会摧毁它的本身，正像一个人因充血而死去一样。我们所要做的事，应该一想到就做；因为一个人的心理是会随时变化的，稍一迟疑就会遭遇种种的迁延阻碍。可是回到我们所要谈论的中心问题上来吧。哈姆雷特回来了；你预备怎样用行动代替言语，表明你自己的确是你父亲的孝子呢？

勒替斯 我要在教堂里割破他的喉咙。

国　王 无论什么所在都不能庇护一个杀人的凶手；复仇不应该在碍手碍脚的地方。可是，好勒替斯，你要是果然志在复仇，还是住在自己家里不要出来。哈姆雷特回来以后，我们可以让他知道你也已经回来，叫几个人在他的面前夸奖你的本领，把你说得比那法国人所讲的还要了不得，怂恿他和你作一次比赛。他是个粗心的人，一点想不到人家在算计他，一定不会仔细检视比赛用的刀剑的利钝；你只要预先把一柄利剑混杂在里面，趁他没有注意的时候不动声色地自己拿了，在比赛之际，看准他的要害刺了过去，就可以替你的父亲报了仇了。

勒替斯 我愿意这样做；为了达到复仇的目的，我还要在我的剑上涂一些毒药。我已经从一个卖药人手里买到一种致命的药油，只要在剑头上沾了一滴，刺到人身上，它一碰到血，即使只是擦破了一些皮肤，也会毒性发作，无论什么灵丹仙草，都不能挽救他的性命。我这就去把剑尖蘸上这毒油，只要刺破他一点就让他送命。

国　王 让我们再考虑考虑，看时间和机会能够给我们什么方便。要是这一个计策会失败，要是我们会在行动之间露出了破绽，那么还是不要尝试的好。为了预防失败起见，我们应该另外再想一个万全之计。且慢！让我想来：我们可以对你们两人的胜负打赌；啊，有了：你在跟他交手的时候，必须使出你的全副的精神，使他疲于奔命，等他口干烦躁，要讨水喝的当儿，我就为他预备好一杯毒酒，万一他逃过了你的毒剑，也逃不过我们这一着，且慢！什么声音？

　　王后上。

莎士比亚悲剧集

国　王　啊，亲爱的王后！

王　后　一桩祸事刚刚到来，又有一桩接踵而至。勒替斯，你的妹妹掉在水里淹死了。

勒替斯　淹死了！啊！在哪儿？

王　后　在小溪之旁，斜生着一株杨柳，它的毿毿的枝叶倒映在明镜一样的水流之中，她一个人到那儿去，用毛茛、荨麻、雏菊和紫罗兰编成了一个个花圈，替她自己做成了奇异的装饰。她爬上一根横垂的树枝，想要把她的花冠挂在上面，就在这时候，树枝折断了，连人带花一起落下呜咽的溪水里。她的衣服四散展开，使她暂时像人鱼一样漂浮水上；她嘴里还断断续续唱着古老的谣曲，好像一点不感觉到什么痛苦，又好像她本来就是生长在水中的一般。可是不多一会儿，她的衣服给水浸得重起来了，这可怜的人儿歌还没有唱完，就已经沉了下去。

勒替斯　唉！那么她淹死了吗？

王　后　淹死了，淹死了！

勒替斯　太多的水淹没了你的身体，可怜的莪菲莉霞，所以我必须忍住我的眼泪。可是人类的常情是不能遏阻的，我掩饰不了心中的悲哀，只好顾不得惭愧了，当我们的眼泪干了以后，我们的妇人之仁也会随着消灭的。再会，陛下！我有一段炎炎欲焚的烈火般的话，可是我的傻气的眼泪把它浇熄了。（下）

国　王　让我们跟上去，葛特露；我好容易才把他的怒气平息了一下，现在我怕又要把它挑起来了。快让我们跟上去吧。（同下）

第五幕

第一场　墓地

二小丑携锄锹等上。

甲　丑　她存心自己脱离人世，却要照基督徒的仪式下葬吗？

乙　丑　我对你说是的，所以你赶快把她的坟掘好吧；验尸官已经验明她的死状，宣布应该按照基督徒的仪式把她下葬。

甲　丑　这可奇了，难道她是因为自卫而跳下水里的吗？

乙　丑　他们验明是这样的。

甲　丑　那一定是自杀了，不可能有别的原因。因为问题是这样的：要是我有意投水自杀，那必须成立一个行为；一个行为可以分为三部分，那就是干，行，做；所以，她是有意投水自杀的。

乙　丑　唉，你听我说——

甲　丑　对不起，这儿是水；好。这儿站着人；好。要是这个人跑到这个水里，把他自己淹死了，那么，不管他自己愿不愿意，总是他自己跑下去的；你听见了没有？可是要是那水走到他的身上把他淹死了，那就不是他自己把自己淹死；所以，对于他自己的死无罪的人，并没有杀害他自己的生命。

乙　丑　法律上是这样说的吗？

甲　丑　嗯，是的，这是验尸官的验尸法。

乙　丑　说一句老实话，要是这个死的不是一位贵家女子，他们绝不会按照基督徒的仪式把她下葬的。

甲　丑　对了，你说得有理；有财有势的人，就是要投河上吊，比起他们同教

莎士比亚悲剧集

的基督徒来也可以格外通融，世上的事情真是太不公平了！来，我的锄头。古时候没有什么绅士，只有一些种地的，开沟的，掘坟的人；他们都继承着亚当的行业。

乙　丑　亚当也算是世家？

甲　丑　当然，他在创立家业方面很有一套呢！

乙　丑　他有一套？

甲　丑　怎么？你是个异教徒吗？你有没有读过《圣经》？《圣经》上说："亚当掘地。"没有一套，能够掘地吗？让我再问你一个问题；要是你回答得不对，那么你就承认你自己——

乙　丑　你问吧。

甲　丑　谁造得比泥水匠、船匠或是木匠更坚固？

乙　丑　造绞架的人；因为一千个寄寓在这屋子里的人都已经先后死去，它还是站在那儿动都不动。

甲　丑　我很喜欢你的聪明，真的。绞架是很合适的；可是它怎么是合适的？它对于那些有罪的人是合适的。你说绞架造得比教堂还坚固，说这样的话是罪过的；所以，绞架对于你是合适的。来，重新说过。

乙　丑　谁造得比泥水匠、船匠或是木匠更坚固？

甲　丑　嗯，你回答了这个问题，我就让你下工。

乙　丑　呃，现在我知道了。

甲　丑　说吧。

乙　丑　真的，我可回答不出来。

哈姆雷特及霍拉旭上；立远处。

甲　丑　别绞尽你的脑汁了，懒驴子是打死也走不快的；下回有人问你这个问题的时候，你就对他说："掘坟的人。"因为他造的房子是可以一直住到世界末日的。去，到酒店里去给我倒一杯酒来。

（*乙丑下。甲丑且掘且歌*）

年轻时候最爱偷情，

　　觉得那事很有趣味；

规规矩矩学做好人，

　　在我看来太无意义。

哈姆雷特　这家伙难道对于他的工作一点没有什么感觉，在掘坟的时候还会唱歌吗？

霍拉旭　他做惯了这种事，所以不以为意。

哈姆雷特　正是；不大劳动的手，它的感觉要比较灵敏一些。

甲　丑　（唱）

　　　　谁料如今岁月潜移，

　　　　老景催人急于星火，

　　　　两腿挺直，一命归西，

　　　　世上原来不曾有我。（掷起一骷髅）

哈姆雷特　那个骷髅里面曾经有一条舌头，它还会唱歌哩；瞧这家伙把它摔在地上，好像它是第一个杀人凶手该隐[1]的颚骨似的！它也许是一个政客的头颅，现在却让这蠢货把它丢来踢去；也许他生前是个偷天换日的好手，你看是不是？

霍拉旭　也许是的，殿下。

哈姆雷特　也许是一个朝臣，他会说："早安，大人！您好，大人！"也许他就是某大人，嘴里称赞某大人的马好，心里却想把它讨了来，你看是不是？

霍拉旭　是，殿下。

哈姆雷特　啊，正是；现在却让蛆虫伴寝，他的下巴也脱掉了，一柄工役的锄头可以在他头上敲来敲去。从这种变化上，我们大可看透了生命的无常。难道这些枯骨生前受了那么多的教养，死后却只好给人家当木板一般抛着玩吗？想起来真是怪不好受的。

甲　丑　（唱）

　　　　锄头一柄，铁铲一把，

　　　　殓衾一方掩面遮身；

　　　　挖松泥土深深掘下，

　　　　掘了个坑招待客人。（掷起另一骷髅）

哈姆雷特　又是一个；谁知道那不会是一个律师的骷髅？他的玩弄刀笔的手段，颠倒黑白的雄辩，现在都到哪儿去了？为什么他让这个放肆的家伙用醒齄的铁铲敲他的脑壳，不去控告他一个殴打罪？哼！这家伙生前也

---

[1] 该隐（Cain），亚当之长子，杀其弟亚伯（Abel），见《圣经·旧约·创世纪》。

157

莎士比亚悲剧集

许曾经买下许多地产，开口闭口用那些条文、具结、罚款、证据、赔偿一类的名词吓人；现在他的脑壳里塞满了泥土，这就算是他所取得的最后的赔偿了吗？除了两张契约大小的一方地面以外，谁能替他证明他究竟有多少地产？这一撮黄土，就是他所有的一切了吗，吓？

霍拉旭　这就是他所有的一切了，殿下。

哈姆雷特　我要去跟这家伙谈谈。喂，这是谁的坟墓？

甲　丑　我的，先生，——

挖松泥土深深掘下，

掘了个坑招待客人。

哈姆雷特　胡说！坟墓是死人睡的，怎么说是你的？你给什么人掘这坟墓？是个男人吗？

甲　丑　不是男人，先生。

哈姆雷特　那么是个女人？

甲　丑　也不是女人。

哈姆雷特　不是男人，也不是女人，那么谁葬在这里面？

甲　丑　先生，她本来是一个女人，可是上帝让她的灵魂得到安息，她已经死了。

哈姆雷特　这浑蛋倒会分辨得这样清楚！我们讲话必须直截痛快，要是像这样含含糊糊的，可把人烦死了。凭着上帝发誓，霍拉旭，我觉得这三年来，时世变得越发不成样子了，一个平民也敢用他的脚趾去踢痛贵人的后跟。——你做这掘墓的营生，已经多少年了？

甲　丑　我开始干这营生，是在我们的老王爷哈姆雷特打败福丁勃拉斯那一天。

哈姆雷特　那是多久以前的事？

甲　丑　你不知道吗？每一个傻子都知道的；那正是小哈姆雷特出世的那一天，就是那个发了疯给他们送到英国去的。

哈姆雷特　嗯，对了；为什么他们叫他到英国去？

甲　丑　就是因为他发了疯呀；他到英国去，他的疯病就会好的，即使疯病不会好，在那边也没有什么关系。

哈姆雷特　为什么？

甲　丑　英国人不会把他当作疯子；他们都跟他一样疯。

哈姆雷特　他怎么会发疯？

甲　丑　人家说得很奇怪。

哈姆雷特　什么奇怪？

甲　丑　他们说他神经有了毛病。

哈姆雷特　一个人埋在地下，要经过多少时候才会腐烂？

甲　丑　假如他不是在未死以前就已经腐烂，——就如现在有的是害杨梅疮死的尸体，简直抬都抬不下去，——他大概可以过八九年；一个硝皮匠在九年以内不会腐烂。

哈姆雷特　为什么他要比别人长久一些？

甲　丑　因为，先生，他的皮硝得比人家的硬，可以长久不透水；尸体一碰到水，是最会腐烂的。这儿又是一个骷髅；这骷髅已经埋在地下二十三年了。

哈姆雷特　它是谁的骷髅？

甲　丑　是个婊子养的疯小子；你猜是谁？

哈姆雷特　不，我猜不出。

甲　丑　这个遭瘟的疯小子！他有一次把一瓶葡萄酒倒在我的头上。这一个骷髅，先生，是国王的弄人郁利克的骷髅。

哈姆雷特　这就是他！

甲　仆　正是他。

哈姆雷特　让我看。（取骷髅）唉，可怜的郁利克！霍拉旭，我认识他，他是一个最会开玩笑，非常富于想象力的家伙。他曾经把我负在背上一千次；现在我一想起来，却忍不住胸头作恶。这儿本来有两片嘴唇，我不知吻过它们多少次。——现在你还会挖苦人吗？你还会蹦蹦跳跳，逗人发笑吗？你还会唱歌吗？你还会随口编造一些笑话，说得满座捧腹吗？你没有留下一个笑话，讥笑你自己吗？这样垂头丧气了吗？现在你给我到小姐的闺房里去，对她说，凭她脸上的脂粉搽得一寸厚，到后来总要变成这个样子的；你用这样的话告诉她，看她笑不笑吧。霍拉旭，请你告诉我一件事情。

霍拉旭　什么事情，殿下？

哈姆雷特　你想亚历山大在地下也是这副形状吗？

霍拉旭　也是这样。

哈姆雷特　也有同样的臭味吗？呸！（掷下骷髅）

霍拉旭　也有同样的臭味，殿下。

哈姆雷特　谁知道我们将来会变成一些什么下贱的东西，霍拉旭！要是我们用想象推测下去，谁知道亚历山大的高贵的尸体，不就是塞在酒桶口上的泥土？

霍拉旭　那未免太想入非非了。

哈姆雷特　不，一点不，这是很可能的；我们可以这样想；亚历山大死了；亚历山大埋葬了；亚历山大化为尘土；人们把尘土做成烂泥；那么为什么亚历山大所变成的烂泥，不会被人家拿来塞在啤酒桶的口上呢？

　　　　恺撒死了，他尊严的尸体

　　　　也许变了泥把破墙填砌；

　　　　啊！他从前是何等的英雄，

　　　　现在只好替人挡雨遮风！

可是不要做声！不要做声！站开，国王来了。

教士等列队上；众异莪菲莉霞尸体前行；勒替斯及诸送葬者，国王，王后及侍从等随后。

哈姆雷特　王后和朝臣们也都来了；他们是送什么人下葬呢？仪式又是这样草率的？瞧上去好像他们所送葬的那个人，是自杀而死的，同时又是个很有身份的人。让我们躲在一旁瞧瞧他们。（与霍拉旭退后）

勒替斯　还有些什么仪式？

哈姆雷特　（向霍拉旭旁白）那是勒替斯，一个很高贵的青年；听着。

勒替斯　还有些什么仪式？

教士甲　她的葬礼已经超过了她所应得的名分。她的死状很是可疑；倘不是因为我们迫于权力，按例就该把她安葬在圣地以外，直到最后审判的喇叭吹召她起来。我们不但不应该替她祷告，而且还要用砖瓦碎石丢在她坟上；可是现在我们已经允许给她处女的葬礼，用花圈盖在她的身上，替她散播鲜花，鸣钟送她入土，这还不够吗？

勒替斯　难道不能再有其他仪式了吗？

教士甲　不能再有其他仪式了；要是我们为她奏安魂乐，就像对于一般平安死去的灵魂一样，那就要亵渎了教规。

勒替斯　把她放下泥土里去；愿她的娇美无瑕的肉体上，生出芬芳馥郁的紫罗兰来！我告诉你，你这下贱的教士，我的妹妹将要做一个天使，你死了却要在地狱里呼号。

哈姆雷特　什么！美丽的莪菲莉霞吗？

王　后　好花是应当散在美人身上的；永别了！（散花）我本来希望你做我的哈姆雷特的妻子；这些鲜花本来要铺在你的新床上，亲爱的女郎，谁想得到我要把它们散在你的坟上！

勒替斯　啊！但愿千百重的灾祸，降临在害得你精神错乱的那个该死的恶人的头上！等一等，不要就把泥土盖上！让我再把她拥抱一次。（跳入墓中）现在把你们的泥土倒下来，把死的和活的一起掩埋了吧；让这块平地上堆起一座高山，那古老的丕利恩和苍秀插天的奥林帕斯都要俯伏在它的足下 [1]。

哈姆雷特　（上前）哪一个人的心里装载得下这样沉重的悲伤？哪一个人的哀恸的词句，可以使天上的流星惊疑止步？那是我，丹麦王子哈姆雷特！

　　　　　（跳下墓中）

勒替斯　魔鬼抓了你的灵魂去！（将哈姆雷特揪住）

哈姆雷特　你祷告错了。请你不要抱住我的头颈；因为我虽然不是一个暴躁易怒的人，可是我的火性发作起来，是很危险的，你还是不要激恼我吧。放开你的手！

国　王　把他们扯开！

王　后　哈姆雷特！哈姆雷特！

众　人　殿下，公子，——

霍拉旭　好殿下，安静点儿。（侍从等分开二人，二人自墓中出）

哈姆雷特　嘿，我愿意为了这个题目跟他决斗，直到我的眼皮不再跳动。

王　后　啊，我的孩子！什么题目？

哈姆雷特　我爱莪菲莉霞；四万个兄弟的爱合起来，还抵不过我对她的爱。你愿意为她干些什么事情？

国　王　啊！他是个疯人，勒替斯。

王　后　看在上帝的情分上，不要跟他认真。

哈姆雷特　哼，让我瞧瞧你会干些什么事。你会哭吗？你会打架吗？你会绝食吗？你会撕破你自己的身体吗？你会喝一大缸醋吗？你会吃一条鳄鱼吗？我都做得到。你是到这儿来哭泣的吗？你跳下她的坟墓里，是要

---

[1] 丕利恩（Pelion），奥林帕斯（olympus），均为希腊北境山名。

161

莎士比亚悲剧集

当面羞辱我吗？你跟她活埋在一起，我也会跟她活埋在一起；要是你还要夸说什么高山大岭，那么让他们把几百万亩的泥土堆在我们身上，直到我们的地面深陷到赤热的地心，让巍峨的奥萨[1]在相形之下变得只像一个瘤那么大吧！嘿，你会吹，我就不会吹吗？

王　后　这不过是他一时的疯话。他的疯病一发作起来，总是这个样子的；可是等一会儿他就会安静下来，正像母鸽孵育她那一双金羽的雏鸽的时候一样温和了。

哈姆雷特　听我说，老兄，你为什么这样对待我？我一向是爱你的。可是这些都不用说了，有本领的，随他干什么事吧；猫总是要叫，狗总是要闹的。（下）

国　王　好霍拉旭，请你跟住他。（霍拉旭下，向勒替斯）记住我们昨天晚上所说的话，格外忍耐点儿吧；我们马上就可以实行我们的办法。好葛特露，叫几个人好好看守你的儿子。这一个坟上将要植立一块永久的墓碑。平静的时间不久就会到来；现在我们必须耐着心把一切安排。

（同下）

第二场　城堡中的厅堂

哈姆雷特及霍拉旭上。

哈姆雷特　这个题目已经讲完，现在我可以让你知道另外一段事情。你还记得当初的一切经过情形吗？

霍拉旭　记得，殿下！

哈姆雷特　在我的心里有一种战争，使我不能睡眠；我觉得我的处境比锁在脚镣里的叛变的水手还要难堪。我们应该知道，我们乘着一时的孟浪，往往反而可以做出一些为我们的深谋密虑所做不成功的事；从这一点上，我们可以看出来，无论我们怎样辛苦图谋，我们的结果却早已有一种冥冥中的力量把它布置好了。

霍拉旭　这是无可置疑的。

---

[1] 奥萨（Ossa），亦希腊山名；与丕利恩及奥林帕斯相近。

哈姆雷特　从我的舱里起来，一件航海的宽衣罩在我的身上，我在黑暗之中摸索着找寻那封公文，果然给我达到目的，摸到了他们的包裹，拿着它回到我自己的地方；疑心使我忘了礼貌，我大胆地拆开了他们的公文，在那里面，霍拉旭，——啊，堂皇的诡计！——我发现一道切实的命令，借了许多好听的理由为名，掩藏着狰狞丑恶的鬼蜮的面貌，说是为了丹麦和英国双方的利益，必须不等磨好利斧，立即枭下我的首级。

霍拉旭　有这等事？

哈姆雷特　这一封就是原来的国书；你有空的时候可以仔细读一下。可是你愿意听我告诉你后来我怎么办吗？

霍拉旭　请您告诉我。

哈姆雷特　在这样重重诡计的包围之中，我的脑筋不等我定下心来思索，就开始活动起来了；我坐下来另外写了一通官样文章的国书。从前我曾经抱着跟我们那些政治家们同样的意见，认为文章写得好是一件有失体面的事，总是想竭力忘记这一种学问，可是现在它却对我有了大大的用处。你知道我写些什么话吗？

霍拉旭　嗯，殿下。

哈姆雷特　我用国王的名义，向英王提出恳切的要求，因为英国是他忠心的藩属，因为两国之间的友谊，必须让它像棕榈树一样发荣繁茂，因为和平的女神必须永远戴着她的荣冠，沟通彼此的情感，以及许许多多诸如此类的重要理由，请他在读完这一封信以后，不要有任何的迟延，立刻把那两个传书的来使处死，不让他们有从容忏悔的时间。

霍拉旭　可是国书上没有盖印，那怎么办呢？

哈姆雷特　啊，就在这件事上，也可以看出一切都是上天预先注定。我的衣袋里恰巧藏着我父亲的私印，它跟丹麦的国玺是一个式样的；我把伪造的国书照着原来的样子折好，签上名字，盖上印玺，把它小心封好，归还原处，一点没有露出破绽。下一天就遇见了海盗，那以后的情形。你早已知道了。

霍拉旭　这样说来，基腾史登和罗森克兰滋是去送死的了。

哈姆雷特　哎，朋友，他们本来是自己钻求这件差使的；我在良心上没有对不起他们的地方，是他们自己的阿谀献媚断送了他们的生命。两个强敌猛烈争斗的时候，不自量力的微弱之辈，却去插身在他们的中间，这样的事情是最危险不过的。

霍拉旭　嘿，这是一个什么国王！

哈姆雷特　你想，我是不是应该——他杀死了我的父王，奸污了我的母亲，篡夺了我的嗣位的权利，用这种诡计谋害我的生命，凭良心说我是不是应该亲手向他复仇雪恨？上天会不会嘉许我替世上剪除这一个戕害天性的蟊贼，不让他继续为非作恶？

霍拉旭　他不久就会从英国得到消息，知道这一回事情产生了怎样的结果。

哈姆雷特　时间虽然很局促，可是我已经抓住眼前这一刻工夫；一个人的生命可以在说一个"一"字的一刹那之间了结。可是我很后悔，好霍拉旭，不该在勒替斯之前失去了自制；因为他所遭遇的惨痛，正是我自己的怨愤的影子。我要取得他的好感。可是他倘不是那样夸大他的悲哀，我也决不会动起那么大的火性来的。

霍拉旭　不要做声！谁来了？

　　　　奥斯力克上。

奥斯力克　殿下，欢迎您回到丹麦来！

哈姆雷特　谢谢您，先生。（向霍拉旭旁白）你认识这只水苍蝇吗？

霍拉旭　（向哈姆雷特旁白）不，殿下。

哈姆雷特　（向霍拉旭旁白）那是你的运气，因为认识他是一件丢脸的事。他有许多肥田美壤；要是一头畜生做了万兽之王，它也会在御座之前低头吃草。他是个满身泥土气的伧夫。

奥斯力克　殿下，您要是有空的话，我奉陛下之命，要来告诉您一件事情。

哈姆雷特　先生，我愿意恭聆大教。您的帽子是应该戴在头上的，您还是戴上去吧。

奥斯力克　谢谢殿下，天气真热。

哈姆雷特　不，相信我，天冷得很，在刮北风哩。

奥斯力克　真的有点儿冷，殿下！

哈姆雷特　可是对于像我这样的体质，我觉得这一种天气却是闷热得厉害。

奥斯力克　对了，殿下；真是说不出来的闷热。可是，殿下，陛下叫我来通知您一声，他已经为您下了一个很大的赌注了。殿下，事情是这样的——

哈姆雷特　请您不要忘记了您的帽子。（促奥斯力克戴上帽子）

奥斯力克　不，殿下，我还是这样舒服些，真的。殿下，勒替斯新近到我们的宫廷里来；相信我，他是一位完善的绅士，充满着最卓越的特点，他的态度非常温雅，他的谈吐又显得非常渊博；说一句发自心中的话，他是上流社会的指南针，因为在他身上可以找到一个绅士所应有的品质。

哈姆雷特　先生，他对于您这一番描写，的确可以当之无愧；虽然我知道，要是把他的好处一件一件列举出来，不但我们的记忆将要因此而淆乱，交不出一篇正确的账目来，而且他这一艘满帆的快船，也绝不是我们失舵之舟所能追及；可是，凭着真诚的赞美而言，我认为他是一个才德优异的人，他的高超的禀赋是那样稀有而罕见，说一句真心的话，除了在他的镜子里以外，再也找不到第二个跟他同样的人，纷纷追踪求迹之辈，不过是他的影子而已。

奥斯力克　殿下把他说得一点不错。

哈姆雷特　您的用意呢？为什么我们要用尘俗的呼吸,嘘在这位绅士的身上呢？

奥斯力克　殿下？

霍拉旭　就是您自己所用的语言，到了别人嘴里，您就听不懂了吗？

哈姆雷特　您向我提起这位绅士的名字，是什么意思？

奥斯力克　勒替斯吗？

霍拉旭　他的嘴里已经变得空空洞洞，因为他的那些好听的话都说完了。

哈姆雷特　正是勒替斯。

奥斯力克　我知道您不是不知道——

哈姆雷特　您既然知道，那就很好；虽然即使您不知道对我也没有什么不好。好，您怎么说？

奥斯力克　您不是不知道勒替斯有些什么特长——

哈姆雷特　那我可不敢说，因为也许人家会疑心我有意跟他比并高下；可是要知道一个人的底细，应该先知道他自己。

奥斯力克　殿下，我的意思是说他的武艺；人家都称赞他的本领一时无两。

哈姆雷特　他会使些什么武器？

奥斯力克　长剑和短刀。

哈姆雷特　他会使这两种武器吗？很好。

奥斯力克　殿下，王上已经用六匹巴巴里的骏马跟他打赌；在他的一方面，照我所知道的，是六柄法国的宝剑和好刀，连同一切鞘带之类的附件，その中有三柄的革绶尤其珍奇可爱，跟剑柄配得非常合适，式样非常精致，花纹非常富丽。

哈姆雷特　您所说的革绶是什么东西？

霍拉旭　我知道您要听懂他的话，非得翻查一下注解不可。

奥斯力克　殿下，革绶就是剑柄上的皮带。

哈姆雷特　好，说下去；六匹巴巴里骏马对六柄法国宝剑，附件在内，外加三条花纹富丽的革绶。为什么两方面要下这样的赌注呢？

奥斯力克　殿下，王上跟他打赌，要是你们两人交起手来，在十二个回合之中，他至多不过有三个回合占到您的上风，殿下要是答应的话，马上就可以试一试。

哈姆雷特　要是我不答应呢？

奥斯力克　殿下，我的意思是说，王上要请您去跟他当面比较高低。

哈姆雷特　先生，我还要在这儿厅堂里散散步。您去回陛下说，现在是我一天之中休息的时间。叫他们把比赛用的钝剑预备好了，要是这位绅士愿意，王上也不改变他的意见的话，我愿意尽力为他博取一次胜利；万一不幸失败，那我也不过丢了一次脸，给他多剁了两下。

奥斯力克　我就是照这样去回话吗？

哈姆雷特　您就照这个意思去说，随便您再加上一些什么花言巧语都行。

奥斯力克　那么，殿下，我告辞了。

哈姆雷特　再见，再见。（奥斯力克下）

霍拉旭　这一只小鸭子顶着壳儿逃走了。

哈姆雷特　他在母亲怀抱里的时候，也要先把他母亲的奶头恭维几句然后吮吸。像他这一类靠着一些繁文缛礼撑撑场面的家伙，正是愚妄的世人所醉心的；他们的浅薄的牙慧使傻瓜和聪明人同样受他们的欺骗，可是一经试验，他们的水泡就爆破了。

一贵族上。

贵　族　殿下，陛下刚才叫奥斯力克来向您传话，知道您在这儿厅上等候他的旨意；他叫我再来问您一声，您是不是仍旧愿意跟勒替斯比剑，还是慢慢再说。

哈姆雷特　我没有改变我的初心，一切服从王上的旨意。现在也好，无论什么时候都好，只要他方便，我总是随时准备着，除非我丧失了现在所有的力气。

贵　族　王上，娘娘，跟其他的人都要到这儿来了。

哈姆雷特　他们来得正好。

贵　族　娘娘请您在开始比赛以前，对勒替斯客气点儿。

哈姆雷特　我愿意服从她的教诲。（贵族下）

霍拉旭　殿下，您在这一回打赌中间，多半要失败的。

哈姆雷特　我想我不会失败。自从他到法国去以后，我练习得很勤；我一定可以把他打败。可是你不知道我的心里是多么不舒服；那也不用说了。

霍拉旭　啊，我的好殿下——

哈姆雷特　那不过是一种傻气的心理；可是一个女人也许会因为这种莫名其妙的疑虑而惶惑。

霍拉旭　要是您心里不愿意做一件事，那么就不要做吧。我可以去通知他们不用到这儿来，说您现在不能比赛。

哈姆雷特　不，我们不要害怕什么预兆；一只雀子的死生，都是命运预先注定的。注定在今天，就不会是明天；不是明天，就是今天；逃过了今天，明天还是逃不了，随时准备着就是了。一个人既然不知道他会留下些什么，那么早早脱身而去，不是更好吗？随它去。

国王、王后、勒替斯、众贵族、奥斯力克及侍从等持钝剑等上。

国　王　来，哈姆雷特，来，让我替你们两人和解和解。（牵勒替斯、哈姆雷特二人手使相握）

哈姆雷特　原谅我，勒替斯；我得罪了你，可是你是个堂堂男子，请你原谅我吧。这儿在场的众人都知道，你也一定听见人家说起，我是怎样被疯狂害苦了。凡是我的所作所为，足以伤害你的感情的荣誉，激起你的愤怒来的，我现在声明都是我在疯狂中犯下的过失。难道哈姆雷特会做对不起勒替斯的事吗？哈姆雷特决不会做这种事。要是哈姆雷特在丧失他自己的心神的时候，做了对不起勒替斯的事，那样的事不是哈姆雷特做的，哈姆雷特不能承认。那么是谁做的呢？是他的疯狂。既然是这样，那么哈姆雷特也是属于受害的一方，他的疯狂是可怜的哈姆雷特的敌人。当着在座众人之前，我承认我在无心中射出的箭，误伤了我的兄弟；我现在要向他请求大度包涵，宽恕我的不是出于故意的罪恶。

莎士比亚悲剧集

勒替斯 我的气愤虽然已经平息，可是几句道歉的话，却不能使我放弃我的复仇的誓愿；除非有什么为众人所敬仰的长者，告诉我可以跟你捐除宿怨，指出这样的事是有前例可援的，不至于损害我的名誉，那时我才可以跟你言归于好。可是现在我愿意消除一切的猜疑，诚心接受你的友好的表示。

哈姆雷特 我绝对信任你的诚意，愿意奉陪你举行这一次友谊的比赛。把钝剑给我们。来。

勒替斯 来，给我一柄。

哈姆雷特 勒替斯，我的剑术荒疏已久，不是你的对手，正像最黑暗的夜里一颗吐耀的明星一般，彼此相形之下，一定更显得你的本领的高强。

勒替斯 殿下不要取笑。

哈姆雷特 不，我可以举手起誓，这不是取笑。

国　王 奥斯力克，把钝剑分给他们。哈姆雷特侄儿，你知道我们怎样打赌吗？

哈姆雷特 我知道，陛下；您把赌注下在实力较弱的一方了。

国　王 我想我的判断不会有错。你们两人的技术我都领教过；现在我们不过要看看他比从前进步得怎么样。

勒替斯 这一柄太重了；换一柄给我。

哈姆雷特 这一柄我很满意。这些钝剑都是同样长短的吗？

奥斯力克 是，殿下。（二人准备比赛）

国　王 替我在那桌子上斟下几杯酒。要是哈姆雷特击中了第一剑或是第二剑，或是在第三次交锋的时候争得上风，让所有的碉堡上一齐鸣起炮来；国王将要饮酒慰劳哈姆雷特，他还要拿一颗比丹麦四代国王戴在王冠上的更贵重的珍珠丢在酒杯里。把杯子给我；鼓声一起，喇叭就接着吹响了，通知外面的炮手，让炮声震彻天地，报告这一个消息："现在国王为哈姆雷特祝饮了！"来，开始比赛吧；你们在场裁判的都要留心看着。

哈姆雷特 请了。

勒替斯 请了，殿下。（二人比剑）

哈姆雷特 一剑。

勒替斯 不，没有击中。

哈姆雷特 请裁判员公断。

奥斯力克 中了，很明显的一剑。

勒替斯 好；再来。

国　王 且慢，拿酒来。哈姆雷特，这一颗珍珠是你的；祝你健康！把这一杯酒给他。（喇叭齐奏，内鸣炮）

哈姆雷特 让我先赛完这一局；暂时把它放在一旁，来。（二人比剑）又是一剑；你怎么说？

勒替斯 我承认给你碰着了。

国　王 我们的孩子一定会胜利。

王　后 他身体太胖，有些喘不过气来。来，哈姆雷特，把我的手巾拿去，揩干你额上的汗。王后为你饮下这一杯酒，祝你的胜利了，哈姆雷特。

哈姆雷特 好妈妈！

国　王 葛特露，不要喝。

王　后 我要喝的，陛下；请您原谅我。

国　王 （旁白）这一杯酒里有毒；太迟了！

哈姆雷特 母亲，我现在还不敢喝酒，等一等再喝吧。

王　后 来，让我擦干你的脸。

勒替斯 陛下，现在我一定要击中他了。

国　王 我怕你击不中他。

勒替斯 （旁白）可是我的良心却不赞成我干这件事。

哈姆雷特 来，再受我一剑，勒替斯。你怎么一点不起劲？请你使出你全身的本领来吧；我怕你在开我的玩笑哩。

勒替斯 你这样说吗？来。（二人比剑）

奥斯力克 两边都没有中。

勒替斯 受我一剑！（勒替斯剑刺伤哈姆雷特；二人在争夺中彼此手中之剑各为对方夺去，哈姆雷特以夺来之剑刺勒替斯，勒替斯亦受伤）

国　王 分开他们！他们动起火来了。

哈姆雷特 来，再试一下。（王后倒地）

奥斯力克 哎哟，瞧王后怎么啦！

霍拉旭 他们两人都在流血，您怎么啦，殿下？

奥斯力克 您怎么啦？勒替斯？

勒替斯 唉，奥斯力克，正像一只自投罗网的山鹬，我用诡计害人，反而害了

169

自己，这也是我应得的报应。

哈姆雷特　王后怎么啦？

国　王　她看见他们流血，昏了过去了。

王　后　不，不，那杯酒，那杯酒——啊，我的亲爱的哈姆雷特！那杯酒，我
　　　　中毒了。（死）

哈姆雷特　啊，奸恶的阴谋！喂！把门锁上了！阴谋！查出来是哪一个人干的。

　　　　（勒替斯倒地）

勒替斯　凶手就在这儿，哈姆雷特。哈姆雷特，你已经不能活命了；世上没有
　　　　一种药可以救治你，不到半小时，你就要死去。那杀人的凶器就在你
　　　　的手里，它的锋利的刃上还涂着毒药。这奸恶的诡计已经回转来害了
　　　　我自己；瞧！我躺在这儿，再也不会站起来了。你的母亲也中了毒。
　　　　我说不下去了。国王——国王——都是他一个人的罪恶。

哈姆雷特　锋利的刃上还涂着毒药！——好，毒药，发挥你的力量吧！

　　　　（刺国王）

众　人　反了！反了！

国　王　啊！帮帮我，朋友们；我不过受了点伤。

哈姆雷特　好，你这败坏伦常，嗜杀贪淫，万恶不赦的丹麦奸王！喝干了这杯
　　　　毒药——你那颗珍珠是在这儿吗？——跟我的母亲一道去吧！（国王死）

勒替斯　他死得应该；这毒药是他亲手调下的。尊贵的哈姆雷特，让我们互相
　　　　宽恕；我不怪你杀死我和我的父亲，你也不要怪我杀死你！（死）

哈姆雷特　愿上天赦免你的错误！我也跟着你来了。我死了，霍拉旭。不幸
　　　　的王后，别了！你们这些看见这一幕意外的惨变而战栗失色的无言的
　　　　观众，倘不是因为死神的拘捕不给人片刻的停留，啊！我可以告诉你
　　　　们——可是随它去吧。霍拉旭，我死了，你还活在世上；请你把我的
　　　　行事的始末根由昭告世人，解除他们的疑惑。

霍拉旭　不，我虽然是个丹麦人，可是在精神上我却更是个古代的罗马人；这
　　　　儿还留剩着一些毒药。

哈姆雷特　你是个汉子，把那杯子给我；放手；凭着上天起誓，你必须把它给
　　　　我。啊，上帝！霍拉旭，我一死之后，要是世人不明白这一切事情的
　　　　真相，我的名誉将要永远蒙着怎样的损伤！你倘然爱我，请你暂时牺
　　　　牲一下天堂上的幸福，留在这一个冷酷的人间，替我传述我的故事吧。

（内军队自远处行进及鸣炮声）这是哪儿来的战场上的声音？

奥斯力克　年轻的福丁勃拉斯从波兰奏凯班师，这是他对英国来的钦使所发的礼炮。

哈姆雷特　啊！我死了，霍拉旭；猛烈的毒药已经克服了我的精神，我不能活着听见英国来的消息。可是我可以预言福丁勃拉斯将被推戴为王，他已经得到我这临死之人的同意；你可以把这儿所发生的一切事实告诉他，此外仅余沉默而已。（死）

霍拉旭　一颗高贵的心现在碎裂了！晚安，亲爱的王子，愿成群的天使们用歌唱抚慰你安息！——为什么鼓声越来越近了？（内军队行进声）

福丁勃拉斯，英国使臣及余人等上。

福丁勃拉斯　这一场比赛在什么地方举行？

霍拉旭　你们要看些什么？要是你们想知道一些惊人的惨事，那么不用再到别处去找了。

福丁勃拉斯　好一场惊心动魄的屠杀！啊，骄傲的死神！你用这样残忍的手腕，一下子杀死了这许多王裔贵胄，在你的永久的幽窟里，将要有一席多么丰美的盛筵！

甲　使　这一景象太惨了。我们从英国奉命来此，本来是要回复这儿的王上，告诉他我们已经遵从他的命令，把罗森克兰滋和基腾史登两人处死；不幸我们来迟了一步，那应该听我们说话的耳朵已经没有知觉了，我们还希望从谁的嘴里得到一声感谢呢？

霍拉旭　即使他能够向你们开口说话，他也不会感谢你们；他从来不会命令你们把他们处死。可是既然你们都来得这样凑巧，有的刚从波兰回来，有的刚从英国到来，恰好看见这一幕流血的惨剧，那么请你们叫人把这几个尸体抬起来放在高台上面，让大家可以看见，让我向那懵无所知的世人报告这些事情的发生经过；你们可以听到奸淫残杀，反常悖理的行为，冥冥中的判决，意外的屠戮，借手杀人的狡计，以及陷入自害的结局：这一切我都可以确确实实地告诉你们。

福丁勃拉斯　让我们赶快听你说；所有最尊贵的人，都叫他们一起来吧。我在这一个国内本来也有继承王位的权利，现在国中无主，正是我要求这一个权利的机会；可是我虽然准备接受我的幸运，我的心里却充满了悲哀。

171

霍拉旭　关于那一点，我受死者的嘱托，也有一句话要说，他的意见是可以影响许多人的；可是在这人心惶惶的时候，让我还是先把这一切解释明白了，免得引起更多的不幸、阴谋和错误来。

福丁勃拉斯　让四个将士把哈姆雷特像一个军人似的抬到台上，因为要是他能够践登王位，一定会成为一个贤明的君主的；为表示对他的悲悼，我们要用军乐和战地的仪式，向他致敬。把这些尸体一起抬起来。这一种情形在战场上是不足为奇的，可是在宫廷之内，却是非常的变故。去，叫兵士放起炮来。（奏丧礼进行曲；众异尸同下；鸣炮）

奥瑟罗

剧中人物

威尼斯公爵	
勃拉班旭	元老
葛莱西安诺	勃拉班旭之弟
罗陀维科	勃拉班旭的亲戚
奥瑟罗	摩尔族贵裔，供职威尼斯政府
凯西奥	奥瑟罗的副将
埃古	奥瑟罗的旗官
洛特力戈	威尼斯绅士
蒙坦诺	塞浦路斯总督，奥瑟罗的前任者
小丑	奥瑟罗的仆人
苔丝德梦娜	勃拉班旭之女，奥瑟罗之妻
爱米莉霞	埃古之妻
琵央加	凯西奥的情妇

元老，水手，吏役，绅士，使者，乐工，传令官，侍从等

地　点

第一幕在威尼斯；其余各幕在塞浦路斯岛一海口

第一幕

第一场　威尼斯　街道

洛特力戈及埃古上。

洛特力戈　嘿！别对我说，埃古；我把我的钱袋交给你支配，让你随意花用，你却做了他们的同谋，这太不够朋友啦。

埃　古　他妈的！你总不肯听我说下去。要是我做梦会想到这种事情，你不要把我当作一个人。

洛特力戈　你告诉我你一向对他怀恨的。

埃　古　要是我不恨他，你从此别理我。这城里的三个当道要人亲自向他打招呼，举荐我做他的副将；凭良心说，我知道我自己的价值，难道我就做不得一个副将？可是他眼睛里只有自己没有别人，对于他们的请求，都用一套充满了军事上口头禅的空话回绝了；因为，他说："我已经选定我的将佐了。"他选中的是个什么人呢？哼，一个算学大家，一个叫作迈克尔·凯西奥的佛罗伦萨人，一个几乎因为娶了娇妻而误了终身的家伙；他从来不曾在战场上领过一队兵，对于布阵作战的知识，简直比不上一个老守空闺的女人知道得更多；即使懂得一些书本上的理论，那些身穿宽袍的元老大人们讲起来也会更比他头头是道；只有空谈，毫无实际，这就是他的全部的军人资格。可是，老兄，他居然得到了任命；我在洛特斯岛、塞浦路斯岛，以及其他基督徒和异教徒的国土之上，立过多少的军功，都是他亲眼看见的，现在却必须低首下心，受一个市侩的指挥。这位掌柜居然做起他的副将来，而我呢——上帝恕我这样说——却只在这位黑将军的麾下充一名旗官。

洛特力戈　天哪，我宁愿做他的刽子手。

埃　古　这也是没有办法呀。说来真叫人恼恨，军队里的升迁可以全然不管古来的定法，按照各人的阶级依次递补，只要谁的脚力大，能够得到上官的欢心，就可以越级蹿升。现在，老兄，请你替我评一评，我究竟为了什么理由要跟这摩尔人要好。

洛特力戈　假如是我，我就不愿跟随他。

埃　古　啊，老兄，你放心吧；我之所以跟随他，不过是要利用他达到我自己的目的。我们不能每个人都是主人，每个主人也不是都有忠心的仆人。有一辈天生的奴才，他们卑躬屈膝，拼命讨主人的好，甘心受主人的鞭策，像一头驴子似的，为了一些粮草而出卖他们的一生，等到年纪老了，主人就把他们撵走；这种老实的奴才是应该抽一顿鞭子的。还有一种人，他们表面上尽管装出一副鞠躬如也的样子，骨子里却是为他们自己打算；看上去好像替主人做事，实际却在靠着主人发展自己的势力；这种人还有几分头脑，我自己就属于这一类。因为，老兄，正像你是洛特力戈，不是别人一样，我要是做了那摩尔人，我就不会是埃古。虽说跟随他，其实还是跟随自己。上天是我的公证人，我这样对他陪着小心，既不是为了感情，又不是为了义务，只是为了自己的利益，才装出这一副假脸。要是我表面上的行动果然出于内心的自然流露，那么不久我就要掬出我的心来，让乌鸦们乱啄了。世人所知道的我，并不是实在的我。

洛特力戈　要是那厚嘴唇的家伙也有这么一手，那他干什么都会顺利哩！

埃　古　叫起她的父亲来；不要放过他，打断他的兴致，在各处街道上宣布他的罪恶；激怒她的亲族。让他虽然住在气候宜人的地方，也免不了受蚊蝇的滋扰，虽然享受着盛大的欢乐，也免不了受烦恼的缠绕。

洛特力戈　这儿就是她父亲的家里；我要高声叫喊。

埃　古　很好，你嚷起来吧，就像在一座人口众多的城里，因为晚间失慎而起火的时候，人们用那种惊骇惶恐的声音呼喊一样。

洛特力戈　喂，喂，勃拉班旭！勃拉班旭先生，喂！

埃　古　醒来！喂，喂，勃拉班旭！捉贼！捉贼！捉贼！留心你的屋子，你的女儿和你的钱袋！捉贼！捉贼！

　　　　勃拉班旭自上方窗口上。

勃拉班旭　大惊小怪地叫什么呀？出了什么事？

洛特力戈　先生，您家里的人没有缺少吗？

埃　古　您的门都锁上了吗？

勃拉班旭　咦，你们为什么这样问我？

埃　古　哼！先生，有人偷了您的东西去啦，还不赶快披上您的袍子！您的心碎了，您的灵魂已经丢掉半个；就在这时候，就在这一刻工夫，一头老黑羊在跟您的白母羊交尾哩。起来，起来！打钟惊醒那些鼾睡的市民，否则魔鬼要让您抱孙子啦。喂，起来！

勃拉班旭　什么！你发疯了吗？

洛特力戈　老先生，您听得出我的声音吗？

勃拉班旭　我听不出，你是谁？

洛特力戈　我的名字是洛特力戈。

勃拉班旭　讨厌！我叫你不要在我的门前走动；我已经老老实实明明白白对你说，我的女儿是不能嫁给你的；现在你吃饱了饭，喝醉了酒，疯疯癫癫，不怀好意，又要来扰乱我的安静了。

洛特力戈　先生，先生，先生！

勃拉班旭　可是你必须明白，我不是一个好说话的人，要是你惹我发火，凭着我的地位，只要略微拿出一点力量来，你就要叫苦不迭了。

洛特力戈　好先生，不要生气。

勃拉班旭　说什么有贼没有贼？这儿是威尼斯；我的屋子不是一座独家的田庄。

洛特力戈　最尊严的勃拉班旭，我是一片诚心来通知您。

埃　古　嘿，先生，您也是那种因为魔鬼叫他敬奉上帝，而把上帝丢在一旁的人。您把我们当作了坏人，所以把我们的好心看成了恶意，宁愿让您的女儿给一头黑马骑了，替您生下一些马子马孙，攀一些马亲马眷。

勃拉班旭　你是个什么混账东西，敢这样胡说八道？

埃　古　先生，这是一个特意来告诉您一个消息的人，令爱现在正在跟那摩尔人干那件禽兽一样的勾当哩。

勃拉班旭　你是个浑蛋！

埃　古　您是一位——元老呢。

勃拉班旭　你留点儿神吧；洛特力戈，我认识你。

洛特力戈　先生，我愿意负一切责任；可是请您允许我说一句话。要是令爱因为得到您的明智的同意，所以才会在这样更深人静的午夜，让一个公爵的奴才，一个下贱的船夫，把她载到一个贪淫的摩尔人的粗野的怀抱里——要是您对于这件事情不但知道，而且默许——照我看来，您至少已经给她一部分的同意——那么我们的确太放肆太冒昧了；可是假如您果真不知道这件事，那么从礼貌上说起来，您也不应该对我们恶声相向。难道我会这样一点不懂规矩，敢来戏侮像您这样一位年尊的长者吗？我再说一句，要是令爱没有得到您的许可，就把她的责任，美貌，智慧和财产，全部委弃在一个到处为家，漂泊流浪的异邦人的身上，那么她的确已经干下了一件重大的逆行了。您可以立刻去调查一个明白，要是她好好地在她的房间里或是在您的屋子里，那么我是欺骗了您，您可以按照国法惩办我。

勃拉班旭　喂，点起火来！给我一支蜡烛！把我的仆人全都叫起来！这件事情很像我的噩梦，它的极大的可能性已经重压在我的心头上了。喂，拿火来！拿火来！（自上方下）

埃　　古　再会，我要少陪了；要是我不去，我就要做一个不利于这摩尔人的见证，那不但不大相宜，而且在我的地位上也有很多不便；因为我知道无论他将要因此而受到什么谴责，政府方面现在还不能就把他监禁起来，他就要出发指挥那正在进行中的塞浦路斯的战事了，这是他们必须宽宥他的一个重大的理由，因为没有第二个人有像他那样的才能，可以担当这一个重任。所以虽然我恨他像恨地狱里的刑罚一样，可是为了事实上的必要，我不得不和他假意周旋，那也不过是表面上的敷衍而已。你等他们出来找人的时候，只要领他们到市政厅去，一定可以找到他；我也在那边跟他在一起。再见。（下）
　　　　　勃拉班旭率众仆持火炬自下方上。

勃拉班旭　真有这样的祸事！她去了；只有悲哀怨恨伴着我这衰朽的余年！洛特力戈，你在什么地方看见她的？——啊，不幸的孩子！——你说跟那摩尔人在一起吗？——谁还愿意做一个父亲！——你怎么知道是她？——唉，想不到她会这样欺骗我！——她对你怎么说？——再拿些蜡烛来！唤醒我的所有的亲戚！——你想他们有没有结婚？

洛特力戈　说老实话，我想他们已经结了婚啦。

勃拉班旭　天啊！她怎么出去的？啊，血肉的叛逆！做父亲的人啊，从此以后，你们千万留心你们女儿的行动，不要信任她们的心思。世上有没有一种引诱青年少女失去贞操的魔术？洛特力戈，你有没有在书上读到过这一类的事情？

洛特力戈 是的，先生，我的确读到过。

勃拉班旭 叫起我的兄弟来！唉，我后悔不让你娶了她去！你们快去给我分头找寻！你知道我们可以在什么地方把她和那摩尔人一起捉到？

洛特力戈 我想我可以找到他的踪迹，要是您愿意多派几个得力的人手跟我前去。

勃拉班旭 请你带路。我要到每一个人家去搜寻；大部分的人家都在我的势力之下。喂，多带一些武器！叫起几个巡夜的警吏！去，好洛特力戈，我一定重谢你的辛苦。（同下）

第二场　另一街道

奥瑟罗，埃古及侍从等持火炬上。

埃　古 虽然我在战场上杀过不少的人，可是总觉得有意杀人是违反良心的；缺少作恶的本能，往往使我不能做我所要做的事。好多次我想要把我的剑从他的肋骨下面刺进去。

奥瑟罗 还是随他说去吧。

埃　古 可是他唠里唠叨地说了许多破坏您的名誉的难听话，虽然像我这样一个荒唐的家伙，也实在忍不住我的怒气。可是请问主帅，你们有没有完成婚礼？您要注意，这位元老是很得人心的，他的潜势力比公爵还要大上一倍；他会拆散你们的姻缘，尽量运用法律的力量来给您种种压制和迫害。

奥瑟罗 随他怎样发泄他的愤恨吧；我对贵族们所立的功劳，就可以驳倒他的控诉。世人还没有知道——要是夸口是一件荣耀的事，我就到处宣布——我是高贵的祖先的后裔，我有充分的资格，享受我目前所得到的值得骄傲的幸运。告诉你吧，埃古，倘不是我真心恋爱温柔的苔丝德梦娜，即使给我大海中所有的珍宝，我也不愿意放弃我的无拘无束的自由生活，来俯就家室的羁缚的。可是瞧！那边举着火把走来的是些什么人？

埃　古　她的父亲带着他的亲友来找您了；您还是进去躲一躲吧。

奥瑟罗　不，我要让他们看见我；我的地位和我的清白的人格可以替我表明一切。是不是他们？

埃　古　我想不是。

　　　　　凯西奥及若干吏役持火炬上。

奥瑟罗　原来是公爵手下的人，还有我的副将。晚安，各位朋友！有什么消息？

凯西奥　主帅，公爵向您致意，请您立刻就过去。

奥瑟罗　你知道是为了什么事？

凯西奥　照我猜想起来，大概是塞浦路斯方面的事情，看样子很是紧急。就在这一个晚上，已经连续派了十二个使者飞桨出发；许多元老都从睡梦中被人叫了起来，在公爵府里集合了。他们正在到处找您；因为您不在家里，所以元老院派了三队人出来分头寻访。

奥瑟罗　幸而我给你找到了。让我到这儿屋子里说一句话，就来跟你同去。（下）

凯西奥　他到这儿来有什么事？

埃　古　不瞒你说，他今天夜里登上了一艘陆地上的大船；要是能够证明那是一件合法的战利品，他可以从此成家立业了。

凯西奥　我不懂你的话。

埃　古　他结了婚啦。

凯西奥　跟谁结婚？

　　　　　奥瑟罗重上。

埃　古　呃，跟——来，主帅，我们走吧。

奥瑟罗　好，我跟你走。

凯西奥　又有一队人来找您了。

埃　古　那是勃拉班旭。主帅，请您留心点儿；他来是不怀好意的。

　　　　　勃拉班旭，洛特力戈及吏役等持火炬武器上。

奥瑟罗　喂！站住！

洛特力戈　先生，这就是那摩尔人。

勃拉班旭　杀死他，这贼！（双方拔剑）

埃　古　你，洛特力戈！来，我们来比个高下。

奥瑟罗　收起你们明晃晃的剑，它们沾了露水会生锈的。老先生，像您这么年高德劭的人，有什么话不可以命令我们，何必动起武来呢？

勃拉班旭　啊，你这恶贼！你把我的女儿藏到什么地方去了？你不想想你自己是个什么东西，胆敢用妖法蛊惑她；我们只要凭着情理判断，像她这样一个年轻貌美娇生惯养的姑娘，多少我们国里有财有势的俊秀子弟她都看不上眼，倘不是中了魔，怎么会不怕人家的笑话，背着尊亲投奔到你这个丑恶的黑鬼的怀里？——吓都把她吓坏了，还有什么乐趣可言。世人可以替我评一评，是不是显而易见你用邪恶的符咒欺诱她的娇弱的心灵，用药饵丹方迷惑她的知觉；我要叫他们评论评论，这种事情是不是很可能的。所以我现在逮捕你；妨害风化，行使邪术，便是你的罪名。抓住他；要是他敢反抗，你们就用武力制伏他。

奥瑟罗　帮助我的，反对我的，大家放下你们的手！我要是想打架，我自己会知道应该在什么时候动手。您要我到什么地方去答复您的控诉？

勃拉班旭　到监牢里去，等法庭上传唤你的时候你再开口。

奥瑟罗　要是我听从您的话去了，那么怎么答复公爵呢？他的使者就在我的身边，因为有紧急的公事，等候着带我去见他。

吏　役　真的，大人；公爵正在举行会议，我相信他已经派人请您去了。

勃拉班旭　怎么！公爵在举行会议！在这样夜深的时候！把他带去。我的事情也不是一件等闲小事；公爵和我的同僚们听见了这个消息，一定会感到这种侮辱简直就像加在他们自己身上一般。要是这样的行为可以置之不问，奴隶和异教徒都要来主持我们的国政了。（同下）

第三场　议事厅

公爵及众元老围桌而坐；吏役等随侍。

公　爵　这些消息彼此分歧，令人难于置信。

元老甲　它们真是参差不一；我的信上说是共有船只一百零七艘。

公　爵　我的信上说是一百四十艘。

元老乙　我的信上又说是二百艘。可是它们所报的数目虽然各个不同，因为根据估计所得的结果，难免多少有些出入，不过它们都证实确有一支土耳其舰队在向塞浦路斯岛进发。

公　爵　嗯，这种事情推想起来很有可能；即使消息不尽正确，大体上总是有根据的，我们倒不能不担着几分心事。

水　手　（在内）喂！喂！喂！有人吗？

吏　役　一个从船上来的使者。

　　　　一水手上。

公　爵　什么事？

水　手　安哲鲁大人叫我来此禀告殿下，土耳其人调集舰队，正在向洛特斯进发。

公　爵　你们对于这一个变动有什么意见？

元老甲　照常识判断起来，这是不会有的事；它无非是转移我们目标的一种诡计。我们只要想一想塞浦路斯对于土耳其人的重要性，远在洛特斯岛以上，而且攻击塞浦路斯岛，也比攻击洛特斯岛容易得多，因为它的防备比较空虚，不像洛特斯岛那样戒备严密；我们只要想到这一点，就可以断定土耳其人决不会那样愚笨，甘心舍本逐末，避轻就重，进行一场无益的冒险。

公　爵　嗯，他们的目标决不是洛特斯岛，这是可以断定的。

吏　役　又有消息来了。

　　　　一使者上。

使　者　向洛特斯岛前进的土耳其人，已经和后来的另外一支舰队会合了。

元老甲　嗯，果然符合我的预料。照你猜想起来，一共有多少船只？

使　者　三十艘模样；它们现在已经回过头来，显然是要开向塞浦路斯岛去的。蒙坦诺大人，您的忠实英勇的仆人，叫我来向您报告这一个消息。

公　爵　那么一定是到塞浦路斯岛去的了。玛格斯·勒西科斯不在威尼斯吗？

元老甲　他现在到佛罗伦萨去了。

公　爵　替我写一封十万火急的信给他。

元老甲　勃拉班旭和那勇敢的摩尔人来了。

　　　　勃拉班旭、奥瑟罗、埃古、洛特力戈及吏役等上。

公　爵　英勇的奥瑟罗，我们必须立刻派你出去向我们的公敌土耳其人作战。（向勃拉班旭）我没有看见你；欢迎，先生，我们今晚正需要你的指教和帮助呢。

勃拉班旭　我也同样需要您的指教和帮助。殿下，请您原谅，我并不是因为听到了什么国家大事而从床上惊起；国家的安危不能引起我的注意，因为我的个人的悲哀是那么压倒一切，把其余的忧虑一起吞没了。

公　爵　　啊，为了什么事？

勃拉班旭　我的女儿！啊，我的女儿！

公　爵
　　　　　死了吗？
众元老

勃拉班旭　嗯，她对于我是死了。她已经被人污辱，人家把她从我的地方拐走，用江湖骗子的符咒药物引诱她堕落；因为一个没有残疾、眼睛明亮、理智健全的人，倘不是中了魔法的蛊惑，决不会犯这样荒唐的错误的。

公　爵　　用这种邪恶的手段引诱你的女儿，使她丧失自己的本性，使你丧失了她的，无论他是什么人，你都可以根据无情的法律，照你自己的解释给他应得的亚刑；即使他是我的儿子，你也可以照样控诉他。

勃拉班旭　感谢殿下。罪人就在这儿，就是这个摩尔人；好像您有重要的公事召他来的。

公爵、众元老　那我们真是抱憾得很。

公　爵　　（向奥瑟罗）你自己对于这件事有什么话要分辩？

勃拉班旭　没有，事情就是这样。

奥瑟罗　　威严无比、德高望重的各位大人，我的尊贵的贤良的主人们，我把这位老人家的女儿带走了，这是完全真实的，我已经和她结了婚，这也是真的；我的最大的罪状仅止于此，别的就不是我所知道的了。我的言语是粗鲁的，一点不懂得那些温文尔雅的辞令；因为自从我这双手臂长了七年的膂力以后，直到最近这九个月时间在无所事事中蹉跎过去以前，它们一直都在战场上发挥它们的本领；对于这一个广大的世界，我除了冲锋陷阵以外，几乎一无所知，所以我也不能用什么动人的字句替我自己辩护。可是你们要是愿意耐心听我说下去，我可以向你们讲述一段质朴无文的，关于我的恋爱的全部经过的故事；告诉你们我用什么药物、什么符咒、什么驱神役鬼的手段、什么神奇玄妙的魔法，骗到了他的女儿，因为这是他所控诉我的罪名。

勃拉班旭　一个素来胆小的女孩子，她的生性是那么幽娴贞静，甚至于心里略为动了一点感情，就会满脸羞愧；像她这样的性格，像她这样的年龄，竟会不顾国族的畛域，把名誉和一切作为牺牲，去跟一个她所不敢正眼瞧看的人发生恋爱！这是全然不近情理的，倘没有阴谋诡计，怎么会有这种事情？我断定他一定曾经用烈性的药饵或是邪术炼成的毒剂麻醉了她的血液。

公　爵　没有更确实显明的证据，单单凭着这些表面上的猜测和莫须有的武断，是不能使人信服的。

元老甲　奥瑟罗，你说，你有没有用不正当的诡计诱惑这一位年轻的女郎，或是用强暴的手段逼迫她服从你；还是正大光明地对她披肝沥胆，达到你的求爱的目的？

奥瑟罗　请你们差一个人去接这位小姐到市政厅来，让她当着她的父亲的面告诉你们我是怎么一个人。要是你们根据她的报告，认为我是有罪的，你们不但可以撤销你们对我的信任，解除你们给我的职权，并且可以把我判处死刑。

公　爵　去把苔丝德梦娜带来。

奥瑟罗　旗官，你领他们去；你知道她在什么地方。（埃古及侍从等下）当她没有到来以前，我要像对天忏悔我的血肉的罪恶一样，把我怎样得到这位美人的爱情和她怎样得到我的爱情的经过情形，忠实地向各位陈诉。

公　爵　说吧，奥瑟罗。

奥瑟罗　她的父亲很看重我，常常请我到他家里，每次谈话的时候，总是问起我过去生命中的历史，要我讲述我所经历的各次战争，围城和意外的遭遇；我就把我的一生事实，从我的童年时代起，直到他叫我讲述的时候为止，原原本本地说了出来。我说起最可怕的灾祸，海上陆上惊人的奇遇，间不容发的脱险，在傲慢的敌人手中被俘为奴，和遇赎脱身的经过：以及旅途中的种种见闻；那些广大的岩窟，荒凉的沙漠，突兀的崖嶂，巍峨的峰岭，以及彼此相食的野蛮部落，和肩下生头的化外异民，都是我的谈话的题目，苔丝德梦娜对于这种故事，总是出神倾听；有时为了家庭中的事务，她不能不离座而起，可是她总是尽力把事情赶紧办好，再回来孜孜不倦地把我所讲的每一个字都听了进去。我注意到她这种情形，有一天在一个适当的时间，从她的嘴里逗出了她的真诚的心愿：她希望我能够把我的一生经历，对她作一次详细的复述，因为她平日所听到的，只是一鳞半爪，残缺不全的片段。

莎士比亚悲剧集

我答应了她的要求；当我讲到我在少年时代所遭逢的不幸的打击的时候，她往往忍不住掉下泪来。我的故事讲完以后，她用无数的叹息酬劳我；她发誓说，那是非常奇异而悲惨的；她希望她没有听到这段故事，可是又希望上天为她造下这样一个男子，她向我道谢，对我说，要是我有一个朋友爱上了她，我只要教他怎样讲述我的故事，就可以得到她的爱情。我听了这一个暗示，才向她吐露我的求婚的诚意。她为了我所经历的种种患难而爱我，我为了她对我所抱的同情而爱她；这就是我的唯一的妖术。她来了；让她为我证明吧。

　　苔丝德梦娜，埃古及侍从等上。

公　爵　像这样的故事，我想我的女儿听了也会着迷的。勃拉班旭，木已成舟，不必懊恼了。刀剑虽破，比起手无寸铁来，总是略胜一筹。

勃拉班旭　请殿下听她说；要是她承认她本来也有爱慕他的意思，我从此决不归咎于他。过来，好姑娘，你看这在座的济济众人之间，谁是你所最应该服从的？

苔丝德梦娜　我的尊贵的父亲，我在这里所看到的，是我的分歧的义务：对您说起来，我深荷您的生养教育的大恩，您给我的教养使我明白我应该怎样敬重您；您是我的家长和严君，我直到现在都是您的女儿。可是这儿是我的丈夫，正像我的母亲对您克尽一个妻子的义务，把您看得比她的父亲更重一样，我也应该有权利向这位摩尔人，我的夫主，尽我应尽的名分。

勃拉班旭　上帝和你同在！我没有话说了。殿下，请您继续处理国家的要务吧，我宁愿抚养一个义子，也不愿自己生男育女。过来，摩尔人。我现在用我的全副诚心，把她给了你；倘不是你早已得到了她，我一定再也不会让她到你手里。为了你的缘故，宝贝，我很高兴我没有别的儿女，否则你的私奔将要使我变成一个虐待儿女的暴君，替他们手脚加上镣铐。我没有话说了，殿下。

公　爵　让我设身处地，说几句话给你听听，也许可以帮助这一对恋人，使他们能够得到你的欢心。

　　眼看希望幻灭，厄运临头，

　　无可挽回，何必满腹牢骚？

　　为了既成的灾祸而痛苦，

徒然招惹出更多的灾祸。

既不能和命运争强斗胜，

还是付之一笑，安心耐忍。

聪明人遭盗窃毫不介意；

痛哭流涕反而伤害自己。

勃拉班旭　让敌人夺去我们的海岛，

我们同样可以付之一笑。

那感激法官仁慈的囚犯，

他可以忘却刑罚的苦难；

倘然他怨恨那判决太重，

他就要忍受加倍的惨痛。

种种譬解虽能给人慰藉，

它们也会格外添人悲戚；

可是空言毕竟无补实际，

几曾有一句话刺透心底？

请殿下继续进行原来的公事吧。

公　爵　土耳其人正在向塞浦路斯大举进犯；奥瑟罗，那岛上的实力你是知道得十分清楚的；虽然我们派在那边代理总督职务的，是一个公认为很有能力的人，可是大家的意思，都觉得由你去负责镇守，才可以万无一失；所以说只得打扰你的新婚的快乐，辛苦你去跑这一趟了。

奥瑟罗　各位尊严的元老们，习惯的暴力已经使我把冷酷无情的战场当作我的温软的眠床，对于艰难困苦，我总是挺身而赴。我愿意接受你们的命令，去和土耳其人作战；可是我要请求你们给我的妻子一个适当的安置，按照她的身份，供给她一切日常的需要。

公　爵　你要是同意的话，可以让她住在她父亲的家里。

勃拉班旭　我不愿意容留她。

奥瑟罗　我也不能同意。

苔丝德梦娜　我也不愿住在父亲的家里，让他每天看见我生气。最仁慈的公爵，愿您俯听我的陈请，让我的卑微的衷忱得到您的谅解和赞助。

公　爵　你有什么请求，苔丝德梦娜？

苔丝德梦娜　我的大胆的行动可以代我向世人宣告，我因为爱这摩尔人，所以愿意和他过共同的生活；我的心灵完全为他的高贵的德性所征服；在他崇高的精神里，我看见他的奇伟的仪表；我已经把我的灵魂和命运一起呈献给他了。所以，各位大人，要是他一个人迢迢出征，把我遗留在和平的后方，像一只醉生梦死的蜉蝣一样，我将要因为不能朝夕侍奉他，而在镂心刻骨的离情别绪中度日如年了。让我跟他去吧。

奥瑟罗　请你们允许了她吧。上天为我作证，我向你们这样请求，并不是为了满足我自己的欲望，因为青春的热情在我已成过去了；我的唯一的动机，只是不忍使她绝望。请你们千万不要抱着那样的思想，以为她跟我在一起，会使我懈怠了你们所托付给我的重大的使命。不，要是插翅的爱神的风流解数，可以蒙蔽了我的灵明的理智，使我因为贪恋欢娱而误了正事，那么让主妇们把我的战盔当作水罐，让一切的污名都丛集于我的一身吧！

公　爵　她的去留行止，可以由你们自己去决定。事情很是紧急，你必须立刻出发。

元老甲　今晚上你就得动身。

奥瑟罗　很好。

公　爵　明天早上九点钟，我们还要在这儿聚会一次。奥瑟罗，请你留下一个将佐在这儿；要是我们随后还有什么决定，可以叫他把我们的训令传达给你。

奥瑟罗　殿下，我的旗官是一个很适当的人物，他的为人是忠实而可靠的；我还要请他负责护送我的妻子，要是此外还有什么必须寄给我的物件，也请殿下一起交给他。

公　爵　很好。各位晚安！（向勃拉班旭）尊贵的先生，倘然以才德取人，不凭容貌，你这位贤东床难道比不上翩翩年少？

元老甲　再会，勇敢的摩尔人！好好看顾苔丝德梦娜。

勃拉班旭　留心看着她，摩尔人，不要视而不见；她已经愚弄了她的父亲，她也会把你欺骗。

　　　　公爵，众元老，吏役等同下。

奥瑟罗　我用生命保证她的忠诚！正直的埃古，我必须把我的苔丝德梦娜托付给你，请你叫你的妻子当心照料她；看什么时候有方便，就烦你护送她们起程。来，苔丝德梦娜，我只有一小时的工夫和你诉说衷情，料理庶事了。我们必须服从环境的支配。

（奥瑟罗、苔丝德梦娜同下）

洛特力戈　埃古！

埃　古　你怎么说，好人儿？

洛特力戈　你想我该怎么办？

埃　古　上床睡觉去吧。

洛特力戈　我立刻就投水去。

埃　古　好，要是你投了水，我从此不喜欢你了。嘿，你这傻大少爷！

洛特力戈　要是活着这样受苦，傻瓜才愿意活下去；一死可以了却烦恼，还是死了的好。

埃　古　啊，该死！我在这世上也经历过四七二十八个年头了，自从我能够辨别利害以来，我从来不曾看见过什么人知道怎样爱惜他自己。要是我也会为了爱上一个雌儿的缘故而投水自杀，我宁愿变成一只猴子。

洛特力戈　我该怎么办？我承认这样痴心是一件丢脸的事，可是我没有力量把它补救过来呀。

埃　古　力量！废话！我们要这样那样，只有靠我们自己。我们的身体就像一座园圃，我们的意志是这园圃里的园丁；不论我们插荨麻，种莴苣，栽下牛膝草，拔起百里香，或者单独培植一种草木，或者把全园种得万卉纷披，让它荒废不治也好，把它辛勤耕垦也好，那权力都在于我们的意志。要是在我们的生命之中，理智和情欲不能保持平衡，我们血肉的邪心就会引导我们到一个荒唐的结局；可是我们有的是理智，可以冲淡我们汹涌的热情，肉体的刺激和奔放的淫欲；我认为你所称为“爱情”的，也不过是那样一种东西。

洛特力戈　不，那不是。

埃　古　那不过是在意志的默许之下一阵情欲的冲动而已。算了，做一个汉子。投水自杀！捉几头大猫小狗投在水里吧！我曾经声明我是你的朋友，我承认我对你的友谊是用不可摧折的坚韧的缆索连接起来的；现在正是我应该为你出力的时候。把银钱放在你的钱袋里；跟他们出征去；装上一脸假胡子，遮住了你的本来面目；我说，把银钱放在你的钱袋里。苔丝德梦娜爱那摩尔人决不会长久——把银钱放在你的钱袋里——他也不会长久爱她。她一开始就把他爱得这样热烈，他们感情的破裂一定也是很突然的；你只要把银钱放在你的钱袋里。这些摩尔人很容易变心——把你的钱袋装满了钱——现在他吃起来像蝗虫一样美味的食物，不久便要变得像柯萝辛草一样涩口了。她必须换一个年轻的男子；当他的肉体使她餍足了以后，她就会觉悟她的选择的错误。她必须换换口味，她必须换；所以把银钱放在你的钱袋里。要是你一定要寻死，也得想一个比投水巧妙一点的死法。尽你的力量搜括一些钱。要是凭着我的计谋和魔鬼们的奸诈，破坏这一个鲁莽的蛮子和这一个狡猾的威尼斯女人之间的脆弱的盟誓，还不算是一件难事，那么你一定可以享受她；所以快去设法弄些钱来吧。投水自杀！什么话！那根本就不用提；你宁可因为追求你的快乐而被人吊死，总不要在没有一亲她的香泽以前投水自杀。

洛特力戈　要是我期待着这样的结果，你一定会尽力帮助我达到我的愿望吗？

埃　古　你可以完全信任我。去，弄一些钱来。我常常对你说，一次一次反复告诉你，我恨那摩尔人；我的怨毒蓄积在心头，你也对他抱着同样深刻的仇恨，让我们同心合力向他复仇；要是你能够替他戴上一顶绿头巾，你固然是如愿以偿，我也可以拍掌称快。无数人事的变化孕育在时间的胚胎里，我们等着看吧。去，预备好你的钱。我们明天再谈这件事情。再见。

洛特力戈　明天早上我们在什么地方会面？

埃　古　就在我的寓所里吧。

洛特力戈　我一早就来看你。

埃　古　好，再会。你听见吗，洛特力戈？

洛特力戈　你说什么？

埃　古　别再提起投水的话了，你听见没有？

洛特力戈　我已经变了一个人。我要去把我的田地一起变卖。

埃　古　好，再会！多往你的钱袋里放些钱。（洛特力戈下）我总是这样让这种傻瓜掏出钱来给我花用；因为倘不是为了替自己解解闷，打算占些便宜，那我浪费时间跟这样一个呆子周旋，那才冤枉哩。我恨那摩尔人；有人说他和我的妻子私通，我不知道这句话是真是假；可是在这种事情上，即使不过是嫌疑，我也要把它当作实有其事一样看待。他对我很有好感，这样可以使我对他实行我的计策的时候格外方便一些。

凯西奥是一个俊美的男子；让我想想看：夺到他的位置，实现我的一举两得的阴谋；怎么办？怎么办？让我看：等过了一些时候，在奥瑟罗的耳边捏造一些鬼话，说他跟他的妻子看上去太亲热了；他长得漂亮，性情又温和，天生一种媚惑妇人的魔力，像他这种人是很容易引起疑心的。那摩尔人是一个坦白爽直的人，他看见人家在表面上装出一副忠厚诚实的样子，就以为一定是个好人；我可以把他像一头驴子一般牵着鼻子跑。有了！我的计策已经产生。地狱和黑夜酝酿成这空前的罪恶，它必须向世界显露它的面目。（下）

第二幕

第一场　塞浦路斯岛海口一市镇码头附近的广场

蒙坦诺及二绅士上。

蒙坦诺　你从那海岬望出去，看见海里有什么船只没有？

甲　绅　一点望不见。波浪很高，在海天之间，我看不见一片船帆。

蒙坦诺　风在陆地上吹得很厉害；从来不曾有这么大的暴风打击过我们的雉堞。
　　　　要是它在海上也这么猖狂，哪一艘橡树造成的船身支持得住山一样的
　　　　巨涛迎头倒下？我们将要从这场风暴中间听到什么消息呢？

乙　绅　土耳其的舰队一定要被风浪冲散了。你只要站在白沫飞溅的海岸上，
　　　　就可以看见咆哮的汹涛直冲云霄，被狂风卷起的怒浪奔腾山立，好像
　　　　要把海水浇向光明的大熊星上，熄灭那照耀北极的亘古不移的斗宿一
　　　　样。我从来没有见过这样可怕的惊涛骇浪。

蒙坦诺　要是土耳其舰队没有避进港里，它们一定沉没了；这样的风浪是抵御
　　　　不了的。

　　　　另一绅士上。

丙　绅　报告消息！咱们的战事已经结束了。土耳其人遭受这场暴风浪的突击，
　　　　不得不放弃他们进攻的计划。一艘从威尼斯来的大船一路上看见他们
　　　　的船只或沉或破，大部分零落不堪。

蒙坦诺　啊！这是真的吗？

丙　绅　这一艘船已经在这儿进港，是一艘维洛那造的船；迈克尔·凯西奥，
　　　　那勇武的摩尔人奥瑟罗的副将，已经上岸来了；那摩尔人自己还在海
　　　　上，他是奉到全权委任，到塞浦路斯这儿来的。

蒙坦诺　我很高兴，这是一位很有才能的总督。

丙　绅　可是这个凯西奥说起土耳其的损失，虽然兴高采烈，同时却满脸愁容，祈祷着那摩尔人的安全，因为他们是在险恶的大风浪中彼此失散的。

蒙坦诺　但愿他平安无恙；因为我曾经在他手下做过事，知道他在治军用兵这方面，的确是一个大将之才。来，让我们到海边去！一方面看看新到的船舶，一方面把我们的眼睛遥望到海天相接的远处，盼候着勇敢的奥瑟罗。

丙　绅　来，我们去吧；因为每一分钟都会有更多的人到来。

　　　　凯西奥上。

凯西奥　谢谢，你们这座尚武的岛上的各位壮士，因为你们这样褒奖我们的主帅。啊！但愿上天帮助他战胜风浪，因为我是在险恶的波涛之中和他失散的。

蒙坦诺　他的船靠得住吗？

凯西奥　船身很是坚固，舵师是一个很有经验的人，所以我还抱着很大的希望。

　　　　（内呼声："一条船！一条船！一条船！"）

　　　　一使者上。

凯西奥　什么声音？

使　者　全市的人都出来了；海边站满了人，他们在嚷："一条船！一条船！"

凯西奥　我希望那就是我们新任的总督。（炮声）

乙　绅　他们在放礼炮了；即使不是总督，至少也是我们的朋友。

凯西奥　先生，请你去看一看，回来告诉我们究竟是什么人来了。

乙　绅　我就去。（下）

蒙坦诺　可是，副将，你们主帅有没有结过婚？

凯西奥　他的婚姻是再幸福不过的。他娶到了一位女郎，她的美貌才德，胜过一切的形容和广大的名誉；笔墨的赞美不能写尽她的好处，没有一句适当的言语可以充分表现出她的天赋的优美。

　　　　乙绅重上。

凯西奥　啊！谁到来了？

乙　绅　是元帅麾下的一个旗官，名叫埃古。

凯西奥　他倒一帆风顺地到了。汹涌的怒涛，咆哮的狂风，埋伏在海底的礁石沙碛，似乎也懂得爱惜美人，收敛了它们凶恶的本性，让神圣的苔丝德梦娜安然通过。

蒙坦诺 她是谁？

凯西奥 就是我刚才说起的，我们大帅的主帅。勇敢的埃古护送她到这儿来，想不到他们路上走得这么快，比我们的预期还早七天。伟大的乔武啊，保佑奥瑟罗，吹一口你的大力的气息在他的船帆上，让他高大的桅樯在这儿海港里显现它的雄姿，让他跳动着一颗恋人的心投进了苔丝德梦娜的怀里，重新燃起我们奄奄欲绝的精神，使整个塞浦路斯充满了兴奋！

苔丝德梦娜、爱米莉霞、埃古、洛特力戈及侍从等上。

凯西奥 啊！瞧，船上的珍宝到岸上来了，塞浦路斯人啊，向她下跪吧。祝福你，夫人！愿神灵在你的前后左右周遭呵护你！

苔丝德梦娜 谢谢您，英勇的凯西奥。你知道我的丈夫有什么消息吗？

凯西奥 他还没有到；我只知道他是平安的，大概不久就会到来。

苔丝德梦娜 啊！可是我怕——你们怎么会分散的？

凯西奥 天风和海水的猛烈的激战，使我们彼此失散。可是听！有船来了。（内呼声："一条船！一条船！"炮声。）

乙　绅 他们向我们城上放礼炮了；到来的也是我们的朋友。

凯西奥 你去探看探看。（乙绅下，向埃古）老总，欢迎！（向爱米莉霞）欢迎！嫂子！请你不要恼怒，好埃古，因为我敢这样放肆。（吻爱米莉霞）

埃　古 老兄，要是她向你撅动她的嘴唇，也像她向我撅动她的舌头一样，那你就要叫苦不迭了。

苔丝德梦娜 唉！她又不会多嘴。

埃　古 真的，她太会多嘴了；每次我想睡觉的时候，总是被她吵得不得安宁。不过，在您夫人的面前，我还要说一句，她有些话是放在心里说的，人家瞧她不开口，她却在心里骂人。

爱米莉霞 你没有理由这样冤枉我。

埃　古 得啦，得啦，你们跑出门来像图画，走进房去像响铃；到了灶下像野猫；设计害人的时候，面子上装得像一尊菩萨；人家冒犯了你们，你们便活像夜叉；叫你们管家，你们只会一味胡闹，一上床却又十足像个幽娴贞静的主妇。

苔丝德梦娜 啊，啐！你这乱造谣言的家伙！

埃　古　　不，我说的话儿千真万确，你们起来游戏，上床工作。

爱米莉霞　　我再也不要你写赞美我的诗句。

埃　古　　不，不要叫我写吧。

苔丝德梦娜　　要是叫你赞美我，你要怎么写法呢？

埃　古　　啊，好夫人，别叫我做这件事，因为我的脾气是要吹毛求疵的。

苔丝德梦娜　　不，试试看。有人到港口去了吗？

埃　古　　是，夫人。

苔丝德梦娜　　我虽然心里愁闷，姑且强作欢容。来，你怎么赞美我？

埃　古　　我正在想着呢；可是我的诗情粘在我的脑壳里，用力一挤就会把脑浆
　　　　　一起挤出的。有了：
　　　　　她要是既漂亮又智慧，
　　　　　就不会误用她的妖美。

苔丝德梦娜　　赞美得好！要是她虽黑丑而聪明呢？

埃　古　　她要是虽黑丑却聪明，
　　　　　包她找到一位俊郎君。

苔丝德梦娜　　不成话。

爱米莉霞　　要是美貌而愚笨呢？

埃　古　　美女人决不是笨冬瓜，
　　　　　蠢煞也会抱个小娃娃。

苔丝德梦娜　　这些都是在酒店里骗傻瓜们笑笑的古老的歪诗。还有一种又丑又
　　　　　笨的女人，你也能够勉强赞美她两句吗？

埃　古　　别嫌她心肠笨相貌丑，
　　　　　女人的戏法一样拿手。

苔丝德梦娜　　啊，岂有此理！你把最好的赞美给了最坏的女人。可是对于一个贤
　　　　　惠的女人——连十足的坏蛋也得赞美的好女人——你又怎么赞美她呢？

埃　古　　她天生美，却不骄傲，
　　　　　能说会道，却不吵闹；
　　　　　有的是钱，但不妖娆；
　　　　　心想事成，并不强要；
　　　　　受了恶气，想把仇报；
　　　　　却自平气，打消烦恼；

莎士比亚悲剧集

明白事理，端庄老到，

嫁个傻瓜，不找相好；

脑筋灵活，嘴却很牢，

有人盯梢，也不卖俏；

要是有这样的小娇娘——

苔丝德梦娜 要她干什么呢？

埃　古 奶傻孩子，记油盐账。

苔丝德梦娜 啊，这可真是最蹩脚、最没劲的收尾！爱米莉霞，不要听他的话，虽然他是你的丈夫。您怎么说，凯西奥？他不是一个胡说八道的家伙吗？

凯西奥 他说得很确实，夫人。您要是把他当作一个军人，不把他当作一个文士，您就不会嫌他出言粗俗了。

埃　古 （旁白）他捏着她的手心。嗯，交头接耳，好得很。我只要张起这么一个小小的网，就可以捉住像凯西奥这样一只大苍蝇。嗯，对她微笑，很好；我要叫你跌翻在你自己的礼貌中间。——您说得对，正是正是。——要是这种鬼殷勤会葬送你的前程，您还是不要老是吻着她的三个指头，表示你的绅士风度吧。很好；吻得不错！绝妙的礼貌！正是正是。又把她的手指放到你的嘴唇上去了吗？（喇叭声）主帅来了！我听得出他的喇叭声音。

凯西奥 真的是他。

苔丝德梦娜 让我们去迎接他。

凯西奥 瞧！他来了。

奥瑟罗及侍从等上。

奥瑟罗 啊，我的娇美的战士！

苔丝德梦娜 我的亲爱的奥瑟罗！

奥瑟罗 看见你比我先到这里，真使我又惊又喜。啊，我的心爱的人！要是每一次暴风雨之后，都有这样的和煦的阳光，那么尽管让狂风肆意地吹，把死亡都吹醒了吧！让那辛苦挣扎的船舶爬上一座座如山的高浪，就像从高高的天上堕下幽深的地狱一般，一泻千丈地跌下来吧！要是我现在死去，那才是最幸福的；因为我怕我的灵魂已经尝到了无上的欢乐，此生此世，再也不会有同样令人欣喜的事情了。

苔丝德梦娜　但愿上天眷顾，让我们的爱情和欢乐与日俱增！

奥瑟罗　阿门，慈悲的神明！我不能充分说出我的心头的快乐；太多的欢喜窒住了我的呼吸。

（吻苔丝德梦娜）

埃　古　（旁白）啊，你们现在是琴瑟调和，看我不动声色，叫你们弦断柱裂。

奥瑟罗　来，让我们到城堡里去。好消息，朋友们；我们的战事已经结束，土耳其人全都淹死了。我的岛上的旧友，您好？爱人，你在塞浦路斯将要受到众人的宠爱，我觉得他们都是非常热情的。啊，亲爱的，我自己太高兴了，所以会说出这样忘形的话来。好埃古，请你到港口去一趟，把我的箱子搬到岸上。带那船长到城堡里来；他是一个很好的家伙，他的才能非常叫人钦佩。来，苔丝德梦娜。（除埃古、洛特力戈外均下）

埃　古　你马上就到港口来会我。过来。人家说，爱情可以刺激懦夫，使他鼓起本来所没有的勇气；要是你果然有胆量，请听我说。副将今晚在卫舍守夜。第一我必须告诉你，苔丝德梦娜是直接跟他发生恋爱的。

洛特力戈　跟他发生恋爱！那是不会有的事。

埃　古　闭住你的嘴，好好听我说。你看她当初不过因为这摩尔人向她吹了些法螺，撒下了一些漫天的大谎，她就爱得他那么热烈；难道她会继续爱他，只是为了他的吹牛的本领吗？你是个聪明人，不要以为世上会有这样的事。她的视觉必须得到满足；她能够从魔鬼脸上感到什么佳趣？情欲在一阵兴奋过了以后而渐生厌倦的时候，必须换一换新鲜的口味，方才可以把它重新刺激起来，或者是容貌的漂亮，或者是年龄的相称，或者是举止的风雅，这些都是这摩尔人所欠缺的；她因为在这些必要的方面不能得到满足，一定会觉得她的青春娇艳所托非人，而开始对这摩尔人由失望而憎恨，由憎恨而厌恶，她的天性就会迫令她再做第二次的选择。这种情形是很自然而可能的；要是承认了这一点，试问哪一个人比凯西奥更有享受这一种福分的便利？一个很会讲话的家伙，为了达到他的秘密的淫邪的欲望，他会恬不为意地装出一副殷勤文雅的外表。哼，谁也比不上他；一个狡猾阴险的家伙，惯会乘机取利，无孔不入；一个鬼一样的家伙！而且，这家伙又漂亮，又年轻，凡是可以使无知的妇女醉心的条件，他无一不备；一个十足害人的家伙，这女人已经把他勾上了。

洛特力戈　我不能相信，她是一位圣洁的女郎。

埃　古　他妈的圣洁！她喝的酒也是用葡萄酿成的；她要是圣洁，她就不会爱这摩尔人了。哼，圣洁！你没有看见他捏她的手心吗？你没有看见吗？

洛特力戈　是的，我看见的；可是那不过是礼貌罢了。

埃　古　我举手为誓，这明明是奸淫！这一段意味深长的楔子，就包括无限淫情欲念的交流。他们的嘴唇那么贴近，他们的呼吸简直互相拥抱了。该死的思想，洛特力戈！这种表面上的亲热一开了端，主要的好戏就会跟着上场，肉体的结合是必然的结论。呸！可是，老兄，你听我说。我特意把你从威尼斯带来，今晚你代我值班守夜；凯西奥是不认识你的；我就在离你不远的地方看着你；你见了凯西奥就找一些借口向他挑衅，或者高声辱骂，或者毁谤他的军誉，或者随你的意思用其他无论什么比较适当的方法。

洛特力戈　好。

埃　古　他是个性情暴躁，易于发怒的人，也许会向你动武；即使他不动武，你也要激动他和你打起架来；因为借着这一个理由，我就可以在塞浦路斯人中间煽起一场暴动，假如要平息他们的愤怒，除了把凯西奥解职以外没有其他方法。这样你就可以在我的设计协助之下，早日达到你的愿望，你的阻碍也可以从此除去，否则我们的事情是决无成功之望的。

洛特力戈　我愿意这样干，要是我能够找到下手的机会。

埃　古　那我可以向你保证。等会儿在城门口见我。我现在必须去替他们把应用物件搬上岸来。再会。

洛特力戈　再会。（下）

埃　古　凯西奥爱她，这一点我是可以充分相信的；她爱凯西奥，这也是一件很自然而可能的事。这摩尔人我虽然气他不过，却有一副坚定仁爱正直的性格；我相信他会对苔丝德梦娜做一个最多情的丈夫。讲到我自己，我也是爱她的，并不完全出于情欲的冲动——虽然也许我也犯着这样的罪名——可是一半是为要报复我的仇恨，因为我疑心这好色的摩尔人夺去了我在她心头的地位。这一种思想象毒药一样腐蚀我的肝肠，什么都不能使我心满意足，除非在他身上发泄这一口怨气，他夺去我的人，我也叫他有了妻子享受不成；即使不能做到这一点，我也要叫这摩尔人心里长起根深蒂固的嫉妒来，没有一种理智的药饵可以把它治疗。为了达到这一个目的，我已经利用这威尼斯的瘟生做我的鹰犬；要是他果然听我的唆使，我就可以抓住我们那位迈克尔·凯西奥的把柄，在这摩尔人面前诽谤他，因为我疑心凯西奥跟我的妻子也是有些暧昧的。这样我可以让这摩尔人感谢我，喜欢我，报答我，因为我叫他做了一头大大的驴子，用诡计捣乱他的平和安宁，使他因气愤而发疯。方针已经决定，前途未可预料；恶人的面目必须到时才揭晓。（下）

第二场　街道

传令官持告示上；民众随后。

传令官　我们尊贵的英勇的元帅奥瑟罗有令，根据最近接到的消息，土耳其舰队已经全军覆没，全体军民听到这一个捷音，理应同伸庆祝：跳舞的跳舞，燃放焰火的燃放焰火，每个人都可以随他自己的高兴尽情欢乐；因为除了这些可喜的消息以外，我们同时还要祝贺我们元帅的新婚。帅府中一切门禁完全撤除，从下午五时起，直到深夜十一时，无论何人，可以自由出入，饮酒宴乐。上天祝福塞浦路斯岛和我们尊贵的元帅奥瑟罗！（同下）

第三场　城堡中的厅堂

奥瑟罗、苔丝德梦娜、凯西奥及侍从等上。

奥瑟罗　好迈克尔，今天请你留心警备；我们必须随时谨慎，免得因为纵乐无度而肇成意外。

凯西奥　我已经吩咐埃古怎样办了，我自己也要亲自督察照看。

奥瑟罗　埃古是个忠实可靠的汉子。迈克尔，晚安；明天你一早就来见我。（向苔丝德梦娜）来，我的爱人，我们已经把彼此心身互相交换，愿今后

花开结果，恩情美满。晚安！（奥瑟罗、苔丝德梦娜及侍从等下）

埃古上。

凯西奥　欢迎，埃古；我们该守夜去了。

埃　古　时候还早哪，副将；现在还不到十点钟。咱们主帅因为舍不得他的新夫人，所以这么早就打发我们出去；可是我们也怪不得他，他还没有跟她真个销魂，任是天神见了她也要动心的。

凯西奥　她是一位人间无比的佳人。

埃　古　我可以担保她也是一个非常风流的人儿。

凯西奥　她的确是一个娇艳可爱的女郎。

埃　古　她的眼睛多么迷人！简直在向人挑战。

凯西奥　一双动人的眼睛；可是却有一种端庄贞静的神气。

埃　古　她说话的时候，不就是爱情的警报吗？

凯西奥　她真是十全十美。

埃　古　好，愿他们被窝里快乐！来，副将，我还有一瓶酒；外面有两个塞浦路斯的绅士，要想为黑将军祝饮一杯。

凯西奥　今夜可不能奉陪了，好埃古。我一喝了酒，头脑就会糊涂起来。我希望有人能够发明在宾客欢会的时候，用另外一种方法招待他们。

埃　古　啊，他们都是我们的朋友；喝一杯吧，我也可以代你喝。

凯西奥　我今晚只喝了一杯，就是那一杯也被我偷偷地冲了些水，可是我的头已经有点儿昏啦。我知道自己的弱点，实在不敢再多喝了。

埃　古　哎哟，朋友！这是一个狂欢的良夜，不要让那些绅士们扫兴吧。

凯西奥　他们在什么地方？

埃　古　就在这儿门外；请你去叫他们进来吧。

凯西奥　我去就去，可是我心里是不愿意的。（下）

埃　古　他今晚已经喝过了一些酒，我只要再灌他一杯下去，他就会像小狗一样到处招惹是非。我们那位为情憔悴的傻瓜洛特力戈今晚为了苔丝德梦娜也喝了几大杯的酒，我已经派他守夜了。还有三个心性高傲，重视荣誉的塞浦路斯少年，都是这座尚武的岛上的优秀人物，我也把他们灌得酩酊大醉；他们今晚也是要守夜的。在这一群醉汉中间，我要叫我们这位凯西奥干出一些可以激动这岛上公愤的事来。可是他们来了。

凯西奥率蒙坦诺及绅士等重上；众仆持酒后随。

凯西奥　上帝可以作证，他们已经灌了我一满杯啦。

蒙坦诺　真的，只是小小的一杯，顶多也不过一品脱的分量；我是一个军人，
　　　　从来不会说谎的。

埃　古　喂，酒来！（唱）

　　　　一瓶一瓶复一瓶，

　　　　饮酒击瓶叮当鸣。

　　　　我为军人岂无情，

　　　　人命倏忽如烟云，

　　　　聊持杯酒遣浮生。

　　　　孩子们，酒来！

凯西奥　好一支歌儿！

埃　古　这一支歌是我在英国学来的。英国人的酒量才厉害呢；什么丹麦人，
　　　　德国人，大肚子的荷兰人——酒来！——比起英国人来都不算什么。

凯西奥　你那英国人果然这样善于喝酒吗？

埃　古　嘿，他会不动声色地把丹麦人灌得烂醉如泥，而不流汗地把德国人灌
　　　　得不省人事，还没有倒满下一杯，那荷兰人已经呕吐狼藉了。

凯西奥　祝我们的主帅健康！

蒙坦诺　赞成，副将，您喝我也喝。

埃　古　可爱的英格兰！喂，酒来！

凯西奥　好，上帝在我们头上，有的灵魂必须得救，有的灵魂就不能得救。

埃　古　对了，副将。

凯西奥　讲到我自己——我并没有冒犯我们主帅或是无论那一位大人物的意
　　　　思——我是希望能够得救的。

埃　古　我也这样希望，副将。

凯西奥　嗯，可是，对不起，你不能比我先得救；副将得救了，然后才是旗官
　　　　得救。咱们别提这种话啦，还是去干我们的事吧。上帝赦免我们的罪
　　　　恶！各位先生，我们不要忘记了我们的事情。不要以为我是醉了，各
　　　　位先生。这是我的旗官；这是我的右手，这是我的左手。我现在并没
　　　　有醉；我站得很稳，我说话也很清楚。

众　人　非常清楚。

凯西奥　那么很好；你们可不要以为我醉了。（下）

蒙坦诺　各位朋友，来，我们到露台上守望去。

埃　古　你们看刚才出去的这一个人；讲到指挥三军的才能，他可以和恺撒争一日之雄；可是你们瞧他这一种酗酒的样子，它正好和他的长处互相抵销。我真为他可惜！我怕奥瑟罗对他如此信任，也许有一天会被他误了大事，使全岛大受震动的。

蒙坦诺　可是他常常是这样的吗？

埃　古　他喝醉了酒总要睡觉；要是没有酒替他催眠，他可以一昼夜打起精神不睡。

蒙坦诺　这种情形应该向元帅提起；也许他没有觉察，也许他秉性仁恕，因为看重凯西奥的才能而忽略了他的短处。这句话对不对？

　　　　洛特力戈上。

埃　古　（向洛特力戈旁白）怎么，洛特力戈！你快追上那副将后面去吧；去。（洛特力戈下）

蒙坦诺　这高贵的摩尔人竟会让一个染上这种恶癖的人做他的辅佐，真是一件令人抱憾的事。谁能够老实对他这样说，才是一个正直的汉子。

埃　古　即使把这一座大好的岛送给我，我也不愿意说；我很爱凯西奥，要是有办法，我愿意尽力帮助他除去这一种恶癖。可是听！什么声音？（内呼声："救命！救命！"）

　　　　凯西奥驱洛特力戈重上。

凯西奥　浑蛋！狗贼！

蒙坦诺　什么事，副将？

凯西奥　一个浑蛋竟敢教训起我来！我要把这浑蛋打进一只瓶子里去。

洛特力戈　打我！

凯西奥　你还要利嘴吗，狗贼？（打洛特力戈）

蒙坦诺　（拉凯西奥）不，副将，请您住手。

凯西奥　放开我，先生，否则我要一拳打到你的头上来了。

蒙坦诺　得啦得啦，你醉了。

凯西奥　醉了！（与蒙坦诺斗）

埃　古　（向洛特力戈旁白）快走！到外边去高声嚷叫，说是出了乱子啦。（洛特力戈下）不，副将！天啊，各位先生！喂，来人！副将！蒙坦诺！

帮帮忙，各位朋友！这算是守的什么夜呀！（钟鸣）谁在那儿打钟？该死！全市的人都要起来了。天啊！副将，住手！你的脸要从此丢尽啦。

　　　　　　　　奥瑟罗及侍从等重上。

奥瑟罗　这儿出了什么事情？

蒙坦诺　他妈的！我的血流个不停；我受了重伤啦。

奥瑟罗　要活命的快住手！

埃　古　喂，住手，副将！蒙坦诺！各位先生！你们忘记你们的地位和责任了吗？住手！主帅在对你们说话；还不住手！

奥瑟罗　怎么，怎么！为什么闹起来的？难道我们都变成野蛮人了吗？上天不许异教徒攻打我们，我们倒自相残杀起来了吗？为了基督徒的面子，停止这场粗暴的争吵；谁要是一味恁气，再敢动一动，他就是看轻他自己的灵魂，他一举手我就叫他死。叫他们不要打那可怕的钟；它会扰乱岛上的人心。各位，究竟是怎么一回事？正直的埃古，瞧你懊恼得脸色惨淡，告诉我，谁开始这场争闹的？凭着你的忠心，老实对我说。

埃　古　我不知道，刚才还是好好的朋友，像正在宽衣解带的新夫妇一般相亲相爱，一下子就好像受到什么星光的刺激，迷失了他们的本性似的，大家拔出剑来，向彼此的胸前直刺过去，拼个你死我活了。我说不出这场任性的争吵是怎么开始的；只怪我这双腿不曾在光荣的战阵上失去，那么我也不会踏进这种是非中间了！

奥瑟罗　迈克尔，你怎么会这样忘记你自己的身份？

凯西奥　请您原谅我；我没有话可说。

奥瑟罗　尊贵的蒙坦诺，您一向是个温文知礼的人，您的少年端庄为举世所钦佩，在贤人君子之间，您有很好的名声；为什么您会这样自贬身价，牺牲您的宝贵的名誉，让人家说您是个在深更半夜里酗酒闹事的家伙？给我一个回答。

蒙坦诺　尊贵的奥瑟罗，我伤得很厉害，不能多说话；您的贵部下埃古可以告诉您我所知道的一切。其实我也不知道我在今夜说错了什么话或是做错了什么事，除非在暴力侵凌的时候，自卫是一桩罪恶。

奥瑟罗　苍天在上，我现在可再也遏制不住我的怒气了。我只要动一动，或是举一举这一只胳臂，就可以叫你们中间最有本领的人在我的一怒之下丧失了生命。让我知道这一场可耻的骚扰是怎么开始的，谁是最初肇起事端来的人；要是证实了哪一个人是启衅的罪魁，即使他是我的孪生兄弟，我也不能放过他。什么！一个新遭战乱的城市，秩序还没有恢复，人民的心里充满了恐惧，你们却在深更半夜，在全岛治安所系的所在为了私人间的细故争吵起来！岂有此理！埃古，谁是肇事的人？

蒙坦诺 你要是意存偏袒，或是同僚相护，所说的话和事实不尽符合，你就不是个军人。

埃 古 不要这样逼我；我宁愿割下自己的舌头，也不愿让它说迈克尔·凯西奥的坏话；可是事已如此，我想说老实话也不算对不起他。是这样的，主帅：蒙坦诺跟我正在谈话，忽然跑进一个人来高呼救命，后面跟着凯西奥，杀气腾腾地提着剑，好像一定要杀死他才甘心似的；那时候这位先生就挺身前去拦住凯西奥，请他息怒；我自己追赶那个叫喊的人，因为恐怕他在外边大惊小怪，扰乱人心，可是他跑得快，我追不上，又听见背后刀剑碰撞和凯西奥高声咒骂的声音，所以就回来了；我从来没有听见他这样骂过人；我本来追得不远，一转身就看见他们在这儿你一刀我一剑地厮杀得难解难分，正像您到来喝开他们的时候一样。我所能报告的就是这几句话。人总是人，圣贤也有错误的时候；一个人在愤怒之中，就是好朋友也会翻脸不认。虽然凯西奥给了他一点小小的伤害，可是我相信凯西奥一定从那逃走的家伙手里受到什么奇耻大辱，所以才会动起那么大的火性来的。

奥瑟罗 埃古，我知道你的忠实和义气，你把这件事情轻描淡写，替凯西奥减轻他的罪名。凯西奥，你是我的好朋友，可是从此以后，你不是我的部属了。

苔丝德梦娜率侍从重上。

奥瑟罗 瞧！我的温柔的爱人也给你们吵醒了！（向凯西奥）我要拿你做一个榜样。

苔丝德梦娜 什么事？

奥瑟罗 现在一切都没有了，爱人；去睡吧。先生，您受的伤我愿意亲自替您医治。把他扶出去。（侍从扶蒙坦诺下）埃古，你去巡视市街，安定安定受惊的人心。来，苔丝德梦娜。难圆的是军人的好梦，才合眼又

被杀声惊动。（除埃古、凯西奥外均下）

埃　古　什么！副将，你受伤了吗？

凯西奥　嗯，我的伤是无药可救的了。

埃　古　哎哟，上天保佑没有这样的事！

凯西奥　名誉，名誉！啊，我的名誉已经一败涂地了！我已经失去我的生命中不死的一部分，留下来的也就跟畜生没有分别了。我的名誉，埃古，我的名誉。

埃　古　我是个老实人，我还以为你受到了什么身体上的伤害，那是比名誉的损失痛苦得多的。名誉是一件无聊的骗人的东西；得到它的人未必有什么功德，失去它的人也未必有什么过失。你的名誉仍旧是好端端的，除非你自己以为它已经扫地了。嘿，朋友，你要恢复主帅对你的欢心，尽有办法呢。你现在不过一时遭逢他的恼怒，他给你的这一种处分，与其说是表示对你的不满，还不如说是遮掩世人耳目的政策，正像有人为吓退一头凶恶的狮子而故意鞭打他的驯良的狗一样。你只要向他恳求恳求，他一定会回心转意的。

凯西奥　我宁愿恳求他唾弃我，也不愿蒙蔽他的聪明，让这样一位贤能的主帅手下有这么一个酗酒放荡的不肖将校。纵饮无度！胡言乱语！吵架！吹牛！赌咒！跟自己的影子说些废话！啊，你空虚缥缈的旨酒的精灵，要是你还没有一个名字，让我们叫你做魔鬼吧！

埃　古　你提着剑追逐不舍的那个人是谁？他怎么冒犯了你？

凯西奥　我不知道。

埃　古　你怎么会不知道？

凯西奥　我记得一大堆的事情，可是全都是模模糊糊的；我记得跟人家吵起来，可是不知道为了什么。上帝啊！人们居然会把一个仇敌放进自己的嘴里，让它偷去他们的头脑，在欢天喜地之中，把我们自己变成了畜生！

埃　古　可是你现在已经很清醒了；你怎么会明白过来的？

凯西奥　气鬼一上了身，酒鬼就自动退让；一件过失引起了第二件过失，简直使我自己也瞧不起自己了。

埃　古　得啦，你也太认真了。照此地的环境说起来，我但愿没有这种事情发生；可是既然事已如此，以后留心改过就是了。

凯西奥　我要向他请求恢复我的原职；他会对我说我是一个酒棍！即使我有

一百张嘴，这样一个答复也会把它们一起封住。现在还是一个清清楚楚的人，不一会儿就变成个傻子，然后立刻就变成一头畜生！啊，奇怪！每一杯过量的酒都是魔鬼酿成的毒水。

埃　古　算了，算了，好酒只要不滥喝，也是一个很好的伙伴；你也不用咒骂它了。副将，我想你一定把我当作一个好朋友看待。

凯西奥　我很信任你的友谊。我醉了！

埃　古　朋友，一个人有时候多喝了几杯，也是免不了的。让我告诉你一个办法。我们主帅的夫人现在是我们真正的主帅；我可以这样说，因为他心里只念着她的好处，眼睛里只看见她的可爱。你只要在她面前坦白忏悔，恳求恳求她，她一定会帮助你官复原职。她的性情是那么慷慨仁慈，那么体贴人心，人家请她出十分力，她要是没有出到十二分，就觉得好像对不起人似的。你请她替你弥缝弥缝你跟她的丈夫之间的这一道裂痕，我可以拿我的全部财产打赌，你们的交情一定反而会因此格外加强的。

凯西奥　你的主意出得很好。

埃　古　我发誓这一种意思完全出于一片诚心。

凯西奥　我充分信任你的善意；明天一早我就请求贤德的苔丝德梦娜替我尽力说情。要是我在这儿给他们革退了，我的前途也就从此毁了。

埃　古　你说得对。晚安，副将；我还要守夜去呢。

凯西奥　晚安，正直的埃古！（下）

埃　古　谁说我做事奸恶？我贡献给他的这番意见，不是光明正大，很合理，而且的确是挽回这摩尔人的心意的最好办法吗？只要是正当的请求，苔丝德梦娜总是有求必应的；她的为人是再慷慨再热心不过的了。至于叫她去说动这摩尔人，更是不费吹灰之力；他的灵魂已经完全成为她的爱情的俘虏，无论她要做什么事，或是把已经做成的事重新推翻，即使叫他抛弃他的信仰和一切得救的希望，他也会唯命是从，让她的喜恶主宰他的无力反抗的身心。我既然向凯西奥指示了这一条对他有利的方策，谁还能说我是个恶人呢？佛面蛇心的鬼魅！恶魔往往用神圣的外表，引诱世人干最恶的罪行，正像我现在所用的手段一样；因为当这个老实的呆子恳求苔丝德梦娜为他转圜，当她竭力在那摩尔人面前替他说情的时候，我就要用毒药灌进那摩尔人的耳中，说是她所以要运动凯西奥复职，只是为了恋奸情热的缘故。这样她越是忠于所托，越是会加强那摩尔人的猜疑；我就利用她的善良的心肠污毁她的名誉，让他们一个个都落进了我的罗网之中。

洛特力戈重上。

埃　古　啊，洛特力戈！

洛特力戈　我在这儿给你们驱来赶去，不像一头追寻狐兔的猎狗，倒像是替你们凑凑热闹的。我的钱也差不多花光了，今夜我还挨了一顿痛打；我想这番教训，大概就是我费去不少辛苦换来的代价了。现在我的钱囊已经空空如也，我的头脑里总算增加了一点智慧，我要回威尼斯去了。

埃　古　没有耐性的人是多么可怜！什么伤口不是慢慢地平复起来的？你知道我们干事情全赖计谋，并不是用的魔法；用计谋就必须等待时机成熟。一切不是进行得很顺利吗？凯西奥固然把你打了一顿，可是你受了一点小小的痛苦，已经使凯西奥把官职都丢了。虽然在太阳光底下，各种草木都欣欣向荣，可是最先开花的果子总是最先成熟。你安心点儿吧。哎哟，天已经亮啦；又是喝酒，又是打架，闹哄哄的就让时间飞过去了。你去吧，回到你的宿舍里去，去吧，有什么消息我再来告诉你；去吧。（洛特力戈下）我还要做两件事情：第一是叫我的妻子在她的女主人面前替凯西奥说两句好话；同时我就去设法把那摩尔人骗开，等到凯西奥去向他的妻子请求的时候，再让他亲眼看见这幕把戏。好，言之有理；不要迁延不决，耽误了锦囊妙计。（下）

第三幕

第一场　塞浦路斯　城堡前

凯西奥及若干乐工上。

凯西奥　列位朋友，就在这儿奏起来吧；我会酬劳你们的。奏一支简短一些的乐曲，敬祝我们的主帅晨安。（音乐）

小　丑上。

小　丑　怎么，列位朋友，你们的乐器都曾到过那不勒斯，所以会这样嗡咙嗡咙地用鼻音说话吗？

乐工甲　怎么，大哥，怎么？

小　丑　请问这些都是管乐器吗？

乐工甲　正是，大哥。

小　丑　啊，原来如此。可是，列位朋友，这儿是赏给你们的钱；将军非常喜欢你们的音乐，他请求你们千万不要再奏下去了。

乐工甲　好，大哥，那么我们不奏了。

小　丑　要是你们会奏听不见的音乐，请奏起来吧；可是正像人家说的，将军对于听音乐这件事不大感兴趣。

乐工甲　我们不会奏那样的音乐。

小　丑　那么把你们的笛子藏起来，因为我要去了。去，消灭在空气里吧；去！

（乐工等下）

凯西奥　你听没听见，我的好朋友？

小　丑　不，我没有听见您的好朋友；我只听见您。

凯西奥　少说笑话。这一块小小的金币你拿了去；要是侍候将军夫人的那位奶奶已经起身，你就告诉她有一个凯西奥请她出来说话。你肯不肯？

小　丑　她已经起身了，先生；要是她愿意出来，我就告诉她。

凯西奥　谢谢你，我的好朋友。（小丑下）

　　　　埃古上。

凯西奥　来得正好，埃古。

埃　古　你还没有上过床吗？

凯西奥　没有；我们分手的时候，天早就亮了。埃古，我已经大胆叫人去请你的妻子出来；我想请她替我设法见一见贤德的苔丝德梦娜。

埃　古　我去叫她立刻出来见你。我还要想一个法子把那摩尔人调开，好让你们谈话方便一些。

凯西奥　多谢你的好意。（埃古下）我从来没有认识过一个比他更善良正直的佛罗伦萨人。

　　　　爱米莉霞上。

爱米莉霞　早安，副将！听说您误触主帅之怒，真是一件令人懊恼的事；可是一切就会转祸为福的。将军和他的夫人正在谈起此事，夫人竭力替您辩白。将军说，被您伤害的那个人，在塞浦路斯是很有名誉很有势力的，为了避免受人非难起见，他不得不把您斥革；可是他说他很喜欢您，即使没有别人替您说情，他也会留心着一有适当的机会，就让您恢复原职的。

凯西奥　可是我还要请求您一件事；要是您认为没有妨碍，或是可以办得到的话，请您设法让我独自见一见苔丝德梦娜，跟她作一次简短的谈话。

爱米莉霞　请您进来吧；我可以带您到一处可以让您从容吐露您的心曲的所在。

凯西奥　那真使我感激万分了。（同下）

第二场　城堡中的一室

　　　　奥瑟罗、埃古及绅士等上。

奥瑟罗　埃古，这几封信你拿去交给舵师，叫他回去替我呈上元老院。我就在堡垒上走走；你把事情办好以后，就到那边来见我。

埃　古　是，主帅，我就去。

奥瑟罗 各位，我们要不要去看看这儿的防务？

众 人 我们愿意奉陪。（同下）

第三场 城堡前

苔丝德梦娜、凯西奥及爱米莉霞上。

苔丝德梦娜 好凯西奥，你放心吧，我一定尽力替你说情就是了。

爱米莉霞 好夫人，请您千万出力。不瞒您说，我的丈夫为了这件事情，也懊恼得不得了，就像是他自己身上的事情一般。

苔丝德梦娜 啊！你的丈夫是一个好人。放心吧，凯西奥，我一定会设法使我的丈夫对你恢复原来的友谊。

凯西奥 大恩大德的夫人，无论迈克尔·凯西奥将来会有什么成就，他永远是您的忠实的仆人。

苔丝德梦娜 我知道；我感谢你的好意。你爱我的丈夫，你又是他的多年的知交；放心吧，他除了表面上因为避免嫌疑而对你略示疏远以外，决不会真把你见外的。

凯西奥 您说得很对，夫人；可是我现在失去了在帐下供奔走的机会，日久之后，有人代替了我的地位，恐怕主帅就要把我的忠诚和微劳一起忘记了。

苔丝德梦娜 那你不用担心；当着爱米莉霞的面，我保证你一定可以恢复原职。请你相信我，要是我发誓帮助一个朋友，我一定会帮助他到底。我的丈夫将要不得安息，无论睡觉吃饭的时候，我都要在他耳旁聒噪；无论他干什么事，我都要插进嘴去替凯西奥说情。所以高兴起来吧，凯西奥，因为你的辩护人是宁死不愿放弃你的权益的。

奥瑟罗及埃古自远处上。

爱米莉霞 夫人，将军来了。

凯西奥 夫人，我告辞了。

苔丝德梦娜 啊，等一等，听我说。

凯西奥 夫人，改日再谈吧；我现在心里很不自在，见了主帅恐怕反多不便。

苔丝德梦娜 好，随您的便。（凯西奥下）

埃 古 吓！我不喜欢那种样子。

奥瑟罗　你说什么？

埃　古　没有什么，主帅；要是——我不知道。

奥瑟罗　那从我妻子身边走开去的，不是凯西奥吗？

埃　古　凯西奥，主帅？不，我想他一定不会看见您来了，就好像做了什么虚心事似的偷偷地溜走的。

奥瑟罗　我相信是他。

苔丝德梦娜　啊，我的主！刚才有人在这儿向我请托，他因为失去了您的欢心，非常抑郁不快呢。

奥瑟罗　你说的是什么人？

苔丝德梦娜　就是您的副将凯西奥呀。我的好夫君，要是我还有几分面子，或是几分可以左右您的力量，请您立刻对他恢复原来的恩宠吧；因为他倘不是一个真心爱您的人，他的过失倘不是无心而是有意的，那么我就是看错了人啦。请您叫他回来吧。

奥瑟罗　他刚才从这儿走开吗？

苔丝德梦娜　嗯，是的；他是那样满含着羞愧，使我也不禁对他感到同情的悲哀。爱人，叫他回来吧。

奥瑟罗　现在不必，亲爱的苔丝德梦娜；慢慢再说吧。

苔丝德梦娜　可是那不会太久吗？

奥瑟罗　亲爱的，为了你的缘故，我叫他早一点复职就是了。

苔丝德梦娜　能不能在今天晚餐的时候？

奥瑟罗　不，今晚可不能。

苔丝德梦娜　那么明天午餐的时候？

奥瑟罗　明天我不在家里午餐；我要跟将领们在营中会面。

苔丝德梦娜　那么明天晚上吧；或是星期二早上，星期二中午，晚上，星期三早上，随您指定一个时间，可是不要超过三天以上。他对于自己的行为失检，的确非常悔恨；固然在这种战争的时期，地位较高的人必须以身作则，可是照我们平常的眼光看来，他的过失实在是微乎其微的。什么时候让他来？告诉我，奥瑟罗。要是您有什么事情要求我，我想我决不会拒绝您。或是这样吞吞吐吐的。什么！迈克尔·凯西奥，您向我求婚的时候，是他陪着您来的；好多次我表示对您不满意的时候，他总是为您辩护，现在我请您把他重新叙用，却会这样为难！相信我，我可以——

奥瑟罗　好了，不要说下去了。让他随便什么时候来吧；你要什么我总不愿拒绝的。

苔丝德梦娜　这并不是一个恩惠，就好像我请求您戴上您的手套，劝您吃些富于营养的菜肴，穿些温暖的衣服，或是叫您做一件对您自己有益的事情一样。不，要是我真的向您提出什么要求，来试探试探您的爱情，那一定是一件非常棘手而难以应允的事。

奥瑟罗　我什么都不愿拒绝你；可是现在你必须答应暂时离开我一会儿。

苔丝德梦娜　我会拒绝您的要求吗？不。再会，我的主。

奥瑟罗　再会，我的苔丝德梦娜；我马上就来看你。

苔丝德梦娜　爱米莉霞，来吧。您爱怎么样就怎么样，我总是服从您的。（苔丝德梦娜、爱米莉霞同下）

奥瑟罗　可爱的女人！我的灵魂永堕地狱，要是我不爱你！当我不爱你的时候，世界也要复归于混沌了。

埃　古　尊贵的主帅——

奥瑟罗　你说什么，埃古？

埃　古　当您向夫人求婚的时候，迈克尔·凯西奥也知道你们的恋爱吗？

奥瑟罗　他从头到尾都知道。你为什么问起？

埃　古　不过是为了解释我心头的一个疑惑，并没有其他用意。

奥瑟罗　你有什么疑惑，埃古？

埃　古　我以为他从来跟夫人是不相识的。

奥瑟罗　啊，不，他常常在我们两人之间传递消息。

埃　古　当真！

奥瑟罗　当真！嗯，当真。你觉得有什么不对吗？他这人不老实吗？

埃　古　老实，我的主帅？

奥瑟罗　老实！嗯，老实。

埃　古　主帅，照我所知道的，——

奥瑟罗　你有什么意见？

埃　古　意见，我的主帅！

奥瑟罗　意见，我的主帅！天啊，你在学我的舌，好像在你的思想之中，藏着什么丑恶得不可见人的怪物似的。你的话里含着意思。刚才凯西奥离开我的妻子的时候，我听见你说，你不喜欢那种样子，你不喜欢什么样子呢？当我告诉你在我求婚的全部过程中，他都参与我们的秘密的时候，你又喊着说，"当真！"蹙紧了你的眉头，好像在把一个可怕的思想关锁在你的脑筋里一样。要是你爱我，把你所想到的事告诉我吧。

埃　古　主帅，您知道我是爱您的。

奥瑟罗　我相信你的话；因为我知道你是一个忠诚正直的人，从来不让一句没有忖度过的话轻易出口，所以你这种吞吞吐吐的口气格外使我惊疑。在一个奸诈的小人，这些不过是一套玩惯了的戏法；可是在一个正人君子，那就是从心底里不知不觉自然流露出来的秘密的抗议。

埃　古　讲到迈克尔·凯西奥，我敢发誓我相信他是忠实的。

奥瑟罗　我也这样想。

埃　古　人们的内心应该跟他们的外表一致，有的人却不是这样；要是他们能够脱下了假面，那就好了！

奥瑟罗　不错，人们的内心应该跟他们的外表一致。

埃　古　所以我想凯西奥是个忠实的人。

奥瑟罗　不，我看你还有一些别的意思。请你老老实实把你的思想告诉我，尽管用最坏的字眼，说出您所想到的最坏的事情。

埃　古　我的好主帅，请原谅我；凡是我名分上应尽的责任，我当然不敢躲避，可是您不能勉强我做那一切奴隶们也没有那种义务的事。吐露我的思想？也许它们是邪恶而卑劣的；哪一座庄严的宫殿里，不会有时被下贱的东西闯入呢？哪一个人的心胸这样纯洁，没有一些污秽的念头和正大的思想分庭抗礼呢？

奥瑟罗　埃古，要是你以为你的朋友受人欺侮了，可是却不让他知道你的思想，这不成合谋卖友了吗？

埃　古　也许我是以小人之腹度君子之心，因为我是一个秉性多疑的人，常常会无中生有，错怪了人家；所以请您还是不要把我的无稽的猜测放在心上，更不要因为我的胡乱的妄言而自寻烦恼。要是我让您知道了我的思想，一则将会破坏您的安静，对您没有什么好处；二则那会影响我的人格，对我也是一件不智之举。

奥瑟罗　你的话是什么意思？

埃　古　我的好主帅，无论男人女人，名誉是他们灵魂里面最切身的珍宝。谁偷窃我的钱囊，不过偷窃到一些废物，一些虚无的东西，它从我的手里转到他的手里，它也曾做过千万人的奴隶；可是谁偷去了我的名誉，那么他虽然并不因此而富足，我却因为失去它而成为赤贫了。

奥瑟罗　凭着上天起誓，我一定要知道你的思想。

埃　古　即使我的心在您的手里，您也不能知道我的思想；当它还在我的保管之下，我更不能让您知道。

奥瑟罗　吓！

埃　古　啊，主帅，您要留心嫉妒啊；那是一个绿眼的妖魔，谁做了它的牺牲，就要受它的玩弄。本来并不爱他的妻子的那种丈夫，虽然明知被他的妻子欺骗，算来还是幸福的；可是啊！一方面那样痴心疼爱，一方面又是那样满腹狐疑，这才是活活的受罪！

奥瑟罗　啊，难堪的痛苦！

埃　古　贫穷而知足，可以赛过富有；有钱的人要是时时刻刻都在担心他会有一天变成穷人，那么即使他有无限的资财，实际上也像冬天一样贫困。天啊，保佑我们不要嫉妒吧！

奥瑟罗　咦，这是什么意思？你以为我会在嫉妒里消磨我的一生，随着每一次月亮的变化，发生一次新的猜疑吗？不，我有一天感到怀疑，就要把它立刻解决。要是我会让这种捕风捉影的猜测支配我的心灵，像你所暗示的那样，我就是一头愚蠢的山羊。谁说我的妻子貌美多姿，爱好交际，口才敏慧，能歌善舞，绝不会使我嫉妒；对于一个贤淑的女子，这些是锦上添花的美妙的外饰。我也绝不因为我自己的缺点而担心她会背叛我；她倘不是独具慧眼，绝不会选中我的。不，埃古，我在没有亲眼目睹以前，绝不妄起猜疑；当我感到怀疑的时候，我就要把它证实；果然有了确实的证据，我就一了百了，让爱情和嫉妒同时毁灭。

埃　古　您这番话使我听了很是高兴，因为我现在可以用更坦白的精神，向您披露我的忠爱之忱了。我还不能给您确实的证据。注意尊夫人的行动；留心观察她对凯西奥的态度；用冷静的眼光看着他们，不要一味多心，也不要过于大意；我不愿您的慷慨豪迈的天性被人欺罔；留心着吧。我知道我们国里娘儿们的脾气；在威尼斯她们背着丈夫干的风流活剧，是不瞒天地的；她们可以不顾羞耻，干她们所要干的事，只要不让丈夫知道，就可以问心无愧。

奥瑟罗 你真的这样说吗？

埃 古 她当初跟您结婚，曾经骗过她的父亲；当她好像对您的容貌战栗畏惧的时候，她的心里却在热烈地爱着它。

奥瑟罗 她正是这样。

埃 古 好，她这样小小的年纪就有这般能耐，做作得不露一丝破绽，把她父亲的眼睛完全遮掩过去，使他疑心您用妖术把她骗走。——可是我不该说这种话；请您原谅我对您的过分的忠心吧。

奥瑟罗 我永远感激你的好意。

埃 古 我看这件事情有点儿令您扫兴。

奥瑟罗 一点不，一点不。

埃 古 真的，我怕您在发恼啦。我希望您把我这番话当作善意的警戒。可是我看您真的在动怒啦。我必须请求您不要因为我这么说了，就武断地下了结论；不过是一点嫌疑，还不能就认为是事实哩。

奥瑟罗 我不会的。

埃 古 您要是这样，主帅，那么我的话就要引起不幸的后果，完全违反我的本意了。凯西奥是我的好朋友，——主帅，我看您在动怒啦。

奥瑟罗 不，并不怎么动怒。我想苔丝德梦娜是贞洁的。

埃 古 但愿她永远如此！但愿您永远这样想！

奥瑟罗 可是一个人往往容易迷失本性——

埃 古 嗯，问题就在这儿，说句大胆的话，当初多少跟她同国族同肤色同阶级的人向她求婚，她都置之不理，这明明是违反常情的举动；嘿！从这儿就可以看到一个荒唐的意志，乖僻的习性和不近人情的思想。可是原谅我，我不一定指着她说；虽然我恐怕她因为一时的孟浪跟随了您，也许后来会觉得您在各方面不能符合她自己国中的标准而懊悔她的选择的错误。

奥瑟罗 再会，再会。要是您还观察到什么，请让我知道；叫你的妻子留心察看。离开我，埃古。

埃 古 主帅，我告辞了。（欲去）

奥瑟罗 我为什么要结婚呢？这个诚实的汉子所看到所知道的事情，一定比他向我宣布出来的多得多。

埃 古 （回转）主帅，我想请您最好把这件事情搁一搁，慢慢地再看吧。凯西奥虽然应该让他复职，因为他对于这一个职位是非常胜任的；可是您要是愿意对他暂时延宕一下，就可以借此窥探他的真相，看他钻的是那一条门路。您只要注意尊夫人在您面前是不是着力替他说情，从那上头就可以看出不少情事。现在请您只把我的意见认作无谓的顾虑，——我相信我的确太多疑了，——仍旧把尊夫人看成一个清白无罪的人。

奥瑟罗 你放心吧，我不会失去自制的。

埃 古 那么我告辞了。（下）

奥瑟罗 这是一个非常诚实的家伙，对于人情世故是再熟悉不过的了。要是我能够证明她是一头没有驯服的野鹰，虽然我用自己的心弦把她系住，我也要放她随风远去，追寻她自己的命运。也许因为我生得黑丑，缺少绅士们温柔风雅的谈吐，也许因为我年纪老了点儿——虽然还不算顶老——所以她才会背叛我；我已经自取其辱，只好割断对她这一段痴情。啊，结婚的烦恼！我们可以在名义上把这些可爱的人儿称为我们所有，却不能支配她们的爱憎喜恶！我宁愿做一只蛤蟆，呼吸牢室中的浊气，也不愿占住了自己心爱之物的一角，让别人把它享用。可是那是富贵者也不能幸免的灾祸，他们并不比贫贱者享有更多的特权；那是像死一样不可逃避的命运，我们一生下来就已经在冥冥中注定了的。瞧！她来了。倘然她是不贞的，啊！那么上天在开自己的玩笑了。我不信。

苔丝德梦娜及爱米莉霞重上。

苔丝德梦娜 啊，我的亲爱的奥瑟罗！您所宴请的那些岛上的贵人们都在等着您去就席哩。

奥瑟罗 是我失礼了。

苔丝德梦娜 您怎么说话这样没有劲？您不大舒服吗？

奥瑟罗 我有点儿头痛。

苔丝德梦娜 那一定是因为睡少的缘故，不要紧的；让我替您绑紧了，一小时内就可以痊愈。

奥瑟罗 你的手帕太小了。（苔丝德梦娜的手帕坠地）随它去；来，我跟你一块儿进去。

苔丝德梦娜 您身子不舒服，我很懊恼。（奥瑟罗、苔丝德梦娜下）

爱米莉霞 我很高兴我拾到了这方手帕；这是她从那摩尔人手里第一次得到的礼物。我那古怪的丈夫向我说过了不知多少好话，要我把它偷了来；可是她非常喜欢这玩意儿，因为他叫她永远保存，不许遗失，所以她随时带在身边，一个人的时候就拿出来把它亲吻，对它说话。我要去把那花样描下来，再把它送给埃古；究竟他拿去有什么用，天才知道，我可不知道。我只不过为了讨他的喜欢。

　　　　　　埃古重上。

埃　古 啊！你一个人在这儿干什么？

爱米莉霞 不要骂；我有一件好东西给你。

埃　古 一件好东西给我？一件不值钱的东西——

爱米莉霞 吓！

埃　古 娶了一个愚蠢的老婆。

爱米莉霞 啊！当真？要是我现在把那方手帕给了你，你给我什么东西？

埃　古 什么手帕？

爱米莉霞 什么手帕？就是那摩尔人第一次送给苔丝德梦娜，你老是叫我偷了来的那方手帕呀。

埃　古 已经偷来了吗？

爱米莉霞 不，不瞒你说，她自己不小心掉了下来，我正在旁边，乘此机会就把它拾起来了。瞧，这不是吗？

埃　古 好妻子，给我。

爱米莉霞 你一定要我偷了它来，究竟有什么用？

埃　古 哼，那干你什么事？（夺帕）

爱米莉霞 要是没有重要的用途，还是把它还了我吧。可怜的夫人！她失去这方手帕，准要发疯了。

埃　古 不要说出来；我自有用处。去，离开我。（爱米莉霞下）我要把这手帕丢在凯西奥的寓所里，让他找到它。像空气一样轻的小事，对于一个嫉妒的人，也会变成天书一样坚强的确证；也许这就可以引起一场是非。这摩尔人已经中了我的毒药的毒，他的心理上已经发生变化了；危险的思想本来就是一种毒药，虽然在开始的时候尝不到什么苦涩的味道，可是渐渐地在血液里活动起来，就会像硫矿一样轰然爆发。我

莎士比亚悲剧集

已经说过了；瞧，他又来了！

奥瑟罗重上。

埃　古　罂粟，曼陀罗，或是世上一切使人昏迷的药草，都不能使你得到昨天晚上你还安然享受的酣眠。

奥瑟罗　吓！吓！对我不贞？

埃　古　啊，怎么，主帅！别老想着那件事啦。

奥瑟罗　去！滚开！你害得我好苦。与其知道得不明不白，还是糊里糊涂受人家欺弄的好。

埃　古　怎么，主帅！

奥瑟罗　她瞒着我跟人家私通，我不是一无知觉的吗？我没有看见，没有想到，它对我漠不相干；到了晚上，我还是睡得好好的，逍遥自得，无忧无虑，在她的嘴唇上找不到凯西奥吻过的痕迹。被盗的人要是不知道偷儿盗去了他什么东西，他就等于没有被盗一样。

埃　古　我很抱歉听见您说这样的话。

奥瑟罗　要是全营的将士，从最低微的工兵起，都曾领略过她的肉体美趣，只要我一无所知，我还是快乐的。啊！从今以后，永别了，宁静的心绪！永别了，平和的幸福！永别了，威武的大军，激发壮志的战争！啊，永别了！永别了，长嘶的骏马，锐利的号角，惊魂的鼙鼓，刺耳的横笛，庄严的大旗和一切战阵上的威仪！还有你，杀人的巨炮啊，你的残暴的喉管里模仿着天神乔武的怒吼，永别了！奥瑟罗的事业已经完毕。

埃　古　难道以至于此吗，主帅？

奥瑟罗　恶人，你必须证明我的爱人是一个淫妇，您必须给我目击的证据；否则凭着人类永生的灵魂起誓，我的激起了的怒火将要喷射在你的身上，使你悔恨自己当初不曾投胎做一条狗！

埃　古　竟会到了这样的地步吗？

奥瑟罗　让我亲眼看见这种事实，或者至少给我无可置疑的切实的证据，否则我要活活要你的命！

埃　古　尊贵的主帅——

奥瑟罗　你要是故意捏造谣言，毁坏她的名誉，使我受到难堪的痛苦，那么你再不要祈祷吧；放弃一切恻隐之心，让各种残酷的罪恶丛集于你的残酷的一身，尽管做一些使上天悲泣，使人世惊愕的暴行吧，因为你现在已经罪大恶极，没有什么可以使你在地狱里沉沦得更深的了。

埃　古　天啊！您是一个汉子吗？您有灵魂吗？您有知觉吗？上帝和您同在！我也不要做这捞什子的旗官了。啊，倒霉的傻瓜！你以为自己是个老实人，人家却把你的老实当作了罪恶！啊，丑恶的世界！注意，注意，世人啊！说老实话，做老实人，是一件危险的事哩。谢谢您给我这一个有益的教训；既然善意反而遭人嗔怪，从此以后，我再也不对什么朋友掬献我的真情了。

奥瑟罗　不，且慢；你应该做一个老实的人。

埃　古　我应该做一个聪明人；因为老实人就是傻瓜，虽然一片好心，结果还是不能取信于人。

奥瑟罗　我想我的妻子是贞洁的，可是又疑心她不大贞洁；我想你是诚实的，可是又疑心你不大诚实。我一定要得到一些证据。她的名誉本来是像黛安娜的容颜一样皎洁的，现在已经染上污垢，像我自己的脸一样黝黑了。要是这儿有绳子，刀子，毒药，火焰，或是使人窒息的河水，我一定不能忍受下去。但愿我能够扫空这一块疑团！

埃　古　主帅，我看您完全被感情所支配了。我很后悔不该惹起您的疑心。那么您愿意知道究竟吗？

奥瑟罗　愿意！嘿。我一定要知道。

埃　古　那倒是可以的；可是怎样去知道它呢，主帅？你还是眼睁睁地当场看她被人奸污吗？

奥瑟罗　啊！该死该死！

埃　古　叫他们当场出丑，我想很不容易；他们干这种事，总是要避人眼目的。那么怎么样呢？我应该怎么说呢？怎样才可以拿到真凭实据？即使他们像山羊一样风骚，猴子一样好色，豺狼一样贪淫，即使他们是糊涂透顶的傻瓜，您也看不到他们这一幕把戏。可是我说，有了确凿的线索，就可以探出事实的真相；要是这一类间接的旁证可以替您解除疑惑，那倒是不难得到的。

奥瑟罗　给我一个充分的理由，证明她已经失节。

埃　古　我不喜欢这件差使；可是既然愚蠢的忠心已经把我拉进了这一桩纠纷里去，我也不能再守沉默了。最近我曾经和凯西奥同过榻；我因为牙痛不能入睡；世上有一种人，他们的灵魂是不能保守秘密的，往往会在睡梦之中吐露他们的私事，凯西奥也就是这一种人；我听见他在梦寐中说："亲爱的苔丝德梦娜，我们需要小心，不要让别人窥破了我们的爱情！"于是，主帅，他就紧紧地捏住我的手，嘴里喊："啊，可爱的人儿！"然后狠狠地吻着我，好像那些吻是长在我的嘴唇上，他恨不得把它们连根拔起一样；然后他又把他的脚搁在我的大腿上，叹一口气，亲一个吻，喊一声"该死的命运，把你给了那摩尔人！"

奥瑟罗 啊，可恶！可恶！

埃　古 不，这不过是他的梦。

奥瑟罗 虽然只是一个梦，已经可以断定一切。

埃　古 这也许可以进一步证实其他的疑窦。

奥瑟罗 我要把她碎尸万段。

埃　古 不，您不能太鲁莽了；我们还没有看见实际的行动；也许她还是贞洁的。告诉我这一点：您有没有看见过在尊夫人的手里有一方绣着草莓花样的手帕？

奥瑟罗 我给过她这样一方手帕；那是我第一次送给她的礼物。

埃　古 那我不知道；可是今天我看见凯西奥用这样一方手帕抹他的胡子，我相信它一定就是尊夫人的。

奥瑟罗 假如就是那一方手帕——

埃　古 假如就是那一方手帕，或者是其他她所用过的手帕，那么又是一个对她不利的证据了。

奥瑟罗 啊，我但愿那家伙有四万条生命！单单让他死一次是发泄不了我的愤怒的。现在我明白这件事情全然是真的了。瞧，埃古，我把我的全部痴情向天空中吹散；它已经随风消失了。黑暗的复仇，从你的幽窟之中升起来吧！爱情啊，把你的王冠和你的心灵深处的宝座让给残暴的憎恨吧！胀起来吧，我的胸膛，因为你已经满载着毒蛇的螫舌！

埃　古 请不要发恼。

奥瑟罗 啊，血！血！血！

埃　古 忍耐点儿吧；也许您的意见会改变过来的。

奥瑟罗 决不，埃古。正像黑海的寒涛滚滚奔流，永远不会后退一样，我的风驰电掣的流血的思想，在复仇的目的没充分达到以前，也决不会踟蹰回顾，化为绕指的柔情。（跪）苍天在上，我倘不能报复这奇耻大辱，誓不偷生人世。

埃　古　且慢起来。（跪）亘古炳耀的日月星辰，环抱宇宙的风云雨雾，请你们为我作证：从现在起，埃古愿意尽心竭力，为被欺的奥瑟罗效劳；无论他叫我做什么残酷的工作，我一切唯命是从。

奥瑟罗　我不用空口的感谢接受你的好意，为了表示我的诚心的嘉纳，我要请你立刻履行你的诺言：在这三天以内，让我听见你说凯西奥已经不在人世。

埃　古　我的朋友的死已经决定了，因为这是您的意旨；可是放她活命吧。

奥瑟罗　该死的淫妇！啊，咒死她！来，跟我去；我要为这美貌的魔鬼想出一个干脆的死法。现在你是我的副将了。

埃　古　我永远是您的忠仆。（同下）

第四场　城堡前

苔丝德梦娜，爱米莉霞及小丑上。

苔丝德梦娜　喂，你知道凯西奥副将住在什么地方吗？

小　丑　我不敢说他住在什么地方。

苔丝德梦娜　为什么？

小　丑　告诉您他在什么地方，就是告诉您我撒谎。

苔丝德梦娜　那是什么意思？

小　丑　我不知道他住在什么地方；要是胡乱想出一个地方来，说他住在这儿那儿，那就是随口撒谎啦。

苔丝德梦娜　你可以打听打听他在什么地方呀。

小　丑　好，我就去到处向人家打听，看他们怎么回答我。

苔丝德梦娜　找到了他，你就叫他到这儿来，对他说我已经替他在将军面前说过情了，大概可以得到圆满的结果。

小　丑　干这件事是一个人的智力所能及的，所以我愿意去干它一下。（下）

苔丝德梦娜　我究竟在什么地方掉了那方手帕呢，爱米莉霞？

爱米莉霞　我不知道，夫人。

219

苔丝德梦娜　　相信我，我宁愿失去我的一袋金币；倘然我的摩尔人不是这样一个光明磊落的汉子，倘然他也像那些多疑善妒的卑鄙男人一样，这是很可以引起他的疑心的。

爱米莉霞　　他不会嫉妒吗？

苔丝德梦娜　　谁！他？我想在他生长的地方，那灼热的阳光已经把这种气质完全从他身上吸去了。

爱米莉霞　　瞧！他来了。

苔丝德梦娜　　我在他没有跟凯西奥当面谈话以前，决不离开他一步。

　　　　　　奥瑟罗上。

苔丝德梦娜　　您好吗，我的主？

奥瑟罗　　好，我的好夫人。（旁白）啊，装假脸真不容易！——你好，苔丝德梦娜？

苔丝德梦娜　　我好，我的好夫君。

奥瑟罗　　把你的手给我。这手很潮润呢，我的夫人。

苔丝德梦娜　　它还没有感到老年的侵袭，也没有受过忧伤的损害。

奥瑟罗　　这一只手表明它的主人是多育子女而心肠慷慨的；这么热，这么潮。奉劝夫人努力克制邪心，常常斋戒祷告，反身自责，礼拜神明，因为这儿有一个年少风流的魔鬼，惯会在人们血液里捣乱。这是一只好手，一只很慷慨的手。

苔丝德梦娜　　您真的可以这样说，因为就是这一只手把我的心献给您的。

奥瑟罗　　一只慷慨的手。从前的姑娘把手给人，同时把心也一起给了他；现在时世变了，得到一位姑娘的手的，不一定能够得到她的心。

苔丝德梦娜　　这种话我不会说。来，您答应我的事怎么样啦？

奥瑟罗　　我答应你什么，乖乖？

苔丝德梦娜　　我已经叫人去请凯西奥来跟您谈谈了。

奥瑟罗　　我的眼睛有些胀痛，老是淌着眼泪，把你的手帕借给我一用。

苔丝德梦娜　　这儿，我的主。

奥瑟罗　　我给你的那一方呢？

苔丝德梦娜　　我没有带在身边。

奥瑟罗　　没有带？

苔丝德梦娜　　真的没有带，我的主。

奥瑟罗　那你可错了。那方手帕是一个埃及女人送给我的母亲的；她是一个能够洞察人心的女巫，她对我的母亲说，当她保存着这方手帕的时候，它可以使她得到我的父亲的欢心，享受专房的爱宠，可是她要是失去了它，或是把它送给旁人，我的父亲就要对她发生憎厌，他的心就要另觅新欢了。她在临死的时候把它传给我，叫我有了妻子以后，就把它交给新妇。我遵照她的吩咐给了你，所以你必须格外小心，珍惜它像珍惜你自己宝贵的眼睛一样；万一失去了，或是送给别人，那就难免遭到一场无比的灾祸。

苔丝德梦娜　真会有这种事吗？

奥瑟罗　真的，这一方小小的手帕，却有神奇的魔力织在里面；它是一个二百岁的神巫在一阵心血来潮的时候缝就的；它那一缕缕的丝线，也不是世间的凡蚕所吐；织成以后，它曾经在用处女的心炼成的丹液里浸过。

苔丝德梦娜　当真！这是真的吗？

奥瑟罗　绝对的真实；所以留心藏好它吧。

苔丝德梦娜　上帝啊，但愿我从来没有见过它！

奥瑟罗　吓！为什么？

苔丝德梦娜　您为什么说得这样暴躁？

奥瑟罗　它已经失去了吗？不见了吗？说，它是不是已经丢了？

苔丝德梦娜　上天祝福我们！

奥瑟罗　你说。

苔丝德梦娜　它没有失去；可是要是失去了，那可怎么样呢？

奥瑟罗　怎么！

苔丝德梦娜　我说它没有失去。

奥瑟罗　去把它拿来给我看。

苔丝德梦娜　我可以把它拿来，可是现在我不高兴。这是一个诡计，要想把我的要求赖了过去，请您把凯西奥重新录用了吧。

奥瑟罗　给我把那手帕拿来。我在疑心起来了。

苔丝德梦娜　得啦，得啦，您再也找不到一个比他更能干的人。

奥瑟罗　手帕！

苔丝德梦娜　请您还是跟我谈谈凯西奥的事情吧。

奥瑟罗　手帕！

苔丝德梦娜 他一向受您的眷爱，跟着您同甘共苦，历尽艰辛——

奥瑟罗 手帕！

苔丝德梦娜 凭良心说，您也太不该。

奥瑟罗 去！（下）

爱米莉霞 这个人在嫉妒吗？

苔丝德梦娜 我从来没有看见过他这样子。这手帕一定有些不可思议的魔力；我真倒霉把它丢了。

爱米莉霞 好的男人一两年里头也难得碰见一个。男人是一张胃，我们是一块肉；他们贪馋地把我们吞下去，吃饱了，就把我们呕出来。您瞧！凯西奥跟我的丈夫来啦。

埃古及凯西奥上。

埃　古 没有别的法子，只好央求她出力。瞧！好运气！去求求她吧。

苔丝德梦娜 啊，好凯西奥！您有什么见教？

凯西奥 夫人，我还是要向您重提我的原来的请求，希望您发挥鼎力，让我重新做人，能够在我所尊敬的主帅麾下再邀恩眷。我不能这样延宕下去了。假如我果然罪大恶极，无论过去的微劳，现在的悔恨，或是将来立功自赎的决心，都不能博取他的矜怜宽谅，那么我也希望得到一个明白的答复，我就死心塌地向别处去乞讨命运的布施了。

苔丝德梦娜 唉，善良的凯西奥！我的话已经变成刺耳的烦渎了；我的丈夫已经不是我的丈夫，要是他的面貌也像他的脾气一样改变，我简直要不认识他了。愿神灵保佑我！我已经尽力替您说话；为了我的言辞的戆拙，我已经遭到他的憎恶。您必须暂时忍耐；只要是我力量所及的事，我都愿意为您一试；请您相信我，倘然那是我自己的事情，我也不会这样热心的。

埃　古 主帅发怒了吗？

爱米莉霞 他刚才从这儿走开，他的神气暴躁异常。

埃　古 他会发怒吗？我曾经看见大炮冲散他的队伍，像魔鬼一样把他的兄弟从他身边轰掉，他仍旧不动声色。他也会发怒吗？那么一定出了什么重大的事情了。我要去看看他。他要是发怒，一定有些缘故。

苔丝德梦娜 请你就去吧。（埃古下）一定是什么国家大事，或是他在这儿塞浦路斯发现了威尼斯方面有什么秘密的阴谋，扰乱了他的清明的神志；

人们在这种情形之下，往往会为了一些小事而生气，虽然实际激怒他们的却是其他更大的原因。正是这样，我们一个指头疼痛的时候，全身都会觉得难受。我们不能把男人当作完美的天神，也不能希望他们永远像新婚之夜那样殷勤体贴。爱米莉霞，我真该死，会在心里抱怨他的无情；现在我才觉悟我是错怪他了。

爱米莉霞　谢天谢地，但愿果然像您所想的，是为了些国家的事情，不是因为对您起了疑心。

苔丝德梦娜　唉！我从来没有给过他一些可以使他怀疑的理由。

爱米莉霞　可是多疑的人是不会因此而满足的；他们往往不是因为有了什么理由而嫉妒，只是为了嫉妒而嫉妒，那是一个凭空而来、自生自长的怪物。

苔丝德梦娜　愿上天保佑奥瑟罗，不要让这怪物钻进他的心里！

爱米莉霞　阿门，夫人。

苔丝德梦娜　我去找他去。凯西奥，您在这儿走走，要是我看见他可以说话，我会向他提起您的请求，尽力给您转圜就是了。

凯西奥　多谢夫人。（苔丝德梦娜、爱米莉霞下）

　　　　　琵央加上。

琵央加　你好，凯西奥朋友！

凯西奥　你怎么不在家里？你好，我的最娇美的琵央加？不骗你，亲爱的，我正要到你家里来呢。

琵央加　我也是要到你的尊寓去的，凯西奥。什么！一个星期不来看我？七天七夜？一百六十八个小时？在相思里挨过的时辰，比时钟是要慢上八十倍的；啊，这一笔算不清的糊涂账！

凯西奥　对不起，琵央加，这几天来我实在心事太重，改日加倍补报你就是了。亲爱的琵央加，（以苔丝德梦娜手帕授琵央加）替我把这手帕上的花样描下来。

琵央加　啊，凯西奥！这是什么地方来的？这一定是哪个新相好送给你的礼物；我现在明白你不来看我的缘故了。有这等事吗？好，好。

凯西奥　得啦，女人！把你这种瞎疑心丢还给魔鬼吧。你在吃醋了，你以为这是什么情人送给我的纪念品；不，凭着我的良心发誓，琵央加。

琵央加　那么这是谁的？

凯西奥　我不知道，爱人；我在寝室里找到它。那花样我很喜欢，我想乘失主没有来问我讨还以前，把它描了下来。请你拿去给我描一描。现在请你暂时离开我。

琵央加　离开你！为什么？

凯西奥　我在这儿等候主帅到来；让他看见我有女人陪着，恐怕不大方便。

琵央加　为什么？我倒要请问。

凯西奥　不是因为我不爱你。

琵央加　只是因为你并不爱我。请你陪我稍微走一段路，告诉我今天晚上你来不来看我。

凯西奥　我只能陪你稍走几步，因为我在这儿等人；可是我就会来看你的。

琵央加　那很好；我也不能勉强你。（各下）

第四幕

第一场　塞浦路斯　城堡前

　　　　　　奥瑟罗及埃古上。

埃　古　您愿意这样想吗？

奥瑟罗　怎样想，埃古？

埃　古　什么！背着人接吻？

奥瑟罗　这样的接吻是为礼法所不许的。

埃　古　脱光了衣服，和她的朋友睡在一床，经过一个多小时，却一点不起邪念？

奥瑟罗　埃古，脱光衣服睡在床上，还会不起邪念！这明明是对魔鬼的假意矜持；无论怎样坚贞自诩的人，到了这种时候，也免不了受魔鬼的诱惑的。

埃　古　要是他们不及于乱，那还不过是一个小小的过失；可是假如我把一方手帕给了我的妻子——

奥瑟罗　给了她便怎样？

埃　古　啊，主帅，那时候它就是她的东西了；既然是她的东西，我想她可以把它送给无论什么人的。

奥瑟罗　她的贞操也是她自己的东西，她也可以把它送给无论什么人吗？

埃　古　她的贞操是一种不可捉摸的品质；世上有几个真正贞洁的贞洁妇人？可是讲到那方手帕——

奥瑟罗　天啊，我但愿忘记那句话！你说——啊！它笼罩着我的记忆，就像预兆不祥的乌鸦在一座染疫的屋顶上回旋一样——你说我的手帕在他的手里。

埃　古　是的，在他手里便怎么样？

奥瑟罗　那可不大好。

埃　古　什么！要是我说我看见他干那对您不住的事？或是听见他说——世上尽多那种家伙，他们靠着死命地追求征服了一个女人，或者得到什么情妇的自动的垂青，就禁不住到处向人吹嘘——

奥瑟罗　他说过什么话吗？

埃　古　说过的，主帅；可是您放心吧，他说过的话，他都可以发誓否认的。

奥瑟罗　他说过什么？

埃　古　他说，他曾经——我不知道他曾经干些什么事。

奥瑟罗　什么？什么？

埃　古　跟她睡——

奥瑟罗　在一床？

埃　古　睡在一床，睡在她的身上！随您怎么说吧。

奥瑟罗　跟她睡在一床！睡在她的身上！岂有此理！手帕——口供——手帕！叫他招供了，再把他吊死。先把他吊起来，然后叫他招供。我一想起就气得发抖。人们总是有了某种感应，阴暗的情绪才会笼罩他的心灵；一两句空洞的话是不能给我这样大的震动的。呸！摸鼻子，咬耳朵，吮嘴唇。会有这样的事吗？口供——手帕！——啊，魔鬼！（晕倒）

埃　古　显出你的效力来吧，我的妙药，显出你的效力来吧！轻信的愚人是这样落进了圈套；许多贞洁贤淑的娘儿们，都是这样蒙上了不白之冤。喂，主帅！主帅！奥瑟罗！

凯西奥上。

埃　古　啊，凯西奥！

凯西奥　怎么一回事？

埃　古　咱们大帅发起癫痫来了。这是他第二次发作；昨天他也发过一次。

凯西奥　在他太阳穴上摩擦摩擦。

埃　古　不，不行；他这种昏迷状态，必须保持安静；要不然的话，他就要嘴里冒出白沫，慢慢地会发起疯狂来的。瞧！他在动了。你暂时走开一下，他就会恢复原状。等他走了以后，我还有要紧的话跟你说。（凯西奥下）怎么啦，主帅？您没有摔痛您的头吗？

奥瑟罗　你在讥笑我吗？

埃　古　我讥笑您！不，没有这样的事！我愿您像一个大丈夫似的忍受命运的拨弄。

奥瑟罗　顶上绿头巾，还算一个人吗？

埃　古　在一座热闹的城市里，这种不算人的人多着呢。

奥瑟罗　他自己公然承认了吗？

埃　古　主帅，您看破了点吧；您只要想一想，哪一个有家室的须眉男子，没有遭到跟您同样命运的可能；世上不知有多少男人，他们的卧榻上容留过无数的生张熟魏，他们自己还满以为这是一块私人的禁地哩；您的情形还不算顶坏。啊！这是最刻毒的恶作剧，魔鬼的最大的玩笑，让一个男人安安心心地搂着一个荡妇亲嘴，还以为她是一个三贞九烈的女人！不，我知道我自己是个什么人，所以我也知道她会变成什么样子。

奥瑟罗　啊！你是个聪明人；你说得一点不错。

埃　古　现在请您暂时站在一旁，竭力耐住您的怒气。刚才您恼得昏过去的时候，凯西奥曾经到这儿来过；我告诉他您不省人事，把他打发走了，叫他过一会儿再来跟我谈谈；他已经答应我了。您只要找一处所在躲一躲，就可以看见他满脸得意忘形，冷嘲热讽的神气；因为我要叫他从头叙述他历次跟尊夫人相会的情形，还要问他重温好梦的时间和地点。您留心看看他那副表情吧。可是不要气恼；否则我就要说您一味意气用事，一点没有大丈夫的气概啦。

奥瑟罗　告诉你吧，埃古，我会很巧妙地不动声色；可是，你听着，我也会包藏一颗最凶恶的杀心。

埃　古　那很好；可是什么事都要看准时机。您走远一步吧。（奥瑟罗退后）现在我要向凯西奥谈起琵央加，一个靠着出卖风情维持生活的雌儿；她热恋着凯西奥；这也是娼妓们的报应，往往她们迷惑了多少的男子，结果却被一个男人迷昏了心。他一听见她的名字，就会忍不住捧腹大笑。他来了。

　　　　凯西奥重上。

埃　古　他一笑起来，奥瑟罗就会发疯；可怜的凯西奥的嬉笑的神情和轻狂的举止，在他那充满着无知的嫉妒的心头，一定可以引起严重的误会。——您好，副将？

凯西奥　我因为丢掉了这个头衔，正在懊恼得要死，你却还要这样称呼我。

埃　古　在苔丝德梦娜跟前多说几句央求的话，包你原官起用。（低声）要是这件事情换在琵央加手里，早就不成问题了。

凯西奥　唉，可怜虫！

奥瑟罗　（旁白）瞧！他已经在笑起来啦！

埃　古　我从来不知道一个女人会这样爱一个男人。

凯西奥　唉，小东西！我看她倒是真的爱我。

奥瑟罗　（旁白）现在他在含糊否认，想把这事情用一笑搪塞过去。

埃　古　你听见吗，凯西奥？

奥瑟罗　（旁白）现在他在要求他宣布经过情形啦。说下去，很好，很好。

埃　古　她向人家说你将要跟她结婚；你有这个意思吗？

凯西奥　哈哈哈！

奥瑟罗　（旁白）你这样得意吗，好家伙？你这样得意吗？

凯西奥　我跟她结婚！什么？一个卖淫妇？对不起，你不要这样看轻我，我还不至于糊涂到这等地步哩。哈哈哈！

奥瑟罗　（旁白）好，好，好，好。得胜的人才会笑逐颜开。

埃　古　不骗你，人家都在说你将要跟她结婚。

凯西奥　对不起，别说笑话啦。

埃　古　我要是骗了你，我就是个大大的浑蛋。

凯西奥　一派胡说！她自己一厢情愿，相信我会跟她结婚；我可没有答应她。

奥瑟罗　（旁白）埃古在向我打招呼；现在他开始讲他的故事啦。

凯西奥　她刚才还在这儿；她到处缠着我。前天我正在海边跟几个威尼斯人谈话，那傻东西就来啦；不瞒你说，她这样攀住我的颈项——

奥瑟罗　（旁白）叫一声"啊，亲爱的凯西奥！"我可以从他的表情之间猜得出来。

凯西奥　她这样拉住我的衣服，靠在我的怀里，哭个不了，还这样把我拖来拖去，哈哈哈！

奥瑟罗　（旁白）现在他在讲她怎样把他拖到我的寝室里去啦。啊！我看见你的鼻子，可是不知道应该把它丢给哪一条狗吃。

凯西奥　好，我只好离开她。

埃　古	啊！瞧，她来了。
凯西奥	好一头抹香粉的臭猫！

　　　　琵央加上。

凯西奥	你这样到处盯着我不放，是什么意思呀？
琵央加	让魔鬼跟他的老娘盯着你吧！你刚才给我的那方手帕算是什么意思？我是个大傻瓜，才会把它收了下来。叫我描下那花样！真好看的花样，你在你的寝室里找到它，却不知道谁把它丢在那边！这一定是哪一个贱丫头送给你的东西，却叫我描下它的花样来！拿去，还给你那个相好吧；随你从什么地方得到这方手帕，我可不高兴描下它的花样。
凯西奥	怎么，我的亲爱的琵央加！怎么！怎么！
奥瑟罗	（旁白）天啊，那该是我的手帕哩！
琵央加	今天晚上你要是愿意来吃饭，尽管来吧；要是不愿意来，等你下回有兴致的时候再来吧。（下）
埃　古	追上去，追上去。
凯西奥	真的，我必须追上去，否则她会沿街漫骂的。
埃　古	你预备到她家里去吃饭吗？
凯西奥	是的，我想去。
埃　古	好，也许我会再碰见你；因为我很想跟你谈谈。
凯西奥	请你一定来吧。
埃　古	得啦，别多说啦。（凯西奥下）
奥瑟罗	（趋前）埃古，我应该怎样杀死他？
埃　古	您看见他一听到人家提起他的丑事，就笑得多么高兴吗？
奥瑟罗	啊，埃古！
埃　古	您还看见那方手帕吗？
奥瑟罗	那就是我的吗？
埃　古	我可以举手起誓，那是您的。瞧他多么看得起您那位痴心的太太！她把手帕送给他，他却拿去给了他的娼妇。
奥瑟罗	我要用九年的时间慢慢地磨死她。一个高雅的女人！一个美貌的女人！一个温柔的女人！
埃　古	不，您必须忘掉那些。
奥瑟罗	嗯，让她今夜腐烂，死亡，堕入地狱吧，因为她不能再活在世上。不，

莎士比亚悲剧集

我的心已经变成铁石了；我打它，反而打痛了我的手。啊！世上没有一个比她更可爱的东西；她可以睡在一个皇帝的身边，命令他干无论什么事。

埃　古　您素来不是这个样子的。

奥瑟罗　让她死吧！我不过说她是怎么样的一个人。她的针线活儿是这样精妙！一个出色的音乐家！啊，她唱起歌来，可以驯服一头野熊的心！她的心思才智，又是这样敏慧多能！

埃　古　唯其这样多才多艺，干出这种丑事来，才格外叫人气恼。

奥瑟罗　啊！一千倍，一千倍的可恼！而且她的性格又是这样温柔！

埃　古　嗯，太温柔了。

奥瑟罗　对啦，一点不错。可是，埃古，可惜！啊！埃古！埃古！太可惜啦！

埃　古　要是您对于一个失节之妇，还是这样恋恋不舍，那么索性采取放任吧；因为既然您自己也不以为意，当然更不干别人的事。

奥瑟罗　我要把她剁成一堆肉酱。叫我当一个王八！

埃　古　啊，她太不顾羞耻啦！

奥瑟罗　跟我的部将通奸！

埃　古　那尤其可恶。

奥瑟罗　给我弄些毒药来，埃古；今天晚上。我不想跟她多费唇舌，免得她的肉体和美貌再打动了我的心，今天晚上，埃古。

埃　古　不要用毒药，在她床上扼死她，就在那被她玷污了的床上。

奥瑟罗　好，好；那是一个大快人心的处置，很好。

埃　古　至于凯西奥，让我去取他的命吧；您在午夜前后，一定可以听到消息。

奥瑟罗　好极了。（内喇叭声）那是什么喇叭的声音？

埃　古　一定是从威尼斯来了什么人。——是罗陀维科奉公爵之命到这儿来了；瞧，您那位太太也跟他在一起。

罗陀维科、苔丝德梦娜及侍从等上。

罗陀维科　上帝保佑您，尊贵的将军！

奥瑟罗　祝福您，大人。

罗陀维科　公爵和威尼斯的元老们问候您安好。（以信交奥）

奥瑟罗　我敬吻他们的恩命。（拆信阅读）

苔丝德梦娜　罗陀维科大哥，威尼斯有什么消息？

埃　古　我很高兴看见您，大人；欢迎您到塞浦路斯来！

罗陀维科　谢谢。凯西奥副将好吗？

埃　古　他还健在，大人。

苔丝德梦娜　大哥，他跟我的丈夫闹了点儿别扭；可是您可以使他们言归于好。

奥瑟罗　你有把握吗？

苔丝德梦娜　您怎么说，我的主？

奥瑟罗　（读信）"务必照办为要，不得有误。——"

罗陀维科　他没有回答；他正在忙着读信。将军跟凯西奥果然有了意见吗？

苔丝德梦娜　有了很不幸的意见；为了我对凯西奥所抱的好感，我很愿意尽力
　　　　　调解他们。

奥瑟罗　该死！

苔丝德梦娜　你怎么说，我的主？

奥瑟罗　你聪明吗？

苔丝德梦娜　什么！他生气了吗？

罗陀维科　也许这封信激动了他；因为照我猜想起来，他们是要召他回国，叫
　　　　　凯西奥代理他的职务。

苔丝德梦娜　真的吗？那好极了。

奥瑟罗　当真！

苔丝德梦娜　您怎么说，我的主？

奥瑟罗　你要是发了疯，我才高兴。

苔丝德梦娜　为什么，亲爱的奥瑟罗？

奥瑟罗　魔鬼！（击苔丝德梦娜）

苔丝德梦娜　我没有错处，您不该这样对待我。

罗陀维科　将军，我要是把这回事情告诉威尼斯人，即使发誓说我亲眼看见，
　　　　　他们也一定不会相信我。这太过分了；向她赔罪吧，她在哭了。

奥瑟罗　啊，魔鬼！魔鬼！要是妇人的眼泪有孳生化育的力量，她的每一滴泪
　　　　　都会变成一条鳄鱼。走开，不要让我看见你！

苔丝德梦娜　我不愿留在这儿害您生气。（欲去）

罗陀维科　真是一位顺从的夫人。将军，请您叫她回来吧。

奥瑟罗　夫人！

苔丝德梦娜　我的主？

奥瑟罗　大人，您要跟她说些什么话？

罗陀维科　谁？我吗，将军？

奥瑟罗　嗯，您要我叫她转来，现在她转过来了。她会转来转去，走一步路回
一个身；她还会哭，大人，她还会哭；她是非常顺从的，正像您所说，
非常顺从。尽管流你的眼泪吧。大人，这信上的意思，——好一股装
腔作势的劲儿！——是要叫我回去——你去吧，等会儿我再叫人来唤
你——大人，我服从他们的命令，不日就可以束装上路，回到威尼斯
去——去！滚开！（苔丝德梦娜下）凯西奥可以接替我的位置。今天
晚上，大人，我还要请您赏光便饭。欢迎您到塞浦路斯来！——山羊
和猴子！（下）

罗陀维科　这就是为我们整个元老院所同声赞叹，称为全才全德的那位英勇的
摩尔人吗？这就是那喜怒之情不能把它震撼的高贵的天性吗？那命运
的箭矢不能把它擦伤穿破的坚定的德操吗？

埃　古　他已经大大变了样子啦。

罗陀维科　他的头脑没有毛病吗？他的神经是不是有点错乱？

埃　古　照他现在这种情形看起来，我实在不敢说他还会变成怎么一个样子；
但愿不至于此！

罗陀维科　什么！打他的妻子！

埃　古　真的，那可不大好；可是我但愿知道他对她没有比这更暴虐的行为！

罗陀维科　他一向都是这样的吗，还是因为信上的话激怒了他，才会有这种以
前所没有的过失？

埃　古　唉！唉！按着我的地位，我实在不便把我所看见所知道的一切说出口
来。您不妨留心注意他，他自己的行动就可以说明一切，用不着我多
说了。请您跟上去，看他还会做出什么花样来。

罗陀维科　他竟是这样一个人，真使我大失所望啊。（同下）

第二场　城堡中的一室

奥瑟罗及爱米莉霞上。

奥瑟罗　那么你没有看见什么吗？

爱米莉霞　没有看见，没有听见，也没有疑心到。

奥瑟罗　你不是看见凯西奥跟她在一起吗？

爱米莉霞　可是我不知道那有什么不对，而且我听见他们两人所说的每一个字。

奥瑟罗　什么！他们从来不曾低声耳语吗？

爱米莉霞　从来没有，将军。

奥瑟罗　也不曾打发你走开吗？

爱米莉霞　没有。

奥瑟罗　没有叫你去替她拿扇子，手套，脸罩，或是什么东西吗？

爱米莉霞　没有，将军。

奥瑟罗　那可奇怪了。

爱米莉霞　将军，我敢用我的灵魂打赌她是贞洁的。要是您疑心她有非礼的行为，赶快除掉这种思想吧，因为那是您心理上的一个污点。要是哪一个浑蛋把这种思想放进您的脑袋里，让上天罚他变成一条蛇，受永远的诅咒！假如她不是贞洁、贤淑和忠诚的，那么世上没有一个幸福的男人了；最纯洁的妻子，也会变成最丑恶的淫妇。

奥瑟罗　叫她到这儿来；去。（爱米莉霞下）她的话说得很动听；可是这种拉惯皮条的人，都是天生的利嘴。这是一个狡猾的淫妇，一肚子千刁万恶，当着人却会跪下来向天祈祷；我看见过她这一种手段。

　　　　爱米莉霞偕苔丝德梦娜重上。

苔丝德梦娜　我的主，您有什么吩咐？

奥瑟罗　过来，乖乖。

苔丝德梦娜　您要我怎么样？

奥瑟罗　让我看看你的眼睛；瞧着我的脸。

苔丝德梦娜　这是什么古怪的念头？

奥瑟罗　（向爱米莉霞）你去干你的事吧，奶奶；把门关了，让我们两人在这儿谈谈心。要是有人来了，你就在门口咳嗽一声。干你的贵营生去吧；快，快！（爱米莉霞下）

苔丝德梦娜　我跪在您的面前，请您告诉我您这些话是什么意思？我知道您在生气，可是我不懂您的话。

奥瑟罗　嘿，你是什么人？

苔丝德梦娜　我的主，我是您的妻子，您的忠贞不贰的妻子。

奥瑟罗　来，发一个誓，让你自己死后下地狱吧；因为你的外表太像一个天使了，倘不是在不贞之上，再加一重伪誓的罪名，也许魔鬼们会不敢抓你下去的；所以发誓说你是贞洁的吧。

苔丝德梦娜　天知道我是贞洁的。

奥瑟罗　天知道你是像地狱一样淫邪的。

苔丝德梦娜　我的主，我对谁干了欺心的事？我跟哪一个人有不端的行为？我怎么是淫邪的？

奥瑟罗　啊，苔丝德梦娜！去！去！去！

苔丝德梦娜　唉，不幸的日子！——您为什么哭？您的眼泪是为我而流的吗，我的主？要是您疑心这次奉召回国，是我的父亲的主意，请您不要怪我；您固然失去他的好感，我也已经失去他的慈爱了。

奥瑟罗　要是上天的意思，要让我受尽种种的折磨；要是他用诸般的痛苦和耻辱降在我的毫无防卫的头上，把我浸没在贫困的泥沼里，剥夺我的一切自由和希望，我也可以在我的灵魂的一隅之中，找到一滴忍耐的甘露。可是唉！在这尖酸刻薄的世上，做一个被人戳指笑骂的目标！那还可以容忍；可是我的心灵失去了归宿，我的生命失去了寄托，我的活力的源泉，变成了蛤蟆繁育生息的污池！忍耐，你朱唇韶颜的天婴啊，转变你的脸色，让它化成地狱般的狰狞吧！

苔丝德梦娜　我希望我在我的尊贵的夫主眼中，是一个贤良贞洁的妻子。

奥瑟罗　啊，是的，就像夏天的肉铺里的苍蝇一样贞洁，飞来飞去撒它的卵子。你这野草闲花啊！你的颜色是这样娇美，你的香气是这样芬芳，人家看见你嗅到你就会心疼；但愿世上从来不曾有过你！

苔丝德梦娜　唉！我究竟犯了什么连我自己也不知道的罪恶呢？

奥瑟罗　这一张皎洁的白纸，这一本美丽的书册，是要让人家写上"娼妓"两个字的吗？犯了什么罪恶！啊，你这人尽可夫的娼妇！我只要一说起你所干的事，我的两颊就会变成两座熔炉，把廉耻烧为灰烬。犯了什么罪恶！天神见了它要掩鼻而过；月亮看见了要羞得闭上眼睛；碰见什么都要亲吻淫荡的风，也静悄悄地躲在岩窟里面，不愿听见人家提起它的名字。犯了什么罪恶！不要脸的娼妇！

苔丝德梦娜　天啊，您不该这样侮辱我！

奥瑟罗　你不是一个娼妇吗？

苔丝德梦娜　不，我发誓我不是，否则我就不是一个基督徒。要是为我的主保持这一个清白的身子，不让淫邪的手把它污毁，要是这样的行为可以使我免去娼妇的恶名，那么我就不是娼妇。

奥瑟罗　什么！你不是一个娼妇吗？

苔丝德梦娜　不，否则我死后没有得救的希望。

奥瑟罗　真的吗？

苔丝德梦娜　啊！上天饶恕我们！

奥瑟罗　那么我真是多多冒昧了；我还以为你就是那个嫁给奥瑟罗的威尼斯狡猾的娼妇哩。——喂，你这位刚刚和圣彼得[1]干着相反的差使的，看守地狱门户的奶奶！

　　　　爱米莉霞重上。

奥瑟罗　你，你，对了，你！我们的谈话已经完毕。这几个钱是给你作为酬劳的；请你开了门上的锁，不要泄漏我们的秘密。（下）

爱米莉霞　唉！这位老爷究竟在转些什么念头呀？您怎么啦，夫人？您怎么啦，我的好夫人？

苔丝德梦娜　我是在半醒半睡之中。

爱米莉霞　好夫人，我的主到底有些什么心事？

苔丝德梦娜　谁？

爱米莉霞　我的主呀，夫人。

苔丝德梦娜　谁是你的主？

爱米莉霞　我的主就是你的丈夫，好夫人。

苔丝德梦娜　我没有丈夫。不要对我说话，爱米莉霞；我不能哭，我没有话可以回答你，除了我的眼泪。请你今夜把我结婚的被褥铺在我的床上，记好了；再去替我叫你的丈夫来。

爱米莉霞　真是变了，变了！（下）

苔丝德梦娜　我应该受到这样的待遇，全然是应该的。我究竟有些什么不检的行为，——哪怕只是一丁点儿，才会引起他的猜疑呢？

　　　　爱米莉霞率埃古重上。

埃　古　夫人，您有什么吩咐？您怎么啦？

---

[1] 圣彼得（St.Peter），耶稣的十二门徒之一，传说他掌天堂门户的钥匙。

苔丝德梦娜　我不知道。小孩子做了错事，做父亲的总是用温和的态度，轻微
　　　　　的责罚教训他们；他也应该这样责备我，因为我是一个娇养惯了的孩
　　　　　子，不惯受人家责备的。

埃　古　怎么一回事，夫人？

爱米莉霞　唉！埃古，将军口口声声骂她娼妇，用那样难堪的名字加在她的身
　　　　　上，稍有人心的人，谁听见了都不能忍受。

苔丝德梦娜　我应该得到那样一个称呼吗，埃古？

埃　古　什么称呼，好夫人？

苔丝德梦娜　就像她说我的主称呼我的那种名字。

爱米莉霞　他叫她娼妇；一个喝醉了酒的叫花子，也不会把这种名字加在他的
　　　　　姘妇身上。

埃　古　为什么他要这样？

苔丝德梦娜　我不知道；我相信我不是那样的女人。

埃　古　不要哭，不要哭。唉！

爱米莉霞　多少名门贵族向她求婚，她都拒绝了；她抛下了老父，离乡背井，
　　　　　远别亲友，结果却只讨他骂一声娼妇吗？这还不叫人伤心吗？

苔丝德梦娜　都是我自己命薄。

埃　古　他太岂有此理了！他怎么会起这种心思的？

苔丝德梦娜　天才知道。

爱米莉霞　我可以打赌，一定有一个万劫不复的恶人，一个爱管闲事、鬼讨好
　　　　　的家伙，一个说假话骗人的奴才，因为要想钻求差使，造出这样的谣
　　　　　言来；要是我的话说得不对，我愿意让人家把我吊死。

埃　古　呸！哪里有这样的人？一定不会的。

苔丝德梦娜　要是果然有这样的人，愿上天宽恕他！

爱米莉霞　宽恕他！一条绳子箍住他的颈项，地狱里的恶鬼咬碎他的骨头！他
　　　　　为什么叫她娼妇？谁跟她在一起？什么所在？什么时候？什么方式？
　　　　　什么根据？这摩尔人一定是上了不知哪一个千刀万恶的坏人的当，一
　　　　　个下流的大浑蛋，一个卑鄙的家伙；天啊！愿你揭破这种家伙的嘴脸，
　　　　　让每一个老实人的手里都拿一根鞭子，把这些浑蛋们脱光了衣服抽一
　　　　　顿，从东方一直抽到西方！

埃　古　别嚷得给外边都听见了。

爱米莉霞　哼，可恶的东西！前回弄昏了你的头，使你疑心我跟这摩尔人有暧昧的，也就是这种家伙。

埃　古　好了，好了；你是个傻瓜。

苔丝德梦娜　好埃古啊，我应当怎样重新取得我的丈夫的欢心呢？好朋友，替我向他解释解释；因为凭着天上的太阳起誓，我实在不知道我怎么会失去他的宠爱。我对天下跪，要是在思想上行动上，我曾经有意背弃他的爱情；要是我的眼睛，我的耳朵，或是我的任何感觉，曾经对别人发生爱悦；要是我在过去、现在和将来，不是那样始终深深地爱着他，即使他把我弃如敝屣，也不因此而改变我对他的忠诚；要是我果然有那样的过失，愿我终身不能享受快乐的日子！无情可以给人重大的打击；他的无情也许会摧残我的生命，可是永不能毁坏我的爱情。我不愿提起"娼妇"两个字，一说到它就会使我心生憎恶，更不用说亲自去干那博得这种丑名的勾当了；整个世界的荣华也不能诱动我。

埃　古　请您宽心，这不过是他一时的心绪恶劣，在国事方面受了点刺激，所以跟您呕起气来啦。

苔丝德梦娜　要是没有别的原因——

埃　古　只是为了这个原因，我可以保证。（喇叭声）听！喇叭在吹晚餐的信号了；威尼斯的使者在等候进餐。进去，不要哭；一切都会圆满解决的。（苔丝德梦娜、爱米莉霞下）
　　　　洛特力戈上。

埃　古　啊，洛特力戈！

洛特力戈　我看你全然在欺骗我。

埃　古　我怎么欺骗你？

洛特力戈　埃古，你每天在我面前捣鬼，把我支吾过去；照我现在看来，你非但不给我开一线方便之门，反而使我的希望一天一天地微薄下去。我实在再也忍不住了。为了自己的愚蠢，我已经吃了不少的苦头，这一笔账我也不能就此善罢甘休。

埃　古　您愿意听我说吗，洛特力戈？

洛特力戈　哼，我已经听得太多了；你的话和行动是不相符合的。

埃　古　你太冤枉人啦。

洛特力戈　我一点没有冤枉你。我的钱都花光啦。你从我手里拿去送给苔丝德
　　　　　梦娜的珠宝，即使一个圣徒也会被它诱惑的；你对我说她已经收下了，
　　　　　告诉我不久就可以得到喜讯，可是到现在还不见一点动静。

埃　古　好，算了；很好。

洛特力戈　很好！算了！我不能就此算了，朋友；这事情也不很好。我举手起
　　　　　誓，这种手段太卑鄙了；我开始觉得我自己受了骗了。

埃　古　很好。

洛特力戈　我告诉你这事情不很好。我要亲自去见苔丝德梦娜，要是她肯把我
　　　　　的珠宝还我，我愿意死了这片心，忏悔我这种非礼的追求；要不然的
　　　　　话，你留心点儿吧，我一定要跟你算账。

埃　古　你现在话说完了吧？

洛特力戈　嗯，我的话都是说过就做的。

埃　古　好，现在我才知道你是一个有骨气的人；从这一刻起，你已经使我比
　　　　　从前加倍看重你了。把你的手给我，洛特力戈。你责备我的话，都非
　　　　　常有理；可是我还要声明一句，我替你干这件事情，的的确确是尽忠
　　　　　竭力，不敢昧一分良心的。

洛特力戈　那还没有事实的证明。

埃　古　我承认还没有事实的证明，你的疑心不是没有理由的。可是，洛特力戈，
　　　　　要是你果然有决心，有勇气，有胆量——我现在相信你一定有的——
　　　　　今晚你就可以表现出来；要是明天夜里你不能享用苔丝德梦娜，你可
　　　　　以用无论什么恶毒的手段，暴虐的刑具，取去我的生命。

洛特力戈　好，你要我怎么干？是说得通做得到的事吗？

埃　古　老兄，威尼斯已经派了专使来，叫凯西奥代替奥瑟罗的职位。

洛特力戈　真的吗？那么奥瑟罗和苔丝德梦娜都要回到威尼斯去了。

埃　古　啊，不，他要到毛里塔尼亚去，把那美丽的苔丝德梦娜一起带走，除
　　　　　非这儿出了什么事，使他耽搁下来。最好的办法是把凯西奥除掉。

洛特力戈　你说把他除掉是什么意思？

埃　古　砸碎他的脑袋，让他不能担任奥瑟罗的职位。

洛特力戈　那就是你要我去干的事吗？

埃　古　嗯，要是你敢做一件对你自己有利益的事。他今晚在一个妓女家里吃
　　　　　饭，我也要到那儿去见他。现在他还没有知道他自己的幸运。我可以

设法让他在十二点钟到一点钟之间从那儿出来，你只要留心在门口守候，就可以照你的意思把他处置；我就在附近接应你，他在我们两人之间一定逃不了。来，不要发呆，跟我去；我可以告诉你为什么他的死是必要的，你听了就会知道这是你的一件无可推辞的行动。现在正是晚餐的时候，夜过去得很快，准备起来吧。

洛特力戈　我还要听一听你要叫我这样做的理由。

埃　古　我一定可以向你解释明白。（同下）

第三场　城堡中的另一室

奥瑟罗、罗陀维科、苔丝德梦娜、爱米莉霞及侍从等上。

罗陀维科　将军请留步吧。

奥瑟罗　啊，没有关系；散散步对于我也是很好的。

罗陀维科　夫人，晚安；谢谢您的盛情。

苔丝德梦娜　大驾光临，我们是十分欢迎的。

奥瑟罗　请吧，大人。啊！苔丝德梦娜——

苔丝德梦娜　我的主？

奥瑟罗　你快去睡吧；我马上就回来的。把你的侍女们打发开了，不要忘记。

苔丝德梦娜　是，我的主。（奥瑟罗、罗陀维科及侍从等下）

爱米莉霞　怎么？他现在的脸色温和得多啦。

苔丝德梦娜　他说他就会回来的；他叫我去睡；还叫我把你遣开。

爱米莉霞　把我遣开！

苔丝德梦娜　这是他的吩咐；所以，好爱米莉霞，把我的睡衣给我，你去吧，我们现在不能再惹他生气了。

爱米莉霞　我希望您当初并不和他相识！

苔丝德梦娜　我却不希望这样；我是那么喜欢他，即使他的固执，他的呵斥，他的怒容——请你替我取下衣上的扣针——在我看来也是可爱的。

爱米莉霞　我已经照您的吩咐，把那些被褥铺好了。

苔丝德梦娜　很好。天哪！我们的思想是多么傻！要是我比你先死，请你就把那些被褥做我的殓衾。

爱米莉霞　得啦得啦，您在说呆话。

苔丝德梦娜　我的母亲有一个侍女名叫葩葩拉，她跟人家有了恋爱；她的爱人发了疯，把她丢了。她有一支《杨柳歌》，那是一支古老的曲调，可是正好说中了她的命运；她到死的时候，嘴里还在唱着它。那支歌今天晚上老是萦回在我的脑际；我的烦乱的心绪，使我禁不住侧下我的头，学着可怜的葩葩拉的样子把它歌唱。请你赶快点儿。

爱米莉霞　我要不要就去把您的睡衣拿来？

苔丝德梦娜　不，先替我取下这儿的扣针，这个罗陀维科是一个俊美的男子。

爱米莉霞　一个很漂亮的人。

苔丝德梦娜　他的谈吐很好。

爱米莉霞　我知道威尼斯有一个女郎，愿意赤了脚步行到巴勒斯坦，为了希望碰一碰他的下唇。

苔丝德梦娜　（唱）

　　　　可怜的她坐在枫树下啜泣，

　　　　歌唱那青青杨柳；

　　　　她手抚着胸膛，她低头靠膝，

　　　　唱杨柳，杨柳，杨柳。

　　　　清澈的流水吐出她的呻吟，

　　　　唱杨柳，杨柳，杨柳；

　　　　她的热泪溶化了顽石的心——

　　　　把这些放在一旁。——（唱）

　　　　唱杨柳，杨柳，杨柳。

　　　　快一点，他就要来了。——（唱）

　　　　青青的柳枝编成一个翠环；

　　　　不要怪他，我甘心受他的笑骂——

　　　　不，下面一句不是这样的。听！谁在打门？

爱米莉霞　是风哩。

苔丝德梦娜　（唱）

　　　　我叫情哥负心郎，他又怎讲？

　　　　唱杨柳，杨柳，杨柳。

　　　　我见异思迁，由你另换情郎。

你去吧；晚安。我的眼睛在跳，那是哭泣的预兆吗？

爱米莉霞　没有这样的事。

苔丝德梦娜　我听见人家这样说。啊，这些男人！这些男人！凭您的良心说，爱米莉霞，你想世上有没有背着丈夫干这种坏事的女人？

爱米莉霞　怎么没有？

苔丝德梦娜　你愿意为了整个世界的财富而干这种事吗？

爱米莉霞　难道您不愿意吗？

苔丝德梦娜　不，凭着天上的月亮起誓！你愿意为了整个的世界而干这种事吗？

爱米莉霞　世界是一个大东西；用一件小小的坏事换得这样大的代价是值得的。

苔丝德梦娜　真的，我想你不会。

爱米莉霞　真的，我想我应该干的。为了一枚对合的戒指，几丈细麻布，或是几件衣服，几件裙子，一两顶帽子，以及诸如此类的小玩意儿而叫我干这种事，我当然不愿意；可是为了整个的世界，谁不愿意出卖自己的贞操，让她的丈夫做一个皇帝呢？我就是因此而下炼狱，也是甘心的。

苔丝德梦娜　我要是为了整个的世界，会干出这种丧心的事来，一定不得好死。

爱米莉霞　世间的是非本来没有定准；您因为干了一件错事而得到整个的世界，在您自己的世界里，您还不能把是非颠倒过来吗？

苔丝德梦娜　我想世上不会有那样的女人的。

爱米莉霞　愿意做这种赌博的女人多着呢。照我想来，妻子的堕落总是丈夫的过失；要是他们疏忽了自己的责任，把我们所珍爱的东西浪掷在外人的怀里，或是无缘无故吃起醋来，约束我们的行动的自由，或是殴打我们，削减我们的花粉钱，我们也是有脾气的，虽然生就温柔的天性，到了一个时候也是会复仇的。让做丈夫的人们知道，他们的妻子也和他们有同样的感觉：她们的眼睛也能辨别美恶，她们的鼻子也能辨别香臭，她们的舌头也能辨别甜酸，正像她们的丈夫们一样。他们厌弃了我们，别寻新欢，是为了什么缘故呢？是逢场作戏吗？我想是的。是因为爱情的驱使吗？我想也是的。还是因为喜新厌旧的人之常情呢？那也是一个理由。那么难道我们就不会对别人发生爱情，难道我们就没有逢场作戏的欲望，难道我们就不会喜新厌旧，跟男人们一样吗？所以让他们好好地对待我们吧；否则我们要让他们知道，我们所干的坏事都是出于他们的指教。

苔丝德梦娜　晚安，晚安！愿上天监视我们的言行；我不愿．以恶为师，我只愿鉴非自警！（各下）

第五幕

第一场　塞浦路斯　街道

埃古及洛特力戈上。

埃　古　来，站在这堵披屋后面；他就会来的。把你的宝剑拔出鞘来，看准要害刺过去。快，快，不要怕；我就在你旁边。成功失败，在此一举，你得下定决心。

洛特力戈　不要走开，也许我会失手。

埃　古　我就在这儿，你的近旁。胆子放大些，站定了。（退后）

洛特力戈　我对于这件事情不是顶热心；可是他讲的理由十分充足。反正不过去掉一个人。出来，我的剑；他必须死！

埃　古　我已经激动这小脓包的心，他居然动起怒来了。不管是他杀死凯西奥，还是凯西奥杀死他，或者两败俱伤，对于我都是有好处的。要是洛特力戈活在世上，他总有一天要问我讨还那许多我从他手里干没下来、说是送给苔丝德梦娜的金银珠宝；这可断断不能。要是凯西奥活在世上，他那样风度翩翩，叫我每天都要在他的旁边相形见绌；而且那摩尔人万一向他当面质问起来，我的阴谋就会暴露，那时候我的地位就非常危险了。不，他非死不可。就这样吧，我听见他来了。

凯西奥上。

洛特力戈　我认识他的走路的姿势；正是他。——恶人，你给我死吧！

（挺剑刺凯西奥）

凯西奥　幸亏我穿着一身好甲，否则那一剑一定会致我的死命。让我也来试一试你的甲牢不牢吧。（拔剑刺伤洛特力戈）

洛特力戈　啊，我死了！（埃古自后刺伤凯西奥腿，下）

凯西奥　我从此终身残废了！救命啊！杀了人啦！杀了人啦！（倒地）

　　　　　奥瑟罗自远处上。

奥瑟罗　凯西奥的声音。埃古果然没有失信。

洛特力戈　啊，我真是个恶人。

奥瑟罗　一点不错。

凯西奥　啊，救命哪！拿火来！找一个医生！

奥瑟罗　正是他。勇敢正直的埃古呀，你这样奋不顾身，为你的朋友复仇雪耻，
　　　　　真是难得！你给我一个教训了。贱人，你心爱的人已经死在这儿，你
　　　　　的末日就在眼前；娼妇，我来了！从我的心头抹去你的媚眼的魔力；
　　　　　让淫邪的血溅洒你那被淫邪玷污了的枕席。（下）

　　　　　罗陀维科及葛莱西安诺自远处上。

凯西奥　喂！怎么！没有巡夜的逻卒？没有过路的行人？杀了人啦！杀人啦！

葛莱西安诺　出了什么乱子啦？这叫声很是凄惨。

凯西奥　救命啊！

罗陀维科　听！

洛特力戈　啊，该死的恶人！

罗陀维科　两三个人在那儿呻吟。这是一个很阴沉的黑夜；也许他们是故意假
　　　　　装出来的，我们人手孤单，冒冒失失过去，恐怕不大安全。

洛特力戈　没有人来吗？那么我要流血而死了！

罗陀维科　听！

　　　　　埃古持火炬重上。

葛莱西安诺　有一个人穿着衬衫，一手拿火，一手举着武器来了。

埃　古　那边是谁？什么人在那儿喊杀人？

罗陀维科　我们不知道。

埃　古　你们听见一个呼声吗？

凯西奥　这儿，这儿！看在上天的面上，救救我！

埃　古　怎么一回事？

葛莱西安诺　这个人好像是奥瑟罗麾下的旗官。

罗陀维科　正是；一个很勇敢的汉子。

埃　古　你是什么人，在这儿叫喊得这样凄惨？

凯西奥 埃古吗？啊，我被恶人算计，害得我不能做人啦！救救我！

埃 古 哎哟，副将！这是什么恶人干的事？

凯西奥 我想有一个暴徒还在这儿；他逃不了。

埃 古 啊，可恶的奸贼！（向罗陀维科、葛莱西安诺）你们是什么人？过来帮帮忙。

洛特力戈 啊，救救我！我在这儿。

凯西奥 他就是恶党中的一人。

埃 古 好一个杀人的凶徒！啊，恶人！（刺洛特力戈）

洛特力戈 啊，万恶的埃古！没有人心的狗！

埃 古 在暗地里杀人！这些凶恶的贼党都在哪儿？这地方多么寂静！喂！杀了人啦！杀了人啦！你们是什么人？是好人还是坏人？

罗陀维科 请你自己判断我们吧。

埃 古 罗陀维科大人吗？

罗陀维科 正是，老总。

埃 古 恕我失礼了。这儿是凯西奥，被恶人们刺伤，倒在地上。

葛莱西安诺 凯西奥！

埃 古 怎么样，兄弟？

凯西奥 我的腿断了。

埃 古 哎哟，罪过罪过！两位先生，请替我照火；我要用我的衫子把它包扎起来。

　　　　琵央加上。

琵央加 喂，什么事？谁在这儿叫喊？

埃 古 谁在这儿叫喊！

琵央加 哎哟，我的亲爱的凯西奥！我的温柔的凯西奥！啊，凯西奥！凯西奥！凯西奥！

埃 古 哼，你这声名狼藉的娼妇！凯西奥，照你猜想起来，向你下这样毒手的大概是些什么人？

凯西奥 我不知道。

葛莱西安诺 我正要来找你，谁料你会遭逢这样的祸事，真是恼人！

埃 古 借给我一条吊袜带。好。啊，要是有一张椅子，让他舒舒服服躺在上面，把他抬去才好！

琵央加　哎哟，他晕过去了！啊；凯西奥！凯西奥！凯西奥！

埃　古　两位先生，我很疑心这个贱人也是那些凶徒们的同党。——忍耐点儿，好凯西奥。——来，来，借我一个火。我们认不认识这一张面孔？哎哟！是我的同国好友洛特力戈吗？不。唉，果然是他！天哪！洛特力戈！

葛莱西安诺　什么！威尼斯的洛特力戈吗？

埃　古　正是他，先生。你认识他吗？

葛莱西安诺　认识他！我怎么不认识他？

埃　古　葛莱西安诺先生吗？请您原谅，这些流血的惨剧，使我礼貌不周，失敬得很。

葛莱西安诺　哪儿的话；我很高兴看见您。

埃　古　您怎么啦，凯西奥？啊，来一把椅子！来一把椅子！

葛莱西安诺　洛特力戈！

埃　古　他，他，正是他。（众人携椅上）啊！很好；椅子。几个人把他小心抬走；我就去找军医官来。（向琵央加）你，奶奶，你也不用装腔作势啦。——凯西奥，死在这儿的这个人是我的好朋友。你们两人有什么仇恨？

凯西奥　一点没有；我根本不认识这个人。

埃　古　（向琵央加）什么！你的脸色变白了吗？——啊！把他抬进屋子里去。（众人舁凯西奥、洛特力戈二人下）等一等，两位先生，奶奶，你脸色变白了吗？你们看见她眼睛里这一股惊慌的神气吗？哼，要是你这样睁大了眼睛，我们还要等着听一些新鲜的话哩。留心瞧着她；你们瞧，你们看见了吗，两位先生？哼，犯了罪的人，即使舌头僵住了，也会不打自招的。

　　　　爱米莉霞上。

爱米莉霞　唉！出了什么事啦？出了什么事啦，丈夫？

埃　古　凯西奥在这儿黑暗之中，被洛特力戈和几个在逃的同党袭击；他几乎送了性命，洛特力戈已经死了。

爱米莉霞　哎哟，好一位绅士！哎哟，好凯西奥！

埃　古　这是他爱嫖的结果。爱米莉霞，你去问问凯西奥，他今天晚上在什么地方吃饭的。——什么！你听了这句话就发抖吗？

琵央加　他在我家里吃饭；可是我并没有因此而发抖。

埃　古　噢，他在你家里吃饭？你跟我走！

爱米莉霞　呸，呸，你这不要脸的娼妇！

琵央加　我不是娼妇；我跟你一样清白。

爱米莉霞　跟我一样清白！呸！呸！不要脸！

埃　古　两位好先生，让我们去帮助帮助可怜的凯西奥，替他把伤口扎好。来，奶奶，您必须对我们讲老实话。爱米莉霞，你快奔到城堡里去，告诉将军和夫人这儿发生了什么事。你们先请吧。（旁白）今夜是我的命运所寄，倘不能青云直上，就要一败涂地。（同下）

第二场　城堡中的卧室

苔丝德梦娜睡床上，一灯照耀室内；奥瑟罗上。

奥瑟罗　只是为了这一个原因，只是为了这一个原因，我的灵魂！纯洁的星星啊，让我不要向你们说出它的名字！只是为了这一个原因……可是我不愿溅她的血，也不愿毁伤她那比白雪更皎洁，比石膏更腻滑的肌肤。可是她不能不死，否则她将要陷害更多的男子。让我熄灭了这一盏灯，然后我就熄灭你的生命的火焰。融融的灯光啊，我把你吹熄以后，要是我心生后悔，仍旧可以把你重新点亮；可是你，造化最精美的形象啊，你的火焰一旦熄灭，我不知道什么地方有那天上的神火，能够燃起你的原来的光彩！我摘下了蔷薇，就不能再给它已失的生机，只好让它枯萎凋谢；当它还在枝头的时候，我要嗅一嗅它的芳香。（吻苔丝德梦娜）啊，甘美的气息！你几乎诱动公道的心，使他折断他的利剑了！再一个吻，再一个吻。愿你到死都是这样；我要杀死你，然后再爱你。再一个吻，这是最后的一吻了；这样销魂，却又是这样无比的惨痛！我必须哭泣，然而这些是无情的眼泪。她醒来了。

苔丝德梦娜　谁？奥瑟罗吗？

奥瑟罗　嗯，苔丝德梦娜。

苔丝德梦娜　您要睡了吗，我的主？

奥瑟罗　你今晚有没有祈祷过，苔丝德梦娜？

苔丝德梦娜　祈祷过了，我的主。

奥瑟罗　要是你想到在你的一生之中，还有什么罪恶不曾为上帝所宽宥，赶快恳求他的恩赦吧。

苔丝德梦娜　哎哟！我的主，您这句话是什么意思？

奥瑟罗　嗯，祈祷吧，干脆点儿；我就在一旁等着你。我不愿杀害你的没有准备的灵魂；不，上天禁止这种罪行！我不愿杀害你的灵魂。

苔丝德梦娜　您在说杀人的话吗？

奥瑟罗　嗯，是的。

苔丝德梦娜　那么愿上天垂怜于我！

奥瑟罗　阿门，但愿如此！

苔丝德梦娜　要是您这样说，我希望您不至于把我杀死。

奥瑟罗　哼！

苔丝德梦娜　可是我怕您；因为您的眼珠这样滚转的时候，您总是要杀人的。我不知道我为什么害怕，因为我不知道我有什么罪，可是我觉得害怕。

奥瑟罗　想想你的罪恶吧。

苔丝德梦娜　除非我对您的爱是罪恶，我不知道我有什么罪恶。

奥瑟罗　好，你必须因此而死。

苔丝德梦娜　为了爱而被杀，那样的死是违反人情的。唉！您为什么这样咬着您的下唇呢？一种饮血的欲念震撼您的全身，这便是它的征兆；可是我希望，我希望您的怒气不是对我而发。

奥瑟罗　闭嘴，不要做声！

苔丝德梦娜　是，可是请您告诉我究竟为了什么事？

奥瑟罗　你把我给你的那条我的心爱的手帕送给凯西奥。

苔丝德梦娜　不，凭着我的生命和灵魂起誓！您叫他来问好了。

奥瑟罗　好人儿，留心不要发伪誓；你的死已经在眼前了。

苔丝德梦娜　不，我现在还不能死。

奥瑟罗　你必须立刻死，所以赶快坦白招认你的罪恶吧；即使你发誓否认每一件事实，也不能除去那使我痛心的坚强的确信。你必须死。

苔丝德梦娜　那么愿上帝垂怜于我！

奥瑟罗　阿门。

苔丝德梦娜　愿您也大发慈悲！我生平从不曾得罪过您，也从不曾用上天所不容的非分的爱情滥施在凯西奥的身上；我没有给过他什么东西。

奥瑟罗　苍天在上，我亲眼看见我的手帕在他的手里。欺罔神明的妇人！你使我的心变成坚硬；我本来想把你作为献祭的牺牲，现在却被你激起我的屠夫的恶念来了。我明明看见那手帕的。

苔丝德梦娜　那么是他在什么地方拾到的；我没有给他。叫他到这儿来，让他供认事实的真相。

奥瑟罗　他已经承认了。

苔丝德梦娜　承认什么，我的主？

奥瑟罗　承认他已经和你发生关系。

苔丝德梦娜　怎么？非法的关系吗？

奥瑟罗　嗯。

苔丝德梦娜　他不会这样说的。

奥瑟罗　是的，他的嘴已经闭住，正直的埃古已经把他解决了。

苔丝德梦娜　啊，我的恐惧竟成事实！什么！他死了吗？

奥瑟罗　即使他每一根头发里都有生命，我的复仇的怒火也会把它们一起吞下。

苔丝德梦娜　唉！他被人陷害，我的一生也从此断送了。

奥瑟罗　不要脸的娼妇！你当着我的面为他哭泣吗？

苔丝德梦娜　啊，我的主，把我放逐，可是不要杀我！

奥瑟罗　倒下，娼妇！

苔丝德梦娜　明天杀我，让我活过今天！

奥瑟罗　不，要是你想挣扎——

苔丝德梦娜　给我半点钟的时间！

奥瑟罗　已经决定了，没有挽回的余地。

苔丝德梦娜　可是让我做一次祷告吧！

奥瑟罗　太迟了。（扼苔丝德梦娜的咽喉）

爱米莉霞　（在内）将军，将军！喂！将军，将军！

奥瑟罗　这是什么声音？没有死吗？还没有完全死去吗？我虽然狠心，却还有几分慈悲；我不愿你多挨受一刻痛苦。好，好。（刺苔丝德梦娜）

爱米莉霞　（在内）喂！将军，将军！

奥瑟罗　哪一个？

爱米莉霞　（在内）啊，将军！我要跟您说句话儿。

奥瑟罗　是的，这是爱米莉霞。——等一等。——她死了。她多半要来说起凯西奥的死。外边已经听得见嘈杂的声音。吓！一动也不动了吗？像坟墓一样沉寂。要不要让她进来？妥当不妥当？我想她又在动了，不，怎么办呢？要是她进来，她一定要跟我的妻子说话。我的妻子！我的妻子！什么妻子？我没有妻子。啊，难堪！啊，不幸的时辰！我想现在日月应该晦暗不明，受惊的地球看见这种非常的灾变，也要吓得目瞪口呆。

爱米莉霞　（在内）啊，好将军！请您让我进来对您说句话儿。

奥瑟罗　我忘记了。啊，进来，爱米莉霞。慢点儿，等一等。让我把帐幕拉下来，你在哪儿？（启锁开门）

　　　　　爱米莉霞上。

奥瑟罗　现在你可有什么事？

爱米莉霞　啊，好将军！那边出了杀人命案啦！

奥瑟罗　什么！现在？

爱米莉霞　就是刚才，将军。

奥瑟罗　那都是因为月亮走错了轨道，比平常更近地球，所以人们都发起疯来了。

爱米莉霞　将军，凯西奥杀死了一个名叫洛特力戈的威尼斯青年。

奥瑟罗　洛特力戈被杀了！凯西奥也被杀了吗？

爱米莉霞　不，凯西奥没有死！

奥瑟罗　凯西奥没有死！那么杀人认错了对象，痛快的复仇又有了变卦啦。

苔丝德梦娜　啊，死得好冤枉呀！

爱米莉霞　哎哟！哪是什么呼声？

奥瑟罗　那！什么？

爱米莉霞　哎哟！那是夫人的声音。救命！救命啊！救命！啊，夫人，再说一声话儿！亲爱的苔丝德梦娜！啊，亲爱的夫人，说呀！

苔丝德梦娜　我是无罪而死的。

爱米莉霞　啊！这是谁干的事？

苔丝德梦娜　谁也没有干；是我自己。再会吧；替我向我的仁慈的夫君致意。啊，再会吧！（死）

奥瑟罗　啊！她怎么会被人杀死的？

爱米莉霞　唉！谁知道？

奥瑟罗　你听见她说是她自己，我没有杀死她。

爱米莉霞　她是这样说；我只好按照事实去报告。

奥瑟罗　她到地狱的火焰里去，还不愿说一句真话。杀死她的是我。

爱米莉霞　啊，那么她尤其是一个天使，你尤其是一个黑心的魔鬼了！

奥瑟罗　她干了无耻的事，她是个淫妇。

爱米莉霞　你冤枉她，你是个魔鬼。

奥瑟罗　她像水一样轻浮。

爱米莉霞　你说她轻浮，你自己才像火一样粗暴。啊，她是圣洁而忠贞的！

奥瑟罗　凯西奥和她通奸，不信你去问你的丈夫吧。啊，要是我采取这种极端的手段，并没有正当的理由，死后就要永远堕入地狱的底层！你的丈夫一切全都知道。

爱米莉霞　我的丈夫！

奥瑟罗　你的丈夫。

爱米莉霞　他知道她不守贞节吗？

奥瑟罗　嗯，他知道她跟凯西奥的暧昧。嘿，要是她是个贞洁的妇人，即使上帝为我用一颗完整的宝石另外造一个世界，我也不愿用她去交换。

爱米莉霞　我的丈夫！

奥瑟罗　嗯，他最初告诉我这件事。他是个正人君子，他痛恨卑鄙龌龊的行为。

爱米莉霞　我的丈夫！

奥瑟罗　妇人，为什么把这句话说了又说呢？我是说你的丈夫。

爱米莉霞　啊，夫人！你因为多情，受了奸人的愚弄了！我的丈夫说她不贞！

奥瑟罗　正是他，妇人；我说你的丈夫；你懂得这句话吗？我的朋友，你的丈夫，正直的、正直的埃古。

爱米莉霞　要是他果然说了这样的话，愿他恶毒的灵魂每天一分一寸的糜烂！他全然胡说；她对于她的最卑鄙的男人是太痴心了。

奥瑟罗　吓！

爱米莉霞　随你把我怎么样吧。你配不上这样的好妻子，你这种行为是上天所不容的。

奥瑟罗　还不闭嘴！

爱米莉霞　你没有半分力量可以伤害我，我也不能让人家把我欺侮。啊，笨蛋！傻瓜！泥土一样蠢的家伙！你已经做了一件大大不该的事——我不怕你的剑；我要宣布你的罪恶，即使我将要因此而丧失二十条生命。救命！救命啊！救命！摩尔人杀死了夫人啦！杀了人啦！杀了人啦！

蒙坦诺、葛莱西安诺、埃古及余人等上。

蒙坦诺 什么事？怎么，将军！

爱米莉霞 啊！你来了吗？埃古？你做得好事，人家都把杀人的罪名架在你头上啦！

葛莱西安诺 什么事？

爱米莉霞 你倘是个汉子，赶快否认这恶人所说的话吧；他说你告诉他他的妻子不贞。我知道你不会说这种话，你还不会是这样一个恶人。说吧，我的心都要胀破了。

埃　古 我不过把我自己的意思告诉他；我对他所说的话，已经由他自己证实了。

爱米莉霞 可是你有没有对他说她是不贞的？

埃　古 我对他说过。

爱米莉霞 你说谎，一个可憎的、万恶不赦的谎！凭着我的灵魂起誓，一个谎，一个罪恶的谎！她跟凯西奥私通！你说她跟凯西奥私通吗？

埃　古 跟凯西奥私通，太太。好了好了，收住你的舌头吧。

爱米莉霞 我不愿收住我的舌头；我必须说话。夫人在这儿床上给人谋杀了。

众　人 啊，哪会有这样的事！

爱米莉霞 都是你造的谣言，引起这场血案。

奥瑟罗 各位不必惊慌，这事情是真的。

葛莱西安诺 真有这样的事，那可奇了！

蒙坦诺 啊，骇人的行为！

爱米莉霞 诡计！诡计！诡计！我现在想起来了；啊，诡计！那时候我就有些怀疑；我要伤心死了！啊，诡计！诡计！

埃　古 什么！你疯了吗？快给我回家去！

爱米莉霞 各位先生，让我有一个说话的机会。照理我应该服从他，可是现在却不能服从他。也许，埃古，我永远不再回家了。

奥瑟罗 啊！啊！啊！（扑卧床上）

爱米莉霞 哼，你躺下来哭叫吧；因为你已经杀死一个世间最温柔纯洁的人。

奥瑟罗 啊，她是淫污的！我简直不认识您啦，叔父。那边躺着您的侄女，她的呼吸刚才被我这双手扼断；我知道这行为在世人眼中看起来是惊人而残酷的。

葛莱西安诺　可怜的苔丝德梦娜！幸亏你父亲已经死了；你的婚事是他的致死的原因，悲伤摧折了他的衰老的生命。要是他现在还活着，看见这种惨状，一定会干出一些疯狂的事情来的；他会诅咒天地，赶走守护神，毁灭自己的灵魂。

奥瑟罗　这诚然是一件伤心的事；可是埃古知道她曾经跟凯西奥干过许多回无耻的勾当，凯西奥自己也承认了。她还把我的定情礼物送给凯西奥，表示接受他的献媚。我看见它在他的手里；那是一方手帕，我的父亲给我的母亲的一件古老的纪念品。

爱米莉霞　天啊！天上的神明啊！

埃　古　算了，闭住你的嘴！

爱米莉霞　事情总会暴露的，事情总会暴露的。闭住我的嘴？不，不，我要像北风一样自由地说话；让天神、世人和魔鬼全都把我嘲骂羞辱，我也要说我的话。

埃　古　放明白一些，回家去吧。

爱米莉霞　我不愿回家。（埃古拔剑欲刺爱米莉霞）

葛莱西安诺　呸！你向一个妇人动武吗？

爱米莉霞　你这愚笨的摩尔人啊！你所说起的那方手帕，是我偶然拾到，把它给了我的丈夫的；虽然那只是一件小小的东西，他却几次三番恳求我替他偷了回来。

埃　古　长舌的淫妇！

爱米莉霞　她送给凯西奥！唉！不，是我拾到了，把它交给我的丈夫的。

埃　古　贱人，你说谎！

爱米莉霞　苍天在上，我没有说谎；我没有说谎，各位先生。杀人的傻瓜啊！像你这样一个蠢材，怎么配得上这样好的一位妻子呢？

奥瑟罗　天上没有石块，可以像雷霆一样打下来吗？好一个奸贼！（向埃古扑奔；埃古刺爱米莉霞逃下）

葛莱西安诺　这妇人倒下来了；他把他的妻子杀死了。

爱米莉霞　是，是；啊！把我放在夫人的身边吧！

葛莱西安诺　他走了，他的妻子给他杀了。

蒙坦诺	这是一个罪大恶极的凶徒。你拿着我从这摩尔人手里夺下来的剑。来，在门外看守好了，别让他出去；他要是想逃走，尽管把他杀死。我要去追那恶人，那是一个不可宽恕的家伙。（蒙坦诺、葛莱西安诺下）
奥瑟罗	我的勇气也离我而去了，每一个孱弱的懦夫都可以夺下我的剑来。可是奸恶既然战胜正直，哪里还会有荣誉存在呢？让一切都归于幻灭吧！
爱米莉霞	你的歌儿是一个谶兆吗？夫人？听，你听没听见我的声音？我要像天鹅一般在歌声里死去。（唱）

杨柳，杨柳，杨柳……

摩尔人，她是贞洁的；她爱你，狠心的摩尔人。我说的是真话，愿我的灵魂享受天福；我的话是跟我的思想一致的。我死了，我死了。（死） |
| 奥瑟罗 | 我还有一柄剑在这屋子里，那是一柄用冰泉的水所浸炼的西班牙宝剑。啊，在这儿！叔父，我一定要出来。 |
| 葛莱西安诺 | （在内）你要是敢试一试，就得付重大的代价；你没有武器，只好屈服。 |
| 奥瑟罗 | 那么进来瞧瞧我吧，我有话对你说；否则我虽然没有武器，只好不顾一切跟你拼一下了。

葛莱西安诺重上。 |
| 葛莱西安诺 | 什么事？ |
| 奥瑟罗 | 瞧！我有一柄剑；从来不曾在一个战士的身边佩带过一柄比它更好的剑；凭着这一条小小的胳臂和这一柄利剑，我曾经冲破二十倍于你们这样人数的包围；可是，无聊的夸口啊！谁能主宰他自己的命运呢？现在我已经没有那样的本领了。虽然你看我拿着武器，可是不用害怕，这儿是我的旅途的终点，我的航程的最后的目标。你吓得退走了吗？这是不必要的惊恐；谁只要拿一根灯草向奥瑟罗的胸前挺了过来，他也会向后退缩的。奥瑟罗应该到什么地方去呢？——啊，让我再看看你的脸吧，薄命的女郎！像你的衬衣一样惨白！我们在天庭对簿的时候，你这一副脸色就可以把我的灵魂赶下天堂，让魔鬼把它抓去。你的全身冰冷，我的恋人！正像你的贞洁一样凛若寒霜。啊，该死的、该死的奴才！魔鬼啊，把我从这天仙一样美人的面前鞭逐出去吧！让狂风把我吹卷，硫磺把我熏烤，沸汤的深渊把我沉浸吧！啊，苔丝德 |

梦娜！苔丝德梦娜！死了！啊！啊！啊！

　　　　罗陀维科、蒙坦诺、二侍从异凯西奥卧椅中，及警吏等押埃古同上。

罗陀维科　　这鲁莽而不幸的人在哪儿？

奥瑟罗　　那就是从前的奥瑟罗；我在这儿。

罗陀维科　　那条毒蛇呢？把这恶人带上来。

奥瑟罗　　据说魔鬼的脚是分趾的，让我看看他的脚是不是这样。要是你真的是
　　　　一个魔鬼，我也不能杀死你。（刺伤埃古）

罗陀维科　　把他手里的剑夺下来。

埃　古　　我不过流了点儿血，还没有给他杀死。

奥瑟罗　　那也好，我要你留着活命；因为在我看来，死倒是一桩幸福。

罗陀维科　　啊，奥瑟罗！你本来是一个很好的汉子，却会中一个万恶的奸人的
　　　　诡计，我们该说你什么呢？

奥瑟罗　　随便你们怎么说吧；要是你们愿意，不妨说我是一个正直的凶手，因
　　　　为我所干的事，都是出于荣誉的观念，不是出于猜嫌的私恨。

罗陀维科　　这恶人已经承认了一部分他的奸谋，杀死凯西奥是你跟他同谋的吗？

奥瑟罗　　是的。

凯西奥　　主帅，我从来不曾得罪过您。

奥瑟罗　　我相信你的话；请你原谅我吧。你们问一问那个顶着人头的恶魔，为
　　　　什么他要这样陷害我的灵魂和肉体？

埃　古　　什么也不要问我；你们所知道的，你们已经知道了；从这一刻起，我
　　　　不再说一句话。

罗陀维科　　什么！你也不要祈祷吗？

葛莱西安诺　　酷刑可以逼你开口。

奥瑟罗　　你还是说吧。

罗陀维科　　将军，一切经过，你将会明白的，我相信你现在还一点也不知道。
　　　　这是从已死的洛特力戈衣袋里搜到的一封信；这儿还有一封；其中一
　　　　封信里说到杀死凯西奥的事情由洛特力戈动手执行。

奥瑟罗　　啊，奸贼！

凯西奥　　野蛮残忍的阴谋！

罗陀维科　　这儿还有从他的衣袋里找到的一封充满怨言的信，看来好像是洛特
　　　　力戈预备寄给这个万恶的奸人的；可是信还没有寄出，埃古就来给他

满足了。

奥瑟罗 啊，恶毒的奸贼！凯西奥，我的妻子的手帕怎么会到你手里的？

凯西奥 我在我的房间里找到它；他刚才已经亲口承认是他有意把它丢在那里，借此可以达到他自己的图谋。

奥瑟罗 啊，傻瓜！傻瓜！傻瓜！

凯西奥 在洛特力戈的信里，他又埋怨埃古不该撺掇他在我值夜的时候向我寻事；我就是为了那一回事情而去职的。就在刚才，他从长时间的昏迷中醒了过来，还说起他一切都受埃古指使，结果却是埃古的剑伤了他的生命。

罗陀维科 你必须离开这所屋子，跟我们去；你的军队和兵权必须全部交卸，让凯西奥主持塞浦路斯的军政重务。对于这一个家伙，我们将要用一切巧妙的酷刑加在他的身上，使他遍受种种的痛苦，而不至于立刻死去。我们还要把你严密监禁，等候威尼斯政府判决你的罪状。来，把他带下去。

奥瑟罗 且慢，在你们未走以前，再听我说一两句话。我对于国家曾经立过相当的功绩，这是执政诸公所知道的；那些话现在也不用说了。当你们把这种不幸的事实报告他们的时候，请你们在公文上老老实实照我本来的样子叙述，不要徇情回护，也不要恶意构陷；你们应当说我是一个在恋爱上不智而过于深情的人；一个不容易发生嫉妒，可是一旦被人煽动以后，就会感到极度烦恼的人；一个像那愚蠢的印度人一般，把一颗比他整个部落所有的财产更贵重的珍珠随手抛弃的人；一个虽然不惯于流妇人之泪，可是当他被感情征服的时候，也会像涌流着胶液的阿拉伯胶树一般两眼泛滥的人。请你们把这些话记下，再补充一句说：在阿勒普地方，曾经有一个裹着头巾的敌意的土耳其人殴打一个威尼斯人，诽谤我们的国家，那时候我就一把抓住这受割礼的狗子的咽喉，就这样把他杀了。（以剑自刎）

罗陀维科 啊，残酷的结局！

葛莱西安诺 一切说过的话，现在又要改变过来了。

奥瑟罗 我在杀死你以前，曾经用一吻和你诀别；现在我自己的生命也在一吻里终结。（倒扑苔丝德梦娜身上，死）

凯西奥 我早就担心会有这样的事发生，可是我还以为他没有武器；他的心地是光明正大的。

罗陀维科　　（向埃古）你这比痛苦、饥饿和大海更凶暴的猛犬啊！瞧瞧这床上一双浴血的尸身吧；这是你干的好事。这样伤心惨目的景象，赶快把它遮盖起来吧。葛莱西安诺，请您接收这一座屋子；这摩尔人的全部家产，都应该归您继承。总督大人，怎么处置这一个恶魔般的奸徒，什么时候，什么地点，用怎样的刑法，都要请您全权办理，千万不要宽纵他！我现在就要上船回去禀明政府，用一颗悲哀的心报告这一段悲哀的事故。（同下）

李尔王

剧中人物

李尔	不列颠国王
法兰西国王	
布根第公爵	
康瓦尔公爵	
奥本尼公爵	
肯脱伯爵	
葛罗斯脱伯爵	
埃特加	葛罗斯脱之子
爱特门	葛罗斯脱之庶子
邱兰	朝士
鄂斯华特	贡纳梨的管家
老翁	葛罗斯脱的佃户
医生	
弄人	
爱特门属下一军官	
科第丽霞一侍臣	
传令官	
康瓦尔的众仆	

贡纳梨
吕甘 ⎱ 李尔之女
科第丽霞

扈从李尔之武士、军官、使者、兵士及侍从等

地　点

不列颠

第一幕

第一场　李尔王宫中大厅

肯脱，葛罗斯脱及爱特门上。

肯　脱　我想王上对于奥本尼公爵，比对于康瓦尔公爵更有好感。

葛罗斯脱　我们一向都觉得是这样；可是这次划分国土的时候，却看不出来他对这两位公爵有什么偏心；因为他分配得那么平均，无论他们怎样斤斤计较，都不能说对方比自己占了便宜。

肯　脱　大人，这位是令郎吗？

葛罗斯脱　他是在我手里长大的；我常常不好意思承认他，可是现在惯了，也就不以为意啦。

肯　脱　我不懂您的意思。

葛罗斯脱　不瞒您说，这小子的母亲没有嫁人就大了肚子生下他来。您想这应该不应该？

肯　脱　能够生下这样一个好儿子来，即使一时错误，也是可以原谅的。

葛罗斯脱　我还有一个合法的儿子，年纪比他大一岁，然而我还是喜欢他。这畜生虽然不等我的召唤，就自己莽莽撞撞来到这世上，可是他的母亲是个迷人的东西，我们在制造他的时候，曾经有过一场销魂的游戏，这孽种我不能不承认他。爱特门，你认识这位贵人吗？

爱特门　不认识，父亲。

葛罗斯脱　肯脱伯爵；从此以后，你该记着他是我的尊贵的朋友。

爱特门　大人，我愿意为您效劳。

肯　脱　我一定喜欢你，希望我们以后能够常常见面。

爱特门 大人，我一定尽力报答您的垂爱。

葛罗斯脱 他已经在国外九年，不久还是要出去的。王上来了。

> 喇叭奏花腔。李尔、康瓦尔、奥本尼、贡纳梨、吕甘、科第丽霞及侍从等上。

李 尔 葛罗斯脱，你去招待招待法兰西国王和布根第公爵。

葛罗斯脱 是，陛下。（葛罗斯脱、爱特门同下）

李 尔 现在我要向你们说明我的心事。把那地图给我。告诉你们吧，我已经把我的国土划成三部；我因为自己年纪老了，决心摆脱一切世务的牵萦，把责任交卸给年轻力壮之人，让自己松一松肩，好安安心心地等死。康瓦尔和奥本尼两位贤婿，为了预防他日的争执，我想还是趁现在把我的几个女儿的嫁奁分配清楚。法兰西和布根第两位君主正在竞争我的小女儿的爱情，他们为了求婚而住在我们宫廷里，也已经有好多时候了，现在他们就可以得到答复。孩子们，在我还没有把我的政权、领土和国事的重任全部放弃以前，告诉我，你们中间哪一个人最爱我？我要看看谁最有孝心，最有贤德，我就给她最大的恩惠。贡纳梨，我的大女儿，你先说。

贡纳梨 父亲，我对您的爱，不是言语所能表达的；我爱您胜过自己的眼睛，整个的空间和广大的自由；超越一切可以估价的贵重稀有的事物；不亚于赋有淑德，健康，美貌和荣誉的生命；不曾有一个儿女这样爱过他的父亲，也不曾有一个父亲这样被他的儿女所爱；这一种爱可以使唇舌失去能力，辩才无所效用；我爱您是不可以数量计算的。

科第丽霞 （旁白）科第丽霞应该怎么好呢？默默地爱着吧。

李 尔 在这些疆界以内，从这一条界线起，直到这一条界线为止，所有一切浓密的森林，膏腴的平原，富庶的河流，广大的牧场，都要奉你为它们的女主人；这一块土地永远为你和奥本尼的子孙所保有。我的二女儿，最亲爱的吕甘，康瓦尔的夫人，您怎么说？

吕 甘 我跟姊姊是一样的，您凭着她就可以判断我。在我的真心之中，我觉得她刚才所说的话，正是我爱您的实际的情形，可是她还不能充分说明我的心理：我厌弃一切凡是敏锐的知觉所能感受到的快乐，只有爱您才是我的无上的幸福。

科第丽霞 （旁白）那么，科第丽霞，你只好自安于贫穷了！可是我并不贫穷，因为我深信我的爱心比我的口才更富有。

李　尔　这一块从我们这美好的王国中划分出来的三分之一的沃壤，是你和你的子孙永远世袭的产业，和贡纳梨所得到的一份同样的广大，同样的富庶，也同样的佳美。现在，我的宝贝，虽然是最后的一个，我却并不对你歧视；法兰西的葡萄和布根第的乳酪都在竞争你的青春之爱；你有些什么话，可以换到一份比你的两个姊姊更富庶的土地？说吧。

科第丽霞　父亲，我没有话说。

李　尔　没有？

科第丽霞　没有。

李　尔　没有只能换到没有；重新说过。

科第丽霞　我是个笨拙的人，不会把我的心涌上我的嘴里；我爱您只是按照我的名分，一分不多，一分不少。

李　尔　怎么，科第丽霞！把你的话修正修正，否则你要毁坏你自己的命运了。

科第丽霞　父亲，您生下我来，把我教养成人，爱惜我，厚待我；我受到您这样的恩德，只有恪尽我的责任，服从您，爱您，敬重您。我的姊姊们要是用她们整个的心来爱您，那么她们为什么要嫁人呢？要是我有一天出嫁了，那接受我的忠诚的誓约的丈夫，将要得到我的一半的爱，我的一半的关心和责任；假如我只爱我的父亲，我一定不会像我的姊姊们一样再去嫁人的。

李　尔　你这些话果然是从心里说出来的吗？

科第丽霞　是的，父亲。

李　尔　年纪这样小，却这样没有良心吗？

科第丽霞　父亲，我年纪虽小，我的心却是忠实的。

李　尔　好，那么让你的忠实做你的嫁奁吧。凭着太阳神圣的光辉，凭着黑夜的神秘，凭着主宰人类生死的星球的运行，我发誓从现在起，永远和你断绝一切父女之情和亲属的关系，把你当作一个路人看待。啖食自己儿女的野蛮的锡第亚人，比起你，我的旧日的女儿来，也不会更令我憎恨。

肯　脱　陛下——

李　尔　闭嘴，肯脱！不要来批怒龙的逆鳞。她是我的最爱的一个，我本来想要在她的殷勤看护之下，终养我的天年。去，不要让我看见你的脸！

让坟墓做我安息的眠床，我从此割断对她的天伦的慈爱了！叫法兰西王来！都是死人吗？叫布根第来！康瓦尔，奥西尼，你们已经分到我的两个女儿的嫁奁，现在把我第三个女儿那一份也拿去分了吧；让骄傲，她自己所称为坦白的，替她找一个丈夫。我把我的威力，特权和一切君主的尊荣一起给了你们。我自己只保留一百名武士，在你们两人的地方按月轮流居住，由你们负责供养。除了国王的名义和尊号以外，所有行政的大权、国库的收入和大小事务的处理，完全交在你们手里；为了证实我的话，两位贤婿，我赐给你们这一顶宝冠，归你们两人共同保有。

肯　脱　尊严的李尔，我一向敬重您像敬重我的君王，爱您像爱我的父亲，跟随您像跟随我的主人，在我的祈祷之中，我总把您当作我的伟大的恩主——

李　尔　弓已经弯好拉满，你留心躲开箭锋吧。

肯　脱　让它落下来吧，即使箭镞会刺进我的心里。李尔发了疯，肯脱也只好不顾礼貌了。你究竟要怎样，老头儿？你以为有权有位的人向谄媚者低头，尽忠守职的臣僚就不敢说话了吗？君主不顾自己的尊严，干下了愚蠢的事情，在朝的端人正士只好直言极谏。保留你的权力，仔细考虑一下你的举措，收回这一种鲁莽灭裂的成命。你的小女儿并不是最不孝顺你的一个；那两个有口无心的女儿，她们的柔和的低声反应不出她们内心的空虚，也绝不是真心爱你；我的判断要是有错，你尽管取我的命。

李　尔　肯脱，你要是想活命，赶快闭住你的嘴。

肯　脱　我的生命本来是预备向你的仇敌抛掷的；为了你的安全，我也不怕把它失去。

李　尔　走开，不要让我看见你！

肯　脱　瞧明白一些，李尔，还是让我永远留在你的眼前吧。

李　尔　凭着阿波罗起誓——

肯　脱　凭着阿波罗，老王，你向神明发誓也是没用的。

李　尔　啊，可恶的奴才！（以手按剑）

奥本尼公爵、康瓦尔公爵　陛下请息怒。

肯　脱　好，杀了你的医生，把你的恶病养得一天比一天厉害吧。赶快撤销你的分土授国的原议；否则只要我的喉舌尚在，我就要大声疾呼，告诉你你做了错事啦。

李　尔　听着，逆贼！你想要耸动我毁弃我的不容更改的誓言，凭着你的不法的跋扈，对我的命令和权力妄加阻挠，这一种目无君上的态度，使我忍无可忍；为了维护王命的尊严，不能不给你应得的处分。现在宽容你五天的时间，让你预备些应用的衣服食物，免得受饥寒的痛苦；在第六天上，你那可憎的身体必须离开我的国境；要是在此后十天之内，我们的领土上再发现了你的踪迹，那时候就要把你当场处死。去，凭着朱庇特发誓，这一个判决是无可改移的。

肯　脱　再会，国王；你既不知悔改，

囚笼里也没有自由存在。

（向科第丽霞）神明庇护你，善良的女郎！

你的正心谠论无愧纲常。

（向吕甘、贡纳梨）

愿你们的夸口变成实事，

假树上会结下真的果子。

各位王子，肯脱从此远去；

到新的国土走他的旧路。（下）

喇叭奏花腔。葛罗斯脱偕法兰西王、布根第及侍从等重上。

葛罗斯脱　陛下，法兰西国王和布根第公爵来了。

李　尔　布根第公爵，您跟这位国王都是来向我的女儿求婚的，现在我先问您：您希望她至少要有多少陪嫁的食资，否则宁愿放弃对她的追求？

布根第　陛下，照着您所已经答应的数目，我就很满足了；想来您也不会再吝惜的。

李　尔　尊贵的布根第，当她为我所宠爱的时候，我是对她看得非常珍重的，可是现在她的价格已经跌落了。公爵，您瞧她站在那儿，一个小小的东西，要是除了我的憎恨以外，我什么都不给她，而您仍然觉得她有使您喜欢的地方，或者您觉得她整个儿都能使您满意，那么她就在那儿，您把她带去好了。

布根第　我不知道怎样回答。

李　尔　像她这样一个一无可取的女孩子，没有亲友的照顾，新近遭到我的憎恨，诅咒是她的嫁奁，我已经立誓和她断绝关系了，您还是愿意娶她呢，还是愿意把她放弃？

布根第　恕我，陛下；在这种条件之下，决定取舍是一件很为难的事。

李　尔　那么放弃她吧，公爵；凭着神明起誓，我已经告诉您她的全部的价值了。（向法兰西国王）至于您，伟大的国王，为了重视你我的友谊，我断不愿把一个我所憎恶的人匹配给您；所以请您还是丢开了这一个为天地所不容的贱人，另外去找寻佳偶吧。

法兰西王　这太奇怪了，她刚才还是您的眼中的珍宝、您的赞美的题目、您的老年的安慰、您的最心爱的人儿，怎么一转瞬间，就会干下这么一件罪大恶极的行为，丧失了您的深恩厚爱！她的罪恶倘不是超乎寻常，您的爱心决不会变得这样厉害；可是除非那是一桩奇迹，我无论如何不相信她会干那样的事。

科第丽霞　陛下，我只是因为缺少娓娓动人的口才，不会讲一些违心的话语，凡是我心里想到的事情，我总不愿在没有把它实行以前就放在嘴里宣扬；要是您因此而恼我，我必须请求您让世人知道，我所以失去您的欢心的原因，并不是什么丑恶的污点、淫邪的行动，或是不名誉的举止；只是因为我缺少像人家那样的一双献媚求恩的眼睛，一条我所认为可耻的善于逢迎的舌头，虽然没有了这些使我不能再受您的宠爱，可是惟其如此，却使我格外尊重我自己的人格。

李　尔　你不能在我面前曲意承欢，我还是不要把你生下来的好。

法兰西王　只是为了这一个原因吗？历史上往往有许多远大的计划，因为不求人知而失于记载。布根第公爵，您对于这位公主意下如何？爱情里面要是掺杂了和它本身不相关涉的顾虑，那就不是真的爱情。您愿不愿意娶她？她自己就是一注无价的嫁奁。

布根第　尊严的李尔，只要把您原来已经允许过的那一份嫁奁给我，我现在就可以使科第丽霞成为布根第公爵的夫人。

李　尔　我什么都不给；我已经发过誓，再也不能挽回了。

布根第　那么抱歉得很，您已经失去一个父亲，现在必须再失去一个丈夫了。

科第丽霞　愿布根第平安！他所爱的既然是财产，我也不愿做他的妻子。

法兰西王　最美丽的科第丽霞！你因为贫穷，所以是最富有的；你因为被遗弃，所以是最可宝贵的；你因为遭人轻视，所以最蒙我的怜爱。我现在把你和你的美德一起攫在我的手里；人弃我取是法理上所许可的。天啊天！想不到他们的冷酷的蔑视，却会激起我热烈的敬爱。陛下，您的没有嫁奁的女儿跟我三生缘定，现在是我的分享荣华的王后，法兰西全国的女主人了；沼泽之邦的布根第所有的公爵，都不能从我手里买去这一个无价之宝的女郎。科第丽霞，向他们告别吧，虽然他们是这样不良；你抛弃了故国，将要得到一个更好的家乡。

李　尔　你带了她去吧。法兰西王；她是你的，我没有这样的女儿，也再不要看见她的脸，去吧，你们不要想得到我的恩宠和祝福。来，尊贵的布根第。（喇叭奏花腔。李尔、布根第公爵、康瓦尔公爵、奥本尼公爵、葛罗斯脱伯爵及侍从等同下）

法兰西王　向你的姊姊们告别吧。

科第丽霞　父亲眼中的两颗宝玉，科第丽霞用泪洗过的眼睛向你们告别。我知道你们是怎样的人；因为碍着姊妹的情分，我不愿直言指斥你们的错处。好好对待父亲；你们自己说是孝敬他的，我把他托付给你们了。可是，唉！要是我没有失去他的欢心，我一定不让他受你们的照顾。再会了，两位姊姊。

吕　甘　我们用不着你教训。

贡纳梨　你还是去小心侍候你的丈夫吧，命运的慈悲把你交在他的手里；你自己忤逆不孝，今天空手跟了汉子去也是活该。

科第丽霞　慢慢地总有一天深藏的奸诈会显出它的原形；罪恶虽然可以掩饰一时，免不了最后的出乖露丑。愿你们幸福！

法兰西王　来，我的科第丽霞。（法兰西国王、科第丽霞同下）

贡纳梨　妹妹，我有许多对我们两人有切身关系的话必须跟你谈谈。我想我们的父亲今晚就要离开此地。

吕　甘　那是十分确定的事，他要住到你们那儿去；下个月他就要跟我们住在一起了。

贡纳梨　你瞧他现在年纪老了，他的脾气多么变化不定；我们已经屡次注意到他的行为的乖僻了。他一向都是最爱我们妹妹的，现在他凭着一时的气恼就把她撵走，这就可以见得他是多么糊涂。

吕　甘　这是他老年的昏悖；可是他向来就是这样喜怒无常的。

贡纳梨　他年轻的时候性子就很暴躁，现在他任性惯了，再加上老年人刚愎自用的怪脾气，看来我们只好准备受他的气了。

吕　甘　他把肯脱也放逐了；谁知道他心里一不高兴起来，不会用同样的手段对付我们？

贡纳梨　法兰西王辞行回国，跟他还有一番礼仪上的应酬。让我们同心合力，决定一个方策；要是我们的父亲顺着他这种脾气滥施威权起来，这一次的让国对于我们未必有什么好处。

吕　甘　我们还要仔细考虑一下。

贡纳梨　我们必须趁早想个办法。（同下）

第二场　葛罗斯脱伯爵城堡中的厅堂

爱特门持信上。

爱特门　大自然，你是我的女神，我愿意在你的法律之前俯首听命。为什么我要受世俗的排挤，让世人的歧视剥夺我的应享的权利，只因为我比一个哥哥迟生了一年或是十四个月？为什么他们要叫我私生子？为什么我比人家卑贱？我的壮健的体格，我的慷慨的精神，我的端正的容貌，哪一点比不上正经夫人的公子？为什么他们要给我加上庶出，贱种，私生子的恶名？贱种，贱种，贱种？难道在热烈兴奋的奸情里生下的孩子，倒不及拥着一个毫无欢趣的老婆，在半睡半醒之间制造出来的那一批蠢货？好，合法的埃特加，我一定要得到你的土地；我们的父亲喜欢他的私生子爱特门，正像他喜欢他的合法的嫡子一样。好听的名词，"合法"！好，我的合法的哥哥，要是这封信发挥效力，我的计策能够成功，瞧着吧，庶出的爱特门将要把合法的嫡子罩在他的下面——那时候我可要扬眉吐气啦。神啊，帮助帮助私生子吧！

葛罗斯脱上。

葛罗斯脱　肯脱就这样放逐了！法兰西王盛怒而去；王上昨晚又走了！他的权力全部交出，依靠他的女儿过活！这些事情都在匆促中决定，不曾经过丝毫的考虑！爱特门，怎么！有什么消息？

爱特门　禀父亲，没有什么消息。（藏信）

葛罗斯脱　你为什么急急忙忙地把那封信藏起来？

267

爱特门　我不知道有什么消息，父亲。

葛罗斯脱　你读的是什么信？

爱特门　没有什么，父亲。

葛罗斯脱　没有什么？那么你为什么慌慌张张地把它塞进你的衣袋里去？既然没有什么，何必藏起来？来，给我看，要是那上面没有什么话，我也可以不用戴眼镜。

爱特门　父亲，请您原谅我；这是我哥哥写给我的一封信，我还没有把它读完，照我已经读到的一部分看起来，我想还是不要让您看见的好。

葛罗斯脱　把信给我。

爱特门　不给您看您要恼我，给您看了您又要动怒。哥哥真不应该写出这种话来。

葛罗斯脱　给我看，给我看。

爱特门　我希望哥哥写这封信是有他的理由的，他不过要试试我的德性。

葛罗斯脱　（读信）"这一种尊敬老年人的政策，使我们在年轻的时候不能享受生命的欢乐；我们的财产不能由我们自己处分，等到年纪老了，这些财产对我们也失去了用处。我开始觉得老年人的专制，实在是一种荒谬愚蠢的束缚；他们没有权力压迫我们，是我们自己容忍他们的压迫。来跟我讨论讨论这一个问题吧。要是我们的父亲闭上了眼睛，你就可以永远享受他的一半的收入，并且将要为你的哥哥所喜爱。埃特加。"——哼！阴谋！"要是我们的父亲闭上了眼睛，你就可以享受他的一半的收入。"我的儿子埃特加！他会有这样的心思，写这样的信吗？这封信是什么时候到你手里的？谁把它送给你的？

爱特门　它不是什么人送给我的，父亲；这正是他狡猾的地方；我看见它塞在我的房间的窗眼里。

葛罗斯脱　你认识这笔迹是你哥哥的吗？

爱特门　父亲，要是这信里所写的都是很好的话，我敢发誓这是他的笔迹；可是那上面写的既然是这种话，我但愿不是他写的。

葛罗斯脱　这是他的笔迹。

爱特门　笔迹确是他的，父亲；可是我希望这种话不是出于他的真心。

葛罗斯脱　他以前有没有用这一类话试探过你？

爱特门　没有，父亲；可是我常常听见他说，儿子成年以后，父亲要是已经衰老，他应该受儿子的监护，把他的财产交给他的儿子掌管。

葛罗斯脱 啊，浑蛋！浑蛋！正是他在这信里所表示的意思！可恶的浑蛋！不孝的畜生！禽兽不如的东西！去，把他找来；我要依法惩办他。可恶的浑蛋！他在哪儿？

爱特门 我不大知道，父亲。照我的意思，您在没有得到可靠的证据，证明哥哥确有这种意思以前，最好暂时忍一忍您的怒气；因为要是您立刻就对他采取激烈的手段，万一事情出于误会，那不但大大妨害了您的名誉，而且他对于您的孝心，也要从此动摇了！我敢拿我的生命为他作保，他写这封信的用意，不过是试探试探我对您的孝心，并没有其他危险的目的。

葛罗斯脱 你以为是这样的吗？

爱特门 您要是认为可以的话，让我把您安置在一个隐僻的地方，从那个地方您可以听到我们两人谈论这件事情，用您自己的耳朵得到一个真凭实据；事不宜迟，今天晚上就可以一试。

葛罗斯脱 他不会是这样一个大逆不道的禽兽——

爱特门 他断不会是这样的人。

葛罗斯脱 天地良心！我从来没有亏待过他，他却这样对我。爱特门，找他出来；探探他究竟居心何在；你尽管照你自己的意思随机应付。我愿意放弃我的地位和财产，把这一件事情调查明白。

爱特门 父亲，我立刻就去找他，用最适当的方法探明这回事情，然后再来告诉您知道。

葛罗斯脱 最近这一些日蚀月蚀果然不是好兆；虽然人们凭着天赋的智慧，可以对它们作种种合理的解释，可是接踵而来的天灾人祸，却不能否认是上天对人们所施的惩罚。亲爱的人互相疏远，朋友变为陌路，兄弟化成仇雠；城市里有暴动，国家发生内乱，宫廷之内潜藏着逆谋，父不父，子不子，纲常伦纪完全破灭。我这畜生也是上应天数；有他这样逆亲犯上的儿子，也就有像我们王上一样不慈不爱的父亲。我们最好的日子已经过去；现在只有一些阴谋，欺诈，叛逆，纷乱，追随在我们的背后，把我们赶下坟墓里去。爱特门，去把这畜生找来；那对你不会有什么妨害的；你只要自己留心一点就是了。——忠心的肯脱又放逐了！他的罪名是正直！怪事，怪事！（下）

爱特门 人们最爱用这一种愚蠢思想来欺骗自己，往往当我们因为自己行为不慎而遭逢不幸的时候，我们就会把我们的灾祸归怨于日月星辰，好像我们做恶人也是命运注定，做傻瓜也是出于上天的旨意，做无赖，做盗贼，做叛徒，都是受到天体运行的影响，酗酒，造谣，奸淫，都有一颗什么星在那儿主持操纵，我们无论干什么罪恶的行为，全都是因为有一种超自然的力量在冥冥之中驱策着我们。明明自己跟人家通奸，却把他的好色的天性归咎到一颗星的身上，真是绝妙的推诿！我的父亲跟我的母亲在巨龙星的尾巴底下交媾，我又是在大熊星底下出世，所以我就是个粗暴而好色的家伙。嘿！即使当我的父母苟合成奸的时候，有一颗最贞洁的处女星在天空眨眼睛，我也决不会换个样子的。埃特加——

埃特加上。

爱特门 一说起他，他就来了，正像旧式喜剧里的大团圆一样；我现在必须装出一副奸诈的忧郁，像疯子一般长吁短叹。唉！这些日蚀月蚀果然预兆着人世的纷争！法——索——拉——咪。

埃特加 啊，爱特门兄弟！你在沉思些什么？

爱特门 哥哥，我正在想起前天读到的一篇预言，说是在这些日蚀月蚀之后，将要发生些什么事情。

埃特加 你让这些东西烦扰你的精神吗？

爱特门 告诉你，他所预言的事情，果然不幸被他说中了；什么父子的乖离，死亡，饥荒，友谊的毁灭，国家的分裂，对于国王和贵族的恫吓和诅咒，无谓的猜疑，朋友的放逐，军队的瓦解，婚姻的破坏，还有许许多多我所不知道的事情。

埃特加 你什么时候相信起星象之学来？

爱特门 来，来，你最近一次看见父亲在什么时候？

埃特加 昨天晚上。

爱特门 你跟他说过话没有？

埃特加 嗯，我们谈了两个钟头。

爱特门 你们分别的时候，没有闹什么意见吗？你在他的辞色之间，不觉得他对你有点恼怒吗？

埃特加 一点没有。

爱特门 想想看你在什么地方得罪了他；听我的劝告，暂时避开一下，等他的怒气平息下来再说，现在他正在大发雷霆，恨不得一口咬下你的肉来呢。

埃特加 哪一个坏东西搬弄是非？

爱特门 我也怕有什么人在暗中离间。请你千万忍耐忍耐，不要碰在他的火性上；现在你还是跟我到我的地方去，我可以想法让你躲起来听听他老人家怎么说。去吧；这是我的钥匙。你要是在外面走动的话，最好身边带些武器。

埃特加 带些武器，弟弟！

爱特门 哥哥，我这样劝告你都是为了你的好处；带些武器在身边吧；要是我对你存着什么心思，我就不是个好人。我已经把我所看到听到的事情都告诉你了；可是实际的情形，却比我的话更要严重可怕得多哩。请你赶快去吧。

埃特加 我不久就可以听到你的消息吗？

爱特门 我在这一件事情上总是竭力帮你的忙就是了。（埃特加下）一个轻信的父亲，一个忠厚的哥哥，他自己从不会算计别人，所以也不疑心别人算计他；对付他们这样老实的傻瓜，我的奸计是绰绰有余的。饶你出身高贵，斗不过我足智多谋，夺到了这一份家私，我的志愿方酬。（下）

第三场　奥本尼公爵府中一室

贡纳梨及其管家鄂斯华特上。

贡纳梨 我的父亲因为我的侍卫骂了他的弄人，所以动手打他吗？

鄂斯华特 是，夫人。

贡纳梨 他一天到晚欺侮我；每一点钟他都要借端寻事，把我们这儿吵得鸡犬不宁。我不能再忍受下去了。他的武士们一天一天横行不法起来，他自己又在每一件小事上都要责骂我们。等他打猎回来的时候，我不高兴见他说话，你就对他说我病了。你也不必像从前那样殷勤侍候他；他要是见怪，都在我身上。

莎士比亚悲剧集

鄂斯华特　他来了，夫人；我听见他的声音。（内号角声）

贡纳梨　你跟你手下的人尽管对他装出一副不理不睬的态度；我要看看他有些
什么话说。要是他恼了，那么让他到我妹妹那儿去吧，我知道我的妹
妹的心思，她也跟我一样不能受人压制的。这老废物已经放弃了他的
权力，还想管这个管那个！凭着我的生命发誓，年老的傻瓜正像小孩
子一样，一味的姑息会纵容坏了他的脾气，不对他凶一点是不行的，
记住我的话。

鄂斯华特　是，夫人。

贡纳梨　让他的武士们也受到你们的冷眼；无论发生什么事情，你们都不用管；
你去这样通知你手下的人吧。我要造成一些借口，和他当面说个明白。
我还要立刻写信给我的妹妹，叫她采取一致的行动。吩咐他们备饭。
（各下）

第四场　同前　厅堂

肯脱化装上。

肯　脱　我已经完全隐去我的本来面目，要是我能够把我的语音也完全改变过
来，那么我的一片苦心，也许可以达到目的。被放逐的肯脱啊，要是
你再有机会服从你所得罪的主人，也许他看你勤劳尽力，会鉴念你的
忠诚的。

内号角声。李尔、众武士及侍从等上。

李　尔　我一刻也不能等待，快去叫他们拿出饭来。（一侍从下）啊！你是什么？

肯　脱　我是一个人，陛下。

李　尔　你是干什么的？你来见我有什么事？

肯　脱　您瞧我像干什么的，我就是干什么的；谁要是信任我，我愿意尽忠服
侍他；谁要是居心正直，我愿意爱他；谁要是聪明而不爱多说话，我
愿意跟他来往；我害怕法官；逼不得已的时候，我也会跟人家打架；
我不吃鱼。

李　尔　你究竟是什么人？

肯　脱　一个心肠非常正直的汉子，而且像国王一样的穷。

李　尔　要是你这做臣民的，也像我这做国王的一样穷得无家可归，那么你也可以算得真穷了。你要什么？

肯　脱　我要讨一个差使。

李　尔　你想替谁做事？

肯　脱　替您。

李　尔　你认识我吗？

肯　脱　不，陛下；可是在您的神气之间，有一种什么力量，使我愿意叫您做我的主人。

李　尔　是什么力量？

肯　脱　一种天生的威严。

李　尔　你会做些什么事？

肯　脱　我会保守秘密，我会骑马，我会跑路，我会把一个复杂的故事讲得索然无味，我会老老实实传一个简单的口信；凡是普通人能够做的事情，我都可以做，我的最大的好处是勤劳。

李　尔　你年纪多大了？

肯　脱　陛下，说我年轻，我也不算年轻，我不会为了一个女人会唱几句歌而害相思；说我年老，我也不算年老，我不会糊里糊涂地溺爱一个女人；我已经活过四十八个年头了。

李　尔　跟着我吧；你可以替我做事。要是我在吃过晚饭以后，还是这样喜欢你，那么我就不会把你撵走。喂！饭呢！拿饭来！我的孩子呢？我的傻瓜呢？你去叫我的傻瓜来。（一侍从下）

　　　　鄂斯华特上。

李　尔　喂，喂，我的女儿呢？

鄂斯华特　是，是。（下）

李　尔　这家伙怎么说？叫那蠢东西回来。（一武士下）喂，我的傻瓜呢？全都睡着了吗？怎么！那狗头呢？

　　　　武士重上。

武　士　陛下，他说公主有病。

李　尔　我叫他回来，那奴才为什么不回来？

武　士　陛下，他非常放肆，回答我说他不高兴回来。

李　尔　他不高兴回来！

武　士　陛下，我也不知道为了什么缘故，可是照我看起来，他们对待您的礼貌，已经不像往日那样殷勤了；不但一般下人侍仆，就是公爵和公主也对您冷淡得多了。

李　尔　吓！你这样说吗？

武　士　陛下，要是我说错了话，请您原谅我；可是当我觉得您受人欺侮的时候，责任所在，我不能闭口不言。

李　尔　你不过向我提起一件我自己已经感觉到的事；我近来也觉得他们对我的态度有点冷淡，可是我总以为那是我自己的多心，不愿断定是他们有意的怠慢。我还要仔细观察观察他们的举止。可是我的傻瓜呢？我这两天没有看见他。

武　士　陛下，自从小公主到法国去了以后，这傻瓜老是郁郁不乐。

李　尔　别再提起那句话了；我也注意到他这种情形。——你去对我的女儿说，我要跟她说话。（一侍从下）你去叫我的傻瓜来。

　　　　（另一侍从下）

　　　　鄂斯华特重上。

李　尔　啊！你，你过来。你知道我是什么人吗？

鄂斯华特　我们夫人的父亲。

李　尔　"我们夫人的父亲"！我们大爷的奴才！好大胆的狗！

鄂斯华特　请您原谅，我不是狗。

李　尔　你敢跟我当面顶嘴吗，你这浑蛋？（打鄂斯华特）

鄂斯华特　您不能打我。

肯　脱　我也不能踢你吗，你这踢球的下贱东西。[1]（自后踢鄂斯华特倒地）

李　尔　谢谢你，好家伙；你帮了我，我喜欢你。

肯　脱　来，朋友，站起来，给我滚吧！我要教训教训你，让你知道尊卑上下的分别。去！去！你还要想用你粗笨的身体丈量丈量地面吗？滚！你难道不懂得厉害吗？去。（将鄂斯华特推出）

李　尔　我的好小子，谢谢你；这是你替我做事的定钱。（以钱给肯脱）

　　　　弄人上。

弄　人　让我也把他雇下来；这是我的鸡头帽。（脱帽授肯脱）

————————————

[1] 踢球当时是下层市民的娱乐。

李　尔　啊，我的乖乖！你好？

弄　人　喂，你还是戴了我的鸡头帽吧。

肯　脱　傻瓜，为什么？

弄　人　为什么？因为你帮了一个失势的人。要是你不会看准风向把你的笑脸
　　　　迎上去，你就会吞下一口冷气的。来，把我的鸡头帽拿去。嘿，这家
　　　　伙撵走了两个女儿，他的第三个女儿倒很受他的好处，虽然也不是出
　　　　于他的本意；要是你跟了他，你必须戴上我的鸡头帽。啊，老伯伯！
　　　　但愿我有两顶鸡头帽，再有两个女儿！

李　尔　为什么，我的孩子？

弄　人　要是我把我的家私一起给了她们，我自己还可以存下两顶鸡头帽。我
　　　　这儿有一顶；再去向你的女儿们讨一顶戴戴吧。

李　尔　嘿，你留心着鞭子。

弄　人　真理是一条贱狗，它只好躲在狗洞里；当猎狗太太站在火边撒尿的时
　　　　候，它必须给人一顿鞭子赶出去。

李　尔　简直是揭我的疮疤！

弄　人　（向肯脱）喂，让我教你一段话。

李　尔　你说吧。

弄　人　听着，老伯伯；——

　　　　多积财，少摆阔；

　　　　耳多听，话少说；

　　　　少放款，多借债；

　　　　走路不如骑马快；

　　　　三言之中信一语，

　　　　多掷骰子少下注；

　　　　莫饮酒，莫嫖妓；

　　　　闭门不管他家事；

　　　　会打算的占便宜，

　　　　不会打算叹口气。

肯　脱　傻瓜，这些话一点意思也没有。

弄　人　那么正像拿不到讼费的律师一样，我的话都白说了。老伯伯，你不能
　　　　从没有意思的中间，探求出一点意思来吗？

275

李　尔　啊，不，孩子；垃圾里是淘不出金子来的。

弄　人　（向肯脱）请你告诉他，他有了那么多的土地，也只等于一堆垃圾；
　　　　他不肯相信一个傻瓜嘴里的话。

李　尔　好尖酸的傻瓜！

弄　人　我的孩子，你知道傻瓜是有酸有甜的吗？

李　尔　不，孩子，告诉我。

弄　人　听了他人话，

　　　　土地全丧失；

　　　　我傻你更傻，

　　　　两傻相并立；

　　　　一个傻瓜甜，

　　　　一个傻瓜酸；

　　　　甜的穿花衣，

　　　　酸的戴王冠。

李　尔　你叫我傻瓜吗，孩子？

弄　人　你把你所有的尊号都送了别人；只有这一个名字是你娘胎里带来的。

肯　脱　陛下，他倒不全然是个傻瓜哩。

弄　人　不，那些老爷大人们都不肯答应我的；要是我取得了傻瓜的专利权，
　　　　他们一定要来夺我一份去，就是太太小姐们也不会放过我的；他们不
　　　　肯让我一个人做傻瓜。老伯伯，给我一个蛋，我给你两顶冠。

李　尔　两顶什么冠？

弄　人　你把蛋从中间切开，吃完了蛋黄蛋白，就用蛋壳给你做两顶冠。你想
　　　　你自己好端端有了一顶王冠，却把它从中间剖成两半，把两半全都送
　　　　给人家，这不是背了驴子过泥潭吗？你这光秃秃的头顶连里面也光秃
　　　　秃的没有一点脑子，所以才会把一顶金冠送了人。谁说我这种话是傻
　　　　话，让他挨一顿鞭子。——

　　　　这年头傻瓜供过于求，

　　　　聪明人个个变了糊涂，

　　　　顶着个没有思想的头，

　　　　只会跟着人依样葫芦。

李　尔　你几时学会了这许多歌儿？

弄　人　老伯伯，自从你把你的女儿当作了你的母亲以后，我就常常唱起歌儿来了；因为当你把棒儿给了她们，拉下你自己的裤子的时候，——

　　她们高兴得眼泪盈眶，

　　我只好唱歌自遣哀愁，

　　可怜你堂堂一国之王，

　　却跟傻瓜们做伴嬉游。

　　老伯伯，你去请一位先生来，教教你的傻瓜怎样说谎吧；我很想学学说谎。

李　尔　要是你说了谎，小子，我就用鞭子抽你。

弄　人　我不知道你跟你的女儿们究竟是什么亲戚：她们因为我说了真话，要用鞭子抽我，你因为我说谎，又要用鞭子抽我；有时候我话也不说，你们也要用鞭子抽我。我宁可做一个无论什么东西，也不要做个傻瓜；可是我宁可做个傻瓜，也不愿意做你，老伯伯；人家在两旁剥削你的聪明，剥削得中间不剩一点东西。瞧，一个剥削你的人来了。

　　贡纳梨上。

李　尔　啊，女儿！为什么你的脸上罩满了怒气？我看你近来老是皱着眉头。

弄　人　从前你用不着看她的脸，随她皱不皱眉头都不与你相干，那时候你也算得了一个好汉子；可是现在你却变成一个孤零零的圆圈圈儿了。你还比不上我；我是个傻瓜，你简直不是个东西。（向贡纳梨）好，好，我闭嘴就是啦；虽然你没有说话，我从你的脸色就知道你的意思。

　　闭嘴，闭嘴；

　　你不知道积谷防饥，

　　活该啃不到面包皮。

　　他是一荚去壳的豌豆。（指李尔）

贡纳梨　父亲，您这一个肆无忌惮的傻瓜不用说了，还有您那些蛮横的卫士，也都在时时刻刻寻事骂人，种种不法的暴行，实在叫人忍无可忍。父亲，我本来还以为要是让您知道了这种情形，您一定会戒饬他们的行动；可是照您最近所说的话和所做的事看来，我不能不疑心您有意纵容他们，他们才会这样有恃无恐。要是果然出于您的授意，为了维持法纪的尊严，我们也不能默尔而息，不采取断然的处置。虽然也许在您的脸上不大好看，可是这样的步骤，在事实上却是必要的。

弄　人　你看，老伯伯，——

那篱雀养大了杜鹃鸟，

自己的头也给它吃掉。

蜡烛熄了，我们眼前只有一片黑暗。

李　尔　你是我的女儿吗？

贡纳梨　算了吧，您不是一个不懂道理的人，我希望您想明白一些；近来您动
　　　　不动就动气，实在太有失一个做长辈的体统啦。

弄　人　一头驴子可不可以知道什么时候马儿颠倒过来给车子拖着走？"呼，
　　　　玖格！我爱你。"

李　尔　这儿有谁认识我吗？这不是李尔。是李尔在走路吗？在说话吗？他的
　　　　眼睛呢？他的知觉迷乱了吗？他的神志麻木了吗？吓！他醒着吗？没
　　　　有的事。谁能够告诉我我是什么人？

弄　人　李尔的影子。

李　尔　我愿意相信这句话；因为我的庄严的服饰和我的记忆都在告诉我我是
　　　　个有女儿的人。

弄　人　那些女儿们是会叫你做一个孝顺的父亲的。

李　尔　太太，请教您的芳名？

贡纳梨　父亲，您何必这样假痴假呆？您是一个有年纪的老人家，应该懂事一
　　　　些。请您明白我的意思；您在这儿养了一百个武士，全是些胡闹放荡、
　　　　胆大妄为的家伙，我们好好的宫廷给他们骚扰得像一个喧嚣的客店；
　　　　他们成天吃喝玩女人，简直把这儿当作了酒馆妓院，哪里还是一座庄
　　　　严的御邸。这一种可耻的现象，必须立刻设法纠正；所以请您俯从我
　　　　的要求，酌量减少您的扈从的人数，只留下一些适合于您的年龄，知
　　　　道您的地位，也明白他们自己身份的人跟随您；要是您不答应，那么
　　　　我没有法子，只好勉强执行了。

李　尔　地狱里的魔鬼！备起我的马来；召集我的侍从。没有良心的贱人！我
　　　　不要麻烦你；我还有一个女儿哩。

贡纳梨　你打我的佣人，你那一班捣乱的流氓也不想想自己是什么东西，胆敢
　　　　把他们上面的人像奴仆一样呼来叱去。

奥本尼上。

李　尔　唉！现在懊悔也来不及了。（向奥本尼）啊！你也来了吗？这是不是

你的意思？你说。——替我备马。丑恶的海怪也比不上忘恩的儿女那样可怕。

奥本尼 　陛下，请您不要生气。

李　尔 　（向贡纳梨）枭獍不如的东西！你说谎！我的卫士都是最有品行的人，他们懂得一切的礼仪，他们的一举一动，都不愧武士之名。啊！科第丽霞不过犯了一点小小的错误，怎么在我的眼睛里却会变得这样丑恶！它像一座酷虐的刑具，扭曲了我的天性，抽干了我的心里的慈爱，把苦味的怨恨灌了进去。啊，李尔！李尔！对准这一扇装进你的愚蠢，放出你的智慧的门，着力痛打吧！（自击其头）去，去，我的人。

奥本尼 　陛下，我没有得罪您，我也不知道您为什么生气。

李　尔 　也许不是你的错，公爵。——听着，造化的女神，听我的吁诉！要是你想使这畜生生男育女，请你改变你的意旨吧！取消她的生殖的能力，干涸她的产育的器官，让她的枯瘠的身体里永远生不出一个子女来！要是她必须生产，请你让她生下一个忤逆狂悖的孩子，使她终身受苦！让她的年轻的额角上很早就刻了皱纹；眼泪流下她的面颊，磨成一道道的沟渠；她的鞠育的辛劳，只换到一声冷笑和一个白眼；让她也感觉到一个负心的孩子，比毒蛇的牙齿还要多么使人痛入骨髓！去，去！

（下）

奥本尼 　凭着我们敬奉的神明，告诉我这是怎么一回事？

贡纳梨 　你不用知道为了什么原因；他老糊涂了，让他去发他的火吧。

李尔重上。

李　尔 　什么！我在这儿不过住了半个月，就把我的卫士一下子裁撤了五十名吗？

奥本尼 　什么事，陛下？

李　尔 　等一会告诉你。（向贡纳梨）吸血的魔鬼！我真惭愧我会在你的面前失去了大丈夫的气概，让我的热泪为了一个下贱的婢子而滚滚流出。愿毒风吹着你，恶雾罩着你！愿一个父亲的诅咒刺透你的五官百窍，留下永远不能平复的疮痍！痴愚的老眼，要是你再为此而流泪，我要把你挖出来，丢在你所流的泪水里，和泥土拌在一起！哼！竟有这等事吗？好，我还有一个女儿，我相信她是孝顺我的；她听见你这样对待我，一定会用指爪抓破你的豺狼一样的脸。你以为我一辈子也不能

恢复我的原来的威风了吗？好，你瞧着吧。（李尔、肯脱及侍从等下）

贡纳梨　你听见没有？

奥本尼　贡纳梨，虽然我十分爱你，可是我不能这样偏心——

贡纳梨　你不用管我。喂，鄂斯华特！（向弄人）你这七分奸刁三分傻的东西，跟你的主人去吧。

弄　人　李尔老伯伯，李尔老伯伯！等一等，带傻瓜一块儿去。

　　　　捉狐狸，杀狐狸，

　　　　谁家女儿是狐狸？

　　　　可惜我这顶帽子，

　　　　换不到一条绳子；

　　　　追上去，你这傻子。（下）

贡纳梨　不知道是什么人替他出的好主意。一百个武士！让他随身带着一百个全副武装的卫士，真是万全之计；只要他做了一个梦，听了一句谣言，转了一个念头，或者心里有什么不高兴不舒服，就可以用他们的力量危害我们的生命。喂，鄂斯华特！

奥本尼　也许你太过虑了。

贡纳梨　过虑总比大意好些。与其时时刻刻提心吊胆，害怕人家的暗算，宁可爽爽快快除去一切可能的威胁，我知道他的心理。他所说的话，我已经写信去告诉我的妹妹了；她要是不听我的劝告，仍旧容留他带着他的一百个武士——

　　　　鄂斯华特重上。

贡纳梨　啊，鄂斯华特！什么！我叫你写给我妹妹的信，你写好了没有？

鄂斯华特　写好了，夫人。

贡纳梨　带几个人跟着你，赶快上马出发；把我所担心的情形明白告诉她，再加上一些你所想到的理由，让它格外动听一些。去吧，早点回来。（鄂斯华特下）不，不，我的爷，你做人太仁慈厚道了，虽然我不怪你，可是恕我说一句话，只有人批评我糊涂，却没有什么人称赞你一声好。

奥本尼　我不知道你的眼光能够看到多远；可是过分操切也会误事的。

贡纳梨　咦，那么，——

奥本尼　好，好，但看结果如何。（同下）

第五场 同前 外庭

李尔、肯脱及弄人上。

李　尔　你带着这几封信，先到葛罗斯脱去。我的女儿看了我的信，倘然有什么话问你，你就照你所知道的回答她，此外不可多说什么。要是你在路上偷懒耽搁时间，也许我会比你先到的。

肯　脱　陛下，我在没有把您的信送到以前，决不打一次盹。（下）

弄　人　要是一个人的脑筋生在脚跟上，它会不会长起脓疱来呢？

李　尔　嗯，孩子。

弄　人　那么你放心吧；幸亏你的脑筋安在头上，尽管路再有多远，它也不用拖了鞋跟走路。

李　尔　哈哈哈！

弄　人　你到了你那另外一个女儿的地方，就可以知道她会待你多么好；因为虽然她跟这一个就像野苹果跟家苹果一样相像，可是我可以告诉你我所知道的事情。

李　尔　你可以告诉我什么，孩子？

弄　人　你一尝到她的滋味，就会知道她跟这一个完全相同，正像两只野苹果一般没有分别。你能够告诉我为什么一个人的鼻子生在脸中间吗？

李　尔　不能。

弄　人　因为中间放了鼻子，两旁就可以安放眼睛；鼻子嗅不出来的，眼睛可以窥探进去。

李　尔　我对不起她——

弄　人　你知道牡蛎怎样造它的壳吗？

李　尔　不知道。

弄　人　我也不知道；可是我知道蜗牛为什么背着一个屋子。

李　尔　为什么？

弄　人　因为可以把它的头放在里面；它不会把它的屋子送给它的女儿，害得它的角也没有地方安顿。

李　尔　我也顾不得什么天性之情了。我这做父亲的有什么地方亏待了她！我

莎士比亚悲剧集

的马儿都已经预备好了吗？

弄　人　你的驴子们正在那儿给你预备呢。金牛星座里为什么只有七颗星，其中有一个绝妙的理由。

李　尔　因为它们没有第八颗吗？

弄　人　正是，一点不错；你可以做一个很好的傻瓜。

李　尔　用武力夺回来！忘恩负义的畜生！

弄　人　假如你是我的傻瓜，老伯伯，我就要打你，因为你不到时候就老了。

李　尔　那是什么意思？

弄　人　你应该懂得些世故再老呀。

李　尔　啊！不要让我发疯！天哪，抑制住我的怒气，不要让我发疯！我不想发疯！

　　　　侍臣上。

李　尔　怎么！马预备好了吗？

侍　臣　预备好了，陛下。

李　尔　来，孩子。（同下）

弄　人　哪一个姑娘嘲笑我走这一遭，她的处女之身眼看就要不保。

第二幕

第一场　葛罗斯脱伯爵城堡内庭

爱特门及邱兰自相对方向上。

爱特门　您好，邱兰？

邱　兰　您好，公子。我刚才见过令尊，通知他康瓦尔公爵跟他的夫人吕甘公主今天晚上要到这儿来拜访他。

爱特门　他们怎么要到这儿来？

邱　兰　我也不知道。您有没有听见外边的消息？我的意思是说人们交头接耳，在暗中互相传说的那些消息。

爱特门　我没有听见；请教是些什么消息？

邱　兰　您没有听见说起过康瓦尔公爵也许会跟奥本尼公爵开战吗？

爱特门　一点没有听见。

邱　兰　那么您也许会慢慢听到的。再会，公子。（下）

爱特门　公爵今天晚上到这儿来！那也好！再好没有了！我正好利用这个机会，我的父亲已经叫人四处把守，要捉我的哥哥；我还有一件不大好办的事情，必须赶快动手做起来。这事情要做得敏捷迅速，但愿命运帮助我！——哥哥，跟你说一句话；下来，哥哥！

埃特加上。

爱特门　父亲在那儿守着你。啊，哥哥！离开这个地方吧；有人已经告诉他你躲在什么所在；趁着现在天黑，你快逃吧。你有没有说过什么反对康瓦尔公爵的话？他也就要到这儿来了，在这样的夜里，急急忙忙的，吕甘也跟着他来；你对于他跟奥本尼公爵争执的事情没有说过什么话吗？想一想看。

埃特加 我真的一句话也没有说过。

爱特门 我听见父亲来了；原谅我；我必须假装对你动武的样子；拔出剑来，就像你在防御你自己一般；现在你去吧。（高声）放下你的剑；见我的父亲去！喂，拿火来！这儿！——逃吧，哥哥。（高声）火把！火把！——再会。（埃特加下）身上沾几点血，可以使他相信我真的作过一番凶猛的争斗。（以剑刺伤手臂）我曾经看见有些醉汉为了开玩笑的缘故，不顾死活地割破他自己的皮肉。（高声）父亲！父亲！住手！住手！没有人来帮我吗？

葛罗斯脱率众仆持火炬上。

葛罗斯脱 爱特门，那畜生呢？

爱特门 他站在这儿黑暗之中，拔出他的锋利的剑，嘴里念念有词，见神见鬼地请月亮帮他的忙。

葛罗斯脱 可是他在什么地方？

爱特门 瞧，父亲，我流着血呢。

葛罗斯脱 爱特门，那畜生呢？

爱特门 往这边逃去了，父亲。他看见他没有法子——

葛罗斯脱 喂，你们追上去！（若干仆人下）"没有法子"什么？

爱特门 没有法子劝我跟他同谋把您杀死；我对他说，疾恶如仇的神明看见弑父的逆子，是要用天雷把它殛死的；告诉他儿子对于父亲的关系是多么深切而不可摧毁；总而言之一句话，他看见我这样憎恶他的荒谬的图谋，他就老羞成怒，拔出他的早就预备好的剑，气势汹汹地向我毫无防卫的身上刺了过来，把我的手臂刺破了；那时候我也发起怒来，自恃理直气壮，跟他奋力对抗，他倒胆怯起来，也许因为听见我喊叫的声音，就飞也似的逃走了。

葛罗斯脱 让他逃得远远的吧；除非逃到国外去，我们总有捉到他的一天；看他给我们捉住了还活得成活不成。公爵殿下，我的主上，今晚要到这儿来啦，我要请他发出一道命令，谁要是能够把这杀人的懦夫捉住，交给我们绑在木桩上烧死，我们将要重重酬谢他；谁要是把他藏匿起来，一经发觉，就要把他处死。

爱特门 当他不听我的劝告，决意实行他的企图的时候，我就严词恫吓他，对他说我要宣布他的秘密；可是他却回答我说，"你这私生子！你以为要是我们两人立在敌对的地位，人家会来相信你的话吗？哼！尽管你当面揭穿我，我不但可以矢口否认，而且还可以反咬你一口，说这全是你的阴谋恶计；人们不是傻瓜，他们当然会相信你因为觊觎我死后的利益，所以才会起这样的毒心，想要颠覆我的生命。"

葛罗斯脱　好狠心的畜生！他赖得掉他的信吗？他不是我养的。（内喇叭奏花腔）听！公爵的喇叭。我不知道他来有什么事。我要把所有的城门关起来，看这畜生逃到哪儿去；公爵必须答应我这一要求；而且我还要把他的小像各处传送，让全国的人都可以注意他。我的孝顺的孩子，你不学你哥哥的坏样，我一定想法子使你能够承继我的土地。

康瓦尔、吕甘及侍从等上。

康瓦尔　您好，我的尊贵的朋友！我还不过刚到这儿，就已经听见了奇怪的消息。

吕　甘　要是真有那样的事，那罪人真是万死不足蔽辜了。是怎么一回事，伯爵？

葛罗斯脱　啊！夫人，我这颗老心已经碎了，已经碎了！

吕　甘　什么！我父亲的义子要谋害您的生命吗？就是我父亲替他取名字的，您的埃特加吗？

葛罗斯脱　啊！夫人，夫人，发生了这种事情，真是说来叫人丢脸。

吕　甘　他不是常常跟我父亲身边的那些横行不法的武士们在一起吗？

葛罗斯脱　我不知道，夫人。太可恶了！太可恶了！

爱特门　是的，夫人，他正是常跟这些人在一起的。

吕　甘　无怪他会变得这样坏；一定是他们撺掇他谋害了老头子，好把他的财产拿出来给大家挥霍。今天傍晚的时候，我接到我姊姊的一封信，她告诉我他们种种不法的情形，并且警告我要是他们想要住到我的家里来，我千万不要招待他们。

康瓦尔　相信我，吕甘，我也决不会去招待他们。爱特门，我听说你对你的父亲很尽孝道。

爱特门　那是做儿子的本分，殿下。

葛罗斯脱　他揭发了他哥哥的阴谋；您看他身上的这一处伤就是因为他奋不顾身，想要捉住那畜生而受到的。

康瓦尔　那凶徒逃走了，有没有人追上去？

葛罗斯脱　没有，殿下。

康瓦尔　要是他给我们捉住了，我们一定不让他再为非作恶；你只要决定一个
　　　　办法，在我的权力范围以内，我都可以替你办到。爱特门，你这一回
　　　　所表现的深明大义的孝心，使我们十分赞赏；像你这样不负付托的人，
　　　　正是我们所需要的，我们将要大大地重用你。

爱特门　殿下，我愿意为您尽忠效命。

葛罗斯脱　殿下这样看得起他，使我感激万分。

康瓦尔　你还不知道我们现在所以要来看您的原因——

吕　甘　尊贵的葛罗斯脱，我们这样在黑暗的夜色之中，一路摸索前来，实在
　　　　是因为有一些相当重要的事情，必须请教请教您的高见。我们的父亲
　　　　和姊姊都有信来，说他们两人之间发生了一些冲突；我想最好不要在
　　　　我们自己的家里答复他们；两方面的使者都在这儿等候我的打发。我
　　　　们的善良的老朋友，您不要气恼，替我们赶快出个主意吧。

葛罗斯脱　夫人但有所命，我总是愿意贡献我的一得之愚的。两位殿下光临蓬
　　　　荜，欢迎得很！（同下）

第二场　葛罗斯脱城堡之前

　　　　肯脱及鄂斯华特各上。

鄂斯华特　早安，朋友；你是这屋子里的人吗？

肯　脱　嗯。

鄂斯华特　什么地方可以让我们拴马？

肯　脱　烂泥地里。

鄂斯华特　对不起，大家是好朋友，告诉我吧。

肯　脱　谁是你的好朋友？

鄂斯华特　好，那么我也不理你。

肯　脱　要是我把你一口咬住，看你理不理我。

鄂斯华特　你为什么对我这样？我又不认识你。

肯　脱　家伙，我认识你。

鄂斯华特　你认识我是谁？

肯　脱　一个无赖；一个恶棍；一个吃剩饭的家伙；一个下贱的，骄傲的，浅薄的，叫花子一样的，只有三身衣服，全部家私算起来不过一百镑的，卑鄙龌龊的，穿毛绒袜子的奴才；一个没有胆量的，靠着官府势力压人的奴才；一个婊子生的，顾影自怜的，奴颜婢膝的，装腔作势的混账东西；一个天生的王八坯子；又是奴才，又是叫花子，又是懦夫，又是王八，又是一条杂种老母狗的儿子；要是你不承认你这些头衔，我要把你打得放声大哭。

鄂斯华特　咦，奇怪，你是个什么东西，你也不认识我，我也不认识你，怎么开口骂人？

肯　脱　你还说不认识我，你这厚脸皮的奴才！两天以前，我不是把你踢倒在地上，还在王上的面前打过你吗？拔出剑来，你这浑蛋；虽然是夜里，月亮亮着呢；我要在月光底下把你剁得稀烂。（拔剑）拔出剑来，你这婊子生的下流东西，拔出剑来！

鄂斯华特　去！我不跟你胡闹。

肯　脱　拔出剑来，你这恶棍！谁叫你做人家的傀儡，替一个女儿寄信攻击她的父王？拔出剑来，你这浑蛋，否则我要砍下你的胫骨。拔出剑来，恶棍；来来来！

鄂斯华特　喂！救命哪！要杀人啦！救命哪！

肯　脱　来，你这奴才；站住，浑蛋，别跑；你这漂亮的奴才，你不会还手吗？
　　　　（打鄂斯华特）

鄂斯华特　救命啊！要杀人啦！要杀人啦！
　　　　爱特门拔剑上。

爱特门　怎么！什么事？（分开二人）

肯　脱　好小子，你也要寻事吗？来，我们试一下吧；来，小哥儿。
　　　　康瓦尔、吕甘、葛罗斯脱及众仆上。

葛罗斯脱　动刀动剑的，什么事呀？

康瓦尔　大家不要闹；谁再动手，就叫他死，怎么一回事？

吕　甘　一个是我的姊姊的使者，一个是国王的使者。

康瓦尔　你们为什么争吵？说。

鄂斯华特　殿下，我给他缠得气都喘不过来啦。

肯　脱　怪不得你，你把全身勇气都提起来了。你这怯懦的恶棍，造化不承认他曾经造下你这个人；你是一个裁缝手里做出来的。

康瓦尔　你是一个奇怪的家伙；一个裁缝会做出一个人来吗？

肯　脱　嗯，一个裁缝；石匠或者油漆匠都不会把他做得这样坏，即使他们学会这行手艺才不过两个钟头。

康瓦尔　说，你们怎么会吵起来的？

鄂斯华特　这个老不讲理的家伙，殿下，倘不是我看在他的花白胡子份上，早就要他的命了——

肯　脱　你这不中用的废物！殿下，要是您允许我的话，我要把这下流的东西踏成一堆替人家涂刷墙壁的泥浆。看在我的花白胡子份上？你这摇尾乞怜的狗！

康瓦尔　住口！畜生，你规矩也不懂吗？

肯　脱　是，殿下；可是我实在气愤不过。

康瓦尔　你为什么气愤？

肯　脱　我气愤的是像这样一个奸诈的奴才，居然也让他佩起剑来。都是这种笑脸的小人，像老鼠一样咬破了神圣的伦常纲纪；他们的主上起了一个恶念，他们便竭力逢迎，不是火上浇油，就是雪上添霜；他们最擅长的是随风转舵，他们的主人说一声是，他们也跟着说是，说一声不，他们也跟着说不，就像狗一样什么都不知道，只知道跟着主人跑。恶疮烂掉了你的抽搐的面孔！你笑我所说的话，你以为我是个傻瓜吗？呆鹅，要是我在旷野里碰见了你，看我不把你打得嘎嘎乱叫，一路赶回你的老家去！

康瓦尔　什么！你疯了吗，老头儿？

葛罗斯脱　说，你们究竟是怎么吵起来的？

肯　脱　我跟这浑蛋是势不两立的。

康瓦尔　你为什么叫他浑蛋？他做错了什么事？

肯　脱　我不喜欢他的面孔。

康瓦尔　也许你也不喜欢我的面孔，他的面孔，还有她的面孔。

肯　脱　殿下，我是说惯老实话的：我曾经见过一些面孔，比现在站在我面前的这些面孔好得多啦。

康瓦尔　这个人正是那种因为有人称赞了他的言辞率直而有心矫揉造作，装出一副玩世不恭的态度来的家伙。他不会谄媚，他有一颗正直坦白的心，他必须说老实话；要是人家愿意接受他的意见，很好；不然的话，他是个老实人。我知道这种家伙，他们用坦白的外表，包藏着极大的奸谋祸心，比二十个胁肩谄笑、小心翼翼的愚蠢的谄媚者更要不怀好意。

肯　脱　殿下，您的伟大的明鉴，就像腓勃斯神光煜煜的额上的烨耀的火轮，请您照临我的善意的忠诚，恳切的虔心——

康瓦尔　这是什么意思？

肯　脱　因为您不喜欢我的话，所以我改变了一个样子。我知道我不是一个谄媚之徒；我也不愿做一个故意用率直的言语诱惑人家听信的奸诈小人；即使您请求我做这样的人，我也决不从命。

康瓦尔　（向鄂斯华特）你在什么地方冒犯了他？

鄂斯华特　我从来没有冒犯过他。最近他的王上因为对我有了点误会，把我殴打；他便助主为虐，闪在我的背后把我踢倒地上，侮辱谩骂，无所不至，装出一副非常勇敢的神气；他的王上看见他这样，把他称赞了两句，他便得意忘形，以为我不是他的对手，所以一看见我，又跟我闹起来了。

肯　脱　这些流氓和懦夫以为，埃阿斯只能当他们的傻子。

康瓦尔　拿足枷来！你这口出狂言的倔强的老贼，我们要教训你一下。

肯　脱　殿下，我已经太老，不能受您的教训了；您不能用足枷夹我。我是王上的人，奉他的命令前来；您要是把他的使者夹起来，那未免对我的主上太失敬，太放肆无礼了。

康瓦尔　拿足枷来！凭着我的生命和荣誉起誓，他必须锁在足枷里直到中午为止。

吕　甘　到中午为止！到晚上，殿下；把他整整夹上一夜再说。

肯　脱　啊，夫人，假如我是您父亲的狗，您也不该这样对待我。

吕　甘　因为你是他的奴才，所以我要这样对待你。

康瓦尔　这正是我们的姊姊说起的那个家伙。来，拿足枷来。（仆从取出足枷）

葛罗斯脱　殿下，请您不要这样。他的过失诚然很大，王上知道了一定会责罚他的；您所决定的这一种羞辱的刑罚，只能惩戒那些犯偷窃之类普通小罪的下贱的囚徒；他是王上差来的人，要是您给他这样的处分，王上一定要认为您轻蔑了他的来使而心中不快。

289

康瓦尔　那我可以负责。

吕　甘　我的姊姊要是知道她的使者因为奉行她的命令而被人这样侮辱殴打，
　　　　她的心里还要不高兴哩。把他的腿放进去。（从仆将肯脱套入足枷）
　　　　来，殿下，我们走吧。（除葛罗斯脱、肯脱外均下）

葛罗斯脱　朋友，我很为你抱憾；这是公爵的意思，全世界都知道他的脾气非
　　　　常固执，不肯接受人家的劝阻。我还要替你向他求情。

肯　脱　请您不必多此一举，大人。我走了许多路，还没有睡过觉；一部分的
　　　　时间将在瞌睡中过去，醒着的时候我可以吹吹口哨，再会！

葛罗斯脱　这是公爵的不是；王上一定会见怪的。（下）

肯　脱　好王上，你正像俗语说的，抛下天堂的幸福，来受赤日的煎熬了。来
　　　　吧，你这照耀下土的炬火，让我借着你的温暖的光辉，可以读一读这
　　　　封信，倒霉的人偏会遇见奇迹；我知道这是科第丽霞寄来的，我的改
　　　　头换面的行踪，已经侥幸给她知道了；她一定会找到一个机会，纠正
　　　　这种反常的情形。疲倦得很；闭上了吧，沉重的眼睛，免得看见你自
　　　　己的耻辱。晚安，命运，求你转过你的轮子来，再向我们微笑吧。（睡）

第三场　荒野的一部分

埃特加上。

埃特加　听说他们已经发出告示捉我；幸亏我躲在一株空心的树干里，没有给
　　　　他们找到。没有一处城门可以出入无阻；没有一个地方不是警卫森严，
　　　　准备把我捉住！为了保全自己的生命起见，我想还不如改扮作一个最
　　　　卑贱穷苦，最为世人所轻视，和禽兽相去无几的家伙；我要用污泥涂
　　　　在脸上，一块毡布裹住我的腰，把满头的头发打了许多乱结，赤身裸
　　　　体，抵抗着风雨的侵凌。这地方本来有许多疯丐，他们高声叫喊，用
　　　　针哪，木锥哪，钉子哪，迷迭香的树枝哪，刺在他们麻木而僵硬的手
　　　　臂上；用这种可怕的形状，到那些穷苦的农场、乡村、羊棚和磨坊里
　　　　去，有时候发出一些疯狂的诅咒，有时候向人哀求祈祷，乞讨一些布
　　　　施。我现在学着他们的样子，一定不会引起人家的疑心。可怜的忒累
　　　　古！可怜的汤姆！倒有几分像；我现在不再是埃特加了。（下）

第四场　葛罗斯脱城堡前

肯脱系足枷中。李尔、弄人及侍臣上。

李　尔　真奇怪，他们不在家里，又不打发我的使者回去。

侍　臣　我听说他们在前一个晚上还不曾有走动的意思。

肯　脱　祝福您，尊贵的主人！

李　尔　吓！你把这样的羞辱作为消遣吗？

肯　脱　不，陛下。

弄　人　哈哈！他吊着一副多么难受的袜带！缚马缚在头上，缚狗缚熊缚在脖子上，缚猴子缚在腰上，缚人缚在腿上；一个人的腿儿太会活动了，就要叫他穿木袜子。

李　尔　谁认错了人，把你锁在这儿？

肯　脱　您的女婿和女儿。

李　尔　不。

肯　脱　是的。

李　尔　我说不。

肯　脱　我说是的。

李　尔　不，不，他们不会干这样的事。

肯　脱　他们干也干了。

李　尔　凭着朱庇特起誓，没有这样的事。

肯　脱　凭着朱诺起誓，有这样的事。

李　尔　他们不敢做这样的事；他们不能，也不会做这样的事；要是他们有意做出这种重大的暴行来，那简直比杀人更不可恕了。赶快告诉我，你究竟犯了什么罪，他们才会用这种刑罚来对待一个国王的使者。

肯　脱　陛下，我带了您的信到了他们家里，当我跪在地上把信交上去，还没有立起身来的时候，又有一个使者汗流满面，气喘吁吁，急急忙忙地奔了进来，代他的女主人贡纳梨向他们请安；他们看见她也有信来，就来不及理睬我，先读她的信；读罢了信，他们立刻召集仆从，上马出发，叫我跟到这儿来，等候他们的答复，对待我十分冷淡。一到这儿，我又碰见了那个使者，他也就是最近对您非常无礼的那个家伙，我知道他们对我这样冷淡，都是因为他来了的缘故，一时激于气愤，不加考虑地向他动起武来；他看见我这样，就高声发出怯懦的叫喊，惊动了全屋子的人。您的女婿女儿认为我犯了这样的罪，应该把我羞辱一下，所以就把我夹起来了。

弄　人　冬天还没有过去，要是野雁尽往那个方向飞。

　　　　　老父衣百结，

　　　　　儿女不相识，

　　　　　老父满囊金，

　　　　　儿女尽孝心。

　　　　　命运如娼妓，

　　　　　贫贱遭遗弃。

　　　　　虽然这样说，你的女儿们还要孝敬你数不清的烦恼哩。

李　尔　啊！我这一肚子的气都涌上我的心头来了！我这女儿呢？

肯　脱　在里边，陛下；跟伯爵在一起。

李　尔　不要跟我；在这儿等着。（下）

侍　臣　除了你刚才所说的以外，你没有犯其他的过失吗？

肯　脱　没有。王上怎么不多带几个人来？

弄　人　你会发出这么一个问题，活该给人用足枷夹起来。

肯　脱　为什么，傻瓜？

弄　人　你应该拜蚂蚁做老师，让它教训你冬天是不能工作的。谁都长着眼睛鼻子，哪一个人嗅不出来他身上发霉的味道？一个大车轮滚下山坡的时候，你千万不要抓住它，免得跟它一起滚下去，跌断了你的头颈；可是你要是看见它上山去，那么让它拖着你一起上去吧。倘然有什么聪明人给你更好的教训，请你把这番话还我；一个傻瓜的教训，只配让一个浑蛋去遵从。

　　　　　他为了自己的利益，

　　　　　向你屈膝卑躬，

　　　　　天色一变就要告别，

　　　　　留下你在雨中。

　　　　　聪明的人全都飞散，

只剩傻瓜一个；

傻瓜逃走变成浑蛋，

那浑蛋不是我。

肯　脱　傻瓜，你从什么地方学会这支歌儿？

弄　人　不是在足枷里，傻瓜。

李尔偕葛罗斯脱重上。

李　尔　拒绝跟我说话！他们有病！他们疲倦了，他们昨天晚上走路辛苦！都是些鬼话，明明是要背叛我的意思。给我再去向他们要一个好一点的答复来。

葛罗斯脱　陛下，您知道公爵的火性，他决定了怎样就是怎样，再也没有更改的。

李　尔　反了！反了！火性！什么火性？嘿，葛罗斯脱，葛罗斯脱，我要跟康瓦尔公爵和他的妻子说话。

葛罗斯脱　呃，陛下，我已经对他们说过了。

李　尔　对他们说过了！你懂得我的意思吗？

葛罗斯脱　是，陛下。

李　尔　国王要跟康瓦尔说话；父亲要跟他的女儿说话，叫她出来见我：你有没有这样告诉他们？哼！火性！对那性如烈火的公爵说——不，且慢，也许他真的不大舒服；一个人为了疾病而疏忽了他的责任，是应当加以原谅的；我们身体上有了病痛，精神上总是连带觉得烦躁郁闷。我且忍耐一下，不要太鲁莽了，对一个有病的人作过分求全的责备。该死！（视肯脱）为什么把他夹在这儿？这一种举动使我相信公爵和她对我回避，完全是一种预定的计谋。把我的仆人放出来还我。去，对公爵和他的妻子说，我现在立刻就要跟他们说话；叫他们赶快出来见我，否则我要在他们的寝室门前擂起鼓来，搅得他们不能安睡。

葛罗斯脱　我但愿你们大家和和好好的。（下）

李　尔　啊！我的心！我的怒气直冲的心！安静下来吧！

弄　人　你叫吧，老伯伯，就像厨娘把活鳗鱼放进面糊里的时候那样；她拿起手里的棍子敲打鱼头，喊道："下去，坏东西，下去！"正像她的兄弟，为了爱他的马在草料上涂油。

康瓦尔、吕甘、葛罗斯脱及众仆上。

李　尔　你们两位早安！

莎士比亚悲剧集

康瓦尔　祝福陛下！（众人释肯脱）

吕　甘　我很高兴看见陛下。

李　尔　吕甘，我想你一定高兴看见我的；我知道为什么我要我这样想；要是你不高兴看见我，我就要跟你已故的母亲离婚，把她的坟墓当作一座淫妇的丘陇。（向肯脱）啊！你放出来了吗？等会儿再谈吧。亲爱的吕甘，你的姊姊太不孝啦。啊，吕甘！她的无情的凶恶像饿鹰的利喙一样猛啄我的心。我简直不能告诉你；你不会相信她忍心害理到什么地步——啊，吕甘！

吕　甘　父亲，请您不要恼怒。我想她不会对您有失敬礼，恐怕还是您不能谅解她的苦心哩。

李　尔　啊，这是什么意思？

吕　甘　我想我的姊姊决不会有什么地方不尽孝道；要是，父亲，她约束了您那班随从的放荡的行为，那当然有充分的理由和正大的目的，绝对不能怪她的。

李　尔　我的诅咒降在她的头上！

吕　甘　啊，父亲！您年纪老了，应该让一个比您自己更明白您的地位的人管教管教您；所以我劝您还是回到姊姊的地方去，对她赔一个不是。

李　尔　请求她的饶恕吗？你看这样像不像个样子："好女儿，我承认我年纪老，不中用啦，让我跪在地上，（跪下）请求您赏给我几件衣服穿，赏给我一张床睡，赏给我一些东西吃吧。"

吕　甘　父亲，别这样子；这算个什么，简直是胡闹！回到我姊姊那儿去吧。

李　尔　（起立）再也不回去了，吕甘。她裁撤了我一半的侍从；不给我好脸看；用她的毒蛇一样的舌头打击我的心。但愿上天蓄积的愤怒一起降在她的无情无义的头上！但愿恶风吹打她的腹中的胎儿，让它生下地来就是个瘸子！

康瓦尔　嘿！这是什么话！

李　尔　迅疾的闪电啊，把你的炫目的火焰，射进她的傲慢的眼睛里去吧！在烈日的熏灼下蒸发起来的沼地的瘴气啊，损坏她的美貌，毁灭她的骄傲吧！

吕　甘　天上的神明啊！您要是对我发起怒来，也会这样咒我的。

李　尔　不，吕甘，你永远不会受我的诅咒；你的温柔的天性决不会使你干出冷酷残忍的行为来。她的眼睛里有一股凶光，可是你的眼睛却是温存而和蔼的。你决不会吝惜我的享受，裁撤我的侍从，用不逊之言向我顶嘴，削减我的费用，甚至于把我关在门外不让我进来；你是懂得天伦的义务，儿女的责任，孝敬的礼貌和受恩的感激的；你总还没有忘记我曾经赐给你一半的国土。

吕　甘　父亲，不要把话说到岔儿上去。

李　尔　谁把我的人夹起来？（内喇叭奏花腔）

康瓦尔　那是什么喇叭声音？

吕　甘　我知道，是我的姊姊来了；她信上说就要到这儿来的。

　　　　鄂斯华特上。

吕　甘　夫人来了吗？

李　尔　这是一个靠着主妇暂时的恩宠，狐假虎威，倚势凌人的奴才。滚开，贱奴，不要让我看见你！

康瓦尔　陛下，这是什么意思？

李　尔　谁把我的仆人夹起来？吕甘，我希望你并不知道这件事。谁来啦？

　　　　贡纳梨上。

李　尔　天啊，要是你爱老人，要是你认为子女应该孝顺他们的父母，要是你自己也是老人，那么不要漠然无动，降下你的愤怒来，帮我申雪我的怨恨吧！（向贡纳梨）你看见我这一把胡须，不觉得惭愧吗？啊，吕甘你愿意跟她握手吗？

贡纳梨　为什么她不能跟我握手呢！我干了什么错事？难道凭着一张糊涂昏悖的嘴里的胡言乱语，就可以成立我的罪案吗？

李　尔　啊，我的胸膛！你还没有胀破吗？我的人怎么给你们夹了起来？

康瓦尔　陛下，是我把他夹在那儿的；照他狂妄的行为，这样的惩戒还太轻呢。

李　尔　你！是你干的事吗？

吕　甘　父亲，您该明白您是一个衰弱的老人，一切只好将就点儿。要是您现在仍旧回去跟姊姊住在一起，裁撤了您的一半的侍从，那么等住满了一个月，再到我这儿来吧。我现在不在自己家里，要供养您也有许多不便。

李　尔　回到她那儿去？裁撤五十名侍从！不，我宁愿什么屋子也不要住，过着风餐露宿的生活，和无情的大自然抗争，和豺狼鸱鹗做伴侣，忍受一切饥寒的痛苦！回去跟她住在一起！嘿，我宁愿到那娶了我的没有嫁奁的小女儿去的热情的法兰西国王的座前匍匐膝行，像一个臣仆一样向他讨一份微薄的恩俸，苟延残喘下去。回去跟她住在一起！你还是劝我在这可恶的仆人手下当奴才，当牛马吧。（指鄂斯华特）

贡纳梨　随你的便。

李　尔　女儿，请你不要使我发疯；我也不愿再来打扰你了，我的孩子。再会吧；我们从此不再相见。可是你是我的肉，我的血，我的女儿；或是还不如说是我的身体上的一个恶瘤，我不能不承认你是我的；你是我的腐败的血液里的一个淤块，一个肿毒的疔疮。可是我不愿责骂你；让羞辱自己降临你的身上吧，我没有呼召它；我不要求天雷把你殛死，我也不把你的忤逆向垂察善恶的天神控诉，你回去仔细想一想，趁早痛改前非，还来得及。我可以忍耐；我可以带着我的一百个武士，跟吕甘住在一起。

吕　甘　那绝对不行；现在还轮不到我，我也没有预备好招待您的礼数。父亲，听我姊姊的话吧，人家冷眼看着您这种愤怒的神气，他们心里都要说您因为老了，所以——可是姊姊是知道她自己所做的事的。

李　尔　这是你的好意的劝告吗？

吕　甘　是的，父亲，这是我的真诚的意见。什么！五十个卫士？这不是很好吗？再多一些有什么用处？就是这么许多人，数目也不少了，别说供养他们不起，而且让他们成群结党，也是一件危险的事。一间屋子里养了这许多人，受着两个主人支配，怎么不会发生争闹？简直不成话。

贡纳梨　父亲，您为什么不让我们的仆人侍候您呢？

吕　甘　对了，父亲，那不是很好吗？要是他们怠慢了您，我们也可以训斥他们。您下回到我这儿来的时候，请您只带二十五个人来，因为现在我已经看到了一个危险；超过这个数目，我是恕不招待的。

李　尔　我把一切都给了你们——

吕　甘　您总算拣了适当的时候给了我们。

李　尔　叫你们做我的代理人、保管者，我的唯一的条件，只是让我保留这么多的侍从。什么！我必须只带二十五个人，到你这儿来吗？吕甘，你是不是这样说？

吕　甘　父亲，我可以再说一遍，我只允许您带这么几个人来。

李　尔　恶人的脸相虽然狰狞可怖，要是再有人比他更恶，相形之下，就会变得和蔼可亲；不是绝顶的凶恶，总还有几分可取。（向贡纳梨）我愿意跟你去；你的五十个人还比她的二十五个人多上一倍，你的孝心也比她大一倍。

贡纳梨　父亲，我们家里难道没有两倍这么多的仆人可以侍候您？依我说，不但用不着二十五个人，就是十个五个也是多余的。

吕　甘　依我看来，一个也不需要。

李　尔　啊！不要跟我说什么需要不需要；最卑贱的乞丐，也有他的不值钱的身外之物；人生除了天然的需要以外，要是没有其他的享受，那和畜类的生活有什么分别。你是一位夫人；你穿着这样华丽的衣服，如果你的目的只是为了保持温暖，那就根本不合你的需要，因为这种盛装艳饰并不能使你温暖。可是，讲到真的需要，那么天啊，给我忍耐吧，我需要忍耐！神啊，你们看见我在这儿，一个可怜的老头子，被忧伤和老迈折磨得好苦！假如是你们鼓动这些女儿们的心，使她们忤逆她们的父亲，那么请你们不要尽是愚弄我，叫我默然忍受吧；让我的心里激起了刚强的怒火，让妇人所恃为武器的泪点不要玷污我的男子汉的面颊！不，你们这两个不孝的妖妇，我要向你们复仇，我要做出一些使全世界惊怖的事情来，虽然我现在还不知道我要怎么做。你们以为我将要哭泣；不，我不愿哭泣，我虽然有充分的哭泣的理由，可是我宁愿让这颗心碎成万片，也不愿流下一滴泪来。啊，傻瓜！我要发疯了！（李尔、葛罗斯脱、肯脱及弄人同下）

康瓦尔　我们进去吧；一场暴风雨将要来了。（远处暴风雨声）

吕　甘　这间屋子太小了，这老头儿带着他那班人来是容纳不下的。

贡纳梨　是他自己不好，放着安逸的日子不过，一定要吃些苦，才知道自己的蠢。

吕　甘　单是他一个人，我倒也很愿意收留他，可是他的那班跟随的人，我可一个也不能容纳。

贡纳梨　我也是这个意思。葛罗斯脱伯爵呢？

康瓦尔　跟老头子出去了。他已经回来了。

　　　　葛罗斯脱重上。

葛罗斯脱　王上正在盛怒之中。

康瓦尔　他要到哪儿去？

葛罗斯脱　他叫人备马；可是不让我知道他要到什么地方去。

康瓦尔　还是不要管他，随他自己的意思吧。

贡纳梨　伯爵，您千万不要留他。

葛罗斯脱　唉！天色暗起来了，田野里都在刮着狂风，附近许多英里之内，简直连一株小小的树木都没有。

吕　甘　啊！伯爵，对于刚愎自用的人，只好让他们自己招致的灾祸教训他们。关上您的门；他有一班亡命之徒跟随在身边，他自己又是这样容易受人愚弄，谁也不知道他们会煽动他干出些什么事来。我们还是小心点儿好。

康瓦尔　关上您的门，伯爵；这是一个狂暴的晚上。我的吕甘说得一点不错。暴风雨来了，我们进去吧。（同下）

第三幕

第一场　荒野

暴风雨，雷电。肯脱及一侍臣上，相遇。

肯　脱　除了恶劣的天气以外，还有谁在这儿？

侍　臣　一个心绪像这天气一样不安静的人。

肯　脱　我认识你。王上呢？

侍　臣　正在跟暴怒的大自然竞争；他叫狂风把大地吹下海里，叫泛滥的波涛吞没了陆地，使万物都变了样子或归于毁灭；拉下他的一根根的白发，让夹着盲目的愤怒的暴风把它们卷得不知去向；在他渺小的一身之内，正在努力进行着一场比暴风雨的冲突更剧烈的争斗。这样的晚上，被小熊吸干了乳汁的母熊，也躲着不敢出来，狮子和饿狼都不愿沾湿它们的毛皮。他却光秃着头在风雨中狂奔，把一切托付给不可知的力量。

肯　脱　可是谁和他在一起？

侍　臣　只有那傻瓜一路跟着他，竭力用些笑话替他排解他的心中的伤痛。

肯　脱　我知道你是什么人，我敢凭着我的观察所及，告诉你一件重要的消息。在奥本尼和康瓦尔两人之间，虽然表面上彼此掩饰得毫无痕迹，可是暗中却已经发生了冲突；正像一般身居高位的人一样，在他们手下都有一些名为仆人，实际上却是向法国密报我们国内情形的探子，凡是这两个公爵的明争暗斗，他们两人对于善良的老王的冷酷的待遇，以及其他更秘密的一切动静，全都传到了法国的耳中；现在已经有一支军队从法国开到我们这一个分裂的国土上来，乘着我们疏忽无备，在我们几处最好的港口秘密登陆，不久就要揭开他们的鲜明的旗帜了。

莎士比亚悲剧集

现在，你要是能够信任我的话，请你赶快到多佛去一趟，那边你可以碰见有人在欢迎你，你可以把王上所受种种无理的屈辱向他作一个确实的报告，他一定会感激你的好意。我是一个有地位有身家的绅士，因为知道你的为人可靠，所以把这件差使交给你。

侍　臣　我还要跟您谈谈。

肯　脱　不，不必。为了向你证明我并不是像我的外表那样的一个微贱之人，你可以打开这一个钱囊，把里面的东西拿去。你一到多佛，一定可以见到科第丽霞；只要把这戒指给她看了，她就可以告诉你，你现在所不认识的同伴是个什么人。好大的风雨！我要找王上去。

侍　臣　把您的手给我。您没有别的话了吗？

肯　脱　我们现在先去把王上找到了再说；你往那边去，我往这边去，谁先找到他，就打一个招呼。（各下）

第二场　荒野的另一部分

暴风雨继续未止。李尔及弄人上。

李　尔　吹吧，风啊！！吹破了你的脸，猛烈地吹吧！你，瀑布一样的倾盆大雨，尽管倒泻下来，浸没了我们的尖塔，淹沉了屋顶上的风标吧！你，思想一样迅速的硫磺的电火，劈碎橡树的巨雷的先驱，烧焦了我的白发的头颅吧！你，震撼一切的霹雳啊，把这生殖繁密的饱满的地球击平了吧！打碎造物的模型，不要让一颗忘恩负义的人类的种子遗留在世上！

弄　人　啊，老伯伯，在一间干燥的屋子里讨一杯冷水喝，不比在这没有遮蔽的旷野里淋雨好得多吗？老伯伯，回到那所屋子里去，向你的女儿们请求祝福吧；这样的夜无论对于聪明人或是傻瓜，都是不发一点慈悲的。

李　尔　尽管轰着吧！尽管吐你的火舌，尽管喷着你的雨水吧！雨、风、雷、电，都不是我的女儿，我不责怪你们的无情；我不曾给你们国土，不曾称你们为我的孩子，你们没有顺从我的义务；所以，随你们的高兴，降下你们可怕的威力来吧，我站在这儿，只是你们的奴隶，一个可怜的、衰弱的、无力的、遭人贱视的老头子。可是我仍然要骂你们是卑劣的帮凶，因为你们滥用上天的威力，帮同两个万恶的女儿来跟我这个白发的老翁作对。啊！啊！这太卑劣了！

弄　人　谁头上顶着个好头脑，就不愁没有屋顶来遮他的头。

脑袋还没找到屋子，

话儿却先有安乐窝；

脑袋和他都生虱子，

就这么叫化娶老婆。

有人只爱他的脚尖，

不把心儿放在心上；

那鸡眼使他真可怜，

在床上翻身又叫嚷。

从来没有一个美女不是对着镜子做她的鬼脸。

肯脱上。

李　尔　不，我要忍受众人所不能忍受的痛苦；我要闭口无言。

肯　脱　谁在那边？

弄　人　一个是陛下，一个是傻瓜。

肯　脱　唉！陛下，你在这儿吗？喜爱黑夜的东西，不会喜爱这样的黑夜；狂怒的天色吓怕了黑暗中的漫游者，使他们躲在洞里不敢出来。自从有生以来，我从没有看见过这样的闪电，听见过这样可怕的雷声，这样惊人的风雨的咆哮；人类的精神是经受不起这样的折磨和恐怖的。

李　尔　伟大的神灵在我们头顶掀起这场可怕的骚动。让他们现在找到他们的敌人吧。战栗吧，你尚未被人发觉，逍遥法外的罪人！躲起来吧，你杀人的凶手，你用伪誓欺人的骗子，你道貌岸然的逆伦禽兽！魂飞魄散吧，你用正直的外表遮掩杀人阴谋的大奸巨恶！撕下你们包藏祸心的伪装，显露你们罪恶的原形，向这些可怕的天吏哀号乞命吧！我并没有犯什么罪，我是一个含冤负屈的人。

肯　脱　唉！您头上没有一点遮盖的东西！陛下，这儿附近有一间茅屋，可以替您挡挡风雨。我刚才已经到那所冷酷的屋子里——那比它墙上的石块更冷酷无情的屋子——探问您的行踪，可是他们关上了门不让我进去；现在您且暂时躲一躲雨，我还要回去向他们说去。

李　尔　我的头脑开始昏乱起来了。来，我的孩子。你怎么啦，我的孩子？你
　　　　冷吗？我自己也冷呢。我的朋友，这间茅屋在什么地方？人一到困穷
　　　　无告的时候，微贱的东西也会变成无价之宝。来，带我到你那间茅屋
　　　　里去。可怜的傻小子，我心里还留着一块地方为你悲伤哩。

弄　人　只怪自己糊涂自己蠢，
　　　　嗨呵，一阵风来一阵雨，
　　　　背时倒运莫把天公恨，
　　　　管它朝朝雨雨又风风。

李　尔　不错，我的好孩子。来，领我们到这茅屋里去。（同下）

第三场　葛罗斯脱城堡中的一室

葛罗斯脱及爱特门上。

葛罗斯脱　唉，唉！爱特门，我不赞成这种不近人情的行为。当我请求他们允
　　　　许我给他一点援助的时候，他们竟会剥夺我使用自己屋子的权利，不
　　　　许我提起他的名字，不许我替他说一句恳求的话，也不许我给他任何
　　　　的救济，要是违背了他们的命令，我就要永远失去他们的欢心。

爱特门　太野蛮，太不近人情了！

葛罗斯脱　算了，你不要多说什么。两个公爵现在已经有了意见，而且还有一
　　　　件比这更严重的事情。今天晚上我接到一封信，里面的话说出来也是
　　　　很危险的；我已经把这信锁在壁橱里了。王上受到这样的凌虐，总有
　　　　人会来替他报复的；已经有一支军队在路上了；我们必须站在王上的
　　　　一边。我就要找他去，暗地里救济救济他；你去陪公爵谈谈，免得被
　　　　他觉察了我的行动。要是他问起我，你就回他说我身子不好，已经睡
　　　　了。大不了是一个死，王上是我的老主人，我不能坐视不救。出人意
　　　　料之外的事情快要发生了，爱特门，你必须小心点儿。（下）

爱特门　你违背了命令去献这种殷勤，我立刻就要去告诉公爵知道；还有那封
　　　　信我也要告诉他。这是我献功邀赏的好机会，我的父亲将要因此而丧
　　　　失他所有的一切，也许他全部家产都要落到我的手里；老的一代没落
　　　　了，年轻的一代才会兴起。（下）

第四场　荒野　茅屋之前

李尔、肯脱及弄人上。

肯　脱　就是这地方，陛下，进去吧。在这样毫无掩庇的黑夜里，像这样的狂风暴雨，谁也受不了的。（暴风雨继续不止。）

李　尔　不要缠着我。

肯　脱　陛下，进去吧。

李　尔　你要碎裂我的心吗？

肯　脱　我宁愿碎裂我自己的心。陛下，进去吧。

李　尔　你以为让这样的狂风暴雨侵袭我们的肌肤，是一件了不得的苦事；在你看来是这样的；可是一个人要是身染重病，他就不会感觉到小小的痛楚。你见了一头熊就要转身逃走；可是假如你的背后是汹涌的大海，你就只好硬着头皮向那头熊迎面走去了。当我们心绪宁静的时候，我们的肉体才是敏感的；我的心灵中的暴风雨已经取去我一切其他的感觉，只剩下心头的热血在那儿搏动。儿女的忘恩！这不就像这一只手把食物送进这一张嘴里，这一张嘴却把这一只手咬了下来吗？可是我要重重惩罚她们。不，我不愿再哭泣了。在这样的夜里，把我关在门外！尽管倒下来吧，什么大雨我都可以忍受。在这样的一个夜里！啊，吕甘，贡纳梨！你们年老仁慈的父亲一片诚心，把一切都给了你们，——啊！那样想下去是要发疯的；我不要想起那些；别再提起那些话了。

肯　脱　陛下，进去吧。

李　尔　你要舒服，你自己进去吧。这暴风雨不肯让我仔细思想种种的事情；那些事情我越想下去，越会增加我的痛苦。可是我要进去。（向弄人）进去，孩子，你先走。你这无家可归的人——你进去吧。我要祈祷，然后我要睡一会儿。（弄人入内）衣不蔽体的不幸的人们，无论你们在什么地方忍受着这样无情的暴风雨的袭击，你们的头上没有片瓦遮身，你们的腹中饥肠雷动，你们的衣服千疮百孔，怎么抵挡得了这样的气候呢？啊！我一向太没有想到这种事情了。安享荣华的人们啊，睁开你们的眼睛来，替这些不幸的人们设身处地地想一想，分一些你

莎士比亚悲剧集

们享用不了的福泽给他们，让上天知遭你们不是全无心肝的人吧！

埃特加 （在内）九英尺深！九英尺深！可怜的汤姆！（弄人自屋内奔出）

弄　人 老伯伯，不要进去；里面有一个鬼，救命！救命！救命！

肯　脱 让我搀着你，谁在里边？

弄　人 一个鬼，一个鬼；他说他的名字叫作可怜的汤姆。

肯　脱 你是什么人，在这茅屋里大呼小叫的？出来。

　　　　埃特加乔装疯人上。

埃特加 走开！恶魔跟在我的背后！风儿吹过山楂林。哼！到你冷冰冰的床上
　　　　暖一暖你的身体吧。

李　尔 你把你所有的一切都给了你的两个女儿，所以才到今天这地步吗？

埃特加 谁把什么东西给可怜的汤姆？恶魔带着他穿过大火，穿过烈焰，穿过
　　　　水道和旋涡，穿过沼地和泥泞；把刀子放在他的枕头底下，把绳子放
　　　　在他的凳子底下，把毒药放在他的粥里；使他心中骄傲，骑了一匹栗
　　　　色的奔马，从四英寸阔的桥梁上过去，把他自己的影子当作了个叛徒，
　　　　紧紧追逐不舍。祝福你的五种才智！汤姆冷着呢。啊！哆啼哆啼哆啼。
　　　　愿旋风不吹你，星星不把毒箭射你，瘟疫不到你身上！做做好事，救
　　　　救那给恶魔害得好苦的可怜的汤姆吧！他现在就在那儿，在那儿，又
　　　　到那儿去了，在那儿。（暴风雨继续不止）

李　尔 什么！他的女儿害得他变成这个样子吗？你不能留下一些什么来吗？
　　　　你一起都给了她们了吗？

弄　人 不，他还留着一方毡毯，否则我们大家都要不好意思了。

李　尔 愿那弥漫在天空之中的惩罚恶人的瘟疫一起降临在你的女儿身上！

肯　脱 陛下，他没有女儿哩。

李　尔 该死的奸贼！他没有不孝的女儿，怎么会流落到这等不堪的地步？难
　　　　道被弃的父亲，都是这样一点不爱惜他们自己的身体的吗？适当的处
　　　　罚！谁叫他们的身体产下那些枭獍般的女儿来？

埃特加 小雄鸡坐在高墩上，呵啰，呵啰，啰，啰！

弄　人 这一个寒冷的夜晚将要使我们大家变成傻瓜和疯子。

埃特加 当心恶魔。孝顺你的爷娘；说过的话不要反悔，不要赌咒；不要奸淫
　　　　有夫之妇；不要把你的情人打扮得太漂亮。汤姆冷着呢。

李　尔 你本来是干什么的？

埃特加　一个心性高傲的仆人，头发卷得曲曲的，帽子上佩着情人的手套，惯会讨妇女的欢心，干些不可告人的勾当；开口发誓，闭口赌咒，当着上天的面前把它们一个个毁弃；睡梦里都在转奸淫的念头，一醒来便把它实行。我贪杯，我爱赌，我比土耳其人更好色；一颗奸诈的心，一对轻信的耳朵，一双不怕血腥气的手；猪一般懒惰，狐狸一般狡诈，狼一般贪狠，狗一般疯狂，狮子一般凶恶。不要让女人的脚步声和窸窸窣窣的绸衣裳和声音摄去了你的魂魄；不要把你的脚踏进窑子里去；不要把你的手伸进裙子里去；不要把你的笔碰到放债人的账簿上；抵抗恶魔的引诱吧。冷风还是打山楂树里吹过去；听它怎么说，吁——吁——呜——呜——哈——哈——道芬我的孩子，我的孩子，叱嚓！让他奔过去。（暴风雨继续不止）

李　尔　唉，你这样赤身裸体，受风雨的吹淋，还是死了的好。难道人不过是这样一个东西吗？想一想吧，你也不向蚕身上借一根丝，也不向野兽身上借一张皮，也不向羊身上借一片毛，也不向麝猫身上借一块香料。吓！我们这三个人都已经失掉了本来的面目，只有你才保全着天赋的原形；人类在蒙昧的时代，不过是像你这样的一个寒碜的赤裸的毛发蓬松的动物。脱下来，脱下来，你们这些身外之物！来，松开你的纽扣。（扯去衣服）

弄　人　老伯伯，请你安静点儿；这样危险的夜里是不能游泳的。旷野里一点小小的火光，正像一个好色的老头儿的心，只有这么一星星的热，他的全身都是冰冷的。瞧！一团火走来了。

　　　　葛罗斯脱持火炬上。

埃特加　这就是那个叫作"弗力勃铁捷贝脱"的恶魔；他在黄昏的时候出现，一直到第一声鸡啼方才隐去；他叫人眼睛里长白膜，刺痛得睁不开来；他叫人嘴唇上起裂缝；他还会叫面粉发霉，寻穷人们的晦气。

　　　　圣维都尔[1]三次经过山冈，

　　　　遇见魇魔和她九个儿郎；

　　　　他说妖精你别跑，

　　　　发过誓儿放你逃；

---

[1] 圣维都尔，安眠的保护神。

去你的，妖精，去你的！

肯　脱　陛下，您怎么啦？

李　尔　他是谁？

肯　脱　那儿什么人？你找谁？

葛罗斯脱　你们是些什么人？你们叫什么名字？

埃特加　可怜的汤姆，他吃的是泅水的青蛙，蛤蟆，蝌蚪，壁虎和水蜥；恶魔在他心里捣乱的时候，他发起狂来，就会把牛粪当作一盆美味的生菜；他吞的是老鼠和死狗，喝的是一潭死水上面绿色的浮渣；他到处给人家鞭打，锁在枷里，关在牢里；他从前有三身外衣、六件衬衫，跨着一匹马，带着一口剑；

可是在这整整七年的时光，

耗子是汤姆唯一的食粮。

留心那跟在我背后的鬼。不要闹，史墨金！不要闹，你这恶魔！

葛罗斯脱　什么！陛下竟会跟这种人作起伴来了吗？

埃特加　地狱里的魔王是一个绅士；他的名字叫作摩陀，又叫作玛呼。

葛罗斯脱　陛下，我们亲生的骨肉都变得那样坏，把自己生身之人当作了仇敌。

埃特加　可怜的汤姆冷着呢。

葛罗斯脱　跟我回去吧。我的良心不允许我全然服从您的女儿的无情的命令；虽然他们叫我关上了门，把您丢下在这狂暴的黑夜之中，可是我还是大胆出来找您，把您带到有火炉有食物的地方去。

李　尔　让我先跟这位哲学家谈谈。天上打雷是什么缘故？

肯　脱　陛下，接受他的好意；跟他回去吧。

李　尔　我还要跟这位学者说一句话。您研究的是哪一门学问？

埃特加　抵御恶魔的战略和消灭毒虫的方法。

李　尔　让我私下里问您一句话。

肯　脱　大人，请您再催催他吧；他的神经有点儿错乱起来了。

葛罗斯脱　你能怪他吗？（暴风雨继续不止）他的女儿要他死哩。唉！那善良的肯脱，他早就说过会有这么一天的，可怜的被放逐的人！你说王上要疯了；告诉你吧，朋友，我自己也差不多疯了。我有一个儿子，现在我已经跟他断绝关系了；他要谋害我的生命，这还是最近的事；我爱他，朋友，没有一个父亲更爱他的儿子；不瞒你说，（暴风雨继续不止）我的头脑都气昏了。这是一个什么晚上！陛下，求求您——

李　尔　啊！请您原谅，先生。高贵的哲学家，请了。

埃特加　汤姆冷着呢。

葛罗斯脱　进去，家伙，到这茅屋里去暖一暖吧。

李　尔　来，我们大家进去。

肯　脱　陛下，这边走。

李　尔　带着他；我要跟我这位哲学家在一起。

肯　脱　大人，顺顺他的意思吧；让他把这家伙带去。

葛罗斯脱　您带着他来吧。

肯　脱　小子，来，跟我们一块儿去。

李　尔　来，好雅典人。

葛罗斯脱　嘘！不要说话，不要说话。

埃特加　罗兰骑士来到黑暗的古堡前，他一遍又一遍地说："呸，嘿，哼！我闻到了一股英国人的血腥味。"（同下）

第五场　葛罗斯脱城堡中一室

康瓦尔及爱特门上。

康瓦尔　我在离开他的屋子以前，一定要把他惩治一下。

爱特门　殿下，我为了尽忠的缘故，不顾父子之情，一想到人家不知将要怎样批评我，心里很有点儿惴惴不安哩。

康瓦尔　我现在才知道你的哥哥想要谋害他的生命，并不完全出于恶意；多半是他自己咎有应得，才会引起他的杀心的。

爱特门　我的命运多么颠倒，虽然做了正义的事情，却必须抱恨终身！这就是他说起的那封信，它可以证实他私通法国的罪状。天啊！为什么他要干这种叛逆的行为，为什么偏偏又在我手里发觉了呢？

康瓦尔　跟我见公爵夫人去。

爱特门　这信上所说的事情倘然属实，那您就要有一番重大的行动了。

康瓦尔　不管它是真是假，它已经使你成为葛罗斯脱伯爵了。你去找找你的父亲在什么地方，让我们可以把他逮捕起来。

爱特门　（旁白）要是我看见他正在援助那老王，他的嫌疑就格外加重了。——虽然忠心和孝道在我的灵魂里发生剧烈的争战，可是大义所在，只好把私恩抛弃不顾。

康瓦尔　我完全信任你；你在我的恩宠之中，将要得到一个更慈爱的父亲。

（各下）

第六场　邻接城堡的农舍一室

葛罗斯脱、李尔、肯脱、弄人及埃特加上。

葛罗斯脱　这儿比露天好一点，不要嫌它寒碜，将就住下来吧。我再去找找有些什么吃的用的东西；我去去就来。

肯　脱　他的智力已经在他的盛怒之中完全消失了。神明报答您的好心！（葛罗斯脱下）

埃特加　弗拉脱累多在叫我，他告诉我尼罗王在冥湖里钓鱼。喂，傻瓜。你要留心恶魔啊。

弄　人　老伯伯，告诉我，一个疯子是绅士呢，还是平民？

李　尔　是个国王，是个国王！

弄　人　不，他是一个变卖了田地，替他的儿子挣一个绅士头衔的平民。

李　尔　一千条血红的火舌吱啦吱啦卷到她们的身上——

埃特加　恶魔在咬我的背。

弄　人　谁要是相信豺狼的驯良，马儿的健康，孩子的爱情，或是娼妓的盟誓的，他就是个疯子。

李　尔　一定要办她们一办，我现在就要控诉她们。（向埃特加）来，最有学问的法官，你坐在这儿；（向弄人）你，贤明的官长，坐在这儿。——来，你们这两头雌狐！

埃特加　瞧，他站在那儿，眼睛睁得大大的！太太，你在审判的时候，要不要有人瞧着你？渡过河来会我，裴西——

弄　人　她的小船儿漏了，她不能让你知道为什么她不敢见你。

埃特加　恶魔借着夜莺的喉咙，向可怜的汤姆作祟了。霍普丹斯在汤姆的肚子里嚷着要两条新鲜的鲱鱼。别吵，魔鬼；我没有东西给你吃。

肯　脱　陛下，您怎么啦！不要这样呆呆地站着。您愿意躺下来，在这褥垫上面休息休息吗？

李　尔　我要先看她们受了审判再说。把她们的罪证带上来。（向埃特加）你这披着法衣的审判官，请坐；（向弄人）你，他的执法的同僚，坐在他的旁边。（向肯脱）你是陪审官，你也坐下。

埃特加　让我们秉公裁判。

　　　　你睡着还是醒着，牧羊人？

　　　　你的羊儿在田里跑；

　　　　你只要吹一下你的小嘴唇，

　　　　不伤你羊儿一根毛。

　　　　呼噜呼噜；这是一只灰色的猫儿。

李　尔　先控诉她；她是贡纳梨。我当着尊严的堂上起誓，她曾经踢她的可怜的父王。

弄　人　过来，奶奶。你的名字叫贡纳梨吗？

李　尔　她不能抵赖。

弄　人　对不起，我还以为您是一张折凳哩。

李　尔　这儿还有一个，你们瞧她满脸的横肉，就可以知道她的心肠是怎么样的。拦住她！举起你们的兵器，拔出你们的剑，点起火把来！营私舞弊的法庭！枉法的贪官，你为什么放她逃走？

埃特加　上天保佑你的神志吧！

肯　脱　哎哟！陛下，您不是常常说您没有失去忍耐吗？现在您的忍耐呢？

埃特加　（旁白）我的滚滚的热泪忍不住为他流下，怕要给他们瞧破我的假装了。

李　尔　这些小狗，脱雷，勃尔趋，史威塔，瞧，它们都在向我狂吠。

埃特加　让汤姆用他的头把它们轰走。滚开，你们这些恶狗！

　　　　黑嘴巴，白嘴巴，

　　　　疯狗咬人磨毒牙，

　　　　猛犬猎犬杂种犬，

　　　　叭儿小犬团团转，

　　　　青屁股，卷尾毛，

　　　　一见汤姆没命逃。

　　　　哆啼哆啼。叱嚓！来，我们赶庙会，上市集去，可怜的汤姆，你的牛角里干得挤不出一滴水来啦。

李　尔　叫他们剖开吕甘的身体来，看看她心里有些什么东西。究竟为了什么
　　　　天然的原因，她们的心才会变得这样硬？（向埃特加）我把你收留下
　　　　来，叫你做我一百名侍卫中间的一个，只是我不喜欢你的衣服的式样；
　　　　你也许要对我说，这是最漂亮的波斯装；可是我看还是请你换一换吧。

肯　脱　陛下，您还是躺下来休息休息吧。

李　尔　不要吵，不要吵；放下帐子，好，好，好。我们到早上再去吃晚饭吧；
　　　　好，好，好。

弄　人　我一到中午可要睡觉哩。

　　　　　葛罗斯脱重上。

葛罗斯脱　过来，朋友；王上呢？

肯　脱　在这儿，大人；可是不要打扰他，他的神经已经错乱了。

葛罗斯脱　好朋友，请你把他抱起来。我已经听到了一个谋害他生命的阴谋。
　　　　马车套好在外边，你快把他放进去，驾着它到多佛，那边有人会欢迎
　　　　你，并且会保障你的安全。抱起你的主人来；要是你耽误了半点钟的
　　　　时间，他的性命、你的性命以及一切出力救护他的人的性命，都要保
　　　　不住了。抱起来，抱起来；跟我来，让我设法把你们赶快送到一处可
　　　　以安身的地方。

肯　脱　受尽折磨的身心，现在安然入睡了；安息也许可以镇定他的破碎的神
　　　　经，但愿上天行个方便，不要让它破碎得不可收拾才好。（向弄人）
　　　　来，帮我抬起你的主人来；你也不能留在这儿。

葛罗斯脱　来，来，去吧。（除埃特加外，肯脱、葛罗斯脱及弄人舁李尔下）

埃特加　做君王的不免如此下场，
　　　　使我忘却了自己的忧伤。
　　　　最大的不幸是独抱牢愁，
　　　　任何的欢娱兜不上心头；
　　　　倘有了同病相怜的侣伴，
　　　　天上痛苦也会解去一半。
　　　　国王有的是不孝的逆女，
　　　　我自己遭逢无情的严父，
　　　　他与我两个人一般遭际！

去吧，汤姆，忍住你的怨气，

你现在蒙着无辜的污名，

总有日回复你清白之身。

不管今夜里还会发生些什么事情，王上总是安然脱险了。我还是躲起来吧。（下）

第七场　葛罗斯脱城堡中一室

康瓦尔、吕甘、贡纳梨、爱特门及众仆上。

康瓦尔　夫人，请您赶快到尊夫的地方去，把这封信交给他；法国军队已经登陆了。——来人，替我去搜寻那反贼葛罗斯脱的踪迹。（若干个人下）

吕　甘　把他捉到了立刻吊死。

贡纳梨　把他的眼珠挖出来。

康瓦尔　我自有处置他的办法。爱特门，我们不应该让你看见你的谋叛的父亲受到怎样的刑罚，所以请你现在护送我们的姊姊回去，替我向奥本尼公爵致意，叫他赶快准备；我们这儿也要采取同样的行动。我们两地之间，必须随时用飞骑传报消息。再会，亲爱的姊姊，再会，葛罗斯脱伯爵。

鄂斯华特上。

康瓦尔　怎么啦？那国王呢？

鄂斯华特　葛罗斯脱伯爵已经把他载送出去了；有三十五六个追寻他的武士在城门口和他会合，还有几个伯爵手下的人也在一起，一同向多佛进发，据说那边有他们武装的友人在等候他们。

康瓦尔　替你家夫人备马。

贡纳梨　再会，殿下，再会，妹妹。

康瓦尔　再会，爱特门。（贡纳梨、爱特门及鄂斯华特下）再去几个人把那反贼葛罗斯脱捉来，像偷儿一样把他绑来见我。（若干仆人下）虽然没有经过正式的审判手续以前，我们不能就把他判处死刑，可是为了发泄我们的愤怒，却只好不顾人们的指摘，凭着我们的权力独断独行了。那边是什么人？是那反贼吗？

众仆押葛罗斯脱重上。

吕　甘　没有良心的狐狸！正是他。

康瓦尔　把他枯瘪的手臂牢牢绑起来。

葛罗斯脱　两位殿下，这是什么意思？我的好朋友们，你们是我的客人；不要用这种无礼的手段对待我。

康瓦尔　捆住他。（众仆绑葛罗斯脱）

吕　甘　绑紧些，绑紧些。啊，可恶的反贼！

葛罗斯脱　你是一个没有慈悲的女人，我却不是反贼。

康瓦尔　把他绑在这把椅子上。奸贼，我要让你知道——（吕甘扯葛罗斯脱须）

葛罗斯脱　天神在上，这还成什么话，你扯起我的胡子来啦！

吕　甘　胡子这么白，想不到却是一个反贼！

葛罗斯脱　恶妇，你从我的腮上拉下这些胡子来，它们将要像活人一样控诉你的罪恶。我是这里的主人，你不该用你强盗的手，这样报答我的好客的殷勤。你究竟要怎么样？

康瓦尔　说，你最近从法国得到什么书信？

吕　甘　老实说出来，我们已经什么都知道了。

康瓦尔　你跟那些最近踏到我们国境来的叛徒们有些什么来往？

吕　甘　你把那发疯的老王送到什么人手里去了，说。

葛罗斯脱　我只收到过一封信，里面不过是些猜测之谈，寄信的是一个没有偏见的人，并不是一个敌人。

康瓦尔　好狡猾的推托！

吕　甘　一派鬼话！

康瓦尔　你把国王送到什么地方去了？

葛罗斯脱　送到多佛。

吕　甘　为什么送到多佛？我们不是早就警告你——

康瓦尔　为什么送到多佛？让他回答这个问题。

葛罗斯脱　罢了，我现在身陷虎穴，只好拼着这条老命了。

吕　甘　为什么送到多佛？

葛罗斯脱　因为我不愿意看见你的凶恶的指爪挖出他的可怜的老眼；因为我不愿意看见你的残暴的姊姊用她野猪般的利齿咬进他的神圣的肉体。他的赤裸的头顶在地狱一般黑暗的夜里冲风冒雨；受到那样狂风暴雨的震荡的海水，也要把它的怒潮喷向天空，熄灭了星星的火焰；但是他，可怜的老翁，却还要把他的热泪帮助天空浇洒。要是在那样怕人的晚上，豺狼在你们门前悲鸣，你也要说，"善良的看门人，开了门放它进来吧，"而不计较它一切的罪恶。可是我总有一天会见到上天的报应降临在这种儿女的身上。

康瓦尔　你再也不会见到那样一天。来，按住这椅子。我要把你这一双眼睛放在我的脚底下践踏。

葛罗斯脱　谁要是希望他自己平安活到老年的，帮帮我吧！啊，好惨！天啊！

（葛罗斯脱一眼被挖出）

吕甘　还有那一颗眼珠也挖出来，免得它嘲笑没有眼珠的一面。

康瓦尔　要是你看见什么报应——

甲仆　住手，殿下：我从小为您效劳，但是只有我现在叫您住手这件事才算是最好的效劳。

吕甘　怎么，你这狗东西！

甲仆　要是你的腮上长起了胡子，我现在也要把它扯下来。

康瓦尔　混账奴才，你反了吗？（拔剑）

甲仆　好，那么来，我们拼一个你死我活。（拔剑，二人决斗，康瓦尔受伤）

吕甘　把你的剑给我。一个奴才也会撒野到这等地步！（取剑自后刺甲仆）

甲仆　啊！我死了。大人，您还剩着一只眼睛，看见他受到一点小小的报应。啊！（死）

康瓦尔　哼，看他再瞧得见一些什么报应！出来，可恶的浆块！现在你还会发光吗？（葛罗斯脱另一眼被挖出）

葛罗斯脱　一切都是黑暗和痛苦。我的儿子爱特门呢？爱特门，燃起你天性中的怒火，替我报复这一场暗无天日的暴行吧！

吕甘　哼，万恶的奸贼！你在呼唤一个憎恨你的人；你对我们反叛的阴谋，就是他出首告发的，他是一个深明大义的人，决不会对你发一点怜悯。

葛罗斯脱　啊，我是个蠢材！那么埃特加是冤枉的了。仁慈的神明啊，赦免我的错误，保佑他有福吧！

吕甘　把他推出门外，让他一路摸索到多佛去。（一仆率葛罗斯脱下）怎么，殿下？您的脸色怎么变啦？

康瓦尔　我受了伤啦。跟我来，夫人。把那瞎眼的奸贼撵出去；把这奴才丢在

313

粪堆里。吕甘，我的血尽在流着；这真是无妄之灾。用你的胳臂搀着
我。（吕甘扶康瓦尔同下）

乙　仆　要是这家伙会有好收场，我什么坏事都可以去做了。

丙　仆　要是他会寿终正寝，所有的女人都要变成恶鬼了。

乙　仆　让我们跟在那老伯爵的后面，叫那疯丐把他领到他所要去的地方。

丙　仆　你先去吧，我还要去拿些麻布和蛋白来，替他贴在他的流血的脸上。
但愿上天保佑他！（各下）

第四幕

第一场　荒野

埃特加上。

埃特加　与其被人在表面上恭维而背地里鄙弃，那么还是像这样自己知道为举
　　　　世所不容的好。一个最困苦、最微贱、最为命运所屈辱的人，可以永
　　　　远抱着希冀而无所恐惧；从最高的地位上跌下来，那变化是可悲的，
　　　　对于穷困的人，命运的转机却能使他欢笑！可是谁来啦？

一老人率葛罗斯脱上。

埃特加　我的父亲，让一个穷苦的老头儿领着他吗？啊，世界，世界，世界！
　　　　倘不是你的变幻无常，使我们怨恨你，哪一个人是甘愿老去的？

老　人　啊，我的好老爷！我在老太爷手里就做您府上的佃户，一直做到您老
　　　　爷手里，已经有八十年了。

葛罗斯脱　去吧，好朋友，你快去吧；你的安慰对我一点没有用处，他们也许
　　　　反会害你的。

老　人　您眼睛看不见，怎么走路呢？

葛罗斯脱　我没有路，所以不需要眼睛；当我能够看见的时候，我也会失足颠
　　　　仆。我们往往因为有所自恃而失之于大意，反不如缺陷却能对我们有
　　　　益。啊！埃特加好儿子，你的父亲受人之愚，错怪了你，要是我能在
　　　　未死以前，摸到你的身体，我就要说，我又有了眼睛啦。

老　人　啊！那边是什么人？

埃特加　（旁白）神啊！谁能够说，"我现在是最不幸的？"我现在比从前才
　　　　更不幸得多啦。

315

老　人　那是可怜的发疯的汤姆。

埃特加　（旁白）也许我还要碰到更不幸的命运；当我们能够说"这是最不幸的事"的时候，那还不是最不幸的。

老　人　汉子，你到哪儿去？

葛罗斯脱　是一个叫花子吗？

老　人　是个疯叫花子。

葛罗斯脱　他的理智还没有完全丧失，否则他不会向人乞讨。在昨晚的暴风雨里，我也看见这样一个家伙，他使我想起一个人不过等于一条虫；那时候我的儿子的影像就闪进了我的心里，可是当时我正在恨他，不愿想起他；后来我才听到一些其他的话。天神掌握着我们的命运，正像顽童捉到飞虫一样，为了戏弄的缘故而把我们杀害。

埃特加　（旁白）怎么会有这样的事？在一个伤心人的面前装傻，对自己，对别人，都是一件不愉快的行为。（向葛罗斯脱）祝福你，先生！

葛罗斯脱　他就是那个不穿衣服的家伙吗？

老　人　正是，老爷。

葛罗斯脱　那么你去吧。我要请他领我到多佛去，要是你看在我的份上，愿意回去拿一点衣服来替他遮盖遮盖身体，那就再好没有了；我们不会走远，从这儿到多佛的路上，一二英里之内，你一定可以追上我们。

老　人　唉，老爷！他是个疯子哩。

葛罗斯脱　疯子带着瞎子走路，本来是这时代的一般病态。照我的话，或者还是照你自己的意思做吧；第一件事情是请你快去。

老　人　我要把我所有的最好的衣服拿来给他，不管它会引起怎样的后果。

　　　　　（下）

葛罗斯脱　喂，不穿衣服的家伙——

埃特加　可怜的汤姆冷着呢。（旁白）我不能再假装下去了。

葛罗斯脱　过来，汉子。

埃特加　（旁白）可是我不能不假装下去。——祝福你的可爱的眼睛，它们在流血哩。

葛罗斯脱　你认识到多佛去的路吗？

埃特加　一处处关口城门，一条条马路人行道，我全认识。可怜的汤姆被他们吓迷了心窍；祝福你，好人的儿子，愿恶魔不来缠绕你！五个魔鬼一齐作弄着可怜的汤姆；一个是色魔奥别狄克脱；一个是哑鬼霍别狄丹斯；一个是偷东西的玛呼；一个是杀人的摩陀；一个是扮鬼脸的弗力勃铁捷贝脱，他后来常常附在丫头、使女的身上。好，祝福你，先生！

葛罗斯脱　来，你这受尽上天凌虐的人，把这钱囊拿去；我的不幸却是你的运气。天道啊。愿你常常如此！让那穷奢极欲，把你的法律当作满足他自己享受的工具，因为知觉麻木而沉迷不悟的人，赶快感到你的威力吧；从享用过度的人手里夺下一点来分给穷人，让每一个都得到他所应得的一份吧。你认识多佛吗？

埃特加　认识，先生。

葛罗斯脱　那边有一座悬崖，它的峭拔的绝顶俯瞰着幽深的海水；你只要领我到那悬崖的边上，我就给你一些我随身携带的贵重的东西，你拿了去可以过些舒服的日子，我也不用再烦你带路了。

埃特加　把你的胳臂给我；让可怜的汤姆领着你走。（同下）

第二场　奥本尼公爵府前

贡纳梨及爱特门上。

贡纳梨　欢迎，伯爵；我不知道我那位和善的丈夫为什么不来迎接我们。

鄂斯华特上。

贡纳梨　主人呢？

鄂斯华特　夫人，他在里边；可是已经大大变了一个人啦。我告诉他法国军队登陆的消息，他听了只是微笑；我告诉他说您来了，他的回答却是"还是不来的好"；我告诉他葛罗斯脱怎样谋反、他的儿子怎样尽忠的时候，他骂我蠢东西，说我颠倒是非。凡是他们所应该痛恨的事情，他听了都觉得很得意；他所应该欣慰的事情，反而使他恼怒。

贡纳梨　（向爱特门）那么你止步吧。这是他怯懦畏缩的天性，使他不敢担当大事；他宁愿忍受侮辱，不肯挺身而起。我们在路上谈起的那个愿望，也许可以实现。爱特门，你且回到我的妹夫那儿去；催促他赶紧调齐人马，交给你统率；我这儿只好由我自己出马，把家务托付我的丈夫照管了。这个可靠的仆人可以替我们传达消息；要是你有胆量为了你自己的好处，履行你的女主人的命令，那么不久大概就会听到我的音信的。把这东西拿去带在身边；不要多说什么；（以饰物赠爱特门）低下你的头来：这一个吻要是能够替我说话，它会叫你的灵魂儿飞上天空的。你要明白我的心；再会吧。

爱特门　我愿意为您赴汤蹈火。

贡纳梨　我的最亲爱的葛罗斯脱！（爱特门下）唉！都是男人，却有这样的不同！哪一个女人不愿意为你贡献她的一切，我却让一个傻瓜侵占了我的眠床。

鄂斯华特　夫人，殿下来了。（下）

奥本尼上。

贡纳梨　你太瞧不起人啦。

奥本尼　啊，贡纳梨！你的价值还比不上那狂风吹在你脸上的尘土。我替你这种脾气担着心事；一个人要是看轻了自己的根本，难免做出一些越限逾分的事来；树干斫伤了，枝叶也要跟着萎谢，到后来只好让人当作枯柴而付之一炬。

贡纳梨　得啦得啦；全是些傻话。

奥本尼　智慧和仁义在恶人的眼中看来都是恶的；下流的人只喜欢下流的事。你们干下了些什么事情？你们是猛虎，不是女儿，你们干了些什么事啦？这样一位父亲，这样一位仁慈的老人家，一头野熊见了他也会俯首帖耳，你们这些蛮横下贱的女儿，却把他激成了疯狂！难道我那位贤襟兄竟会让你们这样胡闹吗？他也是个堂堂汉子，一邦的君王，又受过他这样的深恩厚德！要是上天不立刻降下一些明显的灾祸来，惩罚这种万恶的行为，那么人类快要像深海的怪物一样自相吞食了。

贡纳梨　不中用的懦夫！你让人家打肿你的脸，把侮辱加在你的头上，还以为是一件体面的事；正像那些不明是非的傻瓜，人家存心害你，幸亏发觉得早，他们在未下毒手以前就受到惩罚，你却还要可怜他们。你的鼓呢？法国的旌旗已经展开在我们安宁的国境上了，你的敌人顶着羽毛飘扬的战盔，已经开始他的威胁。你这迂腐的傻子却坐着一动不动，只会说："唉！他为什么要这样呢？"

奥本尼 瞧瞧你自己吧，魔鬼！恶魔的丑恶的嘴脸，还不及一个恶魔般的女人那样丑恶万分。

贡纳梨 哎哟，你这没有头脑的蠢货！

奥本尼 你这变化作女人的形状，掩蔽你的蛇蝎般的真相的魔鬼，不要露出你的狰狞的面目来吧！要是我可以允许这双手服从我的怒气，它们一定会把你的肉一块块撕下来，把你的骨头一根根折断，可是你虽然是一个魔鬼，你的形状却还是一个女人，我不能伤害你。

贡纳梨 哼，这就是你的男子汉的气概。——呸！

　　　　一使者上。

奥本尼 有什么消息？

使　者 啊！殿下，康瓦尔公爵死了；他正要挖去葛罗斯脱第二只眼睛的时候，他的一个仆人把他杀死了。

奥本尼 葛罗斯脱的眼睛！

使　者 他所蓄养的一个仆人因为激于义愤，反对他这一种行动，就拔出剑来向他的主人行刺；他的主人也动了怒，和他奋力猛斗，结果把那仆人砍死了，可是自己也受了重伤，终于不治身亡。

奥本尼 啊，天道究竟还是有的，人世的罪恶这样快就受到了诛谴！但是啊，可怜的葛罗斯脱！他失去了他的第二只眼睛吗？

使　者 殿下，他两只眼睛全都给挖去了。夫人，这一封信是您的妹妹写来的，请您立刻给她一个回音。

贡纳梨 （旁白）从一方面说来，这是一个好消息；可是她做了寡妇，我的葛罗斯脱又跟她在一起，也许我的一切美满的愿望，都要从我这可憎的生命中消失了；不然的话，这消息还不算顶坏。（向使者）我读过以后再写回信吧。（下）

奥本尼 他们挖去他的眼睛的时候，他的儿子在什么地方？

使　者 他是跟夫人一起到这儿来的。

奥本尼 他不在这儿。

使　者 是的，殿下，我在路上碰见他回去了。

奥本尼 他知道这种罪恶的事情吗？

使　者 是，殿下；就是他出首告发他的，他故意离开那座屋子，为的是让他们行事方便一些。

奥本尼　葛罗斯脱，我永远感激你对王上所表示的好意；一定替你报复你的挖目之仇。过来，朋友，详细告诉我一些你所知道的其他的消息。（同下）

第三场　多佛附近法军营地

肯脱及一侍臣上。

肯　脱　为什么法兰西王突然回去，您知道他的理由吗？

侍　臣　他在国内还有一点未了的要事，直到离国以后，方才想起，因为那件事情有关国家的安全，所以他不能不亲自回去料理。

肯　脱　他去了以后，委托什么人代他主持军务？

侍　臣　拉·发元帅。

肯　脱　王后看了您的信，有没有什么悲哀的表示？

侍　臣　是的，先生；她拿了信，当着我的面前读下去，一颗颗饱满的泪珠淌在她的娇嫩的颊上；可是她仍然保持着一个王后的尊严，虽然她的情感像叛徒一样想要把她压服，她还是竭力把它克制下去。

肯　脱　啊！那么她是受到感动的了。

侍　臣　她并不痛哭流涕；"忍耐"和"悲哀"互相竞争着谁能把她表现得更美。您曾经看见过阳光和雨点同时出现；她的微笑和眼泪也正是这样，只是更要动人得多；那些荡漾在她的红润的嘴唇上的小小的微笑，似乎不知道她的眼睛里有些什么客人，他们从她钻石一样的眼球里滚出来，正像一颗颗浑圆的珍珠。简单一句话，要是所有的悲哀都是这样美，那么悲哀将要成为最受世人喜爱的珍奇了。

肯　脱　她没有说过什么话吗？

侍　臣　一两次她的嘴里迸出了"父亲"两个字，好像它们重压着她的心一般，她哀呼着，"姊姊！姊姊！女人的耻辱！姊姊！肯脱！父亲！姊姊！什么，在风雨里吗？在黑夜里吗？不要相信世上还有怜悯吧！"于是她挥去了她的天仙一般的眼睛里的神圣的水珠，让眼泪淹没了她的沉痛的悲号，移步他往，和哀愁独自做伴去了。

肯　脱　那是天上的星辰，天上的星辰主宰着我们的命运；否则同一的父母怎么会出生这样不同的女儿来。您后来没有跟她说过话吗？

侍　臣　没有。

肯　脱　这是在法兰西王回国以前的事情？

侍　臣　不，这是他去后的事。

肯　脱　好，告诉您吧，可怜的受难的李尔已经到了此地，他在比较清醒的时候，知道我们来干什么事，一定不肯见她的女儿。

侍　臣　为什么呢，好先生？

肯　脱　羞耻之心掣住了他；他自己的忍心剥夺了她的应得的慈爱，使她远适异国，听任天命的安排，把她的权利分给那两个犬狼之心的女儿，——这种种的回忆像毒螫一样刺着他的心，使他充满了火烧一样的惭愧，阻止他和科第丽霞相见。

侍　臣　唉！可怜的人！

肯　脱　关于奥本尼和康瓦尔的军队，您听见什么消息没有？

侍　臣　是的，他们已经出动了。

肯　脱　好，先生，我要带您去见见我们的王上，请您替我照料照料他。我因为有某种重要的理由，必须暂时隐藏我的真相；当您知道我是什么人以后，您决不会后悔跟我结识的。请您跟我走吧。

　　　　（同下）

第四场　同前　帐幕

旗鼓前导，科第丽霞、医生及兵士等上。

科第丽霞　唉！正是他。刚才还有人看见他，疯狂得像被飓风激动的怒海，高声歌唱，头上插满了恶臭的地烟草、牛蒡、毒芹、荨麻、杜鹃花和各种蔓生在田亩间的野草。派一百个兵士到繁茂的田野里各处搜寻，把他领来见我。（一军官下）人们的智慧能不能恢复他的丧失的心神？谁要是能够医治他，我愿意把我的身外的富贵一起送给他。

医　生　娘娘，法子是有的；休息是滋养疲乏的精神的保姆，他现在就缺少休息，只要给他服一些药草，就可以阖上他的痛苦的眼睛。

科第丽霞　一切神圣的秘密，一切地下潜伏的灵奇，随着我的眼泪一起奔涌出来吧！帮助解除我的善良的父亲的痛苦！快去找他，快去找他，我只怕他在不可控制的疯狂之中会消灭了他的失去主宰的生命。

一使者上。

使　者　报告娘娘，英国军队向这儿开过来了。

科第丽霞　我们早已知道；一切都预备好了，只等他们到来。亲爱的父亲啊！
　　　　我这次掀动干戈，完全是为了你的缘故；伟大的法兰西王被我的悲哀
　　　　和恳求的眼泪所感动，他没有一点非分的野心，只有一片真情，热烈
　　　　的真情，要替我们的老父主持正义。但愿我不久就可以听见和看见他！

　　（同下）

第五场　葛罗斯脱城堡中一室

吕甘及鄂斯华特上。

吕　甘　可是我的姊夫的军队已经出发了吗？

鄂斯华特　出发了，夫人。

吕　甘　他亲自率领吗？

鄂斯华特　夫人，好容易才把他催上了马；还是您的姊姊是个更好的军人哩。

吕　甘　爱特门伯爵到了你们家里，有没有跟你家主人谈过话？

鄂斯华特　没有，夫人。

吕　甘　我的姊姊给他的信里有些什么话？

鄂斯华特　我不知道，夫人。

吕　甘　告诉你吧，他有重要的事情，已经离开此地了，葛罗斯脱挖去了眼
　　　　睛以后，仍旧放他活命，实在是一种极大的失策；因为他每到一个
　　　　地方，都会激起众人对我们的反感。我想爱特门因为怜悯他的困苦，
　　　　是要去替他解脱他的暗无天日的生涯的；而且他还负有探察敌人实
　　　　力的使命。

鄂斯华特　夫人，我必须追上去把我的信送给他。

吕　甘　我们的军队明天就要出发；你暂时耽搁在我们这儿吧，路上很危险呢。

鄂斯华特　我不能，夫人；我家夫人曾经吩咐我不准误事的。

吕　甘　为什么她要写信给爱特门呢？难道你不能替她口头传达她的意思吗？
　　　　看来恐怕有点儿——我也说不出来。让我拆开这封信来，我会十分喜

欢你的。

鄂斯华特　夫人，那我可——

吕　甘　我知道你家夫人不爱她的丈夫；这一点我是可以确定的。她最近在这儿的时候，常常对高贵的爱特门抛掷含情的媚眼。我知道你是她的心腹之人。

鄂斯华特　我，夫人！

吕　甘　我的话不是随便说说的，我知道你是她的心腹；所以你且听我说，我的丈夫已经死了，爱特门跟我曾经谈起过，他应该向我求爱，不应该向你家夫人求爱。其余的你自己去意会吧。要是你找到了他，请你替我把信交给他；你把我的话对你家夫人说了以后，再请她仔细想个明白。好，再会。假如你听见人家说起那瞎眼的老贼在什么地方，能够把他除掉，一定可以得到重赏。

鄂斯华特　但愿他能够碰在我的手里，夫人；我一定可以向您表明我是哪一方面的人。

吕　甘　再会。（各下）

第六场　多佛附近的乡间

葛罗斯脱及埃特加作农民装束同上。

葛罗斯脱　什么时候我才能够登上山顶？

埃特加　您现在在一步步上去；瞧这路多么难走。

葛罗斯脱　我觉得这地面是很平的。

埃特加　陡峭得可怕呢；听！那不是海水的声音吗？

葛罗斯脱　不，我真的听不见。

埃特加　哎哟，那么大概因为您的眼睛痛得厉害，所以别的知觉也连带模糊起来啦。

葛罗斯脱　那倒也许是真的。我觉得你的声音也变了样啦，你讲的话不像原来那样疯疯癫癫啦。

埃特加　您错啦；除了我的衣服以外，我什么都没有变样。

葛罗斯脱　我觉得你的话像样得多啦。

323

埃特加　来，先生；我们已经到了，您站好。把眼睛一直望到这么低的地方，真是惊心炫目！在半空盘旋的乌鸦，瞧上去还没有甲虫那么大；山腰中间悬着一个采金花草的人，可怕的工作！我看他的全身简直抵不上一个人头的大小。在海滩上走路的渔夫就像小鼠一般，那艘停泊在岸旁的高大的帆船小得像它的划艇，它的划艇小得像一个浮标，几乎看不出来。澎湃的波涛在海滨无数的石子上冲击的声音，也不能传到这样高的所在。我不愿再看下去了，恐怕我的头脑要昏眩起来，眼睛一花，就要一个筋斗直跌下去。

葛罗斯脱　带我到你所立的地方。

埃特加　把您的手给我；您现在已经离开悬崖的边上只有一英尺了；谁要是把天下所有的一切都给了我，我也不愿意跳下去。

葛罗斯脱　放开我的手，朋友，这儿又是一个钱囊，里面有一颗宝石，一个穷人得到了它，可以终身温饱；愿天神们保佑你因此而得福吧！你再走远一点；向我告别一声，让我听见你走过去。

埃特加　再会吧，好先生。

葛罗斯脱　再会。

埃特加　（旁白）我这样戏弄他的目的，是要把他从绝望的境遇中解救出来。

葛罗斯脱　威严的神明啊！我现在脱离这一个世界，当着你们的面，摆脱我的惨酷的痛苦了；要是我能够再忍受下去，而不怨尤你们不可反抗的伟大的意志，我这可厌的残余的生命不久也要烧干了的。要是埃特加尚在人世，神啊，请你们祝福他！现在，朋友，我们再会了！（向前扑地）

埃特加　我去了，先生；再会。（旁白）可是我不知道当一个人愿意受他自己的幻想的欺骗，相信他已经死去的时候，那一种幻想会不会真的偷去了他的生命的至宝；要是他果然在他所想象的那一个地方，现在他早已没有思想了。活着还是死了？（向葛罗斯脱）喂，你这位先生！朋友！你听见吗，先生？说呀！也许他真的死了；可是他醒过来啦，你是什么人，先生？

葛罗斯脱　去，让我死。

埃特加　要是你不过是一根蛛丝、一根羽毛、一阵空气，从这样千仞的悬崖上跌落下来，也要像鸡蛋一样化成粉碎；可是你还在呼吸，你的身体还是好好的，不流一滴血，还会说话，简直一点损伤也没有。十根桅杆连接起来，也不及你所跌下来的那地方高；你的生命是一个奇迹。再对我说两句话吧。

葛罗斯脱　可是我没有跌下来？

埃特加　你就是从这可怕的悬崖顶上面跌下来的。抬起头来看一看吧；鸣声嘹亮的云雀飞到了那样高的所在，我们不但看不见它的形状，也听不见它的声音；你看。

葛罗斯脱　唉！我没有眼睛哩。难道一个苦命的人，连寻死的权利都要被剥夺去吗？罢了，这也是上天的意思，不让骄横的暴君如愿以偿。

埃特加　把你的胳臂给我；起来，好，怎样？站得稳吗？你站住了。

葛罗斯脱　很稳，很稳。

埃特加　这真太不可思议了。刚才在那悬崖的顶上，从你身边走开的是什么东西？

葛罗斯脱　一个可怜的叫花子。

埃特加　我站在下面望着他，仿佛看见他的眼睛像两轮满月；他有一千个鼻子，满头都是像波浪一样高低不齐的犄角；一定是个什么恶魔。所以，你幸运的老人家，你应该想这是无所不能的神明在暗中默佑你，否则决不会有这样的奇事。

葛罗斯脱　我现在记起来了；从此以后，我要耐心忍受痛苦，直等它有一天自己喊了出来，"够啦，够啦！"那时候再撒手死去。你所说起的这一个东西，我还以为是个人；它老是嚷着"恶魔，恶魔"的；就是他把我领到了那个地方。

埃特加　不要胡思乱想，安心忍耐。可是谁来啦？

　　　　　李尔以鲜花杂乱饰身上。

埃特加　不是疯狂的人，决不会把他自己打扮成这一个样子。

李　尔　不，他们不能判我私造货币的罪名；我是国王哩。

埃特加　啊，伤心的景象！

李　尔　在那一点上，天然是胜过人工的。这是强迫你们当兵的慰劳费。那家伙弯弓的姿势，活像一个稻草人；给我射一支一码长的箭试试看，瞧，瞧！一只小老鼠！别闹，别闹！这一块烘乳酪可以捉住它。这是我的铁手套；尽管他是一个巨人，我也要跟他一决胜负。带那些戟手上来。啊！飞得好，鸟儿；刚刚中在靶子心里，咻！口令！

埃特加　茉荞兰。

李　尔　过去。

葛罗斯脱　我认识那个声音。

李　尔　吓！长着白胡须的贡纳梨！她们像狗一样向我献媚。说我在没有出黑须以前，就已经有了白须。我说一声"是"，她们就应一声"是"；我说一声"不"，她们就应一声"不"！当雨点淋湿了我；风吹得我牙齿打战，当雷声不肯听我的话平静下来的时候，我才发现了她们，嗅出她们的踪迹。算了，她们不是心口如一的人；她们把我恭维得天花乱坠，全然是个谎，一发起烧来我就没有办法。

葛罗斯脱　这一种说话的声调我记得很清楚；他不是我们的君王吗？

李　尔　嗯，每一寸都是君王；我只要一瞪眼睛，我的臣子就要吓得发抖。我赦免那个人的死罪。你犯的是什么案子？奸淫吗？你不用死；为了奸淫而犯死罪？不，小鸟儿都在干那把戏，金苍蝇当着我的面也会公然交尾哩。让通奸的人多子多孙吧；因为葛罗斯脱的私生的儿子，也比我的合法的女儿更孝顺他的父亲。淫风越盛越好，我巴不得他们替我多制造几个兵士出来。瞧那个脸上堆着假笑的妇人，她装出一副冷若冰霜的神气，做作得那么端庄贞静，一听见人家谈起调情的话儿就要摇头；其实她自己干起那回事来，比臭猫和骚马还要浪得多哩。她们的上半身虽然是女人，下半身却是淫荡的妖怪；腰带以上是属于天神的，腰带以下全是属于魔鬼的：那儿是地狱，那儿是黑暗，那儿是火坑，吐着熊熊的烈焰，发出熏人的恶臭，把一切烧成了灰。啐！啐！啐！呸！呸！好掌柜，给我称一两麝香，让我解解我的想象中的臭气；钱在这儿。

葛罗斯脱　啊！让我吻一吻那只手！

李　尔　让我先把它揩干净；它上面有一股热烘烘的人气。

葛罗斯脱　啊，毁灭了的生命！这一个广大世界有一天也会像这样零落得只剩下一堆残迹。你认识我吗？

李　尔　我很记得你这双眼睛。你在向我瞟吗？不，盲目的丘比特，随你使出什么手段来，我是再也不会恋爱的。这是一封挑战书，你拿去读吧，瞧瞧它是怎么写的。

葛罗斯脱　即使每一个字都是一个太阳，我也瞧不见。

埃特加　（旁白）要是人家告诉我这样的事，我一定不会相信；可是这样的事是真的，我的心要碎了。

李　尔　读。

葛罗斯脱　什么！用眼眶子读吗？

李　尔　啊哈！你原来是这个意思吗？你的头上也没有眼睛，你的袋里也没有银钱吗？可是你却看见这世界的变化。

葛罗斯脱　我只能感觉到它的变化。

李　尔　什么！你疯了吗？一个人就是没有眼睛，也可以看见这世界的变化。用你的耳朵瞧着吧：你没有看见那法官怎样痛骂那个卑贱的偷儿吗？侧过你的耳朵来，听我告诉你：让他们两人换了地位，谁还认得出哪个是法官，哪个是偷儿？你见过农夫的一条狗向一个乞丐乱吠吗？

葛罗斯脱　嗯，陛下。

李　尔　你还看见那家伙怎样给那条狗赶走吗？从这一件事情上面，你就可以看到威权的伟大的影子；一条得势的狗，也可以使人家唯命是从。你这可恶的教吏，停住你的残忍的手！为什么你要鞭打那个妓女？向你自己的背上着力抽下去吧；你自己心里和她犯奸淫，却因为她跟人家犯奸淫而鞭打她。杀人的是个放高利贷的家伙，被杀的是个骗子。褴褛的衣衫遮不住小小的过失；披上锦袍裘服，便可以隐匿一切。罪恶镀了金，公道的坚强的枪刺也会迎之而断；把它用破烂的布条裹起来，一根侏儒的稻草就可以戳破它。没有一个人是犯罪的，我说，没有一个人；我愿意为他们担保；相信我吧，我的朋友，我有权力封住控诉者的嘴唇。你还是去装上一副玻璃眼睛，像一个卑鄙的阴谋家似的，假装能够看见你所看不见的事情吧。来，来，来，来，替我把靴子脱下来，用力一点，用力一点；好。

埃特加　（旁白）啊！虽然是疯话，却不是全无意义的。

李　尔　要是你愿意为我的命运痛哭，那么把我的眼睛拿了去吧。我知道你是什么人；你的名字是葛罗斯脱。你必须忍耐；你知道我们来到这世上，第一次嗅到了空气，就哇呀哇呀地哭起来。让我讲一番道理给你听；你听着。

葛罗斯脱　唉！唉！

李　尔　当我们生下地来的时候，我们因为来到了这个全是些傻瓜的广大的舞台之上，所以禁不住放声大哭。这顶帽子的式样很不错！用毡呢钉在一队马儿的蹄上，倒是一个妙计；我要把它实行一下，悄悄地偷进了我那两个女婿的营里，然后我就杀，杀，杀，杀，杀，杀！

侍臣率侍从上。

侍　臣　啊！他在这儿；抓住他。陛下。您的最亲爱的女儿——

李　尔　没有人救我吗？什么！我变成一个囚犯了吗？我是天生下来被命运愚弄的，不要虐待我；有人会拿钱来赎我的。替我请几个外科医生来，我的头脑受了伤啦。

侍　臣　您将会得到您所需要的一切。

李　尔　一个伙伴也没有？只有我一个人吗？哎哟，这样会叫一个人变成了个泪人儿，用他的眼睛充作灌园的水壶，去浇洒秋天的泥土。

侍　臣　陛下——

李　尔　我要像一个新郎似的勇敢地死去。嘿！我要高高兴兴的。来，来，我是一个国王，你们知道吗？

侍　臣　您是一位尊严的王上，我们服从您的旨意。

李　尔　那么还有几分希望。要去快去。（下，侍从等随下）

侍　臣　最微贱的平民到了这样一个地步，也会叫人看了伤心，何况是一个国王！你那两个不孝的女儿，已经使全体女人受到诅咒，可是你还有一个女儿，却已经把她自己从这样的诅咒中间拯救出来了。

埃特加　祝福，先生。

侍　臣　足下有什么见教？

埃特加　您有没有听见什么关于将要发生一场战事的消息？

侍　臣　这已经是一件千真万确，谁都知道的事了；每一个耳朵能够辨别声音的人都听到过那样的消息。

埃特加　可是借问一声，您知道对方的军队离这儿还有多少路？

侍　臣　很近了，他们一路来得很快；他们的主力部队每一点钟都有到来的可能。

埃特加　谢谢您，先生；这是我所要知道的一切。

侍　臣　王后虽然有特别的原因还在这儿，她的军队已经开上去了。

埃特加　谢谢您，先生。（侍臣下）

葛罗斯脱　永远仁慈的神明，请俯听我的祷告：在你们没有要我死以前，不要再让我的罪恶的灵魂引诱我结束我自己的生命!

埃特加 您祷告得很好,老人家。

葛罗斯脱 好先生,您是什么人?

埃特加 一个非常穷苦的人,受惯命运的打击;因为自己是从忧患中间过来的,所以对于不幸的人很容易抱同情。把您的手给我,让我把您领到一处可以栖身的地方去。

葛罗斯脱 多谢多谢;愿上天大大赐福给您!

　　　　　鄂斯华特上。

鄂斯华特 明令缉拿的要犯!居然碰在我的手里!你那颗瞎眼的头颅,却是我的进身的阶梯。你这倒霉的老奸贼,赶快忏悔你的罪恶,剑已经拔出了,你今天难逃一死。

葛罗斯脱 但愿你这慈悲的手多用一些气力,帮助我早早脱离苦痛。*（埃特加劝阻鄂斯华特）*

鄂斯华特 大胆的村夫,你怎么敢袒护一个明令缉拿的叛徒?滚开,免得你也遭到和他同样的命运。放开他的胳膊。

埃特加 先生,你不向我说明理由,我是不放的。

鄂斯华特 放开,奴才,否则我叫你死。

埃特加 好先生,你走你的路,让穷人们过去吧。这种吓人的话,就是接连说上半个月也吓不倒人的。不,不要走近这个老头儿;我关照你,走远一点儿;要不然的话,我要试一试究竟是你的头硬还是我的棍子硬。我可不知道什么客气不客气。

鄂斯华特 走开,混账东西!

埃特加 我要拔掉你的牙齿,先生。来,尽管刺过来吧。*（二人决斗,埃特加击鄂斯华特倒地）*

鄂斯华特 奴才,你打死我了。把我的钱囊拿了去吧。要是你希望将来有好日子过,请你把我的尸体掘一个坑埋了;我身边还有两封信,请你替我送给葛罗斯脱伯爵爱特门大爷,他在英国军队里,你可以找到他。啊!想不到我今天会死在你的手里!*（死）*

埃特加 我认识你;你是一个惯会讨主人欢心的奴才;你的女主人无论有什么万恶的命令,你总是奉命唯谨。

葛罗斯脱 什么!他死了吗?

埃特加　坐下来，老人家；您休息一会儿吧。让我们搜一搜他的衣袋；他说起的那两封信，也许可以对我有一点用处。他死了；我只可惜他不死在别人的手里。让我们看：对不起，好蜡，我要把你拆开来了；恕我无礼，为了要知道我们敌人的居心，就是他们的心肝也要剖出来，拆阅他们的信件不算是违法的事。"不要忘记我们彼此间的誓约。你有许多机会可以除去他；只要你有决心，一切都是不成问题的。要是他得胜归来，那就什么都完了；我将要成为一个囚人，他的眠床就是我的牢狱。把我从这可憎的温热中拯救出来吧，他的地位你可以取而代之。你的恋慕的奴婢——但愿我能换上'妻子'两个字——贡纳梨。"啊，不可测度的女人的心！谋害她的善良的丈夫，叫我的兄弟代替他的位置！在这沙土之内，我要把你掩埋起来，你这杀人的淫妇的使者。在一个适当的时间，我要让那被人阴谋弑害的公爵见到这一封卑劣的信，我能够把你的死讯和你的使命告诉他，对于他是一件幸运的事。

葛罗斯脱　王上疯了；我的万恶的知觉却牢附在我的身上，我一站起身来，无限的悲痛就涌上我的心头！还是疯了的好，那样我可以不再想到我的不幸，让一切痛苦在昏乱的幻想之中忘记了它们本身的存在。（远处鼓声）

埃特加　把您的手给我；好像我听见远远有打鼓的声音。来，老人家，让我把您安顿在一个朋友的地方。（同下）

第七场　法军营帐

科第丽霞、肯脱、医生及侍臣上。

科第丽霞　好肯脱啊！我怎么能够报答你这一番苦心好意呢？就是粉身碎骨，也不能抵偿你的大德。

肯　脱　娘娘，只要自己的苦心被人了解，那就是莫大的报酬了。我所讲的话，句句都是事实，没有一分增减。

科第丽霞　去换一身好一点的衣服吧；你身上的衣服是那一段悲惨的时光中的纪念品，请你脱下来吧。

肯　脱　恕我，娘娘，我现在还不能回复我的本来的面目，因为那会妨碍我的预定的计划。请您准许我这一个要求，在我自己认为还没有到适当的时间以前，您必须把我当作一个不相识的人。

科第丽霞　那么就照你的意思吧，伯爵。（向医生）王上怎样？

医　生　娘娘，他仍旧睡着。

科第丽霞　慈悲的神明啊，医治他的被凌辱的心灵中的重大的裂痕！保佑这一个被不孝的女儿所反噬的老父，让他错乱昏迷的神智回复健全吧！

医　生　请问娘娘，我们现在可不可以叫王上醒来？他已经睡得很久了。

科第丽霞　照你的意见，应该怎么办就怎么办吧。他有没有穿着好？

李尔卧椅内，众仆舁上。

侍　臣　是，娘娘；我们乘着他熟睡的时候，已经替他把新衣服穿上去了。

医　生　娘娘，请您不要走开，等我们叫他醒来；我相信他的神经已经安定下来了。

科第丽霞　很好。（乐声）

医　生　请您走近一步。音乐还要响一点儿。

科第丽霞　啊，我的亲爱的父亲！但愿我的嘴唇上有治愈疯狂的灵药，让这一吻抹去我那两个姊姊加在你身上的无情的伤害吧！

肯　脱　善良的好公主！

科第丽霞　假如你不是她们的父亲，这满头的白发也该引起她们的怜悯。这样一张面庞是受得起激战的狂风的吹打的吗？它能够抵御可怕的雷霆吗？在最惊人的闪电的光辉之下，你，可怜的无援的兵士！戴着这一顶薄薄的戎盔，苦苦地守住你的哨岗吗？我的敌人的狗，即使它曾经咬过我，在那样的夜里，我也要让它躺我的火炉之前。但是你，可怜的父亲，却甘心钻在污秽霉烂的稻草里，与猪狗乞儿做伴吗？唉！唉！你的生命不和你的智慧同归于尽，才是一件怪事。他醒来了；对他说些什么话吧。

医　生　娘娘，应该您去跟他说说。

科第丽霞　父王陛下，您好吗？

李　尔　你们不应该把我从坟墓中间拖了出来。你是一个有福的灵魂；我却缚在烈火的车轮上，我自己的眼泪也像熔铅一样灼痛我的脸。

科第丽霞　父亲，您认识我吗？

李　尔　你是一个灵魂，我知道；您在什么时候死的？

莎士比亚悲剧集

科第丽霞 还是疯疯癫癫的。

医 生 他还没有完全清醒过来，暂时不要惊扰他。

李 尔 我到过些什么地方？现在我在什么地方？明亮的白昼吗？我大大受了
骗啦，怎么我还能活着看见这样的一天？我不知道应该怎么说。我不
愿发誓这一双是我的手；让我试试看，这针刺上去是觉得痛的。但愿
我能够知道我自己的确实情形！

科第丽霞 啊！瞧着我，父亲，把您的手按在我的头上为我祝福吧。不，父亲，
您千万不能跪下。

李 尔 请不要取笑我；我是一个非常愚蠢的傻老头子，活了八十多岁了；不
瞒您说，我怕我的头脑有点儿不大健全。我想我应该认识您，也该认
识这个人；可是我不敢确定；因为我全然不知道这是什么地方，而且
凭着我所有的能力，我也记不起来什么时候穿上这身衣服；我也不知
道昨天晚上我在什么所在过夜。不要笑我，我想这位夫人是我的孩子
科第丽霞。

科第丽霞 正是，正是。

李 尔 你在流着眼泪吗？当真。请你不要哭啦；要是你有毒药为我预备着，
我愿意喝下去。我知道你不爱我；因为我记得你两个姊姊都虐待我；
你虐待我还有几分理由，她们却没有理由虐待我。

科第丽霞 谁都没有理由虐待您。

李 尔 我是在法国吗？

肯 脱 在您自己的国土之内，陛下。

李 尔 不要骗我。

医 生 请宽心一点，娘娘；您看他的疯狂已经平静下去了；可是再向他提起
从前的事情，却是非常危险的。不要多烦扰他，让他的神经完全安定
下来。

科第丽霞 请陛下到里边去安息安息吧。

李 尔 你必须原谅我。请你不咎既往，宽赦我的过失；我是个年老糊涂的人。
（李尔、科第丽霞、医生及侍从等同下）

侍 臣 先生，康瓦尔公爵被刺的消息是真的吗？

肯 脱 完全真确。

侍 臣 他的军队归什么人带领？

肯　脱　据说是葛罗斯脱的庶子。

侍　臣　他们说他的放逐在外的儿子埃特加现在跟肯脱伯爵都在德国。

肯　脱　消息常常变化不定。现在是应该戒备的时候了，英国军队已在迅速逼近。

侍　臣　一场血战是免不了的。再会，先生。（下）

肯　脱　我的目的能不能顺利达到，要看这一场战事的结果方才分晓。（下）

第五幕

第一场　多佛附近英军营地

旗鼓前导，爱特门、吕甘、军官、兵士侍从等上。

爱特门　（向一军官）你去问一声公爵，他是不是仍旧保持着原来的决心，还是因为有了其他的理由，已经改变了方针；他这个人毫无定见，动不动引咎自责；我要知道他究竟抱着怎样的主张。（军官下）

吕　甘　我那姊姊差来的人一定在路上出事啦。

爱特门　那可说不定，夫人。

吕　甘　好爵爷，我对你的一片好心，你不会不知道的；现在请你告诉我，老老实实地告诉我，你不爱我的姊姊吗？

爱特门　我只是按照我的名分敬爱她。

吕　甘　可是你从来没有深入我的姊夫的禁地吗？

爱特门　这样的思想是有失您自己的体统的。

吕　甘　我怕你们已经打成一片，她心坎儿里只有你一个人哩。

爱特门　凭着我的名誉起誓，夫人，没有这样的事。

吕　甘　我决不答应她；我的亲爱的爵爷，不要跟她亲热。

爱特门　您放心吧。——她跟她的公爵丈夫来啦！

旗鼓前导，奥本尼、贡纳梨及兵士等上。

贡纳梨　（旁白）我宁愿这一次战争失败，也不让我那妹子把他从我手里夺了去。

奥本尼　贤妹久违了。伯爵，我听说王上已带了我们国内的一群亡命之徒，到他女儿的地方去了。要是我们所兴的是一场不义之师，我是再也提不起我的勇气来的；可是现在的问题，并不是我们的王上和他手下的一群人在法国的煽动之下，用堂堂正正的理由向我们兴师问罪，而是法国举兵侵犯我们的领土，这是我们所不能容忍的。

爱特门 您说得有理，佩服佩服。

吕 甘 这种话讲它做什么呢？

贡纳梨 我们只需同心合力，打退敌人；这些内部的纠纷，不是现在所要讨论的问题。

奥本尼 那么让我们跟那些久历戎行的战士们讨论讨论我们所应该采取的战略吧。

爱特门 很好，我就到您的帐里来叨陪末议。

吕 甘 姊姊，您也跟我们一块儿去吗？

贡纳梨 不。

吕 甘 您怎么可以不去？来，请吧。

贡纳梨 （旁白）哼！我明白你的意思。（高声）好，我就去。

埃特加乔装上。

埃特加 殿下要是不嫌我微贱，请听我说一句话。

奥本尼 你们先请一步，我就来。——说。（爱特门、吕甘、贡纳梨、军官、兵士及侍从等同下）

埃特加 在您没有开始作战以前，先把这封信拆开来看一看，要是您得到胜利，可以吹喇叭为信号，叫我出来；虽然您看我是这样一个下贱的人，我可以请出一个证人来，证明这信上所写的事。要是您失败了，那么您在这世上的使命已经完毕，一切阴谋也都无能为力了。愿命运眷顾您！

奥本尼 等我读了信你再去。

埃特加 我不能。时候一到，您只要叫传令官传唤一声，我就会出来的。

奥本尼 那么再见；你的信我拿回去看吧。（埃特加下）

爱特门重上。

爱特门 敌人已经望得见了；快把您的军队集合起来。这儿记载着根据精密侦查所得的敌方军力的估计，可是现在您必须快点儿了。

奥本尼 好，我们准备迎敌就是了。（下）

爱特门 我对这两个姊姊都已经立下爱情的盟誓；她们彼此互怀嫉妒，就像被蛇咬过的人见不得蛇的影子一样。我应该选择哪一个呢？两个都要？只要一个？还是一个也不要？要是两个全都留在世上，我就一个也不能到手；娶了那寡妇，一定会激怒她的姊姊贡纳梨；而且她的丈夫一天不死，总是我前途的一个障碍。现在我们还是要借他做号召军心的幌子；等到战事结束以后，她要是想除去他，让她自己设法结果他的性命吧。照他的意思，李尔和科第丽霞两人被我们捉到以后，是不能加害的；可是假如他们果然落在我们的手里，我们可决不让他们得到他的赦免；因为我保全自己的地位要紧，什么天理良心只好一概不论。（下）

第二场　两军营地之间的原野

内号角声。旗鼓前导，李尔及科第丽霞率军队上；同下，埃特加及葛罗斯脱上。

埃特加　来，老人家，在这树阴底下坐坐吧；但愿正义得到胜利！要是我还能够回来见你，我一定会给你好消息的。

葛罗斯脱　上帝照顾您，先生！（埃特加下）

号角声；有顷，内吹退军号，埃特加重上。

埃特加　去吧，老人家！把你的手给我；去吧！李尔王已经失败，他跟他的女儿都被他们捉去了。把你的手给我；来。

葛罗斯脱　不，先生，我不想再到什么地方去了；让我就在这儿等死吧。

埃特加　怎么！你又转起那种坏念头来了吗？人们的生死都不是可以勉强求到的，你应该耐心忍受天命的安排。来。

葛罗斯脱　那也说得有理。（同下）

第三场　多佛附近英军营地

旗鼓前导奏凯，爱特门上；李尔、科第丽霞被俘随上；军官、兵士等同上。

爱特门　来人，把他们押下去，好生看守，等上面发落下来，再作道理。

科第丽霞　存心良善的反而得到恶报，这样的前例是很多的。我只是为了你，被迫害的国王，才落得如此下场；否则尽管欺人的命运向我横眉怒目，我也不会害怕受她的凌辱，我们要不要去见见这两个女儿和这两个姊姊？

李　尔　不，不，不，不！来，让我们到监牢里去。我们两人将要像笼中之鸟一般唱歌；当你求我为你祝福的时候，我要跪下来求你饶恕；我们就这样生活着，祈祷，唱歌，说些古老的故事，嘲笑那披着金翅的蝴蝶，听听那些可怜的囚徒们讲些宫廷里的消息；我们也要跟他们在一起谈话，谁失败，谁胜利，谁在朝，谁在野，用我们的意见解释各种事情的秘密，就像我们是上帝的间谍一样；在囚牢的四壁之内，我们将要冷眼看那些朋比为奸的党徒随着月亮的圆缺而升沉。

爱特门　把他们带下去。

李　尔　对于这样的祭物，我的科第丽霞，天神也要焚香致敬的。我果然把你捉住了吗？谁要是想分开我们，必须从天上取下一把火炬来像驱逐狐狸一样把我们赶散。揩干你的眼睛；让恶疮烂掉他们的全身，他们也不能使我们流泪，我们要看他们活活饿死。来。（兵士押李尔、科第丽霞下）

爱特门　过来，队长。听着，把这一通密令拿去；（以一纸授军官）跟着他们到监牢里去。我已经把你超升了一级，要是你能够照这密令上所说的执行，一定有大大的好处。你要知道，识时务的才是好汉；心肠太软的人不配佩带刀剑。我吩咐你去干这件重要的差使，你可不必多问，愿意就做，不愿意就别做。

军　官　我愿意，大人。

爱特门　那么去吧；你立了这一个功劳，你就是一个幸运的人。听着，事不宜迟，必须照我所写的办法赶快办好。

军　官　我不会拖车子，也不会吃干麦；只要是男子汉干的事，我就会干。（下）
　　　　喇叭奏花腔。奥本尼、贡纳梨、吕甘、军官及侍从等上。

奥本尼　伯爵，你今天果然表明了你是一个将门之子，命运眷顾着你，使你克奏肤功，跟我们敌对的人都已经束手就擒。请你把你的俘虏交给我们，让我们一方面按照他们的身份，一方面顾到我们自身的安全，决定一个适当的处置。

爱特门　殿下，我已经把那不幸的老王拘禁起来，并且派兵严密监视了；他的

337

高龄和尊号都有一种莫大的魔力，可以吸引人心归附他，要是不加防范，恐怕我们的部下都要受他的煽惑而对我们反戈相向。那王后我为了同样的理由，也把她一起下了监；他们明天或者迟一两天就可以受你们的审判。现在弟兄们刚刚流过血汗，丧折了不少的朋友亲人，对于感受战争的残酷的人们，无论引起这场争端的理由怎样正大，在一时的愤激之中，都是可诅咒的；所以审问科第丽霞和她的父亲这一件事，必须在一个更适当的时候举行。

奥本尼 伯爵，说一句不怕你见怪的话，你不过是一个随征的将领，我并没有把你当作一个同等地位的人。

吕 甘 假如我愿意，为什么他不能和你分庭抗礼呢？我想你在说这样的话以前，应该先问问我的意思才是。他带领我们的军队，受到我的全权委任，凭着这一层亲密的关系，也够资格和你称兄道弟了。

贡纳梨 少亲热点儿吧；他的地位是他靠着自己的才能造成的，并不是你给他的恩典。

吕 甘 我凭着我的权力，使他可以和最尊贵的人匹敌。

贡纳梨 要是他做了你的丈夫，你才可以有这种权力。

吕 甘 笑话往往会变成预言。

贡纳梨 呵呵！看你挤眉弄眼的，果然不怀好意。

吕 甘 太太，我现在身子不大舒服，懒得跟你斗口了。将军，请你接受我的军队、俘虏和财产；这一切连我自己都由你支配；我是你的献城降服的臣仆；让全世界为我证明，我现在把你立为我的丈夫和君王。

贡纳梨 你想要受用他吗？

奥本尼 那不是你所能阻止的。

爱特门 也不是你所能阻止的。

奥本尼 杂种，我可以阻止你们。

吕 甘 （向爱特门）叫鼓手打起鼓来，证明我已经把尊位给了你。

奥本尼 等一等，我还有话说。爱特门，你犯有叛逆重罪，我逮捕你；同时我还要逮捕这一条金鳞的毒蛇。（指贡纳梨）贤妹，为了我的妻子的缘故，我必须要求您放弃您的权利；她已经跟这位勋爵有约在先，所以我，她的丈夫，不得不对你们的婚姻表示异议。要是您想结婚的话，还是把您的爱情用在我的身上吧，我的妻子已经另有所属了。

贡纳梨　怎么又节外生枝起来？！

奥本尼　葛罗斯脱，你现在甲胄在身；让喇叭吹起来；要是没有人出来证明你所犯的无数凶残罪恶，众目昭彰的叛逆重罪，这儿是我的信物；（掷下手套）在我没有当着你的胸前证明我所说的一切以前，我决不让食物接触我的嘴唇。

吕　甘　哎哟！我病了！我病了！

贡纳梨　（旁白）要是你不病，我也从此不相信药物了。

爱特门　这儿是我给你的交换品；（掷下手套）谁骂我是叛徒的，他就是个说谎的恶人。叫你的喇叭吹起来吧；谁有胆量，出来，我可以向他、向你、向每一个人证明我的不可动摇的忠心和荣誉。

奥本尼　来，传令官！

爱特门　传令官！传令官！

奥本尼　信赖你个人的勇气吧；因为你的军队都是用我的名义征集的，我已经用我的名义把他们遣散了。

吕　甘　我的病越来越厉害啦！

奥本尼　她身体不舒服；把她扶到我的帐里去。（侍从扶吕甘下）过来，传令官。传令官上。

奥本尼　叫喇叭吹起来。宣读这一道命令。

军　官　吹喇叭！（喇叭吹响）

传令官　（宣读）“在本军将校官佐之中，要是有人愿意证明爱特门，名分未定的葛罗斯脱伯爵，是一个罪恶多端的叛徒，让他在第三次喇叭声中出来。”

爱特门　吹！（喇叭初响）

传令官　再吹！（喇叭再响）

传令官　再吹！（喇叭三响。内喇叭声相应）
　　　　喇叭手前导，埃特加武装上。

奥本尼　问明他的来意，为什么他听了喇叭的呼召到这儿来。

传令官　你是什么人？你叫什么名字？在军中是什么官级？为什么你要应召而来？

埃特加　我的名字已经被阴谋的毒齿啮蛀蚀了；可是我的出身正像我现在所要来面对的敌手同样高贵。

339

奥本尼　谁是你的敌手？

埃特加　代表葛罗斯脱伯爵爱特门的是什么人？

爱特门　他自己；你对他有什么话说？

埃特加　拔出你的剑来，要是我的话激怒了一颗正直的心，你的兵器可以为你辩护；这儿是我的剑。听着，虽然你有的是勇气、胆量、权位和尊荣，虽然你挥着胜利的宝剑，夺到了新的幸运，可是凭着我的荣誉、我的誓言和我的武士的身份所给我的特权，我当众宣布你是一个叛徒，不忠于你的神明、你的兄长和你的父亲，阴谋倾覆这一位崇高卓越的君王，从你的头顶直到你的足下的尘土，彻头彻尾是一个最可憎的逆贼。要是你说一声"不"，这一柄剑、这一只胳臂和我的全身的勇气，都要向你的心口证明你说谎。

爱特门　照理我应该问你的名字；可是你的外表既然这样英勇，你的出言吐语，也可以表明你不是一个卑微的人，虽然按照武士的规则，我可以拒绝你的挑战，我却不惜唾弃这些规则，把你所说的那种罪名仍旧丢回到你的头上，让那像地狱一般可憎的谎话吞没你的心；凭着这一柄剑，我要在你的心头挖破个窟窿，把你的罪恶一起塞进去，吹起来，喇叭！

　　（号角声。二人决斗，爱特门倒地）

奥本尼　留他活命，留他活命！

贡纳梨　这是诡计，葛罗斯脱；按照决斗的法律，你尽可以不接受一个不知名的对手的挑战；你不是被人打败，你是中了人家的计了。

奥本尼　闭住你的嘴，妇人，否则我要用这一张纸塞住它了。拿去，你这比一切恶名更恶的恶人，读读你自己的罪恶吧。不要撕，太太，我看你也认识这一封信的。（以信授爱特门）

贡纳梨　即使我干了这样的事，法律是我的，不是你的；谁可以控诉我？（下）

奥本尼　岂有此理！你知道这封信吗？

爱特门　不要问我知道不知道。

奥本尼　追上她去；她现在情急了，什么事都干得出来；留心看着她。（一军官下）

爱特门　你们指斥我的罪状，我全都承认；而且我所干的事，着实不止这一些呢，总有一天会全部暴露。现在这些事已成过去，我也要永辞人世了。——可是你是什么人，我会失败在你的手里？假如你是一个贵族，我愿意对你不记仇恨。

埃特加 让我们互相宽恕吧。在血统上我并不比你低微，爱特门，要是我的出身比你更高贵，你尤其不该那样陷害我。我的名字是埃特加，你的父亲的儿子。公正的天神使我们的风流罪过成为惩罚我们的工具；他在黑暗淫邪的地方生下了你，结果使他丧失了他的眼睛。

爱特门 你说得不错；天道的车轮已经循环过来了。

奥本尼 我一看见你的举止行动，就觉得你不是一个凡俗之人。我必须拥抱你；让悔恨碎裂了我的心，要是我曾经憎恨过你和你的父亲。

埃特加 殿下，我一向知道您的仁慈。

奥本尼 你把自己藏匿在什么地方？你怎么知道你的父亲的灾难？

埃特加 殿下，我知道他的灾难，因为我就在他的身边照料他，听我讲一段简短的故事；当我说完以后，啊，但愿我的心爆裂了吧！贪生怕死，是我们人类的常情，我们宁愿每小时忍受着死亡的惨痛，也不愿一下子结束自己的生命；我为了逃避那紧迫着我的、残酷的宣判，不得不披上一身疯人的褴褛衣服，改扮成一副连狗儿们也要看不起的样子。在这样的乔装之中，我碰见了我的父亲，他的两个眼眶里淋着血，那宝贵的眼珠已经失去了；我替他做向导，带着他走路，为他向人求乞，把他从绝望之中拯救出来；啊！千不该万不该，我不该向他瞒住我自己的真相！直到约摸半小时以前，我已经披上甲胄，因为不知道此行结果如何，请他为我祝福，才把我的全部经历从头到尾告诉他知道；可是唉！他的破碎的心太脆弱了，载不起这样重大的喜悦和悲伤，在这两种极端的情绪猛烈的冲突之下，他含着微笑死了。

爱特门 你这番话很使我感动；可是说下去吧，看上去你还有一些话要说。

奥本尼 要是还有比这更伤心的事，请不要说下去了吧；因为我听了这样的话，已经忍不住热泪盈眶了。

埃特加 对于不喜欢悲哀的人，这似乎已经是悲哀的顶点；可是在极度的悲哀之上，却还有更大的悲哀。当我正在放声大哭的时候，来了一个人，他认识我就是他所见过的那个疯丐，不敢接近我；可是后来他知道了我究竟是什么人，遭遇到了什么样的不幸，他就抱住我的头颈，大放悲声，好像要把天空都震碎一般；他俯伏在我的父亲的尸体上；讲出了关于李尔和他的两个人的一段最凄惨的故事；他越讲越伤心，他的生命之弦都要开始颤断了；那时候喇叭的声音已经响过两次，我只好抛下他一个人在那如痴如醉的状态之中。

奥本尼　可是这是什么人？

埃特加　肯脱，殿下，被放逐的肯脱；他一路上乔装改貌，跟随那把他视同仇敌的国王，替他躬操奴隶不如的贱役。

　　　　　一侍臣持一流血之刀上。

侍　臣　救命！救命！救命啊！

埃特加　救什么命！

奥本尼　说呀，什么事？

埃特加　那柄血淋淋的刀是什么意思？

侍　臣　它还热腾腾地冒着气呢；它是从她的心窝里拔出来的，——啊！她死了！

奥本尼　谁死了？说呀。

侍　臣　您的夫人，殿下，您的夫人；她的妹妹给她毒死了，她自己承认的。

爱特门　我跟她们两人都有婚姻之约，现在我们三个人可以在一块儿做夫妻了。

埃特加　肯脱来了。

奥本尼　把她们的尸体抬出来，不管她们有没有死。这一个上天的判决使我们战栗，却不能引起我们的怜悯。（侍臣下）

　　　　　肯脱上。

奥本尼　啊！这就是他吗？当前的变故使我不能对他尽我应尽的敬礼。

肯　脱　我要来向我的王上道一声永久的晚安，他不在这儿吗？

奥本尼　我们把一件重要的事情忘了！爱特门，王上呢？科第丽霞呢？肯脱，你看见这一种情景吗？（众舁贡纳梨、吕甘二人尸上）

肯　脱　哎哟！这是为了什么？

爱特门　爱特门还是有人爱的；这一个为了我的缘故毒死了那一个，跟着她也自杀了。

奥本尼　正是这样。把她们的脸遮起来。

爱特门　我快要断气了，倒还想做一件违反我的本性的好事，赶快差人到城堡里去，因为我已经下令把李尔和科第丽霞处死了。不要多说废话，迟一点就来不及啦。

奥本尼　跑！跑！跑呀！

埃特加	叫谁跑呀，殿下？——谁奉命干这事的？你得给我一件什么东西，作为赦免的凭证。
爱特门	想得不错；把我的剑拿去给那队长。
奥本尼	快去，快去。（埃特加下）
爱特门	他从我的妻子跟我两人的手里得到密令，把科第丽霞在狱中缢死，对外面说是她自己在绝望中自杀的。
奥本尼	神明保佑她！把他暂时抬出去。（众舁爱特门下）
	李尔抱科第丽霞尸体，埃特加，军官及余人等同上。
李　尔	哀号吧，哀号吧，哀号吧，哀号吧！啊！你们都是些石头一样的人；要是我有了你们的舌头和眼睛，我要用我的眼泪和哭声震撼穹苍，她是一去不回的了。一个人死了还是活着，我是知道的；她已经像泥土一样死去。借一面镜子给我；要是她的气息还能够在镜面上呵起一层薄雾，那么她还没有死。
肯　脱	这就是世界最后的结局了吗？
埃特加	还是末日恐怖的预兆？
奥本尼	天倒下来了，一切都要归于毁灭吗？
李　尔	这一根羽毛在动；她没有死！要是她还有活命，那么我的一切悲哀都可以消释了。
肯　脱	（跪）啊，我的好主人！
李　尔	走开！
埃特加	这是尊贵的肯脱，您的朋友。
李　尔	一场瘟疫倒在你们身上，全是些凶手，奸贼！我本来可以把她救活的；现在她再也回不转来了！科第丽霞，科第丽霞！等一等。吓！你说什么？她的声音总是那么柔软温和，女儿家是应该这样的。我亲手杀死了那把你缢死的奴才。
军　官	殿下，他真的把他杀死了。
李　尔	我不是把他杀死了吗，汉子？从前我一举起我的宝刀，就可以叫他们吓得抱头鼠窜；现在年纪老啦，受到这许多磨难，一天比一天不中用啦。你是谁？老实告诉你吧，我的眼睛可不大好。
肯　脱	要是命运女神向人夸口，说起有两个曾经一度被她宠爱，后来却为她厌弃的人，那么其中的一个就在我们的眼前。

李　尔　我的眼睛太糊涂啦。你不是肯脱吗？

肯　脱　正是，您的仆人肯脱。您的仆人凯易斯呢？

李　尔　他是一个好人，我可以告诉你；他一动起火来就会打人。他现在已经
　　　　死得骨头都腐烂了。

肯　脱　不，陛下；我就是那个人——

李　尔　很好很好。

肯　脱　我自从您开始遭遇变故以来，一直跟随着您的不幸的足迹。

李　尔　欢迎欢迎。

肯　脱　不，一切都是凄惨的、黑暗的、阴郁的；您的两个大女儿已经在绝望
　　　　中自杀了。

李　尔　嗯，我也想是这样的。

奥本尼　他不知道他自己在说些什么话，我们谒见他也是徒然的。

埃特加　全然是徒劳。

　　　　一军官上。

军　官　启禀殿下，爱特门死了。

奥本尼　他的死在现在不过是一件无足重轻的小事。各位勋爵和尊贵的朋友，
　　　　听我向你们宣示我的旨意：对于这一位老病衰弱君王，我们将要尽我
　　　　们的力量给他可能的安慰；当他在世的时候，我仍旧把最高的权力归
　　　　还给他。（向埃特加、肯脱）你们两位仍旧恢复原来的爵位，我还要
　　　　加赉你们额外的尊荣，褒扬你们过人的节行。一切朋友都要得到他们
　　　　忠贞的报酬，一切仇敌都要尝到他们罪恶的苦果。——啊！瞧，瞧！

李　尔　我的可怜的傻瓜给他们缢死了！不，不，没有命了！为什么一条狗、
　　　　一匹马、一只耗子，都有它们的生命，你却没有一丝呼吸？你是永不
　　　　回来的了，永不，永不，永不，永不，永不！请你替我解开这个纽扣；
　　　　谢谢你，先生。你看见吗？瞧着她，瞧，她的嘴唇，瞧那边，瞧那边！
　　　　（死）

埃特加　他晕过去了！——陛下，陛下！

肯　脱　碎吧，心啊！碎吧！

埃特加　抬起头来，陛下。

肯　脱　不要烦扰他的灵魂。啊！让他安然死去吧；他将要痛恨那想要使他在
　　　　这无情的人世多受一刻酷刑的人。

埃特加　他真的去了。

肯　脱　他居然忍受了这么久的时候，才是一件奇事；他的生命不是他自己的。

奥本尼　把他们抬出去。我们现在要传令全国举哀。（向肯脱、埃特加）两位
　　　　朋友，帮我主持大政，培养这已经受伤的国本。

肯　脱　不日间我就要登程上道；我已经听见主上的呼召。

埃特加　不幸的重担不能不肩负；感情是我们唯一的言语。年老的人已经忍受
　　　　一切，后人只有抚陈迹而叹息。（同下，奏丧礼进行曲）

莎士比亚悲剧集

麦克白

剧中人物

邓　根	苏格兰国王
玛尔康 } 唐纳本 }	邓根之子
麦克白 } 班　戈 }	苏格兰军中大将
迈克特夫 凌诺克斯 洛　斯 孟底士 安格斯 凯士纳斯 }	苏格兰贵族
弗利安斯	班戈之子
薛华特	诺登勃兰伯爵，英国军中大将
小薛华特	薛华特之子
西　登	麦克白的侍臣
迈克特夫的幼子	
一英国医生	
一苏格兰医生	
一军曹	

一司阍

一老翁

麦克白夫人

迈克特夫夫人

麦克白夫人的侍女

赫凯提及三女巫

贵族、绅士、将领、兵士、刺客、侍从及使者等

班戈的鬼魂及其他幽灵等

地　点

苏格兰　英国

第一幕

第一场　荒野

雷电。三女巫上。

女巫甲　何时姊妹再相逢，

　　　　雷电轰轰雨蒙蒙？

女巫乙　且等烽烟静四陲，

　　　　败军高奏凯歌回。

女巫丙　半山夕照尚含晖。

女巫甲　何处相逢？

女巫乙　荒野遇。

女巫丙　见麦克白由此去。

女巫甲　我来了，狸猫精。

女巫乙　癞蛤蟆在叫我。

女巫丙　来也。

三女巫　（合）美即丑恶丑即美，

　　　　翱翔毒雾妖云里。（同下）

第二场　福累斯附近的营地

内号角声。邓根王、玛尔康、唐纳本、凌诺克斯及侍从等上，与一流
血之军曹相遇。

邓　根　那个流血的人是谁？看他的样子，也许可以向我们报告关于乱事的最近的消息。

玛尔康　这就是那个奋勇苦战帮助我冲出敌人重围的军曹。祝福，勇敢的朋友！把你离开战场以前的战况报告王上。

军　曹　双方还在胜负未决之中；正像两个精疲力竭的游泳者，彼此扭成一团，显不出他们的本领来。那残暴的麦克唐华特不愧为一个叛徒，因为无数奸恶的天性都丛集于他的一身；他已经征调了西方各岛上的轻重步兵，命运也好像一个娼妓一样，有意向叛徒卖弄风情，助长他的罪恶的气焰。可是这一切都无能为力，因为英勇的麦克白不以命运的喜怒为意，挥舞着他的血腥的宝剑，一路砍杀过去，直到了那奴才的面前，也不打一句话，就挺剑从他的肚脐上刺了进去，把他的胸膛划破，一直划到下巴上；他的头已经割下来挂在我们的城楼上了。

邓　根　啊，英勇的表弟！尊贵的壮士！

军　曹　天有不测风云，我们正在兴高采烈的时候，却又遭遇了重大的打击。听着，陛下，听着：当正义凭着勇气的威力正在驱逐敌军向后溃退的时候，挪威国君看见有机可乘，调了一批甲械精良的生力部队又向我们开始一次新的猛攻。

邓　根　我们的将军们，麦克白和班戈有没有因此而气馁？

军　曹　是的，要是麻雀能使怒鹰退却，兔子能把雄狮吓走的话。实实在在地说，他们就像两尊巨炮，满装着双倍火力的炮弹，愈发愈猛地向敌人射击；瞧他们的神气，好像拼着浴血负创，非让尸骸铺满了原野，决不罢手似的。可是我的气力已经不济了，我的伤口需要医治。

邓　根　你的叙述和你的伤口一样，都表现出一个战士的精神。来，把他送到军医那儿去。（侍从扶军曹下）

　　　　　洛斯上。

邓　根　谁来啦？

玛尔康　尊贵的洛斯爵士。

凌诺克斯　他的眼睛里露出多么慌张的神色！好像要说些什么古怪的事情似的。

洛　斯　上帝保佑吾王！

邓　根　爵士，你从什么地方来？

洛　斯　从费辅来，陛下；挪威的旌旗在那边的天空招展，把一阵寒风扇进了我们人民的心里。挪威国君亲自率领了大队人马，靠着那个最奸恶的叛徒考特爵士的帮助，开始了一场残酷的血战；直到麦克白擐甲而前，和他奋勇交锋，方才挫折了他的傲气；胜利终于属我们所有——

邓　根　好大的幸运！

洛　斯　现在史威诺，挪威的国王，已经向我们求和了；我们责令他在圣戈姆小岛上缴纳一万块钱充入我们的国库，否则不让他把战死的将士埋葬。

邓　根　我们不能再让考特爵士泄漏我们的秘密。把他立刻宣布死刑，他的原来的爵位移赠麦克白。

洛　斯　我就去执行陛下的旨意。

邓　根　他所失去的，也就是尊贵的麦克白所得到的。（同下）

第三场　荒野

雷鸣。三女巫上。

女巫甲　妹妹，你从哪儿来？

女巫乙　我刚杀了猪来。

女巫丙　姊姊，你从哪儿来？

女巫甲　一个水手的妻子坐在那儿吃栗子，唷呀唷呀唷呀地唷着。"给我。"我说。"滚开，妖巫！"那个吃人家剩下来的肉皮肉骨的贱人喊起来了。她的丈夫是"猛虎号"的船长，到阿勒坡去了；可是我要坐在一张筛子里追上他去，像一头没有尾巴的老鼠，我要去，我要去，我要去。

女巫乙　我助你一阵风。

女巫甲　感谢你的神通。

女巫丙　我也助你一阵风。

女巫甲　驾风直到海西。

　　　　到处狂风吹海立，

　　　　浪打行船无休息；

　　　　终朝终夜不得安，

　　　　骨瘦如柴血色干；

　　　　年年辛苦月月劳，

气断神疲精力销；

波涛汹涌风浪怒，

一叶漂流无定处。

瞧我有些什么东西？

女巫乙　给我看，给我看。

女巫甲　这是一个在归途覆舟殒命的舵工的拇指。（内鼓声）

女巫丙　鼓声！鼓声！麦克白来了。

三女巫　（合）手携手，三姊妹，

沧海高山弹指地，

朝飞暮返任游戏。

姊三巡，妹三巡，

三三九转蛊方成。

麦克白及班戈上。

麦克白　我从来没有见过这样阴郁而又这样光明的日子。

班　戈　到福累斯还有多少路？这些是什么人，形容这样枯瘦，服装这样怪诞，不像是地上的居民，可是却在地上出现？你们是活人吗？你们能不能回答我们的问题？好像你们懂得我的话，每一个人都同时把她满是皱纹的手指按在她的干枯的嘴唇上。你们应当是女人，可是你们的胡须却使我不敢相信你们是女人。

麦克白　你们要是能够讲话，告诉我们你们是什么人？

女巫甲　万福，麦克白！祝福你，葛莱密斯爵士！

女巫乙　万福，麦克白！祝福你，考特爵士！

女巫丙　万福，麦克白！未来的君王！

班　戈　将军，您为什么这样吃惊，好像害怕这种听上去很好的消息似的？用真理的名义回答我，你们是幻象呢，还果真是像你们所显现的那样子的生物？你们向我的高贵的同伴致敬，并且预言他未来的尊荣和远大的希望，使他听得出了神；可是你们却没有对我说一句话。要是你们能够洞察时间所播的种子，知道哪一颗会长成，哪一颗不会长成，那么请对我说；我既不乞讨你们的恩惠，也不惧怕你们的憎恨。

女巫甲　祝福！

女巫乙　祝福！

女巫丙　祝福！

女巫甲　比麦克白低微，可是你的地位在他之上。

女巫乙　不像麦克白那样幸运，可是比他更有福。

女巫丙　你虽然不是君王，你的子孙将要君临一国。万福，麦克白和班戈！

女巫甲　班戈和麦克白，万福！

麦克白　且慢，你们这些闪烁其词的预言者，明白一点告诉我。西纳尔死了以后，我知道我已经晋封为葛莱密斯爵士；可是怎么会做起考特爵士来呢？考特爵士现在还活着，他的势力非常煊赫；至于说我是未来的君王，那正像说我是考特爵士一样难以置信。说，你们这种奇怪的消息是从什么地方来的？为什么你们要在这荒凉的旷野里用这种预言式的称呼使我们止步？说，我命令你们。（三女巫隐去）

班　戈　水上有泡沫，土地也有泡沫，这些便是大地上的泡沫。她们消失到什么地方去了？

麦克白　消失在空气之中，好像是有形体的东西，却像呼吸一样融化在风里去了。我倒希望她们再多留一会儿。

班　戈　我们正在谈论的这些怪物，果然曾经在这儿出现吗？还是因为我们误食了令人疯狂的草根，已经丧失了我们的理智？

麦克白　您的子孙将要成为君王。

班　戈　您自己将要成为君王。

麦克白　而且还要做考特爵士；她们不是这样说的吗？

班　戈　正是这样说的。谁来啦？

　　　　　洛斯及安格斯上。

洛　斯　麦克白，王上已经很高兴地接到了你的胜利的消息；当他听见你在这次征讨叛逆的战争中所表现的英勇的勋绩的时候，他简直不知道应当惊异还是应当赞叹，在这两种心理的交相冲突之下，他快乐得说不出话来。他又知道你在同一天之内，又在雄壮的挪威大军的阵地上出现，不因为你自己亲手造成的死亡的惨相而感到些微的恐惧。报信的人像密电一样接踵而至，异口同声地在他的面前称颂你的保卫祖国的大功。

安格斯　我们奉王上的命令前来，向你传达他的慰劳的诚意；我们的使命只是迎接你回去面谒王上，不是来酬答你的功绩。

洛　斯　为了向你保证他将给你更大的尊荣起见，他叫我替你加上考特爵士的称号；祝福你，最尊贵的爵士！这一个尊号是属于你的了。

班　戈　什么！魔鬼居然会说真话吗？

麦克白　考特爵士现在还活着；为什么你们要替我穿上借来的衣服？

安格斯　原来的考特爵士现在还活着，可是因为他自取其咎，犯了不赦的重罪，在无情的判决之下，将要失去他的生命。他究竟有没有和挪威人公然联合，或者曾经给叛党秘密的援助，或者同时用这两种手段来图谋颠覆他的祖国，我还不能确实知道；可是他的叛国的重罪，已经由他亲口供认，并且有了事实的证明，使他遭到了毁灭的命运。

麦克白　（旁白）葛莱密斯，考特爵士；最大的尊荣还在后面。（向洛斯、安格斯）谢谢你们的跋涉。（向班戈）她们叫我考特爵士，果然被她们说中了；您不希望您的子孙将来做君王吗？

班　戈　您要是果然相信了她们的话，也许做了考特爵士以后，还想把王冠攫到手里。可是这种事情很奇怪；魔鬼为了要陷害我们起见，往往故意向我们说真话，在小事情上取得我们的信任，然后在重要的关头我们便会坠入他的圈套。两位大人，让我对你们说句话。

麦克白　（旁白）两句话已经证实，这是我有一天将会跻登王座的幸运的预告。（向洛斯、安格斯）谢谢你们两位。（旁白）这种神奇的启示不会是凶兆，可是也不像是吉兆。假如它是凶兆，为什么用一句灵验的预言保证我未来的成功呢？我现在不是已经做了考特爵士了吗？假如它是吉兆，为什么那句话会在我脑中引起可怖的印象，使我毛发悚然，使我的心全然失去常态，怦怦地跳个不住呢？想象中的恐怖远过于实际上的恐怖；我的思想中不过偶然浮起了杀人的妄念，就已经使我全身震撼，心灵在疑似的猜测之中丧失了作用，把虚无的幻影认为真实了。

班　戈　瞧，我们的同伴想得多么出神。

麦克白　（旁白）要是命运将会使我成为君王，那么也许命运会替我加上王冠，用不着我自己费力。

班　戈　新的尊荣加在他的身上，就像我们穿上新衣服一样，在没有穿惯以前，总觉得有些不大适合身材似的。

麦克白　（旁白）无论事情怎样发生，最难堪的日子也会过去的。

班　戈　尊贵的麦克白，我们在等候着您的意旨。

麦克白　原谅我；我的迟钝的脑筋刚才偶然想起了一些已经忘记了的事情，两位大人，你们的辛苦已经铭刻在我的心版上，我每天都要把它翻开来诵读。让我们到王上那儿去。想一想最近发生的这些事情；等我们把一切详细考虑过了以后，再把各人的心里的意思彼此开诚相告吧。

班　戈　很好。

麦克白　现在暂时不必多说。来，朋友们。（同下）

第四场　福累斯　王宫中的一室

喇叭奏花腔。邓根、玛尔康、唐纳本、凌诺克斯及侍从等上。

邓　根　考特的死刑已经执行完毕了没有？监刑的人还没有回来吗？

玛尔康　陛下，他们还没有回来；可是我曾经和一个亲眼看见他死的人谈过话，他说他很坦白地供认他的叛逆，请求您宽恕他的罪恶，并且表示深切的悔恨。他的一生行事，从来不曾像他临终的时候那样值得钦佩；他抱着视死如归的态度，抛弃了他的最宝贵的生命，就像它是不足介意的琐屑一样。

邓　根　世上还没有一种方法，可以从一个人的脸上探察他的居心；他是我所曾经绝对信任的一个人。

麦克白，班戈，洛斯及安格斯上。

邓　根　啊，贤卿！我的忘恩负义的罪恶，刚才还重压在我的心头。你的功劳太超乎寻常了，飞得最快的报酬都追不上你；要是它再微小一点，那么也许我可以按照适当的名分，给你应得的感谢和酬劳，现在我只能这样说，一切的报酬都不能抵偿你的伟大的勋绩。

麦克白　为陛下尽忠效命，它的本身就是一种酬报。接受我们的劳力是陛下的名分，我们对于陛下的责任，正像子女和奴仆一样，为了尽我们的敬爱之忱，无论做什么事都是应该的。

邓　根　欢迎你回来；我已经开始把你栽培，我要努力使你繁茂。尊贵的班戈，你的功劳也不在他之下，让我把你拥抱在我的心头。

班　戈　要是我能够在陛下的心头生长，那收获是属于陛下的。

邓　根　我的洋溢在心头的盛大的喜乐，想要在悲哀的泪滴里隐藏它自己。吾儿，各位国戚，各位爵士，以及一切最亲近的人，我现在向你们宣布封我的长子玛尔康为肯勃兰亲王，他将来要继承我的王位；不仅是他一个人受到这样的光荣，广大的恩宠将要像繁星一样，照耀在每一个有功者的身上。陪我到殷佛纳斯去，让我再叨受一次盛情的招待。

麦克白　这是一个莫大的光荣；让我做一个前驱者，把陛下光降的喜讯先去报告我的妻子知道；现在我就此告辞了。

邓　根　我的尊贵的考特！

麦克白　（旁白）肯勃兰亲王！这是一块横在我的前途的阶石，我必须跳过这块阶石，否则就要颠仆在它的上面。星星啊，收起你们的火焰！不要让光亮照见我的黑暗幽深的欲望。眼睛啊，看看这双手吧；不管干下什么你都要敢于面对。（下）

邓　根　真的，尊贵的班戈；他的英勇真是非凡，我已经饱听人家对他的赞美，那对我就像是一桌盛筵。他现在先去预备款待我们了，让我们跟上去。真是一个无比的国戚。（喇叭奏花腔，众下）

第五场　殷佛纳斯　麦克白的城堡

麦克白夫人上，读信。

麦克白夫人　"她们在我胜利的那天迎接我；我从可靠的传说里知道，她们是具有超越凡俗的知识的。当我燃烧着热烈的欲望，想要向她们详细询问的时候，她们已经化为一阵风不见了。我正在惊奇不止，王上的使者就来了，他们都称我为'考特爵士'；那一个尊号正就是这些神巫用来称呼我的，而且她们还对我作这样的预示，说是'祝福，未来的君王！'我想我应该把这样的消息告诉你，我的最亲爱的有福同享的伴侣，好让你不至于因为对于你所将要得到的富贵一无所知，而失去了你所应该享有的欢欣。把它放在你的心头，再会。"你现在已经一身兼葛莱密斯和考特两个显爵，将来也会达到预言所告诉你的那样高位。可是我却为你的天性忧虑：它充满了太多的人情的乳臭，使你不敢采取最近的捷径；你希望做一个伟大的人物，你不是没有野心，可是你却缺少和那种野心相连属的奸恶；你希望用正直的手段，达到你的崇高的企图，一方面不愿玩弄机诈，一方面却要作非分的攫夺；你没有事后的追悔，却太多事前的顾忌，赶快回来吧，让我把我的精神倾注在你的耳中；命运和玄奇的力量分明已经准备把黄金的宝冠罩在你的头上，让我用舌尖的勇气，把那阻止你得到那顶王冠的一切障碍驱扫一空吧。

一使者上。

麦克白夫人 你带了些什么消息来？

使　者 王上今晚要到这儿来。

麦克白夫人 你在说疯话吗？主人是不是跟他在一起？要是在一起的话，一定会早就通知我们准备准备的。

使　者 禀夫人，这话是真的。我们的爵爷快要来了；我的一个伙伴比他早到了一步，他跑得气都喘不过来，好容易告诉了我这个消息。

麦克白夫人 好好看顾他；他带来了重大的消息。（使者下）报告邓根走进我这堡门来送死的乌鸦，它的叫声是嘶哑的。来，注视着人类恶念的魔鬼们！解除我的女性的柔弱，用最凶恶的残忍自顶至踵贯注在我的全身；凝结我的血液，不要让悔恨通过我的心头，不要让天性中的恻隐摇动我的狠毒的决议！来，你们这些杀人的助手，你们无形的躯体散满在空间，到处找寻为非作恶的机会，进入我的妇人的胸中，把我的乳水当作胆汁吧！来！阴沉的黑夜，用最昏暗的地狱中的浓烟罩住你自己，让我的锐利的刀瞧不见它自己切下的伤口，让青天不能从黑暗的重衾里探出头来，高喊着"住手，住手！"

麦克白上。

麦克白夫人 伟大的葛莱密斯！尊贵的考特！比葛莱密斯更伟大，比考特更尊贵的未来的统治者！你的信使我飞越蒙昧的现在，我已经感觉到未来的搏动了。

麦克白 我的最亲爱的爱人，邓根今晚要到这儿来。

麦克白夫人 什么时候回去呢？

麦克白 他预备明天回去。

麦克白夫人 啊！太阳永远不会见到那样一个明天。您的脸，我的爵爷，正像一本书，人们可以从那上面读到奇怪的事情。您要欺骗世人，必须装出和世人同样的神气；让您的眼睛里，您的手上，您的舌尖，随处流露着欢迎；让人家瞧您像一朵纯洁的花朵，可是在花瓣底下却有一条毒蛇潜伏。我们必须准备款待这位贵宾；您可以把今晚的大事交给我去办；凭此一举，我们今后就可以永远掌握君临万民的无上权威。

麦克白　我们还要商量商量。

麦克白夫人　泰然自若地抬起您的头来；恐惧往往是误事的根源。一切都在我的身上。（同下）

第六场　同前　城堡之前

高音笛奏乐。火炬前导；邓根、玛尔康、唐纳本、班戈、凌诺克斯、迈克特夫、洛斯、安格斯及侍从等上。

邓　根　这座城堡的位置很好；一阵阵温柔的和风轻轻地吹拂着我们微妙的感觉。

班　戈　这一个夏天的客人，巡礼庙宇的燕子，也在这里筑下了它的温暖的巢居，这可以证明这里的空气有一种诱人的香味；檐下梁间，墙头屋角，都是这鸟儿安置它的吊床和摇篮的地方，凡是它们生息繁殖之处，空气总是很甘美的。

麦克白夫人上。

邓　根　瞧，瞧，我们的尊贵的主妇！到处跟随我们的挚情厚爱，往往使我们窘于致谢。

麦克白夫人　我们的犬马微劳，即使加倍报效，比起陛下赐给我们的深恩广泽来，也还是不足挂齿的；我们只有燃起一瓣心香，为陛下祷祝上苍，报答陛下过去和新近加于我们的荣宠。

邓　根　考特爵士呢？我们想要追在他的前面，趁他没有到家，先替他设筵洗尘；不料他的骑马的本领十分了不得，他的一片忠心使他急如星火，帮助他比我们先到了一步。高贵贤淑的主妇，今天晚上我要做您的宾客了。

麦克白夫人　只要陛下吩咐，您的仆人们随时准备把他们自己和他们所有的一切捐献在陛下之前，抵偿他们对您所负的重债。

邓　根　把您的手给我；领我去见我的主人。我很敬爱他，我还要继续眷顾他。请了，夫人。（同下）

第七场　同前　城堡中一室

高音笛奏乐；室中遍燃火炬。一司膳及若干仆人持肴馔食具上，自台前经过。麦克白上。

麦克白　要是干了以后就完了，那么还是快一点干；要是凭着暗杀的手段，可以攫取美满的结果；要是这一刀砍下去，就可以完成一切，终结一切；要是我们就可以在这里跳过时间的浅濑，展开生命的新页。可是在这种事情上，我们往往可以看见冥冥中的裁判；教唆杀人的人，结果反而自己被人所杀；把毒药投入酒杯里的人，结果也会自己饮鸩而死。他到这儿来是有两重的信任：第一，我是他的亲戚，又是他的臣子，按照名分绝对不能干这样的事；第二，我是他的主人，应当保障他的身体的安全，怎么可以自己持刀行刺？而且，这个邓根秉性仁慈，处理国政，从来没有过失，要是把他杀死了，他的生前的美德，将要像天使一般发出喇叭一样清澈的声音，向世人昭告我的弑君重罪；怜悯像一个御气而行的天婴，将要把这可憎的行为揭露在每一个人的眼中，使眼泪淹没了叹息。没有一种力量可以鞭策我前进，可是我的跃跃欲试的野心，却不顾一切地驱着我去冒颠踬的危险。——

麦克白夫人上。

麦克白　啊！什么消息？

麦克白夫人　他快要吃好了；你为什么跑了出来？

麦克白　他没有问起我？

麦克白夫人　你不知道他问起过你吗？

麦克白　我们还是不要进行这一件事情。他最近给我极大的尊荣；我也好容易从各种人的嘴里博到了无上的美誉，我的名声现在正在发射最灿烂的光彩，不能这么快就把它丢弃了。

麦克白夫人　难道你把自己沉浸在里面的那种希望，只是醉后的妄想吗？它现在从一场睡梦中醒来，因为追悔自己的孟浪而吓得脸色这样苍白吗？从这一刻起，我要把你的爱情看作同样靠不住的东西。你不敢让你在自己的行为和勇气上跟你的欲望一致吗？你宁愿像一只畏首畏尾的猫儿，顾全你所认为生命的装饰品的名誉，不惜让你在自己眼中成为一个懦夫，让"我不敢"永远跟随在"我想要"的后面吗？

麦克白 请你不要说了。只要是男子汉的事，我都敢做；没有人比我有更大的胆量。

麦克白夫人 那么当初是什么畜生使你把这一种企图告诉我呢？是男子汉应当敢作敢为；要是你敢做你所不能做的事，那才更是一个男子汉。那时候无论时间和地点都不曾给你下手的方便，可是你却居然会决意实现你的愿望；现在你有了大好的机会，你又失去勇气了。我曾经哺乳过婴孩，知道一个母亲是怎样怜爱那吮吸她乳汁的子女；可是我会在他看着我的脸微笑的时候，从他的柔软的嫩嘴里摘下我的乳头，把他的脑袋砸碎，要是我也像你一样，曾经发誓下这样的毒手的话。

麦克白 假如我们失败了——

麦克白夫人 我们失败！只要你集中你的全副勇气，我们决不会失败。邓根赶了这一天辛苦的路程，一定睡得很熟；我再去陪他那两个侍卫饮酒作乐，灌得他们头脑昏沉，记忆化成了一阵烟雾，等他们烂醉如泥，像死猪一样睡去以后，我们不就可以把那毫无防卫的邓根随意摆布了吗？我们不是可以把这一件重大的谋杀罪案，推在他的酒醉的侍卫身上吗？

麦克白 愿你所生育的全是男孩子，因为你的无畏的精神，只应该铸造一些刚强的男性。要是我们在那睡在他寝室里的两个人身上涂抹一些血迹，而且就用他们的刀子，人家会不会相信真是他们干下的事？

麦克白夫人 等他的死讯传出以后，我们就假意装出号啕痛哭的样子，这样还有谁敢不相信？

麦克白 我的决心已定，我要用全身的力量，去干这件惊人的举动。去，有最美妙的外表把人们的耳目欺骗；奸诈的心必须罩上虚伪的笑脸。（同下）

莎士比亚悲剧集

第二幕

第一场　殷佛纳斯　堡中庭院

　　　　　班戈及弗利安斯上，一仆人执火炬前行。

班　戈　孩子，夜已经过了几更了？

弗利安斯　月亮已经下去；我还没有听见打钟。

班　戈　月亮是在十二点钟下去的。

弗利安斯　我想它要到十二点钟以后方才下去呢，父亲。

班　戈　把我的剑拿着。天上也讲究节俭，把灯烛一起熄灭了。把那个也拿着。催人入睡的疲倦，像沉重的铅块一样压在我的身上，可是我却一点也不想睡。慈悲的神明！抑制那些罪恶的思想，不要让它们潜入我的睡梦之中。

　　　　　麦克白上，一仆人执火炬随上。

班　戈　把我的剑给我。——那边是谁？

麦克白　一个朋友。

班　戈　什么，爵爷！还没有安息吗？王上已经睡了；他今天非常高兴，赏了你家仆人许多东西。这一颗金刚钻是他送给尊夫人的，他称她为最殷勤的主妇。无限的愉快笼罩着他的全身。

麦克白　我们因为事先没有准备，恐怕有许多招待不周的地方。

班　戈　好说好说。昨天晚上我梦见那三个女巫；她们对您所讲的话有几分应验。

麦克白　我没有想到她们；可是等我们有了工夫，不妨谈谈那件事，要是您愿意的话。

班　戈　悉如遵命。

麦克白　您听从了我的话，包您有一笔富贵到手。

班　戈　为了觊觎富贵而丧失荣誉的事，我是不干的；要是您有什么见教，只要不毁坏我的清白的忠诚，我都愿意接受。

麦克白　那么慢慢再说，请安息吧。

班　戈　谢谢；您也可以安息啦。（班戈、弗利安斯同下）

麦克白　去对太太说要是我的酒预备好了，请她打一下钟。你去睡吧。（仆人下）在我面前摇晃着，它的柄对着我的手的，不是一把刀子吗？来，让我抓住你。我抓不到你，可是仍旧看见你，不祥的幻象，你只是一件可视不可触的东西吗？或者你不过是一把想象中的刀子，从狂热的脑筋里发出来的虚妄的疑为"异爱"？我仍旧看见你，你的形状正像我现在拔出的这一把刀子一样明显。你指示着我所要去的方向，告诉我应当用什么利器。我的眼睛倘不是受了其他知觉的愚弄，就是兼领了一切感官的机能。我仍旧看见你；你的刃上和柄上还流着一滴一滴刚才所没有的血。没有这样的事；杀人的恶念使我看见这种异象。现在在半个世界上，大自然似乎已经死去，罪恶的梦境扰乱着平和的睡眠，作法的女巫在向惨白的赫凯提献祭；形容枯瘦的杀人犯，听到了替他巡风的豺狼的嗥声，像一个鬼似的向他的目的地蹑足跨步前进。坚固结实的大地啊，不要听见我的脚步声音，知道它们是到什么地方去的，我怕路上的砖石会泄漏了我的行踪。我正在这儿威胁他的生命，他却在那儿活得好好的；在紧张的行动中间，言语不过是一口冷气。（钟声）我去，就这么干；钟声在招引我，不要听它，邓根，这是召唤你上天或者下地狱的丧钟。（下）

第二场　同前

麦克白夫人上。

麦克白夫人　酒把他们醉倒了，却提起了我的勇气；浇熄了他们的馋焰，却燃起了我心头的烈火。听！不要响！这是夜枭的啼声，它正在鸣着丧钟，向人道凄厉的晚安。他在那儿动手了。门都开着，那两个醉饱的侍卫用鼾声代替他们的守望；我曾经在他们的乳酒里放下麻药，瞧他们熟睡的样子，简直分别不出他们是活人还是死人。

麦克白　（在内）那边是谁？喂！

麦克白夫人　哎哟！我怕他们已经醒过来了，这件事情还没有办好；不是行为的本身，是我们的企图毁了我们。听！我把他们的刀子都放好了；他不会找不到的。倘不是我看他睡着的样子活像我的父亲，我早就自己动手了。我的丈夫！

麦克白上。

麦克白　我已经把事情办好了。你没有听见一个声音吗？

麦克白夫人　我听见枭啼和蟋蟀的鸣声。你没有讲过话吗？

麦克白　什么时候？

麦克白夫人　刚才。

麦克白　我下来的时候吗？

麦克白夫人　嗯。

麦克白　听！谁睡在隔壁的房间里？

麦克白夫人　唐纳本。

麦克白　（视手）好惨！

麦克白夫人　别发傻，惨什么。

麦克白　一个人在睡梦里大笑，还有一个人喊"杀人啦！"他们把彼此惊醒了；我站定听他们；可是他们念完祷告，又睡着了。

麦克白夫人　那一间是睡了两个。

麦克白　一个喊"上帝保佑我们！"一个喊"阿门！"好像他们看见我高举这一双杀人的血手似的。听着他们惊慌的口气，当他们说过了"上帝保佑我们"以后，我想要说"阿门"，却怎么也说不出来。

麦克白夫人　不要把它放在心上。

麦克白　可是我为什么说不出"阿门"两个字来呢？我才是最需要上帝垂恩的，可是"阿门"两个字却哽在我的喉头。

麦克白夫人　我们干这种事，不能尽往这方面想下去；这样想着是会使我们发疯的。

麦克白　我仿佛听见一个声音喊着："不要再睡了！麦克白已经杀害了睡眠。"那清白的睡眠，把忧虑的乱丝编织起来的睡眠，那日常的死亡，疲劳者的沐浴，受伤的心灵的油膏，大自然的最丰盛的肴馔，生命的盛筵上主要的营养——

麦克白夫人　你这种话是什么意思？

麦克白　那声音继续向全屋子喊着："不要再睡了！葛莱密斯已经杀害了睡眠，所以考特将不再得到睡眠，麦克白将不再得到睡眠！"

麦克白夫人　谁喊着这样的话？唉，我的爵爷，您这样胡思乱想，是会妨害您的健康的。去拿些水来，把您手上的血迹洗净。为什么您把这两把刀子带了来？它们应该放在那边。把它们拿回去，涂一些血在那两个熟睡的侍卫身上。

麦克白　我不高兴再去了；我不敢回想刚才所干的事，更没有胆量再去看它一眼。

麦克白夫人　意志动摇的人！把刀子给我。睡着的人和死了的人不过和画像一样；只有小儿的眼睛才会害怕画中的魔鬼。要是他还流着血，我就把它涂在那两个侍卫的脸上；因为我们必须让人家瞧着是他们的罪恶。

（下。内敲门声）

麦克白　那打门的声音是从什么地方来的？究竟是怎么一回事，一点点的声音都会吓得我心惊肉跳？这是什么手！吓！它们要挖出我的眼睛，大洋里所有的水，能够洗净我手上的血迹吗？不，恐怕我这一手的血，倒要把一碧无垠的海水染成一片殷红呢。

麦克白夫人重上。

麦克白夫人　我的两手也跟你的同样颜色了，可是我的心却不像你这样惨白。（内敲门声）我听见有人打着南面的门；让我们回到自己房间里去；一点点的水就可以替我们泯除痕迹；不是很容易的事吗？您的魄力不知道到哪儿去了。（内敲门声）听！又在那儿打门了。披上你的睡衣，也许人家会来找我们，不要让他们看见我们还不睡觉。别这样傻头傻脑地呆想了。

麦克白　要知道我所干的事，最好还是不要知道我自己。（内敲门声）用你打门的声音把邓根惊醒了吧！我希望你能够惊醒他！（同下）

莎士比亚悲剧集

第三场　同前

内敲门声。一司阍上。

司　阍　门打得这样厉害！要是一个人在地狱里做了管门人；就是拔闩开锁这一件事也足够他办得了。（内敲门声）敲，敲，敲！凭着魔鬼的名义，谁在那儿？一定是什么乡下人，因为久盼丰收而自缢身死；赶快进来吧，多预备几方餐巾；这儿有的是大鱼大肉，你流着满身的臭汗也吃不完呢。（内敲门声）敲，敲！凭着还有一个魔鬼的名字，是谁在那儿？哼，一定是什么讲起话来暧昧含糊的家伙，他会同时站在两方面，一会儿帮着这个骂那个，一会儿帮着那个骂这个；他曾经为了上帝的缘故，干过不少亏心事，可是他那条暧昧含糊的舌头却不能把他送上天堂去。啊！进来吧，暧昧含糊的家伙。（内敲门声）敲，敲，敲！谁在那儿？哼，一定是什么英国的裁缝，要想到这儿来从一条法国的裤子里偷些什么回去。进来吧，裁缝；你可以在这儿烧你的烙铁。（内敲门声）敲，敲；敲个不停！你是什么人？你要进地狱，这儿太冷呢。我再也不想做这鬼看门人了。我倒很想放进几个各色各种的人来，让他们经过酒池肉林，一直到刀山火焰上去。（内敲门声）来了，来了！请你记着我这看门的人。（开门）迈克特夫及凌诺克斯上。

迈克特夫　朋友，你是不是睡得太晚了，所以睡到现在还爬不起来？

司　阍　不瞒您说，大人，我们昨天晚上喝酒，一直闹到第二天鸡啼哩；喝酒这一件事，大人，最容易引起三件事情。

迈克特夫　是哪三件事情？

司　阍　呃，大人，打架、睡觉和撒尿。它也会挑起淫欲，可是喝醉了酒的人，干起这种事情来是一点不中用的。

迈克特夫　你的主人起来了没有？

麦克白上。

迈克特夫　我们打门把他吵醒了；他来了。

凌诺克斯　早安，爵爷。

麦克白　两位早安。

迈克特夫　爵爷，王上起来了没有？

麦克白　还没有。

迈克特夫　他叫我一早就来叫他；我几乎误了时间。

麦克白　我带您去看他。

迈克特夫　我知道这是您乐意干的事，可是有劳您啦。

麦克白　我们喜欢的工作，可以使我们忘记劳苦。这门里就是。

迈克特夫　那么我就冒昧进去了，因为我奉有王上的命令。（下）

凌诺克斯　王上今天就要走吗？

麦克白　是的，他已经这样决定了。

凌诺克斯　昨天晚上刮着很厉害的暴风，我们住的地方，烟囱都给吹了下来；他们还说空中有哀哭的声音，有人听见奇怪的死亡的惨叫，还有人听见一个可怕的声音，预言着将要有一场绝大的纷争和混乱，降临在这不幸的时代。不知名的怪鸟整整地吵了一个漫漫的长夜；有人说大地都发热而战抖起来了。

麦克白　果然是一个可怕的晚上。

凌诺克斯　我的年轻的经验里唤不起一个同样的回忆。

　　　　　　　迈克特夫重上。

迈克特夫　啊，可怕！可怕！可怕！不可言说、不可想象的恐怖！

麦克白、凌诺克斯　什么事？

迈克特夫　混乱已经完成了他的杰作！大逆不道的凶手打开了上帝的圣殿，把它的生命偷了去了！

麦克白　你说什么？生命？

凌诺克斯　你是说陛下吗？

迈克特夫　到他的寝室里去，让一幕惊人的惨剧昏眩了你们的视觉吧。不要向我追问；你们自己去看了再说。（麦克白、凌诺克斯同下）醒来！醒来！敲起警钟来。杀了人啦！有人在谋反啦！班戈！唐纳本！玛尔康！醒来！不要贪恋温柔的睡眠，那只是死亡的假象，瞧一瞧死亡的本身吧！起来，起来，瞧瞧世界末日的影子！玛尔康！班戈！像鬼魂从坟墓里起来一般，过来瞧瞧这一幕恐怖的景象吧！把钟敲起来！（钟鸣）

　　　　　　　麦克白夫人上。

麦克白夫人　为什么要吹起这样凄厉的号角，把全屋子睡着的人唤醒？说，说！

迈克特夫　啊，好夫人！我不能让您听见我嘴里的消息，它一进到妇女的耳朵里，是比利剑还要难受的。

　　　　班戈上。

迈克特夫　啊，班戈！班戈！我们的主上给人谋杀了！

麦克白夫人　哎哟！什么！在我们的屋子里吗？

班　戈　无论什么地方，都是太惨了。好特夫，请你收回你刚才说过的话，告诉我们没有这么一回事。

　　　　麦克白及凌诺克斯重上。

麦克白　要是我在这件变故发生以前一小时死去，我就可以说是活过了一段幸福的时间；因为从这一刻起，人生已经失去它的严肃的意义，一切都不过是儿戏；荣名和美德已经死了，生命的美酒已经喝完，剩下来的只是一些无味的渣滓。

　　　　玛尔康及唐纳本上。

唐纳本　出了什么乱子了？

麦克白　你们还没有知道你们重大的损失；你们的血液的源泉已经切断了，你们的生命的根本已经切断了。

迈克特夫　你们的父王给人谋杀了。

玛尔康　啊！给谁谋杀的？

凌诺克斯　瞧上去是睡在他房间里的那两个家伙干的事；他们的手上脸上都是血迹；我们从他们的枕头底下搜出了两把刀，刀上的血迹也没有揩掉；他们的神色惊惶万分；谁也不能把他自己的生命信托给这种家伙。

麦克白　啊！可是我后悔一时鲁莽，把他们杀了。

迈克特夫　你为什么杀了他们？

麦克白　谁能够在惊愕之中保持冷静，在盛怒之中保持镇定，在激于忠愤的时候，保持他的不偏不倚的精神？世上没有这样的人吧。我的理智来不及控制我的愤激的忠诚。这儿躺着邓根，他的白银的皮肤上镶着一缕缕黄金的宝血，他的创巨痛深的伤痕张开了裂口，像是一道道毁灭的门户；那边站着这两个凶手，身上浸润着他们罪恶的颜色，他们的刀上凝结着刺目的血块；只要是一个尚有几分忠心的人，谁不要怒火中烧，替他的主子报仇雪恨？

麦克白夫人　啊，什么人来扶我进去！

迈克特夫 快来照料夫人。

玛尔康 （向唐纳本旁白）这是跟我们切身相关的事情，为什么我们一言不发？

唐纳本 （向玛尔康旁白）我们身陷危境，不可测的命运随时都会吞噬我们，还有什么话好说呢？去吧，我们的眼泪现在还只在心头酝酿呢。

玛尔康 （向唐纳本旁白）我们的沉重的悲哀也还没有阻碍了我们的行动。

班 戈 照料这位夫人。（侍从扶麦克白夫人下）等我们把自然流露出来的无掩饰的弱点收藏起来以后，让我们举行一次会议，详细彻查这一件最残酷的血案的真相。恐惧和疑虑使我们惊慌失措；站在上帝的伟大的指导之下，我一定要从尚未揭发的假面具下面，探出叛逆的阴谋，和它作殊死的奋斗。

迈克特夫 我也愿意作同样的宣告。

众 人 我们也都抱着同样的决心。

麦克白 让我们赶快振起我们刚强的精神，大家到厅堂里商议去。

众 人 很好。（除玛尔康、唐纳本均下）

玛尔康 你预备怎么办？我们不要跟他们在一起。假装一副悲哀的脸，是每一个奸人的拿手好戏。我要到英国去。

唐纳本 我到爱尔兰去；我们两人各奔前程；对于彼此都是比较安全的办法。我们现在所在的地方，人们的笑脸里都暗藏着利刃，越是跟我们血统相近的人，越是想喝我们的血。

玛尔康 杀人的利箭已经射出，可是还没有落下，避过它的目标是我们唯一的活路。所以赶快上马吧；让我们不要斤斤于告别的礼貌，趁着有便就溜出去；明知没有网开一面的希望，就该及早逃避弋人的罗网。（同下）

第四场　同前　城堡外

洛斯及一老翁上。

老 翁 我已经活了七十个年头，惊心动魄的日子也经过得不少，稀奇古怪的事情也看到过不少，可是像这样可怕的夜晚，却还是第一次遇见。

洛 斯 啊！好老人家，你看上天好像恼怒人类的行为，在向这流血的舞台发出恐吓。照钟上现在应该是白天了，可是黑夜的魔手却把那盏在天空中运行的明灯遮蔽得不露一丝光亮。难道黑夜已经统治一切，还是因为白昼不好意思抬起头来，所以在这应该有阳光遍吻大地的时候，地面上却被无边的黑暗笼罩？

老　翁　这种现象完全是反常的，正像那件惊人的血案一样。在上星期二那天，有一头雄踞在高岩上的猛鹰，被一只鸱鸮飞来把它啄死。

洛　斯　还有一件非常惊异可是十分确实的事情，邓根有几匹躯干俊美、举步如飞的骏马，的确是不可多得的良种，忽然野性大发，撞破了马棚，冲了出来，倔强得不受羁勒，好像要向人类挑战似的。

老　翁　据说它们还彼此相食。

洛　斯　是的，我亲眼看见这种事情，简直不敢相信自己的眼睛，迈克特夫来了。
　　　　迈克特夫上。

洛　斯　世界现在变得怎么样啦？

迈克特夫　啊，您没有看见吗？

洛　斯　有没有知道谁干了这件残酷得超乎寻常的行为？

迈克特夫　就是那两个给麦克白杀死了的家伙。

洛　斯　唉！他们干了这件事可以希望得到什么好处呢？

迈克特夫　他们一定受人的教唆。玛尔康和唐纳本，王上的两个儿子，已经偷偷地逃走了，这使他们也蒙上了嫌疑。

洛　斯　那更加违反人情了！反噬自己的命根，这样的野心会有什么好结果呢？看来大概王位要让麦克白登上去了。

迈克特夫　他已经受到推举，现在到斯贡即位去了。

洛　斯　邓根的尸体在什么地方？

迈克特夫　已经抬到戈姆基尔，他的祖先的陵墓上。

洛　斯　您也要到斯贡去吗？

迈克特夫　不，大哥，我还是到费辅去。

洛　斯　好，我要到那里去看看。

迈克特夫　好，但愿您看见那里的一切都是好好的，再会！怕只怕我们的新衣服不及旧衣服舒服哩！

洛　斯　再会，老人家。

老　翁　上帝祝福您，也祝福那些把恶事化成善事，把仇敌化为朋友的人们！
　　　　（各下）

第三幕

第一场　福累斯　王宫中一室

班戈上。

班　戈　你现在已经如愿以偿了：国王、考特、葛莱密斯，一切符合女巫们的预言；你得到这种富贵的手段恐怕不大正当；可是据说你的王位不能传及子孙，我自己却要成为许多君王的始祖。她们的话既然已经在你麦克白身上应验，那么难道不也会成为对我的启示，使我对未来发生希望吗？可是闭口！不要多说了。

喇叭奏花腔。麦克白王冠王服；麦克白夫人后冠后服；凌诺克斯、洛斯、贵族、贵妇、侍从等上。

麦克白　这儿是我们主要的上宾。

麦克白夫人　要是忘记了请他，那就要成为我们盛筵上的绝大的遗憾，一切都要显得寒碜了。

麦克白　将军，我们今天晚上要举行一次隆重的宴会，请你千万出席。

班　戈　谨遵陛下命令；我的忠诚永远接受陛下的使唤。

麦克白　今天下午你要骑马去吗？

班　戈　是的，陛下。

麦克白　否则我很想请你参加我们今天的会议，贡献我们一些良好的意见，你的老谋深算，我是一向佩服的；可是我们明天再谈吧。你要骑到很远的地方吗？

班　戈　陛下，我想尽量把从现在起到晚餐时候为止这一段时间在马上消磨过去；要是我的马不跑得快一些，也许要到天黑以后一两小时才能回来。

麦克白　不要误了我们的宴会。

班　戈　陛下，我一定不失约。

麦克白　我听说我那两个凶恶的王侄已经分别到英国和爱尔兰，他们不承认他们的残酷的弑父重罪，却到处向人传播离奇荒谬的谣言；可是我们明天再谈吧，有许多重要的国事要等候我们两人共同处理呢，请上马吧；等你晚上回来的时候再会。弗利安斯也跟着你去吗？

班　戈　是，陛下；时间已经不早，我们就要去了。

麦克白　愿你快马飞驰，一路平安，再见。（班戈下）大家请便，各人去干各人的事，到晚上七点钟再聚首吧。为要更能领略到嘉宾满堂的快乐起见，我在晚餐以前，预备一个人独自静息静息；愿上帝和你们同在！（除麦克白及侍从一人外均下）喂，问你一句话。那两个人是不是在外面等候着我的旨意？

侍　从　是，陛下，他们就在宫门外面。

麦克白　带他们进来见我。（侍从下）单单做到了这一步还不算什么，总要把现状确定巩固起来才好。我对于班戈怀着深切的恐惧，他的高贵的天性中有一种使我生畏的东西；他是个敢作敢为的人，在他的无畏的精神上，又加上深沉的智虑，指导他的大勇在确有把握的时机行动。除了他以外，我什么人都不怕，只有他的存在却使我惴惴不安；据说安东尼在恺撒的手下，他的天才完全被恺撒所埋没，我在他的雄才大略之下，情形也是这样。当那些女巫们最初称我为王的时候，他呵斥她们，叫她们对他说话；她们就像先知似的说他的子孙将相继为王，她们把一顶没有后嗣的王冠戴在我的头上，把一根没有人继承的御杖放在我的手里，然后再从我的手里夺去。要是果然是这样，那么我玷污了我的手，只是为了班戈后裔的好处；我为了他们暗杀了仁慈的邓根；为了他们良心上负着重大的罪疚和不安；我把我的永生的灵魂给了人类的公敌，只是为使他们可以登上王座，使班戈的种子登上王座！不，我不能忍受这样的事，宁愿接受命运的挑战！是谁？

侍从率二刺客重上。

麦克白　你现在到门口去，等我叫你再进来。（侍从下）我们不是在昨天谈过话吗？

刺客甲　回陛下的话，正是昨天。

麦克白 那么好,你们有没有考虑过我的话?你们知道从前都是因为他的缘故,使你们屈身微贱,虽然你们却错怪到我的身上。在上次我们谈话的中间,我已经把这一点向你们说明白了,我用确凿的证据,指出你们怎样被人操纵愚弄,怎样受人牵制压抑,人家对你们是用怎样的手段,这种手段的主动者,以及一切其他的种种,都可以使一个半痴的疯癫的人恍然大悟地说:"这些都是班戈干的事。"

刺客甲 我们已经蒙陛下开示过了。

麦克白 是的,而且我还要更进一步,这就是我们今天第二次谈话的目的。你们难道有那样的好耐性,能够忍受这样的屈辱吗?他的铁手已经快要把你们压下坟墓里去,使你们的子孙永远做乞丐,难道你们所受到的教诲,却还要叫你们替这个好人和他的子孙祈祷吗?

刺客甲 陛下,我们是人总有人气。

麦克白 嗯,你们也是算作人类的,正像家狗、野狗、猎狗、巴儿狗、狮子狗、杂种狗、癞皮狗,统称为狗一样;它们有的灵敏,有的迟钝,有的狡猾,有的可以看门,有的可以打猎,各自按照造物赋予它们的本能而分别价值的高下,在广泛的总称之上,得到特殊的名号;人类也是一样。要是你们在人类的行列之中,并不属于最卑劣的一级,那么说吧,我就可以把一件事情信托你们,你们照我的话干了以后,不但可以除去你们的仇人,而且还可以永远受我的眷宠;他一天活在世上,我的心病一天不能痊愈。

刺客乙 陛下,我久受世间无情的打击和虐待,为了向这世界发泄我的怨恨起见,我什么事都愿意干。

刺客甲 我也这样,一次次的灾祸逆运使我厌倦于人世,我愿意拿我的生命去赌博,或者从此交上好运,或者了结我的一生。

麦克白 你们两人都知道班戈是你们的仇人。

刺客乙 是的,陛下。

麦克白 他也是我的仇人;而且他是我的肘腋之患,他的存在每一分钟都威胁着我的生命的安全;虽然我可以老实不客气地动用我的权力,把他从我的眼睛扫去,而且这样做在我的良心上并没有使我不安的地方,可是我却还是不能就这么干,因为他有几个朋友同时也是我的朋友,我不能招致他们的反感,即使我亲手把他打倒,也必须假意为他的灭亡悲泣；所以我只好借重你们两人的助力，为了许多重要的理由，把这件事情遮过一般人的眼睛。

刺客乙 陛下，我们一定照您的命令做去。

刺客甲 即使我们的生命——

麦克白 你们的勇气已经充分透露在你们的神情之间。最迟在这一小时之内，我就可以告诉你们在什么地方埋伏，在什么时间动手；因为这件事情一定要在今晚干好，而且要离开王宫远一些，你们必须记住不能把我牵涉在内；同时为了免得留下形迹起见，你们还要把跟在他身边的他的儿子弗利安斯也一起杀了，他们父子俩人的死，对于我是同样重要的，必须让他们同时接受黑暗的命运。你们先下去决定一下；我就来看你们。

刺客乙 我们已经决定了，陛下。

麦克白 我立刻就会来看你们；你们进去等一会儿。（二刺客下）班戈，你的命运已经决定，你的灵魂要是找得到天堂的话，今天晚上你就该找到了。（下）

第二场　同前　王宫中另一室

麦克白夫人及一仆人上。

麦克白夫人 班戈已经离开宫廷了吗？

仆　人 是，娘娘，可是他今天晚上就要回来的。

麦克白夫人 你去对王上说，我要请他允许我跟他说几句话。

仆　人 是，娘娘。（下）

麦克白夫人 费尽了一切，结果还是一无所得，我们的目的虽然达到，却一点不感觉满足。要是用毁灭他人的手段，使自己置身在充满疑虑的欢娱里，那么还不如那被我们所害的人，倒落得无忧无虑。

麦克白上。

麦克白夫人 啊，我的主！您为什么一个人孤零零的，让最悲哀的幻想做您的伴侣，把您的思想念念不忘地集中在一个已死者的身上？没有挽回的事，只好听其自然；事情干了就算了。

麦克白　我们不过刺伤了蛇身，却没有把它杀死，它的伤口会慢慢平复过来，再用它的原来的毒牙向我们复仇。可是让一切秩序完全解体，让活人死人都去受罪吧，为什么我们要在忧虑中进餐，在每夜使我们惊恐的噩梦的谴弄中睡眠呢？我们为了希求自身的平安，把别人送下坟墓里去享受永久的平安，可是我们的心灵却把我们折磨得没有一刻平静的安息，使我们觉得还是跟已死的人在一起，倒要幸福得多了。邓根现在睡在他的坟墓里；经过了一场人生的热病，他现在睡得好好的，叛逆已经对他施过最狠毒的伤害，再没有刀剑、毒药、内乱、外患，可以加害于他了。

麦克白夫人　算了算了，我的好丈夫，把您的烦恼的面孔收起；今天晚上您必须和颜悦色地招待您的客人。

麦克白　正是，爱人；你也要这样。尤其请你对班戈曲意殷勤，用你的眼睛和舌头给他特殊的荣宠。我们的地位现在还没有巩固，必须把我们的尊严濡染在这种谄媚的流水里，用我们的外貌遮掩着我们的内心，不要给人家窥破。

麦克白夫人　您不要多想这些了。

麦克白　啊！我的头脑里充满着蝎子，亲爱的妻子；你知道班戈和他的弗利安斯尚在人间。

麦克白夫人　可是他们并不是长生不死的。

麦克白　那还可以给我几分安慰，他们是可以侵害的；所以你快乐起来吧。在蝙蝠完成它黑暗中的飞翔以前，在振翅而飞的甲虫应答着赫凯提的呼召，用嗡嗡的声音摇响催眠的晚钟以前，将要有一件可怕的事情干完。

麦克白夫人　是什么事情？

麦克白　你暂时不必知道，最亲爱的宝贝，等事成以后，你再鼓掌称快吧。来，使人盲目的黑夜，遮住可怜的白昼的温柔的眼睛，用你的无形的毒手，撕毁那使我困顿的重大的束缚吧！天色在蒙眬起来，乌鸦都飞回到昏暗的林中；一天的好事开始沉沉睡去，黑夜的罪恶的使者却在准备攫捕他们的猎物。我的话使你惊奇，可是不要说话；以不义开始的事情，必须用罪恶使它强固，跟我来。（同下）

莎士比亚悲剧集

第三场　同前　苑囿　有一路通王宫

三刺客上。

刺客甲　可是谁叫你来帮我们的？

刺客丙　麦克白。

刺客乙　他不必不信任我们，他已经把我们的任务和怎样动手的方法都指示给我们了。

刺客甲　那么就跟我们站在一起吧。西方还闪耀着一线白昼的余晖；晚归的行客现在快马加鞭，要来找寻宿处了；我们守候的目标已经在那儿向我们走近。

刺客丙　听！我听见马蹄声。

班　戈　（在内）喂，给我们一个火！

刺客乙　一定是他；别的客人们都已经到了宫里了。

刺客甲　他的马在兜圈子。

刺客丙　差不多有一英里路；可是他正像许多人一样，常常把从这儿到宫门口的这一条路作为他们的跑道。

刺客乙　一个火，一个火！

刺客丙　是他。

刺客甲　站好。

班戈及弗利安斯持火炬上。

班　戈　今晚恐怕要下雨。

刺客甲　让它下吧。（刺客等向班戈攻击。）

班　戈　啊，阴谋！快逃，好弗利安斯，逃，逃，逃！你也许可以替我报仇。啊奴才！（死。弗利安斯逃去。）

刺客丙　谁把火灭了？

刺客甲　不应该灭火吗？

刺客丙　只有一个人倒下；那儿子逃去了。

刺客乙　我们工作的重要的一部分失败了。

刺客甲　好。我们回去报告我们的结果吧。（同下）

第四场　同前　王宫中的大厅

厅中陈设筵席。麦克白、麦克白夫人、洛斯、凌诺克斯、群臣及侍从等上。

麦克白　大家按着各人自己的品级坐下来，总而言之一句话，我竭诚欢迎你们。

群　臣　谢谢陛下的恩典。

麦克白　我自己将要跟你们在一起，做一个谦恭的主人，我们的主妇现在还保持着她的尊严，可是我就要请她对你们殷勤招待。

麦克白夫人　陛下，请您替我向我们所有的朋友们表示我的欢迎的诚意吧。

刺客甲上，至门口。

麦克白　瞧，他们用诚意的感谢答复你了；两方面已经各得其所。我将要在这儿中间坐下来。大家不要拘束，乐一个畅快；等会儿我们就要合席痛饮一巡。（至门口）你的脸上有血。

刺客甲　那么它是班戈的。

麦克白　我宁愿你站在门外，不愿他置身室内。你们已经把他结果了吗？

刺客甲　陛下，他的咽喉已经割破了；这是我干的事。

麦克白　你是一个最有本领的杀人犯；可是谁杀死了弗利安斯，也一样值得夸奖；要是你也把他杀了，那你才是一个无比的好汉。

刺客甲　陛下，弗利安斯逃走了。

麦克白　我的心病本来可以痊愈，现在它又要发作了；我本来可以像大理石一样完整，像岩石一样坚固，像空气一样广大自由，现在我却被恼人的疑惑和恐惧所包围拘束。可是班戈已经死了吗？

刺客甲　是，陛下；他安安稳稳地躺在一条泥沟里，他的头上刻着二十道伤痕，最轻的一道也可致他死命。

麦克白　谢天谢地，大蛇躺在那里；那逃走了的小虫，将来会用它的毒液害人，可是现在它的牙齿还没有长成。走吧，明天再来听候我的旨意。（刺客甲下）

麦克白夫人　陛下，您还没有劝过客；宴会上倘没有主人的殷勤招待，使大家都能客至如归，那就会使合席失去了兴致的。

麦克白 亲爱的，不是你提起，我几乎忘了！来，请放量醉饱吧，愿各位胃纳
健旺，身强力壮！

凌诺克斯 陛下请安坐。

班戈鬼魂上；坐在麦克白座上。

麦克白 要是班戈在座，那么全国的英俊，真可以说是荟集于一堂了；我宁愿
因为他的疏怠而嗔怪他，不愿因为他遭到什么意外而为他惋惜。

洛　斯 陛下，他今天失约不来，是他自己的过失。请陛下上坐，让我们叨陪
末席。

麦克白 席上已经坐满了。

凌诺克斯 陛下，这儿是给您留着的一个位置。

麦克白 什么地方？

凌诺克斯 这儿，陛下。什么事情使陛下这样变色？

麦克白 你们哪一个人干了这件事？

群　臣 什么事，陛下？

麦克白 你不能说这是我干的事；别这样对我摇着你的染着血的头发。

洛　斯 各位大人，起来，陛下病了。

麦克白夫人 坐下，尊贵的朋友们，王上常常这样，他从小就有这种毛病。请
各位安坐吧；他的癫狂不过是暂时的，一会儿就会好起来。要是你们
太注意了他，他也许会动怒，发起狂来更加厉害；尽管自己吃喝，不
要理他吧。你是一个男子吗？

麦克白 哦，我是一个堂堂男子，可以使魔鬼胆裂的东西，我也敢正眼瞧着它。

麦克白夫人 啊，这才说得不错！这不过是你的恐惧所描绘出来的一幅图画；
正像你所说的那柄引导你去行刺邓根的空中的匕首一样。啊！要是在
冬天的火炉旁，听一个妇女讲述她的老母告诉她的故事的时候，那么
这种情绪的冲动、恐惧的伪装，倒是非常合适的。你为什么扮这样的
鬼脸？你瞧着的不过是一张凳子罢了。

麦克白 你瞧那边！瞧！瞧！瞧！你怎么说？哼，我什么都不在乎。要是你会
点头，你也应该会说话。要是殡舍和坟墓必须把我们埋葬了的人送回
世上，那么我们的坟墓都要变成鸢鸟的胃囊了。（鬼魂隐去。）

麦克白夫人 什么！你发了疯，把你的男子气都失掉了吗？

麦克白 要是我现在站在这儿，那么刚才我明明瞧见他。

麦克白夫人　啐！不害羞吗？

麦克白　在人类不曾制定的法律，保障公众福利以前的古代，杀人流血是不足为奇的事，即使在有了法律以后，惨不忍闻的谋杀事件，也随时发生。从前的时候，一刀下去，当场毙命，事情就这样完结了；可是现在他们却会从坟墓中起来，他们的头上戴着二十件谋杀的重罪，把我们推下座位。这种事情是比这样一件谋杀案更奇怪的。

麦克白夫人　陛下，您的尊贵的朋友们都因为您不去陪他们而十分扫兴哩。

麦克白　我忘了。不要对我惊诧，我的最尊贵的朋友们；我有一种怪病，认识我的人都知道那是不足为奇的。来，让我们用这一杯酒表示我们的同心永好，祝各位健康！你们干了这一杯，我就坐下。给我拿些酒来，倒得满满的。我为今天在座众人的快乐，还要为我们亲爱的缺席的朋友班戈尽此一杯；要是他也在这儿就好了！来，大家请干杯。

群　臣　敢不从命。

　　　　　鬼魂重上。

麦克白　去！离开我的眼前！让土地把你藏匿了！你的骨髓已经枯竭，你的血液已经凝冷；你那向人瞪着的眼睛也已经失去了光彩。

麦克白夫人　各位大人，这不过是他的旧病复发，没有什么别的缘故；害各位扫兴，真是抱歉得很。

麦克白　别人敢做的事，我都敢：无论你用什么形状出现，像粗暴的俄罗斯大熊也好，像披甲的犀牛、舞爪的猛虎也好，只要不是你现在的样子，我的坚定的神经决不会起半分战栗；或者你现在死而复活，用你的剑向我挑战，要是我会惊惶胆怯，那么你就可以宣称我是一个少女怀抱中的婴孩。去，可怕的影子！虚妄的揶揄，去！（鬼魂隐去）吓，他一去，我的勇气又恢复了。请你们安坐吧。

麦克白夫人　你这样疯疯癫癫的，已经打断了众人的兴致，扰乱了今天的良会。

麦克白　世上会有这种事情，像一朵夏天的黑云遮在我们的头上，怎么不叫人吃惊呢？我吓得面无人色，你们眼看着这样的怪象，你们的脸上却仍然保持着天然的红润，这才怪哩。

洛　斯　什么怪象，陛下？

麦克白夫人　请您不要对他说话；他越来越疯了；你们多问了他，他会动怒的。对不起，请各位还是散席了吧；大家不必推先让后，请立刻就去，晚安！

凌诺克斯　晚安，愿陛下早复健康！

麦克白夫人　各位晚安！（群臣及侍从等下）

麦克白　他们说，流血是免不了的；流血必须引起流血。据说石块曾经自己转动，树木曾经开口说话；鸦鹊的鸣声里曾经泄露过阴谋作乱的人。夜过去了多少了？

麦克白夫人　差不多到了黑夜和白昼的交界，分别不出谁是谁来。

麦克白　迈克特夫藐视王命，拒不奉召，你看怎么样？

麦克白夫人　你有没有差人去叫过他？

麦克白　我偶然听人这么说；可是我要差人去唤他。他们这一批人家里谁都有一个被我买通的仆人，替我窥探他们的动静。我明天就要去访那三个女巫，听她们还有什么话说；因为我现在非得从最妖邪的恶魔口中知道我的最悲惨的命运不可。为了我自己的好处，只好把一切置之不顾。我已经两足深陷于血泊之中，要是不再涉血前进，那么回头的路也是同样使人厌倦的。我想起了一些非常的计谋，必须在不曾被人觉察以前迅速实行。

麦克白夫人　一切有生之伦，都少不了睡眠的调剂，可是你还没有好好睡过。

麦克白　来，我们睡去。我的疑鬼疑神，出乖露丑，都是因为未经磨炼，心怀恐惧的缘故；我们在行事上太缺少经验了。（同下）

第五场　荒野

雷鸣。三女巫上，与赫凯提相遇。

女巫甲　哎哟，赫凯提！您在发怒哩。

赫凯提　我不应该发怒吗，你们这些放肆大胆的丑婆子？你们怎么敢用哑谜和有关生死的秘密和麦克白打交道；我是你们魔法的总管，一切的灾祸都由我主持支配，你们却不通知我一声，让我也来显一显我们的神通？而且你们所干的事，都只是为了一个刚愎自用、残忍忮刻的人；他像所有的世人一样，只知道自己的利益，一点不是对你们存着什么好意。可是现在你们必须补赎你们的过失；快去，天明的时候，在阿契隆的地坑附近会我，他将要到那边来探询他的命运；把你们的符咒魔蛊和一切应用的东西预备齐整，不得有误。我现在乘风而去，今晚我要用整夜的工夫，布置出一场悲惨的结果；在正午以前，必须完成大事。月亮角上挂着一颗湿淋淋的露珠，我要在它没有坠地以前把它摄取，用魔术提炼以后，就可以凭着它呼灵唤鬼，让种种虚妄的幻影迷乱了他的本性；他将要藐视命运，唾斥死生，超越一切的情理，排弃一切的疑虑，执著他的不可能的希望，你们都知道自信是人类最大的仇敌。（内歌声，"来吧，来吧……"）听！他们在叫我啦；我的小精灵们，瞧，他们坐在云雾之中，在等着我呢。（下）

女巫甲　来，我们赶快；她就要回来的。（同下）

第六场　福累斯　王宫中一室

凌诺克斯及另一贵族上。

凌诺克斯　我现在才想起我从前的话，那些话是还可以进一步解释的；我只觉得事情有些古怪。仁厚的邓根被麦克白所哀悼；邓根是已经死去的了。勇敢的班戈不该在深夜走路，您也许可以说，要是您愿意这么说的话，他是被弗利安斯杀死的，因为弗利安斯已经逃匿无踪；人总不应该在夜深的时候走路。哪一个人不以为玛尔康和唐纳本杀死他们仁慈的父亲，是一件多么惊人的巨变？万恶的行为！麦克白为了这件事多么痛心；他不是乘着一时的忠愤，把那两个酗酒贪睡的溺职卫士杀了吗？那件事干得不是很忠勇的吗？嗯，而且也干得很聪明；因为要是人家听见他们抵赖他们的罪状，谁都会怒从心起的。所以我说，他把一切事情处理得很好；我想要是邓根的两个儿子也给他拘留起来——上天保佑他们不会落在他的手里——他们就会知道向自己的父亲行弑，必须受到怎样的报应；弗利安斯也是一样。可是这些话别提啦，我听说迈克特夫因为出言不逊，又不出席那暴君的宴会，已经受到贬辱。您能够告诉我他现在在什么地方吗？

贵　族　被这暴君篡逐出亡的邓根世子现在寄身在英国宫廷之中，谦恭的爱德华对他非常优待，一点不因为他处境颠危而减削了敬礼。迈克特夫也到那里去了，他的目的是要请求贤明的英王协力激励诺登勃兰和好战的薛华特，使他们秉承王命，出兵相援，帮助我们恢复已失的自由，使我们仍旧能够享受食桌上的盛馔和酣畅的睡眠，不再畏惧宴会中有沾血的刀剑，让我们能够一方面输忠效信，一方面安受爵赏而心无疑虑；这一切都是我们现在所渴望而求之不得的。这一个消息已经使我们的王上大为震怒，他正在那儿准备作战了。

凌诺克斯　他有没有差人到迈克特夫那儿去？

贵　族　他已经差人去过了；他的话说得很决裂。"大人，我不去。"那皱起眉头来的使者就转过身去哼了两声，好像说："你给我这样的答复，看着吧，你一定会自食其果。"

凌诺克斯　那很可以叫他留心留心远避当前的祸害。但愿什么神圣的天使飞到英国的宫廷里，预先把他的信息带给我们，让上天的祝福迅速回到我们这一个在毒手压制下备受苦难的国家！

贵　族　我愿意为他祈祷。（同下）

第四幕

第一场　山洞　中置沸釜

雷鸣，三女巫上。

女巫甲　斑猫已经叫过三声。

女巫乙　刺猬已经啼了四次。

女巫丙　怪鸟在鸣啸：时候到了，时候到了。

女巫甲　绕釜环行火融融，

　　　　毒肝腐脏置其中。

　　　　蛤蟆蛰眠寒石底，

　　　　三十一日夜相继；

　　　　汗出淋漓化毒浆，

　　　　投之鼎釜沸为汤。

三女巫　（合）不惮辛劳不惮其烦，

　　　　釜中沸沫已成澜。

女巫乙　沼地蟒蛇取其肉，

　　　　脔以为片煮至熟；

　　　　蝾螈之目青蛙趾，

　　　　蝙蝠之毛犬之齿，

　　　　蝮舌如叉蚯蚓刺，

　　　　蜥蜴之足枭之翅，

　　　　炼为毒蛊鬼神惊，

　　　　扰乱人世无安宁。

三女巫　（合）不惮辛劳不惮其烦，
　　　　　　釜中沸沫已成澜。

女巫丙　豺狼之牙巨龙鳞，
　　　　千年巫尸貌狰狞；
　　　　海底抉出鲨鱼胃，
　　　　夜掘毒芹根块块；
　　　　杀犹太人摘其肝，
　　　　剖山羊胆汁潺潺；
　　　　雾黑云深月蚀时，
　　　　潜携斤斧劈杉枝；
　　　　娼妇弃儿死道间，
　　　　断指持来血尚殷；
　　　　土耳其鼻鞑靼唇，
　　　　烈火糜之煎作羹；
　　　　猛虎肝肠和鼎内，
　　　　炼就妖丹成一味。

三女巫　（合）不惮辛劳不惮其烦，
　　　　　　釜中沸沫已成澜。

女巫乙　炭火将残蛊将成，
　　　　猩猩滴血蛊方凝。
　　　　赫凯提上。

赫凯提　善哉尔曹功不浅，
　　　　颁赏酬劳利泽遍。
　　　　于今绕釜且歌吟，
　　　　摄人魂魄荡人心。（音乐，众巫唱幽灵之歌）

女巫乙　拇指怦怦动，
　　　　必有恶人来；
　　　　既来皆不拒，
　　　　洞门敲自开。
　　　　麦克白上。

麦克白　啊，你们这些神秘的幽冥的夜游的妖婆子！你们在干什么？

众　巫　一件没有名义的行动。

麦克白　凭着你们的职业，我吩咐你们回答我，不管你们的秘法是从哪里得来的。即使你们的嘴里会放出狂风，让它们向教堂猛击；即使汹涌的波涛会把航海的船只颠覆吞噬；即使谷物的叶片会倒折在田亩上，树木会连根拔起；即使城堡会向它们的守卫者的头上倒下；即使宫殿和金字塔都会倾圮；即使大自然所孕育的一切灵奇完全归于毁灭，我也要你们回答我的问题。

女巫甲　说。

女巫乙　你问吧。

女巫丙　我们可以回答你。

女巫甲　你愿意从我们的嘴里听到答复呢，还是愿意让我们的主人们回答你？

麦克白　叫他们出来；让我见见他们。

女巫甲　母猪九子食其豚，

　　　　血浇火上焰生腥；

　　　　杀人罪犯上刑场，

　　　　汗脂投火发凶光。

三女巫　（合）鬼王鬼卒火中来，

　　　　现形作法莫惊猜。

　　　　雷鸣，第一鬼魂出现，为一戴盔之头。

麦克白　告诉我，你这不可思议的力量——

女巫甲　他知道你的心事；听他说，你不用开口。

第一鬼魂　麦克白！麦克白！麦克白！留心迈克特夫；留心费辅爵士。放我回去。够了。（隐入地下）

麦克白　不管你是什么精灵，我感谢你的忠言警告；你已经一语道破了我的忧虑。可是再告诉我一句话——

女巫甲　他是不受命令的。这儿又来了一个，比第一个法力更大。

　　　　雷鸣。第二鬼魂出现，为一流血之小儿。

第二鬼魂　麦克白！麦克白！麦克白！——

麦克白　我要是有三只耳朵，我的三只耳朵都会听着你。

第二鬼魂　你要残忍、勇敢、坚决；你可以把人类的力量付之一笑，因为没有一个在妇人腹中生长的人可以伤害麦克白。（隐入地下）

麦克白　那么尽管活下去吧，迈克特夫；我何必惧怕你呢？可是我要使确定的事实加倍确定，从命运手里接受切实的保证。我还是要你死，让我可以斥胆怯的恐惧为虚妄，在雷电怒作的夜里也能安心睡觉。

雷鸣。第三鬼魂出现，为一戴王冠之小儿，手持一树枝。

麦克白　这是什么，他的模样像是一个王子，他的幼稚的头上还戴着统治的荣冠？

众　巫　静听，不要对它说话。

第三鬼魂　你要像狮子一样骄傲而无畏，不要关心人家的怨怒，也不要担忧有谁在算计你。麦克白永远不会被人打败，除非有一天勃南的树林向邓西嫩高山移动。（隐入地下）

麦克白　那是决不会有的事；谁能够命令树木，叫它从泥土之中拔起它的深根来呢？幸运的预兆！好！勃南的树林不会移动，叛徒的举事也不会成功，我们巍巍高位的麦克白将要尽其天年，在他寿数告终的时候奄然物化。可是我的心还在跳动着想要知道一件事情；告诉我，要是你们的法术能够解释我的疑惑，班戈的后裔会不会在这一个国土上称王？

众　巫　不要追问下去了。

麦克白　我一定要知道究竟；要是你们不告诉我，愿永久的诅咒降在你们身上！告诉我。为什么那口釜沉了下去？这是什么声音？

（高音笛声）

女巫甲　出来！

女巫乙　出来！

女巫丙　出来！

三女巫　（合）一见惊心，魂魄无主！

如影而来，如影而去。

着国王装束者八人次第上；最后一人持镜；班戈鬼魂随其后。

麦克白　你太像班戈的鬼魂了；下去！你的王冠刺痛了我的眼珠。怎么，又是一个戴着王冠的婆子！你们为什么让我看见这些人？第四个！跳出来吧，我的眼睛！什么！这一连串戴着王冠的，要到世界末日才会完结吗？又是一个？第七个！我不想再看了。可是第八个又出现了，他拿着一面镜子，我可以从镜子里面看见许许多多戴王冠的人；有几个还拿着两重的宝球，三头的御杖。可怕的景象！啊，现在我知道这不是虚妄的幻象，因为血污的班戈在向我微笑，用手指点着他们，表示他们就是他的子孙。（众幻影消灭）什么！真是这样吗？

女巫甲　嗯，这一切都是真的；可是麦克白为什么这样呆若木鸡？来，姊妹们，让我们鼓舞鼓舞他的精神，用最好的歌舞替他消愁解闷。我先用魔法使空中奏起乐来，你们就挽成一个圈子团团跳舞，让这位伟大的君王知道，我们并没有怠慢了他。（音乐。众女巫跳舞，舞毕与赫凯提俱隐去）

麦克白　她们在哪儿？去了？愿这不祥的时辰在日历上永远被人诅咒！外面有人吗？进来！

　　　　凌诺克斯上。

凌诺克斯　陛下有什么命令？

麦克白　你看见那三个女巫吗？

凌诺克斯　没有，陛下。

麦克白　她们没有打你身边过去吗？

凌诺克斯　确实没有，陛下。

麦克白　愿她们所驾乘的空气都化为毒雾，愿一切相信她们言语的人都永堕沉沦！我曾经听见奔马的声音，是谁经过这地方？

凌诺克斯　启禀陛下，刚才有两三个使者来过，向您报告迈克特夫已经逃奔英国去了。

麦克白　逃奔英国去了！

凌诺克斯　是，陛下。

麦克白　时间，你早就料到我的狠毒的行为；无远弗至的恶念，一旦见之事实，就容易被人所乘；从这一刻起，我心里一想到什么，便要把它立刻实行，没有迟疑的余地；我现在就要用行动表示我的意志。我要去突袭迈克特夫的城堡；把费辅攫取下来；把他的妻子儿女和一切追随他的不幸的人们一起杀死。我不能像一个傻瓜似的只会空口说大话；我必须趁着我这一个目的还没有冷淡下来以前把这件事干好。可是我不想再看见什么幻象了！那几个使者呢？来，带我去见见他们。（同下）

第二场　费辅　迈克特夫城堡

迈克特夫夫人、迈克特夫子及洛斯上。

迈克特夫夫人　他干了什么事，要逃亡国外？

洛　斯　您必须安心忍耐，夫人。

迈克特夫夫人　他可没有一点忍耐；他的逃亡全然是发疯。我们的行为本来是
　　　　光明坦白的，可是我们的疑虑却使我们成为叛徒。

洛　斯　您还不知道他的逃亡究竟是明智的行为还是无谓的疑虑。

迈克特夫夫人　明智的行为！他自己高飞远走，把他的妻子儿女，他的宅第尊
　　　　位，一起丢弃不顾，这算是明智的行为吗？他不爱我们，他没有天性
　　　　之情；鸟类中最微小的鹪鹩也会奋不顾身，和鸱鹗争斗，保护它巢中
　　　　的众雏。他心里只有恐惧没有爱；也没有一点智慧，因为他的逃亡是
　　　　完全不合情理的。

洛　斯　好嫂子，请您抑制一下自己，讲到尊夫的为人，那么他是高尚明理而
　　　　有识见的，他知道应该怎样见机行事。我不敢多说什么；现在这种时
　　　　世太冷酷无情了，我们自己还不知道，就已经蒙上了叛徒的恶名；一
　　　　方面恐惧流言，一方面却不知道为何而恐惧，就像在一个风波险恶的
　　　　海上漂浮，全没有一定的方向。现在我必须向您告辞；不久我会再到
　　　　这儿来。最恶劣的事态总有一天告一段落，或者逐渐恢复原状。我的
　　　　可爱的侄儿，祝福你！

迈克特夫夫人　他虽然有父亲，却和没有父亲一样。

洛　斯　我是这样一个傻子，要是我再逗留下去，会叫人家笑话，还要连累您
　　　　心里难过；我现在立刻告辞了。（下）

迈克特夫夫人　小子，你爸爸死了；你现在怎么办？你预备怎样过活？

迈克特夫子　像鸟儿一样过活，妈妈。

迈克特夫夫人　什么！吃些小虫儿飞虫儿吗？

迈克特夫子　我的意思是说，我得到些什么就吃些什么，正像鸟儿一样。

迈克特夫夫人　可怜的鸟儿！你从来不怕有人在张起网儿，布下陷阱，捉了你
　　　　去哩。

迈克特夫子　我为什么要怕这些，妈妈？他们是不会算计可怜的小鸟的。我的爸爸并没有死，虽然您是这么说。

迈克特夫夫人　不，他真的死了。你没了父亲怎么好呢？

迈克特夫子　您没有了丈夫怎么好呢？

迈克特夫夫人　嘿，我可以到随便哪个市场上去买二十个丈夫回来。

迈克特夫子　那么您买了他们回来，还是要卖出去的。

迈克特夫夫人　这刁钻的小油嘴；可也亏你想得出来。

迈克特夫子　我的爸爸是个反贼吗，妈妈？

迈克特夫夫人　嗯，他是个反贼。

迈克特夫子　怎么叫作反贼？

迈克特夫夫人　反贼就是起假誓扯谎的人。

迈克特夫子　凡是反贼都是起假誓扯谎的人。

迈克特夫夫人　起假誓扯谎的人都是反贼，都应该绞死。

迈克特夫子　起假誓扯谎的都应该绞死吗？

迈克特夫夫人　都应该绞死。

迈克特夫子　谁去绞死他们呢？

迈克特夫夫人　那些正人君子。

迈克特夫子　那么那些起假誓扯谎的都是些傻瓜，他们有这许多人，为什么不联合起来打倒那些正人君子，把他们绞死了呢？

迈克特夫夫人　哎哟，上帝保佑你，可怜的孩子！可是你没有父亲怎么好呢？

迈克特夫子　要是他真的死了，您会为他哀哭的；要是您不哭，那是一个好兆，我就可以有一个新的爸爸了。

迈克特夫夫人　这小油嘴真会胡说！

　　　　　一使者上。

使　者　祝福您，好夫人！您不认识我是什么人，可是我久闻夫人的令名，所以特地前来，报告您一个消息。我怕夫人目下有极大的危险，要是您愿意接受一个微贱之人的忠告，那么还是离开此地，赶快带着您的孩子们避一避的好。我这样惊吓着您，已经是够残忍的了；要是有人再要加害于您，那真是太没有人道了。上天保佑您！我不敢多耽搁时间。

　　　　　（下）

迈克特夫夫人　叫我逃到哪儿去呢？我没有做过害人的事，可是我记起来了，我是在这个世上，这世上做了恶事才会被人恭维赞美，做了好事反会被人当作危险的傻瓜；那么，唉！我为什么还要用这种婆子气的话替自己辩护，说是我没有做过害人的事呢？

刺客等上。

迈克特夫夫人 这些是什么人？

众刺客 你的丈夫呢？

迈克特夫夫人 我希望他是在光天化日之下你们这些鬼东西不敢露脸的地方。

刺　客 他是个反贼。

迈克特夫子 你胡说，你这蓬头的恶人！

刺　客 什么！你这叛徒的孽种！（刺迈克特夫子）

迈克特夫子 他杀死我了，妈妈；您快逃吧！（死，迈克特夫夫人呼"杀了人啦！"下，众刺客追下）

第三场　英国　王宫前

玛尔康及迈克特夫上。

玛尔康 让我们找一处没有人踪的树阴，在那里把我们胸中的悲哀痛痛快快地哭个干净吧。

迈克特夫 我们还是紧握着利剑，像好汉子似的大踏步跨过我们颠覆了的身世吧。每一个新的黎明都听得见新媚的寡妇在哭泣，新失父母的孤儿在号啕，新的悲哀上冲霄汉，发出凄厉的回声，就像哀悼苏格兰的命运，替她奏唱挽歌一样。

玛尔康 我要为我所知道的一切痛哭，只要有机会效忠祖国，我将尽我的力量。您说的话也许是事实。一提起这个暴君的名字，就使我们切齿腐舌，可是他曾经有过正直的名声；您对他也有很好的交情；他也还没有加害于您。我虽然年轻识浅，可是您也许可以利用我向他邀功求赏，把一头柔弱无罪的羔羊向一个愤怒的天神献祭，不失为一件聪明的事。

迈克特夫 我不是一个奸诈小人。

玛尔康 麦克白却是的。在尊严的王命之下，忠实仁善的人也许不得不背着天良行事。可是我必须请您原谅；您的忠诚的人格决不会因为我用小人之心去测度它而发生变化；最光明的天使也许会堕落，可是天使总是光明的；罪恶虽然可以遮蔽美德，美德仍然会露出它的光辉来。

迈克特夫 我已经失去我的希望。

玛尔康 也许您的希望就失去在使我发生怀疑的地方。您为什么不告而别，丢下您的妻子儿女，那些生活中的宝贵的原动力，爱情的坚强的联系，让她们担惊受险呢？请您不要把我的多心引为耻辱，为了我自己的安全，我不能不这样顾虑。不管我心里怎样想，也许您真是一个忠义的汉子。

迈克特夫 流血吧，流血吧，可怜的国家！不可一世的暴君，奠下你的安若泰山的基业吧，因为正义的力量不敢向你诛讨！忍受你的屈辱吧，这是你的已经确定的名分；再会，殿下；即使把这暴君掌握下的全部土地一起给我，再加上富庶的东方，我也不愿做一个像你所猜疑我那样的奸人。

玛尔康 不要生气；我说过这样的话，并不是完全为了不放心您。我想我们的国家呻吟在虐政之下，流泪，流血，每天都有一道新的伤痕加在旧日的疮痍之上；我也想到一定有许多人愿意为了我的权利奋臂而起，就在友好的英国这里，也已经有数千义士愿意给我助力；可是虽然这样说，要是我有一天能够把暴君的头颅放在足下践踏，或者把它悬挂在我的剑上，我的可怜的祖国却要在一个新的暴君的统治之下，滋生更多的罪恶，忍受更大的苦痛，造成更分歧的局面。

迈克特夫 这新的暴君是谁？

玛尔康 我的意思就是说我自己；我知道在我的天性之中，深植着各种的罪恶，要是有一天暴露出来，黑暗的麦克白在相形之下，将会变成白雪一样纯洁；我们的可怜的国家看见了我的无限的暴虐，将会把他当作一头羔羊。

迈克特夫 踏遍地狱也找不出一个比麦克白更万恶不赦的魔鬼。

玛尔康 我承认他嗜杀、骄奢、贪婪、虚伪、欺诈、暴躁、凶恶，一切可以指明的罪恶他都有；可是我的淫佚是没有止境的；你们的妻子、女儿、妇人、处女，都不能填满我的欲壑；我的猖狂的欲念会冲决一切节制和约束；与其让这样一个人做国王，还是让麦克白统治的好。

迈克特夫　无限制的纵欲是一种虐政，它曾经颠覆了不少王位，推翻了无数君主。可是您还不必担心，谁也不能禁止您满足您的分内的欲望；您可以一方面尽情欢乐，一方面在外表上装出庄重的神气，世人的耳目是很容易遮掩过去的。我们国内尽多自愿献身的女子，无论您怎样贪欢好色，也应付不了这许多求荣献媚的娇娥。

玛尔康　除了这一种弱点以外，在我的邪僻的心中还有一种不顾廉耻的贪婪，要是我做了国王，我一定要诛锄贵族，侵夺他们的土地；不是向这个人索取珠宝，就是向那个人索取房屋；我所有的越多，我的贪心越不知道餍足，我一定会为了图谋财富的缘故，向善良忠贞的人无端寻衅，把他们陷于死地。

迈克特夫　这一种贪婪比起少年的情欲来，它的根是更深而更有毒的，我们曾经有许多过去的国王死在它的剑下。可是您不用担心，苏格兰有足够您享用的财富，它都是属于您的；只要有其他的美德，这些缺点都不算什么。

玛尔康　可是我一点没有君主之德，什么公平、正直、节俭、镇定、慷慨、坚毅、仁慈、谦恭、诚敬、宽容、勇敢、刚强，我全没有；各种罪恶却应有尽有，在各方面表现出来。嘿，要是我掌握了大权，我一定要把和谐的甘乳倾入地狱，扰乱世界的和平，破坏地上的统一。

迈克特夫　啊，苏格兰，苏格兰！

玛尔康　你说这样一个人是不是适宜于统治？我正是像我所说那样的人。

迈克特夫　适宜于统治！不，这样的人是不该让他留在人世的。啊，多难的国家，一个篡位的暴君握着染血的御杖高居在王座上，你的最合法的嗣君又亲口吐露了他是这样一个可诅咒的人，辱没了他的高贵的血统，那么你几时才能重见天日呢？你的父王是一个最圣明的君主；生养你的母后每天在死中过活，她朝夕都在屈膝跪求上天的垂怜。再会！你自己供认的这些罪恶，已经把我从苏格兰放逐。啊，我的胸膛，你的希望永远在这儿埋葬了！

玛尔康　迈克特夫，只有一颗正直的心，才会有这种勃发的忠义之情，它已经把黑暗的疑虑从我的灵魂上一扫而空，使我充分信任你的真诚。魔鬼般的麦克白曾经派了许多说客来，想要把我诱进他的网罗，所以我不得不着意提防；可是上帝鉴临在你我二人的中间！从现在起，我委身听从你的指导，并且撤回我刚才对我自己所讲的坏话，我所加在我自己身上的一切污点，都是我的天性中所没有的。我还没有近过女色，从来没有背过誓，即使是我自己的东西，我也没有贪得的欲念；我从不曾失信于人，我不愿把魔鬼出卖给他的同伴，我珍爱忠诚不亚于生命；刚才我对自己所作的诽语，是我第一次的说谎。那真诚的我，是准备随时接受你和我的不幸的祖国的命令的。在你还没有到这儿来以前；年老的薛华特已经带领了一万个战士，向苏格兰出发了。现在我们就可以把我们的力量合并在一起；我们堂堂正正的义师，一定可以克奏肤功。您为什么不说话？

迈克特夫 好消息和恶消息同时传进了我的耳朵里，使我的喜怒都失去了自主。

一医生上。

玛尔康 好，等会儿再说。请问一声，王上出来了吗？

医　生 出来了，殿下；有一大群不幸的人们在等候他的医治。他们的疾病使最高明的医生束手无策，可是上天给他这样神奇的力量，只要他的手一触，他们就立刻痊愈了。

玛尔康 谢谢您的见告，大夫。（医生下）

迈克特夫 他说的是什么疾病？

玛尔康 他们都把它叫作恶病；自从我来到英国以后，我常常看见这位善良的国王显示他的奇妙无比的本领。除了他自己以外，谁也不知道他是怎样祈求着上天；可是害着怪病的人，浑身肿烂，惨不忍睹，一切外科手术无法医治的，他只要嘴里念着祈祷，用一枚金章亲手挂在他们的颈上，他们便会霍然痊愈，据说他这种治病的天能，是世世相传永袭罔替的。除了这种特殊的本领以外，他还是一个天生的预言者，而且具有各种值得讴歌的美德。

迈克特夫 瞧，谁来啦？

玛尔康 是我们国里的人；可是我还认不出他是谁。

洛斯上。

迈克特夫 我的贤弟，欢迎。

玛尔康 我现在认识他了。好上帝，赶快除去使我们成为陌路之人的那一层隔膜吧！

洛　斯 阿门，殿下。

迈克特夫　苏格兰还是原来那样子吗？

洛　斯　唉！可怜的祖国！它简直不敢认识它自己。它不能再称为我们的母亲，只是我们的坟墓；除了浑浑噩噩，一无所知的人以外，谁的脸上也不曾有过一丝笑容；叹息、呻吟、震撼天空的呼号，都是日常听惯的声音，不能再引起人们的注意；剧烈的悲哀变成一般的风气；葬钟敲响的时候，谁也不再关心它是为谁而鸣；善良人的生命往往在他们帽上的花朵还没有枯萎以前就化为朝露。

迈克特夫　啊！太巧妙，也是太真实的描写！

玛尔康　最近有什么令人痛心的事情？

洛　斯　一小时以前的变故，在叙述者的嘴里就已经变成陈迹了；每一分钟都产生新的祸难。

迈克特夫　我的妻子安好吗？

洛　斯　呃，她很安好。

迈克特夫　我的孩子们呢？

洛　斯　也很安好。

迈克特夫　那暴君还没有毁坏他们的平静吗？

洛　斯　没有，当我离开他们的时候，他们是很平安的。

迈克特夫　不要吝惜你的言语；究竟怎样？

洛　斯　当我带着沉重的消息，预备到这儿来传报的时候，一路上听见谣传，说是许多有名望的人都已经纷纷去位，这种谣言照我想起来是很可靠的，因为我亲眼看见那暴君的肆虐。现在是应该出动全力，挽救祖国疮痍的时候了；你们要是在苏格兰出现，可以使男人们个个变成兵士，使女人们愿意从他们的困苦之下争取解放。

玛尔康　我们正要回去，让这消息作为他们的安慰吧。友好的英国已经借给我们薛华特将军和一万兵士，所有基督教的国家里找不出一个比他更老练更优秀的军人。

洛　斯　我希望我也有同样好的消息给你们！可是我所要说的话，是应该把它在荒野里呼喊，不让它钻进人们的耳中的。

迈克特夫　它是关于哪方面的？是和大众有关的呢，还是一两个人单独的不幸？

洛　斯　天良未泯的人，对于这件事谁都要觉得像自己身受一样伤心，虽然你是最感到切身之痛的一个。

迈克特夫 倘然那是与我有关的事，那么不要瞒过我；快让我知道了吧。

洛　斯 但愿你的耳朵不要从此永远憎恨我的舌头，因为它将要让你听见你有生以来所听到的最惨痛的声音。

迈克特夫 哼，我猜到了。

洛　斯 你的城堡受到袭击；你的妻子和儿女都惨死在野蛮的刀剑之下；要是我把他们的死状告诉你，那会使你痛不欲生，在他们已经成为猎场上被杀害了的驯鹿似的尸体上，再加上了你的。

玛尔康 慈悲的上天！什么，朋友！不要把你的帽子拉下来遮住你的额角；用言语把你的悲伤倾泻出来吧；无言的哀痛是会向那不堪重压的心低声耳语，叫它裂成片片的。

迈克特夫 我的孩子也都死了吗？

洛　斯 妻子、孩子、仆人，凡是被他们找得到的，杀得一个不存。

迈克特夫 我却必须离开那里！我的妻子也被杀了吗？

洛　斯 我已经说过了。

玛尔康 请宽心吧；让我们用壮烈的复仇做药饵，治疗这一段残酷的悲痛。

迈克特夫 他自己没有儿女。我的可爱的宝贝们都死了吗？你说他们一个人也不存吗？啊，地狱里的恶鸟！一个也不存？什么！我的可爱的鸡雏们和他们的母亲一起葬送在毒手之下了吗？

玛尔康 拿出男子汉的气概来。

迈克特夫 我要拿出男子汉的气概来；可是我不能抹杀我的人类的感情。我怎么能够把我所最珍爱的人置之度外，不去想念他们呢？难道上天看见这一幕惨剧，而不对他们抱同情吗？罪恶深重的迈克特夫！他们都是为了你的缘故而死于非命。我真该死，他们没有一点罪过，只是因为我自己不好，无情的屠戮才会降临到他们的身上。愿上天给他们安息！

玛尔康 把这一桩仇恨作为磨快你的剑锋的砺石；让哀痛变成愤怒；不要让你的心麻木下去，激起它的怒火来吧。

迈克特夫 啊！我可以一方面让我的眼睛里流着妇人之泪，一方面让我的舌头发出豪言壮语。可是，仁慈的上天，求你撤除一切中途的障碍，让我跟这苏格兰的恶魔正面相对，使我的剑能够刺到他的身上；要是我放他逃走了，那么上天饶恕他吧！

玛尔康 这几句话说得很像个汉子。来，我们见国王去；我们的军队已经调齐，一切齐备，只待整装出发。麦克白气数将绝，天诛将至；黑夜无论怎样悠长，白昼总会到来的。（同下）

第五幕

第一场　邓西嫩　城堡中一室

一医生及一侍女上。

医　生　我已经陪着你看守了两夜，可是一点不能证实你的报告，她最后一次晚上起来行动是在什么时候？

侍　女　自从王上出征以后，我曾经看见她从床上起来，披上睡衣，开了橱门上的锁，拿出信纸，把它折起来，在上面写了字，读了一遍，然后把信封好，再回到床上去；可是在这一段时间里，她始终睡得很熟。

医　生　这是心理上的一种重大的纷乱，一方面处于睡眠的状态，一方面还能像醒着一般做事。在这种睡眠不安的情形之下，除了走路和其他动作以外，你有没有听见她说过什么话？

侍　女　大夫，那我可不能背着她告诉您。

医　生　你不妨对我说，而且应该对我说。

侍　女　我不能对您说，也不能对任何人说，因为没有一个见证可以证实我的话。

麦克白夫人持烛上。

侍　女　您瞧！她来啦。这正是她往常的样子；凭着我的生命起誓，她现在睡得很熟。留心看着她，站近一些。

医　生　她怎么会有那支蜡烛？

侍　女　那就是放在她床边的；她的寝室里通宵点着灯火，这是她的命令。

医　生　你瞧，她的眼睛睁着呢。

侍　女　嗯，可是她的视觉却关闭着。

莎士比亚悲剧集

医　生　她现在在干什么？瞧，她在擦着手。

侍　女　这是她的一个惯常的动作，好像在洗手似的。我曾经看见她这样擦了足有一刻钟的时间。

麦克白夫人　可是这儿还有一点血迹。

医　生　听！她说话了。我要把她的话记下来，免得忘记。

麦克白夫人　去，该死的血迹！去吧！一点、两点，啊，那么现在可以动手了。地狱里是这样幽暗！呸，我的爷，呸！你是一个军人，也会害怕吗？既然谁也不能奈何我们，为什么我们要怕被人知道？可是谁想得到这老头儿会有这么多的血？

医　生　你听见没有？

麦克白夫人　费辅爵士从前有一个妻子；现在她在哪儿？什么！这两只手再也不会干净了吗？算了，我的爷，算了；你这样大惊小怪，把事情都弄糟了。

医　生　说下去，说下去；你已经知道你所不应该知道的事。

侍　女　我想她已经说了她所不应该说的话；天知道她心里有些什么秘密。

麦克白夫人　这儿还有一股血腥气；所有阿拉伯的香料都不能叫这只小手变得香一点，啊！啊！啊！

医　生　这一声叹息多么沉痛！她的心里蕴蓄着无限的凄苦。

侍　女　我不愿为了身体上的尊荣，而让我的胸膛里装着这样一颗心。

医　生　好，好，好。

侍　女　但愿一切都是好好的。大夫。

医　生　这种病我没有法子医治，可是我知道有些曾经在睡梦中走动的人，都是很虔敬地寿终正寝。

麦克白夫人　洗净你的手，披上你的睡衣，不要这样面无人色，我再告诉你一遍，班戈已经下葬了，他不会从坟里出来的。

医　生　有这等事？

麦克白夫人　睡去，睡去；有人在打门哩。来，来，来，来，让我搀着你。事情已经干了就算了。睡去，睡去，睡去。（下）

医　生　她现在要上床去吗？

侍　女　就要上床了。

医　生　外边很多骇人听闻的流言。反常的行为引起了反常的纷扰，良心负疚的人往往会向无言的衾枕泄漏他们的秘密；她需要教士的训诲甚至医生的诊视。上帝，上帝饶恕我们一切世人！留心照料她；避免一切足以使她烦恼的根源，随时看顾着她。好，晚安！她扰乱了我的心，迷惑了我的眼睛。我心里所想到的，却不敢把它吐出嘴唇。

侍　女　晚安，好大夫。（各下）

第二场　邓西嫩附近乡野

旗鼓前导，孟底士、凯士纳斯、安格斯、凌诺克斯及兵士等上。

孟底士　英国军队已经迫近，领军的是玛尔康，他的叔父薛华特和迈克特夫三人，他们的胸头燃起复仇的怒火；即使奄奄垂毙的人，这种痛入骨髓的仇恨也会激起他流血的决心。

安格斯　在勃南森林附近，我们将要和他们相见；他们正在从那条路上过来。

凯士纳斯　谁知道唐纳本是不是跟他的哥哥在一起？

凌诺克斯　我可以确实告诉你，将军，他们不在一起。我有一张他们军队里高级将领的名单，里面有薛华特的儿子，还有许多初上战场，乳臭未干的少年。

孟底士　那暴君有什么举动？

凯士纳斯　他把邓西嫩防御得非常坚固。有人说他疯了；对他比较没有什么恶感的人，却说那是一个猛士的愤怒；可是他不能自己约束住他的慌乱的心情，却是一件无疑的事实。

安格斯　现在他已经感觉到他的暗杀的罪恶紧粘在他的手上；每分钟都有一次叛变，谴责他的不忠不义；受他命令的人，都不过奉命行事，并不是出于对他的忠诚，现在他已经感觉到他的尊号罩在他的身上，就像一个矮小的偷儿穿了一件巨人的衣服一样束手绊脚。

孟底士　他自己的灵魂都在谴责它本身的存在，谁还能怪他的昏乱的知觉怔忡不安呢。

凯士纳斯　好，我们整队前进吧；我们必须认清谁是我们应该服从的人。为了拔除祖国的沉痼，让我们准备和他共同流尽我们的最后一滴血。

凌诺克斯　否则我们也愿意喷洒我们的热血，灌溉这一朵国家主权的娇花，淹没那凭陵它的野草，向勃南进军！（众列队行进下）

第三场　邓西嫩　城堡中一室

麦克白、医生及侍从等上。

麦克白　不要再告诉我什么消息；让他们一个个逃走吧；除非勃南的森林会向邓西嫩移动，我是不知道有什么事情值得害怕的。玛尔康那小子算得什么？他不是妇人所生的吗？预知人类死生的精灵曾经这样向我宣告："不要害怕，麦克白；没有一个在妇人腹中生长的人可以加害于你。"那么逃走吧，不忠爵士们，去跟那些饕餮的英国人在一起吧。我的头脑，永远不会被疑虑所困扰，我的心灵永远不会被恐惧所震荡。
一个人上。

麦克白　魔鬼罚你变成炭团一样黑，你这脸色惨白的狗头！你从哪儿得来这么一副呆鹅的蠢相？

仆　人　有一万——

麦克白　一万只鹅吗，狗才？

仆　人　一万个兵，陛下。

麦克白　去刺破你自己的脸，把你那吓得毫无血色的两颊染一染红吧，你这鼠胆的小子。什么兵，蠢材？该死的东西！瞧你吓得脸像白布一般。什么兵，不中用的奴才？

仆　人　启禀陛下，是英国兵。

麦克白　不要让我看见你的脸。（仆人下）西登！——我心里很不舒服，当我看见——喂，西登！——这一次的战争也许可以使我从此高枕无忧，也许可以立刻把我倾覆。我已经活得够长久了；我的生命已经日就枯萎，像一片凋谢的黄叶；凡是老年人所应该享有的尊荣，敬爱，服从和一大群的朋友，我是没有希望再得到的了；代替这一切的，只有低声而深刻的诅咒，口头上的恭维和一些违心的假话。西登！
西登上。

西　登　陛下有什么吩咐？

麦克白　还有什么消息没有？

西　登　陛下，刚才所报告的消息，全都证实了。

麦克白　我要战到我的全身不剩一块好肉。给我拿战铠来。

西　登　现在还用不着哩。

麦克白　我要把它穿起来。加派几匹马，到全国各处巡回视察，要是有谁嘴里提起了一句害怕的话，就把他吊死。给我拿战铠来。大夫，你的病人今天怎样？

医　生　回陛下，她并没有什么病，只是因为思虑太过，继续不断的幻想扰乱了她的神经，使她不得安息。

麦克白　替她医好这一种病。你难道不能诊治一个病态的心理，从记忆中拔出一桩根深蒂固的忧郁，拭掉那写在脑筋上的烦恼，用一种使人忘却一切的甘美的药剂，把那堆满在胸间，重压在心头的积毒扫除干净吗？

医　生　那还是要仗病人自己设法的。

麦克白　那么把医药丢给狗子吧；我不要仰仗它。来，替我穿上战铠；给我拿指挥杖来。西登，把我的命令传出去。——大夫，那些爵士们都背了我逃走了。——来，快去。——大夫，要是你能够用全国的水替她洗去病根，使她回复原来的健康，我一定要使太空之中充满着我对你的赞美的回声。——喂，把它脱下了。——什么大黄肉桂，什么清泻的药剂，可以把这些英国人排泄掉呢？你听见过这类药吗？

医　生　是的，陛下；我听说陛下准备御驾亲征呢。

麦克白　给我把铠甲带着。除非勃南森林会向邓西嫩移动，我对死亡和毒害都没有半分惊恐。

医　生　（旁白）要是我能够从邓西嫩远远离开，高官厚禄再也诱不动我回来。（同下）

第四场　勃南森林附近的乡野

旗鼓前导，玛尔康、薛华特父子、迈克特夫、孟底士、凯士纳斯、安格斯、凌诺克斯、洛斯及兵士等列队行进上。

玛尔康　诸位贤卿，我希望大家都能够安枕而寝的日子已经不远了。

莎士比亚悲剧集

孟底士　那是我们一点也不疑惑的。

薛华特　前面这一座是什么树林？

孟底士　勃南森林。

玛尔康　每一个兵士都砍下一根树枝来，把它举起在各人的面前；这样我们可以隐匿我们全军的人数，让敌人无从知道我们的实力。

兵士等　得令。

薛华特　我们所得到的情报，都说那自信的暴君仍旧在邓西嫩深居不出，等候我们兵临城下。

玛尔康　这是他的唯一的希望；因为在他手下的人，不论地位高低，一找到机会都要叛弃他，他们接受他的号令，都只是出于被迫，并不是自己心愿。

迈克特夫　让我们用坚毅的战士精神，执行我们惩凶诛暴的正义的使命。

薛华特　我们这一次的胜败得失，不久就可以分晓，口头的推测不过是一些悬空的希望，实际的行动才能够产生决定的结果，大家奋勇前进吧！（众列队行进下）

第五场　邓西嫩　城堡内

旗鼓前导，麦克白、西登及兵士等上。

麦克白　把我们的旗帜挂在城墙外面；到处仍旧是一片“他们来了”的呼声；我们这座城堡防御得这样坚强，还怕他们围攻吗？让他们到这儿来，等饥饿和瘟疫来把他们收拾去吧。倘不是我们自己的军队也倒了戈跟他们联合在一起，我尽可以挺身出战，把他们赶回老家去。（内妇女哭声）那是什么声音？

西　登　是妇女们的哭声，陛下。（下）

麦克白　我简直已经忘记了恐惧的滋味。从前一声晚间的哀叫，可以把我吓出一身冷汗，一根头发的落下，都会使我惊慌惶恐，好像它的里面藏着我的生命一样。现在我已经饱尝无数的恐怖；我的习惯于杀戮的思想，再也没有什么悲惨的事情可以使它惊悚了。

　　　　西登重上。

麦克白 那哭声是为了什么事？

西　登 陛下，王后死了。

麦克白 她应该迟一点再死；现在不是应该让我听见这一个消息的时候。明天，
明天，再一个明天，一天接着一天地蹑步前进，直到最后一秒钟的时
间；我们所有的昨天，不过替傻子们照亮了到死亡的土壤中去的路，
熄灭了吧，熄灭了吧，短促的烛光！人生不过是一个行走的影子，一
个在舞台上指手画脚的拙劣的伶人，登场片刻，就在无声无息中悄然
退下；它是一个愚人所讲的故事，充满着喧哗和骚动，却找不到一点
意义。

一使者上。

麦克白 你要来拨弄你的唇舌；有什么话快说。

使　者 陛下，我应该向您报告我以为我所看见的事，可是我不知道应该怎样
说起。

麦克白 好，你说吧。

使　者 当我站在山头守望的时候，我向勃南一眼望去，好像那边的树木都在
开始行动了。

麦克白 说谎的奴才！

使　者 要是没有那么一回事，我愿意悉听陛下的惩处；在这三英里路以内，
您可以看见它向这边过来；一座活动的树林。

麦克白 要是你说了谎话，我要把你活活吊在树上，让你饿死；要是你的话是
真的，我也希望你把我吊死了吧。我的决心已经有些动摇，我开始怀
疑起那魔鬼所说的似是而非的暧昧的谎话了："不要害怕，除非勃南
森林会到邓西嫩来。"现在一座树林真的到邓西嫩来了。披上武装，
出去！他所说的这种事情要是果然出现，那么逃走固然走不了，留在
这儿也不过坐以待毙。我现在开始厌倦白昼的阳光，但愿这世界早一
点崩溃。敲起警钟来！吹吧，狂风！来吧，灭亡！就是死我们也要捐
命沙场。（同下）

莎士比亚悲剧集

第六场　同前　城堡前平原

　　旗鼓前导，玛尔康、老薛华特、迈克特夫等率军队各持树枝上。

玛尔康　现在已经相去不远；把你们树叶的幕障抛下，现出你们威武的军容来。尊贵的叔父，请您带领我的兄弟，您的英勇的儿子，先去和敌人交战；其余的一切统归尊贵的迈克特夫跟我两人负责部署。

薛华特　再会。今天晚上我们只要找得到那暴君的军队，一定要跟他们拼个你死我活。

迈克特夫　把我们所有的喇叭一齐吹起来；鼓足了你们的勇气，把流血和死亡的消息吹进敌人的耳里。（同下）

第七场　同前　平原上的另一部分

　　号角声。麦克白上。

麦克白　他们已经缚住我的手脚；我不能逃走，可是我必须像熊一样挣扎到底。哪一个人不是在妇人腹中生长的？除了这样一个人以外，我还怕什么人。

　　小薛华特上。

小薛华特　你叫什么名字？

麦克白　我的名字说出来会吓坏你。

小薛华特　即使你给自己取了一个比地狱里的魔鬼更炽热的名字，也吓不倒我。

麦克白　我就叫麦克白。

小薛华特　魔鬼自己也不能向我的耳中说出一个更可憎恨的名字。

麦克白　他也不能说出一个更可怕的名字。

小薛华特　胡说，你这可恶的暴君；我要用我的剑证明你的说谎。（二人交战，小薛华特被杀）

麦克白　你是妇人所生的；我瞧不起一切妇人之子手里的刀剑。（下）

　　号角声。迈克特夫上。

迈克特夫　那喧声是在那边。暴君，露出你的脸来；要是你已经被人杀死，等不及我来取你的性命，那么我的妻子儿女的阴魂一定不会放过你。我不能杀害那些你雇佣的倒霉的士卒；我的剑倘不能刺中你，麦克白，我宁愿让它闲置不用，保全它的锋刃，把它重新插回鞘里。你应该在那边；这一阵高声的呐喊，好像是宣布什么重要的人物上阵似的。命运，让我找到他吧！我没有此外的奢求了。（下。号角声）

玛尔康及老薛华特上。

薛华特　这儿来，殿下；那城堡已经拱手纳降。暴君的人民有的帮这一面，有的帮那一面；英勇的爵士们一个个出力奋战；您已经胜算在握，大势就可以决定了。

玛尔康　我们曾经看见敌人阵中，有的在那儿自相残杀。

薛华特　殿下，请进堡里去吧。（同下。号角声）

麦克白重上。

麦克白　我为什么要学那些罗马人的傻样子，死在我自己的剑上呢？我的剑是应该为杀敌而用的。

迈克特夫重上。

迈克特夫　转过来，地狱里的恶狗，转过来！

麦克白　我在一切人中间，最不愿意看见你。可是你回去吧，我的灵魂里沾着你一家人的血，已经太多了。

迈克特夫　我没有话说；我的话都在我的剑上，你这没有一个名字可以形容你的狠毒的恶贼！（二人交战）

麦克白　你不过白费了气力；你要使我流血，正像用你锐利的剑锋在空气上划一道痕迹一样困难。让你的刀刃降落在别人的头上吧；我的生命是有魔法保护的，没有一个在妇人腹中生长的人可以把它伤害。

迈克特夫　不要再信任你的魔法了吧；让你所信奉的神告诉你，迈克特夫是没有足月就从他母亲的腹中剖出来的。

麦克白　愿那告诉我这样的话的舌头永受诅咒，因为它使我失去了男子汉的勇气！愿这些欺人的魔鬼再也不要被人相信，他们用模棱两可的话愚弄我们，听来好像大有希望，却完全与我们原来的期望相反。我不愿跟你交战。

迈克特夫　那么投降吧，懦夫，我们可以饶你活命，可是要叫你在众人的面前出丑：我们要把你当作一头稀有的怪物一样，把你缚在柱上，涂上花脸，下面写着："请看暴君的原形。"

麦克白　我不愿投降，我不愿低头吻那玛尔康小子足下的泥土，被那些下贱的民众任意唾骂。虽然勃南森林已经到了邓西嫩，虽然今天和你狭路相逢，你偏偏不是在妇人腹中生长的，可是我还要擎起我的雄壮的盾牌，尽我最后的力量。来，迈克特夫，谁先喊"住手，够了"的，让他永远在地狱里沉沦。（二人且战且下）

吹退军号。喇叭奏花腔。旗鼓前导，玛尔康、老薛华特、洛斯、众爵士及兵士等重上。

玛尔康　我希望我们所失去的朋友都能够安然到来。

薛华特　总有人免不了牺牲；可是照我看见眼前这些人说起来，我们这次重大的胜利所付的代价是很小的。

玛尔康　迈克特夫跟您的英勇的儿子都失踪了。

洛　斯　老将军，令郎已经尽了一个军人的责任；他刚刚活到成人的年龄，就用他的勇往直前的战斗精神证明了他的勇力，像一个男子汉似的死了。

薛华特　那么他已经死了吗？

洛　斯　是的，他的尸体已经从战场上搬去。他的死是一桩无价的损失，您必须勉抑哀思才好。

薛华特　他的伤口是在前面的吗？

洛　斯　是的，在他的额部。

薛华特　那么愿他成为上帝的兵士！要是我有像头发一样多的儿子，我也不希望他们得到一个更光荣的结局；这就作为他的丧钟吧。

玛尔康　他是值得我们更深的悲悼的，我将向他致献我的哀思。

薛华特　他已经得到他最大的酬报；他们说，他死得很英勇，他的责任已尽；愿上帝与他同在！又有好消息来了。

迈克特夫携麦克白首级重上。

迈克特夫　祝福，吾王陛下！瞧，篡贼的万恶的头颅已经取来；无道的虐政从此推翻了。我看见全国的英俊拥绕在你的周围，他们心里都在发出跟我同样的敬礼；现在我要请他们陪着我高呼：祝福，苏格兰的国王！

众　人　祝福，苏格兰的国王！（喇叭奏花腔）

玛尔康　多承各位拥戴，论功行赏，在此一朝。各位爵士国戚，从现在起，你们都得到了伯爵的封号，在苏格兰你们是最初享有这样封号的人。在这去旧布新的时候，我们还有许多事情要做；那些因为逃避暴君的罗网而出亡国外的朋友们，我们必须召唤他们回来；这个屠夫虽然已经死了，他的魔鬼一样的王后，据说也已经亲手杀害了自己的生命，可是帮助他们杀人行凶的党羽，我们必须一一搜捕，处以极刑；此外一切必要的工作，我们都要按照上帝的旨意，分别处理。现在我要感谢各位的相助，还要请你们陪我到斯贡去，参与加冕大典。（喇叭奏花腔，众下）

作者年表

1564 年　　4 月 26 日，威廉·莎士比亚在英国沃里克郡埃文河畔斯特拉特福
　　　　　镇圣三一教堂受洗，但他传统上的生日一般被认定为 4 月 23 日。

1568 年　　莎士比亚的父亲约翰·莎士比亚当选斯特拉特福镇镇长。王后供
　　　　　奉剧团在斯特拉特福镇演出。

1952 年　　11 月 28 日，莎士比亚与本镇的安妮·哈瑟维结婚。

1583 年　　5 月 26 日，莎士比亚的女儿苏珊娜在斯特拉特福镇教堂受洗。

1585 年　　2 月 2 日，莎士比亚的双胞胎哈姆内特和朱迪丝受洗。

1587 年　　女王供奉剧团和莱斯特伯爵剧团在斯特拉特福镇演出，莎士比亚
　　　　　可能在此时随两个剧团前往伦敦。

1592 年　　和莎士比亚一起写剧本的同事罗伯特·格林的遗著中，首次在伦
　　　　　敦文艺界提及莎士比亚，但那是一些攻击之辞。不过，当年出版
　　　　　的另一部书《百万分忏悔买得一分智慧》的序言中，莎士比亚和
　　　　　格林共同的一位熟人向莎士比亚表示道歉，并证明他是位值得尊
　　　　　敬的人。

1594 年　　莎士比亚大约在此时已成为宫内大臣剧团的重要成员。

1596 年　　8 月 11 日，莎士比亚唯一的儿子哈姆内特死去，年仅 11 岁。莎士
　　　　　比亚向当局申请乡绅头衔和使用家徽的权利，所请获准。这一光
　　　　　宗耀祖的事例，证明莎士比亚很早就开始取得成功，也表明演员
　　　　　的职业终于得到社会的尊重。

1597 年　　莎士比亚以 60 镑买下"新居"，那是斯特拉特福镇的一幢大房子。

1598 年　　《爱的徒劳》以四开本的形式出版。这是莎士比亚第一部冠名发

表的剧本。9月，莎士比亚出演琼森的喜剧《人皆有脾气》。当年，柯斯伯特·伯比奇在泰晤士河对岸的南华克开始建造环球剧场，直到次年完工。

1601年　　2月7日，环球剧场公演莎士比亚的《理查二世》。

1603—1604年　　英王詹姆斯一世恩准宫内大臣剧团改为国王供奉剧团，该团拥有当时英国最佳剧作家莎士比亚，最佳演员R·伯比奇，最佳剧场环球剧场。莎士比亚在这个合作性质的剧团里拥有着自己的股份。

1604年　　莎士比亚作为国王供奉剧团成员，身穿王室制服出席了詹姆斯一世的加冕典礼。

1605年　　莎士比亚买下了斯特拉特福镇什一税的一个份额（约占1/5）。

1607年　　6月5日，莎士比亚的长女苏珊娜嫁给斯特拉特福镇受人尊敬的医生约翰·霍尔。

1608年　　莎士比亚与人合资创办黑衣修士室内剧场。9月9日，莎士比亚的母亲逝世。

1612年　　莎士比亚在勃洛特·蒙乔埃案件中作证，他在证词下方的签名，是他保存下来的最早的签名。2月3日，莎士比亚的弟弟吉尔伯特逝世。

1613年　　6月29日，莎士比亚的《亨利八世》在环球剧场上演，因剧情需要点燃礼炮，结果造成环球剧场失火。之后，莎士比亚离开伦敦，回到"新居"。

1616年　　2月10日，莎士比亚的次女朱迪丝与他的好友R·昆尼之子托马斯·昆尼结婚。3月25日，莎士比亚立好遗嘱。4月23日，莎士比亚与世长辞。4月25日，莎士比亚的遗体葬于斯特拉特福镇教区教堂的圣坛下。

1623年　　莎士比亚戏剧第一"对开本"出版，这是最早的莎士比亚戏剧全集，仅缺少《佩里克利斯》和《两个贵族亲戚》。莎士比亚的遗孀安妮·莎士比亚去世。

莎士比亚悲剧集

作品年表

戏　剧

1589—1592 年	《亨利六世》三部曲
1592—1593 年	《理查三世》《错误的喜剧》
1593—1594 年	《泰特斯·安德洛尼克斯》《驯悍记》
1594—1595 年	《维洛那二绅士》《爱的徒劳》《罗密欧与朱丽叶》
1595—1596 年	《理查二世》《仲夏夜之梦》
1596—1597 年	《约翰王》《威尼斯商人》
1597—1598 年	《亨利四世》二部曲
1598—1599 年	《无事生非》《亨利五世》
1599—1600 年	《尤利乌斯·恺撒》《皆大欢喜》
1600—1601 年	《哈姆雷特》《温莎的风流娘儿们》
1601—1602 年	《第十二夜》《特洛伊罗斯与克瑞西达》
1602—1603 年	《终成眷属》
1604—1605 年	《一报还一报》《奥瑟罗》
1605—1606 年	《李尔王》《麦克白》
1606—1607 年	《安东尼和克娄巴特拉》
1607—1608 年	《科里奥拉努斯》《雅典的泰门》
1608—1609 年	《佩里克利斯》
1609—1610 年	《辛白林》

1610—1611 年　　《冬天的故事》

1611—1612 年　　《暴风雨》

1612—1613 年　　《亨利八世》《两个贵族亲戚》

诗　集

1593 年　　《维纳斯与阿多尼斯》

1594 年　　《鲁克莉丝受辱记》

1601 年　　《凤凰和斑鸠》

1609 年　　十四行诗

1609 年　　《情人的怨诉》